Reflets trompeurs

JACKIE COLLINS

Reflets trompeurs

Titre original : LETHAL SEDUCTION

Traduction française de HÉLÈNE DUBOIS-BRIGAND

HARLEQUIN®
est une marque déposée par le Groupe Harlequin

BEST-SELLERS®
est une marque déposée par Harlequin S.A.

Photo de couverture
New York : © PETER MILLER / GETTY IMAGES

Si vous achetez ce livre privé de tout ou partie de sa couverture, nous vous signalons qu'il est en vente irrégulière. Il est considéré comme « invendu » et l'éditeur comme l'auteur n'ont reçu aucun paiement pour ce livre « détérioré ».

Toute représentation ou reproduction, par quelque procédé que ce soit, constituerait une contrefaçon sanctionnée par les articles 425 et suivants du Code pénal.

© 2000, Jackie Collins. © 2008, Harlequin S.A.
83/85 boulevard Vincent-Auriol 75646 PARIS CEDEX 13.
Service Lectrices — Tél. : 01 45 82 47 47
ISBN 978-2-2808-4754-4 — ISSN 1248-511X

PREMIÈRE PARTIE

MANHATTAN

1

— Tu te souviens de la fois où tu t'es le plus éclatée au lit ? demanda Jamie Nova à Madison Castelli, sa meilleure amie.

A vingt-neuf ans, Jamie était d'une beauté renversante. Blonde, élancée, sûre d'elle, style classique et distinction naturelle, elle était un mélange de Grace Kelly jeune et de Gwyneth Paltrow.

— Quoi ? répondit Madison, en jetant un coup d'œil furtif à la table jouxtant la leur dans le restaurant bondé de Manhattan où elles s'étaient retrouvées.

Le couple voisin, absorbé dans sa conversation, n'avait heureusement pas entendu la question provocante de Jamie.

— Tu sais bien de quoi je veux parler, insista Jamie, balayant de son front une boucle de cheveux blonds et soyeux. De sexe, de sexe à te faire perdre la tête, vibrer de haut en bas et oser des choses dont tu ne te serais jamais crue capable. Le genre d'expérience après laquelle tu ne veux plus jamais revoir le type avec qui tu l'as partagée, mais qui te rend prête à tout au moment où tu la vis.

Long soupir rêveur.

— Absolument tout.

— Eh bien..., commença Madison, en se demandant où

voulait vraiment en venir Jamie, son ancienne camarade de chambre à l'université.

— Alors ? s'impatienta Jamie. Réponds-moi !

— Heu…

Madison réfléchit un moment, le temps de comprendre que Jamie n'était pas prête à laisser tomber.

— C'était à Miami, lança-t-elle enfin. J'étais en vacances avec mon père. J'avais seize ans, le type était un vrai tombeur de quarante-cinq ans, avec toute la panoplie qui va avec : appartement grand standing, Porsche, vidéos porno…

— Vidéos porno ! s'écria Jamie en écarquillant ses yeux bleu-vert en une expression de dégoût exagérée. Dans le genre sexy, on a vu mieux.

— C'est pas ce que tu crois, répliqua Madison d'un ton sec. Imagine un peu : l'immense matelas à eau recouvert de pétales de roses, les coupes de champagne accompagnées de quartiers de pêches, l'huile pour le corps ultra sensuelle. Et — elle marqua une pause pour ménager son effet — une langue extraordinairement habile !

— Ah… toujours la même histoire, répondit Jamie avec un soupçon d'aigreur dans la voix. C'est un peu lassant.

Madison leva un sourcil.

— Qu'est-ce que tu as aujourd'hui ? A quoi rime toute cette conversation sur le sexe ? Tu es une femme mariée, non ? Et si ce qu'on dit est vrai, une fois mariée, le sexe ne serait rien d'autre qu'un vague souvenir.

— Très drôle, maugréa Jamie d'un air sombre.

— Je plaisantais, se hâta d'ajouter Madison, pressentant une ombre dans la vie paradisiaque de Jamie.

Aux yeux de tous, il fallait bien l'admettre, Jamie et Peter, un golden boy de Wall Street, formaient un couple idéal, parfaitement comblé. Et pourtant, aujourd'hui, une tempête semblait menacer.

— Bon, que se passe-t-il ?, s'enquit Madison, en se penchant vers son amie. Dis-moi tout.

— Eh bien, dit Jamie en mordant sa lèvre inférieure, hier soir nous étions à une fête et la question est venue sur le tapis.

— Quelle question ?

— Une question du genre : « Quand est-ce que tu as le plus pris ton pied ? », répondit Jamie en triturant sa salade. Et le problème, c'est que tout le monde avait vraiment de bonnes histoires à raconter.

— Et ? demanda Madison avec curiosité.

— Bien sûr, quand mon tour est venu, j'ai raconté que c'était la première fois où Peter et moi avions fait l'amour. J'ai trouvé une petite histoire sympa à leur dire et tout le monde s'est extasié. Et puis, ça a été au tour de Peter, et brusquement, il est devenu muet, puis a simplement marmonné qu'il ne s'en souvenait plus et il a brusquement changé de sujet.

— Il était peut-être mal à l'aise.

— Peter ? s'exclama Jamie en secouant vigoureusement la tête. Impossible.

— Il avait bu ?

— Pas du tout.

— Eh bien… qu'est-ce qui cloche, alors ? interrogea Madison d'un air perplexe.

— Je crois qu'il me trompe, lâcha Jamie.

— Tu plaisantes ? s'exclama Madison, ça fait seulement trois ans que vous êtes mariés. Laisse-lui au moins le temps de s'ennuyer.

— Ah, ben merci, répondit Jamie, vexée. Qu'est-ce qui te fait croire qu'il s'ennuiera un jour ?

Tu as raison, pensa Madison. Comment un homme pouvait-il s'ennuyer avec une femme comme Jamie à ses côtés ? Elle était parfaite. Tout le monde le savait. Sans compter que, dans un monde respectable, aucun homme ne songerait à tromper Jamie.

Mais le monde n'était pas toujours respectable et la plupart des hommes étaient des sales types ; Jamie n'avait donc peut-être pas tort, peut-être Peter avait-il effectivement une maîtresse.

— Qu'est-ce qui te fait penser que Peter va peut-être voir ailleurs ?

— Mon intuition, répondit Jamie. Et le fait que nous n'avons pas fait l'amour depuis deux semaines.

— Deux semaines ! s'exclama Madison d'un ton moqueur. Mon Dieu ! C'est horrible !

— Tu ne comprends pas, murmura Jamie qui faisait jouer son alliance ornée de diamants autour d'un élégant annulaire manucuré. Peter est un homme qui adore le sexe. Il aime faire l'amour tous les jours.

Silence éloquent.

— Parfois plus d'une fois par jour.

— Je vois…, murmura Madison, en songeant qu'elle-même n'avait pas eu de relations sexuelles depuis près d'un an.

Mais c'était délibéré : pas question de coucher avec des crétins. Et malheureusement, depuis un an, elle ne rencontrait que des types de ce genre. De véritables abrutis. La vérité, c'est qu'elle était seule depuis que ce traître de David, un réalisateur d'émissions télévisées, l'avait quittée après deux ans de vie commune. Il y avait bien eu ce photographe, un homme extrêmement séduisant qu'elle avait rencontré à Los Angeles lors d'une mission pour *Manhattan Style*, le magazine haut de gamme pour lequel elle travaillait. Il s'appelait Jake Sica et le courant était bien passé entre eux. Malheureusement il n'était pas libre.

Dommage.

Puis il y avait eu cette aventure d'une nuit à Miami

où elle s'était rendue pour interviewer Donald Trump, le magnat de l'immobilier. Elle avait fait la connaissance d'un mannequin dans l'un des clubs branchés de South Beach. Un homme d'une intelligence limitée, mais merveilleusement beau, avec un corps d'athlète et une crinière de cheveux blonds en bataille, décolorés par le soleil.

Elle avait passé avec lui une longue nuit passionnée de sexe débridé, avec préservatif à portée de main, après laquelle elle s'était demandé : « Mais pourquoi diable ai-je fait cela ? »

Non, décidément, les aventures d'une nuit n'étaient pas son truc.

— A ton avis, qu'est-ce que je dois faire ? dit Jamie en gémissant. Je ne supporte plus cette incertitude. Cela me rend folle.

— Eh bien… euh… il faut que tu saches à quoi t'en tenir, proposa Madison.

— Merci du conseil, répondit sèchement Jamie. C'est toi, normalement, la fille brillante qui a toujours réponse à tout.

Madison soupira. Elle en avait marre de cette étiquette qui lui collait à la peau. Malheureusement, c'était vrai. A l'université, Jamie était surnommée « La Beauté » et Madison « Le Cerveau », tandis qu'une troisième comparse, une jolie Noire appelée Nathalie De Barge, répondait au surnom de « Bombe sexuelle ». A l'époque, toutes trois étaient inséparables.

Sept ans après leur sortie de l'université, chacune avait fait son chemin dans la vie. Mariée avec Peter, Jamie menait une vie sociale trépidante. Elle dirigeait également un florissant cabinet d'architecture intérieure à Manhattan. Son père, qui possédait une grande fortune, l'avait aidée à démarrer son affaire en lui avançant les fonds nécessaires, et en lui suggérant de s'associer avec

Anton Couch, un génie gay on ne peut mieux introduit dans le milieu new-yorkais.

Nathalie qui, elle, n'avait personne pour l'aider, avait fait carrière à la télévision. Elle vivait actuellement à Los Angeles et était co-animatrice de *Celebrity News*, un show humoristique très prisé du public.

Quant à Madison, son travail était intéressant et stimulant, et sa réputation assurée. Les portraits sans concessions qu'elle brossait des riches, des puissants et des célébrités à la réputation sulfureuse, expliquaient en grande partie l'énorme succès du *Manhattan Style*, le magazine le plus en vogue du moment, qui volait régulièrement la vedette à *Vanity Fair* et à *Esquire*. De fait, l'article qu'elle avait écrit sur les call-girls de Hollywood quelques mois auparavant avait fait du bruit ; elle avait même vendu les droits cinématographiques, bien qu'elle eût des doutes quant à la réalisation du film.

— OK, voici ce que je propose, reprit-elle, en se disant que Jamie avait vraiment besoin d'aide.

— Je t'écoute, dit Jamie, les coudes posés sur la table, ses yeux aigue-marine grands ouverts dans l'attente d'une réponse à son problème.

— Fais-le suivre.

— Le faire suivre ! s'exclama Jamie, attirant finalement sur elles l'attention du couple assis à la table voisine. Impossible, c'est trop... trop... mesquin.

— Je dirais plutôt que c'est cher, rectifia Madison. Mais ça en vaut la chandelle, j'en suis persuadée.

— Comment ça ?

— Pour ta tranquillité d'esprit. S'il te trompe, tu seras fixée. Dans le cas contraire, eh bien, ça t'aura coûté quelques dollars, mais la vie reprendra normalement son cours.

— Peut-être..., murmura Jamie avec hésitation avant de s'écrier d'un ton ferme : D'accord, j'accepte !

— Laisse-moi le temps de faire une petite recherche, dit Madison vivement, il nous faut le meilleur des détectives.

— Et le plus discret, ajouta rapidement Jamie. Il ne faut absolument pas que ça se sache.

— Je comprends, dit Madison, persuadée que son rédacteur en chef, Victor Simons, parviendrait à trouver la personne qui correspondait exactement à leur attente.

Victor connaissait tout et tout le monde. Peut-être même savait-il que Peter courait après quelque minette sexy.

Ou peut-être pas, après tout. Car Victor et Peter n'évoluaient pas dans les mêmes cercles sociaux.

— Je suis certaine que tu fais fausse route, dit Madison d'un ton rassurant, mais au moins tu sauras à quoi t'en tenir.

— Exactement, dit Jamie, malade à la simple idée de surprendre Peter avec une autre femme.

Après avoir quitté son amie devant le restaurant, Madison remonta Park Avenue en direction des bureaux de *Manhattan Style*. Les gens se retournaient sur son passage, mais elle ne le remarquait même pas, trop absorbée qu'elle était par Jamie et ses problèmes.

Madison était une femme d'une beauté saisissante, grande, mince, dotée d'une poitrine généreuse et de jambes de danseuse, le visage auréolé de longs cheveux noirs bouclés qu'elle tirait habituellement en arrière. Elle essayait de rendre discrète cette beauté naturelle, mais en vain : l'éclat de ses yeux verts en amande, le charme de ses pommettes bien dessinées et de ses lèvres pleines et sensuelles n'échappaient à personne. C'était une femme splendide, même si elle ne se considérait pas comme telle. Son idéal de beauté, c'était sa mère, Stella, une blonde adorable aux formes sculpturales, dont les lèvres frémissantes et les yeux rêveurs faisaient penser à Marilyn Monroe.

Physiquement, Madison ressemblait à son père, Michael. Michael Castelli, brun et bien bâti, était l'homme de cinquante-huit ans le plus séduisant du Connecticut. Il possédait en outre un charme envoûtant et une volonté de fer — deux qualités dont Madison avait de toute évidence hérité. Ce qui l'avait sans doute aidée à devenir une journaliste fort respectée pour ses portraits révélateurs et pénétrants de célébrités et de gens influents.

Elle était passionnée par son travail, adorait trouver le bon point de vue, découvrir les secrets des individus très en vue. Les politiciens et les hommes d'affaires ultra riches étaient ses favoris. Les stars de cinéma, les personnalités sportives et les nababs de Hollywood ne l'intéressaient guère. Elle ne se considérait pas comme une langue de vipère, même si ses articles d'une franchise décapante dérangeaient parfois ses interlocuteurs habitués au cocon protecteur dont les enveloppait leur service de relations publiques.

Tant pis pour eux s'ils n'appréciaient pas, elle ne faisait que dire la vérité.

Elle travaillait sous l'œil vigilant de Victor Simons depuis cinq ans. Ils s'entendaient merveilleusement bien, même si Victor se montrait parfois insupportable, notamment lorsqu'il la forçait à interroger quelqu'un qui ne l'intéressait absolument pas. En règle générale, ils parvenaient à un compromis ; elle acceptait à contrecœur d'interviewer une quelconque star de cinéma stupide hissée au rang de sex-symbol et en échange, il la laissait tenter sa chance avec un savant spécialiste du nucléaire ou un génie de l'informatique.

Victor l'avait découverte alors qu'elle sortait juste de

l'université. Elle venait d'écrire un article corrosif dans l'*Esquire* sur la discrimination larvée pratiquée envers les femmes dans la société contemporaine. Il l'avait invitée à déjeuner, lui avait conseillé de consolider son expérience, et l'avait embauchée deux ans plus tard pour rédiger de courts questionnaires dans son magazine. Un an après, elle réalisait de brèves interviews, et puis un beau jour elle avait trouvé sa marque — Madison Castelli, Portraits des riches et des puissants.

Henry Kissinger fut l'objet de son premier article. Son esprit acéré et ironique avait réussi à cerner la vraie personnalité du politicien vieillissant. Ensuite, tout fut facile. Au rythme d'un entretien par mois, elle avait amplement le temps de travailler sur son livre — un roman sur les relations amoureuses, qui progressait lentement, car elle ressentait toujours de la colère envers David, suite à leur rupture. De plus, il lui était pénible de parler des rapports amoureux alors qu'elle souffrait encore énormément.

Pourquoi David l'avait-il quittée ? Elle se posait encore la question. Avait-elle fait quelque chose qui lui avait déplu ?

Non. Au fond d'elle-même, elle connaissait la réponse. David n'avait pas accepté qu'elle gagne autant d'argent que lui. C'était aussi simple que ça. Il voulait une femme au foyer soumise, et non pas un esprit libre et indépendant ayant des ambitions personnelles. Deux ans de frénésie amoureuse n'étaient pas synonymes de relation durable, car une fois la passion apaisée, que restait-il ?

Dans leur cas, rien apparemment.

Quelques semaines après le départ inopiné de David, elle avait appris qu'il s'était marié avec sa petite amie d'enfance, une blonde sans caractère aux seins siliconés et aux lèvres trop pulpeuses. Il avait apparemment renoncé au bon goût.

※
※ ※

Victor, accroupi sur le sol de son vaste bureau, jouait avec son précieux circuit de train miniature, qui serpentait tout autour de la pièce. Proche de la cinquantaine, il était grand et enveloppé, avec une tignasse de cheveux bruns crépus dressés sur la tête, des sourcils de même couleur, un triple menton et des yeux de chiot.

— Maddy, s'exclama-t-il d'une voix forte et tonitruante. Je ne m'attendais pas à te voir aujourd'hui. Entre.

— Bonjour, Victor, répondit-elle, enjambant avec précaution une locomotive rouge qui avançait en ahanant. Je vois, en plein travail comme d'habitude.

— Naturellement, répliqua-t-il en riant de bon cœur. C'est bon pour la santé. De plus, Evelyn ne tolère pas que je joue avec ça à la maison.

— Je me demande bien pourquoi, murmura Madison en songeant à Evelyn, une femme sèche et coincée, au visage perpétuellement crispé et au corps engoncé dans des robes haute couture.

— Elle n'apprécierait pas que je dérange son salon, ajouta Victor en se relevant.

Madison était juchée sur le coin du bureau.

— Je voulais te demander un service, annonça-t-elle en saisissant un lourd presse-papier de verre qu'elle se mit à examiner.

— Bien, dit Victor d'une voix retentissante en s'asseyant sur son fauteuil en cuir. J'adore les personnes qui me doivent des services.

— Je ne suis pas *une personne*, fit remarquer Madison, irritée qu'il la considère de la sorte. Et par ailleurs, il ne s'agit pas vraiment d'un service, mais plutôt d'un renseignement.

— Quel genre de renseignement ? demanda Victor d'un ton soupçonneux.

— Rien d'extraordinaire, dit-elle en reposant le presse-papier. J'ai simplement besoin que tu m'indiques le nom du meilleur détective privé de New York.

Victor tapota son bureau avec l'index.

— Et qu'est-ce qui te fait penser que j'ai cette info ?

— Le fait que tu sois toujours au courant de tout. En outre, ajouta-t-elle à la hâte, est-ce que tu n'avais pas fait suivre ta femme avant ton divorce ?

Ses sourcils broussailleux se soulevèrent brusquement.

— Qui t'a raconté cela ?

— Commérages de bureau.

— Je hais les commérages, dit-il sèchement.

— Au contraire, tu les adores, répliqua-t-elle.

— Pourquoi as-tu besoin de ce renseignement ?

— C'est pour une amie.

— Quelle amie ?

— Ça ne te regarde pas.

— Garce !

— Négrier !

Ils échangèrent un sourire.

Madison adorait Victor, même s'il la rendait parfois folle avec sa voix de stentor et son attitude dominatrice. Et Victor adorait Madison, qu'il considérait comme sa recrue personnelle.

Victor posa la télécommande du train sur son bureau et appela Lynda, son assistante. Elle travaillait pour lui depuis douze ans et ressemblait énormément à un basset, avec ses cheveux bruns raides et ternes et son sourire morne.

Lynda apparut immédiatement, suintante d'amour, non partagé, pour Victor.

— Oui, Monsieur S ? demanda-t-elle avec empressement.

— C'est confidentiel, répondit Victor.

Lynda jeta à Madison un regard malveillant qui signifiait : « Que fait-elle là, alors ? »

— Donnez-moi le nom et le numéro de, voyons… la personne qui a suivi Rebecca. J'en ai besoin tout de suite.

Lynda reprit immédiatement ses esprits.

— Oui, Monsieur S.

Et elle disparut.

— Bon, dit Victor, en se tournant vers Madison. Tu ne veux toujours pas me dire de qui il s'agit ?

— Eh bien, répondit-elle de manière délibérément évasive, il ne s'agit pas de moi en tout cas, cela devrait te suffire.

— Eh bien non, grommela-t-il.

— Ne te mets pas martel en tête, Victor, dit-elle avec désinvolture. De toute manière, cela ne t'intéresserait pas.

— Tu as besoin d'un homme, dit Victor.

C'était sa réplique favorite. Il la sortait chaque fois qu'elle l'énervait.

— Cela fait combien de temps que David est parti ?

— Ne te mêle pas de ma vie sentimentale, l'avertit-elle.

— Tu as vingt-neuf ans et tu n'as aucune vie sentimentale, lui rappela-t-il.

Mon Dieu ! Comme elle détestait que Victor s'immisce dans ses affaires.

— Va te faire foutre, lança-t-elle avec virulence.

— C'est quand tu veux…

Elle éclata de rire. Il était impossible de se fâcher avec Victor. Après tout, il était plein de bonnes intentions, même s'il essayait tout le temps de la caser avec le premier célibataire venu. Peu importait l'âge ou le physique ; dans la mesure où ils avaient un bon compte en banque et étaient en pleine possession de leurs moyens sexuels, il l'encourageait vivement à tenter sa chance.

Elle avait cessé d'accepter les invitations à dîner chez lui. La dernière fois, elle s'était retrouvée en compagnie d'un ancien astronaute et d'un jeunot de vingt et un ans passionné d'informatique. Des gens intéressants, mais hors de question de sortir avec l'un ou l'autre d'entre eux.

Cela m'est égal d'être seule, se dit-elle.

C'est faux, répliqua une petite voix agaçante à l'arrière de son crâne.

NON, c'est vrai !

Dix minutes plus tard, le nom de K. Florian et un numéro de téléphone en poche, elle quittait le bureau, coupant par la 67ᵉ Rue pour rejoindre son appartement à Lexington. Maintenant qu'elle avait les renseignements souhaités, elle décida qu'il était préférable de discuter avec Jamie avant de les utiliser. Le soir même, elles étaient toutes les deux invitées à un dîner dans le luxueux appartement d'Anton Couch ; elle pourrait donc savoir exactement ce que Jamie attendait d'elle.

Oui, et elle aurait également l'occasion de surveiller Peter, de voir ce qu'il mijotait.

Elle était excellente psychologue. Si Peter trompait Jamie, elle le saurait. Sans aucun doute.

2

— Je veux qu'il crève ! hurlait Rosarita Vincent Falcon, le visage écarlate. Tu m'entends ? Qu'il crève !

— Arrête de crier, grogna son père, les paupières tombantes et les yeux chargés de réprobation face à cette explosion de colère. Tu veux que tout l'putain de quartier t'entende ?

— Qu'est-ce que ça peut me faire ? rétorqua Rosarita. Tout ce putain de quartier t'appartient.

— Quel langage raffiné, dit Chas Vincent avec une moue dégoûtée.

C'était un homme grand et imposant, au visage rougeaud et à la voix rude.

— C'est comme ça qu'on t'a appris à parler à l'université ?

— J'en ai rien à foutre de l'université ni des voisins ! Je veux que ce crétin de Falcon disparaisse !

— Tu voudrais pas crier un tout petit peu plus fort, au cas où la femme de ménage t'aurait pas bien entendue, grommela Chas, le front perlé de sueur.

Rosarita frappa du pied sur l'épais tapis qui ornait la pièce. Pourquoi son père était-il si obtus ? Pourquoi refusait-il de comprendre ?

Rosarita, de taille moyenne, était du genre anorexique avec des tendances à la boulimie. Agée de vingt-six ans, elle avait des cheveux roux mi-longs coupés au carré, un visage mince et pointu, des lèvres pulpeuses (grâce au chirurgien plasticien renommé qui lui avait refait le nez, les pommettes et le menton et à qui elle devait également d'avoir la plus belle poitrine de Manhattan) et était dotée d'un caractère volcanique. Son tempérament impétueux se manifestait notamment à l'encontre de son mari Dexter Falcon, acteur de seconde zone et mannequin à l'occasion. Elle l'avait épousé dix-huit mois plus tôt, l'ayant trouvé remarquablement séduisant — à l'époque, on pouvait l'admirer à moitié nu sur une énorme affiche publicitaire de Times Square —, sans compter qu'il était absolument fou d'elle.

Elle était persuadée qu'il allait devenir une star de cinéma. Mais elle s'était trompée : il n'avait réussi qu'à décrocher un rôle médiocre dans une série sans avenir diffusée en journée, pour laquelle il était très mal payé et que personne ne regardait. Alors, qu'il aille au diable !

Rosarita n'aspirait plus désormais qu'à se débarrasser de lui, car elle avait rencontré quelqu'un d'autre, un homme qui avait du caractère, un battant comme elle, et dont les prouesses sexuelles surpassaient celles de Dexter, qui pourtant se défendait plutôt bien dans ce domaine. Quelqu'un avec qui elle allait faire son chemin dans la vie.

Mais comment y parvenir avec ce ringard qu'elle traînait derrière elle ?

Quand elle avait évoqué la question du divorce, Dexter avait piqué une crise.

— Il faudra d'abord me passer sur le corps ! avait-il dit.

Eh bien… s'il y tenait…

— Je croyais pourtant que tu étais follement amoureuse, dit Chas, en sirotant un grand verre de whisky. Je t'ai offert un mariage magnifique, avec tout le tralala — exactement ce que tu voulais. Je t'ai acheté une maison et une putain de Mercedes. Je pensais qu'avec tout ça, tu serais enfin satisfaite. Tu as tout ce que tu désires, non ?

— Désolée, ce n'est pas le cas, répliqua Rosarita en grinçant des dents. Dex est un minable sans avenir et je veux que tu me débarrasses de lui.

— Et tu crois que c'est simple comme bonjour, répondit Chas en se demandant comment il avait fait pour avoir une fille aussi impossible.

Sa sœur cadette Venice, âgée de vingt-cinq ans, mariée à un assureur plein de bon sens et mère de deux enfants, était un ange en comparaison. Ah, si seulement Rosarita avait pu ressembler à sa sœur !

— Je t'avais prévenue que tu n'arriverais à rien avec un crétin d'acteur, maugréa-t-il. Ces acteurs, rien dans la tête et tous à moitié gay.

— Il n'est pas *gay*, dit Rosarita en faisant la moue, blessée à l'idée que Chas puisse imaginer qu'elle sorte avec un homosexuel. Il est tout simplement stupide.

— Je te l'avais bien dit, mais tu ne voulais pas m'écouter, mademoiselle j'veux-tout-tout-de-suite, dit Chas en prenant une voix affectée.

— Papa ! gémit Rosarita, en changeant de tactique car elle connaissait son père sur le bout des doigts et savait parfaitement comment l'amadouer. S'il te plaît, ne laisse pas tomber ta petite fille. J'ai besoin de ton aide.

Chas ne savait pas à résister à Rosarita quand elle se montrait gentille. Pendant ces rares moments, elle lui rappelait sa chère épouse défunte, qui était morte en donnant naissance à Venice, le laissant seul avec un nourrisson et une petite fille à élever. Il s'était plutôt bien débrouillé, secondé par un bataillon de petites amies dont aucune ne restait plus de quelques mois. Chas n'était pas l'homme d'une seule femme. Il aimait les créatures dociles aux poitrines généreuses, mais après deux ou trois mois elles lui tapaient sur les nerfs avec leurs jérémiades continuelles et leurs dépenses insensées.

Peut-être que Rosarita lui ressemblait et qu'elle n'était pas faite pour vivre en couple. Il ne pouvait pas le lui reprocher. Dexter Falcon était un imbécile sans personnalité qui n'avait que sa belle gueule pour réussir dans la vie. Il n'avait pas d'étoffe — Chas s'en était rendu compte dès sa première rencontre avec ce minable. Rosarita aurait dû le larguer. Mais non, il avait fallu qu'elle épouse ce débile. Le mariage lui avait coûté un sacré paquet de fric. Rosarita avait exigé — et obtenu — ce qu'il y avait de mieux. Aujourd'hui, Chas avait seulement envie de lui dire : « Je t'avais prévenue, maintenant débrouille-toi », mais sa fille au caractère bien trempé était rebelle à toute critique. Il s'abstint donc de tout commentaire et tapota l'épaule de Rosarita tandis qu'elle essayait de s'asseoir sur ses genoux, le visage ruisselant de larmes.

C'étaient en fait des larmes de frustration et de colère car elle détestait qu'on la contrarie, mais Chas s'y était laissé prendre.

— Qu'allons-nous faire, papa ? dit-elle en reniflant. Je suis… si… malheureuse. Dex est tellement méchant avec moi.

— Divorce, suggéra son père, persuadé que Dexter avait sûrement une bonne raison pour se conduire de la sorte.

— Tu ne comprends donc pas ? Il ne veut pas, gémit-elle. Cela veut dire que je vais devoir attendre, passer mon temps chez des avocats à raconter ma vie et faire toutes sortes de démarches affreuses et humiliantes. Il menace de réclamer la moitié de ma fortune. Je ne veux pas attendre, papa. Ce n'est pas juste.

Un silence s'installa, entrecoupé de sanglots déchirants.

— D'ailleurs, j'ai rencontré quelqu'un d'autre, et il est hors de question que Dexter gâche tout en me mettant des bâtons dans les roues.

— J'espère que ce n'est pas encore un crétin d'acteur, dit Chas en buvant une longue rasade de whisky.

— Non, papa. Celui-ci est riche. C'est quelqu'un, pas un pauvre type comme Dexter. Je déteste Dex.

— C'est ce que j'ai cru comprendre, dit Chas en se grattant le menton.

Rosarita se leva, il ne la retint pas. Il n'était plus tout jeune et avait passé une nuit éreintante avec une bimbo blonde aux seins gros comme des obus.

— Je vais lui parler, dit Chas. Il va m'écouter.

— Lui parler ne sert à rien, gémit Rosarita. Le tuer, si.

— Arrête ces sornettes, dit Chas d'un ton brusque, soudain en colère. Le crime, c'est pas mon rayon. Je travaille dans l'immobilier, ne l'oublie surtout pas.

— Vraiment ? dit Rosarita.

— C'est quoi cette question ? Qu'est-ce que tu veux insinuer ?

Rosarita dévisagea son père, une expression malveillante sur son visage anguleux et pointu.

— Qu'est-il arrivé, déjà, à ce contremaître véreux ? demanda-t-elle d'un air entendu. Tu sais, celui qui t'arnaquait. Sans parler d'Adam Rubicon, ton ex-partenaire, qui a mystérieusement disparu. Et…

— Oh, ta gueule, hurla Chas, bondissant sur ses pieds, le visage congestionné. Tu me parles plus jamais de ça, compris ?

— Alors passe à l'action, dit Rosarita, calme, posée et sûre d'elle. Le plus tôt sera le mieux.

**

Loin de soupçonner les propos menaçants qui se tenaient chez son beau-père, Dexter Falcon, un sourire aux lèvres, quittait le studio de télévision où l'on tournait la série Jours Sombres. Dexter Falcon n'était pas son vrai nom : en réalité il s'appelait Dick Cockranger — un nom trop ridicule pour être conservé, sauf s'il avait envisagé de faire carrière dans le cinéma porno, ce qui n'était pas du tout son intention, lorsque, quatre ans auparavant, il avait quitté sa petite ville du MidWest pour débarquer à New York. Non, il voyait beaucoup plus grand.

Il avait tout d'abord changé de nom — Dexter en souvenir d'un acteur séduisant qui jouait dans le feuilleton sentimental favori de sa mère et Falcon parce que c'était un nom puissant et fort, un nom extrêmement viril.

C'est ainsi que Dexter Falcon était né. C'était un nouveau départ. Un moment mémorable. Il avait vingt ans et était prêt à tout ; quelques semaines après son arrivée dans la grande ville, ce « tout » s'était matérialisé en la personne de Mortimer Marcel, un styliste français qu'il avait rencontré en faisant son jogging dans Central Park.

— Tu es mannequin ? lui avait demandé Mortimer.

— Acteur, avait répondu Dexter.

Il n'avait en fait jamais joué la comédie et n'y avait même jamais pensé. Mais la profession d'acteur était bien plus excitante que celle de plongeur chez un traiteur à Lexington — son activité de l'époque.

— Tu serais parfait pour ma collection de sous-vêtements, avait brusquement déclaré Mortimer. Viens faire un essai chez moi ce soir à 19 heures.

Il avait sorti une carte de visite de son short dernier cri et la lui avait remise.

Dexter était resté là, songeant aux perspectives qui

s'offraient à lui, tandis que Mortimer disparaissait au loin. Il n'était pas naïf. Il savait comment cela se passait — notamment dans une grande ville comme New York. Mortimer Marcel était gay. Dexter ne l'était pas.

Mortimer Marcel était un gagnant. Dexter ne l'était pas.

Avait-il le choix ?

Oui. Il ne fallait pas donner suite à cette histoire. Pourtant il y avait une chance à saisir et c'était sans aucun doute son destin d'accepter cette proposition.

En l'espace de six mois, il était devenu la mascotte de Marcel Mortimer — on le voyait partout, à la télévision, sur Internet, dans les publicités des magazines. Marcel l'avait même emmené à Paris pour présenter sa dernière collection de vêtements de sport.

Mais leur relation était platonique. Mortimer vivait avec Jefferson, un ancien mannequin noir, bel homme, qui veillait aussi jalousement sur lui qu'un chat sauvage sur ses petits, de telle sorte que Mortimer n'avait jamais posé la main sur Dexter et le laissait libre de coucher avec qui il voulait. Ce dont il ne se privait pas. Il passait toutes ses nuits avec des top models, chacune plus superbe que la précédente.

Pendant deux ans, Dexter avait satisfait tous ses fantasmes sexuels, mais au fond de lui-même il désirait plus que des aventures sans lendemain. Il recherchait désespérément une relation authentique avec une femme qui s'intéresserait à lui. Il voulait avant tout se marier, avoir des enfants et être heureux jusqu'à la fin de ses jours comme ses parents, qui étaient toujours ensemble après quarante-cinq ans de vie commune épanouie.

Il avait rencontré Rosarita un soir, à une fête. Moins belle qu'une top model, elle était cependant attirante et semblait attentionnée et gentille, mais ce qui lui plaisait par-dessus tout, c'est qu'elle buvait ses paroles. Comme il n'avait jamais grand-chose à raconter, c'était plutôt flatteur et il aimait ça. Bref, Rosarita lui plaisait et ils avaient commencé à sortir ensemble.

Lors de dîners en ville, elle lui avait maintes fois répété qu'elle était très attachée aux valeurs familiales et que la vie sociale new-yorkaise lui déplaisait, exactement comme lui.

Elle lui racontait des anecdotes sur les enfants de sa sœur, lui avouant qu'elle aurait aimé, elle aussi, avoir un jour des enfants. Et même plusieurs. Ils partageaient la même conception traditionnelle de la vie et il était tombé sous le charme !

Un mois plus tard, il lui avait demandé de l'épouser et elle avait accepté. Ils s'étaient mariés six semaines après. Lors de leur nuit de noces, ils avaient fait l'amour pour la première fois et cela avait été une révélation. Son mariage avec Rosarita était sans aucun doute la meilleure chose qui lui soit jamais arrivée.

Quelques semaines après la cérémonie, Rosarita, qui le trouvait bien trop intelligent pour continuer à être mannequin, avait arrangé un rendez-vous avec un agent du célèbre cabinet de recrutement de William Morris. Lors de l'entrevue, ce dernier lui avait assuré qu'il avait l'étoffe d'une star de cinéma et l'avait immédiatement envoyé passer des auditions.

Dexter était fou de joie. Et Rosarita aussi.

Pendant les deux mois qui avaient suivi, il avait failli décrocher un rôle dans un film de Clint Eastwood, puis dans un chef-d'œuvre de Martin Scorsese et il s'en était fallu d'un cheveu qu'il soit l'amant de Gwyneth Paltrow dans un film Miramax. Son agent lui avait alors conseillé de signer un contrat d'un an pour jouer dans *Jours Sombres* après plusieurs mois passés sans aucune audition.

— Fais-le, avait-il insisté. Une fois que tu auras de l'expérience, ils se battront tous pour t'avoir.

Dès la signature du contrat, Rosarita avait changé d'attitude. Auparavant gentille, elle était devenue revêche, se plaignant de tout, surtout de ne plus pouvoir sortir avec lui le soir parce qu'il était convoqué tous les jours sur le plateau à 5 heures du matin. Elle lui faisait des reproches continuels. Rien de ce qu'il faisait n'était jamais assez bien et elle avait fini par faire des allusions au divorce, il y avait de cela six semaines.

Dexter n'arrivait pas à le croire. Divorcer ! Ils n'étaient mariés que depuis dix-huit mois. C'était impensable. Pas dans sa famille. D'abord, ses parents ne s'en remettraient pas. Et puis, il était plutôt satisfait de sa vie.

C'est pourquoi, après mûre réflexion, il avait conçu un plan pour la calmer. Au début de leur relation, il l'avait emmenée chez lui pour qu'elle rencontre son père Matt et sa mère Martha. Elle les aimait bien et c'était réciproque. Elle ne les avait revus ensuite que lors de la magnifique fête organisée pour leur mariage. Le père de Rosarita avait réglé l'addition de cet événement extrêmement coûteux, leur avait acheté un vaste appartement à Manhattan et une magnifique Mercedes en guise de cadeau de mariage. Ils n'avaient d'ailleurs presque jamais eu l'occasion de la conduire parce qu'il était quasiment impossible de se garer à New York.

Martha et Matt Cockranger étaient l'arme secrète de Dexter. Il leur avait payé le voyage en avion jusqu'à New York pour une visite surprise. Il avait déjà dit à la femme de ménage de préparer la chambre d'amis et avait loué une limousine pour les accueillir à l'aéroport. Ils arrivaient ce soir, ce qui le rendait joyeux.

Si Martha et Matt n'arrivaient pas à ramener Rosarita à la raison, alors personne n'en était capable.

3

Anton Couch organisait des fêtes magnifiques. Ses dîners étaient toujours parfaitement réussis car il était soucieux du moindre détail. Deux tables de douze couverts étaient dressées à l'attention d'une assemblée hétéroclite de convives beaux, talentueux, brillants ou fabuleusement riches qui faisaient tous partie de la jet-set new-yorkaise.

Madison jeta immédiatement un coup d'œil au groupe d'invités en pénétrant dans le salon d'un rouge flamboyant. Elle y avait déjà rencontré John Gotti avant qu'il ne soit incarcéré. Chez Anton, on croisait souvent des vedettes de cinéma, des politiciens et des stars du rock.

Elle remarqua la présence de Kris Phoenix — légende vivante du rock, reconnaissable entre tous avec ses cheveux en brosse et ses yeux d'un bleu intense. Bien qu'il eût cinquante ans passés, il possédait toujours un charme irrésistible. Comme Mick Jagger, Rod Stewart et Eric Clapton, il semblait détenir le secret de l'éternelle jeunesse. Kris était en pleine conversation avec Clive Davis, un nabab de l'industrie musicale.

Comme elle connaissait Clive, elle se dirigea vers eux, mais Peter, le mari de Jamie, lui barra soudain le passage, un verre de Martini à la main et un sourire fat sur son visage au regard légèrement vitreux. Peter arborait l'air suffisant de quelqu'un qui vient juste de passer un week-end dans la station balnéaire ultra-chic des Hamptons. Tout comme sa femme il était grand, avec un léger hâle en toutes saisons, des yeux aigue-marine et des cheveux blonds en bataille. Lui et Jamie formaient un couple splendide.

— Comment va la meilleure amie de ma femme ? demanda-t-il en lui jetant un regard concupiscent et lascif.

— Très bien, merci, dit-elle, tout en pensant qu'il suffirait d'un Martini de plus pour qu'il soit complètement hors circuit.

— J'ai appris que toi et ma fabuleuse épouse aviez déjeuné ensemble aujourd'hui, remarqua-t-il.

— C'est exact.

— Vous avez parlé de moi, n'est-ce pas ? s'enquit-il avec un sourire charmeur.

— Evidemment, répliqua-t-elle avec désinvolture. Tu n'ignores sans doute pas que tu es le sujet de conversation le plus passionnant au monde ?

— J'aimerais bien, dit-il sombrement en sirotant son apéritif. En fait, je crois que ma femme en a marre de moi.

— Qu'est-ce qui te fait croire ça ?

— Je ne sais pas… juste une impression.

Madison haussa les épaules.

— Que veux-tu que je te dise ?

— Rien, si elle en a *vraiment* marre et qu'elle me vire, je n'aurai qu'une solution : aller vivre avec toi.

— Super, dit Madison d'un ton sec. Tu peux toujours dormir avec le chien.

— Tu sais que j'ai toujours eu un faible pour toi, dit-il en s'approchant.

Mon Dieu, elle ne supportait pas quand Peter était soûl. Il ressortait immanquablement les mêmes formules éculées et personne ne s'en plaignait à Jamie parce que tout le monde savait que ce n'était que des paroles d'ivrogne.

— Et comment ça va à Wall Street ? demanda-t-elle, en changeant précipitamment de sujet.

— J'ignorais que tu t'intéressais aux cours de la Bourse, dit-il en se léchant les lèvres de manière suggestive. Tu veux que je m'occupe personnellement de ton portefeuille ?

— Excuse-moi, Peter, dit-elle en reculant. Il faut absolument que je parle à Anton.

— Tu sais, Maddy, il y a une chose que je ne comprends pas, dit-il en la poursuivant. Comment se fait-il qu'une belle femme comme toi reste seule ?

— C'est un choix, répondit-elle froidement.

— David s'est comporté comme un parfait imbécile.

— Nos emplois du temps ne concordaient pas, tout simplement.

— Ouais...

— Tu as vu à quoi il ressemble, maintenant, son emploi du temps ? Il a de gros seins et pas de cervelle.

— Quand l'as-tu rencontrée ? demanda Madison en fronçant les sourcils, ignorant que Peter et son ex-petit ami continuaient à se voir.

— Nous sommes allés dîner ensemble un soir que Jamie était absente. Il m'a appelé et m'a harcelé pour que je sorte avec lui et sa nouvelle femme.

— Il t'a harcelé ? reprit Madison, qui se rappelait l'opinion très peu flatteuse que David avait de Peter.

Il avait une fois effectué un placement boursier sur ses conseils et perdu une grosse somme d'argent. Cela lui avait déplu, car il ne supportait pas de perdre dans quelque domaine que ce soit.

— J'ai accepté. Je n'avais rien d'autre à faire.

— Elle est comment ? demanda Madison malgré elle, furieuse de n'avoir pas su tenir sa langue.

— C'est une bimbo, si tu vois ce que je veux dire...

— Eh bien, en fait... absolument pas, répondit-elle froidement.

— Il est complètement fou de t'avoir laissée tomber, dit Peter en s'approchant si près qu'elle pouvait sentir son haleine empestant l'alcool.

— Où est Jamie ? demanda-t-elle abruptement, en prenant une nouvelle fois ses distances.

— Elle a rencontré Kris Phoenix et elle a complètement craqué. Qu'est-ce que vous leur trouvez donc, vous les femmes, à ces rock stars ?

— C'est toute notre jeunesse, Peter. C'était notre idole à l'université, le chanteur le plus sexy de sa génération.

— Vraiment ? Premiers émois sexuels et tout ça ?

— Tu meurs d'envie de savoir, hein ?

— En effet.

— Désolée, cela ne te regarde pas.

— Humm..., dit-il, en se balançant sur ses talons d'avant en arrière. Puisque tu as déjeuné avec ma femme aujourd'hui, ne serait-il pas juste que ce soit mon tour demain ?

Nouveau regard concupiscent appuyé.

— Je pourrais faire un examen approfondi de ton portefeuille...

Il plaisantait, bien sûr, il divaguait juste parce qu'il avait bu mais, compte tenu des soupçons de Jamie, Madison n'en était plus si sûre.

— Et si tu arrêtais de boire du Martini, Peter, suggéra-t-elle gentiment. Tu sais bien que Jamie déteste quand tu es soûl.

— Et si... tu t'occupais de ce qui te regarde ?

Elle regarda autour d'elle dans l'espoir d'apercevoir

une personne de sa connaissance. Cette conversation devenait embarrassante et il était temps de trouver une échappatoire.

— Il faut vraiment que je dise un mot à Anton, dit-elle. A plus.

— J'espère que nous serons placés l'un à côté de l'autre, à table, lui cria-t-il.

Ouais. C'est ça. Elle allait justement s'assurer que ce n'était pas le cas.

Anton était content de la voir. C'était un homme de taille minuscule, avec des yeux perçants, un sourire spontané et des gestes expansifs ; il avait un tempérament chaleureux qui le rendait très sympathique. Jamie et lui formaient un excellent duo en affaires, très sollicité pour décorer les demeures des gens riches et frivoles — des maisons dignes des magazines *Architectural Digest* ou *In Style*. Le travail était bien réparti entre eux : Anton trouvait les concepts innovants et Jamie assurait le suivi des projets. Le père de Jamie, qui les avait mis en relation et avait avancé le capital de départ, était depuis largement rentré dans ses fonds.

— Tes soirées sont toujours très réussies. Tu as l'art de réunir des gens d'horizons très différents, dit Madison d'un air admiratif en balayant la salle du regard.

Dans un coin de la pièce, le puissant agent Mort Janklow s'entretenait avec les éditeurs Sonny Mehta et Michael Korda, tandis que de l'autre côté, Betsy Bloomingdale, en visite de Californie, subjuguait par sa brillante conversation un groupe de New-Yorkaises — parmi lesquelles l'éblouissante Georgette Moschbacher.

— J'essaie toujours de mélanger les genres, répondit Anton avec modestie.

— Et tu y réussis toujours, dit Madison. J'aimerais tant que tu me laisses écrire un article sur toi.

— Pas de publicité personnelle — c'est ce principe qui me vaut la confiance de mes clientes. Tu serais étonnée si tu savais tout ce qu'elles me racontent quand je leur conseille une nouvelle tenture murale pour leur salon.

— Te connaissant, cela ne m'étonnerait pas que tu dissimules un petit microphone dans le mur, dit Madison en souriant. Je sais bien que tu adores écouter les ragots…

— Exact, ma chère, répliqua Anton. Cependant, ce qui fait ma force, c'est que je ne répète rien — même pas à toi.

Ils éclatèrent de rire.

— Tu sais où est Jamie ? J'aimerais lui parler.

— Dans la salle de bains des invités, répondit Anton.

Baissant la voix, il ajouta :

— Je crois que Kris Phoenix lui a fait des avances. Elle est partie reprendre ses esprits.

— Et que faisait Peter pendant ce temps ?

— Il se soûlait, dit Anton. Tu n'as rien remarqué ?

— Je vais essayer de l'avoir à l'œil.

— Merci. La paix et l'harmonie, c'est tout ce que je demande.

— Mais oui, dit Madison, incrédule. Si c'était réellement le cas, tu n'organiserais pas des fêtes aussi folles tous les mois.

— Vie sociale oblige, répondit Anton avec un sourire entendu. Au fait, ta mère m'a appelé.

— Ma mère ? dit Madison, surprise.

— Tu as bien une mère, n'est-ce pas ? répondit Anton sèchement. Tu n'es pas née dans les rues de New York un stylo dans la main ?

— Bien sûr que j'ai une mère, mais pourquoi t'aurait-elle appelé ?

— Stella, n'est-ce pas ?

— Oui, la belle Stella.

— Si elle te ressemble, elle doit en effet être très belle.

— Allez, arrête, dit Madison, embarrassée par ce compliment. Ma mère est une vraie beauté. Marilyn Monroe à l'apogée de sa gloire.

— Rien que ça ! J'aurais bien aimé que ma mère ressemble à la divine Marilyn !

— Qu'est-ce qu'elle voulait, alors ?

— Des conseils pour la décoration de son nouvel appartement.

— Quel nouvel appartement ? demanda Madison, perplexe. Mes parents vivent dans le Connecticut. Ça fait dix ans qu'ils ont quitté New York.

— Eh bien, apparemment, ils reviennent.

— Je ne comprends pas, dit-elle, totalement désemparée. Pourquoi Stella fait-elle appel à toi et non pas à Jamie ? Et comment se fait-il que je ne sois pas au courant de cette affaire ?

— Peut-être qu'ils veulent te faire la surprise.

— Ouais, bien sûr... Franchement, ça m'étonnerait. La seule fois où ma mère m'a fait une surprise, c'est lorsqu'elle m'a félicitée pour mon article sur Eddy Murphy.

— Eddie Murphy ?

— Ouais. C'est difficile à croire, hein ? J'écris sur des politiciens et un tas d'autres gens fascinants et le seul qui ait retenu son attention, c'est Eddy Murphy.

— Peut-être qu'elle les aime noirs et audacieux, dit Anton en gloussant.

— Tu as déjà vu mon père ? C'est l'homme le plus séduisant de la planète.

— Vraiment ? dit Anton, soudain émoustillé. Quel âge a-t-il ?

— Cinquante-huit ans. Trop vieux pour toi, puisqu'apparemment les hommes de plus de vingt-cinq ans ne t'intéressent pas.

— Oh, mon Dieu, dit Anton, en feignant la consternation. Ma réputation est foutue !

Madison se mit à rire.

— Je vais voir Jamie. J'ai besoin de parler à quelqu'un de sain d'esprit.

Jamie n'était pas dans la salle de bains.

— Miss Jamie est dans la chambre de Monsieur, l'informa la gouvernante d'Anton.

— Merci, répondit-elle, se demandant de nouveau pourquoi sa mère avait appelé Anton.

Qu'est-ce que cela signifiait ? Ses parents adoraient le Connecticut, pourquoi donc envisageaient-ils de s'installer à New York ? Et qui plus est, sans la prévenir ?

Bon… elle en saurait plus demain.

Jamie était assise devant la coiffeuse Art Déco d'Anton, appliquant d'une main tremblante du rouge à lèvres à l'aide d'une brosse longue et fine.

— Qu'est-ce qu'il se passe ? Tout va bien ? demanda Madison, en s'asseyant sur le rebord de la baignoire.

— Kris Phoenix m'a demandé de le rejoindre à son hôtel, dit Jamie d'une voix rauque.

— Comment ?

— Tu m'as bien entendue. Il m'a donné rendez-vous.

— Quand ?

— Plus tard dans la soirée.

— Tu plaisantes ?

— Non.

— Et Peter ?

— Quoi Peter ? demanda Jamie avec défi.

— Il pense que tu en as marre de lui.

— Ah, elle est bien bonne, celle-là !

— Tout ceci est ridicule.

— Pourquoi ? dit Jamie, entêtée. Je sais qu'il me trompe.

— Tu n'en sais rien, tu le soupçonnes, c'est tout. Tu ne peux pas partir au milieu de la nuit pour aller retrouver une rock star sur le retour.

— C'est tout à fait possible si j'en ai envie.

— Tu t'es disputée avec Peter ?

— Non.

— Alors, pourquoi tu te comportes comme ça ?

— Pour voir s'il m'aime.

— Bien sûr qu'il t'aime, dit Madison, totalement exaspérée. Il ne resterait pas avec toi si ce n'était pas le cas.

— Les gens restent ensemble pour une foule de raisons différentes, dit Jamie d'un air mystérieux, saupoudrant de fard son visage déjà empourpré.

— Bref, dit Madison, voici le numéro d'un détective privé et je pense que tu devrais le rencontrer.

— Moi ? Et toi alors ? dit Jamie en gémissant.

— Tu m'arrêtes si je me trompe, mais ce n'est pas toi qui soupçonnes ton mari d'être infidèle ?

— C'est vrai, mais tu vas m'aider, n'est-ce pas ? demanda Jamie d'un ton suppliant.

Madison soupira.

— Si tu insistes, répondit-elle.

Jamie avait toujours su obtenir ce qu'elle voulait…

— Je n'y arriverai pas toute seule, Maddy. Tu veux bien prendre rendez-vous et m'accompagner ?

— D'accord, d'accord…, répondit Madison avec impatience, tout en se disant qu'elle devrait vraiment apprendre à dire non.

— Mais seulement si tu laisses tomber cette histoire stupide avec Kris Phoenix. Ce n'est qu'une vieille rock star lubrique. Absolument pas pour toi.

— Promis, dit Jamie, en prenant un air angélique. Mais, je te jure que si j'apprends que Peter me trompe, je téléphone à Kris Phoenix et je lui fais l'amour au beau milieu de Times Square !

4

Joel Blaine était tout le contraire de Dexter au lit, songea Rosarita. Joel était un amant brutal, qui lui faisait l'amour d'une manière qui dépassait tout ce qu'elle avait pu imaginer. Il la traitait avec rudesse et la contraignait à faire des choses que Dex n'aurait jamais osé tenter. Quand il la pénétrait, il voulait qu'elle s'abandonne totalement et tandis qu'elle lui enlaçait le cou de ses jambes, il la forçait à respirer des poppers en lui mordant les tétons jusqu'à ce qu'elle pousse des cris de douleur et de plaisir mêlés. Et il l'obligeait sans ménagement à lui tailler des pipes.

Ce soir-là, quand elle avait joui, à califourchon sur lui, elle avait poussé un cri si passionné qu'il lui avait bâillonné la bouche de sa grosse main poilue en lui disant de la fermer.

Elle aimait les hommes qui n'hésitaient pas à s'imposer.

La personnalité de Joel lui rappelait son père et il était physiquement totalement différent de Dex. De petite taille, la peau mate, il avait un corps trapu recouvert d'une toison épaisse, des yeux rapprochés au regard troublant et des lèvres sensuelles. Tout cela lui donnait un charme sexy avec un soupçon de vulgarité. C'était leur deuxième rencontre, mais leurs premiers ébats dans un lit. La fois d'avant, juste après avoir fait connaissance lors d'un vernissage dans une galerie d'art, il s'était garé dans une petite rue sombre à Soho, avait partagé une ampoule de cocaïne avec elle et lui avait fait l'amour à l'arrière de sa Bentley grise rutilante pendant qu'un couple de passants les regardait par la fenêtre ouverte. Cela avait été une expérience très excitante.

Mais ce soir, c'était encore mieux. Encore plus de cocaïne. Plus de sexe. Ses deux plaisirs favoris.

— C'était génial ! s'exclama-t-elle, en saisissant une cigarette, qu'elle alluma aussitôt.

Joel se dirigeait déjà vers la salle de bains. Elle tira une nouvelle bouffée et jeta un coup d'œil à sa montre. Il était 18 heures passées, il était temps de rentrer à la maison pour passer une autre soirée ennuyeuse avec Dex. Au fond, quoi d'étonnant à ce qu'elle souhaite sa mort ?

Si Dex disparaissait de sa vie, elle serait libre de poursuivre une relation sérieuse avec Joel. Pour l'heure, ce dernier gardait ses distances, sachant qu'elle n'était pas disponible.

Elle aurait donné n'importe quoi pour passer la soirée avec lui. Elle imaginait un dîner dans un bon restaurant suivi de quelques verres dans un club branché, puis retour chez lui pour une nouvelle nuit d'amour. A quoi ressemblerait la vie aux côtés d'un homme comme Joel ? se demanda-t-elle vaguement. C'était un fonceur, un homme d'action. Agé de trente-deux ans il lui avait laissé entendre qu'il était pratiquement seul maître à bord de l'énorme entreprise immobilière de son père. Quel couple ils feraient ! Ils avaient tous deux des pères riches et puissants — des hommes qui leur avaient beaucoup appris. A eux deux, ils règneraient sur New York.

Mais Dexter leur barrait la route.

Qu'il aille au diable ! C'était un minable crétin. Pourquoi donc l'avait-elle épousé ?

Dire qu'elle avait vu en lui une future star de cinéma !

Mais l'histoire s'arrêtait là.

Elle entendait l'eau couler dans la douche. Sans faire de bruit, elle ouvrit le tiroir de la table de chevet de Joel et en inspecta le contenu. Un pistolet : excellent, ça prouvait qu'il avait du cran. Six boîtes de tic-tac à la menthe. Une vidéo porno intitulée *Jets torrides*. Une boîte non entamée de préservatifs extra large. Et une enveloppe bleu pâle où était écrit « Mon chou ». Rapidement, Rosarita sortit le mot qui était à l'intérieur.

Mon chou, je t'aime. Pour toujours. A la semaine prochaine. Garde ma place bien chaude.

Ta chérie.

Ta chérie ! Qui diable était donc cette chérie ?

Rosarita se sentait offensée. Joel lui avait-il caché qu'il avait une petite amie ?

Elle allait continuer à fouiller quand le bruit de la douche s'arrêta. Elle remit prestement le mot dans l'enveloppe et ferma le tiroir.

Joel était de retour, une serviette vaguement nouée autour de la taille. Manifestement, il bandait encore.

Il était temps qu'elle marque son territoire.

— Approche, beau gosse, roucoula-t-elle, en lui faisant signe de venir au lit. J'ai quelque chose pour toi.

Joel ne se fit pas prier.

Dexter faisait les cent pas dans le salon, consultant sa montre toutes les cinq minutes. Mais où donc était passée Rosarita ? Il avait espéré qu'elle serait rentrée avant l'arrivée de ses parents, pour que la surprise soit totale. Mais il était 18 h 30 et elle n'était toujours pas là.

Il décrocha le téléphone à contrecœur et appela son

beau-père, tout en se mettant à transpirer. Chas Vincent lui donnait des sueurs froides ; il ressemblait — aussi bien physiquement que par son attitude — aux mafiosi de la célèbre série télévisée *Les Sopranos*.

Dès le début de leur relation, Rosarita lui avait fièrement annoncé que Chas était le roi du bâtiment dans le New Jersey. Il ne savait pas ou ne voulait pas savoir ce dont Chas était réellement le roi, il préférait simplement laisser le plus de distance possible entre lui et son beau-père.

— Bonjour, Chas, dit-il, attentif à contrôler le tremblement de sa voix. Rosarita est-elle chez vous ?

— Et pourquoi serait-elle là ? grommela Chas d'un ton soupçonneux. Elle est partie il y a deux heures.

— Vous a-t-elle dit où elle allait ?

Probablement partie acheter un pistolet pour t'éclater la tête, pensa Chas.

— Non, répondit-il. Elle doit être en train de faire les magasins. Tu connais les femmes — elles dépensent leur fric jusqu'à ce que les nichons leur en tombent.

Dexter se força à rire. Bien qu'ayant travaillé dans le milieu de la mode, il ne supportait pas la vulgarité.

— Rappelle-moi si elle n'est toujours pas rentrée à minuit, dit Chas d'un ton jovial. Je t'enverrai les flics.

Quel père attentionné ! C'était touchant.

Dexter déambulait dans l'appartement ; il s'arrêta dans la chambre d'amis pour s'assurer que tout était prêt pour l'arrivée imminente de ses parents. Il s'était personnellement rendu chez un fleuriste et avait acheté douze splendides roses rouges — celles que sa mère préférait. Conchita, la femme de chambre, les avait placées dans un joli vase ambré sur la commode près de la télévision. Il avait aussi acheté des roses pour Rosarita, des blanches cette fois, qu'il comptait lui donner plus tard, quand ils seraient seuls.

Cette soirée allait être unique. Il en était absolument certain.

— Merde, s'écria Rosarita, en s'apercevant qu'elle avait filé ses coûteux collants en montant dans le taxi garé en face de l'immeuble de Joel.
— Où allez-vous, ma p'tite dame ? demanda le chauffeur de taxi, sans même prendre la peine de se retourner.
— Le bas de votre porte est pointu, se plaignit-elle. Il faudrait penser à revoir ça.
— Où allez-vous ? répéta-t-il, en faisant craquer les articulations de ses doigts.
— Déposez-moi à l'angle de la 61e Rue et de Park Avenue, dit-elle d'un ton brusque. Et ne perdez pas de temps. Je suis pressée.

Le taxi démarra en trombe, propulsant Rosarita vers l'arrière. Elle murmura une insulte et fouilla dans son sac à la recherche d'une cigarette. Elle allait l'allumer quand le chauffeur croisa son regard dans le rétroviseur et l'avertit d'un ton sévère :
— Interdiction de fumer. Regardez l'écriteau.
— Merde, grommela-t-elle, en rangeant sa cigarette. C'était quoi cette réglementation stupide ?

Comment se faisait-il qu'un minable chauffeur de taxi puisse lui donner des ordres ?

Si elle se montrait très gentille avec Chas, peut-être qu'il lui offrirait une voiture personnelle avec chauffeur, notamment si elle le lui suggérait à Noël ou pour son anniversaire. Il était suffisamment riche pour se permettre une telle dépense et il n'y avait aucune raison pour qu'elle soit obligée de circuler en ville dans un taxi pourri avec un chauffeur débile qui lui interdisait de fumer. Evidemment, Chas lui demanderait pourquoi elle ne se servait pas de la

Mercedes qu'il lui avait achetée... mais elle saurait quoi répondre : il était impossible de se garer à Manhattan, un vrai cauchemar.

Ses pensées se concentrèrent sur Joel pendant un moment. Quel homme ! Même s'il avait été vraiment furieux lorsqu'elle l'avait mordu à la nuque avec une telle force que n'importe quelle petite dinde qui essaierait de se l'accaparer remarquerait immédiatement qu'il était allé s'amuser ailleurs. Elle revoyait encore la scène. Il avait fait un bond en arrière en se frottant la nuque et en hurlant :

— Putain, qu'est-ce qui te prend ?

— Désolée, avait-elle murmuré d'un air innocent. Tu es tellement excitant que je n'ai pas pu résister.

— Merde, s'était-il plaint, ça va enfler.

— Je connais quelque chose d'autre qui va enfler, avait-elle répliqué en gloussant, saisissant son sexe toujours dur et dressé, juste comme elle les aimait.

A présent, assise dans le taxi, elle se demandait ce que la petite « chérie » aurait à dire lorsqu'elle verrait la nuque de son petit ami. Ou plutôt... de son ex-petit ami, car elle avait de grands projets pour Joel.

Il n'allait pas être facile à gérer, elle le savait déjà. Il était obstiné et ne tolérait pas qu'on lui mette la pression. Et comme la plupart des hommes, il avait certainement une peur bleue de s'engager.

Toutefois, Rosarita était assez sûre d'elle pour se croire capable d'y remédier.

— On se revoit quand ? avait-elle demandé en quittant son appartement.

— Tu es mariée, non ? avait-il répondu d'un ton bourru.

— Depuis quand ça pose un problème ?

Joel s'était mis à rire, ou plutôt à pousser une sorte de râle.

— Parfois, je me fais mon petit spectacle au bureau. Tu sais, porte fermée, stores levés. Il y a plein de grands immeubles autour avec des gens qui matent. Ça te branche ?

— Quand ? avait-elle demandé tout excitée.

— Appelle-moi dans quelques jours. On se fera un plan.

Elle ne pouvait évidemment pas lui demander de l'appeler lui-même. Il ne fallait surtout pas que Dexter tombe sur un message de Joel.

— J'ai l'intention de divorcer, tu le sais ?

— Tu l'as annoncé à ton séduisant époux ?

— Pas encore, mais je vais le faire. Mon père va m'aider.

— Ah bon ? Comment ça ?

— En veillant à ce que Dex ne me mette pas de bâtons dans les roues.

Joel lui avait lancé un regard admiratif.

— Tu es une fille formidable, tu sais ça ?

— Je n'ai jamais dit le contraire, avait-elle répondu avec un petit sourire satisfait et entendu.

Puis, avant de partir, elle lui avait donné un long baiser sensuel qu'il n'était pas près d'oublier.

A présent elle pestait intérieurement, car elle devait rentrer chez elle et revoir son grand mollusque de mari. Et elle savait exactement ce qu'il allait dire : « Tu sais ce qui est arrivé sur le plateau aujourd'hui ? »

Qui pouvait bien en avoir quelque chose à faire de ce qui se passait sur le plateau ? Certainement pas elle, en tout cas.

Dexter ne comprenait rien. Elle voulait divorcer et ce soir elle allait mettre les points sur les i. Parce que, s'il ne comprenait pas rapidement, il serait bientôt un homme mort. Avec ou sans l'aide de son père.

5

— Il faut que je vous dise…
— Pardon ? avait répondu Madison, totalement indifférente aux paroles de son voisin.
— Vous avez les lèvres les plus sensuelles que j'ai jamais vues.
— Vraiment ? avait-elle répliqué d'un ton distrait. Très intéressant. J'allais vous dire la même chose.
Son compagnon de table la regarda d'un air perplexe.
— Ce qui me plaît chez vous, c'est votre sens de la repartie.
Je ne pourrais pas en dire autant de vous, avait-elle failli répondre, mais elle s'était abstenue. Cela n'en valait pas la peine.
Elle était assise à la gauche du play-boy Joel Blaine, le fils du milliardaire de l'immobilier, Leon Blaine. Leon était un homme intéressant, contrairement à Joel. Ce dernier était un vrai fils à papa, le genre de type qui pense que tout lui est dû simplement parce que son père est richissime. Pour Madison, ce gars n'était qu'une mauvaise plaisanterie, un don Juan sans talent et parfaitement vain.
— J'ai dit une bêtise ? demanda Joel, ne sachant comment la faire sortir de sa réserve. Les compliments vous gênent ?

— Qu'est-ce que vous avez au cou ? demanda-t-elle, en fixant du regard un affreux suçon rouge et enflé. Un souvenir d'une amante trop impétueuse ?

Joel se mit à rougir. Cette salope de Rosarita. Il avait fait deux fois l'amour avec elle et il se sentait comme Mike Tyson. Pourquoi est-ce qu'il n'attirait pas des femmes comme Madison ? Intelligente, élégante et belle, c'était le genre de femme pour lequel il était fait ; il méritait mieux que cette pétasse de Rosarita Falcon, accro à la cocaïne et mariée de surcroît. Même s'il devait admettre qu'elle était vraiment exceptionnelle au lit, déchaînée comme une tigresse... avec des griffes pour le prouver !

— Puisque mes lèvres vous plaisent, ça vous dirait de sortir avec moi un soir ? dit-il avec un clin d'œil engageant. Toi et moi, Maddy, on pourrait changer le monde.

— Changer le monde ? reprit-elle avec un rire moqueur. C'est une blague ?

Joel était furieux. Les femmes étaient toutes les mêmes, rien qu'une bande de garces. Son père l'avait pourtant prévenu ; c'est d'ailleurs à peu près la seule chose qu'il lui avait apprise.

— Personne ne vous a jamais dit que vous étiez une chieuse ? demanda-t-il en lui jetant un regard mauvais et dur.

— Personne ne vous a jamais dit que vous étiez lourd ? répliqua-t-elle froidement.

— Mon Dieu, murmura-t-il en se détournant d'elle.

Madison décida d'avoir une petite conversation avec Anton sur le placement des convives. Il aurait pu faire mieux que de la mettre à côté de Joel Blaine.

D'ailleurs, que faisait-il à cette soirée, celui-là ? Il n'était certainement pas sur la liste des invités prioritaires d'Anton.

Elle se tourna de l'autre côté vers le styliste Mortimer

Marcel. Mortimer était gay et sa conversation toujours intéressante. Grand, mince, la cinquantaine, il était l'élégance personnifiée.

— Il faudra que tu viennes visiter notre salon d'exposition, un de ces jours, lui proposa-t-il.

Comme toujours, il était vêtu de façon très raffinée : un costume rayé assorti d'une chemise blanche impeccable, d'une cravate gris perle et de boutons de manchette sertis de diamants.

— Il y a des modèles sublimes cette année. Tu vas adorer.

— Aurai-je droit à des tenues gratuites ?

— Oui, puisque c'est toi, dit Mortimer en prenant sa requête au sérieux. Tu es une excellente publicité ambulante.

— Vraiment, répondit-elle, surprise.

Hum… D'abord, j'ai des lèvres magnifiques, et ensuite je suis une excellente publicité. Hé bien, ma fille, songeat-elle amusée, *tu marques des points, ce soir !*

Elle jeta un coup d'œil de l'autre côté de la table où Jamie rayonnait sous l'avalanche de compliments dont la submergeait Kris Phoenix. Peter était affalé sur une chaise à quelques sièges de distance de sa femme. Il semblait morose, assis à côté d'une top model filiforme et héroïnomane, qui visiblement l'ennuyait.

Anton n'avait vraiment pas été inspiré pour placer les gens ce soir, songeait Madison. Elle simula un bâillement.

— Je dois rentrer tôt ce soir, murmura-t-elle à Mortimer.

— Moi aussi, lui répondit-il en montrant son compagnon à la table d'à côté. Jefferson et moi, on peut te raccompagner, si tu veux ?

— Je veux bien, merci, dit-elle, par ailleurs soulagée de

constater que Joel était totalement absorbé par son autre voisine — une Noire splendide, chanteuse d'opéra.

La pauvre. Attirer l'attention de Joel Blaine n'était vraiment pas un cadeau...

Madison partit juste après le dessert. Elle était à présent assise à l'arrière d'une voiture en compagnie de Mortimer et de Jefferson, un Noir très sexy au crâne rasé. *Quel gâchis,* pensa-t-elle. *Tous les types bien sont soit pris soit gays.*

David n'aimait pas les gays : ils menaçaient sa virilité, prétendait-il, ou une imbécillité dans ce goût-là. Elle se rappelait les nombreuses disputes provoquées par ses tendances homophobes. Evidemment, les lesbiennes ne le dérangeaient pas. Il l'avait même plusieurs fois incitée à faire l'amour avec une autre fille. Mais elle avait toujours refusé, au risque de le mécontenter. L'amour à trois n'était pas du tout son truc.

A y réfléchir, il y avait plusieurs choses qu'elle n'appréciait pas chez David.

Pourquoi alors avoir perdu deux ans avec lui ?

Cela se résumait en deux mots : plaisir sexuel. Elle avait partagé avec David une relation sexuelle épanouie, simple, en un mot merveilleuse.

— Penses-tu que le sexe soit important ? demanda-t-elle à Mortimer.

— Pardon ? dit-il, car il n'était pas sûr d'avoir bien entendu.

— Je mène une enquête sur l'importance du sexe dans les relations amoureuses.

Mortimer jeta un rapide coup d'œil à Jefferson.

— Qu'est-ce que tu en penses, toi ?

Jefferson répondit en souriant :

— Le sexe, mon vieux, c'est ce qui compte le plus au monde.

— Je ne suis pas d'accord, dit Mortimer, en rajustant l'un de ses boutons de manchette. Bien s'entendre avec quelqu'un est primordial, surtout quand on vit ensemble.

— Vous vivez en couple depuis combien de temps ? demanda Madison.

— J'ai rencontré Jefferson alors qu'il n'était encore qu'un tout jeune homme, dit Mortimer en tapotant le genou de son ami. Dix huit ou dix-neuf ans… Il venait juste de débarquer aux Etats-Unis après avoir quitté Trinidad. Je vivais avec un homme plus âgé à l'époque, donc au départ Jefferson et moi étions simplement amis.

— C'est super, dit Madison.

— Il était mon mannequin favori, dit Mortimer en se tournant vers son imposante moitié. N'est-ce pas, mon cher ?

Jefferson sourit de nouveau.

— Absolument pas, mec. Tu es venu me voir dans le salon d'essayage lors de mon premier show avec une expression du style « et maintenant, à nous deux, mon p'tit gars ». Ça a fait rire tout le monde.

— Qui ça tout le monde ? dit Mortimer, vexé.

— Tous les gens qui bossent pour toi — ils te connaissent bien.

— Ils connaissent l'homme que j'étais, corrigea Mortimer. J'ai changé depuis que je te connais.

— Ouais, il vaudrait mieux que ça soit vrai, dit Jefferson en esquissant un autre grand sourire. Parce que je deviens méchant si on se moque de moi.

— Un homme averti en vaut deux, dit Mortimer.

— Exactement, dit Jefferson, et ils échangèrent un long regard entendu.

Madison commença à se sentir de trop. Réflexion faite, elle aurait peut-être mieux fait de prendre un taxi.

— C'est pour ton magazine toutes ces questions ? demanda Mortimer avec curiosité.

— Non, dit-elle en secouant la tête. Je pensais juste aux relations amoureuses. Tu sais, j'ai vécu avec un type avec qui je ne partageais pratiquement rien, on n'était même pas sur la même longueur d'onde question musique.

— Mauvais signe, ça, de ne pas avoir le même rythme dans la peau, interrompit Jefferson.

— C'est vrai, confirma-t-elle. J'adore la soul et le jazz et lui, c'était un fan de musique classique. On ne lisait jamais les mêmes livres, on ne regardait jamais les mêmes programmes télé. Il était passionné de sports, alors que moi cela m'ennuie. Nous vivions dans des mondes totalement séparés.

— Alors pourquoi étiez-vous attirés l'un par l'autre ? demanda Jefferson.

— C'était uniquement sexuel. Et maintenant qu'il est parti, je me dis que je me suis sans doute aveuglée pendant tout ce temps... Vous voyez ce que je veux dire ?

— Tu avais l'intention de l'épouser avant de rompre avec lui ? demanda Mortimer, toujours pragmatique.

— C'est lui qui a rompu, expliqua Madison. C'est pour ça que j'ai tant cette impression de... d'inachèvement.

Elle s'arrêta un moment avant de continuer.

— Ensuite il est parti, et pour couronner le tout il s'est marié avec une autre.

— Quel salaud, dit Jefferson.

— Tout à fait d'accord, dit Madison.

— Tu n'aimerais pas le revoir ? demanda Jefferson. Tu sais, prendre du bon temps et rendre la pareille à sa nouvelle femme.

— Mais, elle ne m'a rien fait, dit Madison calmement.

Elle était tout simplement là quand il a eu envie d'autre chose.

— Mais tu es toujours très en colère, non ? dit Jefferson, hochant son crâne rasé comme s'il comprenait parfaitement sa situation.

Elle se mit à rire, légèrement embarrassée parce que c'était vrai et qu'elle refusait de l'admettre. Elle voulait juste oublier tout ce qui concernait David une bonne fois pour toutes.

— J'ai l'impression d'être chez un psy, murmura-t-elle.

— Tu devrais peut-être en voir un, justement, lui suggéra Mortimer. Personnellement, ça m'a vraiment aidé.

— Hors de question ! Je hais les psychiatres. Ils ne font rien sinon rester assis bien confortablement dans leur fauteuil à opiner du chef et à vous dire ce que vous voulez entendre. Ou bien ils sont totalement muets. Très peu pour moi !

— Tu ferais bien d'y aller, ma petite, dit Jefferson d'un ton bref. Tu as manifestement besoin d'aide.

Elle n'eut pas le temps de répliquer car la voiture s'arrêta au même moment devant son immeuble. Elle invita les deux hommes à boire un verre, mais ils refusèrent ; elle en fut soulagée, car elle était à cran, fatiguée et n'aspirait qu'à une seule chose : s'écrouler dans son lit.

Son chien Slammer, un gros labrador noir, l'accueillit joyeusement à la porte. En fait, ce n'était pas vraiment son chien ; elle avait accepté à contrecœur de le garder pour rendre service à un ami parti une semaine en Australie. Mais l'ami en question s'était fiancé là-bas et trois mois s'étaient maintenant écoulés depuis son départ.

Pourtant Madison s'était mise malgré elle à aimer le gros chien.

Elle n'avait pas besoin de le sortir ; le gardien, à qui elle avait confié une clé de son appartement, s'en chargeait. Ce qui l'arrangeait bien, car les promenades tardives avec un ramasse-crottes pour seule compagnie ne l'enthousiasmaient guère.

Elle écouta son répondeur. Aucun message. Elle saisit alors le combiné du téléphone et appela son père.

Michael semblait tout juste sorti des bras de Morphée, mais elle ne s'en souciait guère.

— Pourquoi appelles-tu si tard, ma chérie ? marmonna son père. Tout va bien ?
— Tu dors ?
Bâillement sonore.
— Je dormais.
— Désolée, dit-elle en mentant effrontément.
— Qu'est-ce qui se passe, tu as l'air contrariée ?
— Non, non… tout simplement un peu froissée d'apprendre par Anton Couch que vous avez acheté un appartement à New York.
— Ecoute, ma chérie, je dors debout.
Silence.
— On pourrait en reparler demain ?
— Pas de problèmes, dit-elle en raccrochant le combiné avec colère.

Elle ne supportait pas que son père ne lui accorde pas toute son attention. Michael s'était toujours occupé d'elle — contrairement à sa mère, qui était moins présente dans sa vie. Il en avait toujours été ainsi. Sa mère, Stella, était une éblouissante créature au parfum exotique qu'elle voyait rarement. Elevée par une gouvernante pendant sa petite enfance, elle avait été mise en pension à l'âge de onze ans, et passait tous ses étés en colonies de vacances ; plus tard, elle était partie à l'université.

Le jour de la remise des diplômes, Michael lui avait donné les clés de son petit appartement. Il était apparemment hors de question qu'elle rentre au domicile familial, mais elle n'en avait éprouvé aucune amertume. Elle aimait ses parents et si elle avait parfois l'impression que sa mère n'était qu'une étrangère pour elle, cela ne la dérangeait pas outre mesure. Michael compensait largement ce manque d'amour maternel. C'était un homme dynamique et intéressant et elle était heureuse qu'il fût son père.

Elle se déshabilla, se mit au lit et essaya de lire. Au bout de quelques minutes, elle s'aperçut que son esprit vagabondait et qu'il lui était impossible de se concentrer.

Slammer sauta sur le lit et vint se blottir contre elle. Elle ne le repoussa pas. C'était réconfortant d'avoir quelqu'un qui fasse attention à vous — même si ce quelqu'un n'était qu'un chien.

Elle repensait au dîner chez Anton, s'avouant qu'elle avait détesté chaque instant de cette soirée. Pour une fois, le dîner n'avait pas été à la hauteur. Se faire draguer par Joel Blain avait été particulièrement pénible, mais devoir en plus supporter les élucubrations de Peter Nova complètement ivre, ç'avait été le bouquet !

Demain, elle conviendrait d'un rendez-vous avec le détective privé de Victor pour résoudre les problèmes de Jamie. Après tout, les amis, ça servait à ça.

Elle éteignit la lumière mais ne parvint pas à s'endormir. Il fallait se faire une raison. Peut-être que Jefferson avait vu juste, peut-être avait-elle vraiment besoin d'aller voir un psy. Victor pourrait évidemment lui donner l'adresse du meilleur spécialiste à New York, mais comment le lui demander ?

Elle s'agitait dans son lit et, renonçant finalement à trouver le sommeil, elle alluma la télévision, zappa plusieurs chaînes classées X, mais eut juste le temps d'apercevoir l'image d'une fille aux seins énormes et dressés de manière provocante. Quelle bande de monstres ! Et pourquoi ne voyait-on jamais de types se pavaner avec d'énormes testicules siliconées ?

Des testicules siliconées. C'était hilarant !

Elle se mit à glousser. Slammer commença à haleter, preuve infaillible que lui non plus n'avait pas envie de dormir.

Elle finit par se lever et se dirigea à pas feutrés vers la cuisine pour se préparer un sandwich au jambon et au fromage, généreusement agrémenté de salade et de cornichons.

Slammer eut droit aux miettes, ce qui suffit à le rendre parfaitement heureux.

Une fois repus, tous deux retournèrent se coucher.

6

— Qu'est-ce qui se passe ? cria Rosarita avec mauvaise humeur, en jetant un regard assassin à Dex qui lui bloquait le passage du hall d'entrée.

Elle crut un instant qu'il avait peut-être découvert sa liaison avec Joel et elle songeait déjà à une multitude d'excuses possibles. Non qu'elle soit obligée de lui en fournir, mais il fallait bien s'efforcer de sauver les apparences tant qu'ils étaient ensemble.

— J'ai une surprise pour toi, répondit Dexter.

— Bonne ou mauvaise ? demanda-t-elle, méfiante, comme à son habitude.

— Bonne.

— Alors, je peux peut-être rentrer dans ce putain d'appartement, dit-elle en essayant de forcer le passage.

— Ne sois pas grossière, murmura-t-il.

Peut-être avait-il décroché le premier rôle dans le film d'un grand cinéaste ? Ce serait formidable !

Après tout, elle avait bien le droit de rêver, non ?

Dexter fit soudain un bond sur le côté, agitant son bras gauche de manière frénétique. C'est alors que Rosarita découvrit avec horreur ses beaux-parents, Martha et Matt Cockranger.

— Merde !

Le mot lui avait échappé.

« Qu'est-ce qu'ils font là ? » faillit-elle s'exclamer, mais elle se retint juste à temps.

— Bonjour, ma chérie, dit Martha.

La mère de Dex était une blonde potelée à la beauté fanée, vêtue d'un ensemble pantalon en Nylon vert-jaune assorti de boucles d'oreilles fantaisie et de sandales blanches en plastique qui découvraient ses orteils.

— Je suis si contente de te revoir !

Rosarita était toujours sous le choc lorsque Matt s'avança pour la serrer dans ses bras. Le père de Dexter était un homme de cinquante-cinq ans, au visage rougeaud, aux cheveux gris coupés ras et aux yeux bleus délavés. Autrefois aussi séduisant que son fils, il avait perdu de sa superbe avec l'âge et son ventre protubérant était aussi gros qu'un ballon de football.

— Comment va la petite chérie de notre Dick ?

— Dexter, rectifia l'intéressé en lançant un regard courroucé à son père.

— Comment va la petite chérie de notre Dexter ? se reprit Matt précipitamment, car son fils était capable de piquer de terribles colères.

Pour la première fois de sa vie, Rosarita resta sans voix. C'était un véritable cauchemar. Qu'est-ce qu'elle avait bien pu faire pour mériter une visite des Cockranger ?

— Pa, 'man, je n'avais pas prévenu Rosarita de votre visite, expliqua Dexter, d'un air radieux. Elle ne s'attendait pas à vous voir. Vous savez combien elle vous aime.

C'est ça, Dex, sors le grand jeu. Comment pouvait-il lui faire ça ? Comment osait-il ?

— Ils vont dormir ici, chérie, poursuivit-il. Conchita a préparé la chambre d'amis.

— Vraiment ? dit-elle d'une voix rauque, en ne rêvant que d'une chose : prendre une douche sur-le-champ et dormir sans interruption jusqu'au lendemain.

— N'est-ce pas une merveilleuse surprise ? ajouta Dexter, en lui serrant le bras. Je savais que ça te ferait plaisir.

— Je... Je... n'en reviens pas, bégaya-t-elle.

Puis, se tournant vers le père de Dexter, jovial et imposant, elle ajouta :

— Comment avez-vous réussi à vous libérer, Matt ?

— J'ai pris trois semaines de congé, répliqua-t-il fièrement. Au boulot, tout le monde regarde la série *Jours sombres*. Grâce à mon fils, je suis célèbre chez nous.

Trois semaines ! La situation se dégradait de minute en minute. Bon Dieu ! Elle avait demandé le divorce et ce crétin ne trouvait rien de mieux à faire que d'inviter ses parents ! C'était surréaliste !

— On voulait être sûrs de passer le plus de temps possible avec vous, dit Martha. Tu te souviens quand vous êtes venus nous voir avant votre mariage ? On en parle encore dans la famille.

— C'est vrai, confirma Matt en se frottant les mains. Et j'ai hâte de rencontrer ton père. Il a promis de nous faire visiter New York.

Génial ! Elle les imaginait faire la tournée des grands ducs dans les boîtes de strip-tease et les restaurants fréquentés par la mafia. Evidemment, Matt et Martha seraient parfaitement dans leur élément, songea-t-elle avec ironie.

— Tu aurais dû m'avertir, Dexter, dit Rosarita, en cherchant désespérément quelque chose à dire. J'aurais prévu quelque chose pour le dîner.

— J'ai tout prévu, répondit Dexter. J'ai réservé une table au Vingt-et-un.

Elle essayait vaillamment de faire bonne figure.

— Vraiment ?

— Pour 8 heures.

— 8 heures, répéta-t-elle.

— Bon, on va tous se préparer et on se retrouve dans le salon à 7 h 30, dit Dexter.

— Faut que je porte une cravate ? s'inquiéta Matt.

— C'est assez chic un ensemble pantalon ? demanda Martha avec anxiété.

Rosarita était à bout. Elle était en train d'assister en direct au naufrage de sa vie.

Rosarita, bouillante de rage, avait réussi à tenir jusqu'à la fin du repas. On ne leur avait pas donné une bonne table et elle savait très bien pourquoi. Il ne fallait pas être grand clerc pour s'apercevoir que Matt et Martha Cockranger débarquaient tout droit de leur cambrousse et, de toute évidence, personne ici ne connaissait Dexter Falcon.

Cela lui était égal qu'on les ait mal placés, car en vérité elle craignait par-dessus tout d'être vue en leur compagnie. Mon Dieu ! Elle aurait encore préféré sortir avec Chas dans un de ses repères de gangsters. Oui, tout plutôt que ce qu'elle subissait actuellement.

Depuis son retour chez eux, elle n'avait pas encore eu l'occasion de discuter en tête à tête avec Falcon. Elle se promettait de lui passer un savon à la première opportunité. Comment osait-il inviter ses parents sans d'abord la consulter ? Et de surcroît, alors qu'elle lui avait parlé de divorcer ?

Il se comportait comme s'ils étaient le couple le plus heureux de la planète. Perdait-il complètement la tête ?

Pendant tout le repas, Rosarita avait craint l'arrivée de Joel et tout le monde, à part elle, s'amusait follement. Après deux vodka-Martini bues coup sur coup, Martha s'était bientôt montrée très guillerette tandis que Matt, qui avait consommé plusieurs bières, passait son temps à faire le va-et-vient entre la table et les toilettes ; quant à Dexter, il avait arboré un sourire béat et niais pendant toute la soirée. Il prenait vraiment ses rêves pour la réalité !

A la sortie, une cliente avait alpagué Dex pour lui demander un autographe. Pour Matt et Martha ce fut le clou de la soirée, mais cela mit Rosarita d'encore plus mauvaise humeur. Cette stupide admiratrice qui se tenait là un crayon à la main et une expression d'adoration imbécile sur son visage lunaire n'avait-elle pas encore compris qu'il n'était qu'un crétin sans envergure, en route pour nulle part ?

Elle retint une furieuse envie de crier. Pourquoi donc devrait-elle supporter cette mascarade ? Pourquoi son père refusait-il de collaborer ? Pourquoi ne faisait-il pas supprimer Dex pour mettre fin à cette comédie une bonne fois pour toutes ?

— C'était une merveilleuse soirée, ma chérie, dit Martha avec effusion en arrivant à l'appartement. Mon fils est tellement heureux avec toi. Ça me réchauffe le cœur.

Seigneur ! Est-ce qu'il lui faudrait aussi supporter Martha à l'enterrement ? Est-ce qu'elle serait forcée de jouer la veuve éplorée anéantie par le chagrin ?

Une fois seule avec Dexter, elle avait commencé à égrener une litanie de reproches.

— Tu te crois donc tout permis ? cria-t-elle. Tu invites tes parents sans me demander mon avis ? C'est inacceptable.

— Pourquoi te mets-tu dans un tel état ? demanda-t-il calmement. Tu m'as toujours dit que tu les appréciais.

— Quand est-ce que j'ai dit une chose pareille ?

— Quand nous sommes allés les voir pour la première fois. Tu t'en souviens ? Avant notre mariage.

— Ah, avant notre mariage, j'ai dit beaucoup de choses que je ne dirais plus maintenant.

— Ah bon ?

Etait-il complètement demeuré ? Dieu lui avait fait don d'un physique exceptionnel, mais il avait apparemment oublié de le doter d'une cervelle.

— Ecoute-moi bien, dit-elle en articulant lentement chaque mot pour être sûre qu'il saisisse parfaitement le sens de ses paroles. Tu n'as pas l'air de comprendre. Je… veux… divorcer. Ça signifie que je n'ai pas l'intention de tenir compagnie à tes parents et de jouer la gentille petite épouse.

— Tu n'es qu'une garce, tu sais ça ?

— Oui, dit-elle méchamment, tu as raison.

— Tu n'as plus rien à voir avec la femme que j'ai épousée.

— C'est ça, quand je t'ai épousé, je pensais que tu deviendrais une star de cinéma et pas un acteur besogneux travaillant pour la télévision.

— Je suppose que c'est dans cet espoir que tu m'as épousé, hein ?

— Bingo ! Je me voyais déjà dans une immense villa à Beverly Hills entourée de la jet-set hollywoodienne.

Elle lui lança un regard glacial.

— Tu n'as pas tenu tes engagements, Dex.

— Quels engagements ? rétorqua-t-il. De toute façon, nous sommes mariés, Rosarita, et je refuse de divorcer.

— C'est ton dernier mot ? dit-elle, d'une voix de plus en plus aiguë. Bon, écoute-moi bien : si tu refuses de divorcer, tu le regretteras amèrement.

— Des menaces ?

— Ça y ressemble furieusement, non ?

Il regarda fixement la femme qui portait son nom. Comment pouvait-elle être si cruelle ? Elle n'avait plus rien à voir avec celle qui avait prêté serment à l'église. Où était donc passée cette adorable créature ?

— Je croyais que nous allions fonder une famille, hasarda-t-il tristement.

— Vu le nombre de fois où l'on fait l'amour, nous avons déjà de la chance d'avoir un putain de chat, répondit-elle.

— Je commence à 5 heures tous les matins, dit-il sans se départir de son calme. J'ai besoin de sommeil.

— Les week-ends aussi ? dit-elle d'un air méprisant.

— Tu trouves qu'on ne fait pas assez souvent l'amour ?

— Ce que je veux dire, c'est que nous ne le faisons jamais et quand ça arrive, c'est toujours dans la position du missionnaire.

Les mains sur les hanches, elle lui lança un regard accusateur :

— Est-ce que je ressemble à un putain de missionnaire ?

Il secoua la tête.

— Je croyais que tu étais un vrai tombeur, poursuivit-elle dans une longue plainte monotone. Quand je pense à toutes ces top models sexy qui ont défilé dans ton lit avant notre mariage…

— Ne sois pas vulgaire, dit-il.

— Depuis quand es-tu si prude ? demanda-t-elle d'un ton aigre. J'ai épousé un beau mec que tout le monde pouvait voir à poil sur une affiche à Times Square, et maintenant regarde-toi.

— Je ne posais pas à poil, précisa-t-il. Je portais un slip.

— Arrête tes salades, dit-elle en ricanant. Tout le monde l'a vue, ta panoplie. Et je dois dire que t'étais drôlement craquant sur cette affiche. C'est ça qui m'a branchée.

— Je n'ai jamais posé nu.

— Vraiment ? insinua-t-elle durement. Et les séances privées avec le vieux Mortimer ?

— Tu délires, répondit Dexter en rougissant.

— Il est gay, n'est-ce pas ? dit-elle d'un ton persifleur. C'est lui qui t'a déniché. Alors ne me fais pas croire que pour faire carrière dans le métier, tu n'as pas été obligé de lui tailler quelques pipes. A bien y réfléchir, je crois qu'en fait tu étais un mannequin talentueux. Tu aurais dû poursuivre dans cette voie.

— C'est toi qui m'as poussé à faire du cinéma.

— Ah oui ? Vraiment ? A d'autres. Tu passais ton temps à regarder tous ces films avec Kevin Costner et Harrison Ford. Tu as toujours voulu leur ressembler. Alors, dis-moi, Dex, qu'est-ce que tu attends ?

— Mon tour viendra, dit-il en y croyant sincèrement.

— Mon œil, répliqua-t-elle avec un rire sarcastique.

— Ecoute, soupira-t-il. Tout ce que je te demande, c'est d'être gentille avec mes parents tant qu'ils seront là. Si tu fais un effort, eh bien, quand ils s'en iront, nous reparlerons du divorce, si cela te tient toujours à cœur.

Elle n'en croyait pas un mot, mais elle n'avait pas le choix.

— OK, dit-elle. Marché conclu. Mais ils vont rester un certain temps, il faut que je sorte, j'étouffe ici.

— Sois gentille avec eux, répéta-t-il, surtout avec ma mère. Elle t'aime tellement !

— Ouais, ouais, dit-elle. J'irai chez Saks avec elle et je lui laisserai carte blanche avec ma carte de crédit — ça te va ?

Il n'en croyait pas un mot, mais il n'avait pas le choix.

7

— Allô, dit Madison en décrochant le téléphone tandis que Slammer se mettait à lécher son bras nu de sa langue humide et molle. Allô, répéta-t-elle en essayant de repousser le chien trop affectueux.

— Bonjour, mon cœur, c'est Michael.

Pourquoi ne disait-il jamais « papa » ? C'était étrange, mais elle n'avait jamais appelé ses parents autrement que Stella et Michael, et elle regrettait parfois qu'il en soit ainsi.

— Je dors, grommela-t-elle.

— Chacun son tour, dit-il, amusé. Rappelle-moi quand tu seras réveillée.

— Non, non, ne raccroche pas, dit-elle précipitamment. Quelle heure est-il ?

— 8 heures.

— Tu m'appelles à 8 heures un samedi ? s'étonna-t-elle en se redressant, encore tout engourdie de sommeil.

— Je pensais que si tu étais libre, on pourrait aller déjeuner ensemble.

— Excellente idée, dit-elle en étouffant un bâillement. Avec toi et Stella ?

— Non, dit-il d'un ton bref. Stella ne peut pas venir.

— Pourquoi ?

— C'est sans importance. Où aimerais-tu aller ?

— Que dirais-tu du Plaza ? suggéra-t-elle. C'est un endroit… comment dire… pour grandes personnes.

Il se mit à rire doucement.

— Ma grande fille… tu es si gamine parfois.

Elle sourit. Cette remarque ne la dérangeait pas venant de son père et c'était amusant de se sentir de nouveau traitée comme une enfant.

— Tu passes me prendre ? proposa-t-elle en étouffant un nouveau bâillement.

— Ça marche.

Elle reposa le combiné et s'extirpa de son lit. Slammer la suivait, la langue pendante, la regardant de ses grands yeux mélancoliques alors qu'elle se dirigeait vers la salle de bains.

— J'imagine que tu as envie de sortir, dit-elle.

Slammer se mit à aboyer. Elle aurait parfois juré qu'il comprenait toutes ses paroles.

— OK, OK, laisse-moi le temps de me laver les dents et de m'habiller et on part faire un tour tous les deux.

Elle se glissa dans une paire de jeans délavés, enfila un sweat-shirt, s'attacha les cheveux puis quitta l'appartement, suivie de Slammer qui trottinait docilement derrière elle en remuant la queue.

Dehors, l'air vif acheva de la réveiller. Elle repensait à la conversation qu'elle avait eue avec son père. Si Michael venait déjeuner seul en ville un week-end, c'est qu'il avait quelque chose d'important à lui dire. Il allait sans aucun doute lui expliquer pourquoi Stella et lui avaient décidé de s'installer à Manhattan et la raison pour laquelle ils avaient contacté l'associé de sa meilleure amie sans prendre la peine de faire part de leur projet à leur propre fille. Toute cette affaire était extrêmement bizarre et elle se demandait bien comment il allait pouvoir se justifier.

Tandis qu'elle marchait d'un pas alerte, elle repensa

au dîner chez Anton. Comment Peter et Jamie avaient-ils fini la soirée ? Par une dispute mémorable ou par une de ces longues nuits d'amour dont apparemment Peter était si friand ?

Tout comme David, ne put-elle s'empêcher de penser. Une fois, ils étaient allés ensemble au théâtre voir une pièce intitulée *Joseph et le fabuleux manteau imaginaire* ; elle s'en était inspirée par la suite pour le surnommer le *fabuleux David au sexe insatiable*.

Désormais, l'insatiable David était engagé ailleurs.

Dommage.

Un homme au visage familier la dépassa en courant. Tous les week-ends, elle croisait ce grand gaillard viril, un acteur de séries télévisées sentimentales, et ils se saluaient d'un signe de tête. Puis à l'angle de la rue, elle tomba sur BoBo, un Ecossais célèbre dans tout le quartier à cause de ses chiens. Ce petit homme râblé, à la tignasse couleur carotte et au visage criblé de taches de rousseur, était un véritable phénomène. Il se promenait en kilt avec ses six chiens et un sac à commission Saks, où il déposait les excréments de ses chères créatures. Slammer était tombé amoureux de l'une d'entre elles, Candy, un adorable caniche nain qui refusait obstinément ses avances.

— Bonjour, mademoiselle, dit BoBo, jovial comme à l'accoutumée.

— Bonjour, BoBo. Comment allez-vous ?

— Il fait un peu frisquet là-bas à Kyber Pass, dit-il avec un clin d'œil canaille. Mais je n'en mourrai pas.

— Bonne nouvelle, répondit-elle en se demandant vaguement s'il portait quelque chose sous son kilt.

— N'hésitez surtout pas à faire appel à moi si vous avez besoin de faire garder Slammer, proposa BoBo en sortant de sa poche une friandise qu'il tendit au gros chien.

— Je m'en souviendrai, dit Madison, impatiente de retrouver son père.

Elle l'avait vu pour la dernière fois quelques mois auparavant, lors d'un week-end passé dans leur maison du Connecticut. Elle avait loué une voiture et était arrivée dans la nuit du vendredi pour repartir en ville vingt-quatre heures plus tard. Elle éprouvait parfois plus de plaisir à la pensée de revoir ses parents qu'à passer du temps avec eux. En outre, elle était bien plus heureuse quand elle était seule avec Michael. Stella n'avait rien de la mère aimante et chaleureuse.

Pendant son bref séjour, Stella était restée à se morfondre dans le jardin, allongée sur une chaise longue à l'ombre d'un parasol à rayures en sirotant du thé glacé, tandis que Michael faisait faire à Madison le tour du propriétaire, exhibant avec fierté ses rosiers.

— N'est-ce pas mortellement calme ici comparé à New York ? avait-elle demandé, surprise qu'il mène une vie aussi rangée.

— Ça me plaît. Il n'y a pas de pression.

— Aucune action non plus, avait-elle répliqué. Quand j'étais gamine, toi et Stella, vous adoriez vous mettre sur votre trente et un pour écumer les restaurants et les clubs chic de la ville. Vous étiez toujours partants pour sortir. Ça ne vous manque pas, tout ça ?

Michael avait hoché la tête d'un air pensif.

— Stella a parfois la nostalgie de cette vie trépidante, mais la plupart du temps, elle est parfaitement heureuse ici et moi aussi.

Michael avait-il déjà trompé la belle Stella ? La question s'imposait parfois à Madison malgré elle.

Non, décidait-elle alors. Ce n'était pas le genre de son père. Michael était un homme intègre.

Madison espérait rencontrer un jour un homme loyal

comme lui. C'était plus important que d'avoir une bête de sexe dans son lit.

De retour dans son appartement, elle prit une douche et chercha comment s'habiller ; elle opta finalement pour un pantalon noir moulant assorti de bottines et d'une chemise d'homme blanche, qu'elle noua à la taille. Elle laissa ses longs cheveux flotter librement sur ses épaules et mit des lunettes de soleil. David adorait quand elle en portait. « Tu ressembles à une star de cinéma », lui disait-il en plaisantant. Il n'y avait que David pour lui parler ainsi ! Elle rehaussa sa toilette d'un collier de cuir noir orné de petites croix et accrocha de grands anneaux indiens en argent à ses oreilles. Puis, désœuvrée en attendant Michael, elle décrocha le téléphone et appela le détective privé recommandé par Victor.

Une femme lui répondit d'un ton brusque et revêche.

— Oui ?

— Voilà, heu... bonjour. Je voudrais parler à K. Florian.

— C'est pour un rendez-vous ?

— Tout à fait.

— Aujourd'hui 16 heures, ça vous convient ?

— Non, pas le week-end, disons plutôt lundi ou mardi ?

— Lundi, 10 heures du matin.

— A quel endroit ?

— Vous préférez venir ici ou faut-il que j'aille chez vous ?

— Vous êtes bien K. Florian ?

— Oui, ça vous dérange ? Vous êtes choquée que je sois une femme ? dit-elle d'un ton agressif.

— Non, pas du tout, se hâta de répondre Madison. Je m'attendais à ce que K. Florian soit un homme, c'est vrai, mais une femme fait tout aussi bien l'affaire.

— Bon, je viendrai chez vous. Quelle adresse ?

— Heu... vous comprenez bien que tout ceci doit rester confidentiel. Vous voyez, ce n'est pas moi qui suis concernée, c'est mon amie. Donc, heu... il faut que je vérifie si elle peut vous voir à 10 heures lundi prochain.

— De quoi s'agit-il ? Un mari infidèle ?

— Comment avez-vous deviné ?

— C'est toujours la même histoire.

Silence.

— Ecoutez, s'il la trompe, on sera fixé dans les vingt-quatre heures.

— Vous semblez très efficace. Je vous donne mon adresse.

Madison décida ensuite qu'il serait préférable de contacter Jamie pour la mettre au courant.

Elle tomba sur Peter.

— Bonjour, Maddy, mauvaises nouvelles, grogna Peter. J'ai une terrible gueule de bois.

— Ça ne me surprend pas vraiment.

— Ah non ? Pourquoi ? C'est avec toi que j'ai bu la nuit dernière ? Qu'est-ce que j'ai fait ?

— Non, ce n'était pas moi ta partenaire de beuverie, mais je t'ai vu à l'œuvre et je peux te dire que tu buvais sec.

— J'ai dit des choses désagréables ?

— Ne t'inquiète pas, Peter, tu étais O.K.

— Rappelle-moi d'arrêter de boire la prochaine fois.

— Je n'y manque jamais.

— Même mes cils me font mal !

— Est-ce que ta femme est dans les parages ?

— Jamie ! cria-t-il. C'est Maddy.

— J'arrive, répondit Jamie.

— Tu fais quoi aujourd'hui ? T'as des bons plans ? demanda-t-il.

— Je déjeune avec Michael. Et vous…

— On va faire du shopping, se plaignit-il. Je suis puni pour mauvaise conduite.

— Je vous rejoindrai peut-être plus tard.

— On va d'abord chez Barney, puis cap sur Bergdorf et Saks. Un fol après-midi en perspective pour un ivrogne repenti.

Jamie décrocha le téléphone.

— Salut, dit-elle joyeusement. Comment ça va ?

— Très bien, répondit Madison, et toi ?

— C'était super hier, hein ? dit Jamie en gloussant.

— Personnellement, je me suis mortellement ennuyée. Tu t'imagines être obligée de passer la soirée avec Joel Blaine ? Atroce !

— Ne sois pas si dure avec lui, dit Jamie. Joel n'est pas si horrible. En fait je le trouverais même plutôt attirant ; il a un air canaille qui me plaît bien.

— Comment ? s'écria Peter à l'écoute sur un autre poste. Ce type est un crétin sans cervelle, contrairement à son père.

— Tu dis ça parce que Léon est plein de fric, dit Jamie. Tu ne jures que par l'argent, Peter.

— Toi aussi, ma colombe, toi aussi.

— Raccroche, Peter, dit Jamie, je ne veux pas être espionnée.

— Faites comme si je n'étais pas là. Je vais prendre une douche et avaler un flacon d'aspirine. Je ne comprends toujours pas pourquoi tu ne m'en as pas donné hier soir. Cela m'aurait évité cette monstrueuse gueule de bois.

— Je suis censée jouer les infirmières maintenant ? demanda Jamie sèchement.

73

— Oh, j'oubliais, tu étais trop occupée à flirter avec Kris Phoenix.

— Hé, les amoureux, interrompit Madison, ce n'est pas que je m'ennuie à écouter vos chamailleries, mais vous ne pourriez pas attendre d'être seuls ?

— OK, dit Peter, à plus, et il raccrocha.

— Il est parti ? demanda Madison.

— Oui, dit Jamie. Je sais très bien quand il est en train d'écouter.

— Toi en tous les cas, tu t'es éclatée hier soir.

— C'est vrai, répondit Jamie avec un petit rire. Kris Phoenix a passé la soirée à me susurrer des choses extrêmement agréables...

— C'est pas nouveau, Jamie, ce genre de discours, tu l'entends depuis tes dix ans. Les garçons ont toujours été fous de toi.

— Mais, Maddy, cette fois-ci, c'était Kris Phoenix ! Tu te rappelles qu'on achetait tous ses disques et qu'on dévorait les articles sur ses frasques amoureuses dans les magazines. C'est follement excitant d'être draguée par un type comme lui. C'est comme si Mick Jagger flirtait avec moi.

— Je suis sûre qu'on peut arranger ça quand tu veux, dit Madison sèchement. Apparemment, Mick Jagger s'intéresse à tout ce qui bouge.

Jamie éclata de rire.

— Passons, poursuivit Madison, nous reparlerons plus tard de ta vie amoureuse. Tu te souviens de notre conversation ?

— Hein ?

— Tu sais très bien de quoi je veux parler. C'est arrangé pour lundi 10 heures, chez moi.

— Oh... tu veux parler du détective ?

— Oui, eh bien quoi ?

— Eh bien…, dit Jamie, indécise. Tu crois vraiment que je dois en passer par là ?

— Si tu as des doutes, oui, sans hésiter.

— A vrai dire, je ne sais plus trop où j'en suis. C'était tellement bien hier soir quand nous sommes rentrés. Je sais que Peter était soûl et tout ça et j'étais, disons… eh bien, je crois que j'étais déchaînée. Se faire draguer par une star du rock, rien de tel pour vous réveiller les sens !

— Es-tu en train de me dire que tu veux que j'annule ce rendez-vous ?

— Non… je devrais sans doute m'y tenir. Ça n'engage à rien, n'est-ce pas ? Mais, c'est qu'en fait, je me demande si je n'avais pas tort de le soupçonner.

— Alors, n'y va pas, dit Madison d'un ton exaspéré. Personne ne te force. Je vais rappeler pour annuler.

— Que ferais-tu à ma place ?

— Je ne suis pas à ta place, dit Madison. Je sais que tu détestes prendre des décisions, mais cette fois je ne peux rien pour toi.

— OK, OK, dit Jamie. J'irai à ce rendez-vous, ne serait-ce que pour me dire que j'avais tort sur toute la ligne.

— Ça me semble être la bonne solution.

— Je n'ai rien à perdre, hein ?

— Exactement. Peter m'a dit que vous alliez chez Barney.

— Oui, mon amour de mari a promis de satisfaire tous mes désirs.

Gloussement.

— Et après ce qui s'est passé hier soir, crois-moi, je le mérite bien.

Madison avait raison, Michael Castelli était l'homme de cinquante-huit ans le plus séduisant du Connecticut :

un mètre quatre-vingts, élancé et bien bâti, des cheveux noirs bouclés, une peau lisse au teint mat et, comme sa fille, des pommettes bien dessinées et des lèvres séduisantes. Ils se ressemblaient, ce qui n'était pas pour déplaire à Madison.

Peut-être n'était-elle pas très objective, mais il lui semblait que vieillir lui allait bien : Michael embellissait d'année en année. Il ne possédait pas une beauté classique comme cet acteur qu'elle croisait tous les week-ends à Central Park en train de faire son jogging. Non, il avait le charme un peu inquiétant d'un Al Pacino ou d'un Robert de Niro, ce qui apparemment attirait les femmes, car du plus loin qu'elle s'en souvienne, elles avaient toujours été folles de lui.

— Bonjour, Michael, dit-elle.

— Bonjour, mon cœur, dit-il en la serrant contre lui. Je suis content de te voir.

— Moi aussi, dit-elle.

— Toujours seule ? s'informa-t-il en déambulant dans son appartement.

— Pourquoi ? Tu préférerais me voir avec un locataire ? dit-elle en plaisantant, tout en regrettant de n'avoir pas eu le temps de mettre un peu d'ordre dans l'appartement.

— Je préférerais te voir mariée à un homme.

— Ah bon, pas à une femme ?

— Arrête cette comédie. Je ne suis pas d'humeur à plaisanter.

— Je n'ai que vingt-neuf ans, protesta-t-elle. Pourquoi ce désir soudain de me caser ?

— Parce que nous vivons dans un monde sans pitié, mon cœur, dit-il, et je préférerais te savoir sous bonne protection.

Elle se mit à rire.

— Sous bonne protection ? On se croirait dans une scène du *Parrain* !

Il la regarda fixement.

— Je plaisantais, s'empressa-t-elle d'ajouter.

Slammer se dirigea vers Michael et se mit à baver sur son pantalon noir Armani. N'appréciant guère les démonstrations d'affection du chien, Michael recula prestement.

— Eloigne cet animal, dit-il en frottant son pantalon, je déteste les chiens.

— On dirait Stella.

— Vraiment ?

La journée s'annonçait fraîche et ensoleillée, et ils avaient décidé de se rendre au Plaza à pied. Madison était enchantée de se promener dans Lexington en compagnie de son père. Elle aurait aimé le voir plus souvent, mais finalement, c'était mieux que rien de le rencontrer quelques fois par an.

— Alors, dit-elle, tandis qu'ils se dirigeaient vers l'hôtel, vas-tu enfin me dire ce qui se trame ?

— Tu ne peux pas attendre que l'on soit assis devant une tasse de café ? demanda-t-il.

— Non, insista-t-elle, incapable de se retenir plus longtemps. Je suis vraiment vexée, Michael. Pourquoi m'avez-vous caché que vous reveniez habiter à New York ?

Il lui jeta un regard vide d'expression.

— Mais de quoi diable veux-tu parler ?

— C'est Anton qui me l'a dit.

— Qui est cet Anton et que t'a-t-il raconté ?

— Anton est le partenaire de Jamie. Ils possèdent un cabinet d'architecture intérieure et il m'a annoncé que Stella l'avait contacté pour décorer votre nouvel appartement à New York.

— Stella lui a-t-elle donné un numéro ou une adresse où on pouvait la joindre ?

— J'imagine. Je ne lui ai pas demandé. Vas-tu enfin me dire ce qui se passe ?

— Tu es bien la fille de ton père, aussi impatiente que moi ! Il faut que tu sois au courant de tout immédiatement.

— Immédiatement... pas vraiment, fit-elle remarquer. Si je n'avais pas mis les pieds dans le plat, je pense que tu ne m'aurais rien dit.

— Peut-être que j'avais une bonne raison d'agir ainsi, tu ne crois pas ?

— C'est vrai. Bon, alors que se passe-t-il ?

— Mon Dieu ! s'exclama-t-il, agacé. Ne sois pas si pressée !

— OK. Je vais prendre mon mal en patience. Comment va Stella au fait ? Et pourquoi n'est-elle pas là aujourd'hui ?

Michael regarda droit devant lui.

— Aucune idée. Ça fait un bail que je ne l'ai pas vue.

Ça sent le roussi, se dit Madison.

— Je ne saisis pas. Vous vivez ensemble, non ?

— Tu ne pouvais vraiment pas attendre qu'on soit à table, devant notre déjeuner, comme deux personnes civilisées ? dit-il durement. Non, il faut que tu sois informée de tout dans la seconde !

Il y eut un temps mort qui ne présageait rien de bon.

— Je n'ai pas vu Stella depuis un certain temps parce qu'elle m'a quitté.

— Comment ? s'exclama Madison, stupéfaite.

— Tu m'as bien entendu.

— Stella est partie ?

— Parfaitement. Elle s'est fait la malle avec un jeunot de vingt-six ans.

— C'est pas possible !

— Détrompe-toi, c'est tout à fait possible, répliqua-t-il d'un ton neutre. C'est exactement ce qui s'est passé.

— Mais toi et maman, vous avez toujours été si proches...

— Je le pensais aussi, figure-toi.

— Comment est-ce arrivé ?

— Que te dire ? dit-il d'un ton impassible. Elle m'a laissé en plan. Un jour, je suis rentré à la maison et elle était partie. Je ne lui ai pas parlé depuis.

— Oh, mon Dieu, s'exclama Madison, abasourdie par cette nouvelle bouleversante.

— Voilà toute l'histoire, Princesse, rétorqua Michael calmement. J'ai dans l'idée que c'est elle qui déménage à New York, pas moi.

Ils marchèrent en silence pendant quelques minutes jusqu'à ce que Madison s'arrête brusquement pour lui faire face.

— Comment... Comment as-tu pu la laisser me faire ça à moi ?

Michael se mit à rire sèchement.

— Personne ne t'a fait de tort, souligna-t-il.

— Vous êtes mes parents, dit-elle d'un ton accusateur, tout en sachant pertinemment qu'elle n'était pas raisonnable.

Elle réagissait en enfant, mais était incapable de se retenir.

— Je ne veux pas que mes parents divorcent.

— Tu ne veux pas que tes parents divorcent, hein ? répéta-t-il. Tu as quel âge... huit ans ?

— Non, dit-elle avec emportement. Mais je vous ai toujours considérés comme un modèle. Votre mariage était… paraissait si idyllique. Je vous imaginais ensemble pour la vie.

— Les apparences sont trompeuses, dit-il sombrement. Stella désirait un corps plus jeune dans son lit, plus ferme à tous les niveaux.

Il eut un rire désabusé.

— Bon, ce qui m'arrive est tout à fait banal, mais moi je ne lui aurais jamais fait un coup pareil à Stella.

Madison s'accrocha à son bras.

— Ça va aller ? demanda-t-elle, trouvant qu'il prenait toute cette affaire avec un détachement inquiétant.

— Moi ? Je vais très bien, répondit-il. Je voulais t'en parler le moment venu au lieu de te l'annoncer brutalement.

Il eut de nouveau un petit rire sec.

— J'ai l'impression que c'est raté.

— Elle est partie il y a combien de temps ?

— Il y a quelques semaines.

— Pourquoi ne m'a-t-elle pas appelée ?

— Vous n'étiez pas vraiment proches, si ?

— C'est ma mère après tout. Tu ne crois pas qu'elle aurait pu me prévenir ?

— Madison, soupira-t-il. Tu es grande maintenant. Tu as un boulot fantastique qui te fait rencontrer toutes sortes de gens passionnants et tu exerces ton métier avec brio. Tu t'es très bien débrouillée et je sais que ça n'a pas toujours été facile.

Long silence.

— C'est vrai que l'on ne s'est pas toujours occupés de toi comme tu le méritais et je dois dire que ça me tracasse.

— J'imagine que…, marmonna Madison, qui ne savait plus trop où elle en était et se sentait subitement très déprimée. Ce qui comptait avant tout c'était votre couple, et moi j'étais l'intruse.

— Ne te mets pas martel en tête.

— Mais c'est vrai, et c'est pour ça que je suis si choquée par cette nouvelle.

— Ecoute, mon cœur, dit-il d'une voix précipitée. Il y a autre chose que je dois te dire, quelque chose qui t'aidera peut-être à mieux comprendre la situation.

— Quoi ? demanda-t-elle en serrant le bras de son père un peu plus fort.

— Cette fois, tu attendras que nous soyons assis.

Elle hocha la tête d'un air absent. Cette journée allait être mémorable, elle en avait le pressentiment.

8

— J'espère que tu comptes bientôt faire des bébés, dit Martha Cockranger en rougissant.

— Quoi ? s'exclama Rosarita, qui suivait Martha en traînant des pieds au rez-de-chaussée de chez Saks.

— Des bébés, répéta Martha avec un petit rire affecté. Des petits.

Puis elle murmura sur un ton confidentiel :

— Dick en veut trois, tu sais.

— Combien de fois faut-il vous le répéter ! Il ne s'appelle plus Dick, mais Dexter, rectifia Rosarita avec irritation. Et à ce propos, comment avez-vous pu le baptiser Dick avec un nom de famille comme Cockranger ?

— Son grand-père s'appelait Dick, dit Martha en prenant un air offensé. Il n'aurait jamais dû changer de prénom, d'ailleurs. Son père ne l'a pas digéré.

Oh, mon Dieu ! pensait Rosarita. Qu'est-ce que je fais ici ? Cette lourdaude ne comprend rien à rien.

— Je n'ai aucune intention de tomber enceinte dans les mois qui viennent, dit Rosarita, qui espérait mettre ainsi un terme à cette conversation assommante.

— Ah bon ? dit Martha, déçue.

— Certainement pas, dit Rosarita, en traînant sa belle-mère vers le rayon des accessoires où elle s'empara d'une longue écharpe Armani en mousseline de soie.

— Ça vous plaît ?

— C'est ravissant, s'exclama Martha.

— Je vous l'achète, dit Rosarita, en agitant ostensiblement sa carte de crédit en direction d'un vendeur.

— Je ne peux pas accepter, objecta Martha.

— Et pourquoi pas ? dit Rosarita avec désinvolture. C'est Dexter qui paye.

— Ce n'est pas raisonnable, dit Martha dans tous ses états. Je ne veux pas qu'il dépense pour moi cet argent qu'il a si durement gagné. Il se tue au travail et cette écharpe coûte…

Elle poussa un cri d'horreur en apercevant l'étiquette du prix.

— Trois cent cinquante dollars !

Alors comme ça, pensait Rosarita, *il se tue à la tâche. Il part au studio tôt le matin pour la séance de maquillage, il reste ensuite traînasser avec une bande d'acteurs minables et il rentre à la maison. J'ai déjà vu plus pénible comme travail.*

Mais elle se retint de dire ce qu'elle pensait et hocha la tête d'un air compréhensif.

— Je sais, la vie n'est pas toujours rose pour lui.

— C'est vrai, approuva Martha, mais au moins tu es là pour le réconforter quand il rentre à la maison.

Elle murmura de nouveau sur le ton de la confidence.

— Il t'adore, tu devrais voir les lettres qu'il nous écrit.

— Parce qu'il vous écrit des lettres ? dit Rosarita, surprise.

— Nous recevons une lettre toutes les semaines où il nous raconte en détail votre vie trépidante.

— Il vous raconte quoi exactement ?

— Il nous parle de vos restaurants favoris, de vos

tenues, de vos repas. J'adore connaître tous les détails et il le sait.

Soupir de contentement.

— C'est un fils en or.

— J'en suis persuadée, marmonna Rosarita.

Il est gentil, ennuyeux et refuse de divorcer, ajouta-t-elle pour elle-même. *Tant pis pour lui, ça va lui coûter la vie.*

— Le voir dans *Regis & Kathie Lee* fut le plus beau jour de ma vie, dit Martha d'un air rêveur. J'adore Kathie Lee, elle est tellement charmante. Je ne crois pas un traître mot de tous ces ragots sur ces affreux ateliers clandestins. Ce ne sont que des mensonges.

— Il n'était pas tout seul dans ce show, fit remarquer Rosarita. Il y avait tous les autres acteurs et il n'a fait qu'une brève apparition à la fin du programme pour interviewer cette espèce de sorcière qui tient le rôle principal.

— Ah… Silver Anderson, dit Martha d'un air admiratif. Quelle classe ! J'espère que Dick… je veux dire Dex nous emmènera au studio un jour pour nous la présenter.

— Je suis certaine qu'il acceptera, dit Rosarita que cette conversation ennuyait au plus haut point.

— Quand allons-nous rencontrer ton charmant papa ? s'enquit Martha, tout en se pavanant devant un miroir, l'écharpe en mousseline négligemment jetée autour du cou.

— Je l'appellerai dans la soirée, dit Rosarita qui, au même moment, aperçut une amie.

Rapide comme l'éclair elle entraîna Martha de l'autre côté du comptoir. Elle ne voulait pas que son amie la voie avec Martha, cela aurait été trop humiliant.

**
* **

— Quand penses-tu fonder une famille, mon fils ? demanda M. Cockranger en soulevant des haltères dans la salle de musculation aménagée par Dexter.

— Je ne sais pas, grommela Dexter, occupé à ramer.

Matt se racla la gorge et dit à voix basse :

— Je ne devrais pas te le dire, mais quand ta mère et moi nous sommes mariés, elle était déjà enceinte de ta sœur aînée.

— C'est vrai ? dit Dexter, que cette révélation intime mettait quelque peu mal à l'aise.

— Elle me tuerait si elle savait que je te l'ai dit, dit Matt en jetant un regard furtif autour de lui pour s'assurer que Martha n'était pas dans les parages. Le secret, c'est de s'y mettre très tôt.

— Merci, papa, répondit Dexter de manière laconique, en espérant que son père se taise.

Mais Matt n'en avait aucunement l'intention.

— Ça ne sert à rien d'attendre. Il faut que tu l'engrosses.

— Papa, dit Dexter, en fronçant les sourcils, tu as de ces expressions !

— Tu sais, quand j'étais jeune, j'étais un homme à femmes, dit Matt avec un petit rire fat. J'étais beau gosse, comme toi. Capitaine de l'équipe de football. Et ma Martha était la plus jolie fille de l'école. Tous les gars lui couraient après.

— C'est vrai ? demanda Dexter, qui avait du mal à se représenter sa chère vieille maman en jeune fille sexy et convoitée de tous.

— Tout à fait, répondit Matt en se dirigeant vers un autre appareil de musculation. Mais j'ai su qu'elle était faite pour moi le jour où je l'ai rencontrée.

— Ah bon ? dit Dexter.

— Oui, dit Matt en hochant la tête. J'étais le seul à

pouvoir l'approcher et j'ai dû attendre des semaines avant qu'elle accepte de m'embrasser pour me dire au revoir. C'était une sacrée fille ! Elle n'a jamais eu d'autre homme que moi dans sa vie.

— Epargne-moi les détails, s'il te plaît, papa, dit Dexter, que cette conversation rendait nerveux.

— Je sais de quoi je parle, fils. Engrosse-la, c'est le meilleur moyen pour les faire tenir en place.

— Oui, oui, dit Dexter tout en pensant qu'avec Rosarita c'était une cause perdue d'avance.

— Tu as eu des problèmes avec Rosarita ces derniers temps ?

— Non, pourquoi ?

— Eh bien, j'étais dans la cuisine la nuit dernière quand j'ai entendu des éclats de voix dans votre chambre. Ne t'en fais pas, je n'ai pas l'intention de me mêler de vos histoires.

— Tu n'as rien dit à maman, j'espère ?

— Non, je ne veux pas l'inquiéter.

— C'est bien, dit Dexter, elle serait très contrariée si elle apprenait qu'on s'est disputés.

— C'était à quel propos ?

— J'aimerais avoir des enfants, grommela Dexter. Rosarita n'est pas d'accord.

— Elle prend la pilule, fiston ? demanda Matt, en ralentissant l'allure.

Dexter secoua la tête, la sueur au front.

— Elle utilise quoi ? Un diaphragme ?

Dexter hocha la tête, embarrassé d'aborder un sujet aussi intime avec son père.

— Voilà ce que tu vas faire, dit Matt en arrêtant la machine. Et tu ferais bien de m'écouter, parce que je sais de quoi je cause. Je ne suis peut-être pas aussi célèbre que toi, mais je suis plus vieux et plus expérimenté.

— D'accord, papa, dit Dexter, résigné, car il avait compris qu'il serait vain d'essayer de l'arrêter.

— Trouve son diaphragme et perce quelques trous dedans avec une épingle. Elle ne s'apercevra de rien et elle tombera enceinte en moins de deux. Après ça, tout ira comme sur des roulettes. Crois-moi, fils, une fois qu'elles sont mères, tout rentre dans l'ordre.

— Tu crois vraiment ?

— C'est pas que je le crois, c'est que je le sais, dit Matt. Ecoute la voix de l'expérience, fils. Matt Cockranger sait de quoi il parle.

De retour à l'appartement, Rosarita se réfugia dans sa chambre, ferma la porte à clé et s'assit devant le téléphone en le regardant fixement. Devait-elle ou non l'appeler ? Elle voulait se venger et Joel était le mieux placé pour lui rendre ce service. Mais il était hors de question de le voir pendant le week-end, avec les Cockranger qui ne la quittaient pas d'une semelle.

Bon Dieu ! Elle désirait voir Joel plus que personne d'autre au monde. Et elle obtenait toujours ce qu'elle convoitait. D'un geste impulsif, elle saisit le combiné et appela Chas.

— Tu te souviens de ce petit service que je t'avais demandé ? dit-elle en rongeant son vernis à ongles, un tic dont elle n'arrivait pas à se défaire.

— Ouais, répondit Chas. Tu parles d'un service. Je voulais justement t'en parler.

— Eh bien, dit-elle d'un ton désinvolte, tu laisses tomber pour l'instant. Ses parents sont en ville.

— Les parents de Dexter ?

— Oui, ils sont à New York et ils logent chez nous. Ce qui m'amène à solliciter une autre faveur.

— C'est quoi cette fois ? dit Chas d'un ton aigre. Tu veux peut-être que je m'arrange pour liquider toute la famille ?

— Très drôle, ironisa Rosarita.

— Qu'est-ce que tu veux ? demanda Chas qui commençait à en avoir ras le bol des lubies de sa fille.

— Papa, dit Rosarita soudain tout miel. Ne sois pas méchant avec moi. Les stupides parents de Dexter sont là et je dois les distraire. Tu sais, ils meurent d'envie de te voir et j'ai pensé qu'on pourrait dîner tous ensemble ce soir.

— Pas question, grogna Chas, j'ai un rendez-vous galant.

— Tu peux amener ton amie, dit Rosarita d'un ton conciliant. Cela ne me dérange absolument pas.

— La dernière fois que tu as rencontré une de mes amies, tu l'as traitée de pute de bas étage.

— Vraiment ? dit Rosarita d'un ton innocent, en se souvenant parfaitement de l'incident.

— Ouais, et j'ai pas du tout apprécié, parce que cette gonzesse et moi, on filait le parfait amour.

— Non !

— Ne joue pas les naïves avec moi, dit Chas. Tu savais très bien ce que tu faisais. Mon amie s'est fait la malle si vite qu'elle en a oublié sa petite culotte.

— Tu en as de la veine, dit Rosarita avec un rire moqueur. Tu n'as qu'à l'enfiler et te pavaner avec...

— Tu te crois maligne, hein ? répondit Chas, furibond.

Rosarita changea de nouveau de tactique.

— Bon, dit-elle d'une voix aussi douce qu'elle pût. Et si on venait tous dîner chez toi ? Tu as une cuisinière qui se tourne les pouces toute la sainte journée. S'il te plaît, papa, sois gentil.

— Bon sang, grogna-t-il, j'avais vraiment besoin de ça. C'est quoi leur nom déjà ? Shipranger ?

— Non, papa, dit-elle patiemment. Cockranger.

— D'où ça sort, ce nom ?

— J'en sais rien. Au moins, Dexter a eu assez de jugeote pour en prendre un autre, dit Rosarita en s'esclaffant bruyamment. Tu imagines si je m'appelais Madame Cockranger ?

Ouais, pensa-t-il. *Tu n'aurais eu que le nom que tu mérites.*

A peine avait-il raccroché qu'il téléphona à son autre fille.

— Bonjour, papa, dit Venice. Comment vas-tu ?

Venice était toujours aimable et de bonne humeur, ses deux petits enfants étaient adorables et elle avait un mari agréable et discret dont elle ne voulait pas se débarrasser à tout prix.

— Comment va ma petite chérie ? dit-il tout heureux de lui parler.

— Tout le monde va bien, papa, merci.

— Parfait.

— Je me demandais s'il serait possible de venir avec les enfants demain. Ça ne te dérange pas ?

— Pas du tout, ça me fera plaisir de les voir avec toi et...

Il hésita, car il n'arrivait jamais à se souvenir du prénom du mari de Venice.

— Eddie, lui rappela-t-elle.

— Oui, ça me revient maintenant, Eddie, nom de Dieu ! Je vous invite toi et Eddie à venir dîner à la maison. Les beaux-parents de Rosarita sont en ville.

— Martha et Matt, précisa Venice. Je me rappelle les avoir rencontrés au mariage de Rosarita, ce sont des gens très sympathiques.

— Je suis content de constater que quelqu'un se souvient d'eux.

— A quelle heure veux-tu qu'on arrive, papa ?

— Vers 7 h 30.

— Eddie doit-il porter une cravate ?

— Ouais, bonne idée.

Venice était une fille sensible et il ne voulait pas la froisser ni l'embarrasser, c'est pourquoi il hésita quelques instants avant de reprendre la parole.

— Heu... ma chérie, ça ne te gêne pas si j'invite mon amie ? Tu ne seras pas fâchée ?

— Pas du tout. Je sais que tu adorais maman et c'est d'ailleurs pour cette raison que tu ne t'es jamais remarié. Ça me fait plaisir que tu aies une petite amie. Je suis sûre que c'est quelqu'un de bien puisqu'elle sort avec toi.

— Oui, c'est une gentille fille.

— Que fait-elle dans la vie ?

Chas se mit à bafouiller.

— C'est une... heu... elle est infirmière, finit-il par dire tout en se demandant comment il allait s'y prendre pour convaincre son amie strip-teaseuse de jouer les infirmières au dîner.

Et comment diable allait-il la persuader de cacher ses énormes seins siliconés ?

Bon Dieu ! Il allait falloir jouer serré. Mais il ne se tracassait pas, un homme de ressources comme lui réussissait toujours à se tirer d'un mauvais pas.

— A plus tard, Venice, dit-il, et il raccrocha.

Dexter, qui avait suivi les conseils de son père, se faisait l'effet d'un criminel. Après avoir mis la main sur le diaphragme de Rosarita, tout bonnement rangé dans son armoire de toilette, il y avait percé des trous minuscules.

Il n'était pas très fier de lui. Avait-il le droit d'agir ainsi derrière son dos ? D'un autre côté, avait-elle le droit de réclamer le divorce après seulement dix-huit mois de vie commune, à son avis plutôt réussie ?

Depuis leur dispute de la veille, Rosarita se montrait conciliante. Elle était allée dans les magasins avec sa mère et lui avait offert une belle écharpe. Elle avait même pris le temps de discuter avec Matt d'un film de Clint Eastwood qu'ils avaient tous deux vu et apprécié. Elle l'avait ensuite informé qu'elle avait prévu un dîner chez son père.

Les Cockranger étaient enchantés.

— Quelle tenue vais-je mettre ? s'inquiétait Martha.

— Ne t'en fais pas, lui dit Matt en faisant un clin d'œil à son fils. Je propose qu'on fasse une petite sieste et qu'on laisse les deux tourtereaux.

Dexter savait exactement ce que son père avait en tête.

Ses parents s'étant retirés dans la chambre d'amis, il avait suivi Rosarita dans la leur et avait fermé la porte derrière eux.

— Bonne idée, dit-il.

— C'est quoi la bonne idée ? demanda-t-elle.

— De faire une petite sieste avant d'aller chez ton père. Tu as eu une journée éprouvante. Je sais que c'est pénible de faire des courses avec ma mère. Elle met un temps fou à choisir, c'est pas comme toi.

— Tu te moques de moi ? demanda Rosarita, soupçonneuse.

— Absolument pas, tu es très douée pour repérer en un clin d'œil ce qui convient. Je me rappelle quand on est allés chez Bloomingdale pour m'acheter des chemises. En deux temps trois mouvements, tu avais déniché ce qu'il me fallait. D'ailleurs, je les porte encore, ces chemises.

— Qu'est-ce qui t'arrive ? Pourquoi es-tu si gentil ? demanda-t-elle en plissant les yeux.

— Eh bien... je t'aime.

Rosarita s'assit au bord du lit.

— Ce n'est pas l'amour qui fait tourner le monde, Dex. Désolée.

— Tu es ravissante aujourd'hui.

— C'est vrai ? répliqua-t-elle, flattée malgré elle par ce compliment.

Elle ne lui avait jamais parlé des diverses opérations de chirurgie esthétique qu'elle avait subies et il était persuadé que sa beauté était tout à fait naturelle. Mon Dieu ! Elle ferait mieux de déchirer toutes ses vieilles photos avant d'être démasquée. Car son ancien visage était affreusement laid.

Dex se dirigea vers le lit et se planta devant Rosarita. Le regard à hauteur du ceinturon, elle ne put s'empêcher de remarquer son début d'érection.

Tu n'es qu'une chienne en chaleur, pensait-elle. *Dès qu'un homme s'approche de toi, tu ne peux pas te retenir !*

Elle se demandait vaguement si elle allait apprendre une chose ou deux à Dex avant de le quitter. Il fallait bien admettre qu'il avait un corps de rêve, très alléchant à tout point de vue. Bien sûr, il n'avait rien à voir avec Joel, mais peut-être qu'en attendant le départ de Matt et de Martha vers leur cambrousse natale, elle pourrait lui enseigner quelques nouveaux jeux un peu spéciaux.

Sans perdre de temps, elle baissa la fermeture Eclair du pantalon de Dexter et son sexe en érection jaillit brusquement, car il ne portait pas de sous-vêtement.

— Oooh, mon petit Dexie a l'air en forme aujourd'hui, roucoula-t-elle de manière lubrique.

Saisissant la télécommande, il ferma les stores.

Ce n'était pas exactement le style de Joel, pensait

Rosarita. Joel aimait au contraire qu'on regarde ses ébats sexuels, ce qu'elle trouvait extrêmement excitant.

Elle lécha brièvement le sexe de Dexter en guise d'encouragement, puis bondit vers la salle de bains.

— Je reviens tout de suite.

Il se leva pour fermer la porte de la chambre, se déshabilla et s'allongea sur le lit en l'attendant.

Il se demandait si elle allait remarquer les petits trous dans son diaphragme et sortir de la salle de bains en hurlant comme une furie.

Mais il était impossible qu'elle remarque quoi que ce soit. Les trous étaient minuscules, juste assez grands pour laisser passer ces perfides spermatozoïdes.

C'était sournois d'agir de la sorte, mais elle ne lui avait pas laissé le choix. Il se disait qu'à la naissance de leur premier enfant, un petit garçon éclatant de santé, elle le remercierait.

Non, il n'y avait aucun doute là-dessus, Dexter en était convaincu.

9

— Je vais te raconter toute l'affaire, dit Michael, ses yeux verts braqués sur le visage de sa fille.

De quoi voulait-il parler ? Madison n'en avait pas la moindre idée. Elle était suffisamment contrariée pour souhaiter ne pas en entendre davantage.

Ils étaient assis au restaurant du luxueux Hôtel Plaza. Elle avait commandé un cocktail mimosa à base de champagne et de jus de fruit, et des œufs au bacon avec des saucisses. Mais elle avait l'estomac trop serré pour pouvoir en avaler une seule bouchée. Elle avait par contre presque fini son cocktail.

— D'accord, Michael, acquiesça-t-elle avec une pointe d'inquiétude, sans le quitter des yeux.

Il en était à sa deuxième tasse de café. Elle remarqua pour la première fois les cernes sous ses yeux et les mèches blanches parsemant ses cheveux noirs. Son père si séduisant était-il finalement en train de devenir vieux ?

Non, pas Michael, c'était impossible.

— Je ne voulais pas te le dire, dit-il d'une voix grave reflétant l'austérité de son visage. D'une certaine manière, ça peut sembler inutile, expliqua-t-il, mais maintenant que Stella est partie, il faut que tu saches la vérité.

— La vérité à propos de quoi ? demanda Madison, qui détestait chaque minute de cette conversation.

— A propos de toi et moi, dit-il calmement. De notre famille.

Elle eut subitement la nausée. Il allait dire quelque chose d'affreux, quelque chose qu'elle ne voulait pas entendre.

— Tu sais, mon cœur, je t'ai toujours aimée et je t'aimerai toujours, dit-il. Tu comptes plus que tout pour moi.

Elle eut soudain un affreux pressentiment : il allait lui annoncer qu'elle était UNE ENFANT ADOPTEE !

Cela expliquerait pourquoi, pendant toutes ces années, elle avait dû les appeler par leurs prénoms, et non « papa » et « maman », comme les autres parents. Bien sûr, tout s'éclaircissait.

Elle eut un haut-le-cœur. Ses mains étaient moites, elle avait envie de vomir et toute force l'avait quittée. Tout ceci était affreux et c'était bien la dernière chose à laquelle elle s'était attendue.

Ne te laisse pas aller, se dit-elle intérieurement avec sévérité. *Reprends-toi et écoute bien ce qu'il a à te dire.*

— Je t'écoute, dit-elle. Allez, crache le morceau, Michael. Ce suspense est intolérable.

Il poussa un très long soupir.

— Ce n'est pas facile à dire, répondit-il en tapotant la table de son index.

Et tu crois que c'est facile pour moi ? avait-elle envie de crier. *Tu es sur le point de m'avouer que je suis une enfant adoptée et tu restes assis là à me dire que ce n'est pas facile. Va te faire voir ! Va au diable, Michael ! Tout ceci est insupportable.*

— En fait, dit-il en regardant Madison droit dans les yeux, Stella… elle, heu… elle n'est pas ta mère.

Ce n'était pas vraiment une révélation. Elle attendait patiemment la suite : « Et je ne suis pas ton père, mais tu sais on voulait vraiment avoir un enfant. En fait on t'a choisie, on ne voulait personne d'autre que toi. » Ou autre fadaise que des parents adoptifs doivent sortir à leur enfant dans ce genre de circonstances.

— Alors comme ça, vous m'avez adoptée, articula-t-elle difficilement.

— Non, dit-il en hochant vigoureusement la tête. Je suis ton père. Ton vrai père.

Tout ceci était absurde.

— Vraiment ? murmura-t-elle faiblement.

— Absolument ! Je ne t'aurais jamais abandonnée. Jamais !

— Je... je... ne comprends pas.

— C'est dur à expliquer, dit-il en avalant une gorgée de café pour se donner du courage. Je... je n'étais pas marié à l'époque, mais j'avais une petite amie, Gloria. Eh bien, Gloria et moi, nous étions comme des jumeaux, inséparables. On a grandi côte à côte et on passait tout notre temps ensemble. Et puis un jour, nous avons eu un enfant.

Madison avait l'impression que le monde s'écroulait autour d'elle. N'était-il pas en train de lui dire que STELLA N'ETAIT PAS SA MERE ? Comment était-ce possible ?

Il s'interrompit un long moment avant de reprendre.

— Cet enfant, c'était toi, mon cœur.

— Moi ? dit-elle, abasourdie.

— A l'époque, j'étais impliqué dans une affaire un peu louche. Tout allait de travers : tu avais six mois quand les types avec qui je travaillais ont décidé de se venger.

— Se venger ? dit Madison en fronçant les sourcils. Mais pourquoi ?

Ignorant sa question, il poursuivit son récit.

— L'histoire, c'est que... heu... ou je leur donnais ce qu'ils voulaient ou ils s'en prenaient à ma famille. Je ne les ai pas crus, d'ailleurs je m'étais arrangé pour que vous soyez parfaitement à l'abri. Bref, un jour, Gloria a réussi à sortir de la maison à l'insu de tout le monde pour m'acheter un cadeau d'anniversaire. Et c'est à ce moment-là qu'ils l'ont abattue d'un coup de revolver.

— Qui l'a abattue ?

— Ce serait trop compliqué de tout expliquer maintenant. Ça s'est passé il y a longtemps, il y a vingt-neuf ans de ça. Ils l'ont assassinée, les salauds.

— Mon Dieu ! s'écria Madison.

— La vérité c'est que je n'ai jamais réussi à oublier Gloria et Stella l'a toujours su.

Tout en écoutant l'histoire de son père, Madison avait l'impression d'être au beau milieu d'un feuilleton sans queue ni tête. Tout ce qui lui était familier s'effondrait autour d'elle. Stella, la belle Stella aux allures de Marilyn Monroe, n'était pas sa mère. Et qui était cette Gloria ? Elle aurait voulu voir une photographie d'elle, tout connaître sur elle. Que s'était-il passé après le coup de feu ? Etait-elle morte sur-le-champ ou avait-elle été simplement blessée ?

Les questions se bousculaient dans sa tête, mais il n'y avait personne pour y répondre. L'esprit en pleine ébullition, elle était au bord du malaise et se sentait complètement perdue.

— Un an après ces événements, j'ai rencontré Stella, qui était en tout point le contraire de Gloria, continua Michael. Lorsque nous avons commencé à parler de mariage, j'ai posé mes conditions. Si je l'épousais, il fallait qu'elle devienne une vraie mère pour toi. Et pas question d'avoir d'autres enfants. Tu serais la seule. Elle a accepté, mais je sais que comme mère, elle n'a jamais été à la hauteur.

Il haussa les épaules d'un air résigné.

— Qu'est-ce que je pouvais y faire ?

Le ton de sa voix se durcit.

— Et en plus cette garce me laisse tomber. Crois-moi, en ce qui me concerne, c'est comme si elle était morte.

Madison ressentit soudain un écrasant mal de tête. Peut-être était-ce l'effet du cocktail ? Ou bien le fait de considérer soudain son père comme un étranger ? Mon Dieu, c'était donc ça sa vie ? Sa vie n'était-elle qu'un tissu de mensonges ?

— Je... je dois partir et réfléchir calmement à tout ça, réussit-elle à articuler tout en se levant de table.

— Ne pars pas, implora Michael, en lui agrippant la main. J'ai besoin de toi, mon cœur. J'ai toujours eu besoin de toi.

— Sans doute, dit-elle, en proie à une douleur cuisante. Mais je suis sous le choc et j'ai besoin d'être seule pour y voir plus clair.

Retirant sa main d'un coup sec, elle sortit du restaurant en courant.

Dehors, tout lui semblait différent. Elle ne savait pas que faire ni où aller. En fait, la seule chose dont elle avait réellement envie, c'était d'éclater en sanglots.

Pourquoi as-tu envie de pleurer ? demanda sa petite voix intérieure.

PARCE QUE JE NE SAIS PLUS QUI JE SUIS.

Jamie et Peter avaient passé presque tout l'après-midi à faire des emplettes chez Barney. Les lendemains de beuveries, Peter était assailli de remords et, pour se faire pardonner, il dépensait sans compter.

Jamie s'en donnait alors à cœur joie. Ce jour-là, elle s'acheta des bottes, des bijoux, des chaussures, des pulls et un long manteau bleu en cachemire qui lui donnait l'air d'une princesse russe.

— Tu sais, sérieusement, tu es la fille la plus belle de tout New York, lui dit Peter d'un ton admiratif. Et moi le mari le plus chanceux.

Jamie sourit. Pourquoi diable l'avait-elle soupçonné ? Il était le meilleur d'entre tous et leur mariage était une réussite. Certes, ils n'avaient pas fait l'amour pendant quelques semaines, mais cela ne signifiait en rien qu'il la trompait. Par ailleurs, il s'était rattrapé hier soir et au centuple !

Non, à bien y réfléchir, elle n'avait aucune raison d'aller voir ce détective. Peter était un mari extrêmement tendre et fidèle, il l'avait amplement prouvé aujourd'hui.

Ils quittèrent enfin Barney, chargés de multiples paquets.

— Madison ne devait pas nous rejoindre ? dit Peter alors qu'ils essayaient de trouver un taxi.

— Ton téléphone est en veille ? demanda Jamie.

— Evidemment, dit-il en tapotant sa poche.

— Elle a dû être retenue.

— C'est pas trop tôt ! dit Peter avec petit rire grivois. Ça fait un sacré bout de temps qu'elle est seule.

— Tu connais Madison, dit Jamie avec désinvolture. Elle est très difficile. Surtout depuis sa rupture avec David.

— J'aimais bien David, fit remarquer Peter.

— Tu te moques de moi ?

— Je ne t'ai pas dit que j'avais dîné avec lui et sa femme un soir pendant que tu étais à Boston avec Anton ?

— Non ! Tu ne me l'as jamais dit !

— J'ai dû oublier.

— Comment as-tu pu faire une chose pareille, Peter ? C'est tellement déloyal !

— Il n'arrêtait pas de me téléphoner, et je n'avais rien d'autre à faire ; on est allés chez Elaine.

— Comment elle est, sa femme ?

— Blonde, des lèvres outrageusement pulpeuses et des gros nichons, authentiques, à mon avis.

— Tu parles, dit Jamie d'un air méprisant. Les mecs se font toujours avoir. Mais les seins de ce genre de filles sont siliconés, c'est évident.

— Ne sois pas mauvaise langue, ma chérie.

— Regarde, dit-elle en agitant frénétiquement la main, voilà un taxi, arrête-le !

Sur le chemin du retour, ils s'embrassèrent et se caressèrent à l'arrière du taxi pendant que le chauffeur faisait semblant de ne pas les voir dans le rétroviseur. Jamie faillit même avouer à Peter qu'elle avait pensé le faire suivre par un détective privé. Mais elle se ravisa aussitôt, en songeant qu'il n'apprécierait sans doute pas.

— Que veux-tu faire ce soir ? demanda-t-elle alors qu'ils arrivaient à leur appartement. Nous n'avons rien de prévu.

— Formidable ! dit Peter avec un grand sourire. Rien de prévu. Le genre de soirée que j'adore.

— On pourrait manger chinois, suggéra Jamie, et louer une vidéo.

— Laquelle ?

— N'importe laquelle pourvu qu'il y ait Brad Pitt !

— Et moi je regarderais bien n'importe quel film avec Charleze Theron.

— Eh bien alors, que dirais-tu de louer deux vidéos, et de commander des tonnes de plats chinois ? Je meurs de faim. On n'a même pas déjeuné.

— Tu ne nous en as guère laissé le temps, souligna Peter. Tu étais trop occupée à acheter tout le magasin !

Quand ils furent rentrés, Jamie attendit que Peter se retire de son côté pour se glisser furtivement dans la salle de bains et appeler Madison. Elle tomba sur le répondeur.

— Annule le rendez-vous pour lundi, murmura Jamie. Je te rappelle plus tard ou rappelle-nous après avoir écouté ce message. Dans tous les cas, ne dis rien à Peter.

Une heure plus tard, Madison était chez elle et trouvait le message de Jamie. Bon sang ! Pourquoi donc avait-elle accepté de se mêler de ses histoires ? Jamie était un véritable yo-yo, elle changeait tout le temps d'avis. Un jour, Peter la trompait, le jour suivant c'était un mari fidèle. Pourquoi donc ne lui fichait-elle pas la paix ? Sa vie était en train de s'effondrer et la seule préoccupation de Jamie était d'annuler son rendez-vous avec le détective privé !

Slammer l'accueillit comme s'il ne l'avait pas vue depuis des lustres. Elle s'assit par terre près de lui et lui caressa le dos. Il s'allongea aussitôt sur le côté, les jambes en l'air, attendant qu'elle lui gratte le ventre ; c'était son plaisir favori.

— Tu es un drôle de numéro, tu sais ? lui dit-elle.

Pourquoi Michael ne lui avait-il pas dit la vérité quand elle était jeune ?

Pourquoi avait-il forcé Stella à vivre dans le mensonge ?

Des souvenirs fugitifs de cette femme qu'elle avait cru être sa mère lui traversaient l'esprit. Elle se rappelait son premier flirt et la manière dont Stella avait catégoriquement refusé d'en parler avec elle. Comment Stella l'avait expédiée à Bloomingdale avec la gouvernante pour s'acheter son premier soutien-gorge. Et pour finir, son premier grand amour, quand elle avait douze ans, avait laissé Stella totalement indifférente…

Elle comprenait maintenant pourquoi sa mère lui était toujours apparue comme une étrangère. Elle l'était tout simplement parce qu'elle n'était pas sa mère et refusait de jouer ce rôle ; elle était probablement jalouse de Gloria et haïssait tout ce qui était lié à elle.

Et Michael, si beau et si séduisant, s'était toujours efforcé de compenser le manque d'amour maternel, de prêter une oreille attentive à ce qu'elle avait à dire et n'avait jamais manqué de la soutenir.

Là encore, elle comprenait maintenant pourquoi.

Il se sentait coupable, tout simplement.

Elle ne cessait de repenser à ces confessions maladroites.

Ils l'avaient tuée. Ils avaient tué sa mère !

Qui était ce « ils » ? Et pourquoi voulaient-ils la tuer ?

Michael était alors impliqué dans une affaire louche, avait-il dit. A quoi faisait-il allusion ? Menait-il une double vie dont elle ignorait tout ?

Oui, de toute évidence. Et apparemment, il était aussi très doué pour garder un secret, puisqu'elle n'avait jamais eu le moindre doute. Toute cette histoire la bouleversait.

Mobilisant toutes ses facultés d'analyse, elle s'empara d'un bloc-notes jaune et d'un crayon, puis dressa une liste de toutes les questions qu'elle souhaitait lui poser. Avait-il épousé Gloria ? Gloria avait-elle de la famille ? Ses assassins avaient-ils été capturés ? Condamnés ? Et dans le cas contraire, pourquoi ?

Oh, mon Dieu ! Il y avait tant de choses qu'elle mourait d'envie de savoir. Elle avait l'impression de préparer une interview, à la différence près que cette fois, c'était sa propre vie dont il était question.

Elle avait décidé que lorsque Michael l'appellerait, elle lui demanderait de venir chez elle. Elle l'inviterait à s'asseoir et lui poserait calmement toutes ces questions qui la torturaient. Elle exigerait qu'il lui dise toute la vérité. Plus de secrets.

La vérité la libérerait de ses tourments. Ce n'est qu'à ce prix que sa vie pourrait reprendre son cours. Normalement.

10

Dans sa boîte de strip-tease, la nouvelle petite amie de Chas se faisait appeler Varoomba. Les étonnantes contorsions qu'elle exécutait avec sa prodigieuse poitrine lui avaient inspiré ce nom. Cette grande fille aux seins voluptueux, à la voix haut perchée et au caractère enjoué, était le genre préféré de Chas.

Cet après-midi-là, il avait dû l'expédier à Bloomingdale pour s'acheter une robe respectable.

— Pas question d'acheter une robe ras les fesses qui découvre les nichons, la prévint-il d'un air sérieux. Choisis quelque chose qui cache la marchandise et tant que tu y es, un soutien-gorge qui m'aplatit tout ça.

— Qu'est-ce qui te prend ? dit-elle en faisant battre ses cils outrageusement maquillés. Tu as peur que je te fasse honte ?

— Mais non, mais je ne veux pas que mes gosses sachent que je sors avec une strip-teaseuse.

— Tu as quelque chose contre les strip-teaseuses ? demanda-t-elle, offensée, de sa voix de petite souris.

— Ça ne serait pas bien vu, grogna Chas. Pas par mes filles en tout cas. Autre chose, t'as intérêt à être gentille avec elles, parce qu'elles sont ce que j'ai de plus précieux au monde.

— Elles ont quel âge ? avait demandé Varoomba, s'attendant à ce qu'il lui dise « environ dix et douze ans ».

— Elles sont plus âgées que toi.

Varoomba était assez intelligente pour prévoir que les filles de Chas la détesteraient sans doute. La plupart des femmes lui étaient hostiles, a fortiori si elles apprenaient qu'elle sortait avec leur père.

Comment expliquer à ses filles que sa petite amie n'avait que vingt-trois ans ? se demandait Chas.

— Si jamais quelqu'un te pose la question, réponds que tu as trente ans.

— Trente ans ! s'écria-t-elle, horrifiée. Tu veux que je me fasse virer ?

— Mais personne ne saura qui tu es, lui dit-il pour la calmer. On va leur dire que tu es une amie à moi qui travaille comme infirmière.

— Comme infirmière ? répéta-t-elle, offusquée. Tu trouves que j'ai l'air d'une infirmière ?

— Ça irait déjà mieux si tu ne te tartinais pas le visage de maquillage et si tu te débarrassais de cette choucroute que t'as sur la tête. Ça ne te va pas, de toute façon.

— C'est quoi tout ce cirque ? J'ai l'impression de passer une audition pour un feuilleton télévisé, dit-elle, très vexée.

— Tiens-toi à carreau, c'est compris ? Si tu te tiens bien, tu ne regretteras pas le déplacement, mais autrement... eh bien... tu sais de quoi je suis capable.

— Charmant, dit-elle avec humeur. Tu es toujours en train de jouer aux durs.

— Ouais, et tu aimes ça, non ? dit-il en lui pelotant ses jolies fesses rondes.

— Je t'aime bien, Chas, répondit-elle en minaudant. Je serai sage. J'aimerais bien être la maman de tes petites filles.

— T'as pas encore pigé ? demanda-t-il, agacé. T'es plus jeune que ma fille cadette.

— Mais non, dit-elle en écarquillant les yeux. J'ai trente ans.

Varoomba avait ça pour elle, elle comprenait vite.

Venice était la cadette. Chas l'avait appelée ainsi en souvenir de la ville italienne si romantique où elle avait été conçue.

Avec son nez légèrement trop long et ses lèvres un peu trop fines, Venice n'était pas d'une beauté exceptionnelle. Mais ses longs cheveux bruns et soyeux ainsi que ses jolis yeux lui donnaient du charme. Eddie, son mari, la trouvait absolument ravissante et c'est tout ce qui comptait pour elle.

Alors que Rosarita avait complètement transformé son corps et son visage grâce à la chirurgie esthétique, tout était authentique chez Venice. Elle embrassa son père sur les deux joues.

— Nous sommes les premiers arrivés ? demanda-t-elle.

— Oui, ma chérie. Rentre, je vais te présenter ma... heu... mon amie.

— Ton amie ? reprit Venice d'un ton gentiment moqueur. Ne devrais-tu pas plutôt dire ta petite amie ?

— En fait, c'est cette... heu... infirmière que je fréquente depuis quelque temps, expliqua Chas. Tu verras, elle est plus jeune que moi. Mais ne te formalise pas, elle est plus âgée qu'il n'y paraît, donc... ne sois pas choquée.

— Papa, je ne me permettrais pas de critiquer tes relations, dit Venice. Je te le répète : pour moi, tout ce qui compte, c'est que tu sois heureux.

Eddie, son mari, un homme insignifiant, se tenait un

peu en retrait. Chas lui serra la main et ils pénétrèrent tous ensemble dans le salon où Varoomba, rebaptisée Alice pour l'occasion, les attendait.

Chas la regarda d'un air désapprobateur. Elle avait certes réussi à comprimer son énorme poitrine dans une robe orange ras du cou, mais le choix d'une tenue noire aurait été plus judicieux. Il s'était en effet aperçu, agacé, qu'on devinait le contour de ses mamelons sous le tissu tendu à bloc.

Au moins, elle n'avait pas forcé sur le maquillage. Cependant, elle ne ressemblait en rien à une infirmière ni par son physique ni par sa tenue. Tout en elle trahissait sa véritable profession.

— Voici ma fille, Venice, dit Chas.

— Venice, répéta Varoomba de sa voix aiguë qui horripilait Chas maintenant qu'il était forcé de l'écouter.

Au lit, il pouvait lui dire de la fermer, et elle s'exécutait. Mais là, il n'avait pas cette possibilité.

— Bonsoir, dit Venice. Quelle jolie robe ! Cette couleur vous va à ravir.

Ce compliment mit immédiatement Varoomba à l'aise. Elle fit un clin d'œil à Chas comme pour lui dire : « Tu vois, je me suis déjà fait bien voir par l'une de tes filles. »

En retard comme d'habitude, Rosarita était arrivée vingt minutes après, suivie de Dexter et de ses parents.

— Monsieur Vincent, s'exclama Martha en se précipitant vers lui. C'est magnifique chez vous ! C'est la première fois que je suis invitée dans une maison à New York. Nous sommes vraiment gâtés !

« Bon sang, tu vas la fermer », songeait Rosarita.

— Merci, dit Chas, en l'invitant à s'asseoir sur un canapé aux coussins rembourrés. Faites comme chez vous. Dites-moi, quel est votre poison favori ?

Rosarita s'arrêta net en apercevant sa sœur. Elles n'étaient pas les meilleures amies du monde. Rosarita, qui ne supportait pas la concurrence, était persuadée que Venice voulait accaparer l'attention de leur père et s'emparer de son argent. Elle était particulièrement furieuse à l'idée que les deux marmots braillards de Venice hériteraient sans doute d'une bonne partie de la fortune de leur père.

— Bonsoir, dit-elle froidement. On ne m'avait pas avertie que tu viendrais.

Venice n'avait jamais vraiment compris pourquoi sa sœur était si agressive avec elle mais, avec le temps, elle avait fini par accepter cette animosité. Eddie lui avait appris à se montrer magnanime.

— Il y a probablement quelque chose qui la rend malheureuse, avait-il dit à sa femme pour la rasséréner. Essaie d'être gentille et ne te laisse pas abattre.

Et cette fois encore, Venice suivit son conseil. Elle sourit à sa sœur et accueillit Dexter en le serrant dans ses bras. Venice et Dexter s'entendaient merveilleusement bien, ce qui avait le don d'énerver Rosarita au plus haut point. Ils ne se voyaient pas souvent, mais lorsque cela arrivait, ils semblaient être exactement sur la même longueur d'ondes.

— Comment vas-tu ? demanda Dexter en lui tapotant l'épaule.

— Très bien, merci, répondit Venice.

— Et les enfants ? Ça fait un bail qu'on ne les a pas vus.

— Tu passes nous voir quand tu veux.

— Merci, dit-il. Mais je suis tellement pris par ma série télévisée que je n'ai pas le temps de faire quoi que ce soit en ce moment.

— Je t'ai vu dans ton show, tu étais formidable.

— Vraiment ? dit-il, **enchanté**.

— Ce serait vraiment **ennuyeux** sans toi, même si je

dois dire que le personnage qu'interprète Silver Anderson est fascinant.

Dexter se disait souvent qu'il s'était trompé de sœur. Contrairement à Rosarita, Venice était gentille et attentionnée. Un étranger aurait eu du mal à croire que Rosarita et Venice faisaient partie de la même famille.

Pendant que Rosarita dévisageait Varoomba, Venice faisait tout son possible pour mettre à l'aise Matt et Martha.

— Quelle magnifique écharpe ! dit-elle à Martha.

— N'est-ce pas ? répondit Martha, radieuse. C'est Rosarita qui me l'a achetée aujourd'hui même.

Elle baissa la voix et dit d'un ton respectueux et admiratif :

— Ça a coûté trois cent cinquante dollars, vous imaginez un peu ? J'ai refusé au départ, mais comme elle insistait...

— Elle est vraiment splendide, dit de nouveau Venice. Elle met en valeur vos yeux bleus.

— Merci, dit Martha, rayonnante.

Rosarita se tourna brusquement vers Venice.

— C'est quoi cette pute que papa a ramenée ? dit-elle, la voix sifflante.

— Elle s'appelle Alice. Elle est infirmière.

— Si elle, elle est infirmière, alors moi je suis spécialiste du nucléaire !

Venice s'éloigna.

Pendant tout le repas, Rosarita essaya d'accaparer l'attention au détriment de sa sœur, créant une gêne dans l'assemblée. Chaque fois que Venice prenait la parole, Rosarita la contredisait.

— Quelle mouche t'a piquée ce soir ? finit par dire Chas. Tu peux pas arrêter d'enquiquiner tout le monde ?

Pas tout le monde, avait eu envie de répliquer Rosarita.

Uniquement ma chère sœur que tu trouves si angélique. Mais moi j'ai vu clair dans son petit jeu. Si elle a eu des enfants, c'est uniquement pour mettre la main sur ton fric.

Au milieu du repas, Venice avait fait passer des photographies de ses deux enfants. Rosarita en avait eu la nausée.

Martha regardait attentivement les photos et s'extasiait poliment quand il le fallait.

— Comme ils sont mignons, disait-elle, transportée.

Puis, elle regarda Chas droit dans les yeux.

— Matt et moi nous espérons que votre petite Rosarita fera bientôt de nous des grands-parents.

Chas se mit à glousser. Sa petite Rosarita. Ils ne connaissaient manifestement pas la vraie Rosarita, celle qui lui avait demandé de faire disparaître Dexter, leur fils adoré. Bon sang, ça animerait la conversation de raconter les projets de l'adorable Rosarita...

Cette dernière l'énervait passablement. Pour qui le prenait-elle ? Pour un tueur ? Elle n'avait vraiment pas les pieds sur terre et ses caprices l'exaspéraient. Dexter lui semblait parfaitement convenable. Bel homme et en prime fidèle. Il n'avait même pas reluqué les seins de Varoomba, gros comme des montgolfières, alors que dans sa situation, la plupart des hommes auraient été en train de baver devant elle. En revanche, Matt l'avait déjà lorgnée à la dérobée, avait remarqué Chas. Bon sang ! Le pauvre vieux, cela devait faire des années qu'il n'avait pas fait l'amour.

Varoomba passait quant à elle une excellente soirée. Elle n'était pas accoutumée à rencontrer la famille de ses amants et après quelques verres de vin, Chas avait toutes les peines du monde à la faire taire. Il s'attendait à tout moment à ce qu'elle distribue aux invités des cartes de visite pour les convier à un spectacle privé au Boom Boom Club.

C'est dans ce club qu'il l'avait vue pour la première fois, un soir, au beau milieu d'un numéro où elle agitait avec ardeur sa voluptueuse poitrine. Il en avait gardé un très bon souvenir.

— Il faut qu'on rentre maintenant, annonça Rosarita à la fin du dîner.

— Déjà ? dit Martha, déçue. On passait une si bonne soirée.

— Désolée, répondit Rosarita, les dents serrées. Demain, c'est l'unique jour de congé de Dexter et il aime faire la grasse matinée.

— S'il a l'intention de dormir tard, pourquoi partir si tôt ? demanda Venice en toute innocence.

Rosarita eut envie de la gifler.

— Tu ne comprends donc pas ? dit-elle d'un ton hargneux. Il faut qu'il ait ses douze heures de sommeil. Si on part maintenant, il aura son quota d'heures, sinon il ne dormira que huit heures.

Dexter la dévisagea comme si elle avait complètement perdu la tête. De fait, il était en train de réaliser à quel point elle était cinglée.

— Et si on restait encore un quart d'heure ? suggéra-t-il.

Et si tu allais te faire foutre ? pensa-t-elle, ulcérée.

— Très bien, murmura-t-elle, les lèvres pincées.

Comme si j'en avais pas ma claque de ma sainte-nitouche de sœur, de tes stupides parents et de la pute de papa.

Chas, qui observait attentivement ses deux filles, était bien forcé de constater de nouveau combien elles étaient différentes. Pourquoi Rosarita ne pouvait-elle pas prendre exemple sur sa sœur ? Il les aimait autant l'une que l'autre, mais, c'était décidé, il laisserait le plus gros de sa fortune à Venice et à ses enfants parce qu'elle, au moins, elle avait les pieds sur terre. Rosarita, elle, serait bien capable de s'acoquiner à un coureur de dot qui dilapiderait en moins de deux tout son capital. Venice ne permettrait jamais un tel gâchis. Par ailleurs, il inclurait dans son testament une clause stipulant que Venice devrait toujours soutenir sa sœur financièrement. Ce qui le réjouissait le plus, c'est qu'il ne serait plus là pour entendre les cris de protestation de Rosarita.

— Qu'est-ce qui te fait sourire, papa ? demanda Rosarita, subitement radoucie.

— Rien de spécial.

Varoomba lui prit la main.

— Votre père a un sourire tellement craquant, s'exclama-t-elle. J'adore quand il rit, il est si mignon !

Rosarita eut de nouveau un haut-le-cœur. Cette fille aux gros nichons et à la voix haut perchée était un cauchemar ambulant. Et stupide, de surcroît.

— Pas devant mes filles, siffla-t-il entre ses dents, ne sachant plus où se mettre.

— Excuse-moi, mon petit rayon de miel, roucoula Varoomba.

La soirée s'était achevée sans incident et Rosarita et son groupe étaient partis en même temps que Venice et Eddie.

Immédiatement après leur départ, Varoomba secoua son abondante chevelure rousse qui retomba en cascade autour de son visage. Elle ôta ensuite sa robe orange, sous laquelle elle ne portait qu'un string bleu, blanc, rouge et un soutien-gorge qui dévoilait ses mamelons.

— Tu es content de moi ? susurra-t-elle. Est-ce que j'étais la reine de la soirée ? Viens par là, dit-il en l'agrippant et en lui pinçant les seins.

— Viens par ici, avec tes gros airbags.
Elle s'exécuta avec docilité.

Au même moment, Joel Blain se plaignait au gérant du Boom Boom Club.
— Où est passée la nana avec des gros seins ? Comment ça se fait qu'elle ne soit pas là un samedi soir ?
— Elle a appelé pour dire qu'elle ne se sentait pas bien, répondit le gérant, un homme hargneux au visage patibulaire et aux cheveux gominés.
— Se sentait pas bien, mon cul, dit Joel. J'en ai pas eu pour mon argent.
— Il y a une jolie petite Portoricaine qui a débarqué hier.
— Les étrangères, c'est pas mon truc.
— Et une Texane pur jus, ça vous branche ?
— Avec des gros pare-chocs ?
— Non, petits, mais appétissants.
— Laissez tomber, dit Joel. Je reviendrai la semaine prochaine, mais Miss gros nénés a intérêt à être au rendez-vous.
Il n'avait que l'embarras du choix pour des petits nibards. De fait, Rosarita n'était pas spécialement bien pourvue dans ce domaine. Elle lui avait dit que sa poitrine était naturelle, mais il avait aperçu des cicatrices dissimulées sous ses seins.
Chérie, avait-il failli lui dire. *Tant qu'à les refaire, pourquoi tu n'as pas demandé le calibre au-dessus ?*
Mais il avait instinctivement compris que Rosarita était susceptible et rebelle à toute critique. Ce qui ne l'empêcherait pas de la tester, pour voir jusqu'où elle était prête à aller pour lui.
— Chérie, tu as les plus beaux nichons du monde,

mais moi je les aime encore plus gros. Voilà vingt mille dollars pour les faire refaire.

Valait-elle une telle somme d'argent ? Merde, certainement pas.

La seule femme qui les valait, c'était Madison Castelli. C'était une vraie femme, elle au moins. Aucune importance qu'elle ne soit pas roulée comme une strip-teaseuse aux gros seins. Elle était intelligente et c'était ça qui comptait à ses yeux. Une femme avec de la classe, voilà ce qu'il recherchait.

Il ferait peut-être bien de s'intéresser à elle de plus près. De lui déballer le grand jeu, de la relancer, ou tout au moins de l'appeler.

Il allait y réfléchir.

— Merci, dit Dexter.
— A quel propos ? demanda Rosarita sur ses gardes.
— D'avoir été prévenante avec mes parents. Depuis la conversation que nous avons eue, tu as vraiment été charmante.
— Tu es sincère ?
— Oui, absolument.

Il était allongé sur le lit, les mains derrière la tête, en train de la regarder se déshabiller. Elle était maintenant en culotte noire et soutien-gorge en dentelle.

— Viens t'allonger près de moi, on va discuter, suggéra-t-il.

Hum…, pensa Rosarita. Depuis qu'elle l'avait accusé de ne jamais faire l'amour, il avait complètement changé d'attitude. La veille, il avait fait preuve de beaucoup d'ardeur et elle pouvait deviner que ce soir encore il était de nouveau d'humeur.

Elle sauta sur le lit près de lui.

— Tu veux que je te taille une pipe ? demanda-t-elle en agitant sa langue de manière tentatrice et provocante.

Il détestait quand elle se montrait vulgaire.

— Tu ne veux pas que je te prenne simplement dans mes bras pendant un petit moment ? demanda-t-il en incorrigible romantique qu'il était.

— Si c'est vraiment ça qui te plaît, dit-elle en caressant son sexe à moitié en érection.

Quelques secondes plus tard, il bandait vraiment, ce qui ne la surprit pas.

— Je reviens dans une seconde, dit-elle en bondissant hors du lit et en disparaissant dans la salle de bains.

Le temps qu'il compte jusqu'à vingt et elle était de retour.

Je vais te faire l'amour, ma petite, et crois-moi tu t'en souviendras, se dit-il.

Il avait le pressentiment qu'il allait la mettre enceinte.

Ce soir.

11

Slammer traînait la patte et haletait, la langue pendante, essayant désespérément d'attirer l'attention de Madison. Il sillonnait Central Park avec sa maîtresse depuis deux heures et il en avait assez. C'était un chien d'appartement habitué à une existence douillette et il était maintenant impatient de rentrer. Il faisait chaud, il avait soif et mourait d'envie de s'allonger. Il tirait sur sa laisse en poussant des gémissements discrets, ses grands yeux marron fixant Madison d'un air implorant.

On aurait pu croire qu'ils communiquaient par télépathie.

— OK, OK, soupira-t-elle. Je te ramène à la maison.

Toutefois, malgré cette marche forcée, elle n'avait pas réussi à éliminer sa frustration et sa rage, ni à se débarrasser de ses idées noires.

J'ai vingt-neuf ans, pensait-elle. *Personne ne m'attend à la maison. Mon père n'a pas arrêté de me mentir et je n'ai pas de mère. Non, en fait, j'en ai une, mais elle est morte avant que j'aie eu l'occasion de la connaître.*

Il fallait absolument qu'elle parle à quelqu'un, qu'elle évacue toute cette histoire avant de devenir folle. Michael n'était pas la personne indiquée. La seule chose qu'elle pouvait faire, c'était le questionner. Il avait intérêt à répondre à ses requêtes avec précision, car elle ne se contenterait plus de réponses évasives.

Elle avait pensé un instant rendre visite à Jamie, mais c'était samedi et Peter serait à la maison. Il était hors de question qu'elle parle à Jamie en sa présence. Son autre meilleure amie, Nathalie, vivait à Los Angeles. Elle imaginait déjà une interminable conversation au téléphone, tout en se demandant si cela valait bien la peine.

De retour à son appartement, elle remarqua que le signal lumineux du répondeur clignotait. Il y avait trois appels. Le premier était de Michael.

« Il faut qu'on parle, disait-il d'une voix tendue, méconnaissable. J'ai réservé une chambre au Plaza et je ne repartirai pas dans le Connecticut avant de t'avoir revue. Rappelle-moi dès que possible. »

Le second appel venait de Victor :

« J'ai plein d'idées pour ta prochaine victime, que tu vas sans aucun doute détester, annonçait-il de sa voix tonitruante. Passe au bureau lundi prochain et nous en discuterons. Si tu es gentille, je t'inviterai à déjeuner. »

En écoutant le troisième message, elle entendit une voix vaguement familière, surgie du passé : la voix de Jake Sica. Jake, un type qu'elle avait rencontré à Los Angeles lors d'une mission en début d'année. C'était le frère de Jimmy Sica, ancien présentateur qui avait animé le show Celebrity News avec Nathalie.

« Salut, disait-il. C'est Jake à l'appareil, je viens passer quelques jours à New York la semaine prochaine et j'aimerais beaucoup te revoir. Tu sais, Madison, je crois qu'on... »

Mais le message s'arrêta net.

— Zut ! s'exclama-t-elle, en songeant à Jake.

Ce souvenir lui permit d'oublier pendant quelques instants les histoires sordides qui l'obsédaient. Jake était un photographe de renom au caractère insouciant. Elle se remémorait ses cheveux châtains, ses yeux marron rieurs, son penchant pour les vieux blousons de cuir et les chemises en jean ainsi que son tempérament sociable et son allure décontractée.

Elle l'appréciait énormément. Mais lorsqu'ils s'étaient rencontrés, elle était accaparée par une histoire de meurtre à Los Angeles et lui-même sortait avec une call-girl. Une situation plutôt compliquée en somme. Toutefois, elle avait réussi à convaincre Victor de publier ses photos dans son magazine et ils s'étaient revus de temps à autre jusqu'à ce que Jake retourne dans l'Arizona. Ils s'étaient perdus de vue depuis plusieurs mois et voilà qu'il lui annonçait sa venue à New York la semaine prochaine.

Hum..., songea-t-elle. Jake, c'était peut-être lui le confident idéal. Elle le connaissait à peine, il lui serait donc d'autant plus facile de s'épancher. Elle était sûre qu'il l'écouterait, parce qu'il était sensible et intelligent et, par-dessus tout, très attentionné.

Mais elle ne pouvait pas le contacter, car il n'avait pas laissé de numéro de téléphone. Ce qui ne la surprenait guère, ce genre de situation étant chose courante.

Elle décrocha le combiné et appela Nathalie à Los Angeles.

Elle tomba sur Cole, le frère de son amie.

— Bonjour ! Devine qui c'est ?

— Inutile, répondit Cole, je la reconnaîtrais entre mille, cette voix sensuelle.

— Comment vas-tu ?

— Très bien, merci.

— Nathalie m'avait dit que tu vivais avec M. Nabab, alors comment se fait-il que je tombe sur toi ?

— Je lui rends une petite visite de temps en temps. Mais la frangine me bat froid en ce moment, elle m'en veut parce que je file le parfait amour avec M. Nabab. Elle n'attend qu'une chose, que je le largue pour qu'elle puisse me dire : « Je t'avais prévenu ! »

Nathalie n'appréciait pas le nouveau petit ami de son jeune frère — un riche industriel bien plus âgé que lui, que Nathalie appelait officieusement « M. Nabab ».

— Ça fait longtemps que vous sortez ensemble maintenant, non ?

— Oui, et c'est d'ailleurs pour ça qu'elle s'inquiète. Lui, c'est un grand manitou dans l'industrie, alors que moi je gagne ma vie en musclant la jet-set de L.A. Mais, où est le problème, on s'éclate ! Et toi, comment vas-tu ?

— Ça va, on fait aller.

— On aura l'occasion de te voir bientôt à Los Angeles ?

— Ça dépend de Victor. S'il m'envoie en mission là-bas, je viendrai vous rendre visite.

— Au fait, ils vont bientôt en faire un film, de ton article sur les call-girls ?

— Après deux projets avortés, le studio a laissé tomber. Enfin, je ne me faisais pas trop d'illusions sur Hollywood. Qu'importe, j'ai gagné beaucoup d'argent et cela m'a permis de rencontrer le grand Alex Woods. C'est quelqu'un d'incroyable.

— Il faut que tu reviennes faire un saut ici. On fera du jogging ensemble, je sais que tu adores le sport.

— Tu te moques de moi ?
— Tu crois ?

Ils éclatèrent de rire. Madison avait beaucoup d'affection pour le petit frère de Nathalie. Pas si petit que ça, d'ailleurs, en vérité. C'était un jeune homme de vingt-trois ans, bien bâti, avec des abdos d'acier et un merveilleux sourire. Cole gagnait sa vie en aidant les gens riches et célèbres à sculpter leur corps. Il était l'un des entraîneurs sportifs les plus recherchés de Los Angeles.

Madison se rappela sa stupeur lorsqu'elle l'avait revu à Los Angeles quelques mois auparavant. Le petit frère qu'elle avait connu, un adolescent excité, passionné de rap, qui passait son temps à traîner en bandes et à se doper, s'était transformé en un beau jeune homme bien dans sa peau. Cole était gay, séduisant et, selon l'expression de Nathalie, il assurait un max.

— Où est Nathalie ? demanda Madison.
— Probablement au studio, dit Cole. Tu la connais, c'est une bosseuse, elle se donne à fond dans son travail.
— Je croyais qu'elle en avait marre du monde du show-biz.
— Ça, c'était avant qu'elle n'anime son propre show.
— Je croyais qu'elle présentait les nouvelles avec Jimmy Sica.
— Oui, mais comme je te le disais, elle a changé de job.
— Tu lui diras de me rappeler ?
— Compte sur moi.

L'appel de Jake Sica avait au moins réussi à lui faire oublier pour un temps Michael et ses révélations bouleversantes. Elle songea un moment à rappeler son père, puis se ravisa. Qu'il aille au diable ! Elle alla dans sa chambre, débrancha le téléphone, avala un somnifère trouvé dans une boîte laissée là par David et se glissa tout habillée sous la couette.

Elle sombra bientôt dans un profond sommeil.

Le lendemain matin, elle fut réveillée par quelqu'un qui tambourinait à sa porte. Elle mit un certain temps à ouvrir les yeux ; elle n'avait pas l'habitude de prendre des somnifères et elle était complètement dans les vapes, ce qui après tout était le but de l'opération.

Slammer, tapi près du lit, aboyait en la regardant de ses yeux expressifs et mélancoliques comme pour lui dire : « Il va falloir que je tienne encore longtemps comme ça ? »

Elle attrapa le réveil, qui indiquait 10 heures passées. Zut ! Elle s'était bel et bien endormie comme une masse.

Elle sortit de son lit en titubant et constata qu'elle n'avait pas pris la peine d'ôter ses vêtements la veille. On frappait toujours à grands coups à la porte et ces martèlements résonnaient douloureusement dans sa tête lourde.

Mon Dieu ! Qui était-ce donc ? Pourquoi ces coups ne s'arrêtaient-ils pas ?

Elle se dirigea vers la porte d'entrée.

— Qui est-ce ? demanda-t-elle d'une voix aussi revêche que possible.

— C'est moi, répondit Michael, laisse-moi entrer, pour l'amour du ciel. Ça fait dix bonnes minutes que je frappe à cette porte.

Que voulait-il ? Allait-il lui faire de nouvelles révélations ? La rendre encore plus folle d'angoisse ?

Elle ouvrit la porte ; il entra brutalement dans l'appartement.

— Que se passe-t-il ? Je t'ai appelée six fois la nuit dernière et trois fois ce matin. Où étais-tu ? demanda-t-il, furibond.

— Au lit, rétorqua-t-elle froidement, en lui tournant le dos. J'ai encore le droit de dormir, non ?

— Quoi ? dit-il, pris au dépourvu par cette remarque sarcastique.

— Je te vois trois fois dans l'année. Hier tu m'invites à déjeuner pour m'apprendre que ma vraie mère n'est pas Stella, mais une certaine Gloria. Toutes mes excuses, papa, mais ne t'étonne pas si je suis un peu perturbée ou contrariée. Alors j'ai pris un somnifère et j'ai dormi comme une souche. Ça te va comme explication ?

— Désolé, s'excusa-t-il. Tout ceci me rend malade. Je n'avais pas imaginé qu'une telle situation se produirait un jour.

— Qu'espérais-tu, Michael ? demanda-t-elle sans aménité. Que j'ignore tout jusqu'à la fin ? Qu'un jour, toi et Stella, vous tombiez raides morts et que je me désespère sans avoir jamais découvert la vérité ? Dis-moi, c'était donc ça que tu aurais voulu ?

Elle le dévisageait, blessée au plus profond d'elle-même, accablée par la déception.

— Je vais avoir trente ans dans quelques semaines. Tout ce que je veux dire, c'est que je ne te comprends pas. Tu attendais quoi, exactement, pour me mettre au courant ? Que j'aie quarante ans ? Cinquante ans ?

Il hocha la tête d'un air abattu.

— Je ne croyais pas nécessaire que tu saches la vérité, marmonna-t-il.

— Tu aurais dû tout me raconter quand j'avais sept ou huit ans, dit-elle avec rancœur. J'aurais sans doute mieux accepté la situation, et la vie aurait repris son cours.

— Tu as raison.

— Sais-tu seulement combien Stella a toujours été froide et distante avec moi ? demanda-t-elle, en maîtrisant avec peine sa colère. Elle ne m'a jamais cajolée, nous n'avons jamais eu cette intimité qui existe normalement entre une mère et une fille. D'après toi, pourquoi est-ce que ça m'était égal de ne pas retourner à la maison une fois la fac terminée ? J'étais contente d'avoir mon propre appartement. Folle de joie de partir.

— Tu ne me l'avais jamais dit.

— Que voulais-tu que je te dise ? Je déteste ma mère, ce n'est qu'une garce sans cœur. Elle est peut-être très belle et tout le monde l'adore, mais moi je la déteste.

— Combien de fois faut-il que je te le dise : je suis désolé ?

— D'abord écoute-moi bien, c'est moi qui suis désolée pour toi, fit-elle en haussant la voix. Toute cette histoire t'a explosé à la figure, hein ?

Elle éprouvait une sorte de satisfaction malsaine à voir Michael dans ses petits souliers, lui qui était toujours maître de lui-même. Michael, le père irréprochable, du moins l'avait-elle cru jusqu'à présent.

— Je vais faire du café, dit-elle d'un ton brusque. Tu en veux une tasse ?

Il acquiesça de la tête.

Elle se dirigea d'un pas décidé vers la cuisine et alluma la machine à café. Elle attrapa ensuite la laisse de Slammer et marcha en direction de la porte.

— Je reviens, dit-elle sèchement. Pendant mon absence, j'aimerais que tu jettes un coup d'œil aux questions inscrites sur le bloc-notes posé sur la table. Je veux avoir une réponse à chacune d'entre elles. Et ne me raconte pas de salades, Michael, car il est plus que temps que tu me dises toute la vérité.

12

Quand Rosarita se réveilla, elle s'aperçut que Dexter était déjà parti faire son jogging. Elle s'étira dans son lit, un vague sourire aux lèvres. Félicitations, Dexter. La veille, il lui avait fait l'amour de manière si ardente que Joel lui était complètement sorti de l'esprit pendant au moins quinze minutes. Depuis leur lune de miel aux Bahamas, généreusement offerte par Chas, il ne s'était jamais montré aussi impétueux. Peut-être était-il excité d'avoir ses parents à proximité ?

Le problème, c'est qu'il manquait cruellement d'imagination. A part la pénétrer, il ne faisait pas grand-chose d'autre. Il ne savait pas embrasser, il ne la léchait jamais et ne semblait d'ailleurs pas apprécier quand elle l'y forçait. Pour lui, faire l'amour se résumait à prendre une fille dans la position du missionnaire et à la baiser à fond.

Cette manière de faire avait parfois du bon, elle devait le reconnaître. Et c'est vrai qu'il était beau mec, avec son visage séduisant, ses larges épaules et son corps viril.

Elle se demandait si Matt et Martha l'avaient entendue quand elle avait crié. Elle imaginait Matt tout émoustillé par ses cris de jouissance pendant que Martha dormait à poings fermés, ses boules Quiès bien enfoncées dans les oreilles, la vieille peau !

Bon, il était l'heure de se lever. Etant donné que

Conchita ne travaillait pas le dimanche, elle espérait que Dex ou sa mère aurait fait le café. Et peut-être même que Martha lui préparerait une assiette d'œufs au bacon si elle lui souriait gentiment.

Elle trouva sa belle-mère assise dans le salon en train de feuilleter un numéro de *Cosmopolitan*.

— Tu as bien dormi, ma chérie ? demanda-t-elle en posant le magazine.

— Mmm..., fit Rosarita en s'étirant. Où est Matt ?

— Les hommes sont partis ensemble faire du jogging. Ça me fait tellement plaisir de voir Dick, je veux dire Dexter, se reprit-elle précipitamment, avec son père. Quand Dex était petit, Matt l'emmenait partout avec lui.

— Vraiment ? répondit Rosarita, déjà morte d'ennui. Quelqu'un a-t-il fait du café ?

— Tu veux que je m'en charge ? suggéra Martha toujours prête à faire plaisir.

— Ça ne vous dérange pas ? dit Rosarita comme si elle venait juste d'y penser. Dans ce cas, je vais peut-être aller prendre une douche.

— Mais bien sûr, acquiesça Martha, conciliante comme à son habitude.

— Il y a des œufs et tout ce qu'il faut dans le réfrigérateur, si vous voulez préparer quelque chose à manger pour le retour de nos sportifs. Ils vont sûrement être affamés.

— C'est une merveilleuse idée, dit Martha avec un sourire radieux. Je peux utiliser la cuisine ?

— Faites comme chez vous. Le presse-fruits est accroché sur le côté du comptoir et il y a du pain dans la huche.

— Je m'occupe de tout, comme ça nous prendrons un bon petit déjeuner tous ensemble.

— Ça me convient parfaitement, dit Rosarita en se précipitant dans sa chambre et en fermant la porte derrière elle.

Sans réfléchir, elle décrocha le combiné et composa le numéro de Joel, mais elle tomba sur le répondeur. Mince ! Il était encore probablement endormi.

Elle se demandait si sa petite chérie avait remarqué le suçon sur son cou. Elle essayait d'imaginer la scène.

Joel, tu peux m'expliquer comment tu t'es fait ça ?
Aucune idée, ma belle.
Tu ne serais pas en train de me tromper par hasard ?
Tu plaisantes ?
Tu me prends pour une idiote, eh bien, je te quitte.

Rosarita se mit à rire, puis elle téléphona à Chas.

— Je ne te réveille pas, papa ? demanda-t-elle d'une voix douce.

— Qu'est-ce que tu veux encore ? demanda Chas d'un ton soupçonneux.

— Je voulais te remercier pour le dîner d'hier soir. C'était très gentil de ta part d'inviter Dexter et ses parents.

— Ce n'est rien, répondit Chas sur le qui-vive, car cela ne ressemblait pas du tout à Rosarita d'être aussi aimable.

— Venice n'avait pas l'air très en forme hier.

— Tu trouves ?

— Eddie non plus d'ailleurs. Il faut bien admettre, ajouta-t-elle, qu'il n'est pas avantagé par la nature.

— J'ai l'impression que des vacances leur feraient le plus grand bien, dit Chas exprès pour l'agacer. Je crois que je vais leur payer un séjour en famille à Hawaii.

— C'est une blague ? demanda Rosarita, décontenancée.

— Non, pourquoi ? Bon Dieu, j'ai encore le droit de faire plaisir à mes petits-enfants, non ?

Rosarita se hâta de changer de sujet, dans l'espoir qu'il oublierait ce voyage à Hawaii.

— Qui était cette femme avec toi, hier soir ? demanda-t-elle, d'un ton chargé de reproche.

— Ça ne te regarde pas.

— Papa, dit-elle, en reprenant son rôle de fille soucieuse du bien-être de son père. Tu sais, tu ne devrais pas sortir avec une fille si… enfin, tu vois ce que je veux dire, papa, elle fait un peu mauvais genre.

— Comment ça mauvais genre ? répliqua-t-il d'un ton sec. Elle me coûte cher, cette gonzesse, avec tous les cadeaux que je lui offre.

— Oh, papa, tu es incorrigible.

— Sans blagues ! Et c'est toi qui me dis ça ?

— Tu n'as jamais su choisir des filles convenables. Elles sont toutes pareilles : grosses et vulgaires. Je me demande ce que tu peux bien leur trouver.

— Je ne suis pas d'humeur à écouter tes leçons de morale ce matin. Alors arrête tout de suite ton baratin.

— Je voulais juste te remercier pour le dîner.

— Ouais, je te rappelle plus tard, dit-il en lui raccrochant au nez.

Rosarita était persuadée que c'était la faute de Venice si Chas était d'humeur massacrante. Cette stupide sœur avait le don de lui saper le moral.

Elle avait souvent essayé de comprendre pourquoi Venice lui tapait autant sur les nerfs. Etait-ce parce que sa sœur, qui n'avait jamais eu recours à la chirurgie esthétique, était néanmoins jolie ? Etait-ce parce que, bien qu'elle fût la cadette, Venice était déjà mère de deux enfants ? Ou bien parce qu'Eddie ne reluquait jamais d'autres femmes ? Il n'avait pas jeté le moindre regard à cette bombe aux seins énormes la veille, alors que Dexter l'avait lorgnée une ou deux fois à la dérobée, sans parler de Matt, qui bavait littéralement devant elle. Au moins l'attitude de Dex prouvait qu'il était un homme, un vrai ; on ne pouvait pas en dire autant d'Eddie, un véritable toutou qui obéissait à sa femme au doigt et à l'œil.

— Je les déteste tous, murmura-t-elle.

Puis, juste pour s'amuser, elle composa de nouveau le numéro de Joel.

— Alors, t'as suivi mon conseil, fiston ? s'informa Matt avec un clin d'œil grivois, pendant qu'ils couraient côte à côte dans Central Park.

— Papa ! s'exclama Dexter. Ne sois pas si indiscret, cette affaire est très personnelle.

— Peux-tu m'expliquer ce qu'il y a de personnel là-dedans ? Je veux simplement savoir si oui ou non tu as mis mon plan à exécution.

— Ecoute, papa, cette histoire ne concerne que Rosarita et moi ; Rosarita est ma femme, après tout.

— Je sais, fils, je sais. Et si je me fie aux cris qu'elle a poussés hier soir, elle aussi l'a bien compris.

Dexter tourna la tête pour regarder au loin. Il aimait bien son père, mais Matt s'immisçait parfois trop dans sa vie privée, avec ses questions incessantes. Pour sa part, il ne souhaitait pas discuter de choses aussi intimes avec lui. C'est vrai qu'il s'était confié à son père et que celui-ci lui avait donné des conseils, mais il était hors de question qu'il lui donne des détails sur sa vie sexuelle.

— Quand ta mère était jeune…, commença Matt.

Dexter leva la main pour l'interrompre.

— Je t'en prie, papa, je ne veux rien entendre.

— Pourquoi pas ? répondit Matt, vexé. C'est pas une histoire cochonne.

— Votre vie intime à toi et à maman ne me regarde pas.

— Et pourquoi ?

— Eh bien, c'est comme ça, un point c'est tout, répondit Dexter, exaspéré.

— Ça soulage de parler, de vider son sac, rétorqua Matt.

— Dans certains cas.

— As-tu percé des trous dans le diaphragme comme je te l'avais conseillé ?

— Papa, s'exclama Dexter à bout. Laisse tomber.

— J'aimerais bien être grand-père avant d'être trop vieux, marmonna Matt.

— C'est à Rosarita qu'il faut le dire, pas à moi.

Une jolie fille les croisa en courant, ses petits seins fermes moulés dans un débardeur. Matt s'arrêta pour la mater.

— Eh bien, dit Dexter. Elles fonctionnent à plein régime, tes hormones.

— C'est grâce au Viagra, dit Matt d'un air fanfaron, un sourire fat aux lèvres. Ça marche du tonnerre de Dieu. J'en prends tous les soirs. Le seul problème, c'est que ta mère n'est pas très excitée. Elle n'a jamais vraiment...

— S'il te plaît. Epargne-moi les détails.

— Elle avait de jolis nichons celle-là, constata Matt en regardant la fille disparaître au loin.

Dexter se jura que la prochaine fois qu'il irait faire du jogging avec son père, il mettrait des boules Quiès.

Pendant ce temps-là, Martha avait préparé un véritable festin : saucisses, bacon, tomates grillées, œufs brouillés et toasts, le tout accompagné de café frais et d'une carafe de jus d'oranges pressées.

— Rosarita n'a visiblement pas mis les pieds dans la cuisine, dit Dexter en embrassant sa mère.

— C'est merveilleux de faire à manger dans une cuisine aussi bien équipée, s'exclama Martha, les joues rouges.

— Où est Rosarita ? demanda Dexter.

— Elle prend une douche.

En entrant dans la chambre, il trouva sa femme allongée sur le lit, vêtue d'un peignoir chinois de soie. Elle lisait *La Mode au féminin*.

— Hello, chéri, dit-elle en levant à peine les yeux.

— Alors comme ça, tu as réussi à persuader ma mère de préparer le petit déjeuner pour tout le monde, dit-il en ôtant sa tenue de jogging.

— C'est elle qui a insisté, répliqua Rosarita.

— Evidemment, dit-il, désormais nu devant elle. Je prends une douche vite fait et je te rejoins dans la cuisine.

— Et si je te rejoignais plutôt dans la douche ? suggéra-t-elle, incapable de résister à son corps d'athlète.

Et pourquoi pas ? pensa-t-il. *Si je veux qu'elle tombe enceinte, je ferais mieux de saisir toutes les occasions qui se présentent.*

— OK, acquiesça-t-il à la surprise de Rosarita. Mais il ne faut pas traîner, le petit déjeuner est prêt.

— Je suis sûre que maman attendra son petit garçon, dit Rosarita, taquine, en bondissant hors du lit. A ce propos, en parlant de petit garçon...

Rapide comme l'éclair, elle prit ses testicules dans la paume de sa main.

— Je suis tout en sueur, dit-il en reculant.

— Parfois, j'aime ça, dit-elle en le poursuivant.

— Non, attends, dit-il en la repoussant.

Elle soupira. Impossible de lui apprendre quoi que ce soit ! Et en vérité, pourquoi se donner tant de peine ? Bientôt il ne serait plus là...

— Allons sous la douche. Je vais te montrer un truc qui va t'expédier tout droit au septième ciel.

13

Comment avait-elle fait pour survivre à cet horrible dimanche ? Après une longue marche, Madison était rentrée à son appartement pour retrouver Michael, qui n'avait pas daigné répondre à une seule de ses questions.

— Je ne peux pas remplir ce putain de questionnaire, dit-il. Mais demande-moi tout ce que tu veux.

Elle ne s'était pas fait prier. Mais ça avait été un véritable calvaire de rester assise à côté de lui, à écouter ses pitoyables explications. Il lui avait raconté des choses insignifiantes, comme quoi Gloria était un être extraordinaire et qu'il lui montrerait des photos d'elle. Mais quand elle lui avait demandé des précisions sur les raisons de sa mort, il s'était défilé et n'avait répondu que par faux-fuyants.

— C'était à cause d'une simple petite dette de jeu, lui dit-il, le visage figé.

— Ils auraient tué ma mère pour quelque chose d'aussi anodin ? lui demanda-t-elle, incrédule.

Il hocha la tête, en évitant son regard.

— Cette dette, elle devait être plus importante que tu ne le croyais, dit-elle en scrutant son visage.

— Comment veux-tu que je me rappelle ? Ça s'est passé il y a tellement longtemps.

— Mon Dieu, Michael, dit-elle d'un ton exaspéré. Tu

n'es pas très loquace. N'ai-je pas le droit de connaître la vérité?

— Je te dis tout ce dont je me souviens, répliqua-t-il d'un ton sec. J'avais une dette et ils m'ont menacé. Je pensais que Gloria était bien protégée, et ils... ont réussi à la tuer.

— Qui « ils » ? insista-t-elle d'un ton accusateur.

— Des gens, rétorqua-t-il de manière évasive.

— Quels gens ?

— Un syndicat du jeu.

— Dirigé par ?

— Bordel, j'en sais rien.

Elle voulait des détails, plus de détails, mais il n'était visiblement pas prêt à lui en donner.

Qui d'autre était au courant de cette histoire ? Auprès de qui pouvait-elle se renseigner ? Stella peut-être. Après tout, sa prétendue mère lui devait bien une explication.

— Où puis-je joindre Stella ? s'enquit-elle à brûle-pourpoint.

— Aucune idée, répliqua-t-il, d'un ton plus dur. Elle m'a appelé une fois sans préciser où elle habitait. Si tu retrouves sa trace, préviens-moi.

Après quelques heures de conversation vaine et stérile, elle avait invoqué la fatigue pour le prier de rentrer chez lui.

— Quand viendras-tu me voir ?

— Où ça ?

— Dans le Connecticut.

— Tu restes là-bas sans Stella ?

— Pour l'instant oui.

— Il va me falloir du temps pour digérer tout ça, l'avertit-elle d'un ton las. Tu n'as pas été très explicite ; je ne sais toujours pas à quoi ressemblait ma mère.

— Elle était belle, comme toi. Je ferai tout mon possible pour trouver une photo.

D'instinct, elle sut qu'il mentait.

Après son départ, elle sortit de nouveau prendre l'air avec Slammer dans Central Park, l'esprit en ébullition. Que lui cachait d'autre Michael ? Il avait esquivé toutes ses questions. Elle ne savait rien de plus au sujet de sa mère, sinon que cette mystérieuse jeune fille de vingt et un ans appelée Gloria avait été assassinée. Une fille apparemment sans parents, sans famille.

Plus tard dans l'après-midi, Nathalie l'avait rappelée de Los Angeles. Madison n'était pas d'humeur à se confier par téléphone, d'autant plus qu'elle ressentait encore les effets du somnifère et se sentait un peu assommée et maussade. Elle écouta Nathalie lui parler de toutes les célébrités qu'elle avait récemment interviewées et se plaindre de tous ces jeunes acteurs d'une fatuité insupportable.

— Tout ça parce que je suis présentatrice, ils pensent que c'est dans la poche. Mais, ma fille, ils vont vite comprendre à qui ils ont affaire. Ils peuvent aller se faire voir, ces petits coqs prétentieux.

— La seule chose qui compte, c'est que ton nouveau job soit plus intéressant que le précédent, dit Madison d'un ton encourageant.

— Ouais, tu as raison.

— Alors tout va bien.

— Quand viens-tu faire un saut à L.A. ? Tu me manques, tu sais !

— Je vois Victor demain. Peut-être que l'une de ses brillantes idées me fera retourner à L.A.

— Espérons que si tu reviens, tout se passera bien.

— Ça ne peut pas être pire que la dernière fois. C'était un vrai cauchemar, dit Madison en se remémorant l'assassinat de la vedette de télé Salli T. Turner, le jour même où elle l'avait interviewée.

— Je me souviens, ton article avait fait beaucoup de bruit, dit Nathalie avec entrain. Ton portrait de Salli était vraiment émouvant, elle en aurait été très fière.

— Merci.

— Bon, et si on parlait de ta vie sentimentale ? Tu sors avec quelqu'un en ce moment ?

— Avec qui veux-tu que je sorte ? répliqua Madison avec aigreur. Ce sont tous des crétins.

— Je vois que tu es de bonne humeur. T'es dans une période androphobe ?

— Et toi ? demanda Madison en ignorant la plaisanterie de Nathalie.

— Pas le temps. Je travaille comme une dingue pour mon nouveau show.

— A quoi ressemble ton partenaire dans l'émission ?

— C'est un type plus âgé que moi, qui n'est pas follement heureux de travailler avec une femme noire. Jimmy Sica était bien plus sympathique.

— Tu veux dire qu'il n'a pas envie de te sauter ?

— Exactement ! répondit Nathalie en riant. C'est un type marié et par ailleurs Barbara Walters ou Diane Swayer seraient plus son genre. Celles-là, à mon avis, il ne cracherait pas dessus.

— Jimmy te manque ?

— Enormément, c'était mon homme marié favori. Toujours en chasse.

— Son frère Jake m'a appelée.

— Sans blagues ! Tu avais un faible pour lui, non ? Mais si je me souviens bien, il était malheureusement occupé à courir après cette pute, Kristin Machinchose.

— Merci de me le rappeler.

— Ben quoi, c'est la vérité.

— OK, je te rappelle dans quelques jours, répondit Madison. J'espère que j'en saurai plus sur ma nouvelle mission. Crois-moi, j'ai vraiment besoin de changer d'air.

Le lendemain matin, à 10 heures, la sonnette de la porte retentit.

— Bon Dieu, s'exclama Madison en trébuchant sur Slammer alors qu'elle se dirigeait vers l'œil-de-bœuf pour voir qui venait la déranger à une heure pareille.

Une personne incroyablement grande se tenait dans le couloir.

— C'est moi, Kimm Florian. Nous avions rendez-vous.

Slammer se mit en position d'attaque en grognant férocement.

Kimm Florian était une Amérindienne aux pommettes larges. Elle était vêtue d'un pantalon kaki et d'un pull-over marron, et était chaussée de tennis. Elle ne portait pas de maquillage et ses cheveux noirs lui balayaient le dos en une longue tresse. Elle avait une forte carrure, sans pourtant être grosse.

— Oh, dit Madison, en ouvrant la porte.

Elle avait été tellement perturbée qu'elle avait oublié d'annuler le rendez-vous.

— Je suis vraiment désolée, j'avais l'intention de vous appeler.

— Y aurait-il un problème? demanda Kimm, obstruant l'entrée de son imposante présence.

— Mon amie a changé d'avis, expliqua Madison, tout en songeant que Kimm Florian n'avait absolument rien d'un détective privé.

— Vraiment ?
— Je suis désolée.
— Vous n'êtes pas responsable.

Madison, qui se sentait coupable de l'avoir fait se déplacer inutilement, l'invita à entrer.

— Puis-je vous offrir un café, un jus d'orange ou quelque chose d'autre ? demanda-t-elle.

— Un verre d'eau suffira, dit Kimm en pénétrant dans l'appartement.

— Vous ne ressemblez pas à un détective privé, fit Madison.

— Ah non ? répondit Kimm avec un vague sourire amusé. A quoi ressemble un détective privé d'après vous ?

— Je n'ai pas d'idée précise sur la question, répondit Madison évasivement. A Don Johnson ou à quelqu'un de ce genre.

— Je devrais essayer de me laisser pousser la barbe, alors, dit Kimm sèchement tout en s'asseyant sur le canapé. Ce qu'il y a de bien, c'est que personne ne soupçonne qui je suis.

— C'est pratique en effet, remarqua Madison qui ramena une petite bouteille d'Evian de la cuisine et la tendit à la détective.

— Parlez-moi de votre amie, suggéra Kimm.

— Eh bien, heu... elle a soupçonné son mari pendant environ cinq minutes et puis elle s'est rendu compte qu'elle faisait fausse route.

— Les soupçons d'une femme sont toujours justifiés, répliqua Kim d'un ton docte. L'instinct, voilà ce qui compte. Dès qu'une femme soupçonne son mari d'infidélités, elle peut être sûre qu'elle a raison.

— Comment le savez-vous ?

— Après avoir traité cent cinquante cas de ce genre, il est normal que je le sache. Votre amie aura besoin de mes services. Peut-être pas maintenant ou la semaine prochaine, mais vous verrez, elle me recontactera.

— Vous êtes bien sûre de vous.
— Je lui ferai faire un test.
— Quel genre de test ? demanda poliment Madison.
— Je lui dirai d'aller fouiller dans le portefeuille de son mari, pour voir s'il n'y a pas mis de préservatif. La plupart des hommes en ont sur eux, vous savez.
— Pas les hommes mariés.
— Vous en êtes sûre ?
— OK. Imaginons qu'elle lui dérobe son portefeuille et y trouve un préservatif. Et ensuite ?
— Elle fait un petit point au stylo au coin de l'emballage. Puis une semaine plus tard, elle jette de nouveau un coup d'œil dans le portefeuille pour vérifier si c'est toujours le même préservatif qui s'y trouve.
— Et cela prouvera quoi exactement ?
— Si le point n'y est plus, c'est qu'il s'agit d'un nouveau préservatif. Et... s'il n'en utilise pas avec elle...
— Ça m'a l'air extrêmement simple.
— Ce sont les choses les plus anodines qui trahissent les hommes, fit Kimm d'un air entendu.
— Ah bon ? dit Madison, l'esprit soudain traversé par une brillante idée. Faites-vous des enquêtes sur les gens ? Vous savez, des enquêtes sur leur passé ? Pouvez-vous remonter vingt-neuf ans en arrière pour trouver des renseignements sur une personne ?
— Evidemment.
— J'aimerais que vous meniez une enquête sur un homme et une femme de ma connaissance.
— Donnez-moi leur nom et toutes les informations en votre possession les concernant.
— Je ne sais pas grand-chose sur eux, malheureusement. La femme s'appelle Gloria Delgado. Elle a eu une

aventure avec un certain Michael Castelli. Apparemment elle aurait été assassinée d'un coup de revolver.

— Castelli, ce n'est pas votre nom de famille?
— Heu... si.
— Michael, c'est un parent à vous?
— C'est mon père.

Kimm lui jeta un regard perçant.

— Vous voulez que j'enquête sur votre père?
— Oui, je veux tout savoir, car j'ai l'horrible sentiment que j'ignore tout de lui.
— Je peux m'en charger, répondit Kimm. Mais comprenez bien que s'il ne veut pas répondre à vos questions, c'est que vous risquez de ne pas apprécier les réponses que nous serons amenées à trouver.

Kimm avait quelque chose de rassurant. Elle était forte, agréable et pleine d'assurance. Madison lui faisait entièrement confiance.

— Je sais, répondit Madison. Mais je vous donne carte blanche pour votre enquête. Je veux connaître la vérité.

Lorsqu'elle arriva au bureau, il était midi passé.

Victor l'accueillit d'une grande tape joviale dans le dos.

— J'ai deux choses à te dire, dit-il d'une voix plus tonitruante que jamais. Et les deux vont certainement te plaire, jeune fille.
— Ne m'appelle pas jeune fille, répondit-elle avec une pointe d'agacement.
— Pourquoi?
— Ça fait paternaliste.
— Désolé, fit-il en mentant de manière éhontée, mais tout de même un peu vexé.
— De quoi s'agit-il? dit-elle d'un ton professionnel.

— Tu n'as jamais interviewé de boxeur, n'est-ce pas ?
— Non.
— Un grand match de boxe va être organisé à Las Vegas. Antonio Lopez, dit « La Panthère », contre le champion Bull Ali Jackson. J'ai pensé que « La Panthère » serait un sujet fascinant.
— C'est parce que tu es un mec. Mais as-tu songé aux lectrices ?
— Bien sûr, tu t'intéresseras comme d'habitude à la vie privée de ce monsieur. Tu sais, ses amours, ses tenues préférées, ses passe-temps favoris…
— Il est marié ?
— Non, mais, à vingt-trois ans, il a trois enfants de mères différentes. Ça te va ? Le combat a lieu à Las Vegas dans six semaines. Tu assisteras au match.
— Géant ! s'exclama-t-elle avec une moue dégoûtée. Quel intérêt de regarder deux brutes en train de se taper dessus ?
— Tu changeras d'avis, tu verras. Ce sera époustouflant.
— Parfois, tu m'étonnes, Victor. Penses-tu sincèrement que c'est ça qui passionne les femmes ?
— Je sais ce qui les passionne, rétorqua Victor d'un air renfrogné. Un nouveau manteau de vison tous les hivers. Evelyn, c'est ça qui l'excite.
— Tu ne lui as jamais dit que c'était politiquement incorrect de porter des manteaux de fourrure ?
— Je me tue à le lui répéter, mais c'est comme si je parlais à un mur. Elle compte sur moi pour lui en acheter un tous les ans.
— Eh bien, arrête, lui dit Madison d'une voix sèche. Quand on a des convictions, on les assume. Que ferais-tu si quelqu'un jetait un pot de peinture sur sa pelisse ?

Victor sourit malgré lui.

— Je lui donnerais une récompense, dit-il en riant à cette pensée. Une grosse récompense.

— Donc, si j'ai bien compris, je dois me rendre à Las Vegas ?

— Ça te plaît ?

— Plutôt, oui, j'avais envie de prendre un peu l'air.

— Pourquoi ?

— Parce que...

— Tu as l'air crevée, fit remarquer Victor, en la dévisageant. Des soucis ?

— Non, pourquoi ?

— As-tu passé un nouveau long week-end en solitaire ?

— Je ne passe pas de longs week-ends en solitaire, reprit-elle, excédée. Tout d'abord, pour ta gouverne, j'ai des tonnes d'amis et deuxièmement, j'ai un chien. On peut passer du bon temps même si on ne sort pas avec un mec.

— David te manque.

— Qu'il aille se faire foutre !

— Allez, avoue, il te manque, mais j'ai une solution à ton problème.

— Bonne nouvelle, répondit-elle sans conviction.

— Evelyn et moi organisons une fête et Evelyn tient absolument à ce que tu viennes.

— Ah bon ? En quel honneur ?

— Parce qu'elle considère qu'elle est la meilleure entremetteuse de Manhattan et elle a trouvé un homme parfait pour toi.

— Non, Victor, grommela Madison, ça suffit. J'ai trop vécu ce genre de situations chez toi. Voyons, la dernière fois, l'homme de ma vie était un jeune niais de vingt et un ans. Et la fois d'avant, un croulant de quatre-vingt-six ans. Avec tout le respect que j'ai pour Evelyn, je crois qu'elle n'a aucune idée de l'homme que je recherche. D'ailleurs, en ce moment, je ne cherche personne. Si je rencontre quelqu'un tant mieux, mais sinon, tant pis, je suis parfaitement heureuse toute seule.

— D'accord, dit Victor d'une voix retentissante.

— Une femme n'a-t-elle donc pas le droit de vivre seule ?

— Tu ne peux pas refuser, dit Victor en esquivant la question. C'est l'anniversaire d'Evelyn.

— Ah, je comprends !

— Alors c'est oui ?

— OK, je viendrai et j'apporterai même un cadeau. Mais, s'il te plaît, n'essaie plus de me caser.

14

— Passe au bureau, suggéra Joel. Vers 12 h 45.

Rosarita n'avait pas besoin de se le faire dire deux fois. C'était mardi et elle n'en pouvait plus de rester avec ses beaux-parents. De plus, la nouvelle ardeur amoureuse de Dex, qui l'avait quelque peu divertie de l'assommante présence de Matt et Martha, n'était au fond qu'un pis-aller.

Depuis qu'elle avait demandé à son père de la débarrasser de Dexter, Chas n'avait jamais plus discuté de cette affaire avec elle. Etait-ce donc une chose si horrible à faire? Si Dexter avait l'intention de lui gâcher la vie, il fallait qu'il soit éliminé. Il n'y avait pas d'autre possibilité.

En revanche, s'il se montrait conciliant et ne s'opposait pas au divorce, elle lui accorderait peut-être un sursis.

Dans le cas contraire, elle avait d'autres solutions en tête. Si Chas refusait de coopérer, elle ferait appel à un professionnel. Cette perspective ne l'enchantait guère, mais elle n'aurait pas le choix. Il était hors de question qu'elle se laisse piéger et reste jusqu'à la fin de ses jours avec un pot de colle sans avenir.

Elle n'était encore jamais allée dans le bureau de Joel situé dans le magnifique gratte-ciel de verre et de béton de Leon Blaine. Joel était prêt à prendre la relève de son père.

— Leon va prendre sa retraite, l'avait-il informée. Bientôt, ce sera moi le patron.

Rosarita découvrit avec étonnement que le bureau de Joel était installé au trente-cinquième étage car, d'après ce qu'elle avait entendu dire, le personnel dirigeant se trouvait au trente-sixième étage, là où Leon lui-même avait ses bureaux personnels.

Jewel, l'assistante de Joel, se tenait, l'air renfrogné, derrière le bureau de la réception. C'était une Noire maigrichonne à l'abondante chevelure et aux ongles peints en vert aussi crochus que des griffes.

— C'est pour quoi ? demanda-t-elle d'un ton peu amène, en voyant Rosarita approcher.

— Je viens voir M. Joel Blaine, répondit Rosarita avec condescendance.

— Qui dois-je annoncer ?

— M. Blaine m'attend.

— Vous avez bien un nom, insista Jewel.

Elles se dévisagèrent.

— Dites-lui que Rosarita est là, dit l'intéressée, les dents serrées.

Elle détestait ce prénom de prostituée mexicaine. En fait, on l'avait baptisée ainsi, car elle avait été conçue sur une plage à Puerto Vallarta, au Mexique.

— Rosarita, répéta Jewel, en prononçant son prénom de manière suggestive. Je vais l'avertir. Asseyez-vous, ma belle.

Ma belle ! Rosarita était furieuse. Elle s'assit dans la salle d'attente, feuilleta un numéro de *People* et regarda d'un œil distrait une photo où Brad Pitt posait à moitié nu.

La fille aux ongles verts discutait au téléphone. C'était visiblement un appel personnel, car elle parlait à voix basse en ricanant, ignorant superbement la présence de Rosarita.

Après dix minutes d'attente, Rosarita se leva, excédée, et s'approcha du bureau.

— M. Blaine sait-il que je suis ici ? demanda-t-elle d'une voix aiguë.

— Oh, il était au téléphone quand vous êtes arrivée. Je vais voir s'il est libre maintenant, répondit Jewel pas le moins du monde impressionnée.

Elle l'appela sur l'Interphone et lui dit, d'un ton bien trop familier au goût de Rosarita :

— Joel, il y a une dame appelée Rosarita qui vous attend. Je la fais entrer ?

Il y eut un silence.

— C'est bon, dit-elle avec un sourire narquois, vous pouvez y aller maintenant.

Rosarita se dirigea vers le bureau de Joel et fut quelque peu étonnée de constater que l'endroit ne ressemblait en rien à la suite luxueuse qu'elle avait imaginée. Son bureau était certes agréable, avec des fauteuils en cuir et une grande baie vitrée surplombant l'Avenue des Amériques, mais il n'avait rien à voir avec l'endroit somptueux auquel elle s'attendait.

Joel était assis à sa table de travail, vêtu d'un pull en cachemire rose, un sourire de bienvenue aux lèvres.

— Bonjour, bébé. Entre et ferme la porte derrière toi.

Elle s'exécuta tandis qu'il se levait pour aller à sa rencontre. C'est alors qu'elle s'aperçut qu'il ne portait rien d'autre que son pull en cachemire.

— Joel ! cria-t-elle, mi-choquée, mi-amusée. Quel accueil ! Je vois que tu es content de me voir.

— Je pensais que ça te ferait plaisir, répondit-il en souriant.

Elle ne pouvait détacher les yeux de son sexe impressionnant. Joel, un homme riche et bien membré, n'incarnait-il pas le rêve de toutes les jeunes filles ?

— Tu es un mauvais garçon. Pervers et lubrique.

— Et ça t'excite, pas vrai ? dit-il en lui jetant un regard concupiscent.

Derrière lui, la vaste baie vitrée donnait sur une autre tour de bureaux. Joel avait évidemment relevé les stores.

Rosarita nota ce détail avec satisfaction, car elle aussi adorait que des gens la regardent faire l'amour.

— Comment s'est passé ton week-end ? s'enquit-elle.

— Plutôt relax, répondit-il en se caressant de manière désinvolte.

— Qu'as-tu fait ? demanda-t-elle, le souffle court.

— Demande-moi plutôt ce que je n'ai pas fait.

Elle sut instinctivement qu'elle était en terrain glissant et qu'il valait mieux mettre fin à cet interrogatoire.

— Et si tu te mettais à genoux pour m'offrir une de tes spécialités ? suggéra-t-il, en se plantant devant elle.

— On ne ferait pas mieux de fermer la porte ? demanda-t-elle, tout en sachant pertinemment quelle serait sa réponse.

— A quoi bon ? Les gens frappent toujours avant d'entrer, non ?

Il se tourna légèrement pour qu'on le voie bien de profil par la fenêtre.

Rosarita s'agenouilla, se sentant vicieuse et impudique, mais incroyablement excitée.

Les mains derrière la tête, il lui mit son sexe dans la bouche sans la toucher.

Elle leva la main vers son énorme engin.

— Sans les mains, lui ordonna-t-il. Seulement avec la bouche, bébé.

Un frisson d'excitation la parcourut.

— Vas-y, fais-le comme j'aime, l'encouragea-t-il.
Et elle lui obéit.

Après l'orgasme de Joel, elle attendit qu'il lui rende la pareille. Mais en vain. Il se contenta de retourner tranquillement vers son bureau pour enfiler son pantalon.

— Et moi ? dit-elle en se relevant.

— Reviens demain, répondit-il négligemment. Je te réserve une bonne surprise.

Elle frémit de plaisir en imaginant ce qui l'attendait...

— OK, bébé, dit-il en la renvoyant d'un geste de la main. J'ai du travail. Rendez-vous demain, même heure, même endroit.

Rosarita n'avait jamais été traitée aussi cavalièrement. C'était incroyablement excitant !

La fille à la réception lui lança un regard furibond alors qu'elle s'en allait. Mince ! Elle avait oublié de se plaindre de son attitude à Joel.

Mais rien ne pressait : elle revenait le lendemain.

A l'autre bout de la ville, Dexter prenait un café avec Silver Anderson, la vedette de *Jours sombres*. Cette splendide actrice d'une soixantaine d'années était une star de la télévision depuis vingt ans. Martha et Matt, eux aussi présents, étaient intimidés de se trouver à la même table que la fabuleuse Silver, qu'ils admiraient tant.

— Et vous savez, mes chéris, dit Silver avec un fort accent pseudo-anglais qu'elle affectionnait. J'adore mon métier, qui me le rend bien. Travailler avec de jeunes acteurs pleins d'avenir comme votre fils est un véritable plaisir. Regardez-moi ce garçon, n'est-il pas un merveilleux spécimen de la gent masculine ?

Dexter prit un air modeste.

— Sans aucun doute, acquiesça Martha, les yeux brillant de fierté.

Matt ne disait rien. Hypnotisé par le charme de cette femme merveilleuse, il était perdu dans ses souvenirs : Silver était à l'époque l'une des plus grandes idoles du 7e art et lui, un adolescent de quatorze ans, assis au dernier rang d'un cinéma de quartier en train de se masturber devant son image magnifiée par le grand écran. Silver n'avait pas tellement changé, elle était toujours splendide.

Après le café, les parents de Dexter prirent un taxi pour rentrer à l'appartement. Quant à lui, il retourna sur le plateau et rejoignit Silver dans sa loge.

— Merci, c'était très gentil de votre part d'avoir accepté de boire un café avec mes parents, dit-il en passant la tête par la porte entrebâillée.

— Dexter, mon chéri, répondit-elle d'une voix engageante, tes amis sont mes amis.

— Vous n'imaginez pas combien ils ont été heureux de vous rencontrer. Surtout quand vous avez accepté d'être prise en photo avec eux.

— Votre père est un amour, dit Silver en se contemplant dans le miroir de sa coiffeuse. Au fait, Dexter, que fait votre épouse, on ne la voit jamais sur le plateau ?

— Rosarita est très prise, répondit-il brièvement.

— Elle travaille ?

— Non, mais elle a toujours quelque chose à faire.

— Quel genre de choses ?

— Vous savez... le coiffeur, la manucure, les instituts de beauté, répliqua-t-il de manière évasive.

Silver se mit à rire.

— Ah, je vois, c'est la parfaite épouse hollywoodienne.

— J'essaie de lui faire un enfant, confessa-t-il.

— Excellente idée, approuva Silver en continuant

de s'admirer dans la glace. Un homme qui veut garder le pouvoir sur sa femme doit la transformer en mère de famille, surtout si elle est dépensière.

— Heureusement, son père est riche.

— Les filles entretenues par leur père sont les pires, dit Silver dans un soupir, en saisissant une brosse à cheveux. Dès qu'elles ont un problème, elles se précipitent chez leur papa. Le mari n'a plus aucune autorité.

Autorité. Dexter aimait ce mot. Rosarita était sa femme et elle allait lui obéir.

La prochaine fois qu'elle aborderait le sujet du divorce, il lui montrerait qui était aux commandes.

15

Les jours suivants, Madison ne vit pas le temps passer. Ce n'était pas pour lui déplaire car elle n'avait aucune envie de ressasser les confessions de Michael. Après sa rencontre avec Victor, elle s'était mise immédiatement à faire des recherches sur Antonio Lopez, dit La Panthère, un jeune boxeur de vingt-trois ans très prometteur, qui n'avait jamais perdu un seul combat et s'apprêtait à affronter le favori, Bull Ali Jackson, à Las Vegas. Antonio était doté d'un fort tempérament et son passé haut en couleur semblait bien chargé pour un homme aussi jeune.

Assise devant son ordinateur, Madison se disait que cette escapade à Las Vegas tombait à pic. Elle n'avait pas mis les pieds dans cette ville délirante depuis longtemps et elle était curieuse de voir la manière dont celle-ci avait évolué.

Le mercredi soir, elle était allée dîner avec Jamie, Peter et Anton dans leur restaurant chinois favori et ils avaient goûté tous les plats proposés au menu.

Anton s'était confondu en excuses.

— Ma biche, lui dit-il en agitant les bras, je n'avais pas du tout l'intention de te placer à côté de Joel Blaine. D'ailleurs, il n'était pas invité. C'est son père qui devait venir. Joel a tout simplement pris sa place.

— J'aurais dû m'en douter, répondit-elle en mordant à belles dents dans son second nem.

— Le lendemain, j'ai téléphoné à son assistante pour me plaindre, dit Anton, qui tenait absolument à se justifier. Ce type est un bon à rien, qui utilise le nom de son père pour arriver à ses fins.

— Ce n'est pas grave, le rassura-t-elle en attrapant un travers de porc au miel. Je n'en suis pas morte.

— Tu es vraiment formidable, Madison, lui dit Jamie, tu réussis toujours à tirer ton épingle du jeu.

— C'est justement parce que j'en connais bien les règles, répondit-elle en souriant.

— Et moi, ce que j'admire chez toi, lui dit Anton, c'est que tu n'es pas rancunière.

Au milieu du repas, Jamie se leva pour aller aux toilettes et Madison en profita pour l'accompagner.

— J'ai quelque chose à te dire, lui confia-t-elle.

— Quoi ?

— J'ai oublié d'annuler le rendez-vous avec la détective. Elle est venue me voir ce matin.

— Ma détective ?

— C'est bien toi qui voulais faire suivre Peter.

— Chut…, fit Jamie.

— De quoi as-tu peur ? Nous sommes seules ici.

— On ne sait jamais, les murs ont parfois des oreilles.

— On n'est pas dans un épisode d'*Ally McBeal*.

— Tu as raison, dit Jamie. Mais pour en revenir à cette histoire de détective, tout cela est ma faute. Je te dois combien ?

— Qui parle d'argent ? dit Madison. En fait, cette détective est une femme extrêmement intéressante. C'est une amérindienne. Elle m'a donné un conseil pour toi.

— Quel genre de conseil ? demanda Jamie en badigeonnait ses lèvres sensuelles de gloss rose pâle devant le miroir des toilettes.

— Jette un coup d'œil dans le porte-monnaie de Peter pour voir s'il y a mis un préservatif.

Jamie éclata de rire.

— Pourquoi veux-tu qu'il y ait un préservatif dans son portefeuille ?

— S'il est fidèle, il n'y en aura pas, expliqua Madison. Mais d'après Kimm, les soupçons d'une femme s'avèrent toujours justifiés.

— Charmant ! s'exclama Jamie. Je te jure que j'avais fait fausse route. Peter n'a jamais été aussi tendre.

— Tu ne perds donc rien à essayer.

— Et si par malheur, j'en trouve un, qu'est-ce que je fais ?

— Trace un petit point au coin du sachet. Puis vérifie une semaine plus tard que le point est toujours là. S'il a disparu, ça prouve qu'il s'agit d'un nouveau préservatif, et tu sauras alors qu'il te trompe.

— C'est une arnaque, ce truc ! dit Jamie avec un rire méprisant. Et compliquée en plus.

— Vraiment ? Je trouve ça plutôt ingénieux.

— Nous n'utilisons pas de préservatifs, fit Jamie.

— Ça tombe bien. Car s'il y en a un dans son portefeuille, il sera démasqué. Quelle excuse pourrait-il bien donner ? Que c'était pour un ami ?

— Tout ceci est ridicule, dit Jamie en brossant sa courte chevelure blonde avec un peu trop d'énergie.

— C'est tellement ridicule que ça ne coûte rien d'essayer.

— Bon, je verrai, dit Jamie en rangeant sa brosse dans son sac à main. Au fait, Peter a rencontré un type au boulot et il dit que c'est l'homme qu'il te faut.

— Quel genre de type ? dit Madison, agacée.

— Un type sexy, répondit Jamie tout en se parfumant.

— J'en ai ras le bol de tous ces gens qui veulent me caser, dit Madison en fronçant les sourcils. Je n'ai besoin de personne pour trouver l'homme de ma vie.

— Pour l'instant, on ne peut pas dire que tu te débrouilles à merveille.

— Merci !

— C'est pourtant vrai, non ?

— Au fait, Jake Sica m'a appelée.

— C'est qui, ce Jake Sica ?

— Je t'en ai déjà parlé. C'est ce gars que j'ai rencontré à Los Angeles, et qui courait après une call-girl. Tu sais, une fille complètement timbrée.

— Je vois, le genre d'histoire typique de Los Angeles, dit Jamie d'un ton sec. Ça s'appelait comment déjà ton voyage ?

— Le merveilleux voyage au pays des cinglés, dit Madison en se rappelant Salli T. Turner, une actrice sexy qui jouait dans des émissions télévisées. Madison avait sympathisé avec elle sur le vol à destination de Los Angeles. Le lendemain de leur arrivée, Salli avait été assassinée. Madison gardait un bon souvenir de Salli, une personne douce et vulnérable, qui séduisait autant les hommes que les femmes. La police avait finalement débusqué le meurtrier, un certain Bo Deacon, animateur d'un talk-show télévisé.

Ainsi, Madison avait assisté en direct à une véritable tragédie hollywoodienne.

— Pourquoi t'a-t-il appelée, ce Jake Sica ? demanda Jamie de manière insistante.

— Pour me prévenir qu'il arrivait à New York la semaine prochaine. Malheureusement, mon répondeur s'est arrêté et je n'ai pas pu entendre la fin du message.

— Je hais les répondeurs !

— Moi j'aime bien leur petite lumière rouge qui clignote.

— Au fond, tu es du genre fleur bleue.

— Moi ?

— Bon, alors, tu vas le revoir, ce Jake ?

— Evidemment.

— C'est bien, dit Jamie. Mais ça ne t'empêche pas de rencontrer l'ami de Peter.

— Je n'en ai pas envie.

— Nous verrons bien, dit Jamie en souriant d'un air mystérieux.

— Non, on ne verra rien du tout.

— D'après Peter, c'est vraiment ton genre.

— Peter ne connaît pas mes goûts.

— Tes goûts ? Ça fait tellement longtemps que tu es seule, que j'ai oublié quel était ton idéal masculin.

— Humm…, fit Madison, pensive. Eh bien, j'aimerais un homme fort et fidèle — c'est très important la fidélité — ayant le sens de l'humour, sans oublier un joli petit cul.

— C'est le portrait craché de l'ami de Peter, dit Jamie en souriant.

— A d'autres !

— Comment sais-tu qu'il n'a pas un joli petit cul ?

Elles commencèrent toutes deux à glousser.

— Tout ça me rappelle nos années à l'université, dit Madison. Nous ne parlions que des…

— Mecs, encore des mecs, toujours des mecs, enchaîna Jamie.

— C'est vrai, et on ne se débrouillait pas si mal dans ce domaine, n'est-ce pas ? Ils faisaient tous la queue derrière ta porte.

— Et si tu les avais laissés faire, ils auraient fait de même derrière la tienne, répliqua Jamie.

— Non, je n'attirais que les ringards, dit Madison, en esquissant une grimace. J'étais Le Cerveau, tu te souviens ?

— Tu avais aussi du succès auprès de quelques professeurs. Je me souviens de ce beau mec qui enseignait l'histoire de l'art. Il était fou de toi !

Ce souvenir fit sourire Madison.

— Il nous semblait si vieux à l'époque !

— Il l'était.

— Il n'avait que quarante ans ! s'exclama Madison. Je vais en avoir trente dans quelques semaines.

— Je te suis de près, fit remarquer Jamie, l'air morose. On se fait vieilles, hein ?

— Il ne faut pas exagérer, dit Madison. Quand tu as vingt ans, ça te paraît vieux trente ans, et puis quand tu en as trente, ce sont les gens de quarante ans qui te semblent être des croulants, et ainsi de suite...

— Si j'ai bien compris, il faut relativiser, dit Jamie avec bonne humeur.

— Exactement, approuva Madison.

— Alors, dit Jamie, tu es d'accord pour ce dîner ?

— Non, laisse tomber !

— Allez, tu vas t'amuser comme une petite folle.

— J'ai des doutes.

— Fais-moi confiance.

— Hum...

— Ecoute, voici ce que je te propose, dit Jamie. Tu rencontres ce type et moi j'exécute le conseil de la détective. Marché conclu ?

— Une minute. Il faut que les choses soient claires. Ce truc avec le préservatif, ce n'est pas pour moi que tu le fais, mais pour toi.

— Tu as raison, mais...

— OK. J'accepte d'aller dîner avec ce type génial au

physique de rêve. Nous nous marierons et nous ferons six merveilleux bambins. Tu es contente ?

— Ça ne me semble pas si extraordinaire que ça…

Elles retournèrent vers la table en riant.

— Qu'est-ce que vous fabriquiez dans les toilettes, se plaignit Peter. Vous êtes restées au moins une heure !

— Tu exagères, dit Jamie, enjouée, en effleurant du poing le menton de son mari. Eh bien, en vérité, nous parlions de toi.

— Bon choix, dit Peter. Je ne nierai pas que ma personne constitue un sujet de conversation passionnant.

— Sans aucun doute, dit Jamie, et tu adores qu'on parle de toi.

Elle se blottit contre lui et lui embrassa amoureusement le lobe de l'oreille.

— J'ai toujours trouvé extrêmement déplacées ces démonstrations d'affection en public, se plaignit Anton.

— Moi aussi, dit Madison. Franchement, vous n'avez rien de mieux à faire ?

— Bien sûr que si, dit Peter en riant. Et d'ailleurs, je vais immédiatement demander l'addition.

En ouvrant la porte de son appartement, Madison entendit le téléphone sonner. Elle se précipita à l'intérieur au moment même où le répondeur se mettait en marche. Tandis que Slammer bondissait de joie, elle décrocha le combiné.

— Allô, dit-elle, essoufflée, croyant qu'il s'agissait de Michael ou peut-être de Kimm qui avait du nouveau pour elle.

— Enfin ! dit Jake Sica. J'allais raccrocher.

Elle reconnut immédiatement sa voix.

— Comment vas-tu ? demanda-t-elle, heureuse de

l'entendre. J'ai eu ton message l'autre jour. Je t'aurais bien téléphoné, mais tu n'avais pas laissé de numéro.

— J'ai beaucoup bougé ces derniers temps et je n'avais pas de numéro fixe.

— Ta situation semble assez instable.

— Tu sais, j'ai traversé une période un peu difficile, je ne savais plus trop où j'en étais.

— Je comprends parfaitement ce que tu veux dire.

Madison s'interrompit quelques instants.

— Je vis un peu la même chose en ce moment.

— Que veux-tu dire ?

— Je préfère ne pas en parler au téléphone, dit Madison, en pensant que ce n'était pas le moment de l'ennuyer avec ses propres soucis.

— Eh bien, je t'invite à dîner ou à déjeuner, ou bien si tu préfères à prendre un thé ou un petit déjeuner. Je suis à New York. A toi de choisir.

Elle avait envie de répondre que tout lui plaisait, mais se ravisa en craignant que ce ne soit un peu trop osé.

— Dînons ensemble, suggéra-t-elle. Je suis libre demain soir.

— Moi aussi. Je n'ai rien de prévu.

— Tant mieux.

— Hé, tu sais, ça me fait drôlement plaisir de te parler, lui dit-il.

— Moi aussi, dit-elle d'une voix douce, étonnée de ressentir une telle joie au seul son de sa voix.

— On se retrouve où ? Je te laisse décider, je ne connais pas bien New York.

— Ça te dirait de manger chinois ? demanda-t-elle, en pensant au restaurant où elle était allée avec ses amis.

— Oui, j'adore ça !

— Je te donne mon adresse ; tu passes me prendre ?

— Parfait.

— Où es-tu en ce moment ?

— Je suis dans un hôtel minable près de Times Square. Tu me connais, les endroits chic, c'est pas mon genre.

— C'est quel numéro ? Au cas où je me casserais une jambe, et que j'aie besoin de te prévenir.

— Ce n'est pas dans tes intentions, j'espère ?

— Non.

— Tu me rassures, dit-il en s'éclaircissant la gorge. Heu... je viens juste de penser à un truc.

— Toi ? Incroyable ! dit-elle en se moquant gentiment de lui.

— ... oh, et puis non, dit-il en se reprenant. Je ne crois pas que t'en aurais envie.

— De quoi ? demanda-t-elle, avec un peu trop d'empressement.

— Apparemment, tu viens juste de rentrer, tu es donc habillée, n'est-ce pas ?

— Oh, tu ne vas quand même pas me demander une description de ma tenue vestimentaire, j'espère ?

— Non, répondit-il en riant. Je me disais qu'on pourrait aller boire un verre ensemble, là, maintenant.

— Maintenant ? répéta-t-elle stupidement.

— Oui, maintenant.

Eh bien, heu... oui, pourquoi pas ? songea-t-elle.

— Eh bien, d'accord, dit-elle.

— Formidable. Je passe te prendre.

Elle lui donna son adresse et raccrocha, dans tous ses états. Tout ceci était absurde. Ce type, elle le connaissait à peine et pourtant son cœur battait la chamade. Elle devait vraiment être en manque de compagnie masculine intéressante.

Elle se précipita dans la salle de bains, et se regarda d'un œil critique dans le miroir. Elle portait une chemise blanche, un jean et une courte veste noirs. Jamie l'avait toujours encouragée à se maquiller avec plus d'audace, et elle appliqua donc du gloss sur ses lèvres sans lésiner, avant d'ajouter une touche de mascara. Elle dénoua ensuite son abondante chevelure. Elle avait toujours rêvé d'avoir des cheveux longs et raides, mais les siens retombaient en une cascade de boucles noires. Pourtant, cette fois, elle était bien obligée d'admettre qu'ils étaient magnifiques.

Slammer la regardait d'un air interrogateur, comme pour dire : « Bon. On sort oui ou non ? »

Elle appela Calvin, le gardien, par l'Interphone.

— Vous serait-il possible de sortir mon chien ?

— Bien sûr, mademoiselle Castelli, dit Calvin. Je ferais n'importe quoi pour ma locataire favorite.

Il avait un faible pour Madison, et elle en profitait pour lui demander de temps à autre un petit service.

— Merci, répondit-elle, en retournant précipitamment vers le miroir de la salle de bains.

Humm, je n'aime pas cette chemise blanche, elle est trop stricte, pensa-t-elle en choisissant dans son armoire un pull-over rouge sans manches, en cachemire. Elle l'enfila et se trouva très sexy, ce qui était exactement le but recherché.

Calvin sonna à la porte. Il était petit avec des cheveux d'un roux éclatant et un visage rond à l'air craintif. Elle lui confia Slammer, qui ne semblait pas apprécier cet arrangement.

— Vous êtes superbe, mademoiselle Castelli, hasarda Calvin, en lui jetant un rapide coup d'œil. J'aime bien votre coiffure.

— Merci, répondit-elle, en lui claquant presque la porte au nez.

Il ne manquait plus qu'une note parfumée, et elle décida qu'un léger nuage de Grapefruit de Jo Malone ferait parfaitement l'affaire. David en était fou, mais apparemment pas suffisamment pour rester, pensa-t-elle, morose.

Il le regretterait, elle en était sûre.

Il aurait dû comprendre que personne ne l'aimerait comme elle l'avait aimé. En amour, elle était d'une loyauté totale, ce qui était plutôt rare.

Le pull-over à manches courtes, qui mettait en valeur sa poitrine et sa taille fine, lui allait à ravir. Elle compléta sa tenue par de grandes boucles d'oreilles créoles en or. Il y avait longtemps qu'elle ne s'était pas sentie aussi belle et bien habillée.

La sonnerie de l'Interphone retentit.

— C'est pour quoi, Calvin ? demanda-t-elle.

— Il y a un monsieur qui vous demande, lui expliqua-t-il d'un ton bougon.

— Dites-lui que je descends immédiatement.

Jake devait lui avoir téléphoné d'une cabine au coin de la rue, car leur conversation avait eu lieu environ dix minutes plus tôt. Elle jeta un dernier regard au miroir, attrapa son sac à main et se précipita hors de l'appartement.

L'ascenseur lui semblait d'une lenteur exaspérante. Elle se tenait totalement immobile, essayant de maîtriser son trouble. « Salut, Jake, lui dirait-elle. Je suis vraiment heureuse de te revoir. Au fait, tu sors toujours avec cette charmante call-girl que tu avais rencontrée à L.A. ? »

Non, ce genre de remarque serait déplacée. Elle ne devait pas être agressive, mais plutôt décontractée et enjouée. « Bonjour, Jake, c'est génial de te revoir. »

Oui, il fallait qu'elle soit sûre d'elle et amicale.

Les portes de l'ascenseur s'ouvrirent. Elle ne le vit tout d'abord que de dos, car il était en train de jouer avec Slammer.

Et en plus il aime les chiens.

Elle se dirigea vers lui, et lui tapa sur l'épaule.
— Bonjour, étranger, lui dit-elle.
Il se redressa et se retourna.
C'était David.

16

Chas regrettait parfois de ne pas avoir eu de fils. Pourquoi diable s'était-il retrouvé avec deux filles sur les bras ? L'une angélique et l'autre un véritable démon. Il les aimait toutes les deux, mais Rosarita était vraiment impossible. Le soleil mexicain sous lequel elle avait été conçue y était peut-être pour quelque chose.

Venice était au contraire charmante et ses deux enfants lui ressemblaient. Chaque fois qu'il les voyait, assez rarement à vrai dire, il était reconnaissant à Venice d'avoir transmis son nom à la génération future, car c'était quelque chose qui comptait énormément pour lui.

Chas Vincent menait une vie débridée, ça n'était un secret pour personne. Cet homme autoritaire, qui inspirait le respect, avait certes des ennemis, mais il n'était pas un tueur, comme semblait le croire Rosarita. Elle était vraiment folle et mythomane. Comment pouvait-elle imaginer qu'il fasse assassiner quelqu'un ? Son beau-fils de surcroît.

Elle devrait consulter un psy de toute urgence. Et le plus tôt serait le mieux. Il payait pour toutes ses dépenses, alors au point où il en était, il pouvait bien lui offrir une thérapie.

Il songea soudain qu'il devrait peut-être parler à Dexter pour le mettre en garde.

Puis il se ravisa. Personne ne croirait que Rosarita lui avait demandé d'éliminer son mari, uniquement parce que ce dernier ne voulait pas divorcer ! C'était trop énorme.

Pendant ce temps, Varoomba était dans la salle de bains en train de se préparer pour la soirée. Elle faisait partie des meubles depuis le repas de famille. Pour l'heure il appréciait sa compagnie et il avait même un moment songé lui demander de quitter son travail au club pour emménager chez lui. Mais il connaissait ce genre de filles : une fois installées, c'était la croix et la bannière pour s'en débarrasser. Et il ne voulait pas être confronté de nouveau à un tel casse-tête.

Il avait également pensé à lui payer le loyer de son appartement pour l'y expédier plus facilement quand il aurait envie d'être seul.

Varoomba sortit de la salle de bains vêtue de sous-vêtements affriolants. La lingerie sexy excitait Chas, et elle le savait pertinemment.

— Tu es superbe, bébé, remarqua-t-il, en baissant le volume de la télévision.

— Merci, papa, roucoula-t-elle.

Papa ! Ce nouveau petit nom n'était pas du goût de Chas.

— Ne m'appelle pas comme ça, dit-il d'un ton brusque.

— D'accord, dit-elle, l'air absent, en pinçant son mamelon gauche. Je te rappelle que c'est toi qui m'as dit que j'étais plus jeune que tes deux filles. Tu pourrais donc être mon père, dit-elle avec un rire faussement ingénu. Mon papa gâteau !

Ces mots suffirent pour réduire à néant l'érection de Chas.

Bon sang ! Elle ne pouvait donc pas la fermer !

*
* *

Rosarita s'avança dans le hall de réception du bureau de Joel comme si elle était la maîtresse des lieux. La réceptionniste noire aux horribles ongles verts était assise derrière le bureau d'accueil.

— Vous vous souvenez de moi ? demanda Rosarita d'un ton revêche.

— Non, répondit Jewel, de mauvaise grâce.

— Dites à M. Blaine que je viens d'arriver. Je m'appelle Rosarita.

— Mais oui, Rosarita, dit Jewel d'un air méprisant. Quel drôle de nom. Vous ne ressemblez pas à une Mexicaine pourtant.

— Comment ? dit Rosarita, indignée.

— Vous avez parfaitement bien entendu, répliqua Jewel avec insolence, certaine que Joel ne la renverrait pas car elle en savait trop.

Rosarita frappa impatiemment le sol en marbre de son escarpin Gucci. Elle en avait ras le bol des grossièretés de cette fille. Cette fois, elle ne devait pas oublier de dire à Joel de la virer.

Elle prit la direction du bureau de Joel, ignorant superbement Jewel.

— Où allez-vous ? dit la standardiste en lui courant après. Vous n'avez pas le droit de faire ça.

— Allez-y, arrêtez-moi, dit Rosarita en ouvrant la porte du bureau en grand.

Joel était debout devant la baie vitrée en train de se masturber.

— Joel, s'exclama Rosarita.

— Excusez-moi ! dit Jewel qui se mit à glousser tout en battant en retraite.

— Tu en as mis du temps, dit Joel, un sourire satisfait illuminant son visage joufflu.

Il allait trop loin, songea-t-elle soudain. Ce type était cinglé... mais aussi extrêmement sexy.

— Qu'est-ce que tu fabriques ? cria-t-elle.

— Ça ne se voit pas ? répliqua-t-il parfaitement à l'aise.

— Tu n'aurais pas pu m'attendre ?

— Pourquoi se priver d'un petit plaisir ? dit-il, la main droite toujours en action.

Rosarita ferma la porte et s'approcha de lui.

— Fais comme si je n'étais pas là, dit-elle, sarcastique.

— Compte sur moi, dit-il.

Il attrapa un mouchoir et se mit à jouir en poussant un râle de plaisir.

— Bon Dieu, Joel ! se plaignit-elle. Que se passe-t-il ? Ça rime à quoi de se masturber tout seul dans son coin ?

— Alors comme ça, je suis tout seul ? répondit-il avec désinvolture en fermant sa braguette. C'est pas vraiment l'impression que j'ai.

— Tu as raison, je suis là et ta soi-disant secrétaire était là elle aussi.

— Ne fais pas attention à Jewel, elle connaît la chanson.

— J'espère que tu ne couches pas avec cette traînée, dit Rosarita, furieuse à l'idée d'une telle éventualité.

— Reviens sur terre, ma belle. Je suis Joel Blaine. Mais tu sais bien que, quand on passe beaucoup de temps avec une personne, on n'a plus de secret pour elle, ajouta-t-il avec un clin d'œil grivois.

Rosarita était exaspérée. Cet homme était vraiment givré, mais ça l'excitait terriblement.

— Viens par ici et arrête de rouspéter, lui ordonna-t-il.

Elle marcha en se dandinant vers le bureau.

— Mes beaux-parents sont toujours en ville, annonça-t-elle à Joel qui s'en souciait comme d'une guigne.

— Monte sur le bureau. Je vais te lécher comme personne ne l'a jamais fait auparavant.

Elle s'assit délicatement sur le bord de sa table de travail.

Il sourit et la poussa de telle sorte qu'elle était maintenant au beau milieu du bureau, les jambes pendant sur le rebord.

— Soulève les fesses et enlève ta petite culotte, lui dit-il d'un ton péremptoire.

— Et qui te dit que j'en porte une ? rétorqua-t-elle avec une voix sensuelle et provocante.

— Oh, chérie, chérie, répéta-t-il, toi et moi, nous sommes faits l'un pour l'autre. Tiens-toi bien, je vais t'envoyer au septième ciel.

— Où étais-tu passée ? demanda Dexter à Rosarita dès son arrivée.

— J'avais des courses à faire, répondit-elle de manière évasive, obsédée par le souvenir de ce merveilleux moment passé avec Joel.

C'était vraiment lui le meilleur.

— Ma mère t'a attendue : vous deviez aller ensemble au musée. Elle est déçue.

— Nous irons demain. J'ai encore le droit d'avoir une vie privée, non ?

— Plus depuis que tu es ma femme, répliqua Dexter.

C'est ce que tu crois, pensa Rosarita.

— Ta sœur t'a appelée.
— Que voulait-elle ?
— Peut-être simplement te parler. Tu ne crois pas que ce serait sympa de l'inviter à boire le thé ? Martha adorerait voir les enfants.
— Peux-tu me dire pourquoi le bien-être de ta mère est la seule chose qui compte en ce moment ?
— Arrête, dit-il en lui lançant un regard mauvais.
— Tu ne penses qu'à toi, gémit-elle. Tu es un égoïste. Tu pourrais parfois être plus attentif à mes désirs. Tu sais très bien ce que je veux.
— Non, quoi ?
— Je veux divorcer, dit-elle d'un air de triomphe.
— Tu m'avais promis qu'on n'en discuterait pas avant le départ de mes parents, dit-il en baissant la voix.
— Alors arrête de me harceler.
— Excuse-moi, je ne te dirai plus rien.
Et il tint sa promesse.
Cette nuit-là, il lui fit l'amour deux fois. Il était décidé à la faire tomber enceinte, et à ce rythme, ce serait pour bientôt.

17

— Ouah! s'exclama David, admiratif. Tu es splendide!
— David? murmura-t-elle comme si elle avait une hallucination. David, répéta-t-elle sous le choc.
Puis, reprenant petit à petit ses esprits, elle lui demanda :
— Qu'est-ce que tu fais là?
— Je passais voir si t'étais là, dit-il avec désinvolture, comme s'ils s'étaient vus la veille et que cette rencontre n'avait rien d'extraordinaire.
En fait, Madison était bouleversée. C'était la première fois qu'ils se revoyaient depuis son départ.
— Eh bien, non, je sors dîner.
— Vraiment? demanda-t-il, surpris.
— Oui, absolument.
— Quel accueil, rétorqua-t-il en lui jetant un regard étonné.
— Ecoute, parlons franchement, dit-elle en luttant pour retrouver son calme. Tu voulais vraiment me voir?
— Ben oui.
— A quel propos?
— Je voulais te parler.
— Tu ne pouvais pas téléphoner?
— J'avais peur que tu me raccroches au nez.

— Je vois, dit-elle, glaciale. Et tu t'es dit qu'il valait mieux passer à 22 h 30 pour me voir en personne.

— Tu es splendide, répéta-t-il.

— Tu me l'as déjà dit, répondit-elle, déconcertée par cette visite impromptue.

— Alors, ça va ? demanda-t-il sur le ton de la conversation.

— Tu te moques de moi, dit-elle soudain en colère. Rentre voir ta femme.

— Je l'ai quittée, annonça-t-il. C'est fini entre nous.

— Ah bon ? Tu es parti acheter des cigarettes et tu as oublié de rentrer, c'est ça ?

David se renfrogna.

— Tu n'es pas très sympa.

— Désolée. Je voulais te réconforter.

— Je déteste quand tu es sarcastique.

— Tu as vraiment du culot, dit-elle, abasourdie.

— Cet homme vous embête, mademoiselle Castelli ? s'informa Calvin, en émergeant de sa loge, son visage rond arborant une expression agressive.

Slammer se mit à aboyer. Il tirait sur sa laisse, impatient de partir en promenade, mais il était évident que Calvin n'avait pas l'intention de quitter les lieux avant de s'être assuré que tout allait bien.

— Non, merci, Calvin, il n'y a pas de problème, répondit-elle à la hâte. Ce n'est pas la personne que j'attendais, mais ce monsieur va s'en aller.

Madison ne savait pas si elle devait rester dans le hall d'entrée, au risque de voir arriver Jake, ou s'il valait mieux retourner dans son appartement.

— Où vas-tu dîner ? demanda David, comme si cela le concernait.

— Ça ne te regarde pas, répondit-elle.

En regardant David, elle remarqua qu'il avait légèrement grossi et que ses cheveux étaient secs et ternes.

— Nous avons vécu des moments tellement chouettes ensemble, soupira-t-il. C'était si bien.

— C'est vrai, David, répondit-elle calmement, en regardant partir Calvin et Slammer. Jusqu'à ce que tu fiches tout en l'air. Bon, écoute-moi bien. Ne reviens pas pleurnicher ici, sous prétexte que ton mariage a échoué. Tu sais, franchement, ça m'est complètement égal.

— C'est faux, répliqua-t-il sur-le-champ. On m'a dit que tu étais restée seule depuis notre séparation. Ça veut donc dire que tu penses encore à moi.

— Pas du tout. Ça signifie tout simplement que je n'ai trouvé personne avec qui sortir. C'est pas la même chose.

— Je n'ai nulle part où aller ce soir.

— Tu as déjà entendu parler des hôtels ? dit-elle d'un ton moqueur. Ce n'est pas ce qui manque à New York.

— Je ne m'attendais pas à ce genre de réaction de ta part, dit-il, légèrement agacé.

— Vraiment ? répondit-elle avec froideur. Tu t'attendais à quoi exactement ?

— Je croyais que tu serais plus compatissante.

— David, le soir où tu m'as quittée, toute trace de compassion pour toi a disparu. C'est clair ?

— Bon Dieu, Madison, combien de fois faut-il te dire que je regrette ?

— Autant de fois que tu le voudras. Ça ne changera rien.

— Tu déjeunes avec moi, demain ?

— Tu as complètement perdu la tête.

— Tu ne veux pas me donner la moindre chance de me rattraper, hein ?

— Je te donne ce que tu mérites.

— Alors c'est ça, je suis puni.

— Mais tu ne comprends donc rien ? dit-elle, énervée, en haussant le ton. Je ne te punis pas. Nous avions construit quelque chose que tu as réduit en miettes. Maintenant, tout est terminé.

— Ce n'est pas vrai, répondit-il avec obstination. Ce ne sera jamais terminé entre nous.

— Si, répliqua-t-elle. C'est fini et je retourne chez moi, tu ferais mieux de t'en aller.

Il secoua la tête comme s'il n'arrivait pas à comprendre son attitude.

S'il te plaît, pars, pars avant que Jake arrive.

Et juste au moment où elle formulait ce vœu, Jake fit son apparition. Légèrement plus grand que David, il était très séduisant avec ses cheveux en bataille et ses yeux bruns pétillants. Il était sexy et décontracté, avec un style un peu bohème.

— Salut, dit Jake, inconscient de ce qui se passait.

— Salut, répondit-elle précipitamment en le tirant par la manche de sa veste de cuir en direction de la porte.

— Je suis prête, allons-y.

David commença à les suivre, mais elle l'arrêta net d'un regard meurtrier.

— Je suis arrivé au mauvais moment ? demanda Jake lorsqu'ils furent dehors. Ça avait l'air de chauffer.

— En fait, tu m'as tirée d'un sacré mauvais pas.

— C'est ce type qui t'embêtait ? C'était qui ?

— Une vieille connaissance.

Il y eut un long silence entendu.

— Oui, tout ça, c'est du passé.

— Content de l'apprendre.

— C'est une histoire finie et enterrée.

Il lui jeta un regard appréciateur.

— Tu es ravissante, New York te réussit.

— Mieux que Los Angeles, c'est ça que tu veux dire ?
— Non, pas du tout. Tu étais déjà très séduisante, mais j'avais l'esprit ailleurs. Bon sang, dit-il avec un sourire, je devais être aveugle.
— Je suis heureuse de te voir.
— Vraiment, pourquoi ?
— Parce que j'ai besoin de parler à quelqu'un de confiance.
— Est-ce la seule raison ?
— C'est du moins l'une d'entre elles.
— Alors, je t'écoute.
— Allons d'abord boire un verre. Ensuite, je veux connaître la raison de ta venue à New York, tes projets et heu… après j'aimerais tout simplement m'éclater.

Il lui sourit de nouveau de manière irrésistible.

— Je ne demande pas mieux que de m'éclater avec toi.

Trois heures plus tard, ils étaient au lit dans son appartement. Ils sortaient juste d'une étreinte passionnée.

— C'est la première fois qu'une chose pareille m'arrive, dit-elle en poussant un soupir de contentement et en s'étirant voluptueusement.

— Vraiment ? répondit-il avec un rire taquin. Dois-je comprendre que tu es une vierge de vingt-neuf ans ?

— Arrête, tu sais très bien ce que je veux dire, dit-elle en souriant gentiment. Ça ne m'était jamais arrivé de finir la soirée au lit avec un type avec qui je sors pour la première fois.

Elle s'interrompit un moment et ajouta :

— En fait, peut-être que si après tout, une fois à l'université et une autre fois, à Miami avec…

— Hé, stop, lui dit-il en lui effleurant le bras. Je ne veux rien savoir. D'ailleurs, c'est la deuxième fois que nous sortons ensemble. Tu te rappelles notre séjour à Los Angeles ?

— Bien sûr.

— J'ai beaucoup pensé à toi depuis.

— Moi aussi, admit-elle.

Il bâilla et s'éloigna d'elle.

— J'espère que tu n'es pas sortie avec moi par déception. Ce type qui est venu te voir ce soir, c'est ton ex-petit ami, après tout.

— David n'existe plus pour moi depuis un an, dit-elle en croisant les bras derrière la tête. Je l'ai à peine reconnu quand je l'ai vu tout à l'heure.

— Tant mieux, dit-il en se rapprochant d'elle et il l'embrassa dans le cou, puis descendit lentement, en prenant tout son temps.

Elle poussa un gémissement d'anticipation du plaisir imminent. Jake était un bien meilleur amant qu'elle ne l'avait imaginé. Cette diversion amoureuse tombait à pic et elle était déterminée à en goûter tous les instants.

Plus tôt dans la soirée, elle lui avait fait part des révélations de Michael, tandis qu'ils buvaient un verre dans un bar à côté de chez elle. Il l'avait écoutée avec attention et gentillesse. Elle lui avait aussi parlé de la détective privée chargée d'enquêter sur ses parents.

— A-t-elle trouvé quelque chose ?

— Je n'ai pas eu de ses nouvelles depuis notre dernière rencontre.

— Si elle est professionnelle, elle ne te recontactera que lorsqu'elle aura terminé son enquête et trouvé toutes les informations souhaitées.

— Toutes les informations souhaitées ? répéta-t-elle.

Je ne sais même pas si c'est ça que je veux. Je ne sais plus où j'en suis.

Mais au lit près de lui, elle ne se sentait plus du tout perdue. Elle avait le sentiment d'être au bon endroit au bon moment et cette impression était extrêmement rassérénante. En outre, ils avaient fait l'amour avec passion et le plus naturellement du monde, ce qui était étonnant pour une première fois.

Maintenant, ses mains exploraient de nouveau son corps frémissant de plaisir.

Elle adorait son odeur, la douceur de sa peau et le contact de ses mains sur son corps. Il était fort, réconfortant et tendre, et en plus, il prévenait tous ses désirs.

Le lendemain matin, il était toujours là. Elle se redressa sur un coude pour le regarder dormir. Il avait une beauté sans apprêt. Et sans avoir la perfection physique de son frère, il était plus sensible et décontracté. C'était en outre un merveilleux amant même si elle n'était plus vraiment en mesure de juger avec objectivité après une aussi longue période d'abstinence, pensait-elle, amusée.

Elle sortit du lit sans le réveiller et se dirigea vers le salon. Slammer, qu'elle avait chassé de la chambre pendant la nuit, lui lança un regard furieux ; il s'éloigna, l'oreille basse, vers le coin opposé de la pièce, comme pour la punir de le traiter avec tant de désinvolture.

Dans la cuisine, elle mit en marche la cafetière électrique puis retourna dans la chambre, enfila un chemisier et un jean, attrapa la laisse de Slammer et quitta l'appartement avec lui, pour qu'il se dégourdisse les pattes.

Quand elle revint, Jake était dans la cuisine en train de servir le café.

— Et même le matin au réveil, elle est rayonnante, dit-il avec son sourire séducteur.

— Tu es également poète ? demanda-t-elle en lui souriant.

— C'est incroyable ce qui s'est passé la nuit dernière, dit-il en lui tendant une tasse de café. En fait, c'était exceptionnel.

— Comment est-ce arrivé si vite ?

— Je dois être irrésistible, plaisanta-t-il.

— Bien sûr ! C'est certainement tes genoux anguleux qui m'ont séduite.

— Mes genoux ? Ils sont parfaits, objecta-t-il, en s'asseyant près d'elle.

— Ah oui ?

— Tu ne trouves pas ?

— Si. Je confirme.

— Et toi, tu as une bouche idéale, répondit-il.

— Bon, de toute façon, dit-elle en reprenant son sérieux, tout ça n'est pas bien grave, n'est-ce pas ?

— Quoi, mes genoux ?

— Non, je veux dire nous deux. Tu sais, le fait qu'on ait fini au lit si vite.

— Tout à fait d'accord, dit-il. Après tout, nous sommes amis depuis longtemps maintenant, pratiquement un an.

— C'est vrai et comme tu le faisais toi-même remarquer, c'est notre second rendez-vous, donc on ne peut pas dire que je me sois jetée à ton cou.

— Tu te tracasses pour des détails sans importance.

— C'est vrai, admit-elle, j'essaie simplement d'y voir plus clair.

Il sourit en sirotant son café.

— Et le boulot, ça marche ?

— Toujours le même train-train. Tu te rappelles que j'écrivais un article sur les call-girls à Los Angeles. Je n'avais d'ailleurs pas mentionné ta petite amie, comme tu me l'avais demandé.

— Elle n'était pas ma petite amie, expliqua-t-il. C'était une jolie fille avec laquelle j'ai eu une brève aventure. Elle faisait ce métier, car elle avait besoin d'argent pour élever sa sœur.

— Comme c'est touchant.

— Ne sois pas mauvaise langue.

— Ceci dit, je dois avouer qu'elle était très jolie, admit Madison à contrecœur.

— C'est vrai, elle était jolie, dit-il en jetant à Madison un regard intense. Mais toute la différence, c'est que toi, tu es belle.

— Merci, dit-elle, émue malgré elle et ne sachant trop comment réagir.

Depuis sa rupture avec David, elle était bien décidée à ne plus souffrir. Ses relations amoureuses seraient placées sous le signe de la légèreté. Elle n'en attendrait rien et ne risquerait donc pas d'être déçue. Passer un bon moment, voilà tout ce qu'elle désirait.

— Et toi ? Ça va le travail ?

— Tout baigne, dit-il. Je suis rentré d'Afrique il y a une semaine. J'étais parti photographier des guépards dans la savane.

— C'est formidable, s'exclama-t-elle. J'adore les guépards. Ils sont tellement beaux !

— Tu les verrais quand ils courent. C'est un des plus beaux spectacles que j'ai jamais vus.

— Tu me montreras tes photos ?

— Quand tu veux.

— Ça me ferait plaisir.

— Et… j'aimerais…

— Quoi ? demanda-t-elle, le souffle court.

— Je crois que tu as deviné, dit-il en se penchant vers elle et en l'embrassant avec ardeur.

Elle sentait le goût du café sur sa langue et, une fois encore, un frisson de désir lui parcourut le corps. Elle avait de nouveau envie de lui et il n'y avait absolument aucune raison pour qu'elle s'en prive.

Il la quitta une semaine plus tard, pour partir en mission à Paris. Après un long baiser passionné sur le pas de la porte, il suggéra :

— Tu m'accompagnes ?

Il était trop tôt, elle le savait, pour commencer à le suivre autour du monde.

— Impossible, répondit-elle. J'attends des nouvelles de ma détective, j'ai du travail en cours et je dois parler à Stella.

Elle mentait. Elle aurait pu l'accompagner si elle avait voulu.

— Tu vas me manquer, dit-il. Enormément.

— Tu pars combien de temps ?

— Le temps que durera ma mission. Tu me connais, je ne suis pas du genre à faire des projets.

Elle commençait à s'en rendre compte.

Et c'est ainsi qu'après une semaine d'intimité totale, il disparut de sa vie aussi vite qu'il y était entré.

La vie reprit son cours. Elle consulta sa boîte vocale, qui était saturée. Pendant sept jours, elle était restée cloîtrée dans son appartement avec Jake, ignorant totalement le monde extérieur. Elle avait maintenant une foule de gens à contacter, qui ne manqueraient pas de lui demander des explications : Victor, puis Michael, qui avait appelé tous les jours, ensuite Jamie, Nathalie, Anton et pour finir David.

Au moins, il y avait des gens qui se souciaient de son existence.

Elle rappela tout d'abord Victor.

— On peut savoir où tu étais passée ? demanda-t-il en hurlant dans le combiné. Comment oses-tu partir sans prévenir personne ? Tu as non seulement raté l'anniversaire d'Evelyn, mais aussi le rendez-vous qu'elle avait organisé pour toi. Elle est folle de rage, et je te jure que ce n'est pas beau à voir.

— Désolée, Victor, j'avais besoin d'un homme.

— Tu quoi ?

— J'ai été retenue par un vieil ami.

— Tu veux dire que tu as passé toute la semaine à faire l'amour, c'est ça ?

— Ecoute, Victor, je crois que cela ne te regarde pas.

— Très bien, dit Victor. Tu as intérêt à trouver une bonne excuse, car Evelyn est ulcérée et en outre, moi j'ai l'air d'un idiot dans toute cette histoire.

— Nous n'avions rien convenu de définitif.

— Mais si bien sûr, répondit-il. Tu m'avais promis de venir.

— C'est impossible puisque j'ignorais quel jour aurait lieu cette fête d'anniversaire.

— J'ai laissé six messages sur ton répondeur.

— Je ne les ai écoutés que ce matin.

— Ah, ben bravo ! Et si jamais il y avait eu une urgence ?

— Il n'y en a pas eu, n'est-ce pas ?

— Tu as toujours réponse à tout, hein ?

— Tu m'as bien formée.

— Comment vont tes recherches sur La Panthère ?

— Très bien, mentit-elle.

— J'ai une question à te poser, dit-elle, car une idée géniale venait de lui traverser l'esprit.
— Oui ?
— Quel photographe as-tu choisi ?
— Je n'y ai pas encore pensé. Si La Panthère gagne, il fera la couverture, j'ai donc besoin d'un vrai professionnel.
— Et si La Panthère perd ?
— Tant pis pour ton photographe.
— Tu es vraiment charmant, Victor.
— Merci, dit-il de sa voix tonitruante.

Elle hésita un moment, puis se jeta à l'eau.

— Heu... tu te rappelles Jake Sica ? Le photographe que tu avais recruté à Los Angeles.
— Le type qui a arrêté de travailler pour moi parce qu'il avait d'autres missions en vue, comme d'aller photographier des animaux sauvages ou je ne sais quoi.
— Il est de retour.
— Dans ton lit ?
— Tu meurs d'envie de savoir, hein ?
— Je sais que j'ai raison, répondit Victor très sûr de lui.
— Je pensais qu'il serait parfait pour cette mission. Il est très fort pour les prises en mouvement. Il pourrait m'accompagner à Las Vegas.
— Je suis peut-être pas malin, mais je crois que j'ai saisi. Où puis-je contacter ce photographe ?
— Il est à Paris en ce moment, je lui dirai de t'appeler.
— Au fait, il avance ton livre ? Tu travailles toujours d'arrache-pied dessus ?
— Oh, mon livre, répliqua-t-elle, envahie d'un sentiment du culpabilité.

Elle n'y avait plus touché depuis plusieurs semaines.

— Oui, ça avance, dit-elle, passée maître dans l'art de mentir à Victor. Je te promets que tu seras le premier à le lire.

— Bien. Envoie des fleurs à Evelyn.

— Non, tu les envoies à Evelyn et tu fais inscrire mon nom sur la carte.

— Radine !

— C'est toi qui gères le compte des frais courants, fit-elle remarquer. Je ne suis qu'une employée.

Elle appela ensuite Michael.

Il avait l'air encore plus tendu que lors de leur dernière conversation.

— A quoi joues-tu ? lui demanda-t-il. Tu quittes New York sans même me dire où tu vas ?

— Et pourquoi voulais-tu le savoir ? s'enquit-elle, bien décidée à ne donner aucune explication.

— Parce que ça fait deux jours que j'essaie de te joindre.

Dommage, pensait-elle, en essayant de démêler les sentiments contradictoires qu'elle éprouvait à son égard.

Je l'aime, car il est mon père.

Je le déteste, car mon passé n'a plus aucun sens par sa faute.

— Qu'avais-tu de si important à me dire ? demanda-t-elle d'une voix distante, pour le punir.

Il ne reprit la parole qu'après un long silence.

— C'est à propos de Stella, articula-t-il enfin. Elle est... morte.

Il y eut un autre silence, interminable et sinistre.

— L'enterrement aura lieu demain. J'aimerais que tu viennes.

18

Je dois une fière chandelle à Chas, songeait Rosarita, reconnaissante. Il s'était mis en quatre pour divertir Matt et Martha Cockranger ; elle ne savait pas ce qu'elle aurait fait sans lui. Elle se serait probablement précipitée du haut de chez Barney, car elle ne supportait vraiment plus les parents horriblement ennuyeux de Dexter.

Le soir suivant, ils allèrent tous dîner au restaurant Le Cirque. Chas avait insisté pour amener sa nouvelle petite amie en dépit des protestations de Rosarita.

L'attitude de sa fille avait mis Chas de mauvaise humeur.

— Alice est une jeune fille tout à fait convenable, lui dit-il. Je te rappelle qu'elle est infirmière et a droit au respect, comme tout le monde.

— Infirmière, à d'autres ! répondit Rosarita plus mauvaise langue que jamais. Ce n'est qu'une strip-teaseuse avec d'énormes faux seins. Tu as toujours eu un faible pour ce genre de filles. Il serait peut-être temps de changer de registre.

Après ce bref échange, Chas décida d'ignorer sa fille et ses remarques désobligeantes. Il sympathisa avec Martha et Matt, qui buvaient toutes ses paroles comme s'il avait été une star de cinéma. Chas n'avait aucun mal à les tenir en haleine avec ses histoires hautes en couleur.

Rosarita avait déjà bu deux Martini et mangé un énorme steak — qu'elle prévoyait de toute façon de régurgiter — lorsqu'elle aperçut Joel. Il était accompagné d'une jeune fille blonde et filiforme qu'il tenait étroitement serrée contre lui. Ce spectacle la fit enrager. Mais n'était-il pas libre d'agir à sa guise, étant donné qu'elle-même était mariée et ne pouvait donc être disponible tout le temps ? Malgré tout, elle ne supportait pas de le voir sortir avec quelqu'un d'autre.

La jeune fille, avec ses longs cheveux blonds et raides, sa peau laiteuse et ses longues jambes soyeuses, ressemblait aux mannequins des magazines de mode. Rosarita nota toutefois avec satisfaction sa poitrine plate et sa haute taille, détails que Joel n'appréciait sans doute pas, même si, se dit-elle après coup, elle n'en savait rien en réalité.

Elle réalisa en effet qu'elle ne s'était jamais préoccupée des goûts de Joel.

Elle avala d'un trait son troisième Martini et se redressa sur son siège. Que faire ? Aller le voir, lui faire un signe de la main ou lui dire bonsoir de loin ? Dex ignorait qu'ils étaient intimes. Elle lui avait vaguement dit qu'elle avait rencontré Leon Blaine et son fils lors d'une fête, mais Dex n'y avait guère prêté attention. Par ailleurs, il ne savait probablement pas qui était Leon Blaine.

Elle attrapa son sac à main et en sortit son rouge à lèvres et son poudrier, muni d'un petit miroir. Elle scruta son visage défait et se trouva un air déprimé. Et pour cause : elle était réellement déprimée. Quoi d'étonnant à cela ? Il n'y avait rien de réjouissant à passer toutes ses soirées avec Matt et Martha. Et Chas n'améliorait pas les choses en amenant sa bimbo aux seins gonflés à l'hélium. Bon sang ! C'était vraiment humiliant d'être vue en compagnie de tous ces ringards.

Elle regarda Joel tandis que le maître d'hôtel le

conduisait jusqu'à sa table. Il lui tournait le dos et ne l'avait pas aperçue. Elle devait maintenant décider d'aller ou non lui dire bonsoir.

Elle jugea finalement qu'il était préférable de s'abstenir. Elle ne tenait pas spécialement à être présentée à cette grande asperge qui l'accompagnait. Ce serait lui faire trop d'honneur que de la saluer.

— Je suis crevée, se plaignit-elle à Dexter.

— Nous n'avons pas encore pris de dessert, dit-il en étudiant le menu.

— Je sais, mais je suis exténuée.

— Il n'était peut-être pas nécessaire de boire trois Martini coup sur coup, dit-il d'un ton cinglant.

— Alors comme ça tu comptes mes verres ? s'enquit-elle, agressive.

— Non. J'ai simplement remarqué que tu en avais bu trois.

— Allons, mes enfants, interrompit Martha, en gloussant joyeusement, pas de disputes à table.

Chas s'esclaffa bruyamment et Varoomba se mit à rire sottement.

— Où travaillez-vous, Alice ? demanda poliment Martha à Varoomba. Au service des urgences, là où on voit plein de beaux médecins qui courent dans tous les sens ? J'adore George Clooney !

— Au service des urgences ? demanda Varoomba avec un regard vide d'expression.

— Mais, oui, là où débarquent les cas à traiter rapidement, dit Chas en lui donnant un coup de pied sous la table.

— Ah oui, les urgences, s'exclama Varoomba. Non, en fait je travaille à mon compte. J'offre un service privé.

— Je vois, dit Martha. Vous vous déplacez chez les gens ?

— Seulement si c'est rentable.

Chas lui lança un regard assassin et Varoomba comprit qu'il valait mieux qu'elle se taise.

Rosarita commanda un autre Martini, le regard braqué sur Joel. Elle avait l'impression que c'était surtout la fille qui se mettait en frais. Son long bras fin enlaçait les épaules de Joel et sa main lui caressait la nuque.

Comment osait-elle, cette garce anorexique !

Elle réussit à quitter le restaurant sans être aperçue de Joel, ulcérée qu'il puisse la traiter de la sorte.

Le lendemain matin, son premier réflexe fut de lui téléphoner. Elle tomba sur son répondeur et composa alors son numéro professionnel.

— Joel sera absent quelques jours, dit la fille aux ongles verts.

Du moins Rosarita supposa que c'était elle.

— Où puis-je le joindre ?

— Quel est votre nom ?

Merde ! Ça recommence, pensait Rosarita. Et elle raccrocha.

C'était incroyable, Joel ne lui avait pas dit qu'il s'absentait. Mais pourquoi l'aurait-il prévenue ? Elle n'avait aucun droit sur lui, et tout ça c'était la faute de Dexter, qui lui mettait des bâtons dans les roues en refusant de divorcer.

Il fallait qu'elle se débarrasse de lui au plus vite : tout le monde s'en porterait mieux.

Le seul point positif du séjour de Matt et Martha, c'était qu'il semblait réveiller les ardeurs amoureuses de Dexter.

— Qu'est-ce qu'il t'arrive ? demanda-t-elle un soir après des ébats particulièrement passionnés.

— Tu es ma femme et je t'aime, expliqua Dexter en toute simplicité.

— Parfois, l'amour ne suffit pas, répondit-elle.

— Nous verrons, répliqua-t-il.

Dexter lui cachait-il quelque chose ?

Martha était manifestement sous le charme de Chas et s'extasiait à chacune de ses paroles. Selon Rosarita, elle devait être en proie au démon de midi, un phénomène très courant chez les quinquagénaires. C'était vraiment pitoyable, car Chas n'avait rien d'un jeune premier.

Ce dernier était pour sa part très flatté par tant d'attention. Les Cockranger l'idolâtraient : ils voyaient en lui un homme puissant et richissime, qui vivait dans une magnifique maison avec une petite amie très sexy. Il n'était jamais à court d'histoires pittoresques sur sa carrière dans l'immobilier, ce qui enchantait Matt et Martha. Notamment Martha, car Matt était pour sa part comme hypnotisé par la voluptueuse poitrine de Varoomba — ou plutôt d'Alice. La plupart du temps, Rosarita ignorait totalement la présence de la dernière conquête de son père. S'il adorait sortir avec des filles vulgaires, c'était son problème, mais qu'il ne l'oblige pas à être polie.

Cela faisait cinq jours qu'elle essayait sans succès de joindre Joel et elle était à bout. Où était-il ? Et avec qui ? Lorsque enfin elle réussit à le contacter, et qu'elle lui demanda où il était parti, il ne fut pas du tout coopératif.

— J'ignorais que je devais faire un rapport en rentrant, dit-il comme si elle n'était qu'une vague connaissance.

— Je t'ai vu l'autre soir ; tu étais en bonne compagnie, dit-elle d'un ton accusateur.

— Où ça ?

— Tu étais au restaurant Le Cirque avec une grande bringue.

Joel se mit à rire doucement.

— Cette grande bringue, comme tu dis, c'est une top model célèbre.

— Célèbre, mon cul, répondit Rosarita d'un ton méprisant. Tu peux me dire la différence entre une top model et une call-girl ? Eh bien, il n'y en a aucune. Ce sont les médias qui ont inventé le mot top model pour faire plus chic. Tout ça, ce n'est qu'une vaste supercherie. Et d'ailleurs, ajouta-t-elle avec malveillance, je ne l'avais jamais vue auparavant.

Joel se mit de nouveau à rire.

— Ne sois pas jalouse. Elle est trop maigre pour être sexy. C'est un tas d'os sans poitrine.

— Tu crois vraiment que je suis jalouse ? demanda Rosarita, agacée à cette pensée.

— Ça te dirait de passer au bureau aujourd'hui ? lui proposa-t-il. Disons vers midi ?

Elle en mourait d'envie, mais elle ne voulait surtout pas le lui laisser voir.

— Tout dépend du menu, répondit-elle d'un air dégagé.

— Le menu est fonction de l'appétit, répondit-il.

Cette fois, c'est elle qui se mit à rire.

— Je suis affamée, avoua-t-elle.

— Moi aussi, répondit-il, alors il faudra partager.

Rosarita se sentait tout excitée par cette conversation.

— Rendez-vous dans ton bureau ?

— Sur mon bureau. Ramène ton joli petit cul à midi trente. Je te promets une place de choix devant la baie vitrée. Ça te plaît ?

Si ça lui plaisait ? Elle était folle de joie.

— Je serai là. Mais, s'il te plaît, rends-moi un petit service. Dis à cette idiote qui est à l'accueil de ne pas me faire attendre, je déteste ça.

— Jewel a été désagréable ?
— Tu devrais la renvoyer.
— A plus tard, bébé.

Rosarita jeta un rapide coup d'œil à sa montre. Il était 10 h 30. Hum... elle avait juste le temps de se faire épiler avant son rendez-vous avec Joel qui s'annonçait torride.

Frissonnant à l'idée de ce qui l'attendait, elle appela le salon de beauté d'Elizabeth Arden et prit un rendez-vous.

— Tu connais la dernière ? demanda Silver Anderson, en regardant Dexter de ses yeux lourdement maquillés.

— Non, répondit Dexter, qui venait juste d'arriver au studio pour la séance de maquillage.

— Je suis désolée de te l'apprendre, dit Silver avec une voix suave, mais il vaut mieux que tu le saches. Tu es l'un de mes acteurs favoris, Dexter. Tu travailles dur et tu es extrêmement séduisant. Tu seras une star un jour, crois-moi.

— C'était quoi la nouvelle, Silver ?
— Le show est annulé.
— Annulé, répéta Dexter, abasourdi, le souffle coupé. Vous le savez depuis quand ?

— J'ai mes espions dans la place, répliqua-t-elle. Et, évidemment comme je suis la vedette du show, je suis la première informée. Ils n'ont pas fait d'annonce officielle, mais je peux t'assurer que, dans une semaine, tu seras viré. Et mon cher, aussi incroyable que cela paraisse, moi aussi.

— J'arrive pas à le croire, dit Dexter, l'estomac noué. Je croyais que tout marchait comme sur des roulettes. Je reçois au moins une centaine de lettres de fans par jour.

— Et moi, des milliers, répondit Silver. Mais tu vois, ça ne fait aucune différence. Ceux qui décident sont de vrais imbéciles. Ils n'en ont rien à faire des fans, ils s'en fichent du public.

Dexter essayait de reprendre le dessus et de faire comme si tout ça n'était pas la fin du monde.

— Et que vont-ils mettre à la place ? se renseigna-t-il.

— Qui sait ? répondit Silver de manière évasive. Ils vont sans doute nous remplacer par un feuilleton ennuyeux pour ados, plein de jeunes inconnus. C'est scandaleux. Ils ne savent pas la chance qu'ils avaient de m'avoir.

— Je suis tout à fait d'accord. Vous êtes une star, Silver. Vous êtes si... si formidable. En fait, hasarda-t-il, vous êtes un mythe à vous seule.

Elle se mit à rire.

— J'ai cru un moment que tu allais dire « un mythe pour vous seule ».

— Quels sont vos projets ? demanda-t-il en essayant de se concentrer sur les paroles de Silver. Vous retournez à Los Angeles ?

— Peut-être, dit-elle, mais il se peut que je reste à New York. Je me plais bien ici. Il se pourrait même que j'aille en Europe. Il paraît qu'ils vouent un véritable culte aux femmes mûres là-bas. Ils ont compris que ce sont elles qui savent rendre les hommes heureux.

Elle lui jeta un long regard pénétrant.

— Ta femme te rend-elle heureux, Dexter ?

Dexter, embarrassé, ne savait que répondre. Il n'avait pas envie de parler de sa vie sexuelle avec Silver Anderson. Il avait bien trop de respect et d'admiration pour elle.

— Oui, nous avons... une vie sexuelle plutôt épanouie, marmonna-t-il.

— Je n'en doute pas, dit Silver, tout émoustillée. Tu sais, Dexter chéri, lui confia-t-elle. Autrefois, je couchais toujours avec mon partenaire principal. C'était une sorte de tradition.

— Vraiment ? répondit-il, la gorge sèche.

— Je considérais que cela faisait partie des petits avantages du métier, dit-elle avec un rire de gorge. Mes partenaires aussi d'ailleurs. Mais, poursuivit-elle en soupirant, les choses ont bien changé.

Elle tendit une main languissante vers Dexter.

— Viens ici, Dexter, approche.

Il se sentait comme un animal pris au piège. Il s'avança à contrecœur.

— Je ne te fais pas peur, n'est-ce pas ? dit Silver qui en fait le terrifiait.

— Vous êtes si... célèbre, lâcha-t-il. J'ai beaucoup de respect pour vous.

— Tu es très séduisant, dit Silver d'une voix rauque. Et crois-moi, je sais de quoi je parle, j'ai rencontré une foule d'hommes séduisants dans ma vie. Je pourrais te raconter des histoires croustillantes sur les stars avec lesquelles j'ai travaillé : Burt Reynolds, William Shatner, et même ce cher vieux Clint. Mais je ne suis pas cancanière. Tous ces ragots me dégoûtent. Bien que...

Il y eut un silence plein de sous-entendus.

— Je connais des anecdotes dont Esther Williams serait horrifiée. Tu as lu son livre ? Non, je ne crois pas, dit-elle en lui prenant fermement la main. La lecture n'est pas l'un de tes passe-temps favoris, n'est-ce pas, Dexter ?

— Hum... non, pas vraiment.

Avec son index, elle traçait de petits cercles au creux de la paume de sa main. Il sentit malgré lui qu'il commençait à bander.

— Ferme la porte, Dexter, dit-elle d'une voix rauque et sensuelle. Il est temps que je t'offre ton cadeau d'adieu.

Il avala sa salive avec difficulté. La main de Silver

était déjà en train de baisser la fermeture Eclair de son pantalon.

Heureusement que son père ne le voyait pas.

Cette fois, Rosarita n'était pas disposée à se faire traiter comme une moins-que-rien. Elle entra d'un air martial dans le hall de réception, en jetant un regard distrait à la fille aux ongles verts, occupée à téléphoner.

— Jewel, ma chère, dit-elle d'un ton condescendant, Joel m'attend. Il m'a dit d'entrer dans son bureau sans attendre.

— Vraiment ? fit Jewel.

Rosarita se mit à sourire. Elle avait de jolies dents, blanches et régulières, qui avaient coûté une fortune à Chas.

— Ne vous dérangez pas pour moi, répondit Rosarita et elle pénétra dans le bureau de Joel avant que Jewel n'ait le temps de lui décocher un de ses regards insolents.

Joel était au téléphone, les pieds calés sur le bureau. Cette fois, il était habillé.

Rosarita claqua la porte derrière elle.

— Alors comme ça, te voilà te retour, dit-elle en s'approchant du bureau. Mais où étais-tu passé ?

Il posa sa main sur le combiné.

— J'étais parti m'éclater à Miami, lui dit-il avec un clin d'œil obscène. Assieds-toi, je t'en prie, dit-il en poursuivant sa conversation. Bon, salut, bébé, à bientôt.

Rosarita mourait d'envie de savoir qui était au bout du fil, mais elle eut assez de bon sens pour s'abstenir de le lui demander. Il fallait qu'elle ait l'air plus détachée.

— Comment ça va ? dit-il en raccrochant.

— Mes beaux-parents sont toujours là. Le jour où ils s'en vont, j'entame la procédure de divorce.

Joel ne bondit pas de joie à cette nouvelle et ne fit même aucun commentaire. Il se contenta d'ouvrir l'un des tiroirs de son bureau. Il en sortit un petit flacon de cocaïne et répandit minutieusement la poudre en lignes parallèles puis lui tendit une courte paille en plastique.

— Vas-y, sers-toi.

Rosarita aimait qu'on la regarde faire l'amour, mais elle n'appréciait guère, en revanche, qu'on la voie consommer de la drogue.

— Et si des gens nous voient ?
— Qui pourrait bien nous espionner ?
— Tu passes ton temps à te balader les bijoux de famille à l'air, fit-elle remarquer d'un ton acerbe. Je suis certaine que tu as un certain succès...

Il s'esclaffa bruyamment.

— Tu es impayable !
— Tu n'es pas mal non plus, rétorqua-t-elle tout en pensant qu'un peu de cocaïne en guise de déjeuner était une excellente chose pour garder la ligne.

Elle renifla délicatement la poudre blanche. Il lui sourit, prit une forte inspiration et deux lignes disparurent en un clin d'œil. Il n'en restait plus qu'une.

— Tu la veux ? demanda-t-il.
— Non, vas-y, dit-elle de bonne grâce.

Il ne se fit pas prier, il avait l'habitude. Un filet de poudre blanche traînait encore sur le bureau. Joel mouilla son doigt et le posa sur les vestiges de poudre, qu'il étala sur ses gencives.

— Déshabille-toi, bébé, ordonna-t-il.
— Ne devrait-on pas fermer la...
— Combien de fois faut-il te le répéter ? répondit-il en secouant la tête. Personne n'entre ici sans y être invité.

Elle fut soudain submergée par cette excitation un peu malsaine qu'elle ressentait chaque fois qu'elle était près de lui. Elle déboutonna prestement son chemisier et ôta sa jupe, dévoilant un string et un soutien-gorge en dentelle très suggestif.

— Tu n'as pas de petite culotte ajourée ? demanda-t-il.

— Si, bien sûr, répondit-elle, tout en se disant qu'il fallait qu'elle en achète.

— Mets-en une la prochaine fois.

Elle fit un signe d'assentiment, prête à se soumettre à ses manières brutales, qui l'excitaient tant.

Il ôta son pantalon, qu'il expédia d'un coup de pied sous le bureau.

— Enlève-moi tout ça, bébé, grimpe sur le bureau et écarte bien les cuisses, lui dit-il avec autorité.

Rosarita n'avait pas le choix, il ne lui restait plus qu'à obéir. Elle se mit entièrement nue et monta sur le bureau.

— J'ai dit écarte bien, bébé, dit-il en repoussant ses jambes.

Puis il s'allongea sur elle dans la fameuse position du 69.

Et le spectacle commença.

19

Peter et Jamie accompagnèrent Madison à l'enterrement, qui avait lieu dans le Connecticut. Elle était encore sous le choc et tentait désespérément de comprendre ce qui lui arrivait.

— Cette situation est surréaliste, dit-elle d'un ton songeur, assise à l'arrière de la BMW de Peter. J'ai du mal à l'expliquer, mais c'est comme si j'étais dans un rêve où tout se déroulerait au ralenti.

— Je vois tout à fait ce que tu veux dire, dit Jamie, compatissante, en tournant sa charmante tête blonde vers sa meilleure amie.

— Tout d'abord, on m'apprend que Stella n'est pas ma mère, poursuivit Madison, et avant même que j'aie l'occasion de lui parler, elle... elle est assassinée.

— Que t'a dit Michael ? demanda Jamie avec sollicitude.

— Pratiquement rien, en réalité. Apparemment, il y a eu un cambriolage et Stella et son copain ont été abattus. C'est tellement... affreux !

— Putain ! jura Peter avec hargne. Personne n'est plus en sécurité de nos jours.

— Ils s'étaient disputés ? demanda Jamie.

— Je n'en sais rien, répondit Madison en se rappelant l'étrange attitude de son père au téléphone.

Elle avait perçu dans sa voix une froideur qu'elle ne s'expliquait pas. Stella, cette femme qu'il avait adorée pendant plus de vingt-sept ans, était morte, et pourtant il se comportait comme si elle n'avait jamais fait partie de sa vie.

On ne réagit pas tous de la même manière face à la mort, songeait-elle. *Il risque de s'effondrer après les funérailles.* Elle aurait tant voulu discuter avec Stella et savoir pourquoi on lui avait caché la vérité.

Maintenant c'était trop tard et il était impossible de faire marche arrière.

Ce fut Michael qui leur ouvrit la porte de sa grande gentilhommière. Il était vêtu d'un costume noir et semblait parfaitement normal et à son aise. Elle se jeta dans ses bras et le serra très fort contre elle.

— Je suis désolée, murmura-t-elle, les larmes aux yeux. C'est une telle tragédie.

— Oui, acquiesça-t-il d'un ton neutre.

Avant qu'elle ait eu le temps de répondre, il s'était déjà détourné d'elle pour accueillir Peter et Jamie. Elle l'observa un moment : il n'avait pas les yeux rouges ; il n'avait donc pas pleuré. Etait-ce parce que Stella était partie avec un autre homme qu'il se montrait si détaché ? La froideur de son père la déconcertait.

Elle commençait à se poser des questions sur cet homme qu'elle avait cru connaître pendant toutes ces années. Aussi bizarre que cela puisse paraître, Michael lui faisait maintenant l'effet d'être un étranger.

Une limousine noire les attendait dans l'allée pour les conduire à l'église située à proximité. Madison monta dans la voiture et s'assit auprès de Michael, qui resta silencieux pendant tout le trajet.

Il y avait peu de gens à l'enterrement, guère plus d'une vingtaine de personnes réunies ici et là par petits groupes. Victor s'était déplacé dans une voiture avec chauffeur pour présenter ses condoléances à Madison. A son arrivée, il la prit dans ses bras tout en murmurant des mots de réconfort. Elle le remercia puis, balayant l'assemblée du regard, elle constata qu'elle ne connaissait presque personne. La plupart des gens présents étaient des amis que Michael et Stella avaient connus dans le Connecticut. Seule Warner Carlysle, créatrice de bijoux et meilleure amie de Stella, était new-yorkaise. Madison connaissait Warner depuis qu'elle était toute petite, pas de manière intime mais suffisamment cependant pour aller la voir et lui exprimer ses sincères condoléances. Warner savait-elle que Stella n'était pas sa mère ? Oui, sans doute connaissait-elle la vérité.

Warner, une grande femme séduisante aux courts cheveux auburn, portait d'énormes lunettes de soleil. Elle était visiblement très affectée par la mort de Stella.

— Je ne comprends pas comment une chose pareille a pu arriver, lui dit-elle, de toute évidence mal à l'aise. Pourquoi les a-t-on tués ?

— Tout ceci est absurde, acquiesça Madison.

— Absurde, c'est bien le mot, reprit Warner avec amertume. Ont-ils volé les bijoux de Stella ?

— Aucune idée, répondit Madison, qui se rappelait la magnifique collection Art Deco de Stella.

Bien qu'elle trouvât cette question quelque peu déplacée, elle entreprit de rassurer Warner.

— Stella était très prudente, elle gardait tous ses objets de valeur à la banque.

— C'était judicieux de sa part, dit Warner en remettant machinalement en place son collier d'or et d'émeraude.

— Heu... Vous connaissiez l'homme avec qui elle vivait ? demanda Madison. Qui était-ce ?

— C'était Lucien Martin, un artiste d'une vingtaine d'années, dit Warner en triturant nerveusement ses lunettes. Ça a été le coup de foudre entre eux. Quelques semaines après leur rencontre, elle est allée habiter avec lui.

Warner hocha la tête d'un air incrédule.

— Et maintenant ils sont morts, je n'arrive pas à y croire.

Après la messe, tout le monde s'achemina vers le cimetière où se déroula une autre brève cérémonie. Quand tout fut terminé, l'assemblée se réunit dans la maison de Michael où une collation les attendait.

Warner était au buffet en train de remplir son assiette, lorsque Madison s'approcha de nouveau d'elle.

— Stella était-elle si malheureuse que ça avec Michael ? demanda-t-elle.

— Elle aurait voulu que votre père s'occupe plus d'elle, expliqua Warner, en se servant généreusement. Stella avait toujours besoin d'être rassurée, notamment sur sa beauté. Au bout d'un moment, Michael en a eu marre ; et puis elle a rencontré Lucien qui, lui, n'était pas avare de compliments.

— Comment était-il ?

— C'était Michael avec trente ans de moins et il adorait Stella, répliqua Warner sèchement.

Elle se dirigea vers le canapé du salon où elle s'assit pour manger son repas. Madison la suivit.

— Surtout, ne parlez pas de Lucien à Michael, dit Warner. Michael n'a jamais digéré le départ de Stella. En fait...

Elle s'interrompit un long moment en regardant nerveusement autour d'elle.

— Il l'avait même menacée.

— Menacée ? répéta Madison.

Soudain son cœur se mit à battre plus vite.

— Oui. Stella était tellement effrayée qu'elle et Lucien ont quitté la maison où il habitait pour déménager dans un appartement haute sécurité. Elle avait fait une croix sur Michael, elle ne voulait plus entendre parler de lui ni recevoir de l'argent de sa part. Elle avait l'intention de déménager à New York avec Lucien, elle voulait à tout prix le fuir. Et puis, Michael l'a su et ça l'a mis en rage.

Madison prit une longue inspiration.

— Vous ne voulez pas insinuer qu'il pourrait être mêlé au meurtre de Stella et Lucien, n'est-ce pas ?

Warner la regarda sans broncher.

— Il vaudrait mieux nous rencontrer la semaine prochaine pour discuter de tout ça, lui dit-elle. Ce n'est pas prudent d'en parler maintenant.

Cette femme est sous le choc, songeait Madison. *Elle ne sait plus ce qu'elle dit.*

— Vous savez, je connais la vérité à propos de Stella, lâcha Madison tout en guettant la réaction de Warner.

— La vérité ? répliqua Warner avec circonspection, en reposant son assiette sur la table du salon.

— Michael m'a tout raconté.

— C'est vrai ? Cela me surprend.

— J'imagine que vous étiez au courant depuis le début, non ?

— Oui, avoua Warner. Stella et moi étions amies depuis plus de trente ans. C'est moi qui lui ai présenté Michael.

— Vraiment ?

— Il était copain avec mon petit ami de l'époque.

— J'ignorais qu'ils s'étaient connus par votre intermédiaire.

— C'est moi la coupable, j'en ai bien peur.

— Il y a une chose que je regrette par-dessus tout.
— C'est quoi ?
— De n'avoir pas pu discuter avec Stella avant sa mort.
— Je sais, tout ceci doit être très pénible pour vous.
— Oui, et ce d'autant plus que nous n'étions pas très proches, Stella et moi. Elle était toujours un peu... j'allais dire froide, mais c'était plutôt distante en fait. Vous voyez ce que je veux dire ?
— Oui, tout à fait. C'est parce que vous n'étiez pas sa fille et que vous ne pouviez pas le devenir, expliqua Warner. Vous lui rappeliez constamment le grand amour de Michael. Stella détestait la concurrence et elle n'a jamais eu le sentiment d'être la femme qui comptait le plus pour Michael.
— Mais elle se trompait complètement, n'est-ce pas ? Michael l'idolâtrait.

Warner hocha de nouveau la tête.

— Il faut que nous parlions de tout ça, mais pas ici. Je vous appellerai la semaine prochaine.
— Je vous en serais très reconnaissante, dit Madison. J'avais tant de questions à poser à Stella. Peut-être serez-vous en mesure d'y répondre à sa place.
— Je ferai de mon mieux, dit Warner.

Madison réussit tant bien que mal à tenir jusqu'à la fin de la journée. Puis quand la plupart des gens furent partis, elle demanda à Michael s'il souhaitait qu'elle reste pour la nuit. Il lui répondit que c'était inutile et elle n'insista pas. Après lui avoir dit au revoir, elle rejoignit Jamie et Peter, qui l'attendaient dans la voiture pour repartir vers New York.

— Eh bien ! Sacrée journée ! s'exclama Peter alors qu'ils roulaient en direction de New York.

— Oui, abominable, dit Madison avec un soupir de lassitude.

— Ça va, tu tiens le coup ? demanda Jamie.

— Heureusement que vous étiez là ! C'était vraiment sympa de m'accompagner.

— On ne t'aurait jamais laissée y aller seule, dit Jamie.

— Hors de question, confirma Peter.

— Quelle ironie, dit Madison en secouant la tête. Aujourd'hui j'ai enterré quelqu'un qui était censé être ma mère, mais qui en fait ne l'était pas. Incroyable, non ?

Jamie hocha la tête en guise d'assentiment.

— Tu t'es très bien débrouillée. Tu ne pouvais pas faire mieux.

— Vous savez, dit Madison à voix basse. J'ai beaucoup d'affection pour Michael. Mais en ce moment, la situation est tellement confuse... Je m'aperçois qu'en fait j'ignore tout de lui.

— Reste avec nous quelques jours, proposa Jamie. Il vaudrait mieux que tu ne sois pas seule dans ton appartement.

— Je ne suis pas seule, répondit Madison. J'ai un chien et un portier. Sans oublier David qui me téléphone tous les jours.

— Ignore-le, conseilla Jamie.

— Et puis, il y a aussi Jake, qui se trouve quelque part à Paris et dont je n'ai aucune nouvelle.

— Je ne veux pas être méchante, dit Jamie, mais on dirait que ce Jake, c'est le spécialiste des aventures d'une nuit.

— Ou plutôt d'une semaine, répondit Madison avec un sourire ironique.

— Ça ne signifie pas qu'il ne t'aime pas, ajouta Jamie à la hâte. Mais il n'est pas très fiable.

— Qu'est-ce qui te fait croire ça ?
— Eh bien, il ne vivait pas avec une call-girl à Los Angeles ?
— Non, il ne vivait pas avec elle, ils sont simplement sortis ensemble quelque temps.
— Ecoutez, les filles, les interrompit Peter avec assurance. Un homme qui couche avec une call-girl, c'est plutôt un *loser* en amour. Ça veut quand même dire qu'il en est réduit à payer pour faire l'amour !
— Il n'a rien payé du tout, dit Madison d'un ton agacé. Il ne savait pas qu'elle gagnait sa vie comme ça.
— A d'autres, dit Peter avec un petit rire méprisant. Un homme sait tout de suite à qui il a affaire.
— Que veux-tu dire ? demanda Jamie en lui jetant un regard suspicieux.
— Ces filles ont une manière de faire très professionnelle, expliqua Peter.
— Et comment le sais-tu ? insista Jamie.
— Je suis un homme, non ?
— Un homme marié, Peter. Alors comme ça, tu es déjà sorti avec une call-girl ?
— Absolument pas, ma chérie.
— Comment es-tu si bien informé alors ? demanda-t-elle d'un air accusateur.
— C'est le genre de choses dont on discutait pendant les soirées entre célibataires, expliqua-t-il avec un petit sourire suffisant.
— Les soirées entre célibataires ! s'exclamèrent Jamie et Madison à l'unisson. Tu te moques de nous. Tu veux nous faire croire qu'en 1965, ce genre de ringardise avait toujours cours ?

Peter se mit à rire, mal à l'aise.

— Vous, les filles, vous avez du mal à admettre que les hommes apprécient parfois les soirées sans les femmes.

— N'importe quoi ! dit Madison.

— Tu racontes vraiment des conneries, dit Jamie.

Plus tard, lorsque Peter gara sa BMW devant l'immeuble de Madison, Jamie insista une nouvelle fois pour qu'elle reste avec eux.

— Merci, mais ça va aller, assura Madison. J'ai besoin d'un peu de temps et d'espace pour mettre de l'ordre dans tout ça.

— Très bien, répondit Jamie. Mais n'oublie pas : au moindre souci, tu nous appelles.

— Merci, dit Madison en sortant de la voiture. J'ai de la chance d'avoir des amis sur qui je peux vraiment compter.

— Prends bien soin de toi, répondit Jamie.

Calvin fut heureux de la revoir.

— J'espère que tout s'est bien passé, Mademoiselle, lui dit-il en l'escortant jusqu'à son appartement. J'ai sorti le chien il y a environ une heure, comme ça vous serez tranquille.

— Merci, dit Madison en ouvrant la porte.

Slammer, bon prince, décida de ne pas lui tenir rigueur de son absence et l'accueillit avec une joie démonstrative. Elle le caressa quelques instants, se rendit dans la cuisine pour lui donner quelque chose à manger et consulta ensuite son répondeur.

Il n'y avait toujours aucun message de Jake.

Par contre, David l'avait rappelée à plusieurs reprises.

Que faisait donc Jake ? se demanda Madison avec impatience.

« J'aimerais te voir, disait David. Tu me dois bien ça ».

Je ne te dois rien du tout, David. Mets-toi bien ça dans le crâne.

Le troisième appel venait de Kimm Florian. Elle avait laissé un bref message énigmatique :

« Rappelez-moi dès votre retour. »

Madison s'exécuta sans plus attendre.

Kimm décrocha dès la première sonnerie.

— Il faut que je vous voie dès que possible, dit-elle. Je peux venir tout de suite ?

Madison jeta un coup d'œil à sa montre. Il était presque minuit.

— Ce soir, c'est impossible. Je reviens d'un enterrement et je suis rompue de fatigue.

— Un enterrement, répéta lentement Kimm. De qui ?

— Celui de Stella, la femme qui était supposée être ma mère, mais qui ne l'était pas.

— Stella est morte ?

— J'en ai bien peur.

— Comment est-ce arrivé ?

— D'après la police, il s'agit d'un cambriolage. Stella et son petit ami ont été abattus par les voleurs.

— D'une balle dans la nuque ?

— Pourquoi cette question ?

— D'une balle dans la nuque ? répéta Kimm.

— J'ignore les détails, répondit Madison. Tout ce que je sais, c'est qu'ils ont été tués par balle.

— A quel moment puis-je vous voir demain ? demanda Kimm, avec une certaine impatience dans la voix.

— Vous avez du nouveau pour moi ?

— Oui, et il faut que je vous mette au courant sans tarder.

Elle s'interrompit quelques instants.

— Je sais ce qui est arrivé à Gloria.

— Ah bon ? dit Madison, avec un coup au cœur. Comment est-elle morte ?

— Je ne peux rien vous raconter au téléphone. Il faut qu'on se voie.

— Passez prendre le petit déjeuner.

— Très bien, dit Kimm. Madison, soyez forte, ce que j'ai à vous dire n'est pas très agréable.

20

Dexter était tellement rongé par le remords qu'il osait à peine regarder Rosarita. Il était assis à la table, tripotant sa nourriture sans rien avaler.

— Qu'est-ce que tu as ? finit par dire Rosarita, irritée par son air de chien battu.

— C'est vrai, ça, dit Martha. Tu es bien silencieux ce soir. Tu as avalé ta langue ?

— Eh bien, je viens d'apprendre aujourd'hui que...

Il n'avait pas envie d'annoncer la mauvaise nouvelle, mais il ne put se retenir plus longtemps.

— Quoi donc, fils ? demanda Matt tout en mâchant un morceau de viande.

— Eh bien, il paraît qu'ils vont peut-être annuler mon show, expliqua Dexter d'un air sombre.

— Oh, non ! Ils n'ont pas le droit de te faire ça, s'exclama Martha, horrifiée, en mettant sa main devant la bouche.

— Ils ont tous les droits, dit Dexter, qui aurait bien voulu que pour une fois sa mère ait raison.

— Qui t'a prévenu ? demanda Rosarita, tout en lui cachant qu'elle avait déjà eu vent de cette rumeur.

— Silver Anderson.

— Ah, quelle femme ! Elle est vraiment splendide,

intervint Matt, les yeux brillant d'admiration. Elle n'a pas du tout vieilli.

— C'est faux, dit Martha d'un ton sec et agressif qui ne lui ressemblait pas. Tu as la vue basse, c'est tout. Tu aurais besoin d'une bonne paire de lunettes.

Bravo, Martha, pensait Rosarita. *Ça t'arrive quand même de temps en temps de dire ce que tu penses.*

— Que feras-tu si tu es remercié ? demanda Matt, en ignorant l'accès de colère de sa femme.

— J'ai d'autres pistes possibles, répondit Dexter d'un ton lugubre tout en repoussant son assiette. Je vais en parler à mon agent.

— Tu ne crois pas qu'il aurait pu te prévenir ? demanda Rosarita. Si cette rumeur est vraie, il aurait dû te mettre aussitôt au courant.

— C'est vrai et je suis moi-même surpris qu'il ne l'ait pas fait, admit Dexter. Je suis quand même quelqu'un d'important pour cette agence. J'ai beaucoup d'admirateurs, qui m'envoient des centaines de lettres par semaine.

— Tu pourrais m'en lire quelques-unes, mon chéri ? demanda Martha. Que te racontent-ils dans leurs lettres ?

— Ils lui parlent de leurs fantasmes sexuels, dit Rosarita d'un ton moqueur en jetant un regard lubrique à son mari.

Dexter fronça les sourcils pour la faire taire et détourna rapidement le regard. Le sexe était une arme puissante que les femmes utilisaient sans scrupule et Silver Anderson ne faisait pas exception à la règle. Il n'arrêtait pas de penser à leur brève aventure. Il était marié et pour lui, les liens du mariage étaient quelque chose de sacré. Malgré tous ses défauts, Rosarita ne l'aurait jamais trompé alors que lui s'était laissé tenter par Silver et n'avait rien fait pour l'arrêter. Il se sentait humilié et rabaissé par cette histoire.

Certes, il n'avait pas touché Silver, mais elle lui avait taillé une pipe et cela suffisait à le rendre fou de culpabilité. Et lui qui avait porté aux nues cette femme qu'il croyait exceptionnelle. Quelle blague !

Que dirait Rosarita, si elle apprenait la vérité ?

Il préférait ne pas y penser.

— Quand pourrons-nous revoir Chas ? demanda Martha. Son visage souriant me manque.

Et comment ! pensait Rosarita. *Je suis sûre que tu aimerais bien le mettre dans ton lit, mais tu es un peu trop vieille pour lui et il n'aime pas les seins flasques.*

— On pourrait organiser un dîner d'adieu, proposa Rosarita, qui attendait avec impatience le départ de Matt et Martha pour Dodge, la ville natale de Dexter. Il est temps d'y songer car vous partez bientôt, poursuivit Rosarita en souriant à Martha de façon angélique.

Martha hocha tristement la tête.

— Comme c'est dommage, dit Martha. On s'amusait tellement !

— C'est bien vrai, confirma Matt tout en continuant à manger. Même si les nouvelles de ce soir ne sont pas fameuses.

Il jeta à Dexter un regard pénétrant.

— Que vas-tu faire, fiston ?

— Je te l'ai déjà dit, répondit Dexter qui malgré toute l'affection qu'il éprouvait pour ses parents considérait que cette affaire ne concernait que lui. Mon agent trouvera bien une solution.

— Tu devrais tourner dans de grands films, mon chéri, dit Martha tout excitée, comme si c'était la chose la plus facile au monde. Tu pourrais détrôner Harrison Ford, il commence à se faire vieux.

— Je suis certain que mon agent saura me sortir de ce mauvais pas, dit-il pour les rassurer, tout en priant pour que ses parents se taisent.

Se retrouver sans travail était déjà pénible, mais si sa famille s'en mêlait, ce serait encore pire.

Après le dîner, Matt et Martha s'installèrent dans le salon pour regarder le feuilleton *Chicago Hope* sur la télévision grand écran.

— C'est mon programme favori, mon péché mignon. Je ne le raterais pour rien au monde, admit Martha, une boîte de chocolats placée à côté d'elle.

— J'ai dit à maman que je lui achèterai un magnétoscope pour Noël, annonça Dexter à la cantonade.

— C'est une très bonne idée, remarqua Martha en avalant deux chocolats. Le problème, c'est que je ne saurai pas le faire marcher.

— Papa s'en chargera.

— Martha est bien placée pour savoir que je suis très doué de mes mains, dit Matt avec un regard entendu.

Dexter aurait bien voulu que son père s'abstienne de faire ces réflexions grivoises qui le mettaient extrêmement mal à l'aise.

Mais ce qui l'embarrassait le plus, c'était la perspective de revoir Silver le lendemain. Le show n'avait pas été officiellement annulé, et ils devraient donc encore travailler ensemble pendant les semaines à venir. Comment supporterait-il cette situation, qui lui rappellerait quotidiennement son infidélité ? Enfin… si on pouvait parler d'infidélité. Après tout, le président Clinton en personne n'avait-il pas publiquement déclaré qu'une fellation ne pouvait être considérée comme un acte sexuel ? La situation n'était donc peut-être pas aussi dramatique qu'il le pensait.

Mais ne devrait-il pas tout avouer à Rosarita ? Ne devrait-il pas se confesser ?

Non, ce serait la pire des choses à faire. Elle lui en voudrait et elle se servirait de ses aveux pour accélérer le divorce.

Il priait toutes les nuits pour qu'elle tombe enceinte. Si la vie suivait normalement son cours jusqu'à cet heureux événement, il était en sécurité.

En ce qui concernait Silver, il faudrait juste qu'il fasse de son mieux pour l'éviter. Il n'avait pas le choix.

Varoomba se rendit au Boom Boom Club pour récupérer ses affaires. Chas lui avait clairement annoncé qu'il ne voulait plus qu'elle y travaille. Il était prêt à l'installer dans un appartement et à payer les factures à condition qu'elle renonce à se produire dans cette boîte de strip-tease.

Varoomba était heureuse d'avoir trouvé un homme prêt à s'occuper d'elle. Chas était parfois un peu lourd, mais elle appréciait qu'il soit plus âgé et qu'il ne passe pas son temps à la peloter comme certains de ces jeunes types avec qui elle était sortie. La seule vue de sa voluptueuse poitrine suffisait à les mettre dans tous leurs états pendant des heures. Chas n'était pas aussi vigoureux, ce qui arrangeait Varoomba car elle avait déjà fait le plein d'expériences sexuelles.

D'autre part, elle n'était pas mécontente de quitter le club. Elle en avait marre de tous ces dégénérés qui venaient la regarder danser. Elle avait parfois la chair de poule à la vue de ces zombies qui la dévoraient des yeux, fascinés par les ondulations de son corps lascif. Tout allait bien quand elle avait affaire à quelque pauvre type qui se contentait d'admirer ses formes généreuses ou à des célibataires en goguette. Mais elle était trop souvent confrontée à des pervers aux fantasmes étranges et inquiétants.

Son patron, M. Gomina, comme l'avaient baptisé les filles, voyait son départ d'un mauvais œil.

— On t'a proposé quelque chose de mieux ? grogna-t-il. Un autre club veut t'embaucher ? Eh bien, quelle que soit l'offre, j'augmente la mise.

— Non, il ne s'agit pas d'un autre club, répondit-elle, occupée à ranger son maquillage, ses perruques et différents accessoires. Je sors avec quelqu'un qui me veut pour lui tout seul.

— Ça ne durera pas, ricana M. Gomina.

— Tu te trompes, dit-elle d'un ton vindicatif. Cet homme est très épris de moi.

— Epris ! s'esclaffa M. Gomina.

Il toussa bruyamment et ajouta :

— Je te donne cent dollars de plus pour danser ce soir. Il y a un de tes fans qui te cherche depuis le début de la semaine ; cet abruti meurt d'envie de te voir agiter tes gros seins.

— Qui est-ce ? demanda Varoomba ave curiosité.

— C'est ce type, un certain Joel.

— Oh, c'est lui, dit-elle en plissant le nez. Il y a quelque chose de malsain chez ce mec…

— Qu'est-ce que ça peut te faire ? fit M. Gomina. Il est bourré aux as et il est prêt à glisser un paquet de fric entre tes petits nichons.

— Petits ? cria Varoomba d'une voix aiguë et offensée. C'est bien la première fois qu'on les décrit de cette manière.

— T'hésite plus à l'ouvrir, maintenant que tu t'en vas, hein ?

Tout en fourrant une longue perruque noire dans sa boîte, elle se disait qu'elle ferait peut-être bien d'accepter cette offre alléchante.

— Combien dis-tu que ce pervers est prêt à payer pour une danse en privé ? demanda-t-elle.

— Cent de plus.

— C'est pas assez, fit-elle en pensant que plus elle mettrait de l'argent de côté, mieux cela vaudrait. Je m'en vais.

— Attends, deux cents. C'est mon dernier mot, et n'oublie pas le pourboire que te donnera ce crétin.

— Il est là ?

— Ouais, il te cherche depuis une semaine.

Deux cents dollars en liquide. Il fallait qu'elle gagne le plus possible d'argent avant que ses charmes ne s'évanouissent.

— Deux cent cinquante dollars et c'est marché conclu, proposa-t-elle.

— Putain ! murmura M. Gomina avec une mine dégoûtée. Tu te prends pour qui ? Tu n'es qu'une stripteaseuse après tout.

— Certes, mais je sais ce que je vaux, répondit-elle en lui jetant un regard condescendant.

M. Gomina s'éclipsa tandis que Varoomba cherchait une tenue éblouissante pour son spectacle d'adieu. Elle opta finalement pour son uniforme d'écolière. La chemise blanche, la cravate rouge et la minijupe bleue plissée, la petite culotte en coton, les socquettes blanches et les chaussures basses bicolores ne manquaient jamais d'exciter le public masculin.

Elle s'habilla et se fit deux adorables tresses. Un soir, elle devrait mettre cette tenue pour Chas. Il serait aux anges, elle en était sûre.

En fait, les occasions ne manqueraient pas étant donné qu'elle emportait toute sa garde-robe.

M. Gomina vint la prévenir que Joel l'attendait avec impatience et qu'il souhaitait assister à une danse en privé.

Elle avait déjà fait ça pour lui. La dernière fois, il avait serré ses seins si fort qu'elle avait eu mal pendant toute une semaine. Cela avait coûté à Joel cent dollars de plus.

Dès son entrée dans le box privé, elle le menaça du doigt.

— Interdit de toucher, annonça-t-elle. C'est le règlement de la maison.

— Montre-moi tes gros nichons et ferme-la, rétorqua Joel en se renversant sur sa chaise, prêt à assister à un spectacle érotique torride.

— Pas de grossièretés non plus, ajouta Varoomba en tirant sur une de ses nattes. Je suis une gentille fille. En fait, je suis une gentille petite écolière catholique.

Et elle se mit à danser.

Elle commença à se déshabiller, sa grosse poitrine ondulant au rythme de *Butterfly*, de Mariah Carey.

Joel était frustré car il n'y avait pas de spectateurs. Varoomba aurait dû s'exhiber en public. Il avait besoin d'une assistance pour prendre son pied.

Il se demanda combien il devrait payer pour qu'elle vienne dans son bureau à l'heure du déjeuner.

En fait, le prix importait peu. Restait à savoir si elle accepterait son offre.

La réponse serait oui, sans aucun doute. Après tout, Varoomba n'était qu'une prostituée comme toutes les strip-teaseuses.

Quand elle fut en soutien-gorge et en string, il lui fit sa proposition.

Elle s'approcha, ondoyante, agitant ses seins près du visage de Joel.

— Désolée, dit-elle, en lui effleurant le visage avec sa poitrine. J'arrête ce soir.

— C'est pas possible, dit-il. Il faut que tu te mettes à ton compte, que tu fasses des spectacles privés. Tu gagneras beaucoup d'argent.

Il se redressa.

— Je te donne cinq cents dollars en liquide si tu viens demain midi à mon bureau.

— Hum…, dit-elle, tentée par cette offre généreuse. Peut-être que je pourrai venir plus tard dans la semaine. Je te préviendrai.

— Ça marche, dit-il, en saisissant son sein droit. Tu m'appelles. Tu sais, bébé, tu ne le regretteras pas.

21

Bien qu'épuisée, Madison ne parvenait pas à s'endormir. L'appel de Kimm l'avait profondément troublée. Quelle était cette révélation désagréable qu'elle avait à lui faire ? Elle n'en avait pas la moindre idée.

Comme elle n'arrêtait pas de s'agiter, elle finit par allumer la lumière et essaya de lire.

Mais ce fut peine perdue : impossible de se concentrer. Elle mit la télévision en marche, espérant ainsi s'assoupir, mais en vain. Elle ne voulait pourtant pas avoir recours aux somnifères, car cela ne lui réussissait pas.

L'esprit en ébullition à cause des révélations troublantes des semaines passées, elle n'arrivait pas à se calmer. La réapparition de David était en outre un facteur aggravant. Que croyait-il ? Qu'elle allait se précipiter dans ses bras en soupirant « je te pardonne » ?

C'était hors de question. Elle ne lui pardonnerait jamais.

Et puis il y avait Jake. Qu'attendait-il pour l'appeler ? Pourquoi ne donnait-il pas de nouvelles ? Et, plus grave encore, pourquoi s'en souciait-elle ? Après tout, cette histoire n'était censée être qu'une agréable aventure sans engagements ni promesses.

Mais le silence de Jake l'inquiétait, elle n'y pouvait rien.

Elle s'agita jusqu'à 5 heures du matin. Renonçant à trouver le sommeil, elle se leva enfin tout en se demandant s'il était trop tôt pour appeler Kimm.

Après quelques minutes de réflexion, elle jugea qu'il était préférable d'attendre, même si elle mourait d'envie de la contacter. Elle enfila donc un pull-over épais, un jean et des bottines et sortit avec Slammer pour une courte promenade. Sur le chemin du retour, elle s'arrêta pour acheter des petits pains ronds, du fromage frais à tartiner et deux tasses de café Starbucks.

Une fois chez elle, elle ramassa le *New York Times* déposé sur le pas de la porte et s'écroula sur son canapé où elle en commença la lecture.

Après quelques minutes, elle s'aperçut qu'elle ne retenait rien de ce qu'elle lisait. Elle ne cessait de repenser à l'enterrement de Stella, à Warner et aux révélations de cette dernière. Selon elle, Stella avait peur de Michael, mais cette histoire lui semblait un peu mélodramatique. Il n'y avait rien d'étonnant à ce que le départ de Stella avec un jeune homme ait mis Michael en colère, mais il n'était pas dans ses habitudes d'effrayer les gens, et à plus forte raison Stella et son ami.

Les paroles de Kimm, également, la hantaient sans relâche. *Ont-ils été tués d'une balle dans la nuque ?*

Que signifiait cette question ? Où voulait-elle en venir ?

Madison se leva, mit deux petits pains à griller, les tartina généreusement de fromage frais et les avala goulûment. Rien de tel pour commencer la journée. Et de plus, c'était très bon pour la ligne même si elle n'avait jamais eu à se soucier de son poids.

Elle aurait pu continuer ses recherches sur Antonio Lopez, dit « La Panthère », mais elle n'en avait aucune envie. Elle en savait d'ailleurs déjà beaucoup à son propos, sans doute plus que nécessaire pour l'interviewer. Elle l'imaginait déjà, lui confiant qu'il adorait la boxe et qu'il prenait son pied à casser la figure d'autres types aussi abrutis que lui. Passionnant !

Elle avait toutefois besoin de changer d'air ; c'était l'unique raison pour laquelle elle avait accepté cette mission. N'eût été ce désir d'évasion, elle aurait prié Victor de trouver quelqu'un d'autre pour cet entretien sans intérêt.

Kimm arriva à 8 h 30. Grande et imposante, elle portait cette fois un survêtement bleu marine et des tennis Nike, et elle s'était de nouveau fait une longue tresse.

— Je vous ai pris un café chez Starbucks, annonça Madison en la faisant entrer dans l'appartement. Il est bien meilleur que celui que je fais d'habitude. Je vais le réchauffer au micro-ondes.

— Je ne bois jamais de café, répondit Kimm en frottant la tête de Slammer qui semblait l'avoir d'emblée adoptée.

Il s'était mis à japper joyeusement. Savait-il quelque chose qu'elle ignorait ? se demanda Madison.

— Vraiment ? Moi, je ne pourrais pas m'en passer.

— De l'eau le matin, du jus de fruit dans l'après-midi, et du thé aux herbes le soir, voilà mon régime.

— Pas une goutte d'alcool ? demanda Madison pour plaisanter.

Kimm, habituellement impassible, esquissa un léger sourire.

— L'alcool me ralentit l'esprit, tout comme le tabac et le sucre. J'ai constaté qu'un corps sain crée un esprit sain.

— J'aimerais bien être aussi disciplinée et rigoureuse que vous, dit Madison avec regret. Mais ce n'est pas facile.

— Toute chose de valeur se mérite et demande donc des efforts, remarqua Kimm.

Ah, je vois que j'ai affaire à une détective philosophe,

pensait Madison. Elle ne savait pas trop si elle appréciait Kimm ou non. Une chose était sûre : elle n'était pas très chaleureuse.

— Laissez-moi vous offrir une bouteille d'Evian, proposa-t-elle en allant vers la cuisine.

— Une bouteille à température ambiante fera très bien l'affaire, répondit Kimm.

Madison se dirigea vers le meuble de la cuisine, ouvrit l'un des placards du bas et en retira une bouteille d'eau.

— Notre dernière rencontre remonte à longtemps, dit-elle en lui donnant la bouteille. Je pensais vous revoir plus tôt.

— Votre amie a-t-elle fait le test du préservatif ? demanda Kimm en s'asseyant sur le canapé.

— Vous savez, j'ai été tellement bousculée ces derniers temps que je ne lui ai même pas demandé.

— La prochaine fois, n'oubliez pas, dit Kimm.

— Pourquoi tant d'empressement ? dit Madison en souriant. Vous avez tant besoin que ça d'un nouveau client ?

Kimm esquissa un sourire, découvrant une rangée de dents blanches parfaitement saines.

— Je ne vais jamais à la chasse aux clients ; ils viennent me voir sur recommandation. D'ailleurs, c'est votre cas, n'est-ce pas ?

— C'est vrai, acquiesça Madison, l'esprit engourdi.

Le manque de sommeil lui brouillait les idées.

— Et si... maintenant... nous parlions de ce qui me préoccupe ? demanda Madison. Je suis sur les charbons ardents depuis hier soir. Pourquoi m'avez-vous prévenue que je n'allais pas aimer vos révélations ?

— Eh bien, je ne voulais pas vous prendre au dépourvu. Certaines nouvelles méritent qu'on s'y prépare.

— Se préparer à quoi exactement ? rétorqua Madison, perplexe.

Kimm la regarda d'un air grave.

— Je ne vous connais pas très bien, dit-elle, mais vous me faites l'impression d'être quelqu'un d'équilibré. Et croyez-moi, observer les gens, c'est mon métier.

— Merci, dit Madison, qui se sentait à cran.

— Bon, continua Kimm. Voulez-vous que je prenne des gants ou que je crache le morceau ?

— Allez-y, crachez le morceau, répliqua Madison.

Dites-moi la vérité avant que je ne devienne folle !

— C'est bien ce que je pensais, dit Kimm.

Elle se leva et se mit à arpenter la pièce.

— J'ai lu certaines de vos interviews. Il m'a toujours semblé utile de bien connaître les clients pour qui je travaille.

Venez-en au fait ! criait la petite voix intérieure.

— Vous êtes très perspicace en ce qui concerne la vie des autres, poursuivit Kimm, par contre vous ignorez tout de la vôtre.

— Vous n'exagérez pas un tout petit peu ? demanda Madison avec une apparente désinvolture.

En réalité, elle avait l'estomac noué.

— Que savez-vous au juste sur votre père ? demanda Kimm en la regardant fixement.

— Quelle drôle de question !

— Peut-être, mais somme toute assez pertinente.

— Sans doute.

— Alors ?

— Michael est un homme exceptionnel, dit-elle lentement. Et c'est le meilleur des pères.

— Quelle est sa profession ?

— Sa profession ? demanda Madison, soudain désarçonnée par cette question. Eh bien... maintenant il est à la retraite, et il vit dans le Connecticut depuis qu'il ne travaille plus. Je sais, vous pensez sans doute qu'il est bien jeune pour un retraité, mais il voulait précisément en profiter pendant qu'il était encore temps. Lui et Stella aimaient voyager, visiter l'Europe, explorer. Ils n'arrêtent pas de bouger... ou plutôt n'arrêtaient pas. Stella est morte et tout ça, c'est fini.

— Bien, mais vous ne m'avez toujours pas dit quelle était sa profession.

— Il travaillait dans la finance.

— C'est plutôt vague comme réponse.

— Il gagnait beaucoup d'argent.

— Je n'en doute pas.

— Il menait et mène d'ailleurs toujours un grand train de vie.

— J'en suis sûre.

— Que voulez-vous insinuer ? demanda enfin Madison, exaspérée. Allez-y, Kimm, dites-moi la vérité, j'ai les nerfs à vif.

Kimm resta silencieuse quelques instants avant de reprendre la parole.

— Votre père travaillait comme tueur à gages pour le compte de la mafia, avoua-t-elle enfin.

— Quoi ?

La question de Madison résonna comme un douloureux appel au secours.

— C'est... c'est impossible.

— Non, c'est la vérité, déclara Kimm, imperturbable.

Madison avait l'impression d'être au beau milieu d'un cauchemar insensé. *Réveille-toi, s'il te plaît, réveille-toi,* se disait-elle intérieurement.

Il n'y a pas d'échappatoire possible, ce qui t'arrive est bien réel, la harcelait la petite voix.

— Comment pouvez-vous dire des choses pareilles ? articula-t-elle enfin. Tout ceci est ridicule, impensable et totalement faux.

— J'ai bien peur que non, répliqua Kimm, d'une voix tellement calme et assurée qu'elle en était irritante. Votre père s'appelle en vérité Vincenzio Michael Castellino. Il a changé de nom après le procès.

— Quel procès ?

— Le procès pour le meurtre de votre mère.

Il y eut un long silence, lourd de menaces.

— Votre mère ne s'appelait pas Gloria, mais Beth. Apparemment, votre père n'est pas à un mensonge près.

Elle s'interrompit de nouveau un court instant.

— Je suis désolée de vous apprendre des nouvelles aussi bouleversantes, mais tout ceci est vrai et je peux vous le prouver.

22

— J'ai une surprise pour vous tous, annonça Chas.

Oh non, pensa Rosarita. Chas et ses surprises… Qu'avait-t-il encore inventé ?

Elle était d'excellente d'humeur car c'était le dîner d'adieu des Cockranger.

Au revoir, Matt.
Au revoir, Martha.
Et dès qu'ils seront partis, au revoir, Dex.

Chas avait décidé d'organiser ce dîner chez lui et Varoomba, qui faisait désormais partie de la maison, jouait le rôle d'hôtesse.

Quelle blague ! songeait Rosarita. Comment a-t-il permis à cette bimbo gonflable de s'installer chez lui ? Il n'y avait rien de plus pitoyable qu'un vieux en couple avec une jeune dinde. Notamment quand il s'agissait d'une fille comme Varoomba, aux pare-chocs plus gros que des ballons de football.

Chas avait aussi convié Venice, Eddie et leurs deux horribles gamins à cette petite fête. Rosarita écumait de rage en les regardant. Qu'ils ne comptent pas sur elle pour jouer la gentille tante affectueuse !

Quant à Martha, elle était aux petits soins avec les enfants de Venice lorsqu'elle n'était pas occupée à faire les yeux doux à Chas. Comme à son habitude, Matt lorgnait la voluptueuse poitrine de Varoomba et Dex semblait totalement déprimé, attitude qui ne le quittait plus depuis l'annonce officielle de l'annulation de son show.

Ce coup dur n'avait pourtant pas affecté ses prouesses sexuelles. Dexter faisait tous les soirs l'amour à Rosarita, ce qui ne l'empêchait pas de voir Joel plusieurs fois par semaines. Elle se demandait parfois si elle n'abusait pas des bonnes choses et si elle ne dépassait pas les limites en s'adonnant à cette débauche sexuelle.

— Quelle est donc cette surprise que tu nous réserves, papa ? demanda Venice d'une voix douce en lui jetant un regard affectueux.

— Pour toi, dit-il, magnanime, c'est un voyage à Hawaii avec les gosses, tous frais payés.

Le visage de Rosarita se décomposa. Comment son père osait-il gaspiller l'héritage de manière aussi cavalière ? Venice ne méritait pas un tel traitement, et certainement pas ces vacances de rêve.

— Et pour toi, dit-il en se tournant vers Rosarita, j'ai prévu un voyage à Las Vegas. Je sais que tu adores cet endroit.

— Las Vegas ? reprit Rosarita en le fixant d'un regard vide d'expression.

— Ouais, j'ai acheté des billets à tout le monde pour le grand match de boxe qui va avoir lieu là-bas. Ça te plaît ?

Rosarita n'avait pas vraiment envie de bondir de joie.

— Et attendez, la cerise sur le gâteau, c'est que j'ai réservé deux places au premier rang pour Matt et Martha. Je sais que Martha n'est jamais allée à Vegas. Et croyez-moi, celui qui n'a jamais mis les pieds à Vegas ne connaît rien à la vie.

Martha battait des mains, folle de joie.

— C'est formidable, s'exclama-t-elle. Tout ceci est tellement excitant !

Rosarita était abasourdie. Elle n'y comprenait plus rien. Elle avertissait Chas qu'elle voulait se débarrasser de Dexter, et son père ne trouvait rien de mieux que de l'inviter à Las Vegas avec ses stupides parents. Elle l'aurait étranglé avec joie.

Matt, ému, s'éclaircit la voix.

— Je ne sais pas comment vous remercier, dit-il. C'est très généreux de votre part de nous inviter.

— En plus, vous n'aurez à vous soucier de rien, ajouta Chas. Vous partez demain et le combat n'aura lieu que dans quelques semaines. Je vous expédierai donc les billets d'avion et nous nous retrouverons là-bas, à Las Vegas.

Pour une fois, Rosarita resta sans voix. Elle jeta un regard à Dex pour voir comment il réagissait à cette nouvelle. Il semblait avoir l'esprit ailleurs, plongé comme à l'accoutumée dans ses pensées moroses. Qu'il aille au diable !

Un peu en retrait, Varoomba ne disait rien. Elle avait compris qu'il valait mieux se taire en compagnie de Chas, notamment quand il recevait ses filles. Venice était gentille, mais elle préférait garder ses distances avec l'autre sœur, qui était une véritable garce.

— Alors, qu'en pensez-vous ? demanda Chas avec un grand sourire, fier d'être le centre de l'attention.

— C'est merveilleux, dit Venice, j'ai toujours rêvé d'aller à Hawaii.

— Merci, Chas, dit Eddie, lèche-bottes comme à son habitude. Nous avons tous besoin de vacances.

« Et moi ? » aurait voulu demander Varoomba, mais elle garda prudemment le silence car elle craignait de mettre Chas en colère. S'il avait vraiment l'intention de l'emmener à Las Vegas, il valait mieux qu'il ignore qu'elle avait déjà travaillé là-bas. De fait, sa grand-mère, ancienne reine du Strip, y vivait toujours.

Rosarita attendait avec impatience de se retrouver en tête à tête avec son père, tout en se promettant de ne pas mâcher ses mots. Dans la voiture, elle bouda pendant tout le trajet du retour, tandis que Martha n'arrêtait pas de jacasser, s'extasiant sur la merveilleuse soirée qu'ils avaient passée et se réjouissant à l'idée qu'ils se retrouveraient tous à Las Vegas.

— Tu ne pourras pas y aller, dit Rosarita en jetant un regard sombre à Dexter.

— Et pourquoi donc ? objecta-t-il.

— Tu seras en train de travailler.

— Pas du tout. C'est ma dernière semaine. Après vendredi, je serai libre comme l'air.

— Très bien, dit-elle d'un ton sarcastique. J'imagine qu'un petit tour à Las Vegas est exactement ce qu'il te faut. Pourquoi travailler après tout ? C'est bien plus marrant, c'est vrai, de passer toute la journée à dilapider son argent au jeu.

— Toujours en train de me critiquer ! Tu ferais mieux de la fermer, dit Dexter dont l'accès de colère surprit tout le monde.

— Comment oses-tu me parler sur ce ton devant tes parents ? répondit-elle, ulcérée.

— Elle a raison, mon chéri, approuva Martha en jetant un regard réprobateur à son fils. Ce n'est pas gentil de parler comme ça à sa femme. Je croyais pourtant t'avoir appris les bonnes manières quand tu étais petit.

— C'est vrai, ça, ce n'est pas gentil, Dex, reprit Rosarita d'un ton moqueur.

— Tu sais, dit Martha, en ignorant la mauvaise humeur de son fils, quand Dex avait neuf ans, il est revenu de l'école une fois en disant des gros mots. Eh bien, je lui ai lavé la bouche avec du savon pour lui apprendre.

— Vraiment ? dit Rosarita qui exultait devant la mine embarrassée de Dexter.

— Je crois que nous sommes tous fatigués, interrompit Matt en bâillant bruyamment. Nous avons passé deux semaines épuisantes.

— Plutôt trois, rectifia Rosarita, en pensant intérieurement qu'elle avait compté chaque minute de leur horrible séjour.

Le lendemain matin au réveil, elle téléphona à Chas :

— Tu as perdu la tête ou quoi ?
— Hum ? marmonna Chas. Quelle mouche t'a donc encore piquée ?
— Je passe te voir immédiatement.

Et avant qu'il ait pu répliquer, elle raccrocha violemment le combiné.

Vingt minutes plus tard, elle était chez lui. Elle se dirigea vers la bibliothèque, ignorant Varoomba qui se tenait dans le hall d'entrée en négligé rose très suggestif.

Quelques minutes plus tard, Chas fit son entrée, peu enthousiaste à l'idée de voir Rosarita. Il savait qu'il allait devoir subir, impuissant, les foudres de sa fille. Quand Rosarita était déchaînée, il était impossible de la calmer.

— Qu'est-ce qui te prend ? hurla Rosarita, en marchant vers lui pour fermer la porte de la bibliothèque. Je t'ai déjà parlé de mes sentiments pour Dex. Comment oses-tu l'inviter avec ses imbéciles de parents à Las Vegas ? Je ne saisis pas. Tu te rappelles ce que je t'ai demandé de faire ;

eh bien, comme tu refuses de coopérer, je serai forcée de prendre d'autres dispositions.

— Ferme-la, dit Chas d'un air mauvais. Comporte-toi normalement pour une fois. Un divorce, ça prend du temps. Sois patiente.

— De toute façon, il n'aura rien, hurla-t-elle. Tu m'as acheté la Mercedes, les cadeaux de mariage sont à moi, et l'appartement m'appartient. Il peut aller se faire voir !

— Ce n'est donc qu'une question d'argent ? demanda Chas.

— Qu'une question d'argent ? répéta-t-elle, furieuse. Que t'arrive-t-il ? Tu avais plus de mordant autrefois. Maintenant regarde-toi : tu es en train de devenir un vieil homme sénile.

— Mais tu vas la fermer ! dit Chas hors de lui, le visage écarlate. Les parents de Dexter sont des gens bien et même si Dexter n'est qu'un acteur sans cervelle, il a l'air gentil. Et en plus, ce pauvre vieux, il t'aime. Tu crois que ça court les rues, les gars sincères comme lui ? La plupart des types sont des salauds, et tu le sais aussi bien que moi.

Elle plissa les yeux.

— Si je comprends bien, tu es en train de me dire que je devrais sacrifier mon bonheur pour rester avec Dex.

— Il y a des choses pires que ça dans la vie.

— Oui, mais il y en a aussi de meilleures. Et laisse-moi te dire...

Elle s'interrompit un instant, triomphante.

— Que j'ai effectivement trouvé mieux.

— Ah oui ? dit Chas en mâchonnant sa lèvre inférieure.

— J'allais te le dire, papa, en fait je sors avec quelqu'un d'autre.

— Dexter est-il au courant ?

— Bien sûr que non, dit-elle en levant les yeux au ciel, exaspérée devant tant de stupidité. C'est pourquoi il faut que je me débarrasse de lui. Je ne veux pas qu'il me mette des bâtons dans les roues.

— C'est qui l'autre type ?

— Tu as certainement entendu parler de Leon Blaine.

Chas fit une grimace.

— Tu sors avec ce vieux débris ?

— Mais non, dit-elle avec mépris. Pas avec Leon, mais avec son fils Joel. Il est fou de moi.

— Joel Blaine est fou de toi ? répéta Chas, incrédule, persuadé que sa fille se berçait d'illusions.

— Ça t'étonne, papa ? fit-elle, légèrement vexée devant son air dubitatif. Tu sais, il y a des hommes qui se damneraient pour moi. Le fils de Leon Blaine m'a dans la peau et cette chance, je dois la saisir. Crois-moi, je ne laisserai personne me barrer la route.

— Tu… tu es incroyable, dit Chas en hochant la tête d'un air perplexe.

— Je ne veux pas que Joel Blaine m'échappe, poursuivit-elle avec obstination. Je dois agir et vite.

— Tu es cinglée, lui dit Chas, en se grattant le menton. De plus en plus cinglée.

— Va te faire foutre, cria-t-elle, au comble de la frustration. Tu refuses de m'aider et tu m'obliges à m'occuper seule de cette affaire. Et c'est ce que je vais faire. Tu peux compter sur moi !

Et avant qu'il ait eu le temps de lui répondre, elle était sortie comme une furie en claquant la porte.

Joel attendait que Varoomba l'appelle pour confirmer leur rendez-vous. Malheureusement, elle ne s'était pas manifestée et il était furieux car il avait tout prévu. Il allait la faire danser sur son bureau et offrir un spectacle inoubliable aux voisins d'en face. Rosarita l'ennuyait, il avait besoin de nouvelles distractions, et Varoomba était la personne idéale.

Quelques jours plus tard, il contacta le gérant du Boom Boom Club, qui lui avoua n'avoir aucune idée de l'endroit où se trouvait Varoomba.

Jewel l'appela sur l'Interphone.

— Cette femme au nom mexicain a de nouveau essayé de vous joindre, dit-elle. Que dois-je lui dire ?

— Que je suis absent, répondit-il sèchement. Je suis absent pour toujours, en ce qui la concerne.

— D'accord, dit Jewel, habituée à ses manières cavalières avec les femmes.

Elles se succédaient les unes aux autres, et aucune ne tenait plus de quelques semaines.

Jewel savait très bien que Joel se masturbait toute la journée, mais tant qu'il la laissait tranquille, elle ne disait rien. De fait, elle ne se plaignait pas de sa situation, car elle n'avait jamais de courriels ni de télécopies à expédier et aucun classement de dossiers à faire. Joel ignorait le sens du mot « travail ». Tout le monde savait que c'était son père qui tenait les rênes du pouvoir. Leon Blaine dirigeait tout et le pauvre Joel pouvait s'estimer heureux si Leon l'appelait une fois dans la semaine.

Pendant ce temps, Dexter faisait de son mieux pour éviter tout contact avec Silver Anderson. Ce n'était pas facile parce qu'ils travaillaient ensemble, notamment dans des scènes assez intimes.

Le jour qui suivit l'annonce officielle de l'annulation de leur show, Silver réussit cependant à le coincer.

— Tu m'évites, méchant garçon, le gronda-t-elle en agitant un doigt couvert de bagues.

— Ce... c'est faux, répondit-il en bégayant.

— Allez, ne mens pas, le réprimanda-t-elle. Et je sais très bien pourquoi. Tu es mal à l'aise parce que tu crains de m'avoir mise dans une position inconfortable.

Elle s'interrompit un instant en lui souriant.

— Tu es un vrai gentleman.

Il ne saisissait pas vraiment le sens de ses paroles, mais il répondit malgré tout.

— C'est vrai, Silver, je ne voudrais pas que vous soyez la cible de commentaires désobligeants. Et en plus, vous n'ignorez pas que je suis marié.

— Je comprends très bien, mon petit, et cela m'est d'ailleurs complètement égal car je n'ai nullement l'intention de briser ton ménage.

Elle se mit à rire doucement.

— Je t'ai simplement taillé une pipe, pas de quoi en faire une montagne.

Dexter était choqué. Comment une femme de son âge, par ailleurs si respectée, pouvait-elle s'exprimer avec tant de vulgarité ? Il était finalement soulagé que le show soit annulé, si du moins cela signifiait qu'il ne la reverrait jamais plus.

Il avait appelé son agent deux jours auparavant. Ce dernier ne lui avait pas répondu, ce qui était mauvais signe. Mais il restait confiant, il savait qu'on lui ferait d'autres propositions. Il était convaincu d'avoir du talent et ne voulait pas se cantonner dans des feuilletons minables comme *Jours sombres*.

Oui, une brillante carrière l'attendait et il saurait saisir sa chance au moment opportun.

Il voyait grand et était sûr d'avoir raison.

23

Une semaine s'était maintenant écoulée depuis la dernière rencontre de Madison avec Kimm. Une semaine cauchemardesque. Madison était restée terrée dans son appartement, refusant de parler à qui que ce soit. Elle vivait comme une recluse, allant même jusqu'à baisser le son du répondeur pour ne pas entendre les messages.

Elle était anéantie par les révélations de Kimm. Si les confessions de Michael l'avaient bouleversée, ce n'était rien en comparaison de ce qu'elle ressentait maintenant.

Kimm lui avait remis une mallette contenant des coupures de vieux journaux, des articles de magazines et une vidéo du procès. Madison l'ignora pendant plusieurs jours, mais elle finit par l'ouvrir et dévora bientôt son contenu.

Tout ce que lui avait révélé Kimm était vrai : l'arrestation de Michael, le procès pour le meurtre de sa mère suivi de l'acquittement. Les faits s'étalaient, irréfutables, dans les nombreux articles évoquant le passé de son père et ses fréquentations. On y faisait notamment allusion à son avocat, un homme de renom payé par le patron de Michael, le tristement célèbre Don Carlo Giovanni, parrain de la mafia.

Elle lut les comptes rendus du procès avec attention. Michael et Beth avaient vécu ensemble dans une maison située dans le Queens. Profitant de l'absence de Michael, quelqu'un s'était un soir introduit chez eux, avait tué Beth d'une balle dans la nuque et s'était enfui. Madison, âgée de neuf mois à l'époque, dormait, innocente, dans son berceau.

L'acquittement de Michael avait fait la une des journaux. Ces derniers exhibaient des photos de lui, debout sur les marches de la salle d'audience, esquissant le signe de la victoire de sa main droite.

Elle resta un long moment à contempler ces clichés. Son père. Michael. Si jeune, si différent avec ses longs cheveux noirs lissés en arrière, son costume des années 1970, les yeux dissimulés derrière des lunettes noires. Il était malgré tout incroyablement beau.

C'est dans le *New York Post* qu'elle vit pour la première fois une photographie de sa mère, Beth, une femme à la beauté candide.

Plus tard dans la soirée, elle scruta longuement son visage dans un miroir. Elle y retrouva des traits et des expressions de Michael et de Beth. C'était étrange de penser qu'elle était vraiment leur fille.

Quand Kimm l'avait questionnée sur la profession de son père, elle lui avait répondu qu'il travaillait dans la finance. Elle s'apercevait maintenant combien cette réponse était vague. Pourtant, elle ne s'était jamais vraiment interrogée sur le métier de Michael et avait toujours cru naïvement ce qu'il lui racontait.

Kimm avait raison. Elle, si habile à dénicher des informations sur les personnes qu'elle interviewait, ne savait rien sur sa famille. Mais pourquoi se serait-elle souciée du passé familial ? Sans les révélations de Michael, elle n'aurait jamais cherché à en savoir plus.

Blessée et en colère, elle était en proie à des pensées contradictoires.

Pourrait-elle revoir son père maintenant qu'elle connaissait la vérité ?

En avait-elle envie ?

Non. Il n'était qu'un misérable menteur et elle le haïssait.

Et pourtant... il était quand même son père.

Du plus loin qu'elle s'en souvienne, Michael lui avait toujours dit que lui et Stella n'avaient pas de parents proches. Ses propres parents, lui avait-il affirmé, avaient péri dans un incendie quand il était adolescent. On l'avait placé dans différentes familles d'accueil, dont certaines lui avaient fait subir de mauvais traitements. Quant à Stella, elle avait prétendument quitté le foyer familial à seize ans et n'avait jamais revu sa famille.

Madison avait donc grandi dans l'idée qu'elle n'avait ni grands-parents, ni cousins, ni proches parents. Michael et Stella constituaient sa seule famille. Ses chers parents ! Ou du moins l'avait-elle cru. Quelle imposture !

Elle avait été élevée dans un appartement de New York, avec une gouvernante ou une nourrice pour seule compagnie. Toute jeune, elle avait été envoyée en pension et passait tous ses étés en colonie de vacances. Mais il lui arrivait de rester à la maison, et elle se souvenait parfaitement de ces moments-là. Elle se rappelait quand Michael partait en voyage d'affaires, pendant quelques jours, voire une semaine entière. Stella s'enfermait alors dans sa chambre pour écouter de la musique classique et ordonnait à Madison de ne la déranger sous aucun prétexte.

Michael rentrait toujours avec des cadeaux, des ours en peluche ou des poupées. Quand elle fut plus grande, il lui rapporta des livres, des bijoux, des stylos en or. Il lui achetait tout ce qu'elle désirait. Elle aimait bien qu'il parte en voyage, car à son retour, c'était la fête.

Cette enfance solitaire ne la dérangeait pas puisqu'elle ne connaissait rien d'autre. Elle apprit à jouer toute seule et devint une fervente lectrice, ce qui lui valait toujours de très bonnes notes en rédaction.

Ce n'est qu'une fois à l'université qu'elle s'était fait des amies. C'est là qu'elle avait rencontré Jamie et Nathalie. Elles étaient devenues les sœurs qu'elle n'avait jamais eues.

— Je suis navrée de vous apporter de si mauvaises nouvelles, lui avait dit Kimm avant de partir. Prenez le temps de réfléchir à ce que je vous ai dit. Je sais que vous aurez d'autres questions à me poser ; je reviendrai quand vous serez prête.

Elle avait suivi ses recommandations. En fait, elle n'avait fait que ça, réfléchir.

Votre père était un tueur à gages pour la mafia.
Votre père a été accusé du meurtre de votre mère.
Votre mère ne s'appelait pas Gloria, mais Beth.

Les paroles de Kimm ne cessaient de la hanter, obsédantes.

Elle savait maintenant pourquoi Michael lui avait dit que sa mère s'appelait Gloria. Il ne voulait pas qu'elle puisse trouver des informations à son sujet. Evidemment, il n'avait jamais pensé qu'elle pourrait avoir envie d'en savoir plus, mais il lui avait menti par précaution. Michael était un homme soucieux d'effacer toute trace suspecte.

Il fallait qu'elle rencontre de nouveau Kimm pour discuter de tout ça. Kimm était la seule personne à même de la comprendre. En outre, certaines questions étaient restées en suspens. Qui était responsable de la mort de Stella ? Etait-ce Michael ? Avait-il pénétré dans leur appartement pour les abattre, elle et son petit ami ?

Cette éventualité était trop horrible pour qu'elle y pense plus longtemps.

Une autre question la tourmentait : devait-elle révéler la véritable identité de Michael aux détectives qui enquêtaient sur le double meurtre, ou les laisser tout découvrir par eux-mêmes ?

Au demeurant, ils ne se doutaient probablement de rien. Michael s'était forgé une nouvelle identité et le procès avait eu lieu près de trente ans auparavant.

Sentant son désarroi, Slammer restait près d'elle, allongé sur son lit en la regardant de ses bons yeux de chien fidèle. Il ne la quittait que lorsque Calvin venait le chercher pour sa promenade quotidienne.

— J'ai la grippe, expliqua-t-elle au gardien inquiet. Il faudra que vous sortiez Slammer tant que je serai malade.

— Pas de problèmes, dit Calvin, trop heureux de lui rendre service.

Lorsqu'elle émergea enfin de la léthargie morose dans laquelle elle était plongée, elle téléphona à Kimm.

— Il faut que vous m'en disiez plus, dit Madison.

— D'accord, répondit Kimm calmement.

— Vous pouvez venir chez moi ?

— Je serai là dans une heure.

Kimm fut ponctuelle, comme à son habitude. En pénétrant dans l'appartement de Madison, elle prit note de l'état lamentable dans lequel se trouvait la jeune femme.

— Vous n'avez rien mangé depuis que je vous ai vue. Vous avez perdu près de cinq kilos.

— Vous auriez de l'appétit, à ma place ? demanda Madison d'une voix atone. Mon passé n'est qu'un tissu de mensonges et je suis seule au monde depuis la semaine dernière.

— Vous n'êtes pas seule, répondit Kimm posément.

— Peut-être que je suis en train de faire une dépression

nerveuse, s'inquiéta Madison en passant une main dans ses cheveux en désordre.

— Vous avez besoin d'aide, dit Kimm d'un ton brusque. Sans parler d'une bonne douche.

— Quel genre d'aide ?

— Vous consultez un psychiatre en ce moment ?

— Je n'ai pas confiance en ce genre de personnes.

— Je vous comprends, mais il faut que vous parliez à quelqu'un.

— Je suis en train de vous parler, non ? dit-elle avec irritation. Au moins vous, vous comprenez ce qui m'arrive. Je ne peux pas me confier à qui que ce soit d'autre. Et je n'en ai pas l'intention.

Kimm hocha la tête.

— Puis-je avoir de l'eau ? demanda-t-elle. A température ambiante, vous vous rappelez ?

— Vous êtes incroyablement autoritaire, fit remarquer Madison en esquissant un pauvre sourire, tout en allant chercher la bouteille d'eau pour Kimm.

— C'est vrai, dit Kimm, en jetant un coup d'œil autour d'elle.

Son regard s'arrêta sur le répondeur.

— Vous savez que vous avez seize messages ?

— Vous en avez laissé plusieurs ?

— Non, dit Kimm, j'attendais votre coup de fil.

— Alors ne vous en préoccupez pas, dit Madison, qui ne voulait pas savoir qui l'appelait. Je ne suis pas d'humeur à parler à qui que ce soit.

Elle lança à Kimm un regard de défi.

— C'est mon droit, non ?

— Oui, dit Kimm en faisant un geste de la main comme pour écarter toute mauvaise vibration. Ne passez pas votre colère sur moi. Je suis venue pour vous aider.

— Pour m'aider ? De quelle manière ? Vous ne pouvez rien changer à ce qui m'arrive.

— Essayons d'analyser la situation, dit Kimm sans se départir de son calme. Vous venez d'apprendre que votre père était un tueur à gages, que Stella n'était pas votre mère, que votre vraie mère, Beth, a été assassinée et que Michael a été accusé du meurtre de Beth.

— N'est-ce pas merveilleux ? l'interrompit Madison. Je devrais participer à une émission de télé-réalité. Je suis sûre que mon histoire passionnerait le public.

— Soyez un peu adulte, reprit Kimm. Ne vous laissez pas abattre. J'ai toujours dit que, quand il y a un problème, il y a forcément une solution.

— Vous voilà redevenue philosophe, soupira Madison. D'où sortez-vous tous ces dictons ?

— Vous ne les appréciez pas ? Peut-être préférez-vous que je vous raconte mon passé ?

— Pourquoi ? demanda Madison, prise au dépourvu. Est-il pire que le mien ?

— Votre situation n'a rien à voir avec la mienne. Vous êtes une belle jeune femme épanouie, qui a un travail passionnant, une santé éclatante, et tout pour réussir dans la vie. Quant à moi, je suis une Amérindienne lesbienne d'un mètre quatre-vingt-deux, avec quelques kilos superflus. J'avais sept ans quand j'ai été violée par mon oncle et j'ai failli rester handicapée après avoir été renversée par une voiture à l'âge de dix ans. A douze ans, j'ai été violée par mon frère qui a tué toute ma famille dans un accès de démence. Il est maintenant interné dans un hôpital psychiatrique.

Elle s'arrêta quelques instants avant de poursuivre son récit.

— Mais vous admettrez que je m'en suis pas mal sortie. J'ai une entreprise qui marche et je n'ai de comptes à rendre à personne. Et même si ma vie sentimentale est au point mort pour l'instant, j'ai vécu des aventures palpitantes. Me voici donc, témoignage vivant de l'inutilité de s'angoisser sur son passé. Il vaut mieux regarder vers l'avenir.

— Eh bien, elle est plutôt glauque et déprimante votre histoire.

— Et pourtant, j'ai survécu.

— C'est vrai.

— Il ne faut pas regarder derrière soi, reprit Kimm avec bon sens. C'est la seule façon de s'en sortir.

Elle but une longue rasade d'eau d'Evian.

— Avez-vous parlé à votre père ?

— Non, et je n'en ai pas l'intention.

— Comme vous voudrez, répondit Kimm, circonspecte. C'est à vous de décider.

— Exactement. Il mérite d'être puni pour m'avoir menti pendant toutes ces années.

— Si c'est ce que vous ressentez…

— C'est exactement ce que je ressens.

— Alors, il faut suivre votre instinct.

— Au fait, dit Madison d'une voix hésitante. Nous n'avons pas encore parlé de Stella et de son petit ami.

Elle s'arrêta un instant. Il lui était pénible d'exprimer ses craintes, car elle se sentait alors faible et vulnérable — émotions auxquelles elle n'était pas habituée et qui lui déplaisaient.

— Heu, vous pensez que Michael pourrait être impliqué dans ces meurtres ?

Kimm resta un moment silencieuse.

— C'est possible, répliqua-t-elle. Un ami à moi a réussi à consulter le rapport de police. Il y a eu effraction. Ils ont tous deux été tués d'une balle dans la nuque, exactement de la même manière que votre mère.

— Non, c'est impossible. C'est une histoire de fou.

Kim posa la main sur son bras pour la réconforter.

— Essayez de prendre de la distance. Gardez votre calme. C'est ce que j'ai fait quand toutes ces horreurs me sont arrivées.

Il y eut une longue pause.

— Je vous préviens, si vous vous laissez aller, vous ne pourrez pas tenir le coup, vous coulerez à pic.

— Qu'avez-vous inscrit sur la porte de votre bureau ? Kimm Florian — psychiatre/détective privé, demanda Madison avec un sourire ironique.

— Je n'ai pas de bureau, répondit Kimm en esquissant un léger sourire. Je travaille dans mon appartement. C'est plus discret.

— Bien sûr. Ainsi vous êtes libre d'agir à votre guise.

— Et pourquoi pas, puisque ça marche.

— Bon, dit Madison, faut-il raconter aux détectives ce que nous savons ?

— Inutile de se précipiter. Vous pourriez le regretter, répliqua Kimm d'un air songeur. Après tout, vous n'avez pas de preuves concrètes.

Madison hocha la tête en signe d'assentiment.

— Bien, avez-vous d'autres bonnes nouvelles à m'annoncer ?

— Ça se pourrait, répondit Kimm en buvant une autre longue rasade d'eau d'Evian. D'après mes sources, votre mère avait une sœur jumelle. J'ai son numéro de téléphone. Elle habite à Miami. J'ai pensé que vous seriez peut-être contente de lui parler.

— Et comment ! s'exclama Madison, le souffle coupé.

24

Lunettes noires et écharpe en cachemire dissimulant sa flamboyante chevelure, Rosarita était dans un café avec « l'homme à tout faire » qui lui avait été recommandé par son dentiste. Bien évidemment, ce dernier ignorait ses intentions, tout comme l'homme à l'allure minable assis en face d'elle. Vêtu d'un vieil imperméable, il avait les cheveux rêches et mal peignés ; son visage était déformé par un horrible tic. Elle le détesta dès qu'elle l'aperçut.

— De quoi êtes-vous capable ? demanda-t-elle, soucieuse de ne pas trop en dire au cas où il serait un policier en civil.

— Je peux faire tout ce que vous désirez, madame, répondit l'individu. Je peux m'occuper, par exemple, de l'enlèvement des ordures et des déchets des animaux de compagnie, des égouts, des canalisations et des toitures.

— En quoi consiste exactement l'enlèvement des déchets des animaux de compagnie ? demanda-t-elle tout en pensant que c'était prometteur.

— Je nettoie les saletés qu'ils font sur les moquettes par exemple, expliqua-t-il, le visage affreusement déformé par son tic. Je suis l'homme qu'il vous faut pour ce genre de services.

— Et si…, dit-elle en parlant très lentement et distinctement, pour être sûre qu'il comprenne le sens de ses paroles, et si j'avais un… animal mort dont je veuille me débarrasser.

— Je peux m'en occuper, dit-il sans avoir saisi l'allusion de Rosarita.

Elle se mit rire, s'efforçant de donner un ton léger à la conversation.

— Et s'il s'agissait d'un homme mort ?

Le tic de l'homme s'aggrava.

— Oh, non, je ne m'occupe pas de ce genre de choses, dit-il. C'est le travail des pompes funèbres.

Rosarita jeta rageusement l'argent de sa consommation sur la table, puis s'en alla. Son dentiste n'avait, de toute évidence, aucune idée du genre de services qu'elle recherchait. Bon sang ! Elle n'arriverait jamais à trouver un tueur à gages sans l'aide de son père. Elle était folle de rage contre ce dernier. Il aurait pu régler son problème sans la moindre difficulté, mais il ne bougeait pas le petit doigt.

Cet après-midi-là, elle avait rendez-vous chez son gynécologue. Cette perspective n'était pas très réjouissante, mais cette visite ennuyeuse était nécessaire.

Le Dr Shipp était un homme distingué aux cheveux grisonnants et aux manières douces. Rosarita était persuadée qu'il la trouvait très séduisante. Il faut dire qu'il était aux premières loges lorsqu'elle avait les pieds dans les étriers.

— Comment allez-vous, Rosarita ? lui demanda-t-il en entrant dans la salle d'examen, son assistant à l'air coincé se tenant discrètement à ses côtés.

— Comment vous sentiriez-vous, si vous étiez comme moi, les fesses à l'air ?

— Je serais content d'avoir un docteur attentionné, répondit-il en enfilant des gants en caoutchouc très fin.

Elle se demanda s'il pouvait deviner en l'examinant

qu'elle menait une vie sexuelle débridée — son mari lui faisait l'amour tous les soirs et son petit ami plusieurs fois par semaine. Toutefois elle n'avait pas eu de nouvelles de Joel la semaine passée et n'arrivait pas à le joindre, ce qui la mettait en rage.

— Vous êtes un peu irritée, constata le Dr Shipp en la palpant de ses doigts caoutchoutés.

— J'ai un mari très enthousiaste, répliqua-t-elle en lui faisant un clin d'œil coquin.

— Je vais vous prescrire un peu de crème, répondit-il en ignorant sa remarque. Quand vous avez des rapports, n'hésitez pas à utiliser un lubrifiant, si nécessaire. C'est très important.

Si seulement il savait ! songeait Rosarita.

Le Dr Shipp acheva son examen quelques minutes plus tard.

— Je vais maintenant examiner votre poitrine, dit-il. Avez-vous senti quelque chose d'inhabituel, des grosseurs ou des points douloureux ?

— Non. Tout va bien, dit-elle alors qu'il palpait ses faux seins joliment galbés. Mais je me sens fatiguée en ce moment. C'est probablement à cause de mes beaux-parents. Ils sont venus nous rendre visite et ils m'ont épuisée. Ce sont des gens très exigeants.

— Oui, ça pourrait être une explication. Mais je vais tout de même faire un prélèvement d'urine.

Il quitta la salle pendant qu'elle se rhabillait.

Dès qu'elle fut sortie du cabinet médical, elle appela Joel depuis son portable.

— Il est pas là, dit Jewel d'un ton sec. Il sera absent toute la journée.

— Vous lui avez bien transmis mes messages ? la questionna Rosarita, en se demandant où il pouvait bien être.

— Bien sûr, répliqua Jewel.

Rosarita ne la croyait pas. Cette fille était une vraie garce, c'était évident.

Elle sortit du bâtiment en courant et héla un taxi où elle s'abandonna à ses pensées moroses.

— C'était votre chérie mexicaine, annonça Jewel sur le pas de la porte du bureau de Joel. Elle est tenace, ajouta-t-elle.

— Continuez à lui dire que je suis absent. Elle finira bien par se lasser, dit Joel. J'ai même dû changer mon numéro de téléphone personnel.

— Je sais, vous avez oublié de me le donner, dit Jewel en tapotant le montant de la porte de ses ongles meurtriers.

— Varoomba a appelé ?

— Varoomba ? s'écria Jewel, en levant ses sourcils dessinés au crayon d'un air interrogateur. D'où ça sort, ce prénom ?

— J'ai bien dit Varoomba. Est-ce qu'elle a appelé ?

— Pas que je sache.

— Si elle appelle, vous me la passez tout de suite.

— Bien, monsieur, dit-elle en retournant à son poste.

A peine était-elle partie que Joel ouvrit le tiroir de son bureau et en sortit une petite enveloppe remplie de cocaïne. Il la vida et répartit soigneusement la poudre blanche en lignes régulières sur son bureau, puis il les inspira une à une.

Il n'en revenait pas que cette stupide strip-teaseuse lui fasse faux bond. Varoomba avait promis d'appeler et de venir le voir dans son bureau. Il lui avait offert cinq cents dollars, et il ne comprenait pas qu'elle puisse dédaigner une offre aussi alléchante.

Il n'était pas habitué à ce que les femmes lui fassent

faux bond. Il s'empara du combiné et appela l'une de ses amies top model. L'une ou l'autre des filles de son harem personnel était en général disponible, sauf en cas d'absence pour cause de participation à l'un de ces défilés extrêmement bien payés. Ces top models aimaient être vues en sa compagnie autant que lui avec elles, car tous adoraient ensuite se voir en photo dans les journaux et les magazines. Elles appréciaient aussi la cocaïne et le champagne qu'il leur offrait et tous les autres avantages dont elles bénéficiaient en sortant avec Joel Blaine. Mais à vrai dire, il trouvait que la plupart d'entre elles n'étaient guère excitantes, trop maigres à son goût et peu friandes de sexe en public. Il était impensable de vouloir faire l'amour à une top model à l'arrière d'une Rolls entourée d'un parterre de voyeurs. Et en plus, les top models ne taillaient jamais de pipes — elles s'estimaient bien trop célèbres et jolies pour ce genre de pratiques.

Mais il y avait des exceptions. Joel était bien placé pour le savoir.

Il prit rendez-vous avec une brunette anorexique pour la soirée, et décida de partir tôt.

Jewel était assise à son bureau en train de vernir ses griffes de bandes rouges et blanches.

— Si quelqu'un me demande, dites que je suis en réunion, lui dit-il tout en pensant qu'un homme sain d'esprit n'accepterait jamais de laisser cette femme s'emparer de son sexe.

— Bien sûr, Joel, dit Jewel.

De qui se moquait-il ? Il n'avait pas assisté à une réunion depuis des mois.

Joel appuya sur le bouton de l'ascenseur. En attendant son arrivée avec impatience, il se demanda comment il allait passer le reste de l'après-midi. Il avait plusieurs options. Il pouvait aller faire une partie de poker ou se rendre à la salle de sports, mais cette dernière possibilité ne constituait pas l'une de ses priorités. Mais il pouvait tout aussi bien rentrer chez lui, s'affaler dans son gigantesque divan devant son écran télévisé géant pour regarder les émissions sportives, ou contacter son bookmaker pour qu'il prenne quelques paris.

Il était plongé dans ses pensées, lorsque la porte de l'ascenseur s'ouvrit sur la personne qu'il détestait le plus au monde : Marika, l'amie de son père.

Marika était une grande femme asiatique filiforme, aux cheveux noirs retenus en arrière en un chignon sévère ; ses yeux bridés au regard implacable et ses sourcils finement dessinés lui donnaient un air énigmatique. Elle vivait depuis plusieurs années avec Leon Blaine, plus précisément depuis que ce dernier était séparé de la mère de Joel, avec qui il avait vécu pendant trente-cinq ans. Leon avait donné à celle-ci près d'un milliard de dollars, pour qu'elle puisse refaire sa vie. Elle ne s'était pas fait prier ; peu de temps après la séparation, elle était partie en Nouvelle-Zélande. Là-bas, elle s'était mise en ménage avec un fermier avec qui elle coulait des jours heureux.

Joel n'avait rendu qu'une seule visite à sa mère et il s'était juré de ne plus recommencer.

— Bonjour, Joel, lui dit Marika, en esquissant à peine un sourire.

— Bonjour, Marika, répondit-il en entrant dans l'ascenseur.

— Tu descends ? demanda-t-elle.

Oh, comme il aurait aimé la remettre à sa place !

Il hocha la tête.

— Ton père et moi, nous avons parlé de toi ce matin, dit Marika en le transperçant du regard.

— Vraiment ? A quel propos ? demanda Joel.

Il n'avait pas vu Leon depuis des semaines, ce qui n'était pas pour lui déplaire.

— Ton père a décidé d'aller à Vegas pour assister au prochain championnat de boxe. Il aimerait que tu l'accompagnes.

Merde ! pensa Joel. Qu'est-ce que son père allait faire à Las Vegas ? Joel avait déjà acheté un ticket pour le combat et avait l'intention de passer du bon temps avec ses amis en écumant tous les casinos et boîtes de strip-tease de la ville. Mais si Leon lui demandait de l'accompagner, il faudrait qu'il reste avec lui. Quel gâchis et quelle perte de temps !

Ce n'était pas toujours une sinécure d'avoir un père riche et puissant. S'il voulait hériter, il fallait qu'il lui obéisse au doigt et à l'œil, qu'il soit aussi soumis que les filles avec qui il sortait. En fait, il avait toujours dû se plier aux desiderata de son père et il en avait assez de cette sujétion.

— Très bien, grommela-t-il en essayant de manifester un peu d'enthousiasme.

— Nous prendrons l'avion de bonne heure ; comme ça, nous aurons le temps de dîner et d'aller voir un spectacle, poursuivit Marika, en continuant à le regarder droit dans les yeux.

Nous, pensa Joel. Leon prévoyait donc d'amener son cerbère avec lui ? Eh bien, si c'était le cas...

— Faut-il que je sois accompagné ? demanda-t-il.

— Est-ce que tu as quelqu'un de convenable en vue ?

Cette question mit Joel en rage. Cette femme était d'une grossièreté insupportable.

— Je pensais à Carrie Hanlon.

Carrie Hanlon était la top model la plus en vogue du moment.

— Tu sors avec Carrie Hanlon ? demanda Marika, qui avait du mal à croire que Joel ait pu séduire une fille pareille.

— Ça n'a rien d'extraordinaire, répondit Joel avec désinvolture. En fait, nous nous voyons régulièrement.

— Leon est-il au courant ?

— Je n'en sais rien.

— Elle est ravissante, fit remarquer Marika qui n'en revenait pas qu'une top model aussi célèbre que Carrie Hanlon ait jeté son dévolu sur lui.

— Oui, c'est vrai et, heu... en plus elle est très gentille.

En réalité il n'avait rencontré Carrie Hanlon qu'une seule fois, lors d'une fête, et elle s'était comportée comme une véritable garce en refusant le rendez-vous qu'il lui avait proposé. Par ailleurs, l'un de ses amis acteur de cinéma, qui était sorti avec elle par deux fois, lui avait confirmé qu'elle était insupportable. Mais toutes les femmes étaient vénales et il ne serait pas trop difficile de savoir quel serait le prix à payer pour obtenir les faveurs de la belle Carrie Hanlon.

— Bien, je dirai à ton père que tout est arrangé, dit Marika alors que l'ascenseur atteignait le rez-de-chaussée. Il sera content, ajouta-t-elle en sortant.

Une voiture avec chauffeur attendait Marika devant l'immeuble. Joel ne bénéficiait pas d'un tel traitement, même s'il avait à sa disposition une Maserati, un cadeau de sa mère pour son dernier anniversaire.

— Au revoir, Marika, murmura-t-il alors que l'ascenseur continuait sa descente jusqu'au parking souterrain. Ravi de t'avoir rencontrée.

Il fallait maintenant qu'il réussisse à convaincre Carrie Hanlon de l'accompagner à Las Vegas.

Cette perspective n'était pas pour lui déplaire, c'était un moyen comme un autre de tuer le temps.

Deux jours plus tard, Rosarita s'éveilla d'humeur morose. Elle haïssait passer toutes ses journées avec Dex, détestait voir son beau visage à côté du sien au réveil et ne supportait pas de devoir manger tous les repas en sa compagnie.

— Je vais rester au lit aujourd'hui, annonça-t-elle. Je ne me sens pas bien.

— Qu'est-ce qui t'arrive ?

— J'ai mal à la tête et j'ai la nausée. C'est la nourriture chinoise que j'ai avalée hier.

Elle lui lança un regard furibond.

— C'est toi qui as choisi le restaurant. Je t'avais bien dit qu'il était nul.

— C'est faux, Rosarita, rectifia-t-il. C'est toi qui l'as choisi, ce restaurant.

— Peut-être, répondit-elle avec humeur, mais c'est toi qui m'y as emmenée.

— Je suis désolé que tu ne te sentes pas bien. Tu veux que je t'apporte quelque chose ?

— Du jus de fruit, dit-elle en remontant les draps jusqu'au menton.

— Ce n'est pas bon pour l'estomac. C'est trop acide.

— Bon, alors ne me demande plus ce que je veux, fit-elle d'un air maussade.

— Je vais dire à Conchita de te préparer une infusion et des toasts, proposa-t-il tout en se disant qu'elle pourrait tout de même se montrer moins désagréable.

Ce dont il avait besoin en cette période difficile, c'était d'amour et de soutien, et non pas de réprimandes continuelles.

— C'est très appétissant comme menu, dit-elle d'un ton narquois en sortant du lit.

Elle attrapa sa nuisette de soie et se dirigea vers la salle de bains.

En fait, elle était d'humeur massacrante car elle avait compris que Joel ne répondrait plus à ses appels. Elle trouvait sa réaction très injuste, même si elle ne pouvait le blâmer, au fond. Joel était de toute évidence furieux qu'elle soit encore mariée et qu'elle n'ait pas quitté Dex. Il en avait assez. Et elle ne pouvait pas lui donner tort. Dans la situation inverse, elle aurait réagi exactement de la même manière.

Mais une chose était sûre : elle n'allait pas laisser Joel Blaine lui échapper : c'était une prise trop précieuse.

Rosarita Falcon serait la première Mme Joel Blaine, quels que soient les risques à prendre pour atteindre ce but.

25

— Je ne comprends pas, tonna Victor. Ça ne te ressemble pas de disparaître de la circulation, et pourtant c'est la deuxième fois que ça t'arrive.

— J'ai eu des problèmes personnels, expliqua Madison.

Elle espérait qu'il n'insisterait pas, tout en sachant que c'était peine perdue, car Victor aimait être au courant de tout.

— Tout ceci a-t-il un rapport avec la détective que tu voulais contacter? demanda-t-il.

— Non, Victor, répliqua-t-elle d'un ton brusque. Ça n'a rien à voir avec elle.

— Alors de quoi s'agit-il?

— Ecoute, dit-elle en haussant le ton. Je ne veux pas que tu te mêles de mes problèmes personnels. N'est-ce pas ce qui avait été convenu entre nous?

— C'est David, n'est-ce pas? poursuivit Victor, bien décidé à découvrir la vérité.

— Non, rétorqua-t-elle, excédée. Quand vas-tu comprendre que David appartient désormais au passé?

— Ce n'est pas la peine d'être hargneuse.

— De toute façon, je voulais t'appeler car je sais que tu paniques quand tu n'as plus de mes nouvelles. J'ai fait des recherches sur ton boxeur; je crois que l'interview sera intéressante. Par ailleurs, je n'ai toujours pas contacté Jake Sica, mais je vais le faire.

— Inutile, répondit Victor. Il m'a déjà appelé.

— Vraiment ? dit-elle, surprise.

Génial ! pensa-t-elle. *Je couche avec un type, et au lieu de me rappeler, il téléphone à Victor. Que veut-il au juste ? Les hommes sont-ils donc tous de parfaits égoïstes ?*

— Il a téléphoné de Paris pour savoir si le magazine voulait faire de nouveau appel à ses services. Je lui ai confirmé qu'il ferait parfaitement l'affaire pour couvrir le match de boxe avec toi.

— Ah bon ? dit-elle d'un ton neutre.

— C'est bien ce que tu souhaitais, n'est-ce pas ?

— Il y a une semaine, maintenant j'ai des doutes.

— Et pourquoi ça ? s'enquit Victor, indiscret comme à son habitude. Il n'a pas essayé de te joindre ?

— Bien sûr que si, mentit-elle.

Sur les seize messages laissés sur son répondeur, il n'y en avait pas eu un seul de Jake. Le silence de Jake venait s'ajouter à la liste déjà longue de ses soucis et malheurs divers.

— Est-ce que je le rencontrerai à Vegas ou me rejoindra-t-il à New York ? demanda-t-elle d'un air détaché.

— Il me le dira en temps utile ou bien il t'avertira directement. On verra lequel de nous deux est le plus chanceux. Et d'après ce que j'ai cru comprendre, je pense que ce sera toi, ajouta-t-il avec un petit rire entendu.

— Arrête, Victor, dit-elle froidement. Je te l'ai déjà dit, je n'aime pas que tu te mêles de mes histoires.

— Tu es très susceptible, Madison.

— Et toi bien trop curieux.

— J'ai expédié un bouquet de fleurs à Evelyn de ta part. Des orchidées, si cela t'intéresse. Elle était très contente et elle aimerait de nouveau te faire rencontrer quelqu'un.

— Oh non ! Ça suffit ! Je ne suis pas d'humeur à rencontrer qui que ce soit.

— Evelyn insiste.

— Dis à Evelyn d'aller se faire voir.

— Madison !

— Excuse-moi, Victor, dit-elle avec un soupir en reposant le combiné.

Elle avait au moins réglé ses affaires professionnelles. Elle ne pouvait pas laisser sa carrière aller à vau-l'eau sous prétexte que sa vie personnelle était sens dessus dessous.

Elle s'était rendue chez le photographe près de chez elle pour faire agrandir et plastifier la photo de sa mère, récupérée dans un vieux journal. Le portrait de cette belle femme aux cheveux noirs bouclés et au regard expressif trônait désormais sur sa commode. Cette belle femme qui était sa mère.

Nous avons la même chevelure, pensait-elle, l*es mêmes pommettes hautes et les mêmes yeux. Nous nous ressemblons comme deux gouttes d'eau, même si Beth est plus belle que moi.*

Il y avait des messages de Michael sur le répondeur, et également de David, qui avait visiblement l'intention de l'appeler jusqu'à ce qu'elle accepte de le rencontrer ; mais elle était bien décidée à ne pas céder. Il y avait d'autres appels professionnels de même que plusieurs messages de Jamie, qui la suppliait de la rappeler immédiatement, car Peter et elle étaient très inquiets.

Elle avait initialement prévu de ne répondre qu'à Victor, mais Jamie était quelqu'un qui comptait pour elle et ce n'était pas juste de la laisser à l'écart. Elle décida donc de la rappeler.

— D'abord laisse-moi te dire que je suis vraiment désolée, dit-elle précipitamment dès qu'elle eut Jamie au bout du fil.

— Je sais que tu ne vas pas bien, dit Jamie légèrement crispée. Mais tu pourrais quand même faire savoir à tes amis que tu es toujours en vie.

— Jamie, s'il te plaît, ne sois pas vexée. En ce moment, tout va mal. Je ne peux pas vraiment en parler au téléphone, mais c'est très sérieux.

— Qu'est-ce-qui se passe ? s'écria Jamie, alarmée. Tu es malade ?

— Non, il s'agit de nouveau de ma famille.

— Des mauvaises nouvelles ?

— Tu te rappelles la détective qui était censée travailler pour toi ? Eh bien, je lui avais demandé d'enquêter sur mon père et elle m'a révélé des choses... que... Excuse-moi, je ne peux pas en discuter maintenant.

— Est-ce que je peux faire quelque chose pour t'aider ?

— Rien, si ce n'est être là quand j'aurai besoin de toi.

— Tu peux compter sur moi et sur Peter aussi, mais, s'il te plaît, tiens-nous au courant. Ça me rend nerveuse de ne pas avoir de tes nouvelles.

— Je te le promets.

— La prochaine fois que tu ignores mes appels pendant plusieurs jours, je viendrai chez toi et je n'hésiterai pas à forcer la porte s'il le faut. Compris ?

— Compris.

— En fait, dit Jamie, j'ai appelé ton portier, celui qui a un faible pour toi. Il m'a dit que tu avais la grippe et que tu ne voulais voir personne. Je lui ai conseillé d'aller chez le traiteur et de t'acheter de la soupe au poulet. Il te l'a apportée au moins ?

— Oui, confirma Madison en riant doucement. Et il ne voulait pas que je le rembourse.

— Bien, dit Jamie.

— Non, ça ne me plaît pas. J'ai maintenant une dette envers lui et je n'aime pas ça.

— Il ne s'agit que de soupe au poulet, Maddy.

— C'est vrai, tu as raison après tout.

— Bon, dit Jamie, quand pouvons-nous nous voir ?

— Dans quelques jours.

— Tu ne penses pas que ça te ferait du bien de discuter avec quelqu'un ?

Madison se dit que Jamie avait sans doute raison, mais qu'elle n'était pas d'humeur à parler de tous ses problèmes en ce moment.

— Pas tout de suite, d'accord ? dit Madison en espérant que Jamie comprendrait.

Heureusement, Jamie, en bonne amie qu'elle était, ne se vexa pas.

— Très bien, dit-elle. Mais n'oublie pas, rappelle-moi dès que tu te sentiras prête.

A peine avait-elle raccroché que Jamie appela Peter au bureau.

— J'ai enfin réussi à avoir des nouvelles de Madison, annonça-t-elle.

— Génial ! répondit-il. Plus la peine de t'inquiéter alors.

— Parce que toi, tu n'étais pas inquiet sans doute ?

— Pas après qu'on a parlé au portier.

— Tu ne trouves pas que c'est bizarre qu'elle n'ait pas cherché à me rappeler ? Après tout, c'est ma meilleure amie.

— Je crois que l'enterrement l'a complètement déprimée.

— Tu as raison.

Il y eut un court silence, puis Jamie reprit avec enthousiasme.

— Au fait, je viens d'avoir une idée fantastique.

— Vraiment, dit Peter qui se méfiait des bonnes idées de sa femme.

— Nathalie sera à Las Vegas pour le match de boxe et Madison part là-bas interviewer l'un des boxeurs.

— Et après ?

— Eh bien, si j'y allais aussi, continua-t-elle à la hâte, nous serions toutes réunies pour célébrer l'anniversaire de Madison. On pourrait organiser une fête surprise après le match. Qu'est-ce que tu en penses, ce serait formidable, non ?

— Oui, à un détail près.

— Quoi ?

— Je déteste Las Vegas, et même si je t'adore, ma chérie, il est hors de question que je mette les pieds là-bas.

— Oh, Peter, s'il te plaît. Elle serait tellement contente !

— N'insiste pas, dit-il avec détermination. J'irai partout ailleurs mais pas à Vegas. Cette ville me rend malade.

— Peter !

— J'ai dit non. La plupart du temps je me plie à tes désirs, mais cette fois, c'est inutile d'insister, ma chérie.

Peter était quelqu'un de très têtu et Jamie savait qu'il était vain d'essayer de le convaincre.

— C'était juste une idée en l'air, dit-elle, abattue. Je pensais que ça serait bienvenu de faire une surprise à Maddy qui est si déprimée. C'était l'occasion de faire quelque chose de spécial pour son anniversaire.

— On lui enverra des fleurs, répliqua-t-il. On lui achètera un cadeau chez Tiffany et à son retour on organisera une fête — on paiera même le billet d'avion de Nathalie pour qu'elle vienne à New York à cette occasion. Qu'est-ce que tu en penses ?

— C'est sans doute une bonne idée, répondit Jamie, qui avait du mal à dissimuler sa déception.

Etait-ce trop lui demander que de passer quelques jours avec elle à Las Vegas ? Etait-ce donc une ville si horrible que ça ?

Peter était un mari merveilleux et un amant hors pair, mais il était parfois extrêmement égoïste, comme dans le cas présent.

Ce soir-là, quand Peter rentra à l'appartement, elle tenta de nouveau de le persuader, mais elle comprit bientôt que c'était sans issue.

Plus tard, quand il voulut faire l'amour, elle prétendit avoir mal à la tête et roula de l'autre côté du lit, laissant un espace entre eux. Puis elle s'empara d'un numéro du magazine *In Style* et commença à le lire.

— Bon, j'ai compris, dit Peter, qui ne semblait pas trop contrarié. On ne veut pas de moi.

Il alluma la télévision et se mit immédiatement à zapper jusqu'à ce qu'il tombe sur un match de football.

Dix minutes plus tard, il dormait, tenant toujours fermement la télécommande dans sa main.

Jamie abandonna son magazine et essaya de récupérer la télécommande en tirant doucement dessus. Ce ne fut pas chose facile, car pour Peter, semblable en cela à ses compatriotes, cet objet avait une valeur quasi sacrée. Même dans son sommeil, il s'y agrippait de toutes ses forces.

— Laisse-moi regarder, marmonna-t-il.

Alors comme ça, pensait-elle, *tu refuses de me faire plaisir, tu ne veux pas aller à Las Vegas. Pourquoi n'es-tu pas généreux et attentionné comme moi je le suis avec toi ?*

Comme elle ne voulait pas rester au lit à regarder un

stupide match de football, elle se leva et se dirigea vers le spacieux dressing qu'ils partageaient.

La première chose qu'elle remarqua fut le portefeuille de Peter, posé sur sa commode.

Il lui vint alors à l'esprit qu'elle n'avait jamais fait le petit test conseillé par la détective. Mais cela lui semblait si ridicule ! Peter n'avait aucune raison de garder un préservatif dans son portefeuille puisqu'ils n'en utilisaient jamais. Toute cette affaire était grotesque.

Et pourtant... Elle n'avait rien à perdre à suivre ces conseils.

Rien à gagner non plus, mais... La tentation fut trop forte. Elle prit le portefeuille noir Gucci en peau de crocodile qu'elle lui avait offert à Noël deux ans plus tôt. Elle se sentait coupable, car ils s'étaient juré de respecter leur intimité respective.

Elle ouvrit délicatement le portefeuille, qui contenait des cartes de crédit, de l'argent, une photo de leur couple prise lors de leur voyage de noces et... un préservatif.

UN PRESERVATIF !

Elle n'en croyait pas ses yeux. Un préservatif dans le portefeuille de son mari ! Les soupçons de la détective se révélaient justifiés.

C'est impossible, pensa-t-elle. *C'est affreux !*

Elle allait se précipiter dans leur chambre pour le réveiller et le forcer à s'expliquer, quand elle se ravisa soudain et retrouva son calme.

Elle se rappelait maintenant les instructions de Madison. Elle alla chercher un stylo-feutre dans le bureau, revint dans le dressing et inscrivit un point minuscule au coin du sachet du préservatif. Elle le replaça ensuite à l'endroit où elle l'avait trouvé et remit le portefeuille à sa place.

Folle de rage, elle retourna au lit où Peter ronflait, un vague sourire aux lèvres.

Qu'il aille au diable ! Et si Madison et la détective avaient raison après tout ? Et si la prochaine fois, elle s'apercevait qu'il y avait un nouveau préservatif dans son portefeuille ?

Elle le tuerait, oui, parfaitement. Elle lui couperait son précieux engin et le découperait en rondelles comme l'avait fait Lorena Bobbitt, à la différence près qu'elle ne jetterait pas les morceaux par la fenêtre de la voiture, mais dans une poubelle.

Oui. Elle, une beauté blonde à l'élégance naturelle, pouvait se transformer en véritable furie vengeresse si elle se sentait trahie.

Madison et Kimm déjeunaient dans un petit restaurant italien à Lexington. Tandis qu'elles dégustaient leurs spaghettis bolognese agrémentés de copieuses salades composées, Kimm lui parlait de la sœur de Beth, qu'elle avait réussi à contacter par téléphone. Selon Kimm, cette femme était la sœur jumelle de Beth et elle ne voulait pas entendre parler de Michael ni de quoi que ce soit le concernant. Elle craignait par-dessus tout qu'il ne découvre où elle habitait.

— Je lui ai dit que c'était vous qui vouliez la rencontrer, mais elle est restée inflexible. Elle veut faire une croix sur son passé.

— Je suis sa nièce tout de même, dit Madison, déçue. Comment se fait-il qu'elle ne veuille pas me voir ?

— Je n'en sais rien. C'est comme ça, répondit Kimm en haussant les épaules.

— Elle seule peut me dire ce qui s'est réellement passé et me parler de ma mère, mis à part Michael, bien entendu, dit Madison en fronçant les sourcils.

— Vous devriez peut-être discuter avec Michael,

suggéra Kimm. Lui dire tout ce que vous savez, et le forcer ainsi à dire la vérité.

— Non, répliqua Madison. Il est peut-être mon père, mais c'est un menteur et je sais qu'une fois de plus, ses révélations ne seront qu'un tas de mensonges. Je vais aller à Miami. Il faut que je la voie.

— Vous êtes décidée ?

— Tout à fait.

— Alors je crois que je ferais mieux de vous accompagner.

— Il ne faut pas vous sentir obligée.

— J'irai, un point c'est tout. Vu votre état, vous serez incapable de vous débrouiller à l'aéroport.

— Ça m'étonnerait. Je suis quelqu'un d'équilibré, c'est vous-même qui l'avez dit.

— Vous étiez quelqu'un d'équilibré. Toute cette histoire vous a bouleversée et c'est mon devoir de m'occuper de vous.

— Vous en faites un peu trop, non ?

— Ne vous inquiétez pas, dit Kimm en lui adressant l'un de ses rares sourires. Je ne vous importunerai pas. Je suis peut-être lesbienne, mais je ne m'intéresse qu'aux femmes qui partagent mes penchants.

— Me voilà rassurée, répondit Madison.

Les deux femmes échangèrent un sourire de connivence. Les récentes découvertes de Kimm les avaient rapprochées et une amitié toute spéciale était née entre elles.

— Demain, nous prendrons l'avion pour Miami, décida Madison, soudain ragaillardie par cette perspective. Je me charge de tout.

26

— Vous êtes enceinte.
— Comment ? cria Rosarita.
— Vous attendez un enfant, madame Falcon, répéta le gynécologue, d'un ton jovial.
— Vous en êtes sûr ?
— Si je ne l'étais pas, je ne vous aurais pas téléphoné, répondit le Dr Shipp en s'éclaircissant la gorge. J'aimerais que vous preniez rendez-vous pour la semaine prochaine afin que nous en discutions.

Rosarita était sous le choc. Enceinte ! C'était impossible. Elle portait toujours son diaphragme lorsqu'elle avait des rapports sexuels.

— Vous avez dû vous tromper, dit-elle.
— Absolument pas, certifia le docteur avec bonne humeur. A la semaine prochaine, madame Falcon. Félicitations.

Rosarita n'arrivait toujours pas à le croire. Elle détestait les bébés, ces petites choses maigrichonnes aux visages chiffonnés, qui criaient toute la nuit. En outre, si elle était enceinte, elle prendrait inévitablement du poids. Sans parler de la douleur de l'accouchement — certaines de ses amies lui avaient raconté combien c'était horrible.

Non ! Non ! Non ! Il était hors de question qu'elle subisse ce martyre.

Avortement. Ce mot lui vint immédiatement à l'esprit. Un avortement rapide et efficace.

Puis cela lui revint à la mémoire : la première fois qu'elle avait fait l'amour avec Joel dans sa voiture, elle ne portait pas de diaphragme. Il était donc forcément le père de ce bébé, car elle utilisait toujours un moyen contraceptif avec Dexter.

Je porte l'enfant de Joel, se dit-elle. *Le petit-fils de Leon Blaine, le célèbre milliardaire.*

INCROYABLE !

Cette découverte résolvait bien des problèmes, même si cela ne la débarrassait pas de Dex, son principal souci. Ce dernier avait rendez-vous avec son agent et il serait absent un certain temps.

Rosarita retourna au lit pour réfléchir calmement à sa nouvelle situation. Cela changeait la donne, d'être enceinte de Joel. Elle se trouvait soudain investie d'un énorme pouvoir. En fait, c'était un véritable coup de chance : son bien-être matériel était ainsi assuré jusqu'à la fin de ses jours.

Les voies du Seigneur étaient parfois impénétrables... Il y avait finalement du vrai dans ce vieil adage, songea-t-elle.

Elle appela Conchita par l'Interphone et lui demanda d'apporter du jus d'orange, du café frais et des œufs sur le plat. Puis elle alluma la télévision pour regarder son feuilleton favori : *La Vue.* Star Jones, un acteur au style provocateur et à l'humour obscène, l'amusait toujours, tout comme Barbara Walters quand elle était en verve.

Mais Rosarita était incapable de se concentrer. Elle ne pensait qu'à sa fortune imminente. Elle allait être l'une des femmes les plus riches du monde. Elle allait avoir un bébé et pas n'importe quel bébé : le bébé de Joel Blaine.

Cette richesse à portée de main lui donnait un agréable

sentiment de sécurité. Elle n'était pas pressée de célébrer officiellement son union avec Joel. Quand elle lui annoncerait la nouvelle, il serait sans aucun doute fou de joie ; non seulement sa virilité s'en trouverait rehaussée, mais cela prouverait aussi combien elle l'aimait.

Il fallait juste qu'elle se débarrasse de Dex et ensuite tout irait pour le mieux dans le meilleur des mondes.

L'agent de Dexter lui annonçait qu'il quittait l'agence. Il avait les cheveux coupés ras, portait un costume marron Brooks Brothers, et parlait à toute allure :

— J'ai trouvé un nouveau job sur la côte Ouest, expliqua-t-il. Dans le secteur de la prod. indépendante. J'en ai marre de ce boulot merdique d'agent.

— Dans la prod. indépendante ? reprit Dexter, peu aguerri au jargon du monde du spectacle.

— La production indépendante, expliqua l'homme en jetant un regard méprisant à Dexter.

— Et qu'est-ce que je deviens dans tout ça ? demanda Dexter d'un air soucieux.

— T'inquiète pas, répondit son agent. Je vais te mettre en relation avec une fille qui va te plaire, c'est sûr. Annie Cattatori. Elle est adorable.

— Je m'en fiche qu'elle soit adorable, dit Dexter d'un ton ferme. Ce dont j'ai besoin, c'est d'un agent efficace.

— Est-ce que je t'ai dit qu'elle était nulle ? Annie, c'est la crème de la crème. Suis-moi, je vais te présenter.

Dexter était déçu. Il était au chômage et maintenant son agent le laissait tomber. Sa situation n'était guère brillante, il devait bien l'admettre.

Annie Cattatori, une femme énorme qui approchait la quarantaine, était calée derrière son bureau. Son visage de poupée était noyé dans une mer de doubles mentons d'où émergeaient deux grosses joues rebondies. Mais elle avait un joli sourire et de grands yeux bleu pâle. Une paire de lunettes sertie de diamants fantaisie était suspendue à une longue chaîne en or accrochée autour de son cou.

— Je te présente Dexter Falcon, dit son agent. Tu as dû le voir dans *Jours sombres*.

— Si je l'ai vu ? Tu veux dire que j'ai pris mon pied en le regardant, dit Annie en plaisantant.

Elle se leva, hissant tant bien que mal son corps volumineux.

— Approche, beau gosse, et serre-moi bien fort dans tes bras. Nous allons devenir bons amis, toi et moi.

Dexter n'avait nullement besoin d'une bonne amie. Ce qu'il lui fallait, c'était un agent entreprenant et il avait des doutes quant aux capacités d'Annie Cattatori.

Il la prit dans ses bras, contraint et forcé. Elle sentait la naphtaline, le lilas et l'ail. Elle l'étreignit si fort qu'il en eut le souffle coupé.

— Voilà le programme, dit-elle en se rasseyant. D'abord on va faire connaissance.

— Parfait, les enfants, dit l'agent en s'éloignant à reculons vers la porte. Je vous laisse.

Annie attendit que son collègue quitte la pièce pour annoncer ses intentions.

— Je vais faire de toi une star de cinéma. Toutes les grandes pointures du septième art se battront pour t'avoir.

C'est toujours la même rengaine, eut envie de répondre Dexter. C'est exactement ce qu'on lui avait promis avant son audition avec Scorsese, puis quand il avait postulé pour jouer dans un film de Clint Eastwood et enfin dans ce film Miramax où il aurait dû être l'amant de Gwyneth Paltrow.

— Alors ça te plairait ? demanda Annie en prenant une cigarette dans un paquet posé sur son bureau.

— Evidemment, dit Dexter, assis en face d'elle dans un fauteuil au cuir usé, tout en pensant qu'il détestait qu'on l'appelle « beau gosse » et qu'il ferait mieux de le lui dire sans tarder.

— Je peux faire ça pour toi, promit Annie, en plissant ses yeux bleus. Je suis bonne, tu sais, très très bonne.

— Qui représentez-vous ? demanda-t-il en espérant que Ben Affleck ou Matt Damon fassent partie de sa clientèle.

— Plein de gens talentueux, répondit-elle. Mais je ne vais pas te les décrire, ajouta-t-elle en mettant ses lunettes et en le regardant droit dans les yeux. Tu es venu me voir. Et tu es le seul qui compte pour moi en ce moment.

— Très bien, dit-il.

— Je travaille pour toi, ne l'oublie pas, poursuivit-elle. Alors ne me raconte pas de conneries, beau gosse, si tu veux qu'on soit bons amis.

Elle alluma sa cigarette et prit une profonde inspiration.

— Tu es marié ?

— Oui, dit-il, doutant de l'utilité de la question.

— Ne fais pas de publicité à ce propos. Les femmes préfèrent les vedettes célibataires.

— Ah bon ?

— Pourquoi crois-tu que nous les femmes, nous allons au cinéma ? C'est parce qu'on a envie de baiser avec toi. Ta petite femme, moins on en parle, mieux ça vaut.

Elle tira de nouveau avec avidité sur sa cigarette.

— Est-ce que par hasard tu envisages de larguer ta régulière ?

— Je suis heureux en ménage, répondit-il, tout en réalisant que ce n'était pas tout à fait vrai.

— Bon, bon, ça va. Je me renseignais, dit Annie en soufflant un nuage de fumée qui lui arriva en plein visage. Dis-moi, quels sont tes vices ? Tu te drogues ?

— Non.

— Tu bois ?

— Non plus.

— Tu baises à droite et à gauche ?

— Non.

Elle ôta ses lunettes.

— En un mot, t'es parfait.

— C'est l'avis de ma femme.

— Elle en a de la chance.

— C'est moi qui suis chanceux, répondit Dexter, tout en souhaitant que cela soit vrai.

Car c'était son désir le plus cher : un mariage heureux avec une femme qui l'aimait sincèrement.

— Voilà qui est agréable à entendre, dit Annie. Dans ce métier, il en faut de la chance.

— Vous avez raison, se hâta-t-il de répondre. De la chance et du talent. Et j'ai les deux.

— Je vais te mettre en relation avec un professeur, dit-elle en le regardant avec malice. Tu vas pas te contenter d'être un autre beau gosse au corps de rêve. Il y en a déjà des tas de New York jusqu'à Los Angeles. Tout le monde veut être le nouveau Brendan Fraser ou Jude Law. Mais toi, poursuivit-elle, en rejetant un énorme rond de fumée, tu vaux plus que l'acteur moyen. Tu as le visage, le corps et la taille qui conviennent, voyons maintenant si on peut te donner en plus du talent.

Il n'était pas content qu'elle critique son jeu d'acteur. Ne venait-il pas juste de lui dire qu'il en avait, lui, du talent ?

— Les producteurs ont aimé mon travail dans *Jours*

sombres, objecta-t-il avec raideur. Ils ne se sont jamais plaints.

— C'est ça, petit, dit-elle en reniflant. Ils l'ont tellement apprécié qu'ils t'ont viré.

Elle attrapa un Kleenex pour se moucher.

— Ecoute, ce professeur dont je te parle, il est excellent. Travaille d'arrache-pied, après nous aviserons. Je ne t'enverrai pas passer d'auditions tant que tu ne seras pas au point. Compris ?

— Mais j'ai besoin d'argent, protesta-t-il.

— Qui paie le loyer ? C'est toi ? Ou est-ce que tu as été assez malin pour te marier à une riche héritière ?

— Ma femme est fortunée, admit-il à contrecœur.

— Alors profites-en. Fais-toi entretenir et quand tu auras du succès, ce sera à son tour de te saigner à blanc.

Annie se mit à rire bruyamment, puis elle ajouta :

— N'oublie pas ce que je t'ai dit. Je vais faire de toi une star, beau gosse. Aie confiance en Annie, un jour tes couilles seront coulées dans le ciment d'Hollywood Boulevard.

Que pouvait-il répondre à cela ?

Joel n'eut aucun mal à dénicher Carrie Hanlon, qui posait pour des photos destinées au magazine *Allure*. Il connaissait la plupart des agences de mannequins et entretenait de bons rapports avec elles en leur expédiant régulièrement des chocolats et autres petits cadeaux du même style. C'est pourquoi il était le premier informé chaque fois qu'une nouvelle top model débarquait en ville.

Heureusement pour lui, Carrie travaillait avec un ami à lui — un certain Testio Ramata, lui aussi du genre play-boy. Testio était un photographe extrêmement talentueux et en conséquence très recherché. Les mannequins adoraient travailler avec lui, car sur les photos de Testio, elles avaient l'air sexy, désirables et belles à se damner. Joel et lui avaient souvent fait des virées ensemble. Habituellement Joel rejoignait Testio en mission dans des îles exotiques comme la Sardaigne ou la Corse et ils faisaient la fête toute la semaine.

Ils ne s'étaient pas vus depuis un certain temps car leur dernière rencontre s'était mal passée. Joel avait dragué l'une des petites amies de Testio, une top model danoise filiforme dont Testio était malheureusement tombé amoureux.

Plusieurs mois s'étaient écoulés depuis cet incident. La top model scandinave s'était évanouie dans la nature et c'est donc sans le moindre scrupule que Joel débarqua chez Testio sans y être invité.

Son ami était apparemment en plein travail car il entendait la musique des Rolling Stones qui s'échappait du studio. Testio jurait qu'il avait pris ses meilleurs clichés sur la chanson de Mick Jagger *Satisfaction* : la voix sensuelle du chanteur excitait les filles et les incitait à livrer le meilleur d'elles-mêmes.

Lorsque Joel arriva près du bureau d'accueil où se tenait Debbie, l'assistante zélée de Testio, cette dernière l'arrêta.

— Ça fait un bail qu'on ne t'a pas vu, Joel, fit remarquer Debbie en ôtant ses lunettes dernier cri.

— J'étais occupé. Tu connais la chanson, dit-il en se penchant sur le bureau. Qui est l'heureuse élue aujourd'hui ?

— Carrie Hanlon. Il est interdit d'entrer sans autorisation. Elle est extrêmement capricieuse.

— Je connais bien Carrie, mentit Joel. Elle ne fera pas d'histoires.

— Désolée, Joel, mais il faudra attendre ici.

— Tu plaisantes, j'espère.

— Non, pas du tout. Testio me tuera si tu gâches sa séance de photos.

— Mais pourquoi veux-tu que je gâche quoi que ce soit ?

— Carrie Hanlon est une emmerdeuse, lui dit Debbie en baissant la voix. N'entre pas qui veut et surtout pas des inconnus.

— Je te le répète, je la connais bien, insista Joel d'un air désinvolte.

— C'est ça, répondit Derbie d'un ton sec. Et moi je connais mes instructions.

— D'accord, j'ai compris, dit-il en jetant un coup d'œil à sa montre.

Il était 3 h 30.

— Ils ont déjà fait la pause déjeuner ?

— Non, ça ne saurait tarder.

— Bon, eh bien, je boirai un verre de vin avec Testio et Carrie, comme ça je ne dérangerai personne. Dis à Testio que je reviens dans dix minutes.

Il quitta le studio et se rendit chez le fleuriste au coin de la rue pour acheter trois douzaines de roses.

Les femmes, les pires comme les meilleures, raffolaient des fleurs et de toute évidence Carrie ne ferait pas exception à la règle. Ce bouquet de roses marquerait le début d'une merveilleuse amitié. Joel n'en doutait pas une seconde.

27

L'été était déjà loin et pourtant la canicule régnait encore à Miami. L'aéroport bondé et bruyant était rempli d'une foule bigarrée qui s'agitait en tous sens.

Madison regarda autour d'elle, en essayant de repérer un chauffeur avec une pancarte portant son nom.

— Pourquoi avez-vous loué une limousine? demanda Kimm alors qu'elle se frayait un passage parmi la cohue. Dans votre cas, la discrétion s'impose.

— C'est très pratique d'avoir un chauffeur pour vous guider dans une ville inconnue. Sinon, on risque d'atterrir au mauvais endroit au mauvais moment. Vous savez, comme dans le *Bûcher des vanités*.

— Je peux très bien me débrouiller toute seule, répondit Kimm avec une assurance déconcertante.

— Sans aucun doute, rétorqua Madison, mais je serai moins affirmative en ce qui me concerne. J'ai même pensé acheter un revolver ces derniers temps.

— Ce n'est pas une décision qui se prend à la légère, vous savez, fit Kimm.

— Merci, Kimm, je ne suis plus une gamine, répondit Madison.

— Vous feriez mieux de prendre des cours de karaté. Une femme doit savoir se défendre.

— Je sais très bien comment m'y prendre, répliqua Madison. Il faut viser les testicules.

— Exact, c'est très efficace à condition de taper juste, dit Kimm. Je vous donnerai quelques tuyaux. Je suis experte en la matière.

— Vous êtes vraiment une femme incroyable, dit Madison. Je suis heureuse d'avoir fait votre connaissance.

— Merci, répondit Kimm, embarrassée, car elle n'était pas habituée aux compliments.

— Bien sûr, continua Madison, les révélations que vous m'avez faites ne sont pas réjouissantes, et pourtant je crois qu'elles étaient nécessaires. Autrement j'aurais continué à vivre dans un bonheur béat et mensonger. Et oui, peut-être que vous êtes une envoyée de Dieu, dont la mission était de m'ouvrir les yeux.

— Vous ne seriez un peu nerveuse ?

— Pas du tout, répondit Madison en regardant autour d'elle à la recherche de son chauffeur. En fait, je ne me suis pas sentie aussi calme depuis longtemps. Je suis effrayée à l'idée de rencontrer la jumelle de ma mère et en même temps je trouve ça très excitant.

— Ne vous faites pas trop d'illusions, la mit en garde Kimm. Peut-être que vous ne pourrez pas lui parler. Il se peut très bien qu'elle vous claque la porte au nez.

— Ne soyez pas pessimiste !

— Je vous préviens, c'est tout, dit Kimm posément. Votre tante a peur de Michael, c'est clair. Après l'assassinat de votre mère, elle s'est enfuie sans laisser de traces et a même changé son nom.

— Comment se fait-elle appeler ? demanda Madison.

— Catherine Lione, répondit Kimm. C'est tout ce que je sais d'elle, son nom et son adresse.

— Bien, partons à sa recherche, dit Madison qui venait

de repérer un chauffeur en uniforme avec une grande pancarte blanche portant son nom. Elle acceptera de me parler, j'en suis sûre, ajouta Madison, confiante.

Jamie était en train de prendre sa douche lorsque Peter se glissa par l'entrebâillement de la porte vitrée.
— Peter, protesta-t-elle. Je suis toute mouillée.
— Parfait, répondit-il d'un air lascif. C'est comme ça que je t'aime le mieux.
— Je ne suis pas d'humeur à ça, l'avertit-elle alors qu'il commençait à la caresser.
— La nuit dernière, tu avais mal à la tête, et ce matin tu n'en as pas envie. Que se passe-t-il ?
Il joua avec le bout de ses seins, car il savait qu'elle adorait ça.
— Il faut toujours que je sois prête et disponible ? demanda-t-elle en essayant de rester indifférente à ses caresses expertes.
— Tu es ma femme, non ? dit-il en prenant l'un de ses mamelons dressés entre ses doigts.
— Oui, dit-elle en frissonnant alors que les mains de Peter effleuraient son corps.
— Parfait, dit-il en se plaçant derrière elle pour qu'elle sente son sexe durci au bas de ses reins.
— Peter, murmura-t-elle, soudain submergée par le désir.
— Qu'y a-t-il, ma chérie ? demanda-t-il en lui mordillant l'oreille.
— Nous sommes heureux, n'est-ce pas ?
— Très heureux, répondit-il en caressant doucement l'intérieur de ses cuisses.
— Tu m'aimes, non ? dit-elle en se tournant vers lui pour lui faire face.

Il lui prit les mains et les plaça derrière son cou ; puis il la souleva afin qu'elle lui enlace la taille de ses jambes. Quand elle fut bien placée, il la pénétra avec une ardeur inattendue.

— Tu sais bien que je t'aime. J'ai toujours envie de toi.

— L'amour, c'est plus que du sexe, dit-elle, haletante, en rejetant la tête en arrière.

— Tais-toi, ordonna-t-il.

— Tu ne m'as jamais trompée, n'est-ce pas ?

— Tu as perdu la tête ? dit-il en haussant le ton. Comment peux-tu penser une chose pareille ?

Et tandis qu'il lui faisait l'amour, elle oublia complètement le préservatif qu'elle avait découvert dans son portefeuille.

— Nous avons dû nous tromper d'adresse, dit Madison alors que la voiture se garait devant un club-restaurant entouré de bâtiments aux couleurs criardes, typiques du quartier de South Beach.

— C'est l'adresse que vous m'avez donnée, madame, leur dit le conducteur.

Madison jeta un regard à Kimm.

— C'est un restaurant, dit Madison.

— Apparemment, répondit Kimm. Regardez l'enseigne. C'est marqué : « Chez Lione. »

— Vous ne saviez pas qu'elle tenait un restaurant ?

— Eh bien non, peut-être que je me fais vieille, dit Kimm d'un ton sec, tandis qu'elles sortaient de la voiture.

— Monsieur, attendez-nous là, s'il vous plaît. Je ne sais pas exactement combien de temps cela va nous prendre.

Le chauffeur hocha la tête.

— Si elle ne veut pas vous parler, vous aurez au moins eu l'occasion de boire un bon café cubain, remarqua Kimm alors qu'elles approchaient de la terrasse.

Plusieurs personnes étaient assises autour des tables en train de siroter un verre. De la musique salsa s'échappait de l'intérieur du restaurant et il était 4 heures de l'après-midi.

— Voilà ce que nous allons faire, dit Kimm d'un ton décidé. Nous allons nous asseoir, commander un verre et observer ce qui se passe. Peut-être que nous aurons la chance de l'apercevoir avant qu'elle ne nous voie.

— Tout ça me rend nerveuse, dit Madison en mordillant sa lèvre inférieure.

— Gardez votre sang-froid.

— Je ne m'attendais pas à tomber sur un restaurant. Je croyais que nous nous rendions chez elle.

— Elle vit probablement ici, dit Kimm alors qu'elles se dirigeaient vers une table.

Un jeune serveur au corps souple s'approcha d'elles. Il était vêtu d'un pantalon en cuir noir moulant et d'un T-shirt blanc.

— Vous voulez boire un thé, mesdames, ou quelque chose de plus fort ? Dans ce cas, je vous recommande le margarita maison.

— Je vais en prendre un, dit Madison qui avait besoin d'un remontant.

— Et pour moi, un verre d'eau, dit Kimm.

— Je vois, dit le jeune serveur, en regardant Madison droit dans les yeux. La belle dame aime vivre dangereusement.

— Comment ? dit Madison en croisant son regard.

Il avait dix-neuf ans et de l'assurance à revendre.

— Je m'appelle Juan, annonça-t-il. Si vous avez besoin de quelque chose, appelez-moi.

— C'est un endroit intéressant, dit Madison. J'aime le style Art Déco. C'est qui, le propriétaire ?

— Une femme. Très belle, elle aussi, répondit Juan en souriant, révélant une dentition d'un blanc immaculé, malheureusement gâchée par une dent de devant plaquée or.

— Elle est plus âgée que vous, mais vous savez les femmes, c'est comme le vin, elles se bonifient et s'épanouissent avec l'âge.

— Allez, dit Madison en riant. Vous n'allez pas nous dire que ce genre de baratin marche encore ?

— Mais si, répondit-il avec un large sourire. Notamment avec les touristes. Vous en faites partie ?

Kimm n'appréciait pas ce badinage.

— Non, nous sommes ici pour affaires, répondit-elle d'un ton revêche.

— Désolé si je vous ai offensée. Je vois qu'avec vous on ne plaisante pas. Je vais chercher vos consommations.

— Pour qui se prend-il ? marmonna Kimm tandis qu'il s'éloignait. J'ai bien envie de lui botter le cul.

— Ne vous fâchez pas, dit Madison. Il pourrait nous donner des renseignements utiles sur Catherine.

— Ou sur son mari.

— C'est peu probable qu'elle soit mariée, répondit Madison. Le restaurant s'appelle « Chez Lione ».

— Si elle tenait vraiment à se cacher de Michael, elle aurait pu choisir un endroit plus discret, remarqua Kimm. Miami est une ville très visitée et South Beach un quartier touristique.

— Sans doute, répondit Madison en haussant les épaules. Mais c'est un coin qui doit être agréable à vivre. Il y flotte comme un air de liberté, de sensualité. Les gens ont l'air accueillants. D'ailleurs je commence à me sentir mieux.

— Redescendez sur terre, lui dit Kimm. En fait, vous êtes en train d'imaginer que votre tante va apparaître et vous accueillir à bras ouverts en disant : « Madison, je t'ai attendue pendant toutes ces années, maintenant tu vas rester vivre avec moi et je serai ta vraie famille. » Vous avez une imagination très fertile…

— C'est vous qui vous faites des idées, répondit Madison d'un ton acerbe. Vous me prenez vraiment pour quelqu'un de stupide.

— Absolument pas. Ce que vous éprouvez est tout à fait naturel. Nous aspirons tous à avoir une famille, à être entourés de gens qui nous aiment de manière inconditionnelle. Depuis que vous avez découvert le passé de Michael et la mort de votre mère, vous vous sentez seule au monde ; vous recherchez un point d'ancrage et Catherine vous semble être la seule à pouvoir vous offrir une stabilité affective en ce moment.

— Je veux simplement la rencontrer pour qu'elle puisse me parler de ma mère, répondit Madison d'un ton vindicatif. J'ignore tout de sa vie, je ne sais même pas où elle est née.

— Vous allez peut-être le découvrir bientôt, dit Kimm. Je crois que c'est Catherine qui vient vers nous.

Madison leva les yeux en retenant son souffle. La femme qui marchait dans leur direction était le portrait craché de Beth. Elle retrouvait les cheveux noirs bouclés, le visage fin aux pommettes hautes, les lèvres sensuelles et le regard séduisant. Cette femme mince vêtue d'une robe écarlate et chaussée d'escarpins à talons aiguilles devait avoir une quarantaine d'années.

Madison fit un calcul rapide. Elle avait vingt-neuf ans, donc si Beth l'avait eue à dix-sept ans, la sœur jumelle de sa mère en avait quarante-six.

La femme passa près d'elles et s'arrêta à la table

suivante pour saluer un homme corpulent en costume blanc, coiffé d'un Panama. Elle l'embrassa sur la joue et ils commencèrent à discuter.

— Je suis tellement contente de te voir ! s'exclama la femme avec enthousiasme. Ta bonne humeur m'a manqué.

Madison fut étonnée de découvrir qu'elle avait un léger accent.

— Elle est cubaine, dit Kimm à voix basse.

— Comment le savez-vous ?

— Je reconnais son accent.

— Mais… ça voudrait donc dire que je ne suis pas américaine ? s'écria Madison.

— Votre mère a probablement quitté Cuba pour l'Amérique du Nord avant votre naissance. Vous êtes une Américaine pur sucre.

— Oui, mais j'ai des racines cubaines, dit-elle, tout excitée à cette idée. Encore une chose que j'ignorais.

— Il y a probablement beaucoup de choses que vous ne savez pas. Et la danse, vous aimez ça ?

— Oui, et je me débrouille assez bien dans ce domaine.

— Eh bien, vous comprenez maintenant pourquoi.

— Ah, vous êtes non seulement une excellente détective mais vous avez aussi le sens de l'humour. Vous cachez bien votre jeu.

Kimm lui fit un grand sourire.

— Je constate avec plaisir que vous redevenez vous-même.

— Comment pouvez-vous en juger ? Vous ne me connaissez pas vraiment.

— Non, mais j'ai de l'imagination. Je crois qu'au fond vous êtes une dure au cœur tendre. Une femme intelligente et loyale qui déteste la stupidité. Je me trompe ?

273

— J'espère que non. Le portrait est très flatteur.
Elles éclatèrent de rire.
— Content de voir que vous vous amusez bien, dit Juan qui arrivait avec les consommations.
— En fait, dit Madison, comme vous l'a dit mon amie, nous ne sommes pas vraiment des touristes. Vous voyez, je travaille pour un magazine spécialisé dans les voyages et je suis venue avec ma collègue pour enquêter sur la vie nocturne de South Beach, sur les restaurants et les clubs branchés. Peut-être pourriez-vous nous donner un coup de main ?
— Je suis l'homme qu'il vous faut, répondit-il avec un sourire satisfait. Je connais Miami comme ma poche.
— A quelle heure finissez-vous ?
— J'ai une pause de 4 à 6. Et puis je reprends à 10 heures, au moment où la fête bat son plein.
— La fête ? reprit Madison.
— Vous êtes dans l'un des endroits les plus animés de South Beach, dit Juan avec fierté.
— Vraiment ?
— Oui.
— C'est bien une femme qui dirige « Chez Lione » ?
— Oui, c'est elle à la table là-bas, dit-il en montrant la femme assise avec l'homme au costume blanc.
— Serait-il possible de la rencontrer ?
— Madame Lione refuse toute publicité personnelle. Vous pouvez écrire un article sur son restaurant, mais pas sur elle.
— Alors comme ça, « Chez Lione » est le club le plus fréquenté de South Beach ? reprit Madison.
Kimm hochait la tête en silence avec une expression réprobatrice.

Madison lui fit un clin d'œil. Elle pressentait que sa façon d'agir était la bonne.

— Je vais vous faire une proposition, Juan. Est-ce que pour cent dollars, vous accepteriez de nous faire visiter les lieux ?

— Vous voulez savoir quand je serai libre, c'est ça ?

— Nous avions l'intention de retourner à New York ce soir même, mais je suis sûre que cela ne poserait pas de problèmes de passer la nuit ici, expliqua Madison.

— Je connais un bon hôtel, dit Juan. Pour écrire un article authentique sur la vie nocturne de South Beach, il faut la vivre par soi-même. Je vais vous indiquer les bonnes adresses et je ferai en sorte que vous y soyez bien accueillies.

— C'est très gentil de votre part, répondit Madison, mais je préférerais passer la soirée ici. Vous pourriez nous réserver une table pour dîner ?

— Naturellement, dit Juan. Pour vous et votre... heu... amie. Serez-vous accompagnées ?

— Non, il s'agit d'un voyage d'affaires.

— Je suis persuadé que bien des hommes seraient trop contents de passer la soirée avec vous, remarqua Juan d'un air entendu.

— Nous ne cherchons pas à avoir de la compagnie, dit Madison en tapotant la main de Kimm. Nous sommes parfaitement heureuses ensemble.

— Ah, je comprends, fit Juan en levant les yeux au ciel comme s'il n'en revenait pas de sa propre bêtise. Vous êtes en couple.

— Exact, dit Madison en souriant.

Kimm lui jeta un regard furieux.

Une femme à l'une des tables d'à côté réclama l'addition.

— Je reviens dans un instant, dit Juan.

— A quoi jouez-vous exactement ? s'empressa de demander Kimm dès le départ de Juan.

— J'essaie de le mettre en confiance, de donner un air désinvolte à notre présence ici afin de faciliter notre rencontre avec Catherine.

— Si j'ai bien compris, nous allons passer la nuit à South Beach, dit Kimm.

— Absolument.

— C'est merveilleux, répondit Kimm d'un ton sarcastique. J'espère que Juan nous réservera une chambre avec un grand lit, étant donné que nous sommes en couple.

— Ne montez pas sur vos grands chevaux. Je lui ai dit ça uniquement pour être sûre qu'on nous laisserait tranquilles.

— Nous sommes donc deux lesbiennes en vadrouille, c'est bien ça ?

— Ne soyez pas susceptible. D'ailleurs il est toujours plus facile d'être à deux pour agir. Ça élargit les possibilités.

— Madison, dit Kimm en hochant la tête d'un air incrédule. Vous n'êtes plus la même depuis notre départ de New York. Vous semblez… transformée.

— Non, je n'ai pas changé, dit Madison avec fermeté. Je suis une survivante, c'est tout. J'ai bien réfléchi à ce que vous m'aviez dit et vous aviez tout à fait raison — il ne faut pas que je me laisse abattre par toutes ces révélations dévastatrices sur mon passé. Je suis une personne responsable. Je me suis toujours débrouillée toute seule. Je ne comprends pas ces gens qui accusent leurs parents d'être à l'origine de leur faillite personnelle, qui disent qu'ils ont raté leur vie ou qu'ils sont devenus alcooliques parce que leurs parents leur ont montré le mauvais exemple.

Elle prit une profonde inspiration et poursuivit.

— Mon père était un tueur à gages ? Peut-être. Il a

assassiné ma mère ? C'est possible. Je n'ai aucune certitude, mais quoi qu'il arrive, j'accepterai les faits. Je me rends compte que ces événements n'ont rien à voir avec moi.

— Très bien, dit Kimm. Nous agirons comme il vous plaira.

— Merci, dit Madison. Et qui sait ? Peut-être allez-vous rencontrer la femme de vos rêves ?

— Je ne suis pas en quête.

— Croyez-moi, c'est justement quand on ne cherche pas que cela vous tombe dessus, dit Madison en souriant.

Juan revint vers elles tout excité.

— Mesdames, dit-il. Je vous promets une soirée mémorable. Vous ne regretterez pas d'être venues. Juan se charge de tout.

28

— Comment s'est passé ton entretien ? demanda Rosarita.

La réponse lui était indifférente, mais elle était vaguement consciente qu'il valait mieux faire semblant de s'intéresser aux affaires de son mari.

— Mon agent est parti, dit Dexter, son beau visage assombri par une expression soucieuse.

— Tu veux dire qu'il t'a laissé tomber ? demanda Rosarita que cette nouvelle ne surprenait pas.

Dexter était un minable et le resterait jusqu'à la fin.

— Non, il a quitté l'agence.

— Et qu'est-ce qui va se passer maintenant ?

— Eh bien, j'ai un nouvel agent. Une femme.

— Séduisante ?

— Elle a l'air gentille.

— Elle est dynamique, j'espère.

— Je n'en sais rien. Mais elle a de grands projets pour moi.

— C'est exactement ce qu'il te faut, Dexter. Quelqu'un d'ambitieux.

— Tu as l'air reposée, remarqua Dexter, qui savait pertinemment qu'elle avait passé toute la journée au lit, car Conchita le lui avait dit lorsqu'il était rentré.

La langueur de Rosarita lui semblait de bon augure. C'était peut-être le signe d'une transformation physique…

— Tu viens juste de te lever ? demanda-t-il.

— Oui, répondit-elle en bâillant. Je me remets juste de ce repas au restaurant chinois où tu m'as emmenée l'autre soir.

Il n'était pas d'humeur à lui rappeler que c'était elle qui avait choisi ce restaurant.

— Annie veut que je prenne des cours pour améliorer mon jeu, annonça-t-il. Qu'en penses-tu ?

— C'est qui Annie ?

— Mon nouvel agent.

— C'est pas une mauvaise idée, dit Rosarita, en se disant qu'il pouvait bien faire ce qu'il voulait.

Elle avait passé sa journée à réfléchir à un plan d'action et elle avait fini par trouver la solution appropriée : elle allait empoisonner Dexter !

Elle souriait intérieurement. C'était si simple, pourquoi donc n'y avait-elle pas pensé plus tôt ? Elle n'avait pas besoin d'un tueur à gages ni de l'aide de son père. Non, elle pouvait arriver à ses fins toute seule.

Cette idée lui avait traversé l'esprit tandis qu'elle regardait la télévision. Elle était tombée sur un vieux film avec Bette Davis où il était question d'empoisonnement. La solution idéale pour se débarrasser de Dex ! s'était-elle dit.

Elle mettrait son plan à exécution à Las Vegas !

Carrie Hanlon était entourée de maquilleurs, de deux coiffeurs, de trois costumiers, du rédacteur en chef, d'un assistant du magazine pour lequel elle posait et enfin du journaliste qui écrivait un article sur elle. La célèbre top model était habituée à toujours avoir une cour autour d'elle.

Elle ne fut pas impressionnée par les roses de Joel. Elle le regarda comme s'il était un extraterrestre et confia la brassée de fleurs à l'un de ses chevaliers servants.

Au départ intimidé, Joel changea bientôt d'attitude. *Qu'elle aille se faire voir, cette garce caractérielle. Je suis le fils de l'un des hommes les plus riches du monde et Mademoiselle me snobe...*

Testio — un Italo-Américain survolté, avec de longs cheveux gras et de petits clous en or aux oreilles — fut heureux de revoir Joel.

— Ça me rappelle le bon vieux temps, dit-il en jetant un bras autour des épaules de son ami. Tu avais disparu de la circulation ou quoi ? Où te cachais-tu ?

— Des nouvelles de miss Danemark ? demanda Joel tout en espérant que Testio ne lui en voulait pas.

C'était stupide de se fâcher à propos d'une femme, puisque l'offre ne faisait jamais défaut, pensait Joel.

— Oh, c'est du passé tout ça, répondit Testio avec indifférence. Elle n'était pas mieux que les autres. Elle est retournée au Danemark où elle a épousé un fermier.

— De qui parlez-vous ? demanda Carrie, en s'immisçant dans la conversation.

— De Dagmar, tu t'en souviens ? demanda Testio.

— Pas vraiment, elle ne devait pas être très connue, répondit Carrie en s'emparant d'une feuille de laitue qu'elle se mit à grignoter.

Carrie Hanlon était un magnifique spécimen féminin. Un mètre quatre-vingts, une splendide chevelure fauve, de grands yeux, des lèvres sensuelles et un beau nez droit. C'était le genre de femme dont rêvait tout jeune Américain normalement constitué.

— Ça fait longtemps qu'on ne s'est pas vus, dit Joel en s'asseyant aussi près d'elle que possible.

— Pourquoi, on se connaît ? demanda Carrie, question qui déclencha un gloussement narquois chez son costumier bisexuel.

— Tu ne te rappelles pas ? Tu étais peut-être trop défoncée cette nuit-là pour te souvenir de quoi que ce soit.

— La drogue, c'est pas mon truc, répondit Carrie.

A son tour, un autre costumier partit d'un rire hystérique.

— La cocaïne, c'est pas de la drogue, dit-elle avec irritation. Je m'en sers pour déboucher mes sinus. Je ne prends aucune drogue.

Le journaliste, un homme mince à lunettes, s'anima soudain.

— Vous ne prenez pas de quoi ? demanda-t-il, le magnétophone à la main.

— De drogues, quelles qu'elles soient, dit Carrie en ouvrant de grands yeux. Je préfère me doper aux vitamines. Elles me donnent de l'énergie et me rendent resplendissante.

— Non, si tu es resplendissante, c'est grâce à moi, marmonna le maquilleur chinois assis à l'autre bout de la table.

— Alors, vieux, qu'est-ce qui t'amène ? demanda Testio à Joel en lui tendant la bouteille de vin rouge.

— Je passais dans le coin, dit Joel en se versant un verre. J'avais envie de te revoir après si longtemps. J'ignorais que tu travaillais avec Carrie.

— Elle est infernale, murmura Testio à son oreille. Mais elle en vaut la peine.

— J'espère que tu parles des photos, dit Carrie qui adorait être le centre de l'attention, même si elle commençait à être blasée après toutes ces années.

Elle était en effet top model depuis ses quinze ans.

— Non, dit Testio d'un air moqueur. On parlait de sexe.

— Je ne fais jamais l'amour, dit Carrie en jetant un œil au journaliste. Je me réserve pour mon futur mari.

Testio se mit à hurler de rire.

— C'est vrai ? demanda le journaliste.

Carrie lui décocha un sourire angélique.

— C'est ce que vous allez écrire dans votre article, n'est-ce pas ? demanda-t-elle d'une voix douce.

L'homme hocha la tête. Cette femme d'une beauté éblouissante lui faisait perdre tous ses moyens.

— J'ai une proposition à te faire, Carrie, dit Joel en lui versant un peu de vin.

— Adresse-toi à mon agent, répondit Carrie, en balayant sa requête d'un revers de la main.

— C'est personnel, insista Joel.

— Je n'ai aucun secret pour mon agent, dit Carrie en passant sa petite langue rose sur ses lèvres brillantes et pulpeuses.

— Tu ferais peut-être mieux de m'écouter. Pourquoi payer une commission de dix pour cent, si tu as le choix ?

— Quinze pour cent, rectifia Carrie, comme si le fait de payer plus était un gage de grandeur morale. Et si je le paie autant, c'est parce que, grâce à lui, je décroche les meilleurs contrats de la ville.

— Et moi qui te croyais intelligente, dit Joel.

Il savait très bien qu'il se comportait de manière odieuse, mais c'était plus fort que lui, il ne pouvait pas tenir sa langue.

Carrie secoua sa merveilleuse chevelure et se tourna vers l'un de ses coiffeurs avec qui elle se mit à discuter du dernier concert de Jeff Beck.

Joel comprit qu'on le congédiait. Il jeta un coup d'œil en direction de Testio, qui semblait mécontent.

— Viens dans mon bureau, dit Testio en se levant. Je vais te montrer quelque chose.

Les deux hommes quittèrent la table et se dirigèrent vers le bureau privé de Testio. Le photographe poussa la porte et ferma à clé.

— Mademoiselle Supersexy est pas commode, hein ? fit remarquer Testio.

— C'est le moins qu'on puisse dire, acquiesça Joel. Mais le problème, c'est que j'ai besoin d'elle.

— Ah bon ? Eh bien, bonne chance, mon vieux, dit Testio en se caressant distraitement l'entrejambe.

— Non, je suis sérieux. Mon père croit qu'elle va m'accompagner au prochain combat de boxe à Las Vegas. Si elle me fait faux bond, j'aurai l'air d'un parfait imbécile. Qu'est-ce que je vais faire ?

Testio haussa les épaules.

— C'est ton problème, pas le mien. Tu veux sniffer de la coke ?

— Pourquoi pas ? répondit Joel qui en réalité, pour une fois, n'était pas d'humeur.

— J'ai une idée, dit Testio en allant cherchant son paquet de cocaïne, qu'il conservait dans un sac de voyage Gucci en cuir noir soigneusement fermé. Il y a une chose pour laquelle Carrie serait prête à tout.

— Ah bon ? C'est quoi ?

— Les jeunes garçons.

— Tu plaisantes ?

— Mais, non, elle raffole des ados de quinze ans.

— Tu te fous de moi.

— Je sais que ça a l'air dingue, dit Testio en traçant plusieurs lignes de cocaïne. Cette beauté de vingt-trois ans supersexy s'envoie en l'air avec des gamins. L'été dernier, j'ai pris un stagiaire. On aurait dit que Carrie allait le dévorer tout cru. Alors, la voilà la faille. Il te suffit de trouver un petit jeune de quinze ans et le tour est joué. Oh, j'oubliais, elle raffole par-dessus tout des jeunes Portoricains bâtis comme des armoires à glace.

— J'en crois pas mes oreilles.

— Eh bien, c'est pourtant la vérité, dit Testio en inspirant une ligne de cocaïne. Carrie a tellement de succès et elle est si sûre d'elle qu'elle mène sa vie comme un homme. Elle sait ce qu'elle veut et se donne les moyens de l'obtenir. Alors satisfais ses désirs et je suis sûr que tu pourras la persuader de t'accompagner.

— Facile à dire, dit Joel, perplexe. Où veux-tu que je trouve un Portoricain de quinze ans, beau gosse et sexy ?

— Demande à Mme Sylvia, dit Testio avec désinvolture.

— C'est qui cette Mme Sylvia ?

— Mais d'où tu sors ? demanda Testio en sniffant une autre ligne de coke. Mme Sylvia tient une agence de rencontres haut de gamme pour femmes riches. Si tu es prêt à payer, elle te fournira ce que tu souhaites.

— Mais alors, pourquoi Carrie ne s'adresse-t-elle pas directement à elle ?

— Elle peut pas. Trop célèbre. Il faut que quelqu'un le fasse à sa place, expliqua Testio en inspirant la troisième ligne. Je te le répète, Joel, c'est ça qu'elle veut. Trouve-lui la perle rare et elle fera ce que tu voudras.

Comme Dexter était à la maison, Rosarita décida de sortir. Elle ne voulait pas rester faire la conversation à ce mari qui ne serait bientôt plus qu'un mauvais souvenir.

— Où vas-tu ? demanda Dexter.

— Chez Barney, dit-elle.

Elle avait en fait l'intention d'aller faire le tour des librairies pour trouver des ouvrages sur les différentes sortes de poisons. Un hôtel à Las Vegas serait l'endroit idéal pour accomplir sa mission, avait-elle décidé. Elle pensait utiliser de l'arsenic ou de la strychnine, un poison qui agirait vite et ne ferait pas peser de soupçons sur elle. A Las Vegas, tout pouvait arriver.

— Je t'accompagne, proposa Dexter.

— Pas question, répondit-elle à la hâte. Je vais choisir des tenues pour notre séjour à Las Vegas, tu me gênerais.

— J'aimerais bien voir ce que tu vas porter.

— Ne t'inquiète pas, je te montrerai mes emplettes. Mais pour l'instant je vais juste regarder et comparer.

Rosarita était très dépensière. C'est d'ailleurs pour cette raison que Chas réglait toutes ses factures de carte bleue.

— Je ne peux pas t'offrir le train de vie auquel tu es habituée, l'avait prévenue Dexter au début de leur mariage. Je ne gagne pas assez d'argent.

— Je sais, lui avait-elle répondu sèchement. C'est mon père qui paiera.

Et Chas continua donc à honorer les dépenses parfois exorbitantes de Rosarita.

Elle sortit précipitamment de l'appartement en promettant d'être de retour une heure plus tard.

Dexter savait pertinemment qu'elle serait absente pendant au moins trois heures. Maintenant qu'il n'était plus obligé de se rendre au studio tous les jours, il se sentait désœuvré. L'esprit de camaraderie qui régnait sur le plateau de télévision lui manquait, de même que le traitement de faveur qui lui était réservé au titre d'acteur principal. Mais il regrettait par-dessus tout la présence rassurante de Silver Anderson et le plaisir de travailler avec une vraie professionnelle. Malgré son comportement si vulgaire juste avant qu'ils ne se quittent, il ne pouvait s'empêcher de penser à elle avec nostalgie.

Il errait sans but dans son appartement, réfléchissant à ce que l'avenir lui réservait. Annie avait promis de l'appeler dans la journée pour lui donner l'adresse et le numéro de téléphone de son professeur.

— Va le voir, lui avait-elle conseillé. Fais comme Johnny Depp, travaille d'arrache-pied. Si Johnny Depp est devenu un grand acteur, et non plus un beau gosse parmi tant d'autres, c'est parce qu'il a appris son art avec un professionnel.

Lorsque le téléphone sonna, il se précipita sur le combiné.

— Puis-je parler à Mme Falcon ? demanda une voix féminine.

— Elle s'est absentée, répondit Dexter, mais vous pouvez laisser un message.

— C'est la secrétaire du Dr Shipp. Le docteur m'a demandé de contacter Mme Falcon pour prendre rendez-vous avec elle pour la semaine prochaine.

— A quel propos ? demanda Dexter.

— Pardon ?

— Heu... je suis M. Falcon. Et je m'interrogeais sur le motif du rendez-vous.

— Oh, monsieur Falcon, quelle bonne surprise ! s'écria la secrétaire. Félicitations ! C'est une merveilleuse nouvelle !

— Merci, dit Dexter.

Il eut soudain une révélation.

— Vous voulez parler du bébé ?

— Naturellement, nous sommes tellement contents pour vous. Je suis sûre que Mme Falcon voulait être enceinte depuis longtemps. Et si je puis me permettre, je vous trouve formidable dans *Jours sombres*. J'enregistre les épisodes sur mon magnétoscope et je les regarde ensuite en rentrant à la maison. Je suis une vraie fan.

— Merci, dit Dexter, toujours content d'entendre ce genre de compliments, dont sa femme était si avare. Je dirai à ma femme de vous appeler pour prendre rendez-vous.

Il reposa le combiné. Il avait envie de danser comme un fou en hurlant de joie.

Il avait réussi à mettre Rosarita enceinte !

Sa femme attendait un bébé !

Voilà pourquoi elle était restée au lit toute la journée.

Toutes ses prières avaient été exaucées.

Maintenant son mariage n'était plus menacé.

Il n'y avait désormais plus qu'une seule ombre à ce tableau idyllique : sa carrière en perte de vitesse. Mais il allait y remédier.

29

— Bon, et maintenant on fait quoi ? demanda Kimm, les mains posées sur ses hanches solides.

Elle était avec Madison dans la chambre à lit unique que Juan avait réservée pour elles deux.

— Je crois que je vais devoir dormir par terre, dit Madison sans broncher.

— Cette situation est parfaitement ridicule, dit Kimm d'un ton sec.

— Mais elle a au moins le mérite d'être drôle. Et ça fait du bien de se divertir. D'un autre côté, dit Madison en réfléchissant à haute voix, étant donné que nous sommes en couple, nous ne serons pas assiégées par une tonne de types en mal de compagnie ce soir.

— Et qu'est-ce qui vous fait croire qu'une tonne de types se jetterait sur vous ?

— Sur nous, rectifia Madison. Eh bien, vous savez sans doute que les hommes sont attirés comme des mouches par les femmes seules.

— Pour ma part, cette situation ne m'amuse pas du tout, dit Kimm, le visage impassible. J'ai du mal à comprendre votre nouvelle attitude, désinvolte et blagueuse. Vous croyez qu'être lesbienne est une sorte de jeu ?

— Pas du tout, protesta Madison. Mais c'est la première fois que j'ai une relation intime avec une femme homosexuelle, alors peut-être que je ne réagis pas comme il le faudrait. Suis-je censée ignorer que vous l'êtes ?

— Non, bien sûr, répliqua Kimm en fronçant les sourcils, mais je n'apprécie pas que vous fassiez semblant d'être ma compagne uniquement pour vous protéger de hordes de prétendants en mal d'amour. Enfin, tout ceci m'incite à penser que vous avez dû être très gâtée au cours de votre existence.

— Je suis désolée si je vous ai offensée, répondit Madison qui ne comprenait pas bien l'emportement de Kimm. Je vais aller à la réception pour qu'ils nous donnent une autre chambre. Je ne pensais pas que tout ceci poserait un problème.

— Ce n'est pas un problème, répondit Kimm vivement. Je crois que je peux me contrôler et m'abstenir de vous toucher l'espace d'une nuit.

— C'est vous qui faites de l'esprit, maintenant ? répondit Madison.

— De toute façon, poursuivit Kimm d'un ton agressif, j'ai des clients qui m'attendent à New York. Donc, si vous voulez rencontrer votre tante, il vaudrait mieux le faire ce soir, car je pars demain à la première heure.

— J'ai bien l'intention de voir Catherine. Et il lui sera difficile de me claquer la porte au nez.

— Comment comptez-vous procéder exactement ? s'enquit Kimm. Avez-vous l'intention de vous approcher d'elle et de lui glisser à l'oreille : « Au fait, je suis votre nièce, vous savez, celle que vous ne voulez voir sous aucun prétexte » ?

— Je n'ai pas encore établi de stratégie, répondit Madison, bien décidée à ne pas se laisser décourager. Mais je vais y réfléchir.

— Bien, dit Kimm, en s'asseyant sur le bord du lit.

En fait, vous n'avez pas besoin de moi. Je vais rester à l'hôtel.

— Si, j'ai besoin de vous, insista Madison. Je me sens plus en sécurité quand vous êtes là.

— Et pourquoi ?

— C'est comme ça.

— D'accord, je vous accompagne puisque vous insistez, dit Kimm à contrecœur, en poussant un gros soupir.

— J'insiste, dit Madison. Et comme nous n'avons ni l'une ni l'autre de tenue appropriée pour ce soir, je suggère une petite virée dans les magasins. C'est moi qui offre.

— Je déteste faire du shopping, grommela Kimm. Je ne trouve jamais rien qui me convienne. Et je me sens parfaitement à l'aise en jogging : c'est mon uniforme.

— Non, non, dit Madison. Nous sommes à Miami. Il faut que nous soyons bien habillées. Je ne vous ai jamais vue en robe.

— Et vous n'en aurez probablement jamais l'occasion, grommela Kimm.

Quand elles arrivèrent « Chez Lione », Madison fut immédiatement séduite par l'ambiance. Un groupe jouait de la musique cubaine aux rythmes syncopés et le restaurant était rempli de créatures exotiques : des femmes belles et sexy, des hommes séduisants au corps souple comme celui de Juan : tout le monde semblait prêt à faire la fête.

— C'est fantastique, dit Madison en jetant un regard admiratif autour d'elle. Et moi qui croyais que la réputation de South Beach était surfaite. Apparemment, j'avais tort.

Il était 10 heures et Juan, qui les accueillit sur le pas de la porte, leur annonça qu'il fallait attendre minuit pour que la fête batte son plein.

— J'ai hâte de voir ce que ça donne, répondit Madison.

— Eh bien, tout le monde danse, boit, fume et drague, ajouta Juan, en souriant de manière faussement coupable. Je ne vous choque pas, j'espère ? demanda-t-il d'un air innocent.

— Pas du tout, répondit froidement Madison. Je ne suis pas née de la dernière pluie.

Kimm lui jeta un rapide coup d'œil pour lui signifier qu'elle ne devait pas se montrer trop familière.

— Où est notre table ? Je veux être aux premières loges, dit Madison.

Elle portait une petite robe noire qui moulait son corps comme une seconde peau. Ses longs cheveux noirs et bouclés flottaient librement sur ses épaules et de grands anneaux d'or ornaient ses oreilles ; elle s'était même maquillée pour l'occasion.

Les gens se retournaient sur son passage, mais elle n'y prêtait pas attention. Elle se sentait différente, plus libre, sans trop savoir pourquoi. Ce qu'elle savait, par contre, c'est qu'elle avait désespérément besoin de boire un verre pour se donner du courage.

Kimm portait quant à elle sa nouvelle tenue : un pantalon et un long manteau de cuir noir, assortis d'un chemisier rouge ; Madison avait insisté pour payer la note malgré les protestations véhémentes de Kimm.

— Nous n'allons pas à un défilé de mode, marmonna Kimm.

— Il faut que nous soyons à la hauteur, avait répliqué Madison. De toute façon, j'aime dépenser mon argent et ce pantalon de cuir noir vous va à ravir.

Kimm avait accepté cet achat de mauvaise grâce. En dépit de sa grande taille et de sa corpulence, elle était une belle femme, imposante, aux traits séduisants d'amérindienne. Madison se disait que si ses inclinations sexuelles venaient à changer, Kimm serait la partenaire idéale.

Elle avait appelé Jamie plus tôt dans la soirée.

— Que fais-tu à Miami, avait demandé son amie, perplexe. Je croyais que tu étais en pleine crise ?

— C'est vrai, ce qui explique mon séjour ici.

— Ah bon, tu es à Miami parce que tu es en pleine crise, récapitula Jamie, comme si elle n'avait jamais entendu quelque chose d'aussi ridicule.

— Je rentre demain et je t'expliquerai tout.

— J'espère bien, répondit Jamie.

Juan les conduisit vers une table placée au centre de la salle.

— Si vous me permettez, vous êtes toutes les deux resplendissantes ce soir, dit-il d'un air charmeur. Dommage que vous soyez… prises.

Kimm lança un autre regard d'avertissement à Madison, pour prévenir toute allusion déplacée.

— Et vous, Juan, demanda Madison, avez-vous une petite amie ?

— Une, deux, trois, en fait j'en ai plusieurs, répondit-il avec un sourire.

— Tiens donc, eh bien, ça ne me surprend pas, répondit Madison alors qu'ils arrivaient près d'une table à côté de la piste de danse déjà bondée.

Elle s'assit, regarda autour d'elle et commanda un margarita, tout en songeant aux bouleversements survenus récemment dans sa vie. Elle qui se croyait si sûre d'elle avait assisté à l'effondrement de toutes ses certitudes. Mais elle s'en sortirait, elle le savait. Elle était de la trempe des battantes. Et le combat commençait ce soir même.

Une heure et trois margaritas plus tard, elle ne ressentait plus aucune angoisse. Kimm elle-même s'était détendue au son de la musique sensuelle et de l'atmosphère festive qui régnait dans le restaurant. Madison, qui commençait à se sentir un peu grisée, essayait d'apercevoir Catherine, mais sans succès.

Lorsque Kimm s'absenta pour aller aux toilettes, elle demanda à Juan où se trouvait la propriétaire des lieux.

— Je vous l'ai déjà dit, répondit Juan. Elle ne veut pas qu'on l'interviewe.

— Mais je veux simplement lui parler, insista Madison.

— A quoi cela vous servira-t-il, si vous ne la mentionnez pas dans votre article ?

— Ce restaurant, c'est elle qui l'a créé et il a apparemment beaucoup de succès. Est-ce qu'elle l'a ouvert toute seule ou avec un mari ou un partenaire commercial ?

— Vous posez trop de questions, dit Juan sur ses gardes.

— Je suis journaliste, dit-elle. C'est mon métier de questionner les gens.

— Mme Lione n'aime pas les journalistes, répondit Juan, le visage dur.

— Elle n'est quand même pas contre un peu de publicité, dit Madison. En général, les propriétaires de restaurants ou de boîtes de nuit apprécient qu'on parle d'eux.

— Le restaurant n'a pas besoin de publicité, dit Juan avec raideur. Mme Lione ne fait jamais de pub.

— Alors, laissez-moi au moins parler à son mari.

— Il n'est pas ici.

— Ah bon, où est-il ?

— Il est absent.

— Si je promets de ne pas mentionner le nom de votre patronne, accepterez-vous de me la présenter ?

— Pourquoi tenez-vous tant à la voir ? demanda-t-il d'un air soupçonneux.

— Parce que je pense qu'elle doit être fascinante.

Je ne sais pas si vous connaissez ces deux restaurants exceptionnels, « Chez Elaine » à New York et « Chez Régine » à Paris, eux aussi tenus par des femmes. Eh bien, ce restaurant-ci n'a rien à leur envier. Votre patronne peut être fière de ce qu'elle a accompli.

— Vous me prenez pour un imbécile, répliqua Juan avec dédain. Bien sûr que je connais ces deux restaurants. Quand j'ai débarqué aux Etats-Unis, j'ai travaillé comme plongeur au Cirque, à New York. Alors vous savez, les restaurants, j'en connais un rayon.

— Vous aviez quel âge ?

— J'avais treize ans quand j'ai quitté La Havane. C'est ma mère qui m'a envoyé ici.

— Que fait-elle, votre mère ?

Il allait lui répondre quand il aperçut Kimm, qui revenait des toilettes. Sans plus attendre, il se perdit dans la foule.

— Que se passe-t-il ? demanda Kimm en s'asseyant et en observant Madison d'un œil critique. Je crois qu'un café bien tassé vous ferait le plus grand bien. Vous avez le regard un peu vitreux.

— C'est faux, protesta Madison. Ne gâchez pas mon plaisir. Ça ne m'arrive pas si souvent de prendre du bon temps.

— Vous êtes soûle.

— N'importe quoi, je me sens bien, c'est tout.

— Vraiment ? répondit Kimm qui ne la croyait pas, et ce, à juste titre.

— Vous ne buvez jamais une goutte d'alcool ? demanda Madison.

— Vous savez sans doute que nous ne tenons pas très bien l'alcool, dit Kimm d'un ton sarcastique.

— Qui ça, « nous » ?

— Les Amérindiens, évidemment.

— Tout ça, c'est des histoires, non ?

— Eh bien, je n'ai pas envie de vérifier si elles sont vraies ou fausses, dit Kimm. De toute façon, j'aime garder l'esprit clair.

— Ouais, eh bien, malgré votre esprit clair, vous n'avez pas remarqué la magnifique créature noire qui est assise là-bas et qui ne vous quitte pas des yeux depuis une demi-heure.

— Comment ? dit Kimm en rougissant.

— Regardez, par là-bas, murmura Madison en indiquant discrètement la table placée au coin de la piste.

Kimm jeta un coup d'œil. Elle aperçut une grande femme noire élancée, coiffée d'une perruque aux longs cheveux blonds et vêtue d'une robe lamée or très courte.

— J'ai comme l'impression que quelqu'un va avoir de la chance ce soir, dit Madison en chantonnant. Et malheureusement, ce n'est pas moi.

— Vous savez, dit Kimm lentement, les hétérosexuels ont l'habitude de coucher à droite et à gauche, mais contrairement à la rumeur, les gays sont plus réservés.

Madison éclata de rire.

— Quelle blague ! J'ai des amis gays qui peuvent sortir avec trois types différents en une nuit.

— C'était avant le SIDA, fit remarquer Kimm. Les choses ont changé.

— Peut-être au début de l'épidémie, mais après, tout le monde a repris ses bonnes habitudes.

— Vous ne savez pas de quoi vous parlez, dit Kimm. Vous êtes à moitié soûle et c'est impossible d'avoir une conversation sérieuse avec vous ce soir.

Juste à ce moment-là, la femme noire se leva et se dirigea vers Kimm.

— Tu viens danser ? demanda-t-elle, en se plantant devant elle.

Kimm allait refuser quand Madison lui donna un petit coup de pied discret sous la table et répondit à sa place.

— Elle adorerait ça.

Kimm se leva à contrecœur. C'est alors que Madison vit Catherine entrer dans la salle. Elle était accompagnée par l'homme en costume blanc aperçu quelques heures auparavant.

Madison se leva d'un bond.

— Je reviens tout de suite, dit-elle.

Elle fit le tour de la piste de danse en essayant d'éviter les gens qui se trémoussaient autour d'elle. Elle se précipita sans hésiter vers Catherine.

— Excusez-moi, dit-elle, tout excitée, emportée par son enthousiasme. Ça fait des heures que j'attends le moment propice pour vous parler. Je vais écrire un article sur votre restaurant et même si je sais que vous refusez toute publicité personnelle, je souhaitais vous serrer la main et vous féliciter, car cet endroit est vraiment fantastique.

Catherine la regarda un long moment en silence, le visage parfaitement immobile.

— Vous êtes ma nièce, n'est-ce pas ? demanda-t-elle sans aucune trace d'émotion dans la voix. J'avais pourtant averti la femme qui m'a téléphoné que je ne voulais pas vous voir. Alors que faites-vous ici ?

— Je suis venue, parce que je ne sais plus qui je suis, et vous êtes probablement la seule personne qui puisse m'aider à retrouver mon identité, expliqua tristement Madison, alors que la pièce commençait à tourner autour d'elle.

30

— Alors, ma chérie, comment te sens-tu ?

Rosarita jeta un regard méfiant à Dex. Pourquoi était-il subitement si attentionné ?

— Ça va très bien, merci, répondit-elle, au comble de la frustration.

Ses recherches dans diverses librairies s'étaient en effet soldées par un échec. Ce n'était pas facile de trouver des informations sur les poisons. Elle avait malgré tout réussi à glaner quelques renseignements ici et là. La strychnine, avait-elle ainsi découvert, provoquait un dérèglement des réflexes musculaires, des spasmes douloureux, la dilatation des pupilles et une cyanose accompagnée d'asphyxie. Pourtant l'arsenic semblait être un poison bien plus efficace : son absorption déclenchait des irritations de la gorge, des vomissements, des crampes, une grande agitation, voire des convulsions, un état de prostration généralisé et des évanouissements.

Mais elle recherchait un poison qui agisse en douceur et puisse tuer son mari en l'espace d'une heure. Cela lui donnerait le temps de l'expédier au Casino où il s'effondrerait et rendrait l'âme sans qu'elle soit là pour assister à son agonie. Elle ne voulait pas le voir en train de se tordre de douleur et de délirer. Son alibi était déjà tout préparé. Elle serait en compagnie de Chas et de ses beaux-parents dans un endroit public quelconque. Autant dire un alibi en béton ; de ce côté-là, elle n'avait rien à craindre.

Cependant, il fallait trouver le poison idéal, et c'était bien plus compliqué qu'elle ne l'avait cru !

— Je peux te parler un instant ? demanda Dexter.

Il la prit par le bras et la conduisit vers leur chambre.

Zut ! Que lui voulait-il encore ? Joel avait-il téléphoné et révélé le pot-aux-roses ?

— Que se passe-t-il ? demanda-t-elle, agacée. Je viens de rentrer et j'aimerais me détendre avec une bonne tasse de café avant que tu ne me déballes tous tes problèmes.

— Ne t'inquiète pas. Je n'ai pas l'intention de t'importuner avec ça, la rassura-t-il de sa voix douce et totalement exaspérante. Je sais que tu voulais sans doute me l'annoncer plus tard, mais je suis au courant de tout et je ne peux pas garder ça pour moi. Ne sois pas en colère après moi, mais j'ai déjà téléphoné à mes parents pour leur annoncer la bonne nouvelle.

— Leur annoncer quoi ? s'écria Rosarita, alarmée par ces confidences.

— Tu es si intelligente. Je suis fier de toi.

Rosarita était complètement abasourdie. Où voulait-il en venir ?

— Dex, peux-tu calmement m'expliquer ce dont il s'agit ? demanda-t-elle en articulant chaque mot avec soin.

— Il s'agit du bébé, répondit-il avec un grand sourire. De notre bébé.

Oh non ! Il sait que je suis enceinte. Il ne manquait plus que ça !

Elle s'assit sur le bord du lit, soudain prise de nausée.

— Comment l'as-tu appris ?

— La secrétaire du Dr Shipp a appelé pour que tu

prennes rendez-vous. J'ai eu un pressentiment, et je lui ai demandé si tu étais enceinte.

Il s'approcha d'elle et prit ses mains dans les siennes.

— Pourquoi ne m'as-tu rien dit, ma chérie ?

— Je… je ne l'ai moi-même appris que cet après-midi, dit-elle en bégayant, prise au dépourvu. J'avais l'intention de te l'annoncer ce soir.

— Quelle merveilleuse nouvelle, dit-il en l'attirant vers lui et en l'enlaçant tendrement. Je suis tellement heureux.

— En effet, c'est une bonne nouvelle, répondit-elle tout en essayant de retrouver ses esprits.

C'était probablement préférable qu'il soit au courant, car ils apparaîtraient maintenant aux yeux de tous comme un couple amoureux et uni. Un beau couple marié et bientôt d'heureux parents. Lorsqu'il mourrait, personne ne songerait à la soupçonner. Au contraire, tout le monde la plaindrait, elle, la veuve éplorée, enceinte de surcroît. Un rôle qu'elle saurait jouer à la perfection.

Et Joel dans tout ça ? Devait-elle lui révéler son plan ?

Certainement pas. Il n'approuverait peut-être pas qu'elle ait recours au meurtre pour résoudre ses problèmes conjugaux.

— Je suis contente que cette nouvelle te réjouisse, dit-elle en décidant de jouer le jeu. Je ne m'y attendais pas du tout, puisque comme tu le sais, j'utilise toujours un diaphragme, et… heu… je n'arrive toujours pas à comprendre comment c'est arrivé.

— Tu sais bien qu'un moyen contraceptif ne protège jamais à cent pour cent, répondit-il. Par ailleurs, j'avais vraiment envie de fonder une famille.

Elle avait de la chance que Dexter soit aussi compréhensif. Un autre homme aurait pu lui demander des comptes en trouvant bizarre qu'elle soit enceinte alors qu'elle utilisait toujours son diaphragme.

— Ça ne tombe pas vraiment bien étant donné que tu es au chômage, dit Rosarita. Je ne veux surtout pas être un fardeau pour toi.

— Ne te fais pas de souci pour moi, dit Dexter. Et merci d'être si attentionnée, ajouta-t-il. Tu vois, ma chérie, même si tu ne veux pas le montrer, je sais que sous ta dureté apparente, tu es foncièrement gentille. C'est la raison pour laquelle je t'ai épousée, parce que je connais ta vraie personnalité.

— Merci, dit-elle d'un air faussement modeste.

— Mais c'est vrai.

— Qu'est-ce qu'ils ont dit, tes parents ?

— Ils étaient tout excités. Si c'est un garçon, on pourrait l'appeler Dexter ?

— Bien sûr.

— Et si c'est une fille, Rosarita ?

— Tout ce que tu veux, mon chéri.

— Tu vas voir, je vais te traiter comme une princesse, promit-il. Tu auras tout ce que tu veux.

— Merci, Dexter. Mais il vaudrait peut-être mieux rester discrets. Attendons notre retour de Las Vegas pour annoncer à tout le monde la bonne nouvelle.

— A ce propos, je me demande si c'est raisonnable d'entreprendre ce voyage.

— Comment ? répliqua-t-elle vivement. Je suis enceinte, pas handicapée.

— Penses-tu vraiment que ce soit raisonnable ?

— J'adore Las Vegas, avec tous ses magasins. Je ferai du shopping avec Martha et Matt. Je suis imbattable pour ça.

Il lui sourit.

— Oui, je sais, et tu verras, Rosarita, c'est fini pour

moi les séries télé minables. Je vais devenir une vraie star, comme tu voulais. Tu me fais confiance ?

— Oui, Dex, dit-elle en hochant la tête. Je sais que tu ne me décevras pas.

— Madame Sylvia ?

— Qui êtes-vous ? Que voulez-vous ? demanda une voix soupçonneuse.

— Je voudrais parler à Mme Sylvia. C'est Testio Ramata qui m'a donné son numéro de téléphone.

— Jamais entendu parler de lui.

Quelle galère ! pensa Joel. *Ça ne va jamais marcher.*

— Testio Ramata, le photographe, expliqua-t-il. Passez-moi Mme Sylvia.

— Ne quittez pas, dit la voix.

Quelques minutes plus tard, quelqu'un s'empara du combiné.

— Mme Sylvia à l'appareil. Puis-je vous être utile ?

— Oui, heu… Testio m'a dit de vous appeler. Il m'a dit que vous pourriez me fournir ce que je désirais.

— Le mot de passe, s'il vous plaît ?

— Je ne le connais pas, ce foutu mot de passe, répondit-il, excédé.

— J'ai bien peur alors de ne pouvoir vous aider.

— Vous savez qui je suis ?

— Non.

— Joel Blaine, le fils de Leon Blaine.

— Donnez-moi votre numéro de téléphone, monieur Blaine, et je vous rappellerai.

— Est-ce vraiment nécessaire ?

— Absolument. Si c'est votre secrétaire qui répond, je me ferai passer pour Mme Brown.

— Je vais vous donner mon numéro personnel, ce sera plus simple.

Il s'exécuta et attendit avec impatience qu'elle rappelle, ce qu'elle fit quelques secondes plus tard.

— Je suis désolée, monsieur Blaine, mais on n'est jamais trop prudent, vous savez.

— Je comprends, dit-il, même si ce n'était pas le cas.

— Est-ce que Testio vous a dit que c'était une agence pour femmes uniquement ? Les hommes de compagnie que nous proposons ne sont pas homosexuels. Et je ne vois donc pas comment je pourrais vous être utile.

— Eh bien, en fait, répondit Joel, c'est difficile d'en parler au téléphone. Pourrions-nous nous rencontrer ?

— Cette manière de faire est tout à fait inhabituelle. En règle générale, je ne rencontre pas mes futurs clients… ou plutôt clientes.

— Ecoutez, dit Joel. Vous savez qui je suis. Il est peu probable que je débarque avec un micro caché sous ma chemise, escorté par un bataillon de flics.

Elle se mit à rire poliment.

— Je n'ai aucune crainte à ce sujet. En fait, notre petite conversation est enregistrée et je suis sûre que vous ne voudriez pas la rendre publique tout comme je ne voudrais pas que mes paroles soient répétées.

— Alors quand pouvons-nous nous rencontrer ?

— Eh bien, dit-elle. Que diriez-vous du bar de l'hôtel *The Four Seasons* à 7 heures ?

— Comment vous reconnaîtrai-je ?

— Si vous ne m'avez pas menti sur votre identité, je n'aurai pas de mal à vous repérer.

Joel raccrocha violemment le combiné. Il se sentait ridicule et stupide. Et tout ça, c'était la faute de Marika, cette garce. Qu'elle aille au diable ! Il regrettait de lui avoir dit qu'il irait à Las Vegas avec Carrie Hanlon, la fille la plus impossible de toute la ville de New York !

Il se dirigea vers la fenêtre de son appartement et contempla Central Park qui s'étalait en contrebas. Malheureusement, il n'y avait pas d'appartements en face de chez lui. Parfois, lorsqu'il était en manque de public, il réservait une suite à l'un des derniers étages du *Four Seasons*. Il invitait une fille et lui faisait l'amour devant la baie vitrée de leur chambre que surplombait l'hôtel d'à côté. Il adorait ça. Les touristes qui assistaient à ce spectacle devaient penser que New York était un endroit totalement décadent. Joel se mit à rire doucement en pensant à ces bons souvenirs.

Il faudrait peut-être qu'il invite Rosarita. Cela faisait longtemps qu'il ne l'avait pas vue et elle était probablement en colère contre lui. Mais il n'en avait cure. Il était sûr que s'il lui donnait rendez-vous, elle se précipiterait pour le rejoindre. Les femmes mariées étaient ses préférées car elles étaient à sa merci.

Rosarita lui avait fait promettre de ne jamais téléphoner chez elle. Néanmoins, étant donné qu'il l'avait laissée tomber, c'était à lui de faire le premier pas s'il souhaitait la revoir.

Il devait toutefois éviter de tomber sur son mari, ce gros lourdaud à la cervelle d'oiseau qui travaillait à la télévision. Ça lui plaisait, que Rosarita préfère faire l'amour avec lui plutôt qu'avec son beau gosse de mari. Mais ça ne l'étonnait pas plus que ça. Il était riche et sexy. A la mort de son père, il posséderait une énorme fortune. Leon Blaine, ce vieux cocker, avait près de soixante-dix ans et n'en avait plus pour très longtemps.

Pris d'une impulsion subite, il vérifia le numéro de Rosarita sur son petit agenda noir et s'empara du téléphone. Une voix de femme lui répondit.

— Rosarita ? demanda-t-il.

— Joel ? murmura-t-elle, paniquée. Je t'avais pourtant dit de ne jamais m'appeler ici. Où étais-tu ? Je te rappelle.

— Je suis dans mon appartement, dit-il. J'ai un nouveau numéro de téléphone.

— Je m'en suis aperçue. Il est sur liste rouge. Je n'arrivais pas à te joindre. Cette garce de secrétaire refusait de me le donner. Dis-le-moi, vite.

Il lui communiqua son numéro et raccrocha. Il se dit aussitôt qu'il avait fait une erreur, puisque s'il avait changé de numéro, c'était à cause d'elle.

Il devait néanmoins admettre que c'était certainement la femme la plus audacieuse qu'il ait jamais rencontrée, et pourtant ce n'était pas une prostituée. Qu'une professionnelle se plie à tous ses désirs n'avait rien d'exceptionnel ; par contre qu'une femme mariée se comporte de la sorte était quelque chose d'inhabituel et cela l'excitait d'autant plus. D'autre part, elle n'avait pas son pareil pour tailler des pipes.

Quelques secondes plus tard, le téléphone sonna. Il décrocha.

— Rejoins-moi au *Four Seasons* dans une demi-heure, dit-il.

— Impossible, répondit-elle toujours aux abois.

— Et pourquoi pas ?

— Mon mari est à la maison.

— Dis-lui que tu dois t'absenter.

— Et où pourrais-je bien aller à 6 heures du soir ?

— Je croyais que tu étais une femme indépendante. Il travaille à la télé, non ?

— Son show a été annulé. Il est là, dans l'autre pièce. Je t'avais dit de ne pas m'appeler ici. Tu aurais pu tomber sur lui.

— Mais ça n'a pas été le cas, alors arrête de râler.

— Il ne faut pas qu'il soit au courant pour nous.
— Pourquoi ?
— Je te l'ai déjà dit. Bientôt, il ne sera plus qu'un mauvais souvenir.
— Ouais, ça fait des mois que tu dis ça. Est-ce que tu me rejoins, oui ou non ?
— Eh bien…
Il savait que la partie était gagnée.
— Au *Four Seasons,* dans le hall d'entrée. Sois à l'heure. Je n'ai pas beaucoup de temps.
— Tu n'as rien d'autre à me dire ? demanda-t-elle en espérant qu'il lui dirait quelque chose de gentil.
— A quoi tu penses exactement ?
— Tu veux vraiment le savoir à quoi je pense ? Eh bien, je pense que tu ne manques pas de culot. Cela fait des semaines que j'essaie de te joindre et maintenant tu m'appelles, et tu veux me voir immédiatement.
Ah, les femmes ! Pourquoi fallait-il tout le temps qu'elles fassent des histoires ? Si seulement elles pouvaient la fermer !
— Tu te souviens de ces culottes ajourées dont je t'avais parlé ?
— Oui, dit-elle, le souffle court.
— Parfait, mets-en une. A tout à l'heure.
— C'était qui au téléphone ? demanda Dexter lorsque Rosarita vint le retrouver.
— C'était Chas, dit-elle. Il a besoin de me voir. Je crois que c'est à propos de cette femme avec qui il vit. Celle qui prétend être infirmière.
— Et pourquoi faut-il qu'il te voie maintenant ?
— C'est une histoire de famille, répondit-elle, évasive. Je dois aller chez lui.
— Je t'accompagne, dit Dexter en éteignant la télé.

— Non, se hâta-t-elle de répondre. Il veut me voir en tête à tête. Il a laissé entendre que c'était personnel.

— Tout de même, si ça concerne la famille, je devrais peut-être y aller, insista Dexter. En plus tu es enceinte, je ne peux pas te laisser en ville toute seule.

— Ne sois pas parano, Dex, je reviens dans une heure.

Rosarita n'avait jamais su très bien mentir, mais cette fois elle semblait avoir tiré son épingle du jeu car Dexter ne fit plus aucune objection et ralluma la télévision.

Elle se précipita dans la chambre, ouvrit le tiroir où elle rangeait sa lingerie et passa en revue les culottes ajourées qu'elle avait achetées. Il y en avait de toutes les couleurs. Elle les avait cachées au fond du tiroir pour que Dexter ne tombe pas dessus par erreur. Il ne fouillait jamais dans ses affaires, mais il valait mieux être prudent. Elle opta pour une culotte rouge vif bordée de dentelle noire. Elle se rua vers la salle de bains, ferma la porte à clé et s'habilla en prévision de sa rencontre avec Joel. Elle retoucha ensuite son maquillage et appela Chas avec son téléphone portable.

— Papa, c'est important, dit-elle en parlant précipitamment. Fais comme si je passais te voir. Si Dex appelle, dis-lui que je vais arriver d'une minute à l'autre. S'il veut me parler, dis-lui que je viens de partir. D'accord ?

— Mais qu'est-ce que tu manigances encore ?

— Cela ne te regarde pas. J'ai une affaire personnelle à régler et Dex est toujours dans mes pattes.

— Tu n'es pas en train de faire une sottise, j'espère ? demanda Chas, soupçonneux.

— Que veux-tu dire ?

— Eh bien… si j'étais toi, je n'irais pas voir ailleurs, grommela Chas. S'il apprenait que tu le trompes, il serait capable de te filer une bonne correction.

— Papa, tu exagères, dit-elle en soupirant. Rappelle-toi, s'il demande après moi, soit je suis chez toi, soit je suis en route, soit je viens juste de partir. D'accord ?

— Tu me prends pour un demeuré ou quoi ?

— Merci, papa.

Elle raccrocha, se regarda une dernière fois dans le miroir et sortit.

Heureusement pour Joel, l'hôtel avait pu lui réserver la suite qu'il désirait. Elle se trouvait au trente-huitième étage, sur le côté gauche, et les gens qui résidaient dans l'hôtel d'en face avaient une vue plongeante sur ce qui se passait à l'intérieur.

Il attendait Rosarita dans le hall d'entrée ultramoderne. Lorsqu'elle arriva, il se dit que bizarrement elle lui avait manqué. Il lui donna un rapide baiser sur la joue.

— Tu as de la chance que je sois là, dit-elle, légèrement essoufflée.

— Ah bon ? Et pourquoi ça ?

— Parce que tu n'as pas été très gentil avec moi, lui dit-elle d'un ton de reproche. Je sais que tu es contrarié parce que je suis mariée mais tu pourrais avoir plus d'égards.

— Et que veux-tu donc que je fasse, tant que tu es mariée ? se plaignit-il. Qu'est-ce que je suis supposé faire ? Aller chez toi et serrer la main de ton mari ?

— Ne fais pas l'idiot, Joel.

— J'ai une surprise pour toi, dit-il en lui prenant la main.

— C'est quoi ? s'enquit-elle, tout excitée.

— Tu verras, dit-il en l'entraînant vers l'ascenseur.

Ils restèrent silencieux pendant le trajet jusqu'au trente-huitième étage. Arrivé à destination, il la conduisit jusqu'à la suite.

Devait-elle lui dire qu'elle était enceinte ?

C'est trop tôt, l'avertit une petite voix. *Beaucoup trop tôt*.

Il ouvrit la porte de la suite et la fit entrer.

— Va dans la chambre, lui dit-il en lui donnant une tape sur les fesses, et relève tous les stores.

— Je ne passerai pas la nuit ici, dit-elle. Je ne peux pas m'absenter plus d'une heure.

— Une heure suffira, dit-il. Il est 6 h 10. J'ai une réunion en bas à 7 heures. Tu seras sortie à temps.

— Qu'allons-nous faire ? demanda-t-elle avec curiosité.

— A ton avis ? répondit-il avec un rire obscène. Nous allons divertir les voisins d'à côté.

Et alors qu'elle relevait les stores, elle sut exactement ce qu'il avait en tête.

— Allume les lumières, ordonna-t-il. Déshabille-toi. Nous allons offrir aux touristes un show comme ils n'en verront jamais à Broadway. Vas-y, bébé, que le spectacle commence !

31

Catherine Lione accepta à contrecœur d'avoir une conversation avec Madison. Cette dernière suivit la femme aux cheveux sombres jusque dans son bureau personnel, une pièce confortable située à l'arrière du restaurant. Des caméras vidéo et des haut-parleurs étaient fixés aux murs.

Catherine éteignit tous les appareils et regarda fixement Madison pendant un long moment. Elle poussa un profond soupir.

— J'ai su immédiatement qui vous étiez quand je vous ai aperçue cet après-midi, dit-elle d'une voix douce où perçait un léger accent. Vous êtes intelligente, vous avez réussi à me retrouver. Mais peut-être que ce n'est pas si difficile si l'on cherche vraiment.

— C'est ma détective qui a retrouvé votre trace, répondit Madison avec nervosité.

— Ah, je vois, dit Catherine en s'asseyant sur un long divan de style Art Déco.

Madison, qui vacillait légèrement, s'assit à côté d'elle.

Catherine poussa de nouveau un long soupir empreint de lassitude.

— Vous savez, Madison, après le meurtre de ma sœur, j'ai dû fuir Michael. Il était trop dangereux. Je suis donc partie à Miami et je me suis mariée à un homme bon et sincère. C'est avec son argent que nous avons ouvert ce restaurant, et puis un jour il a été tué dans un accident. Au départ, cette affaire était plutôt modeste, mais après le tremblement de terre à Los Angeles, South Beach est devenu un quartier très prisé. Les photographes, les mannequins, les stylistes de mode, sont tous venus s'installer ici. Ce succès inattendu m'a inquiétée au début, car je redoutais toute publicité. Mais les gens qui me connaissaient bien et m'appréciaient ont su préserver mon désir d'anonymat. Ce club-restaurant est devenu un endroit mythique, en quelque sorte, mais moi je suis toujours restée en retrait.

— L'histoire de votre restaurant ne m'intéresse pas, l'interrompit Madison d'un ton farouche. Ce qui m'importe, c'est l'histoire de ma mère.

— Je vois, dit Catherine calmement.

Madison se leva et se mit à faire les cent pas.

— J'ai découvert récemment que la femme que je croyais être ma mère ne l'était pas, dit-elle en guettant la réaction de Catherine. Vous savez peut-être que cette femme, qui s'appelait Stella, vient d'être assassinée ainsi que son ami.

— En effet, je suis au courant, répondit Catherine, le visage impassible. Stella a été tuée de la même manière que ma sœur.

Madison passa nerveusement les mains dans sa longue chevelure sombre, tout en regrettant d'avoir un peu trop bu. Les nombreux margaritas qu'elle avait consommés lui avaient embrumé l'esprit et elle avait du mal à réfléchir clairement.

— Etes-vous en train d'insinuer que Michael pourrait être le meurtrier de Stella et de son ami ?

Catherine la regarda avec attention.

— Que savez-vous exactement au sujet de votre père, Madison ? Vous a-t-il raconté la vérité ?

— Non, répondit-elle avec précipitation. Dès que j'ai découvert que Stella n'était pas ma vraie mère, j'ai fait appel à un détective privé. En fait, c'est une femme. C'est elle qui m'accompagne ce soir. Kimm a mené une enquête, a découvert des articles de presse où il était question de mon père. Elle m'a révélé que Michael... Je n'arrive toujours pas à le croire.

— Que vous a-t-elle dit, exactement ? demanda Catherine avec gentillesse.

— Elle m'a révélé que Michael avait été tueur à gages pour le compte de la mafia.

Son regard croisa celui de Catherine. Madison la regarda avec des yeux pleins d'espoir.

— C'est complètement fou comme histoire, non ?

— A vos yeux peut-être, murmura Catherine. Mais pour moi, ce n'est pas une découverte. J'ai toujours su que Michael travaillait pour la mafia. J'ai prévenu Beth dès le départ, mais elle était folle amoureuse de Michael et elle ne voulait pas m'écouter.

— Avez-vous essayé de la dissuader ?

— Plusieurs fois.

— Et elle ne voulait rien entendre ?

— Beth et moi avons quitté Cuba pour venir ici quand nous étions adolescentes. Nous vivions chez une tante, qui est morte peu après notre arrivée. Beth a rencontré Michael quand nous étions au lycée et ils sont devenus inséparables.

Elle soupira de nouveau.

— Michael a pris soin de nous deux pendant un temps. Il payait le loyer de notre appartement et même après que Beth se fut installée avec lui, il m'aidait toujours financièrement.

Elle s'interrompit un instant.

— A une époque, je l'ai aimé comme un frère, notamment parce qu'il était fou de Beth. Mais lorsqu'il l'a assassinée...

Sa voix faiblit tandis que ses yeux se remplissaient de larmes.

— Alors... vous pensez vraiment qu'il l'a tuée ? demanda Madison, qui avait du mal à parler.

Catherine eut un rire amer.

— Je ne pense pas... Je *sais* qu'il est coupable. Il s'en est sorti parce qu'il était défendu par un puissant avocat payé par son patron mafieux.

— C'est affreux ! s'écria Madison, le cœur battant. C'est donc vrai ?

— J'ai essayé de te prendre avec moi, mais Michael voulait absolument te garder, et c'est lui qui avait le pouvoir, l'argent et les avocats, alors que moi, je n'étais rien.

— Mais pourquoi a-t-il fait ça ?

— Par jalousie. Il pensait, à tort, que Beth avait un amant.

— Je ne vous crois pas, dit Madison tristement, s'obstinant à ne pas voir la vérité en face. C'est la même histoire que pour Stella.

Catherine haussa les épaules.

— Michael sait que je connais la vérité. Il pourrait me retrouver s'il le souhaitait. Lorsqu'il a été acquitté, je savais que je n'aurais probablement rien à craindre, qu'il n'avait aucune raison de m'importuner. Pourtant, j'ai toujours un revolver chargé près de mon lit, juste au cas où.

— Je ne comprends pas, dit Madison qui essayait désespérément de retenir ses larmes. Pourquoi refusiez-vous de me voir ?

Catherine secoua la tête.

— Parce que c'est trop douloureux, répondit-elle d'un ton sec.

Puis sa voix se radoucit.

— Ma sœur était tout pour moi. Alors que toi… je suis désolée de te dire ça, mais je ne te connais pas. Tu es la fille de Michael.

— Non. Je suis la fille de Beth, dit Madison en haussant la voix. Et je viens juste de découvrir d'où je viens. Cela vous est-il donc complètement égal ?

— Cela peut te paraître égoïste, dit Catherine d'une voix monotone. Mais je préfère oublier le passé.

— Comment pouvez-vous dire une chose pareille ?

— Je te souhaite bonne chance, Madison. Ta famille, c'est Michael.

— Vous êtes en train de me dire que vous vous en fichez de ce qui peut m'arriver, c'est ça ?

— Non, dit Catherine. Je ne veux pas que Michael resurgisse dans ma vie. Et si je t'ouvre les bras, Michael suivra. Je le connais. C'est un être rongé par la jalousie. S'il croit que toi et moi sommes proches, il ne le supportera pas. C'est maladif chez lui : quand il aime une personne, elle doit lui appartenir entièrement.

— Je ne lui appartiens pas, répondit Madison avec véhémence. Je suis sa fille, mais il m'a toujours laissée libre de mener ma vie comme je l'entendais.

— C'est ce que tu crois.

— Je suis journaliste, je travaille pour le magazine *Manhattan Style*.

— Je sais, dit Catherine. J'ai suivi ta carrière.

— Ah bon ? Comment saviez-vous qui j'étais ?

— Grâce à des amis, répondit Catherine. Ils m'ont tenue informée. Je sais que tu as grandi en pensant que Stella était ta mère et quand elle a été assassinée, je me suis dit que tu chercherais probablement à connaître la vérité. Je suis surprise que Michael t'ait parlé de ta véritable mère. C'était sans doute pour punir Stella.

— Ecoutez, dit Madison. Je ne suis ici que pour une nuit. Mais je voudrais revenir passer un peu de temps avec vous.

— Non, dit Catherine d'un ton sec. C'est impossible. Il faut que tu comprennes.

— Je dois en savoir plus.

— Je ne peux plus rien pour toi. Tu devras découvrir le reste par toi-même, dit Catherine en se levant. Je dois partir, mes invités m'attendent. S'il te plaît, Madison, ne parle pas de notre rencontre à Michael, parce que s'il découvre où je suis, il essayera de tout détruire.

— Vous pouvez compter sur moi.

— Bonne chance, Madison.

— C'est tout ce que vous avez à me dire? demanda Madison, incrédule.

Catherine hocha la tête, ses yeux sombres empreints d'une grande tristesse.

— J'ai bien peur de n'avoir rien d'autre à t'offrir.

Madison se leva avec colère, quitta la pièce et retourna à sa table. Elle remarqua immédiatement Kimm et la belle femme noire qui dansaient sur la piste, étroitement enlacées.

— Elles ont de l'allure toutes les deux, hein? remarqua Juan, qui s'était glissé à ses côtés. Vous êtes jalouse?

— Certainement pas, répondit Madison avec insouciance. Je voudrais un autre margarita, Juan, et ensuite j'aimerais bien danser. Avec vous.

— Avec moi? dit Juan en souriant d'un air conquérant.

— Oui, dit-elle en le dévisageant. Ce soir, c'est vous mon partenaire.

Il alla lui chercher un autre verre qu'elle but sans plus

attendre. La tête lui tournait. La situation dans laquelle elle se trouvait était invraisemblable. Elle avait retrouvé la sœur de sa mère et celle-ci refusait d'être son amie et d'avoir quoi que ce soit à faire avec elle.

Après tout, elle s'en fichait.

Elle survivrait à tout ça.

Elle pouvait tout encaisser.

Et pourtant... un voile de tristesse l'enveloppait. Sa vie, si parfaite, était totalement bouleversée.

Elle attrapa Juan et tous deux se dirigèrent vers la piste de danse. Il était un danseur accompli et plein de sensualité. Quant à elle, le dernier margarita lui avait ôté toute inhibition et elle tournoyait et ondulait au rythme de la musique, l'esprit entièrement absorbé par la danse.

Elle se rappela son dernier séjour à Miami : cet homme sexy, mannequin de profession, avec qui elle était sortie, et leur nuit d'amour passionnée.

Voilà ce qu'elle désirait par-dessus tout en ce moment même : une autre nuit de passion sans lendemain. Une nuit d'étreintes torrides.

Elle voulait vivre une expérience sexuelle sulfureuse.

Elle voulait vivre dangereusement.

Elle souhaitait plus que tout sortir d'elle-même, se perdre en quelqu'un d'autre.

— A quelle heure finis-tu ton travail ici ? murmura-t-elle tandis que Juan la faisait virevolter, l'étourdissant davantage.

— Je pars quand je veux. Mme Lione m'a prié de m'occuper de toi. Elle est heureuse que tu sois là.

— C'est faux, dit Madison en retenant avec peine les larmes qui soudain lui montaient aux yeux. Mais ça n'a aucune importance. Rien n'a plus d'importance.

— Mais si, je t'assure, insista Juan. Elle dit que tu es

une excellente journaliste. Et tant que tu ne parles pas d'elle dans ton journal, elle sera toujours contente de t'aider.

— M'aider ? dit Madison d'un ton moqueur. A d'autres. Tu es le seul qui m'aide en ce moment.

Ils s'embrassèrent avec passion.

— Partons d'ici, dit-elle à bout de souffle lorsqu'il s'éloigna d'elle.

— Et ton amie ?

Elle jeta un regard à Kimm et son amie sur la piste de danse.

— Mon amie pourra très bien se passer de moi. Allons-y avant que je ne change d'avis.

Il l'enlaça et tous deux se dirigèrent vers la sortie.

— C'est vraiment ça que tu veux ?

Elle se sentit soudain submergée par la musique latine aux rythmes sensuels et par les vapeurs de l'alcool. Juan était là, près d'elle, et il allait l'aider à tout oublier.

— Oui, murmura-t-elle, c'est toi que je veux.

Tout se mit à tourner autour d'elle.

Rien ne serait plus comme avant, comprit-elle alors.

32

Joel voulait qu'elle sorte le grand jeu et Rosarita était tellement heureuse de le revoir et si excitée à l'idée d'être enceinte de lui, qu'elle était prête à se plier à tous ses désirs.

Avec les lumières allumées et les stores relevés, les résidents de l'hôtel d'à côté ne devaient pas en perdre une miette. Rosarita, vêtue de sa culotte en dentelle ajourée, était allongée sur le lit, jambes écartées. Joel, quant à lui, paradait devant la baie vitrée, le sexe en érection. Après s'être exposé à tous les regards, Joel se mit à faire l'amour à Rosarita, devant la fenêtre.

Il adorait qu'on le regarde. C'était son plaisir favori. C'était comme une drogue, contre laquelle son père ne pouvait pas lutter.

Joel Blaine l'exhibitionniste.

Joel Blaine le numéro un du sexe en public.

Oui, il adorait ça.

Il jetait de temps à autre un regard sur le réveil numérique posé près du lit. Il ne fallait pas qu'il soit en retard à son rendez-vous avec Mme Sylvia.

— Tu m'as manqué, dit Rosarita en haletant. Et toi, tu as pensé à moi ?

— Bien sûr, bébé, mentit-il, la lèvre supérieure perlée de sueur.

— Et pourquoi donc as-tu changé ton numéro de téléphone sans me prévenir ?

Ah, les femmes ! Elles ne pouvaient pas s'empêcher de parler, même en faisant l'amour. Ne pouvait-elle pas la fermer pour une fois ?

— Arrête de causer, marmonna-t-il, en changeant de position. Ecoute, j'aimerais bien essayer autre chose.

— Oui, quoi ? demanda-t-elle avec soumission.

— Mets-toi à quatre pattes, dit-il. Je vais te prendre par-derrière.

Elle n'était pas contre, puisque c'était Joel Blaine, le fils de Leon Blaine, qui le lui demandait. Il était aussi le père de son enfant, et elle était donc prête à satisfaire toutes ses exigences. Par ailleurs, cette position l'excitait énormément.

Quelle serait sa réaction lorsqu'elle lui annoncerait la bonne nouvelle ? Elle tentait de l'imaginer. Mais avant tout, elle devait se débarrasser de Dex. Elle avait décidé de tout avouer à Joel quelques semaines après les funérailles.

Joel poussa un grognement de plaisir.

Rosarita sentit la jouissance monter en elle.

Décidément, ces retrouvailles étaient plus agréables qu'une journée entière passée au spa.

Lorsqu'elle quitta l'hôtel, elle était vidée de toute son énergie. Il fallait qu'elle demande au Dr Shipp si des rapports sexuels fréquents et vigoureux n'étaient pas nocifs pour le bébé. Peut-être devrait-elle se calmer un peu ?

Le portier de l'hôtel appela un taxi. Elle s'assit sur le siège arrière et retoucha son maquillage. C'était fantastique de faire l'amour avec Joel. Avec Dex, c'était beaucoup moins drôle. Certains hommes étaient naturellement doués pour ça, d'autres non. Dex appartenait de toute évidence à la deuxième catégorie. Et pourtant, étant donné ses expériences dans l'univers de la mode, elle aurait cru l'inverse.

Hmm… Peut-être Dex était-il gay ? Il ne se comportait jamais comme Joel. Oui, peut-être que Dex avait des tendances homosexuelles refoulées. Après tout, c'est Marcel Mortimer qui l'avait déniché et Marcel était cent pour cent gay.

Mais au fond, peu lui importait.

Elle s'en fichait… tout ce qu'elle voulait, c'était que Dex disparaisse.

Lorsque Joel entra dans le bar, Mme Sylvia lui fit signe de la main. Il fut surpris par son apparence. Il avait imaginé une femme mondaine et sophistiquée et il se retrouvait devant une petite femme boulotte à l'air enjoué. Son visage ridé, encadré de cheveux fins aux reflets rouges, était à peine maquillé. Elle portait un costume vert foncé tout à fait ordinaire et des boucles d'oreilles discrètes de couleur assortie. Elle ressemblait à une ménagère de banlieue et non à une dame à la notoriété assurée.

— Madame Sylvia ? s'enquit-il en dissimulant avec peine son étonnement.

— Oui, répondit-elle. Vous avez l'air surpris. Vous vous attendiez à rencontrer une femme fatale ?

— Je ne m'attendais à rien du tout, mentit-il. Mais vous n'avez pas la tête de l'emploi, si je puis me permettre.

— Eh bien, c'est le but recherché, dit-elle avec entrain. Personne ne suspecterait ma profession, n'est-ce pas ? J'imagine mal qu'on m'arrête pour commerce illicite, pas comme cette… vous savez cette fille, en Californie.

— Heidie Fleiss ?

— Oui, c'est ça, acquiesça-t-elle. Vous savez, les femmes intelligentes comme moi et la défunte Mme Alex

— qui a fait honneur à notre profession —, ne s'affichent pas. Nous savons faire profil bas.

— C'est bon à savoir.

— C'est cette discrétion qui fait notre succès, ajouta-t-elle avec un petit sourire satisfait.

— Je n'en doute pas.

— Asseyez-vous, monsieur Blaine. Dites-moi ce que je peux faire pour vous.

— Eh bien, voilà, dit-il en attrapant une chaise et en allant droit au but. Il y a une femme qui m'intéresse et je crois qu'elle aussi est attirée par moi, mais elle a... disons... un fantasme, qu'elle aime satisfaire de temps en temps.

— Ça tombe bien. Ma spécialité, c'est de satisfaire les fantasmes de mes clientes, répondit Sylvia avec un sourire suffisant et condescendant.

— C'est ce que l'on m'a dit, dit Joel en claquant des doigts pour attirer l'attention du serveur et commander un scotch avec glaçons.

— Bon, de quoi s'agit-il exactement ?

— Elle... heu...

Il jeta un coup d'œil autour de lui pour vérifier qu'il pouvait parler en toute tranquillité.

— Elle les aime jeunes.

— C'est-à-dire ? demanda Mme Sylvia d'un ton neutre. Je ne descends pas au-dessous de douze ans.

— Non, pas si jeunes, dit-il. Un garçon de quinze ou seize ans ferait l'affaire. Un Portoricain, sexy. Ricky Martin, mais version rajeunie.

Mme Sylvia hocha la tête d'un air entendu.

— Ça va coûter cher, l'avertit-elle.

— Aucune importance, répondit Joel, en reluquant une grande blonde filiforme qui se dirigeait vers le bar.

— Ce serait pour quand ?

— Je vous recontacterai pour vous donner les dates exactes. Je voulais déjà être sûr que vous pourriez fournir la marchandise.

— Prévenez-moi vingt-quatre heures à l'avance.

— D'accord, dit-il tandis que le serveur lui apportait sa consommation.

— Souhaitez-vous connaître le prix de cette prestation? s'enquit Mme Sylvia.

Il but une grande rasade de scotch.

— Je vous l'ai déjà dit, le prix importe peu.

Il se demandait même pourquoi elle lui posait la question.

— C'est vrai, j'oubliais, dit Mme Sylvia. Un gosse de riche ne se soucie pas de ce genre de contingences.

Joel se mit à rire et but une autre gorgée de scotch.

— Alors, dites-moi, c'est qui votre clientèle? demanda-t-il, soudain intéressé par la conversation de cette femme avisée.

Mme Sylvia sourit mystérieusement.

— Vous êtes bien curieux. Vous seriez surpris, si vous saviez.

— En fait je n'avais jamais entendu parler de vous avant que Testio ne me donne vos coordonnées, dit Joel. J'ignorais que ce genre de services existait pour les femmes.

— Et pourquoi pas? Dans cette ville, il y a des femmes respectables mariées à des hommes puissants mais qui passent leur vie à travailler — des hommes qui n'ont pas le temps de s'occuper d'elles. Il y a aussi certains hommes qui ne satisfont pas leurs femmes sexuellement. C'est ce genre de femmes qui fait appel à mes services.

— Mais ce sont des…

— Oui, monsieur Blaine? interrompit Mme Sylvia.

— Des putains, lâcha-t-il, incapable de se retenir.

— Pas du tout, répondit-elle avec un petit sourire crispé.

Elles font comme les hommes, et je suis sûre que vous ne trouvez rien à redire quand vos compatriotes paient des femmes pour assouvir leurs fantasmes sexuels.

— C'est différent.

— Absolument pas. Les femmes veulent profiter des mêmes services que les hommes. Et je suis là pour ça.

— Et vos prestations s'adressent exclusivement aux femmes ?

Elle sourit d'un air énigmatique.

— Oui, monsieur Blaine, et croyez-moi, je suis très sollicitée.

— Tu peux arrêter ça ? marmonna Chas entre ses dents, tout en jetant un regard courroucé à Varoomba, qui commençait à lui taper sur les nerfs.

— Arrêter quoi ? demanda-t-elle d'un air innocent.

— De te couper les ongles de pied dans la chambre.

— Il y a quelque chose de mal à ça ?

— Ce n'est pas très classe.

— Oh, ça suffit, dit-elle sèchement.

Elle en avait par-dessus la tête de ses critiques.

— Tu ne m'as pas choisie pour mes bonnes manières, si ?

— Non, concéda-t-il. Mais si tu fais quelque chose qui m'énerve, j'ai le droit de t'en toucher un mot, non ?

— Alors comme ça, ça t'énerve que je me coupe les ongles ? dit-elle en agitant le pied vers lui.

Chas comprit que cette discussion ne le mènerait à rien.

— Fais-le dans la salle de bains, dit-il en grommelant. C'est un ordre.

— D'accord, d'accord, dit-elle en sautant hors du lit, ses gros seins vibrant d'indignation. Tu as d'autres ordres à me donner ? Comme de sucer ta grosse bite, par exemple ?

Il écarquilla les yeux, estomaqué par tant de vulgarité.

— Tu peux répéter ?

— Tu m'as parfaitement entendue, répondit-elle avec insolence.

Chas se dit soudain qu'il avait peut-être fait une erreur en installant Varoomba chez lui. Il avait de plus en plus de mal à la supporter et, malgré ses charmes indéniables, il en avait assez.

Mais se débarrasser n'était pas chose facile à présent. C'était toujours le même problème. Dans le cas de Varoomba, la situation était encore plus délicate, car il l'avait persuadée d'arrêter son travail et d'emménager chez lui. Maintenant il était coincé avec elle et cette situation lui était devenue insupportable.

Toutefois, il avait un plan. En fait, il n'était jamais à court de solutions. Le voyage à Las Vegas approchait et il avait annoncé la veille à Varoomba qu'il l'emmènerait avec lui. Elle avait bondi de joie et l'avait informé que ce serait l'occasion pour elle de revoir sa grand-mère. C'était parfait ! Une fois qu'ils seraient installés à l'hôtel, il demanderait à sa femme de chambre d'emballer les affaires de Varoomba et de les expédier dans un appartement qu'il aurait loué à l'avance pour elle. Lorsqu'ils rentreraient tous les deux, ses affaires ne seraient plus là. Il lui achèterait un manteau de vison, lui donnerait un peu d'argent et paierait trois mois de loyer d'avance. Et puis, ciao, Varoomba. Chas Vincent savait se montrer grand seigneur.

D'un autre côté, s'il la laissait tomber, il devrait se mettre en quête d'une autre compagne. Il ne supportait pas la solitude ; le silence le rendait fou. Par ailleurs, il dormait mal sans un corps chaud allongé près de lui ; le contact d'une poitrine douce et voluptueuse lui apportait calme et réconfort.

Malheureusement les femmes qu'il rencontrait étaient vulgaires et finissaient immanquablement par l'exaspérer.

Il aurait aimé tomber sur quelqu'un comme sa fille, Venice.

Venice était une femme charmante, jolie comme un cœur, alors que les filles avec qui il sortait étaient de véritables casse-pieds impossibles à contenter.

Peut-être ne fréquentait-il pas les bons endroits ? Et s'il essayait d'élargir ses horizons ? Les bars et les boîtes de strip-tease, ce n'était pas la vraie vie.

Mais, pensa-t-il sombrement, les femmes ordinaires n'étaient pas mieux, et surtout, elles n'étaient pas dotées de ces poitrines provocantes et sexy qui l'excitaient tant.

Lorsque Rosarita arriva chez elle, Dexter s'apprêtait à sortir. C'était maintenant à son tour de le questionner.

— Où vas-tu ?

— Silver Anderson vient de m'appeler, répondit-il. Elle veut me voir.

— Silver Anderson ? Pourquoi veut-elle te rencontrer, cette vieille croûte ?

— C'est à propos d'un scénario.

— J'espère que ce n'est pas encore pour une de ces séries mortellement ennuyeuses.

— Je n'en sais rien, dit Dexter, de toute façon ça vaut le coup d'aller voir.

— Bon, ne rentre pas trop tard, car je meurs de faim.

— Et Chas, ça va ?

— Qui ?

— Ton père.

— Oh oui, tout va bien, répondit Rosarita à la hâte, se rappelant soudain son mensonge.

— Tu as l'air agitée.

— C'est mon trajet en taxi qui m'a mis les nerfs en pelote. Je hais les taxis et tous ces crétins de chauffeurs étrangers qui roulent comme des dingues. On devrait tous les renvoyer dans leur pays.

— Rosarita, tu ne devrais pas dire des choses pareilles.

Elle le regarda de travers. Dex était tellement coincé ! Elle n'avait qu'une hâte : qu'il disparaisse de sa vie au plus vite.

— Je ne rentrerai pas trop tard, promit-il. Va au lit, repose-toi et prends soin de toi.

— C'est bien ce que j'ai l'intention de faire, dit-elle. Prendre soin de moi, voilà mon programme.

Un majordome philippin vint ouvrir la porte de l'appartement de Silver et fit entrer Dexter.

— Suivez-moi, s'il vous plaît, lui dit-il.

Il le conduisit dans un vaste salon où l'attendait Silver, nonchalamment allongée sur une chaise longue tendue de brocart. Elle était vêtue d'un déshabillé couleur pêche bordé de fausse fourrure de même couleur ; des mules argentées à hauts talons pendaient à ses pieds.

Dexter eut un coup au cœur. Elle voulait visiblement le séduire, mais cette fois, il était fermement décidé à ne pas succomber à ses avances. A plus forte raison maintenant qu'il allait bientôt être père.

— Bonjour, Silver, dit-il, hésitant, sur le pas de la porte.

— Dexter, mon chéri, rentre et assieds-toi, dit-elle en tendant nonchalamment le bras vers lui.

Il n'était encore jamais allé chez Silver. Il entra timidement dans le salon en regardant tout autour de lui. Il fut ébloui par le luxe qui l'entourait, par les énormes canapés blancs, les tapis en peau de léopard et les cadres en argent richement décorés montrant des photos de Silver en compagnie de célébrités — dont un ou deux présidents. Quel étalage de richesse ! Il était impressionné. Il s'assit gauchement en face d'elle, sur un vaste canapé.

— Quelque chose à boire ? proposa-t-elle.

— Non, merci.

— Que dirais-tu d'un verre de champagne pour célébrer cet événement ?

— Quel événement ?

Elle s'empara du scénario posé sur la petite table en marbre à côté d'elle et le lui tendit.

— Notre nouveau projet, mon chéri, dit-elle d'une voix suave. Finis les agents et les managers. Maintenant je m'occupe de tout. Tu vas devenir une star, grâce à moi. Bientôt, c'est moi que tu remercieras.

Dexter ne protesta pas. Il avait confiance en Silver.

Pourquoi aurait-il douté de ses paroles ?

33

Madison et Kimm étaient assises l'une à côté de l'autre dans l'avion. Aucune d'elles ne parlait. Madison avait une horrible gueule de bois et l'impression que sa tête allait exploser. Elle regarda par le hublot tandis que l'avion s'apprêtait à décoller. Elle repensait à ses frasques de la veille. Elle avait bu jusqu'à en perdre la tête, puis s'était jetée dans les bras d'un jeune étalon. Félicitations, elle pouvait être fière d'elle.

En fait, elle était folle de rage contre elle-même.

Et Kimm lui en voulait aussi de n'être rentrée à l'hôtel qu'à 6 heures du matin.

— Ça ne vous a pas traversé l'esprit que je pouvais être folle d'inquiétude à votre sujet ? lui avait demandé Kimm à son retour.

— Désolée, avait marmonné Madison, en se précipitant dans la salle de bains.

Elle était restée près d'une heure sous la douche. Le corps fouetté par l'eau froide, elle avait peu à peu repris ses esprits, et s'était mise à réfléchir à sa vie. Le bilan n'était pas brillant.

— De toute façon, avait-elle dit en sortant de la douche, j'avais l'impression que vous étiez très occupée.

— C'est vrai, avait admis Kimm. Mais il ne s'est rien

passé entre cette femme et moi. Nous nous sommes bien amusées, c'est tout.

— D'accord, avait répliqué Madison. Pas de sermons. Je suis lucide sur moi-même. Je me suis comportée comme une imbécile. Ma tante et moi aurions pu devenir amies, mais j'ai tout gâché. Je suis allée la voir dans son bureau à moitié ivre et je l'ai écoutée sans réagir ; après je me suis enfuie avec Juan et nous avons passé la nuit à faire l'amour. C'est parfait, non ?

Kimm avait hoché la tête d'un air désapprobateur.

— Ecoutez, avait expliqué Madison, je crois que, parfois, il est nécessaire de se défouler, autrement on devient fou. C'est ce que j'ai fait et maintenant je peux rentrer et essayer de faire face à mon destin.

Kimm était restée muette.

— Si c'est votre manière de voir les choses...

Elles étaient maintenant assises en silence dans l'avion.

Madison sirotait un jus de tomate en réfléchissant à ce qu'elle allait faire en rentrant. Il fallait vraiment qu'elle se concentre sur son travail. Elle ignorerait Michael pendant quelque temps, car elle se sentait de toute façon incapable de lui parler. C'était un menteur, un imposteur, et peut-être même un assassin.

Michael, son père. Papa. Le traître !

Elle frissonna à la pensée de ce qu'il était peut-être.

Après le décollage, elle s'endormit et ne se réveilla que juste avant l'atterrissage.

— Je suppose que c'est la fin de notre association, dit Kimm en bouclant sa ceinture. Ça a été une expérience intéressante.

— C'est vrai, répondit Madison. Et je veux que vous sachiez que j'ai apprécié tout ce que vous avez fait pour moi.

— Vraiment ? Vous seriez peut-être plus heureuse si je n'avais pas découvert certaines choses.

— Non, dit Madison. Je préfère connaître la vérité.

Elle but une gorgée de son jus de tomate.

— Et merci de m'avoir accompagnée à Miami. Je n'aurais rien pu faire sans vous.

— J'aurais aimé me rendre plus utile.

— De quelle manière ? En m'empêchant de me rendre ridicule ?

— Vous n'étiez pas ridicule, fit remarquer Kimm, avec son bon sens habituel. Vous avez couché avec un jeune homme très séduisant, voilà tout.

— Vous l'avez dit, un jeune homme, dit Madison d'un air contrit. Mais après tout, je suis libre d'agir à ma guise et ce n'est pas la fin du monde.

Facile à dire. En fait, elle était morte de honte au souvenir de cette escapade avec ce jeune garçon. Quelle humiliation ! Elle n'avait pas voulu ça, mais il n'y avait personne d'autre à qui se raccrocher. Si seulement Jake avait été dans les parages, elle ne se serait pas jetée dans les bras du premier venu. Mais non. Jake ne valait pas mieux que les autres. De toute évidence, elle n'avait été pour lui qu'une agréable parenthèse. Cette constatation la rendait triste, mais après tout, elle avait été naïve d'imaginer que leur relation était sérieuse.

Elle ne voulait plus revoir Jake. Elle devait appeler Victor pour qu'il confie la mission à Las Vegas à un autre photographe. Jake appartenait désormais au passé. Hors de question qu'elle travaille avec lui.

— Eh bien, vous vous êtes quand même amusée ? demanda-t-elle à Kimm, qui détestait apparemment les voyages en avion.

— Oui, ça m'a permis de me détendre ; et puis, j'ai gagné une nouvelle tenue...

— Vous aviez l'air ravie sur la piste de danse.

— Ce restaurant est électrisant et je me suis laissé gagner par l'euphorie ambiante, dit Kimm, en esquissant un sourire.

— Tout comme moi, dit Madison avec ironie.

Une fois sorties de l'aéroport, elles hélèrent un taxi et rentrèrent ensemble en ville. Le conducteur, un Arménien bavard, déposa Madison en premier.

Debout sur le trottoir, elle proposa à Kimm de déjeuner avec elle avant son départ à Las Vegas.

— Appelez-moi, dit Kimm en relevant la vitre tandis que le taxi s'éloignait.

Toutes deux savaient pertinemment que Madison n'en ferait sans doute rien. Car leur escapade à Miami était un épisode qu'elle était pressée d'oublier. Kimm lui rappellerait toujours de mauvais souvenirs.

Quand elle rentra dans son appartement, Slammer, frustré par toutes ses absences, se rua sur elle en aboyant comme un fou.

— Je ne suis pas très sympa avec toi, hein ? dit-elle.

Elle s'assit par terre à côté de lui et se mit à lui frotter le flanc.

— Je te laisse tout seul, mon pauvre. Finies les longues promenades, et en plus je suis toujours déprimée. Mais ça va changer, je te le promets. La vie va reprendre son cours.

Slammer aboya comme s'il comprenait. C'était probablement le cas : c'était un chien intelligent.

Elle se releva et écouta les messages sur son répondeur. Toujours les mêmes appels : David, qui cherchait obstinément à la revoir, Jamie, Victor qui désirait savoir où elle en était de ses recherches et pour finir Michael. Qu'il aille se faire voir ! Elle ne voulait plus entendre parler de lui pour l'instant. Lui adresser la parole lui semblait une épreuve insurmontable.

Elle prit une douche pour la seconde fois de la journée, tout en repensant à sa soirée de la veille. South Beach n'était déjà plus qu'un lointain souvenir.

Kimm avait parlé de l'atmosphère électrisante qui régnait dans le restaurant. Et elle avait raison. Une sorte de fièvre sensuelle l'avait submergée, et elle s'était laissé emporter.

Une fois habillée, elle se rendit à l'agence.

Victor l'accueillit avec un enthousiasme exagéré.

— Ah, ma journaliste préférée a finalement décidé de refaire surface, dit-il de sa voix de stentor. C'est formidable !

— J'avais une affaire à régler à Miami, expliqua-t-elle.

— Miami, dit-il, la mâchoire tremblante. Pourquoi diable es-tu allée là-bas ?

— Tu sais, tu devrais emmener ta femme à South Beach, Victor, dit Madison. Elle apprendrait à se libérer un peu, à être moins coincée du cul.

Victor la regarda, incrédule.

— Pardon ?

Madison éclata de rire.

— Tu m'as bien entendue. C'est un endroit très cool.

— Vraiment, dit Victor. Apparemment tu en as bien profité.

— Oui, mais ça n'a pas vraiment d'importance, murmura-t-elle. Au fait, j'aimerais que tu fasses appel à un autre photographe pour couvrir le match de boxe à Las Vegas. Jake Sica n'est pas fait pour ce travail.

— Trop tard, répondit Victor d'une voix forte. Je l'ai déjà embauché. D'ailleurs, il est excellent.

— Oh, c'est pas vrai ! murmura-t-elle.

— Quelque chose qui cloche ?

— J'espérais que pour une fois tu accepterais de payer le prix fort pour avoir Annie Leibovitz. Ses photos sont splendides.

— Je ne crois pas qu'ils apprécieraient, chez *Vanity Fair*, dit-il sèchement. Elle leur appartient.

— Ça m'aurait fait du bien, de travailler avec une femme, dit-elle.

La plupart du temps, Victor n'employait que des hommes, ce dont elle se plaignait constamment.

— Ah bon, pourquoi ?

— Pourquoi pas ? répondit-elle d'un ton de défi. Tu es trop sexiste, Victor. Essaie d'être plus ouvert.

— Moi ? Sexiste ? reprit-il d'un air indigné.

— Ça va, Victor, ne monte pas sur tes grands chevaux.

— D'accord, mais ne me sors plus ce genre de salades.

Elle se mit à sourire.

— C'est promis.

— Au fait, il faudrait songer un peu à ta prochaine victime.

— Déjà ?

— Je pensais à Bruce Willis.

— Bruce Willis ?

— C'est un acteur totalement sous-estimé. Avec cette histoire de divorce et son caractère macho — sans oublier qu'il est l'une des stars les mieux payées au monde —, les gens se précipiteront pour lire ton article.

— Pourquoi es-tu donc tellement fasciné par les stars de cinéma ?

— Parce que leur vie privée passionne les foules et il n'y a pas mieux pour faire grimper les ventes.

— Tu n'as pas d'autres propositions à me faire ?

— Charlie Dollar.
— C'est risqué.
— Et alors ? Tu as le goût du risque, non ?
— Je vois, tu me proposes de nouveau une ennuyeuse chronique hollywoodienne.
— Exactement.
— Et que dirais-tu de Lucky Santangelo ? La reine des studios Panther ?
— Ah, ce serait formidable, répondit Victor avec enthousiasme. Mais, j'ai cru comprendre qu'elle ne donnait jamais d'interview.
— Je peux peut-être la persuader.
— De quelle manière ?
— En faisant valoir que je suis une journaliste femme. Elle a une personnalité incroyable. Elle a fait beaucoup pour la cause féministe et je suis certaine qu'elle acceptera de me rencontrer. Je contacterai Alex Woods, nous sommes vaguement amis. Tu te rappelles, c'est lui qui était intéressé par mon projet sur les call-girls. Si j'ai bien compris, il est très proche d'elle. Il faudrait que j'aille faire un tour sur la côte Ouest pour voir ce que je peux faire.
— Tu es pressée de quitter New York, on dirait.
— J'ai beaucoup de problèmes personnels en ce moment, et j'ai besoin de changer d'air.
— Ah bon, dit Victor. La mort de ta mère t'a bouleversée, n'est-ce pas ?
— C'est plus grave que ça. *Si tu savais...* Mais je n'ai pas envie d'en parler maintenant.
— Tu es sûre ? demanda Victor en lui jetant un regard pénétrant. Tu peux me faire confiance.
— Une autre fois, quand j'aurai pris un peu de distance...
Il la regarda avec inquiétude.

— De toute façon, Madison, tu sais que tu pourras toujours compter sur moi.

— Merci, répondit-elle. Dans mon malheur, j'ai au moins découvert une chose : que j'avais des amis fidèles.

— Et tu devrais t'en réjouir, dit Victor d'un air pompeux. Une personne n'a que les amis qu'elle mérite. Et, toi tu mérites ce qu'il y a de mieux.

Madison quitta le bureau et prit la direction de Lexington. Elle avait à peine fait quelques pas qu'elle entendit quelqu'un l'appeler. Elle s'arrêta et regarda autour d'elle. C'est alors qu'elle vit Jake Sica, qui courait dans sa direction.

— Hé, cria-t-il en arrivant à sa hauteur. Je savais bien que c'était toi.

— Quelle surprise ! dit-elle froidement. Le photographe voyageur. Bonjour, étranger.

— Etranger ?

Il la regarda d'un air interrogateur.

— Après deux semaines d'absence, je suis devenu un étranger ?

— Tu t'es bien amusé à Paris ? demanda-t-elle, toujours distante. Sans aucun doute, puisque je n'ai eu aucune nouvelle.

— Tu n'as pas eu de mes nouvelles parce que je déteste les répondeurs.

— Tu veux dire que tu m'as appelée et que tu as oublié de laisser un message ?

— Non, dit-il, en se frottant les mains. Je n'ai pas téléphoné parce que je sais que ton répondeur est toujours branché. Je me disais que j'irais te voir en rentrant.

— Vraiment.

— Je vais voir Victor, et toi ?

— Je viens juste de le quitter.

— Tu viens avec moi pour lui faire une petite surprise ?

C'est toi qui vas être surpris, pensa-t-elle. *Si Victor ne se dégonfle pas, il annulera ta mission à Las Vegas. Et alors, adieu, Jake.*

— Non, merci, dit-elle comme si cette conversation l'ennuyait mortellement.

— Tu as l'air fatiguée, dit-il. Tout va bien ?

Va te faire voir, Jake Sica ! Je ne suis pas fatiguée, j'ai tout simplement la gueule de bois. Et en plus, j'ai eu une overdose de sexe, parce que le type avec qui j'ai fait l'amour hier soir était étonnant — oui, c'était mieux qu'avec toi. Et tu n'as aucune idée de ce par quoi je suis passée pendant ton absence. Alors, disparais de ma vie.

— Je viens de rentrer de Miami ce matin, dit-elle en essayant de ne pas avoir l'air trop crispée. J'étais partie chercher des renseignements sur les clubs de South Beach. Je n'ai pas dormi de la nuit, tu sais comment ça se passe.

— Miami ? Tu as dû t'éclater.

— Oui, dit-elle. Je ne voulais pas en perdre une miette.

Il se pencha vers elle.

— Tu es sûre que tout va bien ?

— Arrête de me demander ça, dit-elle en reculant. Je vais très bien.

— Alors on va couvrir ensemble le match de boxe à Vegas ?

— On ? dit-elle comme si elle n'était pas au courant.

— Victor m'a dit que c'est toi qui avais demandé que je vienne. Merci.

Je ne veux pas travailler avec toi, Jake. Je ne veux plus te voir. Tu ne vaux pas mieux que les autres.

— Excuse-moi, dit-elle en regardant sa montre de manière appuyée. J'ai un rendez-vous et je ne peux pas me permettre d'être en retard. Le travail avant tout. Tout le reste vient après.

— On peut se voir ce soir ?

Faisait-il exprès de ne rien comprendre ?

— Tu permets que je te pose une question ? dit-elle, incapable de se retenir plus longtemps. Cette idée de se rencontrer ce soir, elle vient de te passer par la tête ou tu avais l'intention de m'appeler plus tard pour m'en parler ?

— Ah, j'ai compris, dit-il. Tu es en colère ?

— Et pourquoi serais-je en colère ? répondit-elle sèchement.

— Je vois bien que tu es fâchée.

— Non, je ne suis pas fâchée, dit-elle, tout en le détestant parce qu'elle n'arrivait pas à rester indifférente.

— Si, ça se voit.

— D'accord, admit-elle, lassée de ce petit jeu. Peut-être que je suis fâchée. Nous avons passé une merveilleuse semaine ensemble. Et puis tu pars à Paris et plus de nouvelles jusqu'à ce que je tombe sur toi par hasard dans la rue. D'après toi, Jake, je n'ai aucune raison d'être en colère ?

— Tu aurais pu m'appeler, toi aussi, dit-il... ce qui ne fit qu'accroître la colère de Madison.

— J'aurais pu. Sans compter un petit problème : tu ne m'avais donné ni ton numéro de téléphone ni ton adresse.

— En effet, admit-il, d'un air penaud. Je ne t'ai pas facilité la tâche.

— Alors excuse-moi, je suis en colère et je n'ai pas envie de discuter.

Elle n'attendit pas sa réponse et s'en alla sans un regard en arrière.

Pour qui se prenait-il ? Il n'était qu'un égoïste aux

yeux charmeurs et au corps de rêve. Il pouvait aller se faire foutre.

Elle s'arrêta dans le premier café venu et appela Jamie.

— Je suis rentrée, annonça-t-elle. Il faut que je te parle.

— C'est génial, s'écria Jamie, mais j'ai du mal à te suivre.

— Tu sais qui je viens de rencontrer ?

— Non.

— Jake, dit-elle. Et tu sais quoi ? Ce salaud a fait comme si tout allait bien.

— Que veux-tu dire ?

— Eh bien, après une semaine passée avec moi, pas un coup de fil de Paris. Qu'est-ce qu'il croit, que je vais sauter dans ses bras ? Je le déteste.

— Tu aurais besoin d'une bonne séance de thérapie, dit Jamie calmement.

— Oh non ! Si quelqu'un ose encore me dire qu'il faut que j'aille voir un psy, je deviens folle.

— Je n'ai jamais dit que tu devrais aller voir un psy. Je pensais à une bonne conversation en tête à tête avec moi.

— Tu crois vraiment que c'est utile ?

— Oui, ça aide de se confier. Es-tu libre pour le déjeuner ?

— Oui.

— Alors retrouvons-nous quelque part.

— Si tu insistes.

— Oui, il faut qu'on parle.

— D'accord, mais où ?

— Dans un endroit tranquille.

Elles se retrouvèrent dans le restaurant russe *Russian Tea Room*, qui venait juste d'être rénové. Tandis qu'elles dégustaient un bortsch accompagné de blinis et arrosé de cocktails, Madison raconta ses mésaventures à Jamie.

Celle-ci écouta d'une oreille attentive et bienveillante. Elle n'interrompait son amie que lorsque cela était absolument nécessaire.

— Si c'était un scénario de film, je dirais que c'est totalement invraisemblable, dit Jamie quand Madison eut terminé son histoire.

— Je sais, j'ai moi-même du mal à y croire. Je suis toujours sous le choc. C'est pour ça que je me suis soûlée hier soir et que je suis sortie avec ce type.

— Il était bien ? demanda Jamie avec un air entendu.

— A ton avis ? répliqua Madison en sirotant son verre. Il avait juste dix-neuf ans. J'avais l'impression de commettre un viol.

— Hmm, tu sais ce qu'on raconte — que c'est à dix-neuf ans que les garçons sont au maximum de leur possibilité.

— Crois-moi, dit Madison en souriant, c'est la vérité.

Jamie se mit à rire doucement.

— Il faudra que j'essaie, un jour.

— Je ne sais pas si Peter apprécierait. Au fait, comment ça va entre vous deux ?

— Eh bien, à vrai dire, on file le parfait amour, dit Jamie. Mais il s'est passé quelque chose.

— Quoi ?

— Tu te rappelles ce petit test que ta détective m'avait conseillé de faire ?

— Bien sûr.

— Je l'ai fait. J'ai inspecté son portefeuille et j'y ai trouvé un préservatif.

— C'est vrai ?

— Peut-être que c'est un truc de mec, comme la télécommande. Tu connais les hommes, ils ne se sentent pas bien sans une télécommande dans la main et un préservatif dans le portefeuille — même s'ils ne l'utilisent pas.

— Alors, tu as tracé un point sur le sachet ?

— Je me sentais bête, mais oui, je l'ai fait.

— Et ?

— Eh bien rien. Tout se passe tellement bien entre nous que je n'ai pas eu l'occasion de vérifier. Et de toute façon, fouiller dans ses affaires me déplaît. J'ai l'impression de le trahir.

— Tu ne te sentais pas fautive quand tu croyais qu'il te trompait il y a quelque temps, fit remarquer Madison, de bien meilleure humeur après quelques verres.

Jamie passa ses doigts fins et délicats dans sa courte chevelure blonde.

— Je refuse de vérifier.

— N'est-ce pas parce que tu as peur de ce que tu pourrais découvrir ?

— Non, dit Jamie avec obstination.

— Alors fais-le.

— D'accord, acquiesça Jamie en poussant un gros soupir. J'irai jeter un œil ce soir dès qu'il sera endormi.

— Que s'est-il passé d'autre pendant mon départ ? demanda Madison. J'ai raté quelque chose d'excitant ?

— Il y a eu une fête chez Anton.

— Kris Phoenix était là ?

— Non.

— Tu étais déçue ?

— Non, dit Jamie avec un petit rire.

— Je suis sûre que, de toute façon, il ne se serait rien passé entre vous.

— Si j'avais découvert que Peter me trompait, je ne me serais pas gênée.

— Tu sais, c'est peut-être ce qui va arriver et alors, Kris Phoenix pourra être numéro un sur ta liste.

— Je te trouve très négative, dit Jamie d'un air grave. Je me demande si tu as une bonne influence sur moi.

— Tu as peut-être raison. Je suis en colère et sur les nerfs. J'ai envie de crier de rage. Je croyais avoir une famille et tout s'est écroulé sous mes yeux. Et en plus, il y a de fortes chances pour que Michael, cet homme que j'ai admiré toute ma vie, soit une sorte de… de… je n'ose même pas le dire.

— De quoi ?

— D'assassin, de meurtrier, de tueur à gages. Qui sait ? C'est complètement dingue ce qui m'arrive.

— J'aimerais tant pouvoir faire quelque chose pour toi, murmura Jamie.

— Cette détective que j'ai employée m'a conseillé de prendre du recul, d'être forte et de continuer à vivre sans me soucier de mon passé.

— Tu as toujours été un peu solitaire, fit remarquer Jamie. Je me rappelle qu'à l'université, nous n'allions jamais chez toi pendant les vacances. Tu venais dans ma famille ou on allait chez Nathalie. Je n'ai rencontré Stella que deux fois, il me semble. Je me souviens de ton père, lors de la remise des diplômes, de son air embarrassé. Il était assis dans l'auditorium, tout raide, avec Stella à ses côtés, resplendissante et sexy : tous les garçons avaient les yeux braqués sur elle. Ils ne se comportaient pas comme les autres parents. Ils ne prenaient pas de photos. Ils ne t'ont même pas offert de fleurs. Mais tu as peut-être oublié tout ça, n'est-ce pas ?

— Je crois que je l'ai volontairement effacé de ma mémoire, dit Madison avec tristesse.

— Pas étonnant.

— Mais, ce qui est bizarre, c'est que j'aime toujours Michael, dit-elle d'un air rêveur.

— Que vas-tu faire maintenant ? demanda Jamie. Tu vas lui raconter tout ce que tu sais ?

— Pas maintenant en tout cas. Pour l'instant je prépare ma prochaine interview. Je vais aller à Las Vegas, puis je resterai peut-être à Los Angeles quelque temps. Il faut que j'aie les idées claires pour affronter mon père.

— Tout ça m'a l'air très bien pensé.

— Peut-être que je retournerai à Miami pour discuter avec Catherine. Si elle a accepté de me voir une fois, sans doute sera-t-elle d'accord pour me parler de nouveau. Et cette fois, je ferai en sorte d'être sobre et d'avoir l'esprit clair. Je ne me laisserai pas séduire par un jeune étalon. Mon seul but sera d'en découvrir un peu plus sur mon passé.

Elles quittèrent le restaurant et se dirigèrent d'un commun accord vers Bergdorf pour faire un peu de shopping. Madison s'acheta un pull à manches courtes et à col roulé en cachemire et des lunettes de soleil noires Dolce & Gabbana.

— Il faut bien que je me fonde dans le paysage de Las Vegas, dit-elle d'un air morose.

Jamie ne savait pas comment faire pour remonter le moral de son amie. Si seulement Peter changeait d'avis et acceptait d'aller là-bas, mais elle savait qu'il était vain d'espérer.

A la sortie du magasin, Madison héla un taxi.

— Tu veux venir manger à la maison ce soir ? proposa Jamie. On commandera des plats chinois et on louera une vidéo.

— Tu es gentille, mais je préfère rester chez moi, dit Madison en montant dans le taxi. Il faut que je récupère après tout ce que j'ai bu hier soir. En outre, j'ai rendez-vous

avec mon ordinateur et j'ai promis à mon chien de rester à la maison.
— Ton chien ? dit Jamie d'un air interrogateur.
— Exactement.
— Il ne t'appartient pas.
— Mon chien adoptif, si tu préfères.
— D'accord, je te rappelle demain.
— Ça marche.

34

Elle n'avait pas prévenu Chas. Alors qui l'avait fait ? se demandait Rosarita. Sa belle-mère, Martha Cockranger s'en était chargée. Elle avait eu le culot d'appeler son père depuis son trou perdu pour lui annoncer que sa propre fille était enceinte !

Après sa conversation avec Martha, il avait immédiatement contacté Rosarita.

— Pourquoi ne m'as-tu rien dit ? hurla-t-il avec colère. C'est quoi ce cirque ? Comment se fait-il que je sois mis au parfum par une vieille bonne femme que je connais à peine ?

— Comment ça que tu connais à peine ? s'écria Rosarita, outrée que son père ait été averti avant qu'elle n'ait pu le faire elle-même. Martha Cockranger est en adoration devant toi, comme si tu étais un clone de George Clooney !

Chas se calma soudain et se mit à rire.

— Je n'y peux rien si je fais de l'effet aux dames.

— Papa, arrête, dit Rosarita avec mauvaise humeur.

Son père avait toujours été vaniteux et cela ne s'arrangeait pas avec l'âge.

— Alors comme ça, ma petite, tu as un polichinelle dans le tiroir ? Voilà qui va arranger tes histoires avec Dex.

Certainement pas, songea-t-elle. *Mais il vaut mieux*

que je sois discrète. Après tout, Chas a eu vent de mes projets et comme il n'est pas prêt à coopérer, il est préférable qu'il ignore tout de mes nouvelles intentions. Je lui réserve une grosse surprise...

— Tu as averti Venice ? demanda-t-il.

— Je n'avais pas l'intention de faire une annonce publique, répliqua-t-elle d'un ton irrité. Je préfère attendre mon retour de Las Vegas.

— Mais pourquoi ?

— C'est mon docteur qui m'a lui-même conseillé de ne pas me précipiter et de garder le secret. Au cas où tu ne serais pas au courant, les premières semaines de grossesse sont les plus délicates.

Elle haussa le ton.

— Appelle cette imbécile de Martha et dis-lui de la fermer.

— C'est trop tard, rétorqua Chas d'une voix sifflante en toussotant. Tu ferais mieux d'en toucher un mot à ton époux.

— Très bien, acquiesça Rosarita, trop contente de pouvoir rejeter le blâme sur Dex. Tout est sa faute.

D'ailleurs, où était-il ? Elle ne l'avait pas vu car elle était toujours au lit et comptait bien y rester encore un certain temps. Ne lui avait-on pas recommandé de prendre soin d'elle ?

Après avoir dit au revoir à Chas, elle appela Conchita.

— M. Falcon est-il là ?

— Il est parti faire son jogging, répondit Conchita en remettant les draps bien en place avec diligence.

— Quand il rentrera, dites-lui que je veux le voir. Et apportez-moi quelques toasts et aussi un bol de chocolat chaud.

— C'est très bon pour le bébé, dit Conchita avec un sourire entendu.

— Pardon ? fit Rosarita avec condescendance. Que voulez-vous dire exactement ?

— Madame est enceinte, non ?

— Comment le savez-vous ?

— C'est Monsieur qui me l'a dit.

Rosarita se promit de passer un savon à Dex dès son retour.

Pourquoi s'était-elle mariée avec un pareil imbécile ? Ce crétin croyait sincèrement être le père du bébé et il se permettait d'annoncer la nouvelle en fanfare.

Mais il se trompait sur toute la ligne. Elle portait l'enfant de Joel et un jour, elle le clamerait haut et fort.

Dexter consacrait désormais beaucoup de temps à son jogging. Depuis qu'il n'était plus obligé de se rendre au studio tous les matins, il se concentrait sur sa santé et sa forme physique. Son apparence était finalement son atout principal, d'où l'importance qu'il y attachait désormais. Pas question de devenir un homme bedonnant comme son père. Jamais il ne se laisserait aller, il se l'était juré. Pourvu que l'embonpoint ne soit pas une fatalité familiale, car pour rien au monde il ne voulait ressembler à Matt.

Il se mit à penser à Silver et à son scénario, à la manière dont elle lui avait annoncé qu'elle ferait de lui une star. Mais elle n'était pas la première à lui faire une telle promesse.

Sans trop la croire, il avait pris le scénario et s'était empressé de rentrer chez lui pour retrouver Rosarita.

— Que voulait-elle, cette vieille sorcière ? avait-elle demandé.

— Rien d'important.

Et plus tard, alors que Rosarita, toujours au lit, regardait avec une admiration béate Don Johnson dans la série *Ponts de Nash*, il s'était éclipsé dans la salle à manger. Confortablement assis dans un fauteuil, il avait lu d'une traite le script de Silver.

C'était génial ! On ne pouvait pas rêver mieux ! C'était une histoire d'amour passionnée entre un homme et deux femmes, qui réunissait tous les ingrédients indispensables à un grand film : l'amour, le sexe, la violence et la tragédie.

Silver avait raison : le rôle de Lance Rich était un tremplin pour la célébrité et Dexter se sentait prêt à tout pour l'obtenir.

Il était tellement emballé qu'il avait décidé de téléphoner immédiatement à Silver pour plus de précisions. Le script lui appartenait-il ? Envisageait-elle de le produire ? Etait-il destiné au cinéma ou la télé ?

Les questions se bousculaient dans sa tête, mais… il était trop tard pour l'appeler, s'aperçut-il finalement.

Il se précipita alors dans la chambre pour annoncer la bonne nouvelle à Rosarita. Mais il la trouva en train de ronfler devant la télévision toujours allumée.

Il courait maintenant dans Central Park, suant abondamment, transporté de joie. Il avait hâte de rentrer chez lui pour appeler Silver. Elle devait penser qu'il était fait pour le rôle de Lance Rich, autrement elle n'aurait pas pris la peine de lui faire lire le scénario. Mais il voulait connaître les modalités de leur association, et savoir notamment si Silver était en mesure de lui attribuer le rôle. Ce dernier point était absolument crucial.

Il jugea inutile d'appeler son agent, il valait mieux attendre et voir ce qui allait se passer.

Oui. Rester calme et circonspect, c'était la meilleure façon d'arriver à ses fins.

Entre-temps, dans l'appartement, Rosarita était allongée dans son lit en train de rêvasser. Elle se rappelait avec délices son escapade avec Joel Blaine, le roi du sexe. Il était vraiment insatiable et jamais aucun homme ne lui avait donné autant de plaisir.

Alors que Joel lui faisait l'amour devant la baie vitrée, elle avait cru apercevoir un groupe de personnes réunies dans l'une des chambres d'en face. Cela ne l'étonnait pas plus que ça, car le spectacle qu'ils offraient, Joel et elle, devait être très excitant.

En réalité, ils allaient parfaitement ensemble. Bien sûr, elle n'ignorait pas qu'il sortait avec des top models et des actrices. Ses frasques faisaient régulièrement la une des échos mondains. Mais elle ne s'en souciait pas, puisqu'elle était son âme sœur. Il n'y avait aucun doute là-dessus.

Conchita lui apporta son chocolat chaud et un toast sur un plateau.

— Je ne pourrais pas avoir un peu de confiture dessus ? se plaignit-elle en se redressant d'un air mécontent.

— Il ne faut pas manger trop de sucre quand on est enceinte, dit Conchita.

— Si j'ai besoin d'un conseil, je vous le ferai savoir, dit Rosarita d'un ton sec.

Conchita sortit de la chambre et lâcha un juron en espagnol.

Dexter arriva quelques instants plus tard. Rosarita dut admettre qu'il faisait très viril dans son pantalon de sport rouge et ses tennis Nike. Dommage qu'il fût un raté sans avenir.

— Bonjour, dit-il avec un grand sourire.
— Salut, Dex, répondit-elle.

Il se pencha vers elle pour l'embrasser.

— Arrête, lui dit-elle en détournant la joue. Tu es en sueur. Va d'abord prendre une douche.

Il mourait d'envie de lui parler du script, mais il jugea préférable de lui obéir.

Une fois sous la douche, il se mit à chanter à tue-tête tout en se savonnant. Il était heureux et avait toutes les raisons de l'être.

Il sortit enfin de la salle de bains, une serviette négligemment nouée autour de son ventre plat et le sourire aux lèvres.

— Pourquoi es-tu de si bonne humeur ? demanda Rosarita en mordant dans le toast tout sec.

— Je vais être père, non ? répondit-il avec entrain. C'est la plus merveilleuse des nouvelles, tu ne trouves pas ?

L'esprit absorbé par le souvenir de son rendez-vous torride avec Joel, elle avait momentanément oublié qu'elle était enceinte.

— C'est vrai, répondit-elle d'une voix atone. Il faut que je te dise quelque chose à ce propos.

— Ah bon ?

— Ecoute, dit-elle d'un air irrité, arrête de crier sur tous les toits que j'attends un enfant.

— J'ai mis au courant ma mère, c'est tout. Je ne vois pas ce qu'il y a de si terrible à ça, répondit-il, surpris.

En vérité, il aurait bien aimé crier la bonne nouvelle du haut de l'Empire State Building.

— Oui, tu l'as dit à Martha, qui l'a répété à Chas, qui est fou de rage.

— Mais pourquoi ? demanda Dexter qui sentait bien que le vent tournait.

— Tu ne crois pas que c'est plutôt à moi de lui annoncer qu'il va être grand-père ? J'avais l'impression que j'étais directement concernée dans cette affaire.

— Nous sommes concernés tous les deux, rectifia-t-il.

Ignorant cette remarque, elle repoussa le plateau :

— Téléphone immédiatement à Martha et dis-lui de fermer sa grande gueule.

— Ne parle pas de ma mère de cette manière ! répliqua-t-il, indigné.

— Alors fais en sorte qu'elle arrête de diffuser la nouvelle comme si c'était elle la future maman.

— D'accord, puisque cela te dérange à ce point…

— Autre chose, dit-elle en l'interrompant, peu disposée à écouter ses pitoyables excuses.

— Oui ?

— Comment se fait-il que Conchita soit au courant ?

— Mais il faut bien qu'elle le sache. C'est elle qui va s'occuper de toi.

— Arrête ! cria Rosarita. Mets-toi bien ça dans le crâne : je ne suis pas une handicapée. Je n'ai besoin de personne, et certainement pas de Conchita.

Elle lui jeta un regard furieux.

— Comment oses-tu parler de mes affaires personnelles à la femme de chambre ?

— Rosarita, ma chérie, ce n'est pas un secret, dit-il pour tenter de la calmer. Tu devrais être fière d'être enceinte. Je suis tellement content et en plus, le script de Silver est formidable, sensationnel et elle veut me donner le rôle principal.

— C'est quoi cette histoire de script ?

— Silver m'a donné un scénario à lire et heu…, dit-il en essayant de garder un air modeste, elle m'a assuré que ce rôle ferait de moi une star.

Rosarita se mit à rire d'un air moqueur.

— C'est toujours la même rengaine, dit-elle d'un ton qui se voulait le plus méprisant possible.

— Je suis tout à fait d'accord avec toi, dit-il. Mais ce script, ma chérie, c'est de la dynamite.

Depuis quand Dex savait-il reconnaître un bon d'un mauvais script ? pensait Rosarita.

— C'est pour le cinéma ou encore pour une de ces séries télévisées sans intérêt ?

— Il faut que je téléphone à Silver pour en savoir plus. J'hésite à contacter mon agent pour lui annoncer la nouvelle.

— Tu dois avertir ton agent. Cela te permettra de voir si elle est à la hauteur. D'ailleurs, c'est elle qui devrait téléphoner à cette chère Silver. Et n'oublie pas que tu ne travailles pas gratuitement. Ton agent ferait bien de s'en souvenir.

— Silver et moi, nous n'avons pas encore eu le temps de discuter salaires, dit Dexter. Elle m'a donné le script hier seulement.

— Très bien, répondit Rosarita que toute cette histoire commençait à ennuyer. Appelle ta mère avant qu'elle ne fasse d'autres bourdes.

— Laisse-moi d'abord m'habiller.

Pendant que Dexter finissait de se préparer dans la salle de bains, Venice téléphona.

— Je suis si heureuse pour toi et Dexter, dit-elle toute joyeuse. C'est formidable !

Rosarita vibrait d'indignation. Comment Chas osait-il prévenir Venice, notamment quand elle lui avait bien dit de s'abstenir.

— Je suppose que c'est papa qui t'a prévenue ? demanda-t-elle en faisant un effort surhumain pour essayer d'être aimable.

— Mais non, c'est la mère de Dexter qui m'a mise au courant. Elle est adorable, non ?

Adorable ! Rosarita ne se contenait plus de rage.

— Adorable, c'est le mot, répondit Rosarita, hors d'elle. C'en était trop ! Dex ! cria-t-elle en reposant le combiné avec violence. Viens ici avant que je ne perde la tête ! Ta mère va me rendre folle !

Silver Anderson était en train de se maquiller lorsque Dexter l'appela.

— Bonjour, mon cher garçon, dit-elle.

Elle tenait le combiné d'une main et de l'autre soulignait ses paupières d'un trait d'eye-liner noir appuyé.

— Que puis-je faire pour toi ?

— Je voudrais en savoir plus sur ce script, dit-il. Il est formidable !

— Tu a l'air très emballé, dit-elle, amusée.

— Quel acteur ne le serait pas ?

— Je savais bien que ça te plairait, ajouta-t-elle, sûre d'elle.

— Ce script, il vous appartient ?

— Il a été écrit par un jeune homme qui me l'a envoyé par la poste. Il pense que je suis l'actrice idéale pour jouer dans ce film.

— Mais qui va le produire ?

— Le script m'appartient, dit Silver sèchement, mais j'ai besoin d'un producteur. Une personne riche qui restera dans l'ombre et avancera les fonds pour notre film. Par rapport aux normes actuelles, ce n'est pas un film à gros budget. Il suffirait de dix millions de dollars, mes honoraires inclus. N'est-ce-pas incroyable ? J'ai demandé à ce qu'un budget détaillé soit élaboré.

— Vous voulez dire que c'est un film pour le cinéma ?

— Naturellement. J'en ai marre de ces séries télévisées ennuyeuses. C'est le retour de Silver Anderson sur grand écran. C'est là sa vraie place.

— Avez-vous des noms de producteurs en tête ?

— Je comptais un peu sur toi pour m'en proposer.
— Sur moi ? dit-il, surpris et en même temps flatté.
— Oui, je pensais au père de ton épouse. Si j'ai bien compris, il est riche ?
— Oui… c'est vrai, bégaya Dexter. Mais à ma connaissance, il n'a jamais investi dans quoi que ce soit.
— Il faut bien commencer un jour, dit Silver d'une voix suave. Et s'il a un certain âge, je suis certaine qu'il a eu le béguin pour moi à une époque. Tu pourrais organiser une petite rencontre, pour que je puisse lui soumettre mon projet.
— En fait, vous voulez dire que si je trouve quelqu'un qui finance l'affaire, j'aurai le rôle de Lance Rich.
— Oh, chéri, de toute façon, ce rôle te revient de droit, dit-elle avec désinvolture. Il te va comme un gant. J'ai pensé à toi dès que j'ai lu le script.

Elle s'interrompit un instant.

— Mais si nous sommes obligés de faire appel à un studio, les producteurs insisteront probablement pour que le rôle soit interprété par une star. Evidemment, je te défendrai mais tu sais comme moi que c'est un combat pratiquement perdu d'avance.
— Oui, approuva Dexter, qui savait que les studios exigeraient Brad Pitt ou Ben Affleck.

Il fallait qu'il trouve une solution pour être sûr de décrocher le rôle.

— Sinon, j'ai aussi pensé à cet homme charmant avec qui tu as travaillé par le passé. Tu sais, lorsque tu posais sur cette grande affiche, à… où était-ce déjà ?
— A Times Square.
— Cette affiche où tu posais à demi nu. Tu étais très sexy. Je suis convaincue que c'est pour ça qu'ils t'ont choisi pour jouer dans *Jours sombres*. Quel est le nom de ce styliste ?

— Mortimer Marcel.

— C'est ça ! Il doit être très riche, et il semble beaucoup t'apprécier. Organise aussi un rendez-vous avec lui.

Dexter commençait à comprendre.

— Je vais voir ce que je peux faire. Je vous rappelle dès que j'ai quelque chose à vous proposer.

— Tu es un brave garçon, ronronna Silver. C'est une occasion en or qu'il ne faut pas laisser échapper, Dexter.

— Je sais, répondit Dexter. Laissez-moi faire. Je m'en occupe.

35

Pour rattraper le temps perdu, Madison mit les bouchées doubles au travail. Elle se lança tout d'abord dans des recherches approfondies sur Antonio Lopez, dit « La Panthère », et recueillit quelques renseignements utiles sur la carrière de son concurrent. Elle acheva deux autres chapitres de son roman et prit ensuite quelques cours de yoga pour se détendre. Elle téléphona par ailleurs à la meilleure amie de Stella, Warner Carlysle, qui lui opposa un silence obstiné. Entre-temps, elle déjeuna plusieurs fois avec Jamie et écrivit une longue lettre à Michael. Elle l'informait qu'elle préférait ne pas le voir, car elle était encore trop bouleversée pour discuter avec lui. Elle téléphona aussi à Nathalie, assista à un dîner horriblement ennuyeux chez Victor et faillit se disputer avec un crétin qu'Evelyn lui destinait. Enfin, elle accepta de déjeuner avec David car ses appels incessants la rendaient folle.

— Si je déjeune avec toi, tu jures de me laisser tranquille ? lui demanda-t-elle au téléphone.

— Promis, lui dit-il.

Madison savait qu'on ne pouvait pas se fier aux promesses de David. Ce dernier travaillait à la télévision comme réalisateur et, à ce titre, il avait le don pour s'extraire des situations difficiles.

Elle entra dans le restaurant italien qu'il avait choisi

tout en pensant qu'elle n'avait qu'une hâte : quitter New York le plus vite possible. Elle avait besoin de changer de décor et le plus tôt serait le mieux. Victor, ce lâche, n'avait pas annulé la mission de Jake, et l'idée qu'il serait à Las Vegas la déprimait. Mais elle avait pris une résolution : quelle que soit l'attitude de Jake, elle resterait distante.

Les relations amoureuses étaient un véritable casse-tête. Il était impossible d'y voir clair. Aussi intelligente qu'elle fût, elle-même n'y arrivait pas. Le comportement de Jake la plongeait dans une grande perplexité. Elle avait sincèrement cru que quelque chose d'extraordinaire s'était passé entre eux, mais pas lui, apparemment.

— As-tu rencontré quelqu'un d'autre ? lui demanda David dès qu'elle fut assise à leur table, située dans un coin un peu reculé de la salle.

C'est David qui s'était chargé de la réservation.

— Si j'avais rencontré quelqu'un d'autre, répondit-elle en se raidissant immédiatement, cela voudrait dire qu'au départ il y avait quelqu'un dans ma vie et crois-moi, David, tu n'es plus qu'un lointain souvenir.

— N'essaie pas d'éluder ma question, répliqua-t-il tout en s'apprêtant à lui verser un verre de son vin favori, qu'il avait prudemment commandé à l'avance.

— Je ne vois pas où tu veux en venir, rétorqua-t-elle en retirant son verre. Je ne bois pas d'alcool ce soir.

— Bien, je vais formuler ma question autrement. As-tu rencontré quelqu'un ?

— Non, David, répondit-elle patiemment, tout en essayant de maîtriser la colère qui montait en elle. Je n'ai rencontré personne. Et je n'en ai pas envie. Pour l'instant, je préfère être seule.

— Tu me sembles bien amère, remarqua-t-il en faisant la moue.

— En fait, je me demande si je ne vais pas changer d'orientation, poursuivit-elle.

Elle avait soudain envie de choquer David, qui était au fond un phallocrate et un homophobe invétéré — deux traits de caractère qu'elle avait toujours détestés en lui.

Il la regarda d'un air éberlué.

— Changer d'orientation ?

— Peut-être que je vais plutôt essayer de me trouver une copine, ajouta-t-elle, provocatrice. Tu sais, une femme sensible qui prendrait soin de moi.

— Tu racontes n'importe quoi, dit-il, incrédule. Tu aimes trop le sexe.

— J'aime faire l'amour, c'est vrai, mais pas avec n'importe qui, répondit-elle aussitôt. Je croyais que tu étais quelqu'un de spécial, mais en fait je m'étais trompée.

Le serveur s'approcha de leur table pour leur apporter le menu. Il en profita pour leur énumérer la liste des plats du jour. Madison commanda du bar légèrement grillé accompagné d'une salade verte composée. Quant à David, il choisit le plat du chef : des lasagnes aux fruits de mer agrémentées d'une salade verte avec des œufs durs.

— Ecoute-moi, dit-il lorsque le serveur s'éloigna. J'ai eu tort.

Il la regarda avec attention.

— J'ai fait une énorme erreur.

— Tu sais quoi, David ? dit-elle nerveusement tout en regrettant déjà d'être venue. Ce n'était pas une erreur en ce qui me concerne. Ça m'a permis de découvrir ta vraie personnalité. J'ai compris qu'il était impossible de te faire confiance.

— Merci, dit-il sombrement.

— La vérité est dure à entendre, n'est-ce pas ?

Il la regarda avec colère.

— Tu es sans pitié, hein ? Sais-tu au moins que je vais divorcer ?

Vraiment, pensa-t-elle. *C'est le dernier de mes soucis. Il me prend pour une carpette ou quoi ?*

— Non, je n'étais pas au courant, répondit-elle d'une voix neutre. Je suis désolée pour toi, car je suis certaine que vous étiez heureux, ta femme et toi. Toutefois, je n'ai nullement l'intention de jouer le rôle de psy et d'écouter tes problèmes.

— Ce n'est pas ce que je te demande.

— Si, David, tu espères que je vais prêter une oreille compatissante à tes jérémiades. Mais sache que si je suis venue ici, c'est uniquement pour te dire de me laisser tranquille. Tu comprends ?

— C'est impossible, répondit-il en essayant de prendre sa main dans la sienne.

— Oh, s'il te plaît, dit-elle en retirant sa main avec vivacité. Arrête ton baratin.

Lorsqu'il comprit qu'il était sur la mauvaise pente, il changea prestement de tactique.

— J'ai appris que ta mère était morte, dit-il. Je sais que vous n'étiez pas très proches mais c'est terrible la manière dont c'est arrivé. Qu'est-ce qui s'est passé au juste ? Le meurtrier a-t-il été arrêté ?

Madison fronça les sourcils. Il essayait par tous les moyens de s'immiscer dans sa vie privée, mais elle n'était pas dupe. Sa petite enquête ne le mènerait nulle part : elle était fermement décidée à ne rien lui révéler.

— J'apprécie ta sollicitude, dit-elle.

Elle s'aperçut à cet instant qu'elle ne ressentait plus rien, quand elle lui parlait.

— Mais tout ça, c'est du passé et je ne veux pas en parler.

— Je respecte tes sentiments.

Je ne te crois pas, pensa-t-elle. *Tu ne connais pas la signification du mot « respect ».*

— Ecoute, une idée vient de me traverser l'esprit, dit-il tandis que le serveur revenait avec leurs salades. Je te propose de passer un week-end à Montauk avec moi. Un de mes amis loue une maison là-bas et il m'a dit qu'elle était libre le week-end prochain.

Il la regarda en prenant un air profondément sincère.

— Dis oui, mon cœur. Ce serait dommage de faire une croix sur les deux années merveilleuses que nous avons passées ensemble.

Elle ne put s'empêcher de rire. Il était persuadé qu'il réussirait à la reconquérir.

— Qu'attends-tu donc, David ? Tout est fini entre nous. Tu ne veux rien comprendre ? Tu m'as laissée tomber ; tu t'en souviens, non ?

— C'est vrai, répondit-il précipitamment. Je suis parti, mais maintenant me revoilà et je te le redis : je suis vraiment désolé.

— C'est faux, dit-elle en prenant sa fourchette.

— Mais ce n'est pas comme si on s'était quittés pour toujours, dit-il d'un ton geignard.

— Tu t'es marié, il me semble, répliqua-t-elle avec emportement.

— C'était une erreur. Passons le week-end ensemble et nous reparlerons de tout ça. Peut-être arriverons-nous à recoller les morceaux ?

C'était David tout craché. Son mariage avait échoué et il croyait qu'il pouvait revenir et reprendre leur vie commune comme si rien ne s'était passé.

Tu prends tes rêves pour la réalité, espèce d'égoïste.

— C'est impossible, répondit-elle froidement, parce

que je n'ai plus aucune confiance en toi. Et la confiance, c'est primordial.

— Je ne t'ai jamais trompée quand nous étions ensemble, dit-il comme si c'était un exploit.

Elle secoua la tête, déconcertée.

— Tu veux peut-être une décoration ?

— Mais c'est quand même une preuve de loyauté, insista-t-il. La plupart des mecs ne se gênent pas.

Elle en avait maintenant assez de ses arguments pitoyables. Cette conversation commençait à l'ennuyer.

— Ecoute, tu ne parviendras jamais à me convaincre. Trouve-toi une fille super sexy. Ou une institutrice ou n'importe qui d'autre, mais fiche-moi la paix.

— C'est charmant.

— David, ce que tu fais m'est complètement égal. Et, si tu veux vraiment savoir, j'ai rencontré quelqu'un d'autre, ajouta-t-elle en pensant que c'était le mensonge idéal pour se débarrasser de lui une fois pour toutes.

David réagit au quart de tour.

— C'est ce type avec qui je t'ai vue dans le hall d'entrée de ton immeuble ?

— Non, ce n'est pas lui.

— Qui alors ?

— Ça ne te regarde absolument pas.

Il secoua la tête d'un air abattu.

— Madison, tu es vraiment dure.

— Dure ? s'écria-t-elle en explosant de colère. Va te faire foutre, David.

Elle se leva et lui lança un regard furibond.

— Je t'interdis de m'appeler ou de passer me voir. Et mets-toi bien ça dans le crâne : **tout est fini et bien fini entre nous.**

Sur ces paroles, elle quitta le restaurant.

Elle se sentait extraordinairement soulagée. Son

histoire avec David était bel et bien terminée ; elle l'avait définitivement évacué de sa vie.

Adieu, David, sans regrets.

Tandis que Madison était occupée à remettre de l'ordre dans sa vie et à travailler d'arrache-pied, les investigations de Jamie étaient au point mort. Toutes les nuits, après que Peter s'était endormi, elle se disait qu'elle allait vérifier le contenu de son portefeuille, puis se ravisait. Elle ne pouvait se résoudre à faire le pas. C'était trop déshonorant. En outre, elle était persuadée qu'il ne la trompait pas. Il lui faisait l'amour tous les jours et la traitait comme une reine. Il exauçait tous ses désirs, même s'il refusait obstinément d'aller à Las Vegas.

Le lundi soir, il l'appela du bureau pour lui annoncer qu'il rentrerait tard. Elle lui rappela qu'ils étaient invités à un dîner chez Anton.

— Merde ! dit-il, ça m'était sorti de la tête. Mais ne t'inquiète pas, je te rejoindrai là-bas.

— Tu ne rentres pas prendre une douche et te changer ?

— Je prendrai une douche au bureau. Je n'ai pas besoin de me changer, je suis plutôt bien habillé aujourd'hui.

— Comme toujours, dit-elle avec sa gentillesse habituelle. Zut ! ajouta-t-elle avec regret. Je n'ai pas envie d'y aller sans toi.

— Appelle Madison, peut-être qu'elle voudra bien t'accompagner.

— Elle a refusé l'invitation. Elle est submergée de travail.

— Ne t'en fais pas. J'arriverai assez tôt pour le dîner. L'apéritif dure toujours un temps fou chez Anton.

Jamie détestait sortir seule et notamment prendre un

taxi la nuit. C'est pourquoi, après avoir réfléchi quelques instants, elle décida qu'elle arriverait en même temps que Peter. Il fallait juste qu'elle avertisse Anton qu'il ne devait pas les attendre pour l'apéritif.

Elle rappela Peter au bureau. Le téléphone sonna, mais personne ne décrocha. Elle se souvint que le standard fermait passée une certaine heure et essaya de le contacter sur son portable, mais tomba sur sa messagerie vocale.

Ce silence la plongea dans une profonde perplexité. Si Peter était au bureau, pourquoi ne répondait-il pas ?

Qu'il aille au diable ! Elle était de nouveau assaillie de soupçons. Elle jetterait le soir même un coup d'œil à son portefeuille pour voir si le préservatif marqué d'un point y était toujours.

Lorsqu'elle arriva chez Anton, celui-ci remarqua immédiatement qu'elle était nerveuse.

— Que se passe-t-il, princesse ? Des soucis ?

— Rien de grave, répondit-elle, évasive. Je pensais à ce travail que nous devons terminer aux Hamptons. Tu devrais peut-être prendre la relève.

— Pourquoi cette suggestion ?

— Parce que j'ai passé deux jours là-bas la semaine dernière et je ne veux pas laisser Peter tout seul.

— Mais pourquoi donc ? dit Anton en gloussant. Tu n'as pas confiance en lui ?

— Bien sûr que si, répondit-elle sèchement.

— Excuse-moi, dit Anton.

Elle repensa soudain aux deux jours passés aux Hamptons. Elle avait accompagné des clients qui emménageaient dans leur nouvelle maison : une magnifique demeure dont des photographies devaient paraître dans le célèbre magazine *Architectural Digest*. Pendant son absence, elle avait appelé Peter chaque soir et il avait toujours répondu à ses appels. Mais après tout, il se pouvait qu'à peine le téléphone raccroché, il se soit éclipsé. Peut-être avait-il une petite amie ?

Peter, fidèle à sa promesse, arriva juste avant le dîner. Il enlaça sa femme et lui murmura à l'oreille :

— Bonsoir, beauté. Je t'ai manqué ?

— Tu me manques toujours, dit-elle. En fait je t'ai rappelé, mais personne n'a répondu.

— Tu sais bien que le standard ferme à 6 heures.

— Je t'ai appelé sur ton portable, mais je n'ai eu aucune réponse.

Il tapota sa poche et répondit sans le moindre embarras :

— La batterie doit être à plat.

— Mais alors, pourquoi je suis tombée sur ta messagerie vocale ?

— Il faudra que je vérifie ça, dit-il. Il faut peut-être recharger la batterie. Et tu sais quoi, lui murmura-t-il à l'oreille, j'en profiterai pour recharger la tienne. Qu'est-ce que tu en dis ?

— Tais-toi, répondit-elle en riant nerveusement. Quelqu'un pourrait t'entendre.

— Ah oui ? La belle affaire. On n'a plus le droit de parler de sexe quand on est marié ?

Elle se mit à rire doucement. Elle avait l'imagination trop fertile. Et pourtant, elle ressentait au plus profond d'elle-même un sentiment de malaise qu'elle ne parvenait pas à chasser.

Plus tard, lorsqu'ils rentrèrent à la maison, ils firent l'amour et ce fut aussi bon que les autres fois.

Mais dès que Peter fut endormi, Jamie se glissa hors du lit et se faufila dans le dressing.

Le portefeuille de son mari était à sa place habituelle. Elle le prit et vérifia son contenu. A sa grande déception, elle découvrit qu'il n'y avait plus de préservatif.

LE SACHET AVAIT DISPARU !

Où était-il passé ? Qu'en avait-il fait ? Ce traître l'avait-il donc utilisé ?

Le fait que le préservatif ait disparu la bouleversait. Ce n'était pas normal. Elle était furieuse : ses soupçons étaient justifiés.

Il LA TROMPAIT.

Elle se précipita dans la salle de bains et ouvrit la penderie où elle dénicha la chemise qu'il avait portée ce soir-là. Elle s'en empara et la renifla.

Elle reconnut comme une vague odeur de parfum qui n'était pas le sien.

Il lui était donc infidèle !

Il faut que je garde mon calme, pensa-t-elle. *Je ne peux pas l'accuser sans preuve.*

Il était trop tard pour appeler Madison, et pourtant elle avait désespérément besoin d'un conseil.

Comme elle ne pouvait rien faire avant le lendemain matin, elle se recoucha et dormit d'un sommeil agité.

Le lendemain matin, Peter ne soupçonna rien d'anormal.

Dès qu'il quitta l'appartement, Jamie téléphona à Madison.

— Tu te rappelles cette détective à qui tu avais fait appel ? Il faut que je la voie, aujourd'hui même.

36

Au bout de quelques jours, Dexter parvint à obtenir un rendez-vous avec Mortimer Marcel. Il devait le retrouver ce jour-là à 5 heures dans ses luxueux bureaux qui surplombaient Park Avenue.

Dexter se présenta à l'heure convenue. Mortimer l'accueillit, assis derrière une élégante table de travail de style ancien. Derrière lui se tenait Jefferson, son amant fidèle. Ce dernier n'avait apparemment pas l'intention de laisser son compagnon en tête à tête avec Dexter. Il y avait toujours eu une certaine tension entre eux. Jefferson était extrêmement jaloux de Dexter, qu'il considérait comme un rival potentiel.

Dexter les salua et ils échangèrent les flatteries d'usage.

— J'ai entendu dire que ton show avait été annulé, lâcha Jefferson. C'est pour ça que tu reviens nous voir ?

Dexter sourit d'un air contraint.

— Oh, j'ai beaucoup de projets en cours, dit-il. Mon nouvel agent est persuadé que nous allons bientôt signer un contrat en or.

— Excellentes nouvelles, remarqua Mortimer.

Jefferson, impassible, ne broncha pas.

— Bon, que puis-je faire pour toi ? s'enquit Mortimer en se redressant sur son siège.

Il était habillé avec son raffinement habituel, d'une chemise sport bleue pâle à col blanc et d'un pantalon en lin beige sans un seul faux pli.

— Heu... Je suis sûr que vous avez entendu parler de Silver Anderson.

— Evidemment, dit Jefferson avec une moue dédaigneuse, tout en passant la main sur son crâne rasé rutilant.

— On travaillait ensemble dans *Jours sombres*.

— Ah oui, cette série qui vient juste d'être annulée ? l'interrompit Jefferson.

— Exact, dit Dexter, qui aurait bien aimé que Jefferson s'en aille.

Le petit ami de Mortimer n'appréciait visiblement pas du tout la visite de Dexter.

— Que voulais-tu dire à propos de Silver Anderson ? demanda Mortimer dont la pomme d'Adam proéminente montait et descendait à chacune de ses paroles.

— Silver Anderson, comme vous le savez, est une légende vivante, poursuivit Dexter calmement.

— Elle me fait plutôt l'impression d'être une vieille actrice au bout du rouleau, répliqua Jefferson d'un air méprisant.

— Malgré son âge, Silver est toujours très belle et connue dans le monde entier, continua Dexter stoïque.

— C'est entendu, Silver est une grande star, intervint Mortimer avec impatience. Explique-moi maintenant la raison de ce rendez-vous.

— Silver vient d'acheter un scénario.

— Ça ne nous intéresse pas, dit Jefferson d'un ton excédé.

Mortimer lui jeta un regard mauvais.

— Continue, dit-il à Dexter.

— Ce scénario est formidable, dit Dexter avec nervosité.

Je l'ai lu et je lui ai suggéré de trouver un producteur au lieu de faire appel à un studio.

— Tu veux dire qu'en fait, les studios ne sont pas intéressés par cette histoire, dit Jefferson avec un rire sarcastique.

— Silver veut garder le contrôle sur ce projet, dit Dexter en ignorant son ennemi. C'est un très bon scénario et elle préférerait trouver quelqu'un qui accepte de financer la réalisation du film.

— Et en quoi cela peut-il me concerner ? demanda Mortimer. Elle veut que je m'occupe de la conception des costumes ?

— Non, dit Dexter, bien que ce soit une idée géniale. En plus, avec Silver comme vedette principale, ce serait une formidable publicité.

— Marcel Mortimer n'a pas besoin de publicité, répliqua Jefferson avec dédain. Il est aussi célèbre que Calvin Klein, Ralph Lauren et Tommy Hilfiger réunis.

— J'ai pensé que ça pourrait être l'occasion de mettre un pied dans l'industrie du cinéma. Je suis persuadé que cet univers t'a toujours fasciné, Mortimer.

— L'industrie cinématographique, c'est un véritable cloaque. T'es foutu, si tu commences à mettre l'argent dedans, intervint Jefferson.

— Tu vas la fermer, oui ? l'interrompit Mortimer d'un ton tranchant. Si Dexter est venu, c'est pour me voir, moi, et non pas toi. Alors tais-toi ou si tu n'y arrives pas, barre-toi et occupe-toi à quelque chose d'utile.

Jefferson fronça les sourcils d'un air mécontent.

— Tu accepterais de rencontrer Silver Anderson pour qu'elle t'expose les grandes lignes de son projet ? demanda Dexter d'un ton pressant.

— Pourquoi, pas ? répondit Mortimer. Je suis d'ailleurs surpris de ne pas l'avoir comme cliente.

Mortimer réfléchissait en tambourinant des doigts sur la table.

— Je pourrais imaginer de merveilleux costumes pour elle. Exit, Bob Mackie.

— Bob Mackie ! fit Jefferson en poussant un cri horrifié.

— Bon, je te laisse le soin d'organiser une rencontre, Dex. Nous verrons bien ce qu'il en sort, dit Mortimer en jetant un regard noir à son ami, car il détestait qu'on lui dise ce qu'il avait à faire.

Entre-temps, dans le parking souterrain du bâtiment fédéral, Joel et Rosarita étaient en train de faire l'amour.

— Tu te rends compte de ce qui se passerait si on nous surprenait ? demanda Rosarita.

Elle était allongée à demi nue sur le siège arrière de la Bentley de Joel.

Cette expérience décadente l'excitait au plus haut point.

— Oui, ça ferait la une des journaux, dit Joel avec satisfaction.

— N'oublie pas que je suis mariée à une célébrité, dit Rosarita en gigotant pour trouver une position plus confortable.

Joel éclata de rire.

— Arrête, dit-il en bégayant de rire. Tu ne vas pas me dire que ce tas de viande avec lequel tu es mariée est célèbre ?

— Il a joué dans une série télévisée pendant près d'un an, dit-elle, vexée. Il a une certaine réputation.

— Tu plaisantes, répondit Joel, sur le point de jouir.

— Il fait trop sombre ici, dit Rosarita en se trémoussant. Personne ne peut nous voir.

— La prochaine fois, nous ferons ça à découvert, promit Joel. Je pensais qu'il y aurait eu plus de passage. Mais je m'étais trompé.

Il poussa un grognement de plaisir.

— Vas-y, bébé ! cria-t-il en atteignant l'orgasme.

Rosarita avait constaté avec plaisir que Joel n'évitait plus ses coups de téléphone. Depuis leur rendez-vous au *Four Seasons*, ils se voyaient fréquemment. Elle ne lui avait pas annoncé qu'elle s'envolait bientôt pour Las Vegas. Elle voulait qu'il s'inquiète un peu. Ça lui ferait du bien de voir qu'elle n'était pas toujours disponible.

Parallèllement à ses rencontres torrides avec Joel, Rosarita n'avait pas chômé. Elle avait poursuivi ses recherches sur les poisons. Le produit devait être sans risques. Elle se décida finalement pour un herbicide peu connu, interdit aux Etats-Unis, mais disponible en Hollande. Elle l'avait découvert sur un site Internet assez inquiétant sur lequel elle était tombée par hasard. Ce poison correspondait parfaitement à ses attentes. C'était une substance inodore, incolore et sans goût particulier que l'on pouvait verser dans une boisson. Ce produit mortel faisait de l'effet au bout d'une heure environ.

Elle triomphait. Mais il fallait maintenant qu'elle trouve une solution pour se le procurer. Quelques recherches supplémentaires lui permirent de trouver l'adresse de la société qui fabriquait ce désherbant à Amsterdam. Comme elle ne pouvait pas le commander sous son propre nom, elle ouvrit une boîte postale à Soho sous une fausse identité et expédia au fabricant un paiement en espèces.

Elle attendait maintenant la livraison. Elle partait dans trois jours à Las Vegas et elle craignait que sa commande n'arrive en retard.

Il fallait qu'elle l'ait en sa possession avant son départ. Autrement, son projet tombait à l'eau.

— Tu as déjà baisé dans un cinéma ? demanda Joel en remettant maladroitement son pantalon.

— Quand j'étais jeune, dit-elle à la recherche de son string. En fait, je n'ai pas vraiment fait l'amour, mais j'avais un petit ami qui adorait déchirer le fond de son carton de pop-corn, et donc chaque fois que je mettais ma main dans le paquet, je tombais sur... tu devines quoi.

— Un sexe en érection, dit-il avec un rire obscène. C'était un petit malin, ton ami.

— Exact, dit Rosarita. Et tout le monde n'y voyait que du feu, y compris mon prof de maths, qui s'était une fois assis à côté de nous.

— Tu sais, on devrait le faire un jour. S'asseoir au dernier rang d'une salle de ciné. Ça nous rappellerait notre jeunesse.

— C'est un peu risqué, non ? dit Rosarita, malgré tout émoustillée.

— Plus c'est risqué, mieux c'est, bébé.

— Et si on nous surprend ?

— Ne t'inquiète pas. Ça n'arrivera pas.

Rosarita imaginait déjà la scène humiliante. Elle frissonna en espérant qu'il ait raison.

Joel voyait l'avenir avec sérénité, car tous ses vœux avaient été exaucés. Mme Sylvia lui avait trouvé le garçon idéal : Eduardo, un jeune Portoricain dont la beauté ténébreuse ne laissa pas Joel indifférent.

Ce soir-là, Joel avait invité Testio et Carrie Hanlon pour un dîner intime. Un petit groupe d'amis et bien sûr le bel Eduardo se joindraient à eux. Il avait tout prévu. Une fois que Carrie aurait jeté son dévolu sur Eduardo, Testio la brancherait avec lui et il lui proposerait alors de l'accompagner à Las Vegas où Eduardo l'attendrait.

C'était un plan sans faille, à condition que Testio ne se soit pas trompé sur le compte de Carrie.

Joel n'avait toujours pas eu l'occasion de parler avec son père à propos de leur séjour à Las Vegas. C'était cette affreuse Marika qui s'était occupée de tout. Il savait juste qu'il devait retrouver Marika et son père le mardi matin et qu'ils s'envoleraient pour Las Vegas dans le jet privé de Leon.

— Dis à Carrie d'apporter une abondante garde-robe, l'informa Marika. Leon a l'intention d'organiser beaucoup de fêtes.

Très bien, pensa Joel.

Il avait décidé de ne rien dire à Rosarita de son voyage à Las Vegas. Il fallait savoir se faire désirer.

Il n'y avait rien de tel qu'un peu d'inquiétude et de jalousie pour attiser le feu de la passion.

37

Jamie était dans tous ses états. Il fallut vingt bonnes minutes à Madison et Kimm pour la calmer.

— Je n'arrive pas à croire que ce salaud ait pu me faire ça, criait-elle, en faisant les cent pas dans l'appartement de Madison. Nous étions si heureux. Les hommes ne sont-ils tous donc que des chiens en rut ?

— Allez, calme-toi, dit Madison d'un ton apaisant. Tu n'as aucune certitude.

— Il y a une chose qui ne fait pas de doute, cependant, fit remarquer Kimm. Le préservatif a disparu.

— Ça ne veut pas dire qu'il l'a utilisé, répondit Madison.

— Je ne voudrais pas paraître présomptueuse, mais je me trompe rarement, dit Kimm. Et je crois qu'il va falloir mettre en route la procédure habituelle.

— Ce qui en clair signifie ?

— On va le faire suivre, prendre des photos, expliqua Kimm. Je vous garantis un rapport circonstancié dans les quarante-huit heures.

— Génial, dit Jamie.

— Tu veux savoir la vérité, oui ou non ? fit Madison.

— Oui, répondit Jamie d'un ton catégorique. Parce que s'il me trompe, je le quitte sur-le-champ, ce salaud.

— Certaines femmes aiment savoir, même si par la suite, elles ne font rien, remarqua Kimm.

— Mais cela leur sert à quoi de savoir, à ces idiotes ?

— Le fait même de savoir leur donne du pouvoir sur leur mari.

— Peu m'importe d'avoir du pouvoir sur lui, dit Jamie d'un ton méprisant. Tout ce que je veux, c'est un mari fidèle.

— Tu connais Peter, dit Madison qui voulait venir en aide à son amie. Avec quelques verres de trop…

— Oui ? dit Jamie, les yeux étincelant de colère.

— Eh bien, commença Madison avec prudence. Quand il est soûl, il est parfois un peu dragueur.

— Comment le sais-tu ?

C'est bien ma veine, pensa Madison. *Maintenant, elle ne va pas me lâcher.*

— Heu… tu sais… il a tendance à flirter avec tes amies, quand il a un peu trop bu.

— Il quoi ?

— Mais seulement quand il a trop bu, reprit Madison précipitamment.

— Il t'a déjà draguée ? demanda Jamie d'un ton accusateur.

— S'il l'a fait, ce n'était jamais sérieux.

— Je tombe des nues, dit Jamie.

Elle se tourna vers Kimm et lui demanda sèchement :

— Quand pouvez-vous démarrer votre enquête ?

— Il me faut le numéro de sécurité sociale de votre mari, son adresse professionnelle, ses numéros de téléphone, y compris celui du portable. Je vous ferai la liste.

— N'est-ce pas affreux de faire suivre quelqu'un ? demanda Jamie en se tournant vers Madison. Je veux dire par là que s'il est innocent... je me serai comportée comme une horrible mégère aveuglée par la jalousie !

— Au moins, tu sauras à quoi t'en tenir, dit Madison.

— C'est vrai, dit Jamie avec amertume. Mais je me dégoûte, ce n'est pas correct.

— Il n'en saura rien, l'assura Madison.

— Tu me connais, dit Jamie en gémissant, je ne sais pas garder de secrets. Dans un moment de faiblesse, je suis capable de tout lui avouer.

— Ecoute, fais comme tu le sens, personne ne peut décider à ta place, dit Madison à bout d'arguments.

— Je vous embauche, dit-elle à Kimm. J'aimerais que vous commenciez immédiatement.

— Je ne peux malheureusement pas m'en occuper en ce moment, je suis débordée, expliqua Kimm. Mais je vais vous donner les coordonnées de gens compétents.

— Non, non, dit Jamie en secouant vigoureusement sa tête blonde. Je veux que vous travailliez pour moi.

— Impossible, persista Kimm.

— Il le faut, insista Jamie.

— Je vous répète que je ne peux pas.

— Kimm, faites-le comme une faveur personnelle, intervint Madison. Faites-le pour moi.

— Vous et vos faveurs personnelles, dit Kimm en ronchonnant.

— Merci, dit Madison. Je vous paierai un autre manteau de cuir.

Kimm esquissa un léger sourire.

— Non, merci.

— C'est quoi cette histoire ? demanda Jamie avec nervosité.

Kimm fouilla dans son grand sac et en sortit un calepin et un crayon.

— Notez ici toutes les informations dont j'ai besoin, dit-elle. S'il a de la famille, indiquez les adresses de ses parents, mais aussi de ses assistants, de toutes les personnes avec qui il travaille.

— Tous ces renseignements sont-ils nécessaires ?

— Comme je vous l'ai dit, la connaissance, c'est le pouvoir.

Une fois Kimm partie, Jamie demanda à Madison :

— On peut avoir confiance en elle ? Elle est un peu bizarre, non ?

— Que veux-tu dire ?

— En fait, je me demandais si un homme…

— Qu'est-ce qu'il te prend ? demanda Madison lentement. Tu penses donc que les hommes font de meilleurs détectives ?

— Tu ne comprends pas ? demanda Jamie, énervée. Les hommes sont plus efficaces. J'ai des doutes quant aux capacités de cette grande femme agressive.

— Je trouve ta remarque très sexiste et sectaire, dit Madison d'un ton réprobateur. Heureusement que Nathalie ne t'entend pas. Elle serait choquée.

— Je n'ai rien dit de répréhensible. C'est juste que… je ne sais pas. Je ne m'attendais pas à voir une femme comme elle.

— Tu veux parler de sa sexualité ?

— Je m'en fiche éperdument de sa vie sexuelle.

— Il ne t'a sans doute pas échappé qu'elle était gay.

— Je n'avais pas remarqué. Tu n'aurais pas dû me prévenir. Ça n'améliore pas les choses.

— Jamie, si elle est douée pour son travail, pourquoi cela te gêne-t-il qu'elle soit lesbienne ?

— Ça ne m'embête pas le moins du monde.

— Mais si, je le vois bien.

— Non, dit Jamie d'un ton farouche. C'est Peter qui

m'embête. Il m'embête même drôlement. J'ai tout fait pour essayer d'être une épouse irréprochable et lui, il ne trouve apparemment rien de mieux à faire que de baiser avec sa secrétaire.

— Tu ne crois pas que ça fait un peu cliché, ton histoire ? observa Madison. Si Peter te trompe, ça m'étonnerait que ce soit avec une de ses collaboratrices.

— Et comment le sais-tu ?

— Allez, Peter est snob jusqu'au bout des doigts. La personne avec qui il sortira sera forcément quelqu'un du même milieu social que lui.

— Ma meilleure amie, par exemple ? remarqua finement Jamie.

— Je suis ta meilleure amie, fit remarquer Madison.

— Il ne couche pas avec toi, n'est-ce pas ?

— Je serais au courant si c'était le cas.

— Comment Kimm va-t-elle me contacter ? demanda Jamie en s'écroulant sur le canapé. Elle ne peut pas me joindre à la maison.

— Elle m'appellera, dit Madison, et j'organiserai une autre réunion.

— Mais tu pars à Las Vegas.

— Dans quelques jours seulement.

— Je suis désolée de t'importuner avec mes histoires, soupira Jamie. En comparaison avec les tiens, mes problèmes me semblent insignifiants.

— Insignifiants ? reprit Madison. C'est grave ce qui t'arrive. Si Peter te trompe, il faudra que tu le quittes. Tu es quelqu'un d'exceptionnel. Bien trop belle et intelligente pour rester avec un mari infidèle.

— Ouahou ! Rien de tel que les amis pour vous remonter le moral et flatter votre ego.

— L'avenir t'appartient, Jamie. Tu peux faire ce que

tu veux, sortir avec qui tu veux. Si Peter est coupable, quitte-le. Ne prends pas exemple sur David et moi.

— Au moins, tu ne l'as pas surpris en train de te tromper.

— Non, il est parti un jour sans rien dire. C'est encore pire.

Elle faillit ajouter que David la suppliait maintenant de le laisser revenir, mais elle jugea le moment inopportun.

— Bon, j'en ai marre de ce mélodrame, dit Jamie en se levant. Je vais essayer de tout oublier jusqu'à ce que Kimm rappelle pour m'apprendre que cette histoire n'était que le fruit de mon imagination.

— Très bonne résolution.

— Tu m'accompagnes au bureau ? suggéra Jamie. Nous kidnapperons Anton pour le déjeuner.

— Tu ne vas pas tout lui raconter, j'espère ?

— Je ne suis pas sotte à ce point. J'ai encore suffisamment de bons sens pour éviter de me confier à Anton, le roi du commérage. De toute façon, pour l'instant, il n'y a pas grand-chose à dire.

— Allons-y, dit Madison.

Ça lui changerait les idées de sortir avec Jamie et Anton, pensa-t-elle.

— Je mets mon manteau et on y va.

Le déjeuner en compagnie d'Anton et de Jamie fut relaxant et agréable. Comme à son habitude, Anton les avait diverties avec ses ragots croustillants. Madison décida ensuite de rendre une visite impromptue à Warner Carlysle, l'amie de Stella. Elle souhaitait s'entretenir avec elle, même si depuis les funérailles, Warner s'était toujours arrangée pour éviter de lui parler. Madison tenait pourtant à la voir avant son départ pour Las Vegas. Elle se rendit donc en taxi au magasin de Warner dans l'espoir de l'y rencontrer.

L'endroit était bondé, mais Madison savait comment manœuvrer. Elle se dirigea vers la réception et s'adressa à la jeune fille qui se tenait derrière le comptoir.

— Je suis Madison Castelli de *Manhattan Style*. Warner m'attend. Elle est dans son bureau ?

— Oui, répondit avec lassitude la jeune réceptionniste harcelée par une foule de clients. Je vais l'appeler.

— Ne vous donnez pas cette peine, je connais le chemin, répondit Madison avec assurance.

Warner était au téléphone, assise derrière un grand bureau muni d'un plateau de verre. Elle leva les yeux et resta interloquée à la vue de Madison.

Madison lui fit un petit signe de la main, se dirigea vers le canapé et s'empara d'un magazine.

— Heu… je peux vous rappeler ? demanda Warner à son interlocuteur.

La personne à l'autre bout du fil avait visiblement acquiescé, car Warner raccrocha précipitamment.

— Madison, s'exclama-t-elle. Quelle surprise !

— Je passais dans le quartier, dit Madison en posant le magazine. Et comme vous n'avez jamais répondu à mes appels, je me suis dit que j'allais vous rendre une petite visite pour voir si tout allait bien.

— Je suis désolée, mais vous n'ignorez pas que c'est la période des défilés de mode, expliqua Warner. J'étais débordée de travail, sollicitée de toutes parts.

— Je comprends.

— Bref, je suis contente de vous voir, dit Warner.

Est-ce bien sincère ? s'interrogea Madison. *J'ai pourtant l'impression qu'elle me cache quelque chose.*

— Malheureusement, poursuivit Warner, ce n'est pas le moment idéal pour discuter, car je dois m'absenter.

Elle jeta un coup d'œil à sa montre.

— Dans cinq minutes exactement. Et je dîne ensuite avec un client qui vient de Houston.

— Peut-on fixer un rendez-vous ? dit Madison. Je pars vendredi matin en mission professionnelle et j'aimerais vous voir avant mon départ.

— Impossible, répondit Warner avec un air désolé. Comme je vous l'ai expliqué, je suis très prise en ce moment.

— Il vous est impossible de vous libérer pendant une heure juste pour discuter ?

— Je sais que ça semble fou, dit Warner sur un ton d'excuse. Mais je passe mon temps à courir d'un client à l'autre, mes stylistes me harcèlent et... heu... ma collection de printemps, une gamme de bijoux argent-turquoise, n'est pas terminée. Ah j'oubliais, comme si ce n'était pas suffisant, il y a des problèmes à l'usine basée à Hong-Kong. Il vaudrait mieux qu'on se voie à votre retour.

— Vous ne me laissez pas le choix, répondit Madison d'un ton sec.

— Je savais que vous seriez compréhensive, répondit Warner en se levant. Je vous rappelle, ou bien rappellez-moi à votre retour. Je vous promets que je trouverai un moment. J'aurai mis de l'ordre dans mes affaires, et dans ma tête aussi.

Madison acquiesça et se dirigea vers la porte. Elle s'arrêta soudain. Une pensée venait de lui traverser l'esprit.

— Au fait, Warner, avez-vous déjà couché avec Michael ?

— Comment ? demanda Warner soudain toute pâle.

Madison soutint son regard.

— Alors ?

— Je... je ne comprends pas votre question, bégaya Warner qui, malgré tout, reprit très vite son sang-froid.

— C'est très simple, répondit Madison en parlant posément. Répondez par « oui » ou par « non ».

— Non, dit Warner, en resserrant ses lèvres qui ne formaient plus qu'une ligne mince et dure. Au revoir, Madison.

— Au revoir, Warner.

Madison sortit dans la rue, ne sachant pas pourquoi elle avait posé cette question. Mais elle avait soudain eu l'idée que Warner lui dissimulait quelque chose. Quel pouvait être ce secret ? Michael l'avait-il contactée pour lui interdire de parler ?

A son retour de Las Vegas, elle reviendrait la voir. Elle désirait aussi convaincre Victor de la laisser écrire un article sur les vieilles familles mafieuses de New York. En se documentant de manière légitime sur ce sujet, elle glanerait sans doute des renseignements précieux. Peut-être même sur la famille Giovanni ? Notamment sur Don Carlo Giovanni — l'homme pour lequel Michael avait censément travaillé. Au détour de son enquête, il était possible qu'elle découvre la vérité sur son père.

Quand elle aurait toutes les réponses, elle pourrait alors retrouver Michael. Et alors, il serait bien forcé de tout lui avouer.

38

Le dîner organisé par Joel fut une réussite, notamment grâce à Testio, qui avait le don pour animer une soirée. En plus de la délicieuse Carrie, il avait invité deux autres mannequins sur lesquelles Joel avait des vues depuis quelque temps déjà.

Joel avait quant à lui convié une jeune chanteuse latino, deux autres top models ainsi qu'un ami à lui, adepte des jeux de cartes.

La composition du groupe d'invités, six filles pour trois hommes, n'était pas exactement au goût de Carrie. Elle était en train de se plaindre à Testio, lorsqu'elle aperçut Eduardo. Elle retrouva immédiatement le sourire.

— Qui est ce charmant garçon ? murmura-t-elle.

— J'en sais rien, dit Testio en haussant les épaules, jouant son rôle à la perfection. Tu ferais mieux de demander à Joel.

— Est-ce vraiment nécessaire ?

Testio la regarda d'un air perplexe.

— Qu'est-ce que tu as contre Joel ?

Carrie plissa le nez.

— Il est tellement... lourd.

— Mais non, il est super. Il faut apprendre à le connaître.

— Je n'ai pas envie de faire cet effort-là.

— Tu devrais pourtant. Son père est l'un des hommes les plus riches de New York.

— Son père, peut-être, mais pas lui.

— Tu sais, Joel t'aime bien.

— Tous les hommes m'aiment, répondit-elle avec un profond soupir et un sourire condescendant.

Dans le genre vaniteuse, elle bat tous les records, pensa Testio.

Joel avait sollicité l'un des meilleurs chefs-cuisiniers de New York pour préparer le dîner. Il avait également pris la peine de s'informer des plats préférés de Carrie et avait fait en sorte qu'ils soient tous servis.

Il fit passer Eduardo pour un neveu originaire de Porto-rico.

— Il appartient à la famille du côté de ma mère, dit-il avec un clin d'œil à Carrie.

A table, il prit soin d'asseoir Carrie entre Eduardo et lui.

Carrie et le jeune homme furent bientôt plongés dans une discussion animée.

Testio fit discrètement signe à Joel :

— Je t'avais bien dit.

Carrie ne tarda pas à se détendre après plusieurs verres de son vin favori, suivi d'un excellent Château d'Yquem et d'une eau-de-vie de pêche.

Eduardo se comportait quant à lui comme convenu. A dix-neuf ans, il ne paraissait pas plus âgé qu'un garçon bien bâti de quinze ans. Le personnel de Mme Sylvia était toujours formé à la perfection et le jeune homme connaissait sa mission sur le bout des doigts.

Joel avait payé le prix fort pour s'assurer qu'Eduardo comblerait Carrie de bonheur. Mais il ne fallait pas que l'idylle soit consommée trop tôt. Il devait en premier lieu persuader Carrie de l'accompagner à Las Vegas.

Il lui fit part de son projet une fois le dîner terminé.

— Je pars à Vegas mardi prochain pour le grand match de boxe prévu pour samedi soir, lui dit-il avec un air avenant. J'aimerais bien que tu m'accompagnes. Tout est prévu : nous aurons des suites séparées et c'est l'avion de mon père qui nous amènera là-bas.

— Et pourquoi donc irais-je à Las Vegas avec toi ? demanda Carrie en buvant sa troisième eau-de-vie à la pêche.

— Eh bien, entre autres, parce que Eduardo y sera, dit Joel d'un air entendu. Je sais qu'il adorerait que tu viennes, mais il ne vaut mieux pas parler de lui à mon vieux. Comme je te l'ai déjà expliqué, il fait partie de la famille de ma mère et il est né d'une aventure illégitime.

Carrie lui sourit d'un air angélique.

— J'aimerais bien fumer un joint, soupira-t-elle.

Joel, grand seigneur, lui répondit :

— Tes désirs sont des ordres.

— Si c'est comme ça, je prendrai ce que tu as de meilleur à me proposer, répondit-elle en s'étirant lascivement.

— Dois-je comprendre que tu acceptes d'aller à Las Vegas ? demanda-t-il. Une limousine passera te prendre à ton appartement. Tu verras, toute la presse sera là et il y aura de super fêtes. Leon est très généreux : il adore donner de l'argent aux femmes pour qu'elles le dépensent au jeu. Ça ne le gêne apparemment pas de voir des millions de dollars partir en fumée.

— Hum..., dit Carrie avec langueur. Et tu disais qu'Eduardo sera là ?

— Il t'attendra dans ta suite, si tu veux, répondit Joel qui s'étonnait qu'elle lui préfère un garçon de dix-neuf ans.

— Je dois admettre que c'est très tentant, lui répondit-elle avec un sourire éblouissant.

— J'essaie de faire plaisir, dit Joel.

— Je me suis peut-être trompée à ton sujet, dit Carrie d'un air songeur. Tu as la réputation d'être un vrai play-boy toujours à l'affût de la dernière top model débarquée en ville. Joel Blaine, le premier à dégainer.

— C'est de la publicité mensongère, répondit Joel, flatté par ce portrait. En réalité, j'ai une petite amie.

— Vraiment ? dit Carrie, étonnée.

— Oui, mais une fois encore, n'en dis rien à mon père. Je suis un homme responsable, mais, heu… pour l'instant il faut que je respecte les exigences de mon paternel. Lorsque j'hériterai de sa fortune, crois-moi, bébé, personne ne pourra plus me donner d'ordres.

— C'est qui ta petite amie ? demanda Carrie d'un air amusé.

— C'est un secret, répondit-il. Elle est… mariée.

Si Rosarita l'entendait, songeait-il, elle serait au septième ciel.

Carrie semblait intéressée par ses histoires. A la fin de la soirée, elle accepta de l'accompagner.

— On peut lui faire confiance ? demanda Joel à Testio.

Testio, qui était complètement défoncé, marmonna :

— Pas de problèmes, mec, tant qu'Eduardo est dans les parages.

Avant le départ de Carrie, Joel la surprit dans la salle de bains en compagnie du jeune homme. Ils étaient en train de renifler une ligne de cocaïne et de se peloter.

Mais Eduardo connaissait parfaitement les règles du jeu. Il ne fallait pas qu'il cède avant Las Vegas.

Rosarita allait à la poste deux fois par jour, même si le courrier n'était distribué qu'une fois dans la journée.

Bien qu'elle trouvât fastidieux de se traîner jusqu'à Soho, elle pensait que ce déplacement n'était pas inutile. Elle se rendait là-bas vêtue d'une tenue de camouflage composée de grosses lunettes noires, d'un long manteau et d'un chapeau mou. Elle aurait fait une formidable espionne car elle était très douée pour la dissimulation.

— J'attends un colis de Hollande, dit-elle au postier, qu'elle importunait maintenant depuis trois jours. Il devrait arriver d'un jour à l'autre.

— Ecoutez, madame, répondit l'employé, excédé d'être ainsi harcelé. Je vous dis que vous perdez votre temps. Ça va prendre quelques semaines.

Elle était sur le point d'abandonner tout espoir, quand le colis arriva dans une boîte en carton portant la mention : « oignons de tulipes : à manier avec précaution ».

Elle s'empara du paquet et, sans même l'ouvrir, le fourra dans son grand sac Gucci. Puis elle procéda aux formalités requises pour fermer sa boîte postale.

Arrivée chez elle, elle se précipita dans la salle de bains, ferma la porte à clé et ouvrit le colis où se trouvait une petite bouteille. Elle la saisit délicatement. Le produit à l'intérieur semblait inoffensif. Elle trouva une notice rédigée en hollandais, ce qui ne pouvait lui être d'aucune utilité. Mais elle savait comment procéder. Il suffisait de verser le désherbant dans le verre de Dex. Ce n'était pas plus compliqué que ça.

Elle passa une demi-heure dans la salle de bains à déchirer la notice en mille morceaux puis elle la jeta dans les toilettes. Elle s'attaqua ensuite à la boîte en carton et s'en débarrassa de la même manière. Ce ne fut pas chose facile : elle dut d'abord faire tremper le carton dans de l'eau chaude pour pouvoir le déchiqueter. Enfin, il ne resta plus que le petit flacon rempli de poison mortel.

Elle s'empara alors d'une bouteille plastique d'huile pour

le bain. Elle en vida le contenu et rinça soigneusement la bouteille jusqu'à élimination totale de l'odeur. Puis elle enfila une paire de gants en plastique appartenant à Conchita et transféra le poison dans la bouteille vide.

Elle enveloppa la bouteille de plusieurs couches de Kleenex et la plaça avec soin au fond de sa mallette de toilette, qu'elle ferma à clé.

Bien joué, pensa-t-elle, lorsque tout fut terminé.

Bientôt... Bientôt...

Dexter était assis, l'air contrarié, dans le bureau d'Annie Cattatori. La grosse femme ne se montrait pas très coopérative. Il lui avait parlé du scénario de Silver et de sa requête, et Annie lui avait grossièrement ri au visage.

— Toute cette histoire est ridicule, dit-elle d'un air méprisant. Surtout ne t'en mêle pas. Elle veut t'utiliser, c'est tout.

— Mais comment ça ? demanda Dexter, perplexe.

— Elle veut que tu trouves un producteur et une fois qu'elle aura l'argent, elle te laissera tomber. Tu n'as aucune chance. Par ailleurs, qui serait prêt à avancer des fonds pour ses beaux yeux ?

— Merci, Annie, je vois que tu as confiance en moi.

— Ecoute, je suis réaliste, répondit Annie en tripotant une énorme boucle d'oreille en or attachée à son lobe grassouillet.

— Tu me prends pour un demeuré, dit Dexter avec colère. Je ferai appel à un avocat pour qu'il rédige un contrat en bonne et due forme. Comme ça, si je trouve les fonds, je serai sûr d'avoir le premier rôle.

— Tu es tellement naïf, s'exclama Annie.

Elle s'empara d'une cigarette.

— Je me demande bien comment tu as fait pour survivre dans ce milieu.

— On ne peut pas dire que je me débrouille à merveille, répondit Dexter piteusement. Tu te souviens qu'on m'a viré, non ?

— Le professeur que je t'avais conseillé t'a-t-il contacté ? demanda Annie en allumant sa cigarette.

— Non.

— Alors appelle-le. Ça ne sert à rien de rester là à broyer du noir. Oublie Silver Anderson et commence tes cours. C'est important. Vas-y et bientôt tu retrouveras du travail.

— C'est ça que j'aime chez toi, Annie.

— Quoi ça ? demanda-t-elle en soufflant des ronds de fumée.

— Ton enthousiasme.

— Mon enthousiasme et mon professionnalisme, ce sont mes deux atouts, répondit-elle d'un air satisfait. Suis mes conseils, beau gosse, et tu réussiras. Pour l'instant, laisse tomber Silver.

Il n'avait nullement l'intention de l'écouter. Le scénario de Silver était une formidable opportunité, qu'il fallait saisir au vol. Par ailleurs, si Annie continuait à l'appeler « beau gosse », c'est elle qu'il allait laisser tomber.

Juste après sa conversation avec Annie, il appela son beau-père.

— J'aimerais qu'on se voie pour discuter, dit Dexter.

Zut, pensa Chas. *Cet imbécile va être papa et il veut que je lui prête de l'argent.*

— Je suis à mon bureau, répondit Chas.

— Où se trouve-t-il ?

— Dans le Queens. Tu viens tout de suite ou ça peut attendre ?

— J'arrive, répondit Dexter.

Plus vite il trouverait les fonds, mieux ça vaudrait.

— C'est pour le boulot, ajouta Dex.

— Pour le boulot ? répéta Chas en se grattant l'entrejambe.

— Oui, dit Dexter d'un ton ferme. J'ai une proposition à te faire.

C'est bien ma veine, pensa Chas. *Cet idiot de beau-fils veut parler affaires.*

Chas s'attendait au pire.

39

— Jamie avait raison d'être inquiète, annonça Kimm au téléphone.
— Oh, zut ! s'exclama Madison.
Elle partait le lendemain pour Las Vegas et était en train de faire ses valises.
— Vous avez des preuves ?
— Oui, malheureusement. Je passe chez vous ?
— Et comment ! répliqua Madison en espérant qu'elle arriverait à contacter Jamie avant qu'elle ne quitte son travail.
— Je suis là dans une heure, dit Kimm, et elle raccrocha.

Même si Madison avait eu un pressentiment négatif quant à Peter, cette mauvaise nouvelle la prenait au dépourvu. Jamie allait être totalement bouleversée et elle ne serait même pas là pour la soutenir. Ça tombait vraiment mal : Jamie serait incapable d'affronter seule une telle épreuve, elle qui avait toujours mené une vie si protégée. Adulée pour sa beauté, sa vie s'était jusqu'à présent déroulée comme un conte de fées : elle s'était mariée au garçon de ses rêves, avec qui elle vivait le parfait amour. Ou du moins l'avait-elle cru jusqu'alors.

Jamie et Peter, le couple idéal.

Cette vision idyllique s'effondrait soudain.

Laissant de côté ses valises, Madison appela Jamie au bureau.

— Salut, dit Jamie comme si elle était à bout de souffle. Qu'est-ce qui se passe ?

— Je te dérange ?

— Non, je suis en train de travailler sur un projet pour… devine qui ? Kris Phoenix.

— Kris Phoenix ? s'exclama Madison. Depuis quand a-t-il refait surface dans ta vie ?

— Hum…, dit Jamie d'une voix hésitante. En fait, je ne t'en avais rien dit, mais il n'a jamais vraiment disparu de la circulation. Il m'a appelée plusieurs fois après le dîner chez Anton. Il a acheté un appartement grand standing à New York et il a fait appel à moi pour l'architecture intérieure.

— Mais comment se fait-il que tu ne m'en aies jamais parlé ?

— En réalité, je n'ai pas directement affaire à lui. Je traite avec son manager et quelques assistants. Sinon je t'aurais avertie. D'ailleurs, c'est toi qui vas le voir bientôt, puisqu'il donne un concert à Las Vegas.

— Comment le sais-tu ? demanda Madison d'une voix soupçonneuse.

— Je lui ai parlé au téléphone il y a quelque temps, admit Jamie. Il m'a invitée à aller le voir.

— C'est curieux que tu ne m'aies pas tenue au courant.

— J'ai été tellement occupée ces temps-ci. Et puis tu sais, je ne vais pas me comporter comme une sainte-nitouche qui court chez sa meilleure amie chaque fois qu'un garçon l'appelle.

— Chaque fois ?

— Ne fais pas l'idiote.

— Kimm veut te voir. Tu pourrais venir chez moi tout de suite ?

— Tout de suite ? répéta Jamie soudain alarmée. Est-ce si urgent ?

— Je pars tôt demain matin et je me disais que ça serait mieux si j'étais là quand tu rencontreras Kimm.

— Pourquoi ? Mauvaises nouvelles ?

— On verra bien ce qu'elle a à nous apprendre.

— C'est affreux. J'aime Peter et je suis sûre qu'il m'aime.

Elle baissa soudain la voix et murmura :

— Je ne peux pas te parler, Anton rôde dans le coin.

— Saute dans un taxi et viens chez moi.

— J'arrive dès que possible.

Kimm portait le manteau en cuir noir que Madison lui avait acheté à Miami et un soupçon de maquillage.

— Vous êtes ravissante, lui dit Madison en la faisant entrer.

Slammer commença immédiatement à renifler ses jambes. Kimm se baissa pour le caresser.

— J'ai de l'eau d'Evian à température ambiante, dit Madison. Slammer a l'air content de vous revoir.

Kimm caressa affectueusement la tête du chien.

— Je suis désolée d'apporter de mauvaises nouvelles, mais je pressentais que cela tournerait au vinaigre. Lorsqu'une femme a des soupçons, il reste peu d'espoir.

— Jamie va très mal le prendre, dit Madison, soucieuse. Elle est bien plus vulnérable que moi.

— Ça se voit.

— Vous savez, dit Madison, elle est tellement jolie que les gens l'ont toujours gâtée. Jamie est à leurs yeux une sorte de déesse blonde — le genre de femmes dont les hommes tombent amoureux. Elle suscite plus que le simple désir : Jamie, c'est l'amour avec un grand A. Tout ceci explique pourquoi elle a mené une vie si protégée jusqu'à présent.

— Tant mieux pour elle, répliqua sèchement Kimm.

— Elle a rencontré Peter juste après l'université. Ils sont mariés depuis trois ans et ils sont — étaient — tout à fait heureux. Vos mauvaises nouvelles vont avoir un effet dévastateur sur elle.

— Elle sera encore plus furieuse quand elle verra les photos, fit remarquer Kimm.

— Pourquoi ? La fille avec qui il la trompe est-elle donc si jolie ?

— Attendons que Jamie arrive.

— Très bien, dit Madison qui se sentait très mal à l'aise. Après tout, cette histoire ne me concerne pas. Peut-être devrais-je même m'éclipser.

— Ce n'est pas ce que je voulais dire, dit Kimm de manière abrupte. Je préfère ne pas avoir à répéter l'histoire deux fois de suite, c'est tout.

— Je comprends.

Slammer se mit à aboyer, signalant ainsi l'arrivée de Jamie. Madison se précipita et ouvrit grand la porte.

— Bonjour, dit Jamie, plus belle que jamais dans un long manteau de cachemire bleu. Quelle rapidité : tu ne m'as même pas laissé le temps d'appuyer sur la sonnette.

— J'ai mon radar personnel : Slammer.

— Ce chien, dit Jamie d'un air grave. Tu es trop attachée à lui. Comment feras-tu quand tu devras t'en séparer ?

— Son maître ne reviendra jamais d'Australie, dit Madison d'un ton convaincu. Et si jamais il revient, je lui annoncerai tout simplement que Slammer est désormais à moi.

— Tu es marrante, dit Jamie en passant la main dans sa courte chevelure blonde. Il fut un temps où les gros chiens te faisaient une peur bleue.

— C'est le meilleur compagnon qui soit. Il est fidèle, affectueux et il ne s'absente jamais ! On ne peut pas en dire autant des hommes, plaisanta Madison.

Comme s'il avait compris qu'on parlait de lui, Slammer s'affala au centre de la pièce et roula sur le dos les jambes en l'air.

— C'est vrai, fit Jamie en souriant. Mais il a néanmoins un point commun avec le genre masculin : il est fier de sa virilité et il adore l'exhiber.

— Ça me fait plaisir de vous revoir, Jamie, dit Kimm avec gentillesse.

— J'aimerais pouvoir en dire autant en ce qui vous concerne, répliqua Jamie.

Elle regarda Kimm droit dans les yeux et lui demanda :

— Qu'aviez-vous de si urgent à m'annoncer ?

— C'est une surprise.

— Autrefois, j'adorais les surprises, remarqua Kimm en ôtant son manteau.

— Tu n'apprécieras pas forcément celle-ci, la mit en garde Madison.

— Alors de quoi s'agit-il ? demanda Jamie en se préparant au pire.

— J'ai des photos et des enregistrements des conversations provenant du portable de votre mari.

— Vous avez le droit de faire ça ?

— Que j'en aie le droit ou non, importe peu. Je le fais, un point c'est tout.

— D'accord, dit Jamie, visiblement inquiète.

— Ecoute, dit Madison. Je vais à côté. Si tu as besoin de moi, tu m'appelles.

— Non, dit Jamie durement. J'ai besoin de toi. Reste là.

Kimm ouvrit sa valise.

— Vous voulez peut-être d'abord regarder les photos ? suggéra-t-elle d'un ton grave.

— C'est une véritable torture, gémit Jamie. Regarde-les pour moi, Madison. Je ne peux pas.

— Mais si, tu peux.

— Non, c'est au-dessus de mes forces. Et si c'est quelqu'un que je connais ?

— Il faut que tu les regardes, insista Madison.

Jamie prit les photos à contrecœur, les mains tremblantes. Elle les regarda un moment de son beau visage impassible.

— Qu'est-ce que ça signifie ? demanda-t-elle enfin, en donnant les photos à Madison. Vous pouvez m'expliquer ?

Madison jeta un coup d'œil aux clichés. Sur le premier, on voyait Peter discuter avec un homme dans la rue. Sur la deuxième photo, plus intime, les deux hommes se tenaient côte à côte et sur la troisième, ils s'enlaçaient. La dernière photo les montrait entrant tous deux dans un hôtel bras dessus bras dessous.

— Je n'arrive pas à y croire ! s'écria Madison, désolée pour son amie.

Il y eut un moment de silence.

— C'est dur à accepter, dit Kimm, mais il valait mieux que vous le sachiez, je pense.

— Savoir quoi ? demanda Jamie, le teint livide.

— Eh bien, c'est évident, non ? hasarda Madison.

— Quoi ? cria Jamie. Dites-moi ce qu'il y a comprendre.

Madison et Kimm échangèrent un regard. Madison hocha imperceptiblement la tête, donnant ainsi le feu vert à Kimm pour qu'elle exprime tout haut la vérité.

— Votre mari sort avec un autre homme, dit Kimm.

Un lourd silence s'installa.

40

Rosarita était parée pour son séjour à Las Vegas. Elle était passée chez Barney s'acheter de luxueuses tenues avant d'aller faire un tour dans l'un de ses endroits favoris : la parfumerie *Bigelow Apothecaries*, située sur la sixième avenue. Rosarita adorait le maquillage. Elle avait craqué pour un vernis à ongles rouge satiné, des rouges à lèvres Laura Mercier et plusieurs savons portugais Klaus Porto. Pour terminer, elle avait jeté son dévolu sur une lotion regénérante Peter Thomas Roth — sa marque de cosmétiques préférée.

Après avoir réglé ses achats avec la carte de crédit alimentée par Chas, elle rentra chez elle en taxi.

Maintenant que je suis enceinte, papa va peut-être m'acheter une voiture avec chauffeur. Ce n'est pas normal qu'il me laisse sillonner les rues glaciales de New York à la recherche d'un taxi.

Elle décida d'évoquer le sujet à Las Vegas, de préférence en présence de Martha : celle-ci lui apporterait certainement son soutien.

Une fois rentrée, elle rangea soigneusement son nouveau maquillage dans sa mallette et en profita pour vérifier que sa bouteille de poison était toujours bien cachée dans le fond.

Elle était nerveuse et excitée. Elle serait bientôt à Las

Vegas et si tout marchait comme prévu, elle serait libre sous peu.

Et elle comptait bien célébrer dignement cet événement.

Pendant ce temps, Dexter se rendait, enthousiaste, à son premier cours de perfectionnement. Les derniers jours avaient été fructueux. Chas et Mortimer avaient tous deux accepté de rencontrer Silver Anderson : les rendez-vous étaient fixés juste après le séjour à Las Vegas. Silver avait été enchantée de cette bonne nouvelle.

— Si tu me présentes un investisseur, mon chéri, avait dit Silver de sa voix traînante, dis-toi que la partie est presque gagnée.

Elle ajouta avec un rire rauque :

— Je suis très persuasive...

Dexter était bien placé pour le savoir.

Le professeur qu'Annie lui avait recommandé était un homme grand et mince, à la peau pâle. Il avait de petits yeux, une bouche fine et de grandes dents jaunies. Il s'appelait Finian Price ; c'était un acteur de seconde zone, qui jouait de petits rôles dans des films à succès. Dexter le reconnut immédiatement.

— C'est un honneur de vous rencontrer, monsieur, lui dit-il en s'avançant vers lui.

Finian lui jeta un regard méprisant.

— Arrête tes conneries. On ne donne pas du « monsieur » ici. Va t'asseoir là-bas, ajouta-t-il en lui montrant une rangée de chaises de bois au dossier droit.

Dexter s'était attendu à un accueil plus chaleureux puisque c'était Annie qui avait personnellement contacté Finian Price. Mais ce dernier avait de toute évidence d'autres choses en tête.

La classe se remplissait petit à petit. Il y avait environ une vingtaine de personnes, la plupart d'entre elles assez jeunes.

Dexter regarda autour de lui et se demanda s'il y avait des professionnels dans l'assemblée. Mais il ne reconnut personne et il alla donc s'asseoir à la place indiquée par Finian.

Une jeune fille leva les yeux à son approche. Elle était menue avec de longs cheveux blonds qui lui descendaient jusqu'à la taille. Elle avait de grands yeux au regard innocent, des lèvres pleines et un adorable nez retroussé. Elle le gratifia d'un sourire resplendissant et lui tendit la main.

— Bonjour, dit-elle d'une voix douce et chantante. Je m'appelle Gem.

Dexter tomba amoureux sur-le-champ. C'était la première fois de sa vie qu'il avait un coup de foudre.

— Heu... Dexter Falcon, enchanté, répondit-il en lui serrant la main.

— Ravie de vous connaître, murmura-t-elle. Vous êtes nouveau ici ?

— En fait oui, dit-il, transporté par le charme de cette fille angélique.

— Tant mieux, remarqua-t-elle, soulagée. Moi aussi je suis nouvelle et je suis très nerveuse.

— Ne vous inquiétez pas, dit-il. Vous pouvez compter sur moi si vous avez besoin d'aide.

— C'est vrai ? dit-elle pleine d'espoir.

— Bien sûr, dit-il avec sincérité, car il ressentait le besoin irrépressible de la protéger.

— Je suis arrivée à New York la semaine dernière, lui confia-t-elle. Tout droit de l'Indiana. C'est un ami qui m'a parlé de ce cours et je tenais à venir, même si cela m'a coûté presque toutes mes économies.

— Le professeur est excellent, paraît-il, dit Dexter.

— J'espère que c'est vrai, dit-elle. J'ai de l'argent pour subvenir à mes besoins pendant trois mois seulement. Après ça, si le cours n'a débouché sur rien, je devrai prendre le bus pour rentrer chez moi.

Elle poursuivit, hésitante.

— Je me demande si je ne devrais pas contacter un agent ?

Elle était exactement comme lui lors de son arrivée à New York : confiante et naïve, sans défense pour affronter une ville aussi dure et impitoyable.

Il avait eu de la chance, à l'époque. Elle aussi devait se faire aider.

— Un peu de silence là-bas, tonna Finian en se plantant devant la classe. Concentrez-vous, bon Dieu.

Un murmure d'approbation parcourut l'assistance.

— Aujourd'hui, nous allons discuter du film *The Fight Club*, annonça Finian. Nous analyserons les personnages et leurs relations. Nous essaierons en même temps de découvrir pourquoi vous autres, pauvres bougres, avez envie de devenir acteurs. C'est un métier difficile, très peu de gens arrivent à percer. J'ai réussi à me faire une place, se vanta-t-il, mais je fais partie des rares élus. Aujourd'hui, vous aussi vous avez de la chance, car je vais partager cette expérience durement acquise avec vous.

— C'est un acteur célèbre, n'est-ce pas ? murmura Gem, visiblement impressionnée. Je l'ai vu dans des films.

— Oui, mais ce n'est pas une star, répondit Dexter à voix basse. En tout cas, d'après mon agent, c'est un excellent professeur.

— Oh, vous avez un agent ? s'écria Gem dans un murmure.

— Oui, en fait je suis acteur professionnel, expliqua

Dexter qui ne voulait pas avoir l'air de se vanter. Je suis ici uniquement pour perfectionner mon jeu.

— Vous avez déjà joué pour le cinéma ? s'enquit-elle de sa douce voix mélodieuse en tout point opposée à celle, criarde, de Rosarita.

— Non, pour la télé, dans une série qui s'appelait *Jours sombres*.

— C'est merveilleux, dit-elle dans un souffle. Malheureusement, je n'ai jamais le temps de regarder la télé à cause de mon travail. Avant, j'étais caissière dans un supermarché.

— C'est vrai ?

— Mais oui, répondit-elle avec un charmant sourire.

— Ils en avaient de la chance, vos clients.

— Merci, dit-elle en baissant les yeux. Cela fait trois ans que j'économise pour venir à New York. Depuis mes seize ans, en fait.

— La ferme là-bas, cria Finian durement. Vous avez payé pour faire quoi, espèces de crétins ? Pour regarder ou pour écouter ? Si vous voulez me voir, allez au cinéma, si vous êtes venus pour écouter et apprendre, eh bien, mettez-vous au travail, nom de Dieu ! C'est déjà pas marrant de faire cours à une bande d'amateurs comme vous, mais si en plus vous discutez pendant mon cours, alors là je jette l'éponge.

Dexter était choqué par la grossièreté de Finian. D'autre part, il était offensé qu'Annie l'ait inscrit à un cours pour débutants, car il n'en était pas un. Il avait joué dans *Jours sombres* pendant un an, et était à ce titre un acteur expérimenté. Toutes les personnes un tant soit peu au fait des difficultés du métier d'acteur savaient très bien que jouer dans une série était extrêmement formateur. Il fallait mémoriser tous les jours des pages et des pages de dialogues et il avait toujours excellé dans ce domaine : il se rappelait son texte avec une précision infaillible et le récitait sans hésitation. Qu'Annie aille au diable ! Ce cours de huit semaines lui coûtait huit cents dollars, une somme exorbitante !

— Désolée, murmura Gem. C'est ma faute s'il s'est mis en colère.

Dexter ne pouvait détacher son regard de la jeune fille. Elle était si jolie et innocente.

— Ne vous inquiétez pas, lui dit-il tout bas. Les brutes dans son genre ne m'impressionnent pas.

Finian passa le reste du cours d'une heure à descendre en flammes les étudiants. Ils lisaient à tour de rôle une scène et quand ils avaient terminé, Finian critiquait leur jeu sans ménagement. Finian réussit dans le même temps à stigmatiser la médiocrité des acteurs de *The Flight Club*, proclamant qu'Edward Norton était terne, Helena Bonham Carter trop théâtrale et la réputation de séducteur de Brad Pitt, surfaite.

C'est écœurant ! pensait Dexter. *Ce type est rongé par l'amertume. Ce cours n'est pas fait pour moi. Je vais appeler Annie pour lui en toucher deux mots.*

Gem était complètement fascinée par Finian et Dexter était désolé qu'elle gaspille son argent, si durement gagné, pour ce cours selon lui surestimé. Pour lui, l'argent n'était pas un problème, mais ce n'était pas le cas de la jeune fille.

Une fois le cours terminé, ils prirent ensemble le chemin de la sortie.

— Ça vous dirait de boire un café ? suggéra-t-il.

Elle hocha la tête.

— D'accord.

— Allons-y, dit-il, ridiculement heureux qu'elle ait accepté son offre.

— Je me sens si nulle, dit-elle avec un soupir alors qu'ils quittaient le bâtiment. Nulle et inefficace. Je suis certaine qu'il nous déteste tous.

— Non, je ne crois pas, répondit-il. C'est simplement un acteur frustré. Il n'est jamais devenu célèbre et il se venge sur nous. C'est sa manière à lui de se défendre.

— Comment quelqu'un comme lui peut-il enseigner le métier d'acteur ?

— J'en sais rien, dit Dexter.

— Et moi qui avais tellement hâte d'assister à ce cours !

— Il va peut-être s'améliorer.

— J'espère, dit-elle.

Elle leva la tête vers lui.

— Ça fait combien de temps que vous êtes acteur, Dexter ?

— Pas si longtemps que ça, admit-il. J'étais mannequin avant — la mascotte de Mortimer Marcel.

Il eut un rire gêné.

— C'est pas terrible, hein ?

— Pourquoi dites-vous ça ?

— J'ai participé à la plupart des campagnes publicitaires de Marcel. Il y avait un grand panneau de moi à Times Square.

— C'est vrai ? dit-elle en le regardant d'un air admiratif. C'est formidable !

Rosarita ne l'avait jamais regardé de cette manière.

Mais il fut soudain ramené à la dure réalité. Avait-il perdu la tête ? Sa femme était enceinte et il ne trouvait rien de mieux à faire que de draguer cette fille. C'était inadmissible, il fallait qu'il se reprenne immédiatement.

— Heu… écoutez, en fait, pour ce café… Je viens juste de me rappeler que j'avais rendez-vous.

— Oh, dit-elle, déçue. Ça ne fait rien, je comprends.

— A la semaine prochaine alors ?
— Oui, dit-elle en le regardant avec espoir.

Elle s'attendait à ce qu'il lui demande son numéro de téléphone, mais il s'en abstint : il n'en avait pas le droit.

— Prenez bien soin de vous. New York est parfois une ville sans pitié.

— Je sais, dit-elle en hochant la tête avec détermination. J'ai trouvé un travail de serveuse.

— Où ça ?

— Dans un restaurant à TriBeCa. Tant que je gagne de l'argent, je peux continuer à poursuivre mon rêve.

Une fille avec un rêve.

C'était tellement rafraîchissant.

Une fois ses valises terminées, Varoomba téléphona à sa grand-mère. Elle eut du mal à la joindre, car Renee était une femme très occupée. Spécialiste du téléphone rose, elle gagnait très bien sa vie. C'est elle qui avait élevé Varoomba, dont la mère était morte d'une overdose. Mais Renee n'était pas vraiment une femme affectueuse.

— Bonjour, fit Varoomba.

— Qui est-ce ? demanda Renee avec suspicion.

— C'est moi, grand-mère. Tu ne reconnais pas ma voix ?

— Ah, c'est toi, répondit Renee en grommelant.

— Je pars pour Las Vegas, et je me disais que ce serait bien que tu te mettes sur ton trente et un et que tu nous rendes visite à mon ami et moi, dit Varoomba pleine d'espoir.

— C'est qui ton ami ?

— C'est quelqu'un de bien et j'espère qu'on va se marier, dit-elle en s'esclaffant bruyamment. Qui sait ? Peut-être qu'on se mariera là-bas.

— Et qu'est-ce que je viens faire là-dedans ? demanda Renee.

— Chas est très attaché à la famille. Ce serait bien qu'il rencontre la mienne. Il verrait que je ne suis pas une strip-teaseuse complètement paumée.

— Tu veux dire qu'il t'aime pour ta famille ? ricana Renee. C'est pas plutôt pour tes gros seins ?

— Grand-mère, s'il te plaît.

— D'accord, d'accord. Appelle-moi à ton arrivée. Et apporte-moi un peu d'argent, tu ne m'as rien envoyé depuis des mois.

— Promis, grand-mère. Autre chose, ne bois pas avant de venir.

— Qu'est-ce qui te fait croire que je continue à boire ?

Depuis que je suis petite, je t'ai toujours vue un verre à la main, pensa Varoomba.

— C'est important pour moi, grand-mère, dit-elle d'un ton presque suppliant. Tu sais, si ça marche avec lui, ça pourrait nous rapporter beaucoup d'argent à toutes les deux. C'est un homme riche.

— On dirait que tu as enfin du plomb dans la cervelle.

— On va voir le combat de boxe à Las Vegas. Je t'appelle dès notre arrivée à l'hôtel.

Varoomba avait un plan pour parvenir à ses fins avec Chas. Pour lui, avait-elle compris, la famille, c'était sacré. Il adorait ses deux filles, surtout celle qui avait des enfants. Si Renee se montrait coopérative en se comportant normalement et en restant sobre, elle pouvait faire très bonne impression.

Il était temps pour elle de se ranger, se disait Varoomba, et le nom « madame Chas Vincent » sonnait agréablement à ses oreilles.

*\
* *

— Bonjour, ma chérie, dit Dexter en embrassant distraitement Rosarita sur la joue.

— Bonjour, mon chéri, répondit-elle sur le même ton, pour n'éveiller aucun soupçon.

— Tu as fini tes courses ?

— Oui. J'ai acheté deux superbes tenues. Je suis très sexy avec.

Dexter esquissa un vague sourire. A son avis, il n'était pas convenable pour une future mère de porter des tenues provocantes. Gem n'aurait jamais agi de la sorte.

— Comment s'est passé ton cours ? demanda Rosarita en examinant ses ongles parfaitement manucurés.

— Assez bien, répondit-il prudemment.

Mensonge. Il avait passé un merveilleux moment. Il avait tout simplement rencontré la fille de ses rêves et il n'arrêtait pas d'y penser.

— Assez bien ? C'est tout ? dit-elle en étouffant un bâillement. Ton prof ne t'a pas dit que tu allais être le nouvel Harrison Ford ?

— J'ai bien peur que non.

— C'est une honte, dit-elle avec une pointe d'ironie dans la voix. Tu devrais peut-être lui montrer des cassettes pour qu'il te voie en pleine action.

Dexter se demandait parfois pourquoi Rosarita était si malveillante. Elle ne pouvait jamais s'empêcher de critiquer.

Il se détourna d'elle et se mit à penser à Gem. Elle portait bien son nom. Cette fille était un joyau resplendissant, c'était elle qu'il aurait dû épouser.

Comment le savait-il ?

Il le savait, un point c'est tout.

Plusieurs mois auparavant, Rosarita avait demandé le

divorce et il avait refusé. Maintenant, c'était trop tard. Comme un imbécile, il avait suivi le conseil de son père et Rosarita était enceinte. Et il était hors de question qu'il lui demande d'avorter. Comme sa mère aimait à le répéter : « Comme on fait son lit, on se couche. »

— Ça te dirait de sortir dîner, ce soir ? suggéra-t-il.

Il ne voulait pas rester dans l'appartement à ressasser ses regrets.

— Bonne idée, répondit Rosarita.

Elle non plus ne voulait pas rester chez eux, à se morfondre.

Dexter pensait à Gem.

— A quelle heure partons-nous demain ? demanda-t-il.

— Chas vient nous chercher vers 9 heures.

— Tu veux vraiment y aller ? dit Dexter en espérant qu'elle ait changé d'avis.

Elle lui jeta un long regard pénétrant.

— Je ne raterais ce voyage pour rien au monde, Dex. Ce sera inoubliable, tu peux me croire.

DEUXIÈME PARTIE

LAS VEGAS

41

Antonio Lopez, alias « La Panthère », avait des cheveux noirs gominés, un sourire arrogant et plusieurs dents en or étincelantes. Il débordait de confiance en lui.

— Le champion n'a aucune chance avec moi, assura-t-il à Madison.

Ils étaient tous deux assis sur un banc dans le gymnase où s'entraînait le jeune boxeur. Le manager d'Antonio et des entraîneurs se tenaient à proximité.

— Qu'est-ce qui vous fait croire ça ? demanda-t-elle en étudiant son visage taillé au couteau, son énorme cou de taureau et ses épaules musclées.

Elle pensait déjà à la description qu'elle ferait de lui dans son magazine.

— Parce que je vais le ratatiner, se vanta Antonio.
— Vraiment ?
— Puisque je vous le dis.
— C'est un rêve d'enfant de devenir champion de boxe ?

Il fit une grimace.

— J'ai jamais eu de putain d'enfance.
— Comment ça ?
— Mon vieux pensait pas que j'en avais besoin d'une.
— Et qu'est-ce qu'il vous faisait faire alors ?

— Il m'obligeait à travailler avec lui.
— Et il était… ?
— C'était l'homme à tout faire de ces salauds de riches de Mexico.
— Ça vous déplaisait de travailler avec votre père ?
— J'avais dix ans, bordel !
— Vous avez été élevé à la dure, hein ?
— Oui, et j'ai appris à me battre.
— Tonio ! intervint son manager, un petit homme d'âge moyen, vêtu d'un costume chiffonné.

Il s'approcha vivement du boxeur.

— Reste calme et sois poli avec la dame. Elle travaille pour un célèbre magazine, ne l'oublie pas.
— J'en ai rien à foutre, répondit Antonio d'un ton farouche. Ça m'a jamais mené nulle part de faire le gentil.
— Tonio ! s'écria son manager, le front dégoulinant de sueur. Relax. Garde ta colère pour demain soir.

Antonio lui adressa un sourire malicieux, se leva et s'étira. Il portait un short vert rayé, un débardeur et des tennis grises. Plusieurs chaînes en or, dont deux portant un médaillon en diamant, pendaient à son cou.

— Elle est pas du genre à s'affoler, la petite dame, dit le boxeur. Elle est cool. Pas vrai ?
— Vous avez raison, confirma Madison en regardant autour d'elle pour voir si Jake n'arrivait pas.

Pourvu qu'il n'arrive pas trop tard, pour pouvoir prendre des photos intéressantes. Et puis, même si elle considérait que tout était terminé entre eux, elle était curieuse de voir ce qu'il aurait à lui dire.

Concentre-toi sur Antonio, pensa-t-elle. *Ne laisse pas ton esprit vagabonder.*

Elle pressentait que, si Antonio gagnait le match, il serait difficile de traiter avec lui. Cet homme qui briguait le titre de champion était complètement caractériel. En cas de victoire, la gloire et l'attention dont il serait l'objet lui monteraient à la tête et il deviendrait vite incontrôlable. Il valait donc mieux achever l'entretien avant le match.

Elle était arrivée à Las Vegas la veille, tard dans la nuit. Elle avait rejoint son hôtel en taxi et s'était immédiatement mise au lit. Elle voulait être en forme pour son entretien avec La Panthère, qui devait se dérouler tôt le lendemain matin.

A présent, Madison pensait à Jamie. Après le départ de Kimm, elles étaient restées discuter toute la nuit.

— Qu'est-ce que je vais faire ? gémissait Jamie.

— Parle avec lui, avait conseillé Madison. Rentre chez toi et annonce-lui que tu sais tout. Et ensuite, laisse-lui une chance de s'expliquer.

— Expliquer quoi ? avait crié Jamie en colère. Qu'il prend son pied avec un mec ?

— Montre-lui les photos.

— Il niera tout.

— Mais tu as toutes les preuves en main.

— Je ne veux pas me confronter à lui. Tout ce que je désire, c'est le quitter.

— Mais, Jamie, il faudra bien que tu le revoies, de toute façon.

— Ah oui et pourquoi ?

— Mais tout simplement parce que vous vivez ensemble. Vous partagez un appartement, tout un tas de choses. Tu dois rentrer et lui faire comprendre que tout est fini entre vous — si tu es absolument sûre que c'est ce que tu veux.

— Bien sûr que non, ce n'est pas ce que je souhaite, avait-elle répondu d'un ton sarcastique. Je meurs d'envie de continuer à partager mon mari avec un autre homme.

Elle avait alors éclaté en sanglots.

— Qu'il aille se faire foutre ! Je le hais ! Je ne veux plus jamais le revoir.

Jamie avait passé la nuit chez Madison et lorsque Peter, qui cherchait sa femme, avait appelé, elles avaient laissé le répondeur s'enclencher. Madison avait pris l'avion le lendemain, laissant Jamie dans son appartement.

— Vous allez parier sur moi ce soir ? Parce que si c'est le cas, il faut miser gros, dit Antonio en jetant un coup d'œil à Madison, qui sortit brusquement de sa rêverie.

— Je ne fais jamais de paris.

— Ah bon ?

— En général, ceux qui jouent sont toujours perdants.

Antonio se mit à hurler de rire, ses dents en or étincelant dans la lumière.

— C'est des conneries tout ça. Mise sur moi, bébé, et tu gagneras.

— Non, vraiment, c'est pas mon truc, répondit-elle tout en pensant qu'elle ferait mieux de poursuivre l'interview.

Elle ne préparait jamais ses questions à l'avance. Elle préférait improviser au gré de l'entretien pour libérer la parole de ses interlocuteurs. Mis en confiance, ils se mettaient à parler sans contrainte. Mais avec Antonio, elle n'avait aucun souci à se faire : c'était un bavard invétéré.

Il la regarda fixement en plissant les yeux.

— Vous êtes une femme célèbre.

— Vous aussi, vous êtes célèbre, répliqua-t-elle.

— Mon manager a fait sa petite enquête sur vous.

— Moi de même sur vous.

— Et qu'avez-vous trouvé ? lui demanda-t-il, comme s'il la mettait au défi de lui apprendre quelque chose de nouveau à son sujet.

— Que vous avez vingt-trois ans et que vous avez déjà

eu trois enfants de trois femmes différentes. Et aussi que vous n'avez aucunement l'intention de vous remarier.

— Le mariage, c'est de la merde, dit-il, dégoûté.
— Pourquoi ?
— Vous êtes une petite futée, vous devriez savoir pourquoi.
— J'aimerais connaître votre avis là-dessus.
— On finit toujours par s'ennuyer.
— Vraiment ? Et comment le savez-vous ?

Il eut un sourire entendu.

— Vous pensez pas qu'à la fin, on en a marre de baiser tous les soirs la même gonzesse ?

Son manager toussota bruyamment.

— Et vos parents, ils étaient heureux ensemble ?
— Heureux ? Ma mère s'est tuée au travail et mon père était un vrai chaud lapin.
— On dirait que leur relation a influencé votre vision du mariage ?
— Hein ? dit-il en lui jetant un regard sans expression.

Madison décida de changer d'angle d'attaque.

— Et l'amour ? demanda-t-elle d'un air détaché.
— L'amour ? répéta Antonio en ricanant. Encore un truc inventé par les femmes. C'est du flan tout ça.
— Vous n'avez donc jamais connu l'amour ?
— J'aime mes enfants, répondit-il, offensé. Ils font partie de moi.
— Diriez-vous que vos enfants, c'est ce que vous avez fait de mieux ?
— Peut-être, dit-il en lui jetant un regard soupçonneux.

Du coin de l'œil, elle aperçut Jake. Il était accompagné d'une toute jeune fille, une jolie blonde avec deux adorables petites nattes et un corps de rêve. Elle sauta du camion et commença à décharger le matériel de photographie de Jake.

Antonio jeta un rapide regard en direction de la jeune fille et se mit à lécher ses grosses lèvres.

— Ouah! C'est qui cette jolie minette moulée dans son jean?

Madison, qui avait toujours une question pertinente en tête, lui demanda :

— Vous préférez les femmes blanches ou les noires?

— Ça m'est égal, pourvu qu'on puisse les baiser, dit Antonio d'un air narquois.

Madison prit note et se promit d'utiliser cette remarque.

— Bonjour, dit Jake, en se dirigeant vers elle. Tu ne m'as pas attendu? Je croyais qu'on devait travailler ensemble?

— Désolée, répondit-elle vaguement. Je pensais que tu arriverais plus tôt.

— Ah bon? Et pourquoi?

— Je croyais, c'est tout.

Et elle ne put s'empêcher d'ajouter :

— C'est qui cette fille?

— C'est la fille d'un ami à moi; elle s'appelle Trinee. Elle est venue me donner un coup de main. C'est son premier job.

— Oh, c'est formidable, dit-elle.

On pouvait faire confiance à Jake pour choisir une assistante sexy.

— Ne me dis pas que tu es jalouse, dit-il avec un sourire. Ce n'est qu'une gamine.

— Jalouse? Tu perds la tête.

Il allait répondre, mais le manager d'Antonio s'interposa entre eux.

— C'est vous le photographe ? demanda-t-il.

Jake hocha la tête.

— Ne prenez pas de photos de son profil droit, ordonna le manager, qui suait toujours abondamment.

— C'est le gauche, son profil avantageux, et pas de clichés de son entrejambe.

— Pardon ? fit Jake.

— Il est presque trop bien pourvu de ce côté-là, expliqua à voix basse l'entraîneur. Pas la peine d'en rajouter.

— Comme vous voudrez, dit Jake en faisant un clin d'œil complice à Madison.

Jake avait bien l'intention de n'en faire qu'à sa tête. Et Antonio n'aurait pas à s'en plaindre.

— Salut, beauté, dit le boxeur à la jeune assistante, occupée à installer le matériel. Ça te dirait de t'amuser avec le futur champion ?

La jeune fille se mit à rougir.

— Tu verras, c'est mieux que de s'amuser avec un appareil photo, poursuivit Antonio en lui lançant un regard lubrique.

La jeune fille devint cramoisie. Elle ne devait pas avoir plus de dix-sept ans.

— Bonjour, Antonio, intervint Jake en serrant la main au jeune boxeur. Je suis Jake Sica, photographe, je travaille pour *Manhattan Style*. Ça ne vous dérange pas si je prends des photos pendant que vous discutez ? Nous ferons peut-être un portrait plus officiel, plus tard dans la journée.

— Vas-y, mec, dit Antonio, rayonnant. Je suis très photogénique. Même mon cul est beau.

— Vous en avez de la chance, dit Madison sèchement.

C'était décidément une interview peu ordinaire. Antonio

adorait se donner en spectacle et il n'était pas avare de sorties inattendues et outrancières.

A midi, elle avait déjà pris suffisamment de notes pour écrire son article sur Antonio. Quant à Jake, il avait réussi à prendre des clichés intéressants pendant qu'Antonio faisait son cinéma : après avoir dragué Trinee de manière éhontée, il s'entraîna quelque temps sur le ring extérieur, puis il fit un jogging avec deux de ses entraîneurs. Pour finir, il avala un copieux petit déjeuner composé d'un steak, d'œufs et d'une montagne de fruits.

Le manager proposa alors à Madison et à Jake de revenir plus tard dans la journée.

— Il s'entraîne pour le match de sa vie. Il a besoin de concentration.

— La victoire ne semble pas faire de doute pour lui, fit remarquer Madison.

— Il a disputé trente-trois matches et n'en a jamais perdu un seul, dit le manager fièrement. Chaque fois, il met son adversaire K.O. Ce gamin, il a la baraka. Il a le profil d'un champion.

— Merci de nous avoir autorisés à venir le voir, dit Madison.

— Revenez vers 4 heures. Vous pourrez encore lui poser quelques questions pendant que votre photographe fera le cliché de couverture.

Victor leur a donc promis un cliché en couverture... En même temps, vu le tempérament d'Antonio, il sera probablement vainqueur sur toute la ligne, et les vainqueurs ont tous les droits, y compris celui d'être en couverture.

Pendant que son adorable assistante rangeait le matériel, Jake se dirigea vers Madison. Elle était séduite malgré elle par son physique — sa minceur, son allure désinvolte et sexy.

Non, se reprit-elle sévèrement. *N'y pense même pas.*

— Et maintenant, tu vas où ?
— Je déjeune avec Nathalie, répondit-elle en évitant de regarder ses beaux yeux marron.
— Nathalie est là ?
— Oui, elle couvre le match pour son émission. Elle doit être au camp d'entraînement du champion en titre en ce moment.
— Je peux me joindre à vous pour le déjeuner ?
— Tu sais, Nathalie et moi, on ne s'est pas vues depuis longtemps, et on a beaucoup de choses à se raconter, dit Madison.
— Je suis toujours puni, alors ?
Elle lui jeta un regard interrogateur.
— Puni ? Mais de quoi ?
— Tu étais folle de rage, l'autre jour. Tu as raison, c'est formidable ce que nous avons vécu et c'est d'ailleurs peut-être pour ça que je ne t'ai pas rappelée.
— Attends, je ne comprends pas. Tu peux m'expliquer ?
— C'est difficile à dire, répondit-il nerveusement. Chaque fois que j'ai une relation sérieuse avec une fille, il arrive un accident grave. Et je ne veux pas qu'il t'arrive quoi que ce soit.
— Tiens, tiens, dit-elle froidement. Je ne l'avais encore jamais entendue celle-là. Ça vient de sortir ? Je m'attendais à une excuse plus classique, du genre : « Toi et moi, ça peut pas marcher, tu es trop bien pour moi. »
— Ecoute. Je suis désolé d'être parti, et encore plus de ne pas t'avoir appelée. Je sais que j'ai fait une grossière erreur. Et si on dînait ensemble, ce soir, pour discuter de tout ça ?
Elle hésita l'espace d'un instant, troublée. Son premier réflexe aurait été d'accepter, mais elle savait d'instinct qu'il valait mieux ne pas céder.

— Ecoute, répondit-elle. On n'a qu'à se retrouver ici et on en reparlera.
— Bon, c'est non, alors ? dit-il.
— Non, c'est peut-être.

Il lui jeta un regard pénétrant.

— Et qu'est-ce que je peux faire pour que ce « peut-être » devienne un « oui » ?
— Tu n'as pas su saisir ta chance, Jake.
— C'est vrai. Même chose à Los Angeles où je n'ai pas été à la hauteur. Et si Las Vegas nous portait bonheur ?
— Nous verrons bien, dit-elle en entrant dans sa voiture de location.

Il n'avait aucune chance. Elle était fermement décidée à ne pas souffrir une seconde fois. Jake était de toute évidence le genre d'hommes à qui l'on ne pouvait pas faire confiance.

— A tout à l'heure, dit-il.
— C'est ça, répondit-elle avec un petit sourire crispé.

Jamie adressa un sourire charmeur à l'homme corpulent assis derrière le bureau des réservations. L'employé, conquis, lui trouva une place, alors que l'avion à destination de Los Angeles était déjà en sur-réservation.

— Merci, murmura-t-elle.

Elle était ravissante dans son manteau de cachemire bleu, avec ses cheveux blonds en bataille, son teint frais et lumineux.

L'homme s'imagina en train de faire l'amour à cette princesse des temps modernes, si séduisante avec ses pommettes hautes et ses lèvres sensuelles. Lorsqu'elle s'éloigna, il réalisa avec tristesse que son rêve ne deviendrait jamais réalité.

Dans l'avion, Jamie se retrouva à côté d'une femme noire, plongée dans la lecture d'un livre sur les pouvoirs surnaturels. Elle en fut soulagée : si un homme avait été assis près d'elle, il aurait trouvé n'importe quel prétexte pour lui faire la conversation jusqu'en Californie.

Oui. Elle partait à Las Vegas. Elle n'avait rien dit à Peter. Ce dernier n'était au courant de rien. Peter, qu'elle n'avait jamais quitté depuis leur mariage, allait avoir la surprise de sa vie.

Elle était restée chez Madison après le départ de son amie. Peter avait appelé plusieurs fois, mais elle avait ignoré les messages laissés sur le répondeur. Peu lui importait qu'il soit mort d'angoisse. Elle était hors d'elle. Il n'était qu'un traître, un menteur. Elle s'en fichait éperdument de ne plus jamais le revoir.

En plus des photographies, Kimm avait enregistré, à partir du portable de Peter, des conversations entre lui et son amant. Ce dernier, un certain Brian, était un jeune *golden boy* de Wall Street, promis à un brillant avenir.

Une fois prise sa décision de partir pour Vegas, elle avait téléphoné à Anton au bureau :

— Où es-tu, mon cœur ? Peter est dans tous ses états. Tu n'es pas rentrée chez toi hier soir, petite vilaine.

— Dis à Peter que son cher ami Brian saura peut-être où me trouver. Et tu peux aussi l'avertir que mes avocats le contacteront.

— Que se passe-t-il ? avait demandé Anton, soudain alerté.

— Je prends quelques jours de congé, avait-elle répliqué.

— Mais…

— Crois-moi, avait-elle répondu avec fermeté. J'ai besoin de faire une pause.

Maintenant qu'elle était dans l'avion, elle savait exactement en quoi consisterait cette pause : elle allait passer un week-end débridé à Vegas. Elle ferait d'abord une fête d'enfer pour célébrer l'anniversaire de Madison et ensuite, elle sortirait avec Kris Phoenix.

Il ne fallait pas la provoquer : elle était implacable dans la vengeance.

42

Rosarita, installée dans un avion American Airlines, observait la fille en manteau de cachemire bleu assise de l'autre côté du couloir. Elle la détesta d'emblée. C'était le genre de belle blonde qui se croyait supérieure à tout le monde. Le genre de fille avec qui Joel aimerait sans doute sortir.

Mais ce qui l'énervait au plus haut point, c'est que cette pétasse était visiblement une vraie blonde.

Rosarita s'empara de son verre rempli de champagne et d'un soupçon de jus d'orange, et l'avala d'un coup. Elle appela sans attendre une hôtesse de l'air pour en avoir un autre. Dexter dormait à ses côtés. Comment arrivait-il à dormir alors que l'avion pouvait à tout moment s'écraser et les précipiter dans une mort horrible et inévitable ? Quel imbécile ! Elle n'avait qu'une hâte : se débarrasser de lui.

Chas et Varoomba étaient assis juste devant eux. Pourquoi son père perdait-il son temps avec cette stupide strip-teaseuse ? Ignorait-il donc qu'à Vegas, il en trouverait à la pelle, des filles comme Varoomba ? L'emmener avec lui, c'était comme emporter des Mars pour visiter une chocolaterie.

Son père n'était qu'un sombre imbécile !

Ils allaient faire escale à Los Angeles parce que Chas

voulait dîner au Spago, le célèbre restaurant de Beverly Hills.

— Il y a aussi un Spago à Las Vegas, avait remarqué Rosarita.

— C'est pas pareil, avait répliqué Chas. A Beverly Hills, on verra des stars de cinéma.

Formidable ! Rosarita s'en fichait comme d'une guigne de voir des stars : elle avait déjà mis le grappin sur le fils de l'un des hommes les plus riches des Etats-Unis.

Joel. Que pouvait-il bien être en train de faire ? Lui manquait-elle ? Il n'avait probablement même pas remarqué son absence.

Mais il finirait par s'en apercevoir. Et lorsqu'elle retournerait à New York — si tout se passait comme elle l'avait prévu —, elle serait enfin une femme libre d'agir à sa guise.

Joel était assis dans sa limousine, au bord de la crise de nerfs. Il attendait Carrie Hanlon depuis vingt-cinq minutes. Vingt-cinq minutes qu'il poireautait comme un imbécile !

Son chauffeur l'avait appelée par l'Interphone trois fois de suite et c'était toujours la même réponse :

— J'arrive !

Quand elle daigna enfin apparaître, la colère de Joel s'évanouit. Il avait devant lui la fille la plus sexy des Etats-Unis, avec ses cheveux auburn satinés, son teint lumineux, son corps fin et élancé et ses dents d'une blancheur immaculée.

Les passants s'arrêtaient pour la regarder. Un frisson de fierté parcourut Joel. Elle était magnifique, et elle était avec lui.

Pas pour longtemps toutefois. Elle serait bientôt avec

un jeune étalon aux allures de voyou. Allez comprendre les goûts des femmes !

— Bonjour, Jack, dit-elle en montant à l'arrière de la limousine.

Jack ! Elle se moquait de lui, ma parole ! Jack ! Cette petite arrogante ne se rappelait même pas son nom. Il commençait à perdre patience.

— Joel, rectifia-t-il en grinçant des dents.

— Ah oui, j'avais oublié, dit-elle en explorant le compartiment à bouteilles. Pas de champagne ? se plaignit-elle, avec un léger froncement de sourcils.

— Il est 9 heures du matin, rétorqua-t-il.

— Et alors ?

— Tu veux du champagne ?

— Oui, du Cristal, s'il te plaît.

Joel frappa à la vitre teintée qui les séparait du chauffeur et dit à l'homme de s'arrêter au prochain magasin de spiritueux. Il s'était résigné à satisfaire tous les désirs de cette prétentieuse top model.

— Madison ! s'écria Nathalie en voyant son amie.

Son sourire chaleureux illumina la terrasse du Spago, au Cesar Palace.

Madison la serra très fort dans ses bras. Nathalie semblait folle de joie. C'était une jeune femme noire, de taille moyenne, aux grands yeux marron et à la jolie peau satinée.

— Tu es vraiment splendide, lança-t-elle à Madison en reculant de quelques pas.

— Tu n'es pas mal non plus, répondit Madison.

— En fait, je ne m'attendais pas à te voir si resplendissante, ajouta Nathalie. J'avais l'impression que ça n'allait pas très fort.

— C'est vrai, répondit Madison en haussant les épaules. Mais tu me connais, je suis une battante.

— Allez, viens, dit Nathalie en la prenant par le bras. J'ai réservé une table à l'intérieur.

— J'aimerais mieux rester dehors, fit remarquer Madison. Vegas est une véritable foire ; j'aime regarder la foule et je ne veux pas rater le spectacle.

— Comme tu voudras. On ira jouer au black-jack plus tard.

Nathalie demanda au maître d'hôtel une table pour deux en terrasse.

— Je me contenterai de regarder, dit Madison. On ne peut pas dire que j'ai le vent en poupe en ce moment...

Elles s'assirent puis Nathalie appela un serveur d'un claquement de doigts.

— Vous désirez boire quelque chose, mesdames ? demanda-t-il.

Il avait une allure d'acteur de cinéma avec ses cheveux bruns en bataille et son charmant sourire.

— Un Perrier, dit Madison.

— Moi aussi, dit Nathalie au jeune homme. Et apportez-nous deux pizzas, s'il vous plaît.

— Très bien.

— Hum... pas mal, observa Nathalie en le regardant s'éloigner. Joli petit cul.

— Il t'arrive de penser à autre chose qu'au sexe ?

Nathalie sourit d'un air espiègle.

— Pourquoi ? Il y a autre chose qui compte dans la vie ?

— On ne te changera pas, toi, lâcha Madison.

— Alors, dis-moi, comment est Antonio alias « La Panthère » ?

— C'est un crétin sexiste.

— Ça ne m'étonne pas vraiment. Pendant que tu étais

avec lui, j'interviewais le champion en titre. Mais je dois dire que ton Antonio est plus mignon.

— Ce n'est pas *mon* Antonio, objecta Madison. Et il n'est pas mignon, c'est un idiot. Tu devrais l'entendre déblatérer. Je me demande comment on peut être aussi grossier.

— Hé, il n'a qu'une vingtaine d'années, dit Nathalie. A cet âge-là, les mecs ne pensent qu'au sexe et en plus, celui-ci est boxeur. Tu t'attendais à quoi, à rencontrer Einstein ?

— Tu as raison, acquiesça Madison avec un rire bref. J'oublie toujours son âge. Il est jeune et imbu de lui-même. Il ne doute pas une seconde qu'il va gagner.

— Si ça lui fait plaisir…

Le serveur revint avec leurs boissons et Nathalie l'accueillit avec un grand sourire.

— Allumeuse ! lança Madison d'un air désapprobateur quand le jeune homme fut parti.

— C'est plus fort que moi, gloussa Nathalie. Ça me vient naturellement.

— Parle-moi du champion, dit Madison en sirotant son Perrier.

— C'est un Noir qui se la joue un peu Mohamed Ali, dit Nathalie en faisant signe à une connaissance.

— Il t'a draguée ?

— Certainement pas, s'exclama Nathalie. Il est musulman et qui plus est marié. Son épouse, belle et discrète, est d'un calme olympien, mais rien ne lui échappe. Elle a un regard foudroyant. Crois-moi, il n'a pas intérêt à reluquer d'autres filles ; elle serait du genre à lui couper les couilles et à les manger au petit déjeuner saupoudrées de sucre glace.

— Toujours aussi éloquente, dit Madison en riant de nouveau.

— J'essaie de ne pas perdre la main, répondit Nathalie.

— Et comment va la vie amoureuse de miss Nathalie de Barge ? Toujours intéressante et compliquée ? Tu sors encore avec ton joueur de foot ?

Nathalie lui fit un grand sourire.

— Luther ? Bien sûr, quand il est dans les parages.

Elle s'interrompit un court instant.

— Il va, il vient, si tu vois ce que je veux dire.

— J'ai bien compris l'allusion, pas très subtile d'ailleurs.

— Et toi ? demanda Nathalie. Du nouveau côté cœur ?

— Tu te rappelles, je t'avais dit que Jake Sica m'avait rappelée.

— Et ?

— Il était à New York récemment et nous avons eu une petite aventure. En fait, ça a duré une semaine.

— Hein ? cria Nathalie. Alors vous avez finalement couché ensemble ?

— Tu ne pourrais pas crier un peu plus fort ? Je crois que tout le monde ne t'a pas bien entendue.

— C'est super ! s'exclama Nathalie. Tu t'es enfin remise à baiser !

— Tu es vraiment grossière !

— Je ne dis pas le contraire.

— Décidément, on ne te changera pas.

— Admets-le : vous avez toujours été sur la même longueur d'ondes tous les deux, dit Nathalie d'un ton songeur, tout en faisant signe à une autre connaissance.

— Ouais, ça me fait une belle jambe, répondit Madison avec ironie. Après sept jours et sept nuits passés ensemble, il est parti à Paris et je n'ai plus entendu parler de lui. Je l'ai croisé par hasard dans les rues de New York quelques semaines plus tard. Victor l'avait malheureusement déjà retenu pour ce travail à Las Vegas et il veut dîner avec moi ce soir. Naturellement, j'ai refusé.

Le serveur arriva avec deux pizzas.

— Je voulais vous dire que j'adore votre émission, dit le serveur, dont les cheveux en bataille tombaient gracieusement sur son front.

Nathalie sourit, flattée.

— Merci.

— Vous êtes venue voir le match de boxe ?

— Comme tout le monde ici, non ?

— Bruce Willis était là hier soir, leur confia-t-il. Et Leonardo DiCaprio également.

— Génial !

— Vous allez interviewer les boxeurs ?

— Peut-être.

— En tout cas, je ne raterai ce match pour rien au monde.

— Je crois que tu lui plais, dit Madison, alors que le serveur s'éloignait.

— Il est mignon et en plus et il a du goût, répondit Nathalie en souriant de nouveau. Mais revenons à tes affaires. Voilà ce que j'en pense.

— Vas-y, sois franche.

— Tu es trop exigeante avec les hommes.

— Comment ça ?

— Sois plus cool. Prenons le cas de Jake. Tu le terrifies, le pauvre. On le comprend, après une semaine passée en ta compagnie.

— Merci du compliment. C'est exactement ce dont j'avais besoin.

— Désolée d'être aussi brutale, Madison. Tu sais combien je t'aime. Mais les gens sont intimidés par ton intelligence, notamment les mecs ; ils ont peur de ne pas être à la hauteur.

— Ouais... Peut-être que je devrais jouer les imbéciles, répondit Madison d'un ton sarcastique.

— Jake a sans doute eu l'impression qu'il n'était pas assez bien pour toi. Et c'est pour ça qu'il est parti.

— Nathalie ! Suis-je donc si intimidante ?

— C'est comme David, poursuivit Nathalie sur sa lancée. En fait, il complexait par rapport à toi, et il a préféré se jeter dans les bras de la première bimbo venue.

— C'était sa petite amie d'enfance, fit remarquer Madison.

— Ça ne la rend pas plus intelligente pour autant.

Madison soupira. Elle en avait assez d'écouter la philosophie de comptoir de Nathalie.

— Et je suppose que c'est pour ça qu'il me supplie de le laisser revenir ?

— David ? demanda Nathalie, surprise.

— Oui, David, et crois-moi, tu ne sais pas tout.

— Ben dis donc ! dit Nathalie, en se laissant aller contre le dossier de sa chaise. Je vais commander un grand Martini glacé pour décompresser et t'écouter ; je crois qu'en effet tu as encore beaucoup de choses à me dire.

Joel avait les nerfs à vif lorsqu'ils rejoignirent Leon dans son jet privé, posé sur la piste comme un énorme oiseau de proie étincelant.

Se pliant aux désirs de Carrie, il avait demandé au chauffeur de s'arrêter pour acheter une bouteille de champagne. En la débouchant, il en avait malencontreusement renversé sur sa veste de sport Armani. Puis il avait servi un verre à Carrie qui en avait à peine bu une gorgée. Elle regardait par la fenêtre, comme si elle s'ennuyait à mourir, ignorant les efforts de Joel pour entretenir la conversation. Le mutisme de Carrie ne le gênait pas outre mesure tant qu'ils étaient dans la limousine. Mais, dans l'avion, il faudrait qu'ils donnent le change devant son père, sans parler de son cerbère asiatique.

Carrie devait donc faire un effort, se mettre un peu en frais ou bien il serait totalement ridiculisé.

Il réfléchit un instant à la situation de Carrie. Elle était riche, célèbre et adulée de tous. Il ne pouvait rien lui offrir qu'elle ne possédât déjà.

Bien sûr, il y avait Eduardo. Mais il ne pouvait plus servir d'appât puisque l'affaire était déjà conclue. Le jeune homme attendait Carrie dans une suite luxueuse à l'hôtel, tous frais payés.

Joel se raclait les méninges pour trouver quelque chose qui puisse inciter la jeune femme à se montrer plus coopérative.

Il eut soudain une révélation. Une carrière dans le cinéma ! Voilà ce qu'il allait lui offrir ! Toutes les top models rêvaient de devenir des stars du septième art comme Cameron Diaz.

— Carrie, dit-il alors que la limousine s'arrêtait. Tu as déjà rencontré Martin Scorsese ?

— Non, répondit-elle, indifférente.

— Si je te demande ça, expliqua-t-il sans se laisser impressionner, c'est parce qu'il assiste au match de boxe et que c'est un très bon ami à moi.

Carrie manifesta soudain un peu plus d'intérêt.

— C'est un ami intime, ajouta-t-il avec insistance.

— Hum..., dit-elle en s'humectant les lèvres de sa jolie langue rose. J'ai déjà tourné dans un film.

— Oui, ça a été un bide, si je me souviens bien.

Carrie avait débuté dans un film porno soft, où elle

s'exhibait, vêtue d'un minuscule T-shirt, en compagnie d'un parfait inconnu.

— C'était un film d'action et d'aventures, répondit Carrie, vexée.

— Non, ma chérie, c'était un vrai navet, rectifia Joel, content de sa repartie.

— C'est ton opinion, murmura-t-elle.

— Et celle de tous les critiques américains, poursuivit Joel avec à-propos. Tu sais, Carrie, pour réussir dans ce métier, il faut tourner avec les meilleurs.

— Comme Scorsese, dit-elle, comme si elle comprenait enfin l'intérêt de rencontrer cet homme talentueux.

— C'est lui qui a lancé la carrière de Sharon Stone.

— Elle a dû se mettre à poil, j'imagine.

— Non, c'est pas le style de Scorsese. En fait, c'est grâce à lui qu'elle a décroché un oscar.

— Ah bon ?

— Parfaitement, pour son rôle dans *Casino*.

— Ah bon ?

— Pas mal, hein ?

— Mon agent dit que...

— N'écoute pas ton agent, dit-il d'un ton péremptoire. Il ne connaît rien à rien. Ce qu'il te faut, c'est rencontrer un grand réalisateur.

— Tu sais, je connais des tas de gens célèbres, dit-elle d'un ton de défi.

— Je n'en doute pas une seconde, répondit-il, conciliant, mais le truc, c'est qu'il faut leur parler au bon moment et au bon endroit. Et comme Marty est un ami intime de la famille...

Il s'interrompit quelques instants pour lui laisser le temps de réfléchir.

— OK, tu n'as qu'à organiser une rencontre, dit-elle.

— Je ferai ça pour toi, à condition que tu sois sympa avec moi devant mon père.

Et c'est ainsi qu'ils conclurent un marché. Joel se demandait bien comment il allait s'en sortir. D'une part, il ne connaissait pas Martin Scorsese et d'autre part, il ne savait même pas si le célèbre réalisateur serait à Las Vegas pour assister au match.

Mais il n'était pas inquiet : Joel Blaine arrivait toujours à se tirer d'affaire.

— Est-ce que Jamie t'a appelée ? demanda Madison en découpant un morceau d'une délicieuse tarte aux pommes, servie par le chef cuisinier en personne.

— Non, pourquoi ?

— Je pense qu'elle le fera bientôt, dit Madison. J'aurais préféré que ce soit elle qui t'annonce la nouvelle.

— Quelle nouvelle ?

— A propos de Peter.

— Qu'est-ce qui se passe ?

— Eh bien, ça ne va pas très fort entre eux, en ce moment. Elle l'a fait suivre par un détective et l'avenir de leur couple est très compromis.

— Mais c'est affreux, grommela Nathalie. Jamie et Peter, le couple idéal.

— Désolée de t'annoncer que le couple de tes rêves fonce droit dans le mur.

— Il baise avec quelqu'un d'autre ?

— On peut le dire comme ça, oui.

— Quelqu'un que Jamie connaît ?

— Je ne peux rien te confier de plus.

— Pourquoi ? rétorqua Nathalie, bien décidée à connaître la vérité.

— Parce que je préfère qu'elle t'en parle elle-même.

— Mais pourquoi ? insista Nathalie.

— Si tu peux te libérer, ce serait bien que tu ailles la voir à New York. Elle a besoin d'être entourée par ses amis en ce moment.

— Et toi, quand rentres-tu à New York ?

Madison prit une profonde inspiration. La simple évocation de son retour à New York la déprimait. Qui retrouverait-elle à New York ? Michael et ses mensonges ? Très peu pour elle. Elle ne voulait plus le voir pour l'instant. Cet homme était devenu un étranger et son souvenir suffisait à lui donner la chair de poule.

— A vrai dire, j'avais l'intention de me poser quelques semaines à Los Angeles, répondit-elle, évasive.

— Quelle bonne idée ! s'exclama Nathalie avec enthousiasme. Cole va être super content. Il est fou de toi, le petit frère.

— C'est réciproque.

— Dommage qu'il soit gay, dit Nathalie d'un air songeur. Vous auriez fait un couple formidable, tous les deux.

— Tu es la personne la plus farfelue que je connaisse, dit Madison en secouant la tête d'un air incrédule.

Nathalie se mit à rire doucement.

— La vie est plus drôle comme ça.

— Sans doute, soupira Madison, tout en pensant aux événements des mois passés. Après ce que j'ai enduré, c'est vrai que ça fait du bien, un peu de fantaisie. Tu sais, l'autre jour, je disais à Jamie que je ne déparerais pas dans le show de Jerry Springer.

— Une fille classe comme toi ? Non ! fit Nathalie d'un air sceptique.

— Arrête ! dit Madison en repoussant son dessert. Au fait, comment va Cole ?

— Il va très bien. Lui et M. Nabab filent le parfait amour.

— Je croyais que tu détestais M. Nabab.

— C'est vrai. Mais il a l'air de tenir à Cole et je suis plus en confiance maintenant. Tu sais, ce type a la réputation de sortir avec les plus jolis garçons de la ville et de les larguer à la première occasion.

— Cole est un mec super et, de plus, intelligent. Pourquoi M. Nabab voudrait-il le laisser tomber ?

— Hum... Cole est mon petit frère, et à ce titre je veux qu'il ait ce qu'il y a de mieux.

Madison hocha la tête. Elle se sentait bien avec Nathalie. Tout comme Jamie, Nathalie était la sœur qu'elle n'avait jamais eue. Cette discussion amicale, à bâtons rompus, lui avait fait énormément de bien. Mais un bref coup d'œil à sa montre lui rappela qu'il était l'heure de retourner travailler.

— Il faut que j'y aille, dit-elle. Le futur champion m'attend.

— Moi aussi, dit Nathalie. Je dois rencontrer Jimmy Smits et je ne voudrais pour rien au monde être en retard.

— Veinarde, dit Madison. Je suis coincée ici avec un boxeur, alors que je pourrais être à Washington en train d'interviewer un politicien.

— Les politiciens sont pires que les boxeurs, répondit Nathalie d'un ton docte. Ils sont complètement allumés ! C'est pitoyable. J'ai interviewé un sénateur la semaine dernière et il n'a rien trouvé de mieux à faire que de glisser la main sous ma jupe.

— Je vois, façon Bill Clinton, dit Madison en faisant une grimace de dégoût.

— Mon cameraman était mort de rire.

— Et qu'as-tu fait ?

— J'ai continué l'interview. Je n'avais pas vraiment le choix, remarqua-t-elle avec un sourire. Personne ne pourra remettre en cause mon professionnalisme.

— Tu es incroyable, Nathalie.
— Ne m'en parle pas !

Madison appela le serveur pour avoir l'addition.

— C'est moi qui paye, insista Nathalie.
— Non, c'est moi. Je ferai passer ça en note de frais, répondit Madison.
— Ne vous battez pas, annonça leur serveur. Cadeau de la maison, avec les compliments de Wolfgang.

Il fit un clin d'œil entendu à Nathalie.

— Lui aussi regarde votre show.
— Merci, dit Nathalie avec un large sourire. Au fait, quel est votre nom ?
— Willem.
— Vous méritez un pourboire, Willem.
— Ce n'est pas nécessaire.
— Très bien, fit Nathalie sèchement. Mais laissez-moi tout de même vous donner un conseil : changez de nom.

43

— L'amour, c'est comme la bouffe, proclamait Antonio, torse nu.

Il portait un short orange, des chaussettes blanches épaisses et des chaussons de boxe marron à lacets.

— Vraiment ? Que voulez-vous dire par là ? s'enquit Madison d'une voix neutre.

— Vous voyez, expliqua Antonio en plissant son front comme s'il réfléchissait intensément. Il y a toutes sortes de femmes et toutes sortes de plats. Oui, c'est ça, poursuivit-il en hochant la tête avec satisfaction. Si on veut, on a le choix entre un hot dog, un steak, un burrito, ou une pizza. Vous comprenez ?

— Non, pas vraiment, répondit Madison. Pouvez-vous être un peu plus précis ?

Il la regarda comme si elle était totalement stupide, et se mit à expliquer sa philosophie de la vie. Il en profitait, car son manager n'était pas dans les parages.

— Vous commandez un steak, poursuivit-il patiemment. Un steak, c'est comme une actrice de cinéma, une danseuse ou encore une chanteuse : c'est quelque chose de spécial, hein ? Et puis, il y a les burritos, on mange ça tous les jours, vite fait, sur le pouce.

Il s'esclaffa bruyamment.

— Parfois, on les mange et après on a envie de vomir.

Il se mit de nouveau à rire très fort.

— Et actuellement... vous mangez quoi ? demanda Madison.

— De la viande premier choix, se vanta-t-il. Elle peut aller se rhabiller, Jennifer Lopez.

— Vous la connaissez personnellement ?

— Non, répondit Antonio gaiement. Mais je vais la baiser, un de ces jours.

Madison leva les yeux au ciel. Elle en avait par-dessus la tête d'Antonio et de ses stupides discours sexistes. Elle possédait maintenant suffisamment d'informations pour écrire son article. « Merci », dit-elle en se levant. Elle jeta un regard autour d'elle à la recherche de Jake. Il était en pleine discussion avec sa jeune assistante pour préparer le cliché de couverture. Depuis son retour au camp d'entraînement d'Antonio, elle n'avait pas eu l'occasion de parler à Jake. Il était complètement absorbé par son travail ; elle l'avait aperçu à plusieurs reprises en train de prendre des photos, alerte, le visage concentré. Il était visiblement passionné par son métier ; il adorait créer des images qui stimulaient l'imaginaire, même si les célébrités n'étaient pas son sujet favori.

Elle fit signe au manager d'Antonio.

— Je m'en vais, lui cria-t-elle. A demain soir.

— Venez demain applaudir le champion, lui lança Antonio en faisant jouer ses muscles. Et n'oubliez pas, ma petite dame, pariez gros sur moi.

— Je vous ai déjà dit que je ne pariais pas, répondit Madison, qui ne souhaitait qu'une chose : qu'il se taise.

— Mais demain c'est différent ; faites-le pour moi, dit-il en souriant de toutes ses dents en or. Ça me portera chance.

Le manager la reconduisit vers sa voiture de location.

— Vous savez, parfois, Antonio dit des choses qu'il ne pense pas vraiment, lui confia-t-il. Mais je vois bien que vous êtes une bonne fille, honnête. Vous n'allez pas publier de calomnies sur lui, hein ?

— J'écris la vérité, répondit-elle calmement. Je n'invente rien.

— Mais bien sûr, j'en doute pas une seconde. On a confiance en vous, répondit le manager précipitamment. Mais… c'est que… parfois, Tonio dit des trucs sur les femmes que certaines personnes n'apprécient pas. Mais c'est lui tout craché, faut pas lui vouloir ; en fait il les aime trop, les femmes.

— Ravie de l'apprendre.

— Heu… vous viendrez dans le vestiaire, avant le combat, demain ? Ce sera de la folie, mais vous vous mettrez dans un coin, tranquille, et vous prendrez quelques notes… C'est bien ça votre métier, non ?

— Oui, répondit Madison. C'est pour ça qu'on me paie.

Jake ne remarqua même pas son départ. Tant pis pour leur projet de dîner ensemble. Elle n'avait pas l'intention d'accepter, mais elle aurait tout de même aimé qu'il réitère son invitation.

Qu'il aille se faire voir ! Mais pourquoi pensait-elle si souvent à lui ?

En y réfléchissant bien, cela n'avait rien d'étonnant. Ils avaient été si heureux tous les deux ! Alors pourquoi fallait-il que cela se termine ainsi ?

Elle se retrouvait maintenant sans programme pour la soirée, même si Nathalie avait promis d'appeler ; et Nathalie, elle, avait toujours des bons plans.

— Il y a des fêtes prévues dans toute la ville, lui avait

assuré son amie. Et j'ai la ferme intention de n'en rater aucune. Il y a aussi le concert de Kris Phoenix, que je suis censée couvrir. Donc... si tu ne vas pas dîner avec Jake, je t'embarque.

Mais en fait, Madison ne se sentait pas du tout d'humeur à faire la fête. Nathalie adorait ça, mais quant à elle, elle préférait rester chez elle. Et elle n'avait pas envie d'assister à l'interview de Kris Phoenix. Les rockers vieillissants n'étaient pas sa tasse de thé.

Toutefois, la perspective de rester seule dans une chambre d'hôtel ne la réjouissait guère ; elle allait peut-être se résoudre à rejoindre Nathalie...

Pourquoi pas ? Elle n'avait rien d'autre à faire.

Rosarita n'arrêtait pas de parler, dans la limousine qui les conduisait jusqu'à leur hôtel, à Beverly Hills. Mais Dexter avait l'esprit ailleurs. Il pensait à Gem. Il avait fini par trouver la fille de ses rêves, songeait-il. Malheureusement il était marié. Certes sa femme enceinte n'aspirait qu'au divorce. Et lui-même, depuis sa rencontre avec Gem, commençait à désirer cette séparation qu'il avait tant redoutée.

Pourtant, ils étaient forcés de rester ensemble, à cause du bébé. Dexter se sentait cruellement tiraillé entre ses obligations familiales et le souvenir de Gem, cette merveilleuse fille au visage angélique.

— C'est absurde, annonça Rosarita, d'une voie suraiguë.

— Qu'est-ce qui est absurde ? grommela Chas.

— Cette escale à Los Angeles, se plaignit Rosarita. Ça ne vaut pas la peine de venir à Beverly Hills pour une seule nuit.

— C'est déjà bien d'être là, dit Chas. Et j'ai une autre

surprise : Matt et Martha vont nous rejoindre. Nous allons tous dîner au Spago.

— Merde, cria Rosarita.

Son hurlement fit sursauter le chauffeur qui, par prudence, ralentit immédiatement.

— Pourquoi as-tu fait ça ? ajouta Rosarita.

— Que veux-tu dire ? demanda Dexter, indigné par sa réaction.

— Je pensais que tu voulais leur faire voir Las Vegas, dit-elle, boudeuse. Ce n'était pas ça, le but ?

— Si, mais je leur offre aussi une escale à Beverly Hills, dit Chas. Tu n'y vois pas d'objection, si ?

— Bien sûr que non, répondit Rosarita d'un ton sec. C'est une drôle d'idée, c'est tout. Moi qui comptais passer la journée à faire du shopping à Rodeo Drive, je peux revoir mes plans. Il va falloir retourner à l'hôtel à toute vitesse, se précipiter pour aller dîner et se ruer à l'aéroport demain matin.

— Tu as tout le temps de faire du shopping si tu le désires, répondit Chas.

— Non, je n'aurai pas le temps, répliqua Rosarita en ronchonnant.

— On ne t'a jamais dit que tu étais une enfant gâtée ? fit Chas.

— C'est peut-être vrai, dit Rosarita d'un air boudeur. Devine à qui la faute ?

— J'ai déjà passé une semaine à Beverly Hills, lança Varoomba en se joignant à la conversation.

Personne ne prêta attention à sa remarque.

La limousine s'arrêta devant leur hôtel.

— C'est dans cet hôtel-là que j'étais, gazouilla Varoomba. Dans un bungalow.

Elle jugea prudent de ne pas ajouter qu'elle était accompagnée de deux princes d'Arabie Saoudite, qui l'avaient gagnée lors d'une partie de poker... Mais c'était une autre histoire.

Dexter prit une profonde inspiration. En Californie, les odeurs n'étaient pas les mêmes qu'à New York. Il contempla les palmiers et le feuillage luxuriant qui entouraient le luxueux hôtel.

Oui, pensa-t-il. *J'aime ce luxe et Gem aussi l'apprécierait, j'en suis persuadé.*

— Le dîner est réservé pour 7 heures au Spago, annonça Chas.

— 7 heures ? protesta Rosarita. Mais c'est trop tôt.

— C'était le seul créneau possible, rétorqua Chas.

— Pas si tu connais quelqu'un, dit Rosarita. Tu aurais dû me laisser faire.

— Tu veux les appeler et essayer de réserver une table pour 8 heures ?

— C'est trop tard maintenant, répondit-elle d'un ton tranchant. Je me débrouillerai quand même pour faire un peu de shopping.

— Je t'accompagne, dit Dexter. J'ai toujours rêvé de me balader le long de Rodeo Drive.

— Non, répondit Rosarita. Tu ne vas pas laisser tes parents tout seuls, si ?

— Je peux venir avec toi ? lança Varoomba, qui voulait se faire bien voir de Rosarita. Je connais tous les magasins sympas.

— C'est très gentil de ta part, ma chère, mais je n'ai besoin de personne pour m'indiquer où se trouvent les meilleurs magasins, répondit Rosarita en rejetant d'un geste de la main l'offre de la strip-teaseuse. Je suis la reine du shopping, au cas où tu l'ignorerais encore.

*
* *

Joel devait bien admettre que, lorsqu'elle s'en donnait la peine, Carrie Hanlon était irrésistible. Leon Blaine semblait sous le charme, et ce n'était pourtant pas le genre d'homme à se laisser facilement impressionner. Marika elle-même était plus enjouée. Elle avait eu une discussion animée avec Carrie sur les designers parisiens et leurs caprices sexuels.

C'était la première fois que Joel voyait Marika sourire.

— Cette fille est charmante, remarqua Marika en rejoignant Joel à la table du buffet servi dans le jet de Leon.

Joel était en train de remplir son assiette de petits pains ronds, de saumon fumé et de fromage frais.

— Ouais, je vous avais bien dit que c'était une chic fille, répondit-il tout en savourant son triomphe.

— Elle est bien plus qu'une chic fille, protesta Marika avec autorité. C'est une fille superbe.

— Je suis content que tu l'apprécies, dit Joel.

Il se fichait royalement de ce que pensait Marika. La seule chose qui comptait, c'était d'en mettre plein la vue à Leon.

— Oui, elle est ravissante, ajouta Marika, admirative. J'espère que tu sauras la retenir.

La retenir? Qu'est-ce qu'elle voulait insinuer?

Marika était une vraie garce.

Joel bouillait de colère.

— Bonsoir, dit Jamie en souriant gentiment au réceptionniste.

Il tomba immédiatement amoureux de cette grande blonde élégante, vêtue d'un manteau de cachemire bleu.

— Je voudrais vous demander un service, poursuivit Jamie.

Lui rendre un service ? Il aurait marché sur des charbons ardents juste pour l'approcher d'un peu plus près.

— Mais bien sûr, mademoiselle, répondit-il en s'éclaircissant la voix. Que puis-je faire pour vous ?

— Eh bien voilà, dit-elle en le regardant de ses grands yeux aigue-marine. Je voulais arriver par surprise à l'anniversaire de mon amie et dans ma précipitation, j'ai oublié de réserver une chambre d'hôtel.

— Désolé, tout est pris, mademoiselle, dit-il avec regret. Le grand match de boxe a lieu demain, et nous n'avons plus rien de libre.

— Je comprends bien, dit-elle. Mais cette amie dont je vous parlais, c'est Madison Castelli. Elle travaille pour *Manhattan Style* et elle est venue à Las Vegas interviewer Antonio Lopez. Je dois également retrouver une autre amie, Nathalie de Barge, qui est journaliste à la télévision. Et… je pensais donc que vous aviez probablement des chambres disponibles pour les VIP qui arrivent à la dernière minute, sans réservation. Je ne suis pas une VIP, mais je suis certaine que vous pouvez m'aider, n'est-ce pas ?

Il venait de renvoyer un riche Texan d'un mètre quatre-vingt-dix, qui lui avait offert deux mille dollars en espèces en échange d'une chambre pour la nuit. Mais il n'y avait pas que l'argent dans la vie et cette ravissante beauté avait raison : il y avait toujours des chambres disponibles pour les VIP, même s'il n'en resterait plus aucune pour le lendemain après-midi.

— Heu… Attendez une minute, dit-il. Je vais voir ce que je peux faire.

— Vous êtes le meilleur, murmura-t-elle.

La nuit précédente, sa femme lui avait annoncé qu'il

était le pire de tous — le pire des amants. Et maintenant cette magnifique blonde lui disait qu'il était le meilleur.

Le meilleur quoi ?

Cela n'avait aucune importance. Il lui trouverait une chambre, fût-ce au péril de sa vie.

44

— Salut.

C'était Nathalie au téléphone, pleine d'entrain comme d'habitude.

— Comment ça s'est passé ? demanda-t-elle.

— Très bien, répondit Madison. Toujours aussi grossier et sexiste.

— Le boxeur ou Jake ?

— Très drôle.

— D'accord, j'arrête. Vous avez décidé quelque chose pour ce soir, toi et Jake ?

— Non. Il était occupé à photographier Antonio quand je partais.

— Bon. Pas de folle nuit d'amour en perspective alors ?

— J'imagine que non.

— Dans ce cas, tu viens avec moi au concert de Kris Phoenix.

— C'est un ordre ?

— Parfaitement. Tu m'as dit que tu t'étais éclatée à Miami, alors pourquoi pas à Las Vegas ?

— Je crois que j'ai mieux à faire que de me soûler et de séduire les jeunes garçons.

— Il avait l'air plutôt pas mal ce type, à Miami.

— Il avait dix-neuf ans, Nat. Je sais que ce n'est pas

le genre de détail qui t'arrête, mais je n'ai pas envie de récidiver.

— Veux-tu insinuer que je n'ai aucun sens moral ?

— Ce n'est un secret pour personne, rétorqua Madison. Et ce n'est pas nouveau, déjà à l'université…

— Si j'étais un homme, tu m'admirerais. Parce qu'en fait j'utilise les hommes de la même manière qu'ils nous utilisent.

— Ah, si je pouvais te ressembler ! soupira Madison. Tu sais, moi aussi, j'aimerais être sans scrupule, mais je n'y arrive pas.

— Petite garce ! répondit Nathalie en riant.

— Qui se ressemble s'assemble.

— Allez, assez plaisanté. Je rencontre l'équipe de prises de vue, en bas, dans une demi-heure environ, et tu ferais bien de t'habiller pour faire la fête, parce qu'on ne va pas dormir de la nuit.

— Je vais y réfléchir, dit Madison.

Elle était en train de changer d'avis. Peut-être était-il préférable qu'elle reste à l'hôtel plutôt que de sortir en compagnie d'une Nathalie déchaînée.

— C'est tout vu, répondit Nathalie avec fermeté. Tu viens avec moi, que tu le veuilles ou non. On se retrouve en bas dans une demi-heure. Mets-toi sur ton trente et un.

Le Spago, à Beverly Hills, était un vaste restaurant, bruyant, bondé et bruissant d'activité.

Chas glissa un billet de vingt dollars à la réceptionniste car il voulait être sûr d'être bien servi.

— Désolée, mais il faudra attendre au bar. Votre table sera prête dans quinze minutes, dit la jeune fille avec un bref sourire.

A peine avait-elle terminé sa phrase qu'elle aperçut Dexter : elle changea immédiatement d'attitude.

— Monsieur Falcon, s'écria-t-elle. Bienvenue au Spago. Je ne crois pas vous avoir déjà vu ici. Vous êtes avec les Vincent ?

— Oui, répondit Dexter, content d'être reconnu mais modeste comme à son habitude.

— Votre table est presque prête. Je vais vérifier.

— Eh bien, fit Rosarita. On dirait que d'être un acteur, même mineur, ça compte, à Hollywood.

Toujours aussi garce, pensa Dexter.

La fille revint quelques minutes plus tard en souriant aimablement.

— Suivez-moi, monsieur Falcon, dit-elle en les conduisant à une table sur la terrasse.

— Pas mal, remarqua Chas en jetant un œil autour de lui alors qu'ils prenaient place. J'aime bien cet endroit. Ça a de la classe.

— Quelqu'un a-t-il aperçu une star de cinéma ? demanda Rosarita avec une pointe de sarcasme.

— Eh, regardez, fit Chas. C'est pas Tony Curtis qui arrive là-bas ?

Ils se retournèrent tous pour voir l'acteur vieillissant accompagné de sa femme, une grande blonde plantureuse, moulée dans une robe lamée or extra courte. Tony portait une veste de smoking violette et arborait un sourire satisfait : il appréciait visiblement d'être le centre de l'attention.

— C'est une vraie star, dit Chas avec admiration. Toujours sexy, malgré son âge. Et vous avez vu sa femme ? Ouais, c'est une vraie star, ce Tony. On a bien fait de s'arrêter à Beverly Hills.

— Tu crois ? dit Rosarita, morte d'ennui.

Elle en avait par-dessus la tête. Elle ne pensait qu'à Las Vegas et à ses plans. Le moment fatidique approchait, et elle réalisait la gravité de l'événement. Pauvre Dexter ! Il aurait pu être une star célèbre, mais il serait bientôt réduit à l'état de cadavre...

Après leur arrivée à l'hôtel, Rosarita était partie à Rodeo Drive où elle avait dépensé plusieurs milliers de dollars en l'espace d'une heure — aux frais de Chas, comme toujours. Il ne recevrait pas la facture avant plusieurs semaines et elle n'avait donc aucun souci à se faire. Dépenser l'argent de son père faisait partie des petits plaisirs de Rosarita.

Matt et Martha arrivèrent vingt minutes après au restaurant ; leur avion avait eu du retard.

— Oh, mon Dieu, s'exclama Martha dans tous ses états. Il y avait tellement de turbulences que j'ai bien cru ma dernière heure arrivée.

Elle enlaça son grand fils avec effusion.

— Comment va mon petit garçon ?

Dexter, embarrassé, se dégagea de l'étreinte de sa mère.

— Maman, un peu de tenue, murmura-t-il.

— Ah, quel vol ! s'exclama Matt, le regard immédiatement attiré par la voluptueuse poitrine de Varoomba. J'ai eu la trouille de ma vie.

— Tout va bien, maintenant, dit Chas, magnanime. Vous êtes finalement arrivés sains et saufs au Spago. Qu'est-ce que vous en pensez ?

— C'est merveilleux, dit Martha en s'asseyant. Oh, mon Dieu ! Mais... c'est bien Tony Curtis que j'aperçois là-bas ?

— Pas mal, non ? dit Chas, comme s'il était personnellement responsable de la présence de Tony Curtis.

— J'adore Tony Curtis, dit Martha avec déférence, en battant des cils. Je l'ai toujours admiré.

— Maman, reprends-toi, dit Dexter d'un ton sévère.

— Et si j'allais lui demander un autographe ? suggéra Martha.

— Non, dit Rosarita précipitamment. On va nous prendre pour une bande de stupides touristes.

— C'est bien ce que nous sommes, non ? fit remarquer Matt, enjoué.

Rosarita lui jeta un regard mauvais.

Chas parcourait le menu.

— Ça m'a pas l'air dégueulasse, dit-il avec un rire gras.

— Tu es vraiment drôle, dit Varoomba.

Elle faillit tomber de sa chaise en se blottissant contre Chas.

Elle en fait trop, cette cruche, pensa Rosarita. *C'est pitoyable.*

— J'ai froid, se plaignit Rosarita, tout en ramenant sur ses épaules dénudées sa nouvelle étole à sept cents dollars.

— Arrête de râler, dit Chas. Tu peux pas être contente pour une fois ? Qu'est-ce que t'as ?

— Je te l'ai déjà dit, répondit-elle d'un ton aigre. Je suis trop gâtée. Et c'est toi le coupable. Alors ne commence pas à me chercher des poux. C'est un peu tard maintenant.

— Que nous conseillez-vous ? demanda Dexter au serveur qui faisait le pied de grue près de leur table, l'air morose.

— Tout est excellent, répondit le serveur soudain attentif.

— Remportez-moi ça, dit Chas en fourrant le menu dans les mains du serveur ébahi. Et apportez-nous vos meilleurs hors-d'œuvres.

— Est-ce que je peux avoir une pizza au saumon fumé ? demanda Varoomba de sa voix fluette.

Elle portait pour l'occasion une robe jaune d'or au décolleté vertigineux et des escarpins à talons aiguilles.

— C'est quoi, cette pizza ? questionna Chas.

— C'est notre « pizza cacher », expliqua le serveur. Elle est composée de saumon fumé et de fromage frais avec une touche de caviar.

— Jamais entendu parler de ça, grogna Chas. Une pizza, c'est une pizza et dessus, il y a du fromage, des tomates et du chorizo.

— Tu devrais essayer la « pizza cacher », dit Varoomba. Je l'ai goûtée la dernière fois que je suis venue.

— Tu es déjà venue ici ? s'exclama Chas, mécontent.

— Je t'ai dit que j'avais passé une semaine à Beverly Hills, murmura-t-elle, tout en regrettant qu'il ne prenne jamais la peine de l'écouter.

— Ah bon ? Mais avec qui ?

— Un ami, répondit-elle de manière évasive.

Mieux valait ne pas s'étendre sur son passé haut en couleur, se dit-elle.

La soirée se poursuivit à l'avenant ; chacun des convives était plongé dans ses pensées secrètes.

Le plus tôt j'arriverai à Las Vegas, le mieux cela vaudra : j'ai hâte d'être une femme libre, pensait Rosarita.

Je me demande ce que fait Gem. Pense-t-elle à moi ? Est-ce qu'elle aussi a eu l'impression d'avoir vécu quelque chose d'extraordinaire ? pensait Dexter.

J'espère que ma stupide femme de ménage a remballé les affaires de Varoomba, parce que je ne la supporte plus. Tant pis pour les gros seins. Varoomba, c'est du passé, pensait Chas.

J'espère que grand-mère va bien se tenir à Vegas,

parce qu'alors, Chas acceptera peut-être de m'épouser. Il est temps que je me range, pensait Varoomba.

Tony Curtis, Tony Curtis, Tony Curtis. Oh, il était si beau quand il était jeune, et il est resté très séduisant, pensait Martha.

Je me demande si Varoomba taille des pipes à Chas. Oui, c'est bien le genre de fille à faire un truc pareil, pensait Matt.

C'est alors que le serveur revint avec les pizzas.

Devait-il se mettre en colère ou se réjouir ? Joel ne savait plus comment réagir. Carrie et Leon s'entendaient si bien qu'ils avaient discuté ensemble pendant tout le trajet. Au début, Marika était enchantée. Elle était ravie d'être en compagnie d'une top model mondialement connue, charmante de surcroît. Pourtant, elle s'aperçut bientôt que Carrie ne s'intéressait qu'à Leon. La situation amusait Joel, mais lorsqu'ils atterrirent à Vegas, Marika était furieuse.

— Ces stupides jeunes filles se prennent pour des superstars, dit Marika à Joel, son nouvel allié.

— Tu sais, Marika, répondit Joel d'un ton faussement innocent, elles n'ont pas tout à fait tort. Elles sont traitées comme des déesses partout où elles vont et c'est évident que Leon l'aime bien : je ne l'avais pas vu aussi en forme depuis longtemps.

Marika le fusilla du regard. Il lui était insupportable de se montrer en position d'infériorité devant Joel.

Pendant ce temps, Carrie prenait goût à son nouveau train de vie. Elle appréciait le voyage en jet privé et trouvait que Leon Blaine, malgré son âge, était un homme intéressant et toujours séduisant. Les cheveux châtains, il était mince et en bonne condition physique — il s'entretenait en jouant tous les jours au tennis. Carrie avait déjà eu l'occasion de constater que le pouvoir était un excellent antidote à la vieillesse.

Entre Leon et Joel, elle choisissait le père sans hésiter. Mais question plaisir, Eduardo avait la priorité. Elle adorait les corps jeunes. Elle était même incapable d'y résister.

Elle sortit de l'avion avec Leon, qui l'aida à descendre les marches de la passerelle. Joel et Marika suivaient derrière.

Deux limousines les attendaient sur la piste.

— Carrie, tu viens avec moi, ordonna Leon, visiblement sous le charme de cette belle fille terriblement sexy. Marika et Joel, vous montez dans l'autre limousine.

Le vieux est complètement gaga de Carrie, pensa Joel.

Il y avait sûrement moyen d'exploiter la situation à son avantage.

Marika fulminait en montant dans la limousine. Elle s'assit, toute raide, à côté de Joel.

— Ton père n'a jamais su résister à une jolie fille, persifla-t-elle. Peut-être croit-il que tu vas te marier avec Carrie. Tu en as l'intention, Joel ?

— Minute, répondit-il d'un ton qui se voulait désinvolte. Mon père et toi, vous n'êtes pas mariés, il me semble, et vous avez tout à fait raison. Moi, le mariage, c'est pas mon truc.

Marika accusa le coup. Son but ultime était de se marier avec Leon Blaine. Le statut d'épouse était bien plus confortable et gratifiant que celui de maîtresse.

Les deux limousines prirent des itinéraires différents pour se rendre en ville et lorsque Joel et Marika arrivèrent à l'hôtel, ils avaient perdu la trace de Carrie et de Leon.

Joel partit se renseigner à la réception.

— Nous sommes avec Leon Blaine, dit-il.

— Bonjour, monsieur, dit le réceptionniste, en s'inclinant respectueusement devant Joel. M. Blaine est déjà arrivé. Quelqu'un va vous conduire à votre chambre.

Marika était livide de rage.

— Quelle grossièreté, dit-elle d'une voix sifflante.

Ses lèvres serrées ne formaient plus qu'un fin trait rouge.

— Leon aurait dû nous attendre, dit-elle d'un ton désapprobateur.

— C'est mon père tout craché, répondit Joel en haussant les épaules. Il a toujours été un parfait égoïste. Maman se plaignait tout le temps de lui.

— Je ne suis pas ta mère, remarqua Marika froidement.

— Non, même pas ma belle-mère, ajouta Joel.

Elle lui lança un regard noir et, alors qu'il se détournait pour dissimuler un sourire, il aperçut Madison qui s'avançait vers eux.

— Tiens, tiens, s'exclama-t-il, heureux de la voir. Que faites-vous ici ?

Il fallut quelques secondes à Madison pour le reconnaître.

— Oh, bonjour, dit-elle.

C'est bien ma veine de tomber sur cet imbécile.

— Je suis ici pour le travail, précisa-t-elle.

— Et quel genre de travail vous amène à Las Vegas ? demanda-t-il d'un air qu'il jugeait irrésistible.

— J'écris un article pour *Manhattan Style*, répondit-elle évasive.

— Sur qui ?

— Sur Antonio Lopez.

— Moi, je parie sur l'autre mec, mais c'est intéressant de faire un article sur le perdant.

— Antonio n'a pas le profil d'un loser, Joel, répondit

Madison. Il suffit de passer quelques heures avec lui pour le comprendre.

— Vous croyez qu'il va gagner ?

— Il en est persuadé, en tout cas. Je ne m'y connais pas vraiment en boxe, mais Antonio est très sûr de lui.

Joel se rapprocha d'elle.

— Vous êtes très sexy.

Madison parcourut des yeux le hall d'entrée peuplé de monde. Il fallait qu'elle trouve au plus vite un moyen pour fausser compagnie à Joel.

— Que faites-vous ce soir ? demanda Joel.

— Je sors avec des amis.

Elle regarda sa montre.

— Oh, zut, je suis déjà en retard.

— On se verra peut-être plus tard dans la soirée ?

— Peut-être, répondit-elle vaguement.

Dans une autre vie, pensa-t-elle.

Marika, qui écoutait leur conversation, espérait visiblement qu'on la présente.

— Bonjour, dit-elle.

— Heu... Madison, vous connaissez Marika ? Je vous présente la... Comment dirais-tu Marika ? La petite amie de mon père ? Non, c'est plus sérieux que ça, hein ?

— Je suis la compagne de M. Blaine, répondit Marika en lançant un regard assassin à Joel.

— De M. Leon Blaine, ajouta-t-elle au cas où Madison ferait la stupide erreur de croire qu'elle sortait avec Joel.

— Bonjour, dit Madison. Madison Castelli.

— J'ai lu vos articles, répondit Marika. Vous avez un style très original.

— Merci, c'est toujours agréable à entendre, dit Madison poliment.

— Ouais, dit Joel en se joignant à la conversation

comme si Madison et lui étaient les meilleurs amis du monde. C'est une femme intelligente.

— Merci, Joel, dit Madison qui mourait d'envie d'ajouter : *J'ignorais que tu savais lire, Joel.*

— J'ai beaucoup aimé votre article sur les call-girls de Hollywood, dit Marika. C'était à la fois très instructif et révoltant.

— Bon, dit Madison, pressée de s'en aller. C'était un plaisir de vous rencontrer, mais si vous voulez bien m'excuser, je dois partir.

Et, avant que Joel ait pu dire quoi que ce soit, elle avait déjà disparu.

45

A cinquante ans passés, Kris Phoenix avait toujours l'air jeune.

Légende vivante du rock, il était incroyablement sexy, avec ses cheveux blonds peroxydés, ses yeux d'un bleu intense, son teint hâlé et son air canaille. Il était bien conservé, ce roi de la pop, autrefois appelé Kris Pierce, à l'époque où, jeune homme talentueux, il vivait à Maida Vale, à Londres.

Kris régnait toujours en maître dans l'univers du rock : il réalisait des ventes de disques records, donnait des concerts à guichets fermés et avait un groupe de fans loyaux et fidèles. Sans parler des femmes. Quel que soit leur âge, elles étaient toutes en adoration devant lui. Il les faisait toutes fantasmer.

Il sortait pour l'heure avec Amber Rowe, une toute jeune actrice, qui avait récemment obtenu un oscar. Amber était grande et mince, avec des cheveux bruns et lisses, de longues jambes effilées et une poitrine totalement plate. Malgré les trente ans qui les séparaient, Kris pensait avoir enfin trouvé l'âme sœur et envisageait sérieusement de s'installer avec elle.

Entouré par sa cour d'adorateurs, Kris trônait dans l'anti-chambre de sa loge. Son unique concert à Vegas avait lieu le soir même dans la salle de danse de l'hôtel Magiriano, récemment restauré.

Madison pénétra à contrecœur, avec Nathalie et son équipe, dans la pièce où se trouvait la star. Nathalie rayonnait dans une robe blanche Versace ultracourte et une veste en peau de serpent.

— C'est ma tenue spéciale rock star, dit-elle en s'esclaffant bruyamment. Comme je ne couvre pas un sujet très sérieux, je suis bien décidée à m'amuser comme une folle à faire cette interview…

— Vas-y, dit Madison, en se mettant dans un coin, pendant que Nathalie sortait son matériel.

Amber Row la rejoignit.

— Je déteste tout ce cirque publicitaire, dit-elle en se rongeant les ongles. On n'arrête pas de nous harceler, Kris et moi. Où qu'on aille, on a toujours une horde de paparazzi à nos trousses. C'est énervant !

Ce n'était pas la première fois que quelqu'un qui lui était parfaitement inconnu se confiait à Madison. C'était même chose courante. Les gens lui faisaient facilement des confidences, souvent embarrassantes d'ailleurs.

— Vous n'avez qu'à rester chez vous, suggéra Madison.

— Facile à dire ! s'exclama Amber en clignant nerveusement des yeux. Kris n'est pas du genre à rester à la maison. En fait, il ne le supporte pas. Il croit toujours qu'il va rater quelque chose d'exceptionnel.

— Il faut insister. Deux ou trois soirs par semaine sans sortir, ce n'est pas un drame.

— Vous avez raison ! dit Amber avec un sourire enfantin. Je vais essayer.

De l'autre côté de la pièce, Nathalie flirtait de manière éhontée avec Kris devant la caméra. Il se prêtait au jeu de bonne grâce, mais quand l'interview fut terminée, ils se séparèrent immédiatement. Kris rejoignit son agent tandis que Nathalie retrouvait son équipe de prises de vue et le réalisateur de l'émission.

Madison et Amber discutaient à bâtons rompus lorsque Nathalie arriva.

— Bon, dit-elle d'un ton jovial. On se tire. Une autre équipe télé vient d'arriver, et il ne m'en faut pas plus pour me faire fuir.

— On se verra au concert ? demanda Amber à Madison.

La jeune fille regrettait visiblement qu'elle s'en aille.

— Hé, fit Nathalie, qui venait juste de reconnaître la jeune fille mince qui se tenait près de Madison. Je peux vous poser quelques questions devant la caméra ?

— Désolée, répondit sèchement Amber. Je ne donne des interviews que pour les campagnes promotionnelles de mes films. Et comme en ce moment je n'ai pas de films à l'affiche, c'est non.

— Allez, dit Nathalie, en lui faisant son plus beau sourire pour l'amadouer. Juste quelques commentaires sur Kris.

— Non, c'est hors de question, dit Amber en s'éloignant de Nathalie.

Celle-ci insistait parfois lourdement, notamment quand elle avait une interview en tête.

— Eh ! qu'est-ce qui se passe ici ? intervint Kris en se dirigeant vers elles dans son pantalon moulant, les cheveux hérissés sur la tête. Tu veux lui tirer les vers du nez, à elle aussi ?

— Pourquoi pas ? répondit Nathalie avec audace en lui adressant un sourire étincelant. Vous êtes ensemble. C'est mal d'en parler ?

— Non, chérie, répondit Kris en hochant la tête.

Mais Amber n'aime pas raconter sa vie. Alors, laisse-la tranquille, O.K ?

Prenant fermement Amber par le bras, il partit avec elle.

— Tu as gagné, Kris, lui cria Nathalie alors qu'ils s'éloignaient. On se voit tout à l'heure après le concert ?

Kris ne daigna pas répondre.

— Salaud, murmura-t-elle.

— Viens, on s'en va, suggéra Madison.

— Oui, c'est tout ce qu'il nous reste à faire, répondit Nathalie en faisant signe au réalisateur qu'elle partait.

Une fois dehors, elle explosa :

— Allons boire un verre. J'en ai marre de ce métier pourri.

— Tu es co-présentatrice d'un show à succès, dit Madison. C'est donc si affreux que ça ?

— Parler à des crétins imbus d'eux-mêmes, voilà mon boulot, dit Nathalie sombrement. Recueillir des ragots. Est-ce que Ricky Martin est gay ? Qui s'est fait lifter dernièrement ? Qui baise avec qui ? J'en ai rien à faire ! Je veux m'intéresser à des choses sérieuses et non pas à ces célébrités égocentriques.

— Bienvenu au club, dit Madison avec ironie, alors qu'elles se frayaient un passage dans le casino bondé.

— Au moins, toi, tu choisis tes victimes.

— Victor a tout de même son mot à dire, dit Madison tandis qu'elles pénétraient dans l'un des nombreux salons à cocktail et s'asseyaient à une table.

— J'ai besoin d'un verre avant d'assister au concert, dit Nathalie en claquant des doigts pour appeler la serveuse.

Madison se demandait où était Jake et ce qu'il fabriquait. Décidément, elle n'arrivait pas à l'oublier.

Elle commanda un margarita glacé à une jeune fille

rousse, d'allure enjouée, vêtue d'une mini-robe à franges. Elle s'efforça de ne plus penser à Jake et de se concentrer sur sa conversation avec Nathalie, toujours occupée à critiquer son show et tout ce qui allait avec.

— Mon problème, c'est mon physique, dit-elle d'un air boudeur.

— Qu'est-ce que tu lui reproches à ton physique ?

— Je suis trop sexy.

— Si tu ne l'étais pas, tu te plaindrais aussi.

— Mais non, détrompe-toi.

— Je te connais. Tu adores qu'on te regarde.

— C'est faux, répondit Nathalie, indignée.

— De toute façon, ajouta Madison, si tu veux qu'on te prenne plus au sérieux, tu dois changer d'apparence.

— C'est impossible. Et mes seins, j'en fais quoi ?

— Hum… Voyons… Pour commencer, un peu de chirurgie esthétique pour les réduire.

— Va te faire voir.

— Je parle sérieusement.

— Non ! Tu plaisantes ?

— Bon, qu'est-ce que tu proposes alors ?

— C'est facile pour les mecs. Matt Lauer, il est sexy et pourtant on le prend au sérieux. Je voudrais bien lui ressembler.

— Alors, c'est simple, il faut te blanchir la peau, te transformer en homme et te couper les cheveux.

Elles éclatèrent de rire. C'est alors que Jamie se glissa derrière elles en criant :

— Surprise !

— Mais… d'où sors-tu, toi ? s'exclama Nathalie en sursautant.

*
* *

Carrie Hanlon, perplexe, était en plein dilemme. En l'espace de quelques heures, on lui avait offert tout ce dont elle rêvait. Pourtant, elle était déjà comblée : elle était riche, célèbre et adulée de tous. Que pouvait-elle désirer de plus ?

En son for intérieur, elle était tenaillée par la peur de tout perdre. De se retrouver sans rien, du jour au lendemain, et de redevenir la petite Clarice O'Hanlon issue des quartiers pauvres. Cette pensée lui glaçait le sang.

Elle avait connu beaucoup d'hommes riches, prêts à satisfaire tous ses désirs, mais Leon Blaine était le plus fortuné de tous. Et c'était aussi le plus fascinant. Leon Blaine n'était pas un homme ordinaire. Il dégageait quelque chose de puissant et d'excitant.

La bonne opinion qu'elle avait de lui était apparemment réciproque, car avant même d'arriver à Las Vegas, il lui avait fait une proposition. Il ne lui avait pas promis de lui acheter une Bentley ni de la couvrir de cadeaux, comme la plupart des autres hommes. Non, cette fois-ci, il s'agissait de quelque chose de totalement différent.

— J'ai beaucoup roulé ma bosse, lui avait-il expliqué. J'ai voyagé dans le monde entier et rencontré énormément de gens. Mais tu es la plus belle femme que j'ai jamais vue, Carrie.

Ce refrain, elle le connaissait bien, mais ce sont les mots qu'il prononça ensuite qui retinrent son attention.

— Tu es la femme à qui j'aimerais léguer mes richesses.

— Pardon ? avait-elle répondu d'un ton froid. Puis-je vous rappeler que nous nous connaissons à peine ?

— Je suis un homme impulsif. C'est en suivant mon intuition que j'ai bâti ma fortune. Et ça fait dix ans que je cherche quelqu'un à qui la transmettre.

— Vraiment ?

— Tu sais, ma petite, Joel ne la mérite pas.
— Pourquoi ça ?
— Mon fils n'est qu'une mauvaise plaisanterie. Il héritera d'un fonds en fidéicommis de quelques millions de dollars, qu'il pourra perdre au jeu si ça lui chante. Mais ma fortune en tant que telle s'élève à des milliards de dollars, et je veux qu'ils soient en de bonnes mains, Carrie.

Des milliards ! Elle n'en croyait pas ses oreilles. Leon commençait vraiment à l'intéresser.

Les yeux brillants, elle lui avait demandé :
— Et que dois-je faire pour hériter de votre fortune, Leon ?
— Porter mon enfant. Mon véritable héritier.
— Je croyais que vous étiez marié, avait-elle répondu en faisant un geste en direction de Marika, qui les observait de loin.
— Je considère Marika comme mon assistante. C'est vrai que nous vivons ensemble depuis un certain temps ; mais vous pensez sérieusement que je léguerais ma fortune à cette femme ? Vous croyez vraiment que je la choisirais pour qu'elle soit la mère de mon enfant ?
— Vous êtes sans cœur !
— Et tu es sans doute comme moi, avait répondu Blaine. Mais tout ce que je désire, c'est ta beauté et ta jeunesse. Et un fils. Si tu me donnes un fils, je ferai en sorte que vous ne manquiez de rien tous les deux. Voilà le contrat que je souhaite passer avec toi, Carrie.
— Un contrat ?
— Oui. Mes avocats vont rédiger un contrat stipulant qu'il faudra que tu tombes enceinte avant une certaine date.
— Et si jamais ça ne marchait pas ?
— Tu serais alors très généreusement récompensée pour tes services.

Il s'était tu un instant avant de reprendre :

— Je comprends que tu puisses trouver cette offre un peu farfelue. Mais quand je t'ai vue arriver ce matin, j'ai su immédiatement que tu étais la personne que je cherchais depuis si longtemps.

Les paroles de Leon en tête, Carrie faisait maintenant les cent pas dans sa suite, l'esprit confus et agité.

Joel avait appelé cinq minutes auparavant : il passerait la prendre dans une heure.

— Pour quoi faire ?

— Nous allons tous au concert de Kris Phoenix, à l'hôtel Magiriano, lui avait-il rappelé.

— Ah, c'est vrai, avait-elle vaguement répondu, tout en se rappelant l'aventure qu'elle avait eue avec Kris l'année précédente.

Mais ce dernier n'était pas son genre, elle s'en était vite rendu compte. Il s'attendait à ce qu'elle satisfasse tous ses désirs. Malheureusement, elle avait les mêmes exigences envers lui. Ils étaient donc restés côte à côte sur leur immense lit à eau dans un hôtel des Bahamas, chacun comptant sur l'autre pour faire le premier pas.

Comme expérience passionnelle, il y avait mieux.

En rentrant dans sa suite à l'hôtel, elle était tombée sur Eduardo. Elle était si bouleversée par sa conversation avec Leon qu'elle avait renvoyé le jeune garçon :

— Reviens plus tard.

— A quelle heure ? avait-il demandé, déçu qu'elle ne veuille pas immédiatement faire l'amour.

— Aux environs de minuit, avait-elle répondu, indifférente.

Leon lui avait donné le week-end pour réfléchir à sa proposition. Et l'offre du milliardaire, aussi folle fût-elle, la tentait énormément.

* * *

— Tu n'aurais pas dû venir, dit Madison.
— Ah bon ? répondit Jamie, indignée, les joues en feu. Tu ne vas tout de même pas plaindre ce sale type que j'ai laissé derrière moi.
— C'est quoi cette robe ? demanda Nathalie, en regardant Jamie.

Elle était vêtue d'une robe noire moulante au décolleté provocant.

— Tu leur fais prendre l'air, à tes nichons, ou quoi ?
— Merci pour l'accueil, répondit Jamie. Je suis venue exprès à Las Vegas pour vous voir et c'est tout ce que vous trouvez à me dire ?
— Bon, quelqu'un va-t-il enfin m'expliquer ce qui se passe ? s'exclama Nathalie.

Ses amies s'exécutèrent. Madison commença l'histoire et laissa à Jamie le soin de la terminer.

— Non, c'est incroyable ! s'écria Nathalie quand elles eurent fini. Peter sort avec un mec !

Elle secoua la tête, incrédule.

— Je n'arrive pas à y croire.
— Je ne veux plus jamais le voir, annonça Jamie. C'est décidé.
— Mais qu'est-ce que tu vas faire ? demanda Madison. T'installer à Las Vegas ?
— Non, répondit Jamie avec assurance. Ce soir, je baise avec Kris Phoenix.

Elle s'interrompit un instant en s'étirant lascivement.

— Et après, on verra.

46

Tandis que Rosarita s'affairait dans la salle de bains, Dexter, assis sur le bord du lit dans leur chambre d'hôtel, réfléchissait au moyen de contacter Gem. Il essayait désespérément de se rappeler le nom du restaurant où elle travaillait, quand il lui revint brusquement à la mémoire. Rapide comme l'éclair, il décrocha le combiné, appela les Renseignements et obtint le numéro désiré. Il savait que Rosarita n'émergerait pas de la salle de bains avant dix bonnes minutes, temps nécessaire pour accomplir son rituel de mise en beauté. Après s'être prélassée dans un long bain chaud, elle enduisait son visage de multiples crèmes de luxe, garantes d'une peau douce et souple; venaient ensuite les diverses lotions pour le corps.

Rosarita était fière de sa peau.

— Elle est parfaite, remarquait-elle souvent. Absolument sans défaut.

Le contraire eût été étonnant, étant donné qu'elle se rendait deux fois par mois chez les dermatologistes les plus chers et les plus renommés de New York.

Dexter composa le numéro qu'on lui avait donné.

— Excusez-moi, dit-il à la femme qui répondit. Heu... je voudrais parler à l'une de vos employées. Je ne suis pas sûr de son nom de famille, mais son prénom, c'est Gem. Vous voyez de qui je veux parler?

— Cette ligne est dédiée aux réservations, répondit la femme. Nous n'acceptons pas les appels personnels.

— Y a-t-il un numéro spécial pour le personnel ?

— Bon, je veux bien faire une exception à la règle pour cette fois, répondit la femme soudain conciliante. Une minute, je crois que je l'aperçois.

Dexter attendit, tambourinant nerveusement des doigts sur le téléphone. Et si Rosarita faisait irruption dans la pièce et le surprenait en train de parler avec Gem ? Il imaginait déjà la scène. Il connaissait sa femme : elle détestait la concurrence.

— Bonjour, dit une voix mélodieuse.

Il sut immédiatement que c'était Gem.

— Bonjour, répondit-il, fou de joie. C'est Dexter Falcon à l'appareil.

— Dexter ?

— En personne.

— Où es-tu ?

— En Californie, répondit-il, se sentant ridiculement embarrassé. A Beverly Hills, plus exactement. Je suis à l'hôtel.

— Oh, murmura-t-elle, impressionnée. Ça doit être chouette.

L'expression le fit rire.

— Oui, c'est très chouette. Un jour, toi et...

Il s'interrompit brusquement. Il ne pouvait pas faire de projets. Il était marié et sa femme était enceinte.

Pourquoi appelait-il cette fille ? C'était de la pure folie.

— Je voulais juste te dire « bonjour », conscient que sa démarche devait sembler bizarre, mais incapable de raccrocher sur-le-champ.

— C'est vrai ?

Au moins, elle semblait contente de lui parler.

— Oui. C'est quoi ton numéro de téléphone personnel ? demanda-t-il.

Elle hésita un court instant, puis le lui donna. Il le nota sur un bloc de papier posé près du téléphone, arracha la page et la fourra dans la poche de son pantalon.

— Je t'appellerai peut-être plus tard, dit-il.

— Ça me ferait plaisir. Combien de temps restes-tu à Los Angeles ?

— Ce soir seulement. Ensuite je passerai deux nuits à Las Vegas.

— C'est vraiment cool, dit-elle en riant doucement. J'aimerais pouvoir en dire autant un de ces jours.

Ce jour viendra, pensa-t-il. *Nous reviendrons tous les deux, ici même, et nous serons très heureux.*

— Bon, je te rappellerai peut-être plus tard, dit-il.

— Où vas-tu séjourner à Las Vegas ? Dans un merveilleux palace ?

Il lui indiqua le nom de son hôtel et le regretta immédiatement. Et si elle l'appelait ?

Non. Elle ne ferait pas ça.

Il raccrocha et se sentit soudain très triste. Dix secondes plus tard, Rosarita sortait de la salle de bains. Il avait bien calculé : son timing était parfait.

— Tu imagines ta mère en train de demander un autographe à Tony Curtis ? dit-elle en se frictionnant les bras avec de la crème parfumée.

— Et pourquoi pas ? Maman l'a toujours adoré. C'est merveilleux pour elle d'aller dans un restaurant comme le Spago et de voir des stars de cinéma.

— Vraiment ? dit Rosarita d'un ton sarcastique.

— Tu es blasée !

— Moi ? Blasée ?

— Tu es... trop sophistiquée.

— Je préfère, dit-elle, flattée. C'est vrai, je suis sophistiquée. C'est peut-être l'une des raisons pour lesquelles on ne s'entend pas, toi et moi. Tu te rappelles ce fameux dicton : « Chassez le naturel, il revient au galop… »

— Je ne vois pas où tu veux en venir.

— Ça ne m'étonne pas, dit-elle en allant au lit.

— Je vais prendre une douche, dit-il.

Avec un peu de chance et s'il restait suffisamment de temps dans la salle de bains, elle serait endormie quand il en sortirait.

— Pourquoi on se couche si tôt ? se plaignit Varoomba, les mains sur les hanches.

— Hein ? fit Chas.

Armé de la pince à épiler de Varoomba, il était occupé à débroussailler ses sourcils face au miroir grossissant fixé au mur.

Elle se tenait derrière lui dans sa robe jaune sexy, perchée sur ses hauts talons, prête à sortir.

— Il est tôt, gémit-elle. Il n'est même pas 9 heures.

— Demain, on décampe à l'aube pour prendre l'avion, bougonna-t-il.

— Et alors ? On pourrait quand même aller boire un verre au Polo Lounge.

— T'en as envie ? demanda-t-il.

— Ben oui. Il y a plein de gens là-bas. On boirait une eau-de-vie à la pêche en bavardant.

— Bavarder, mais de quoi ? demanda Chas en fronçant les sourcils.

— De choses et d'autres, dit Varoomba avec une moue boudeuse.

— Je viens juste de te dire qu'on levait le camp aux aurores.

— Tu sais, dit Varoomba en le prenant par la taille.

Quand nous serons à Las Vegas, j'aimerais que tu rencontres ma grand-mère.

— Qui ça?

— Ma grand-mère, la femme qui m'a élevée. Elle a un sacré tempérament.

Chas fit une mine dégoûtée. C'était quoi, ces conneries? Pour lui, Varoomba ne servait qu'à une seule chose : lui procurer du plaisir au lit. Et voilà qu'elle voulait lui présenter sa famille!

— Tu verras, grand-mère te plaira, dit Varoomba, comme si la rencontre avec Chas ne faisait aucun doute.

— Ah bon? dit Chas en reposant la pince à épiler. Elle te ressemble?

— Très drôle! s'écria Varoomba. Bien sûr que non.

— Déshabille-toi, poulette, dit-il en s'approchant de sa voluptueuse poitrine. Et pour l'amour du ciel, ferme-la.

— Tu as vu ce que Rosarita a mangé au restaurant? demanda Martha en enroulant ses cheveux sur des bigoudis roses.

— Non, répondit Matt en inspectant le contenu du mini-bar.

— Elle a pris un steak en sauce.

— Et alors? dit Matt en saisissant une canette de bière.

— Ce n'est pas une nourriture très saine pour une femme enceinte, remarqua Martha, les lèvres pincées.

— Martha, l'avertit Matt, tu ferais mieux de te taire. N'oublie pas qu'on est invités. C'est pas une bonne idée de chercher des noises à Rosarita.

— Mais, Matt...

— Il n'y a pas de « mais » qui tienne, dit-il en haussant la voix. Laisse Rosarita tranquille, il vaut mieux rester en bons termes avec elle.

— Je ne suis pas d'accord, dit Martha, obstinée. En tant que future grand-mère, il est de mon devoir de lui donner des conseils sur son régime.

Matt jeta un regard courroucé à sa femme, elle-même plutôt bien en chair.

— Bon, tu as vraiment l'intention de tout gâcher ?

— Ne dramatise pas, Matt.

— Si, tu vas tout gâcher, comme d'habitude.

Allongé dans le lit près de Rosarita, Dexter attendait qu'elle soit profondément endormie. Quand il en eut la certitude, il se glissa dans la salle de bains, s'habilla à la hâte et sortit discrètement de la chambre. Il descendit à toute allure jusqu'à la cabine de téléphone et composa le numéro que Gem lui avait donné. Il laissa sonner, mais personne ne vint répondre. De toute évidence, elle n'était pas encore rentrée chez elle.

Zut !

Alors qu'il se dirigeait vers l'ascenseur, il aperçut Nicole Kidman et Tom Cruise qui traversaient le couloir côte à côte : elle, élégante et longiligne, et lui, plus petit, un grand sourire aux lèvres.

Pas étonnant qu'il ait l'air content, pensa Dexter. *Il a tout ce dont on peut rêver — une femme magnifique, la célébrité, des enfants, un oscar.*

Avait-il vraiment gagné un oscar ? Dexter n'en était plus si sûr que ça, mais en tout cas, il avait été plusieurs fois nominé.

Un jour ce sera mon tour, songeait-il. *Moi aussi je marcherai dans les couloirs du Beverly Hills, comme une star, avec Gem à mon bras. Et ce jour ne saurait tarder.*

47

— C'est elle, sa petite amie ? demanda Jamie d'un ton railleur.

— C'est bien elle, répondit Nathalie. Et elle a du talent à revendre. Elle a déjà remporté un oscar.

— Ça m'est complètement égal, dit Jamie, agacée. Je suis venue ici pour baiser Kris Phoenix et rien ne m'arrêtera.

Elles étaient dans l'immense salle de spectacle où Kris devait se produire, assises à une table placée près de la scène.

— Eh bien ! On peut dire que tu es sûre de toi, répliqua Nathalie. C'est vrai que tu es toujours sortie avec qui tu voulais.

— Plus ou moins, répondit Jamie avec assurance.

Elle buvait des Martini vodka. C'était mauvais signe et elle était déjà à moitié ivre.

— Ça ne sera peut-être pas si facile ce soir, dit Madison en essayant de préparer le terrain. Kris semble très amoureux d'Amber.

— Oh ! je vois qu'on est devenue très copine avec la petite Amber ? répliqua Jamie en se tournant vers elle.

— Nous avons fait connaissance dans les coulisses, admit Madison. C'est une gentille fille, très jeune.

— Et moi je suis quoi ? Une vieille bique ? demanda Jamie en plissant les yeux.

— Non, Jamie. Ne le prends pas mal, mais Kris sort avec quelqu'un et ils vont sans doute se marier.

— Peut-être, mais ce n'est pas encore fait, répondit Jamie d'un ton acerbe. Et donc, en ce qui me concerne, il est toujours disponible.

— J'ai hâte de voir ça, s'écria Nathalie. La belle Jamie en action. Je mise tout sur toi.

— Eh bien moi, je ne veux pas être mêlée à cette histoire, dit Madison.

— Merci, dit Jamie avec mauvaise humeur. C'est bien d'avoir des amies qui vous soutiennent.

— Allez, Jamie, dit Madison. Il est avec quelqu'un. Tu as vraiment envie d'être celle par qui le scandale arrive ?

— Je m'en fiche, répondit-elle. C'est un homme, et à ce titre, il mérite bien ce qui lui arrivera.

— Ce qui veut dire ? s'enquit Madison.

— Tu ne vois pas ? répondit Jamie. Je vais faire l'amour avec lui et ensuite je raconterai tout à sa copine.

— Oh, tu es devenue très méchante, commenta Nathalie.

— Tu agirais de la même manière à ma place, répondit Jamie d'un ton sec.

— Ne vous retournez pas, dit Madison. Mais le milliardaire Leon Blaine et son idiot de fils, Joel, accompagné — croyez-le ou non — de Carrie Hanlon, se dirigent vers la table voisine de la nôtre.

— Tu plaisantes ? dit Nathalie en se retournant sur-le-champ.

— Quelle discrétion ! ironisa Madison.

— Je ne fais rien de mal, dit Nathalie. Elle est splendide, cette Carrie.

— Qui ? demanda Jamie.

— Carrie Hanlon.
— Au fait, demanda Madison. Comment se fait-il que nous soyons si bien placées ?
— C'est grâce à M. Nabab, dit Nathalie. Lui et mon petit frère devaient venir au concert. Ils ont eu un empêchement et M. Nabab s'est arrangé pour que je profite de cette place de choix. Autrement nous serions dans les coulisses avec mon équipe. Pas mal, non ? On peut tout faire quand on a de l'argent.
— C'est vrai, dit Madison. Et c'est encore mieux quand c'est quelqu'un d'autre qui le dépense pour vous.

Le gérant de l'hôtel, sa femme et un autre couple étaient assis avec les Blaine. C'est Leon qui avait placé les convives : Carrie était donc assise à ses côtés et Marika en face de lui. Cette dernière, agacée par cette initiative, arborait un sourire supérieur tout en buvant son second pastis avec glaçons.

Joel avait repéré Madison et cherchait un prétexte pour aller la voir. Il était très attiré par elle. Il la trouvait différente. Elle n'était pas comme les mannequins avec qui il avait l'habitude de sortir et elle n'avait rien à voir non plus avec Rosarita. Madison avait tout pour elle : la beauté, l'élégance, l'intelligence. En fait elle réunissait toutes les qualités qu'il jugeait essentielles chez une femme. Le seul problème, c'est qu'elle ne semblait pas intéressée par lui.

— Vous avez réfléchi à ma proposition ? demanda Leon à Carrie, en baissant la voix.
— Est-ce vraiment sérieux, Leon ? demanda-t-elle.
Elle rejeta sa magnifique chevelure fauve sur ses épaules et lança un regard furtif autour d'elle.
— Je n'ai jamais été aussi sérieux.

— Ce n'est pas vraiment l'endroit approprié pour parler de ça, répondit Carrie avec nervosité. Votre amie ne nous quitte pas des yeux. Cela me met mal à l'aise.

— Ne faites pas attention à Marika. Elle est sous mes ordres.

— Vous êtes très macho.

— C'est vrai. Mais vous êtes capable de supporter ça, non ?

— Oui. La célébrité, ça vous endurcit.

— Ça vous plaît d'être célèbre ?

— Parfois, répondit-elle.

— Mais ne pensez-vous pas plutôt que c'est quelque chose d'éphémère, qui peut disparaître du jour au lendemain ?

Elle cligna nerveusement des yeux.

— Comment le savez-vous ?

— Je le lis dans votre regard.

Elle soupira.

— Tout ceci est très étrange !

— Vraiment ? dit-il en tambourinant des doigts sur la table. Je suis sûr que vous croyez au destin.

— Oui, dit-elle d'une voix mal assurée.

— Alors, suivez votre intuition.

— Vous avez peut-être raison, murmura-t-elle.

— Mon fils ne vous intéresse pas, alors que faites-vous ici ? demanda-t-il.

— Je voulais venir, répondit-elle, évasive.

— Pas pour Joel, je me trompe ? Vous êtes une vraie femme. Vous n'avez rien à faire avec une lavette comme lui.

— Vous n'êtes pas très gentil avec votre fils.

— C'est un imbécile.

— Comme vous êtes cruel !

— On ne devient pas riche en étant gentil.

— Vous ne parlez que d'argent.

— C'est un sujet fascinant, non ? Et ce n'est pas vous qui allez me contredire, n'est-ce pas ?

— Je gagne très bien ma vie, vous savez.

— Et qui gère vos affaires ?

— Un conseiller financier.

— Vérifiez bien qu'il ne vous vole pas.

Marika se pencha vers eux.

— De quoi parlez-vous, tous les deux ? demanda-t-elle d'une voix qui se voulait agréable.

Joel, qui l'observait, voyait bien qu'elle était livide de rage.

— De rien qui puisse t'intéresser, répondit Leon.

Marika se raidit. Si Leon voulait la guerre, il allait l'avoir.

Les célébrités affluaient dans la salle de concert où Kris Phoenix allait se produire : Gwyneth, George Clooney, un ou deux Baldwin, Al King, Gloria Estefan, et l'irrésistible Whoopi. En raison du match de boxe, beaucoup de stars étaient venues à Las Vegas et ce soir elles étaient là, accaparant les meilleures tables et suscitant dans leur sillage un frisson d'excitation.

— Cette soirée, c'est le rêve pour les journalistes mondains, dit Nathalie avec aigreur. Toutes ces stars vous traitent en amie tant que vous faites de la pub pour elles. Autrement, elles vous ignorent royalement et ne se rappellent même pas dans quelle émission vous travaillez : *Access, Showbiz Today, E.T.* ? C'est le dernier de leurs soucis. Les célébrités ! Qu'elles aillent se faire foutre !

— Pourquoi donc es-tu si remontée contre le monde entier ? demanda Madison.

Nathalie haussa les épaules.

— J'en sais rien. C'est à cause de Kris et de son attitude arrogante. Ces stars se croient tellement supérieures. Comme si on était là uniquement pour les servir et parler d'elles !

— Ecoute, pour l'instant, notre souci numéro un c'est Jamie, l'interrompit Madison. Il faut absolument l'éloigner de Kris. La dernière chose dont elle ait besoin, c'est de se faire envoyer promener.

Jamie s'était éclipsée aux toilettes et Madison voulait mettre au point une stratégie pour éviter à son amie une cuisante déconvenue. Mais Nathalie ne se montrait pas coopérative : elle était trop occupée à dénigrer les stars. Madison compatissait en un sens, car beaucoup de gens célèbres étaient certes insupportables. Mais ce n'était tout de même pas la priorité du moment !

Alors qu'elle revenait des toilettes, Jamie croisa Antonio Lopez et son entourage.

— *Mamma mia* ! lança Antonio. En voilà une jolie poupée !

Elle ne savait absolument pas qui il était. Et même si elle l'avait su, cela n'aurait rien changé, car seul Kris Phoenix l'intéressait. Personne ne la ferait changer d'avis. Et certainement pas Madison et Nathalie, qui n'arrêtaient pas de lui rebattre les oreilles avec l'existence d'une prétendue petite amie de Kris.

— Hé, ma belle, dit Antonio avec concupiscence, tu veux rejoindre le futur champion à sa table ?

Elle le regarda avec hauteur.

— Je ne pense pas, répondit-elle d'un ton sec.

Et elle retourna précipitamment auprès de ses amies, pour commander un autre Martini. Joel arriva sur ces entrefaites, en souriant d'un air niais.

— Quel beau bouquet de filles, s'exclama-t-il. Et Madison en est la reine.

Elle soupira. Mais qu'avait donc ce type ? Pourquoi la poursuivait-il de ses assiduités ? Il n'avait pas encore compris qu'elle le détestait ?

— Bonsoir, Joel, dit-elle avec lassitude.

— Vous devriez vous joindre à nous, suggéra Joel, au lieu de rester là toutes seules.

— Merci, mais... non merci, répondit Madison. Nous attendons des amis.

— Je te l'ai déjà dit, dit Joel en se penchant vers Madison. Toi, bébé, tu es de la dynamite.

— Ne me parlez pas comme ça, d'accord ?

— Hein ?

— C'est très grossier de s'adresser de la sorte à quelqu'un que l'on connaît à peine. Vous aimeriez que je me comporte de la même manière avec vous ?

— Allez-y, on verra bien, dit-il avec un sourire lubrique.

— D'accord, chéri, dit-elle en reluquant son entrejambe. Tu es très sexy.

Il fit un pas en arrière.

— Ecoutez, dit-il, vexé qu'elle le traite de cette manière. Est-ce que j'ai dit quelque chose qui puisse offenser une personne normale ?

Nathalie se mit à rire.

— Madison n'est pas une personne normale, mon cher. Il suffit de la connaître pour le savoir.

Il se tourna vers Jamie.

— Il est où, votre mari ? demanda-t-il en louchant sur son décolleté. C'est risqué de laisser seule une beauté pareille.

— Peter est à New York, dit Jamie. Et qu'il y reste.

— Il y a de l'eau dans le gaz, hein ?

— Non, intervint Madison promptement. Retournez à votre table, Joel.

— Vous êtes toujours désagréable avec moi, se plaignit Joel. Est-ce que c'est parce que vous m'aimez et que vous refusez de l'admettre ?

— On ne peut rien vous cacher, répondit Madison d'un ton sarcastique. Je vous trouve terriblement sexy et je suis tellement excitée, à vous voir, que je n'arrive plus à aligner deux idées sensées !

Après avoir changé de place avec la femme du directeur de l'hôtel, Marika était maintenant assise près de Leon. Occupé à bavarder avec Carrie, il ne l'avait pas remarquée quand il sentit soudain une main se refermer telle une griffe sur son bras. Il se retourna pour protester, mais avant qu'il ait pu dire quoi que ce soit, sa compagne se mit à murmurer méchamment à son oreille :

— Tu te souviens de cette prostituée à Saigon ? Tu te rappelles ce que tu lui as fait, Leon ?

— De quoi parles-tu ? demanda-t-il, indigné.

— Fais un effort, je suis certaine que ça va te revenir.

— Ça s'est passé il y a des années, murmura-t-il en colère.

— Peut-être, mais j'ai gardé les photos. De si bons souvenirs, ce serait dommage de les oublier, dit Marika, triomphante.

— Qu'est-ce qui te prend d'en parler maintenant ? dit-il furieux.

— Je voulais juste te rappeler que je te connais mieux que personne, dit-elle avec un sourire malveillant.

***

Antonio et son groupe étaient assis non loin de la table de Nathalie et de ses amies. Madison les regarda d'un œil distrait, mais son regard s'arrêta soudain sur Jake et sa jeune assistante, qui accompagnaient Antonio.

Elle n'en croyait pas ses yeux. Jake en train de jouer les courtisans ! Elle ne l'aurait jamais cru capable de s'abaisser de la sorte.

Il ne valait décidément pas mieux que les autres. Dommage !

48

Kris, pantalon de cuir hyper moulant, cheveux hérissés et sourire carnassier aux lèvres, débarqua sur scène telle une boule de feu. Il sautait partout, débordant d'énergie. Il ne s'était pas assagi avec l'âge et le public était hystérique. C'était du bon vieux rock'n'roll et la foule en redemandait.

Madison se rappela la première fois qu'elle avait vu Kris Phoenix. C'était lors d'un concert en plein air, à Central Park. Accompagnée de son père, elle était tombée amoureuse du batteur... Elle avait quinze ans et aurait donné n'importe quoi pour aller le voir dans les coulisses. Pourtant son rêve ne s'était pas réalisé. Après le spectacle, elle était allée manger un hot dog avec son père, sur la Cinquième Avenue. Cela faisait partie des bons souvenirs qu'elle gardait de son enfance.

Michael. Papa. Elle avait essayé de le chasser de son esprit, mais à certains moments, c'était impossible. Il était son père ; elle l'aimait. Et elle souffrait énormément de ne pas le voir.

En vérité, il lui manquait.

Comment peut-il te manquer ? se reprochait-elle intérieurement.

Eh bien, c'est ainsi.

Reprends-toi. C'est un assassin. Il a tué ta mère !

Ce n'est pas sûr.
Mais si, tu le sais très bien.

— Je reviens tout de suite, murmura-t-elle à Nathalie.

— Où vas-tu ?

— Aux toilettes.

Elle se leva et se faufila vers le fond de la salle plongée dans la pénombre.

Kris arpentait la scène en hurlant l'un de ses tubes. Elle s'en fichait. Elle se fichait de tout. Rien n'avait plus d'importance. Si elle n'avait pas eu Jamie à surveiller, elle se serait enfuie au plus vite.

Les toilettes étaient vides à l'exception d'une vieille femme avec une énorme choucroute sur la tête, assise près d'un cendrier rempli de billets de cinq et dix dollars. Les pourboires étaient toujours généreux dans cet hôtel.

— Bonsoir, ma chérie, dit la vieille dame, avec un accent cockney à couper au couteau. Tu vas rater le show.

— On dirait bien.

— Farrah Fawcett était là il y a quelques instants, lui confia la vieille dame. Elle a toujours de beaux cheveux.

— Tant mieux pour elle, murmura Madison en s'enfermant dans l'un des box.

Elle était furieuse contre Jamie. Elle n'aurait jamais dû venir à Las Vegas. C'était une très mauvaise idée. Et maintenant, c'était à elle de prendre les choses en main, car elle ne pouvait pas compter sur Nathalie. Ce n'était pas juste. N'avait-elle pas elle-même assez de soucis comme ça ?

Quand elle sortit des toilettes, la vieille dame poussa un soupir nostalgique.

— Moi aussi j'ai eu de beaux cheveux. J'étais danseuse ici autrefois. J'ai même failli sortir avec Bugsy Siegal.

Madison déposa un billet de vingt dollars dans le cendrier et sortit précipitamment, juste au moment où Jake arrivait. Elle lui tomba littéralement dans les bras.

— Tu sais ce que je déteste le plus au monde ? lui demanda-t-il.

— Sortir avec des gamines ? dit-elle, le souffle court.

— Non, les vieilles rock stars en pantalon de cuir hyper moulant.

— Tu sais ce que je déteste le plus ? fit Madison.

— Dis-moi.

— Les hommes qui passent une semaine avec moi et qui s'en vont à Paris sans plus jamais donner de leurs nouvelles.

— Tu sais ce que j'adore ?

— Aucune idée.

— Les repas à deux dans un restaurant romantique, ce qui, crois-moi, n'est pas facile à trouver à Las Vegas.

Elle soupira d'un air mélancolique.

— Moi aussi, j'aime ça.

Il prit son bras.

— Alors, allons-y.

— Je ne peux pas.

— Pourquoi ?

— C'est trop compliqué.

— Qu'est-ce qui est compliqué ?

— Tout.

— Allez, Madison, ne perdons pas de temps à discuter.

— Jake, essaie de comprendre. J'aimerais vraiment dîner avec toi ce soir, mais j'ai une amie, Jamie, qui a des problèmes.

— Quel genre de problèmes ?

— Des problèmes à cause d'un homme, évidemment.

— Et si tu m'en parlais ? Je pourrais peut-être t'aider. Je suis un homme, après tout.

— Vraiment ? lança-t-elle en le regardant d'un œil amusé. J'avais presque oublié.

Il lui sourit.

— Et en plus elle a de l'esprit.

Elle adorait son sourire à la fois tendre et viril.

Pourquoi est-ce que tu te fais du mal ? pensait-elle. *Mais après tout, j'ai bien le droit de m'amuser avec Jake. Cette fois, je prendrai les choses avec plus de légèreté. Demain, j'ai trente ans et j'ai l'intention de les célébrer dignement.*

— Bon, dit-elle. Voilà la triste histoire. Jamie a découvert que son mari la trompait.

— C'est plutôt banal, non ?

— Certes, mais ce qui l'est moins, c'est qu'il la trompe avec un autre homme.

— Oh, ça, c'est moche.

— Tu comprends maintenant pourquoi elle a besoin qu'on l'aide.

— Et comment comptes-tu t'y prendre ?

— Jamie a débarqué à Las Vegas avec une seule idée en tête : coucher avec Kris Phoenix.

— Elle le connaît ?

— Bien sûr. Kris l'a draguée à plusieurs reprises, mais le problème c'est que, maintenant, il a une relation sérieuse avec Amber Rowe.

— L'actrice ?

— Oui.

— Alors… comment compte-t-elle faire, ton amie, pour coucher avec Kris ?

— C'est ça le problème. Il faut que je l'empêche de se

ridiculiser, car Amber ne quitte pas Kris d'une semelle et Jamie a l'impression qu'elle peut sortir avec qui elle veut. Ce qui est habituellement vrai.

— En fait, tu essaies de me dire que tu ne peux pas dîner avec moi parce qu'il faut que tu protèges ton amie ?

— Ça sert à ça les amies, non ?

— Et si on s'y mettait à deux pour la protéger ?

— Et ta jeune assistante ?

— Quoi, mon assistante ?

— Tu es avec elle, non ?

— Non. Antonio nous a tous les deux invités au concert, et comme elle adore Kris Phoenix, elle a accepté son offre. Moi j'ai suivi parce que je te cherchais. Et dès que je t'ai vue aller aux toilettes, je t'ai emboîté le pas.

— Tu ne peux pas la laisser seule avec Antonio. C'est un prédateur sexuel et elle n'est qu'une enfant.

— Voilà ce que je te propose, dit Jake. Dès que le concert est terminé, je la renvoie chez elle en taxi. Toi, de ton côté, tu ramènes ta copine à l'hôtel, puis on se retrouve pour un dîner en tête à tête. Ça te va ?

— Je... heu... je ne sais pas.

— Eh bien, moi je sais, répondit-il. Tu penses sûrement que je suis un affreux égoïste auquel on ne peut pas se fier. Et tu as sans doute raison. Mais lorsqu'on a dîné ensemble à Los Angeles, je t'avais expliqué que quand ma femme est morte dans un accident de voiture, j'ai toujours eu l'impression que c'était ma faute.

Il y eut un long silence.

— Et tu sais, Madison, je ne veux pas qu'il t'arrive quoi que ce soit.

Autre silence.

— Je sais que ça a l'air invraisemblable, mais c'est pour ça que je n'arrive pas à m'engager.

— Ecoute, moi non plus je ne veux pas m'engager pour

le moment, dit-elle d'un air farouche. Je sors juste d'une relation de ce genre avec un type qui m'a laissée tomber. Mais tu peux quand même comprendre pourquoi ton silence m'a mise en colère. En plus tu m'avais dit que toi et ta femme étiez séparés lorsqu'elle est morte, non ?

— C'est vrai. Mais juste avant sa mort, nous nous étions rencontrés et violemment disputés. Alors, peut-être qu'elle était distraite quand elle a pris le volant, je ne sais pas... En tout cas, j'ai le sentiment d'être responsable de ce qui s'est passé.

— Tu as gagné, Jake. Après le concert, je ramène Jamie à son hôtel, toi, tu mets ton assistante dans un taxi et ensuite on se retrouve pour discuter.

— Génial.

Il la regarda d'un air amusé.

— Tu sais ce que j'aime chez toi, Madison ?

— Non, répondit-elle doucement.

Il lui sourit de cet air charmeur qu'elle aimait tant.

— Tu es la femme la plus intelligente que je connaisse.

— Je veux aller à cette fête, dit Jamie, entêtée.

— Ce n'est pas une bonne idée, dit Madison, qui aurait bien voulu que Jamie dessoûle et se calme.

Jamie n'était pas habituée à boire et ça se voyait.

— Ah bon ? Et pourquoi ça ? répliqua Jamie en relevant le menton de manière agressive, prête pour la bagarre.

— Combien de fois faut-il te l'expliquer ? répondit Madison, exaspérée.

— Tu vois bien qu'elle ne t'écoute pas, intervint Nathalie. Elle a la tête ailleurs. Voilà ce que je propose : on rejoint mon équipe et on reste à la fête quelques minutes. Comme ça, Jamie pourra dire bonsoir à Kris et après on s'en va.

— Mais vous êtes bouchées toutes les deux, fit Jamie en colère. Vous faites exprès de ne rien comprendre ou quoi ?

— Non, on a très bien compris au contraire, fit Madison. Mais tu ferais mieux de remettre ça à demain, parce que ce soir, Kris est pris.

— Très bien, dit Jamie. Ce soir je prends rendez-vous avec lui et j'exécuterai mon plan demain. Ça vous convient ?

— Arrête de boire, lui conseilla Madison.

— Oh ! Ne me traite pas comme une gamine. J'ai l'impression d'être de retour à l'université, grommela Jamie.

— Est-ce que Peter sait seulement que tu es là ? demanda Madison.

— Non. Et c'est le dernier de mes soucis, répondit Jamie en passant la main dans sa courte chevelure blonde.

— Tu devrais au moins lui faire savoir que tu es toujours en vie. Autrement, il va lancer des recherches.

— Qu'il fasse comme ça lui chante, répondit Jamie d'un ton de défi. Il a ruiné ma vie.

— Non, dit gentiment Madison. Tu as toute la vie devant toi. N'oublie jamais ça.

— Tu plaisantes ? fit Jamie, les yeux soudain remplis de larmes. Tu as vu ces photos, non ? Tu ne te rends donc pas compte de ce qu'il m'a fait ?

— Bon, tu le punis, c'est ça ?

— Oui, on peut le dire comme ça, fit Jamie en s'emparant de son troisième Martini.

Après avoir salué la foule de ses fans en extase, Kris s'éclipsa de la scène. Il était maintenant l'heure pour tous les invités de se rendre dans la plus grande suite de l'hôtel Magiriano où devait avoir lieu la fête organisée en l'honneur du chanteur.

Madison se leva, regardant autour d'elle à la recherche de Jake. Elle le repéra soudain dans la foule et lui fit signe. Il lui répondit en agitant la main.

J'espère que je ne suis pas en train de faire une bêtise, pensa-t-elle.

Mais que risquait-elle, après tout ? Pour être honnête, elle n'avait pas envie de se marier avec lui. Tout ce qu'elle recherchait, c'était un peu d'amour et d'attention et, si possible, une relation sexuelle épanouie. Il n'y avait pas de quoi se mettre dans tous ses états.

Le groupe de Leon Blaine avait déjà quitté les lieux sous escorte, juste avant que Kris ne quitte la scène.

Madison attrapa le bras de Nathalie.

— Surveille Jamie. Je dois dire un mot à Jake.

— Ah, les affaires vont mieux avec lui ? rétorqua Nathalie avec un sourire narquois.

— Oui, Nat. Des objections ?

— Absolument pas, ce qui compte pour moi, c'est que tu t'éclates.

— Merci, répondit Madison, légèrement sarcastique.

— Mais c'est dommage que ce ne soit pas un mec ultra riche avec un jet privé : il nous baladerait à l'œil et nous ferait faire pleins de trucs sympas de ce genre-là. Regarde Carrie Hanlon — elle était assise avec deux des hommes les plus riches d'Amérique.

— Tu crois qu'elle couche avec Joel Blaine ? lança Jamie.

— Sûrement pas, dit Nathalie. Pas avec ce sale type.

— Moi, je le trouve sexy, dit Jamie.

— Oh, s'il te plaît ! dit Madison. Avec tous ces

Martini que tu as bus, même le serveur, tu le trouverais mignon.

— Eh bien, maintenant que tu le dis, c'est vrai qu'il est sexy, gloussa Jamie. Tu as vu son petit cul ? Si ça ne marche pas avec Kris, peut-être que je jetterai mon dévolu sur lui !

— J'abandonne ! soupira Nathalie. Cette fille est irrécupérable.

49

Lorsque Madison, Jamie et Nathalie arrivèrent à la fête, la salle était remplie de journalistes et d'invités qui se bousculaient pour entrer dans la loge de Kris.

— En tout cas, je n'y mettrai pas les pieds, dit Nathalie en levant les yeux au ciel.

— Moi non plus, acquiesça Madison.

Au même moment, Jamie leur lança un : « Regardez, les filles. » Et avant que ses amies aient pu l'arrêter, elle se précipita vers la loge. Deux gardes du corps, bâtis comme des armoires à glace, l'empêchèrent de pénétrer dans le sanctuaire.

— Je suis la décoratrice de M. Phoenix, dit-elle avec hauteur. Veuillez lui annoncer que Jamie Nova de New York vient d'arriver.

— D'accord, madame, mais vous devez attendre ici. Il faut une autorisation pour entrer, dit l'un des gardes en la tenant fermement par le bras.

Elle se dégagea d'un coup sec.

— Lâchez-moi, dit-elle avec autorité.

— Désolé, madame, mais il faut patienter.

— Ça va, j'ai compris.

Entre-temps, Madison l'avait rejointe.

— Que fais-tu ? demanda-t-elle.

— Je vais prendre mes dispositions pour demain, dit Jamie d'une voix légèrement pâteuse. Ça te va ?

— S'il te plaît, Jamie, arrête de boire, dit Madison d'un ton implorant.

— Ne t'en fais pas, dit Jamie avec un sourire conciliant. Je serai parfaitement sobre, demain, quand je baiserai avec Kris Phoenix.

Leon Blaine voulait jouer ; Joel Blaine voulait aller à la fête de Kris Phoenix ; Carrie Hanlon voulait retourner dans sa suite et faire plus ample connaissance avec Eduardo ; Marika voulait quitter Las Vegas pour s'éloigner au plus vite de Carrie.

C'est finalement Leon qui eut gain de cause. Ils furent escortés jusqu'à une table où l'on jouait à la roulette. Dès leur arrivée, celle-ci fut immédiatement fermée au public. Leon commença à jouer, empilant des paquets de jetons devant lui. Joel était furieux, car Leon n'arrêtait pas de gagner. Il était en train d'amasser une petite fortune, ce salopard.

Quelque temps après, Leon tendit une poignée de jetons à Carrie.

— Cheval 29, ordonna-t-il.

— Ça signifie quoi, cheval ? fit-elle.

— Place tes jetons autour d'un numéro. Entoure-le.

Carrie s'exécuta et les gens commencèrent à affluer. Plusieurs gardes formaient un cordon pour les tenir à distance raisonnable des célébrités.

— Cette table est fermée, dit l'un des gardes à un jeune fan enthousiaste qui voulait voir Carrie Hanlon de plus près.

— Vous avez le droit de faire ça ? demanda une femme de l'Ontario, en bermuda orange vif.

— Dans ce casino, ma p'tite dame, on a tous les droits, répliqua le garde.

Joel lança quelques jetons sur la table, concentré sur le numéro 35 — son numéro porte-bonheur.

Leon plaça sur le 29 un paquet de jetons d'une valeur de vingt mille dollars.

Le croupier fit tourner la roue.

— Allez, nom de Dieu, il me faut le 35 ! murmura Joel.

Il fallait à tout prix qu'il batte son père à la roulette.

— 29, annonça le croupier.

— Merde ! grommela Joel.

Il n'avait pas gagné une seule fois. Et Leon, l'un des hommes les plus riches du monde, avait remporté plus d'un demi-million de dollars.

Carrie frappa joyeusement dans ses mains. Elle s'amusait comme une petite folle.

— J'ai gagné combien ? demanda-t-elle à Leon.

Il s'empara de son verre et en but une gorgée. Leon constata une fois de plus qu'il n'y avait rien de tel que l'argent pour rendre une femme heureuse. Et même pour Carrie Hanlon, qui en gagnait probablement énormément, tenir dans ses mains un paquet de coupures de cent dollars était une expérience très excitante.

— Suffisamment, répondit Leon en allumant un cigare Havane.

— La déco de ton appartement new-yorkais avance bien, dit Jamie.

Pour se donner une contenance, elle jouait avec la jolie croix en diamants accrochée à son cou par une fine chaîne en or.

— C'est une bonne nouvelle, répondit Kris, que les charmes de Jamie ne laissaient pas indifférent.

Elle lui fit son sourire enjôleur, auquel peu d'hommes savaient résister.

— Quand reviens-tu à New York, Kris ?

— Ça dépend, dit-il en admirant ses petits seins au galbe parfait.

— De quoi ?

— De toi, ma beauté, répondit Kris en la transperçant de son regard bleu intense. Je crois que toi et moi, on pourrait...

Kris n'eut pas le temps de finir sa phrase : Amber venait juste d'arriver.

— Où étais-tu passée, ma chérie ? demanda-t-il en l'attirant vers lui, soudain envahi par la culpabilité.

— Je parlais à ton manager et j'essayais d'échapper aux journalistes. Ils sont partout, Kris, se plaignit Amber.

— Ah, ce foutu manager, il essayait de te draguer, hein ? Ce n'est qu'un vieux lubrique.

— Mais pas du tout, répondit Amber en fronçant les sourcils. Tu sais bien que je déteste la foule.

Elle regarda Jamie avec insistance.

— Heu... vous vous connaissez ? fit Kris. Voici Jamie... heu...

— Nova, compléta Jamie, un peu vexée qu'il ait oublié son nom de famille.

— Voilà, c'est ça. Jamie Nova, répéta-t-il, sûr de lui. C'est elle qui refait la déco de mon appartement à New York. Ouais, elle est en train de le remettre à neuf. J'aimerais bien que tu voies ça, Amber.

Kris prit affectueusement Jamie par l'épaule.

— Eh bien, je vais à New York la semaine prochaine. On pourrait arranger ça, dit Amber.

— Tu ne m'en avais rien dit, fit Kris.

— Je dois participer à ce show que je déteste, tu sais, *The Letterman Show*.

— Mais pourquoi le fais-tu alors ?

— J'ai promis. Et je tiens toujours mes promesses.

— Tu pourrais t'installer dans l'appartement. Il est prêt, Jamie ?

— Non, répondit-elle. Il ne le sera pas avant plusieurs mois.

Jamie fulminait. Kris était de toute évidence vraiment attaché à cette fille. Pourtant Amber n'avait rien d'extraordinaire : elle était maigre, avec un air de chien battu et de longs cheveux filasses. Que lui trouvait-il donc ?

Mais Jamie n'était pas prête à abandonner la partie. Elle tenait à prendre sa revanche sur Peter. Et passer une nuit avec Kris était pour elle la meilleure des vengeances.

— Peut-on se voir demain, Kris ? suggéra-t-elle. J'aimerais qu'on discute de ton appartement. A quelle heure serais-tu disponible ?

— Je ne sais pas. Dans l'après-midi, peut-être.

Il se tourna vers Amber.

— On a quelque chose de prévu pour demain après-midi ?

— Pas vraiment, répondit la jeune fille tout en se protégeant le visage pour échapper à un photographe.

— Amber est timide, expliqua Kris.

— Il faut absolument qu'on se voie, insista Jamie en le regardant d'un air innocent. En tête à tête. Je veux être sûre que ce que je fais correspond à tes désirs. Jusqu'à présent, j'ai toujours eu affaire à tes agents, et jamais au patron.

— Très bien, répondit-il avec entrain. Appelle-moi vers 13 heures.

Il lui fit un clin d'œil furtif.

Jamie hocha la tête, convaincue que le lendemain, il serait dans ses bras.

Il était minuit passé. Madison et Jake n'avaient toujours pas dîné.

— Tu sais, je n'ai plus vraiment faim, dit Madison en riant.

Ils se tenaient dans le hall d'entrée de l'hôtel, assourdis par le tintement des machines à sous.

— On pourrait abandonner l'idée du restaurant et manger à l'hôtel, suggéra-t-il.

— Dans quelle chambre, la tienne ou la mienne ?

— On choisit la mieux.

— Tiens, tu m'étonnes.

— Pourquoi ?

— Parce que d'habitude, tu t'en fiches complètement du décor. Tu n'es pas conformiste, tu es un vagabond. Les choses matérielles ne t'intéressent pas. Voilà pourquoi ta remarque me surprend.

— Tu as raison, le décor m'importe peu, répondit-il. Considérons les choses autrement. Qui a le meilleur service de chambre ?

Elle le regarda d'un air perplexe.

— De quoi veux-tu parler ?

— Eh bien, j'aimerais manger du caviar et boire du champagne.

— Vraiment ? dit-elle, surprise.

— Nous sommes à Vegas, ne l'oublie pas. Et à Las Vegas, tout est permis.

— Hum... Je suis sûre que c'est ma chambre la plus intéressante alors.

Elle lui sourit.

— En fait, je serais très contente de faire payer à Victor une note salée.

— Tu me prends pour un type pas très fiable, dit Jake. Mais sache quand même que tu m'as énormément manqué.

— Toi aussi, tu m'as manqué.

— Ça, c'est la meilleure nouvelle de la journée.

— Flatteur, dit-elle, bien décidée à ne pas le prendre trop au sérieux.

— Et si on jouait aux machines à sous avant de monter ?

— Les machines à sous, c'est pour les poules mouillées, fit Madison. Je suggère le black-jack.

— Je n'ai jamais joué. C'est compliqué ?

— Oh, Jake, soupira-t-elle, tu es si innocent.

— Innocent ? N'oublie pas que j'ai couvert la guerre en Bosnie, mais dans bien d'autres endroits aussi. Et tu me dis que je suis innocent ?

— Ce n'est pas une insulte. Au contraire. Il y a chez toi quelque chose de pur, que personnellement j'admire.

— C'est vrai ?

— Oui. Je t'ai regardé aujourd'hui pendant que tu photographiais ce stupide boxeur. Tu es passionné par ce que tu fais. Et c'est très attirant.

— J'aimerais bien te photographier.

— Certainement pas, dit-elle en faisant la grimace. Je déteste poser devant un objectif.

— Je ne te demanderai pas de poser, c'est promis. Laisse-moi prendre quelques photos ce soir.

— Tu es fou ?

— Parfois.

— Bon, qu'est-ce qu'on fait ? s'empressa-t-elle de dire pour changer de sujet de conversation. On mange dans ma chambre ? On joue au black-jack ? Ou bien aux machines à sous ?

— Ça m'est égal. Ce qui compte, c'est d'être avec toi.

— Dans ce cas, je choisis le service de chambre.

Ils traversèrent le casino animé sans se presser, main dans la main. Madison se sentait bien. Elle avait ramené Jamie dans sa chambre et Nathalie était partie avec son équipe pour couvrir une autre fête. Quant à Jake, il venait de mettre sa jeune assistante dans un taxi. Et ils étaient désormais tous les deux libres comme l'air.

Ils pénétrèrent dans l'ascenseur vide. Jake s'approcha de Madison, qui était appuyée contre le mur. Il lui releva les bras au-dessus de la tête et commença à l'embrasser.

Il embrassait merveilleusement bien. De longs baisers sensuels qui faisaient accélérer les battement de son cœur.

— Avec combien de filles as-tu couché à Paris ? murmura-t-elle malgré elle.

— Pourquoi cette question ?

— Pour rien. Par curiosité, c'est tout.

— Ah bon !

— Tu as raison, se hâta-t-elle de dire. Cela ne me regarde pas.

— Et avec combien de mecs es-tu sortie pendant que je travaillais comme un dingue à Paris ?

— Pas tant que ça, en réalité, répondit-elle avec désinvolture. Mais je n'ai pas vraiment compté.

— Tu n'as pas été sage, dit-il en agitant son index vers elle.

— Tu crois ?

— J'en suis sûr. Tu es une vraie femme fatale, dit-il en l'embrassant de nouveau. Le genre de fille dont je pourrais facilement tomber amoureux.

— C'est tellement romantique et désuet, Jake.
— Quoi ?
— Ta façon de parler. Plus personne ne dirait ça.
— Eh bien, moi si.

L'ascenseur arriva à l'étage désiré et ils sortirent. Deux hommes adipeux vêtus de chemises hawaïennes identiques se disputaient dans le couloir à propos d'un pari qui avait mal tourné.

— Bonsoir, murmura Madison en les croisant.

Elle glissa sa carte dans la porte et ils pénétrèrent dans sa chambre.

— Parfait, dit Jake en se mettant immédiatement en quête du menu. Qu'allons-nous prendre ? Une bouteille de Dom Pérignon ? Et du caviar Béluga ?
— Tu aimes vraiment ça, le caviar ?
— Je dois t'avouer que je n'en ai jamais mangé.
— C'est un goût qui s'acquiert, mais on finit par aimer ça, dit Madison.
— Non, ma chérie, c'est toi qu'on finit par aimer et dont on ne peut plus se passer une fois qu'on y a goûté.

Un frisson d'excitation la traversa.

— Tu es très doué pour les compliments, dit-elle, haletante.

Ils tombèrent sur le lit dans un éclat de rire en s'embrassant avec passion, étroitement enlacés.

495

50

— Je n'en peux plus, pestait Rosarita. C'est infernal, toutes ces turbulences !

— Par rapport à notre vol d'hier, c'est rien du tout, fit remarquer Martha, contente d'elle.

Elle se pencha vers Rosarita, assise de l'autre côté du couloir.

— Nous sommes blasés maintenant, poursuivit Martha. On en a vu d'autres, pas vrai, Matt ?

Matt poussa un grognement. Il était occupé à lorgner les jolies jambes de l'hôtesse de l'air, et les turbulences étaient le dernier de ses soucis.

— Je m'en fiche de savoir comment s'est passé votre vol, dit Rosarita avec irritation. Si cet avion s'écrase, nous serons tous rayés de la carte et c'est Venice qui héritera de tout. Quelle horreur !

Martha secoua la tête d'un air indigné. Elle trouvait parfois que sa belle-fille allait trop loin.

Rosarita donna une tape sur l'épaule de son père.

— J'espère qu'une voiture nous attendra à l'aéroport, dit-elle avec hargne. Je refuse de prendre un taxi.

— Oui, j'ai réservé une voiture, dit Chas en se grattant le menton. Mais pourquoi refuserais-tu de prendre un taxi ? Tu te prends pour qui ? Pour une princesse ou quoi ?

— Je suis enceinte, papa. ENCEINTE. Tu as tendance

à l'oublier. J'ai le droit d'être traitée avec attention et considération.

— Vraiment ?

— Parfaitement, répondit Rosarita en fronçant les sourcils.

De toute manière, ils seraient bientôt tous obligés de la traiter avec respect. Mme Joel Blaine, mère de l'héritier de la fortune Blaine, aurait droit à tous les égards. Elle serait une vraie princesse, pour le coup. Et elle leur ferait regretter à tous de n'avoir pas été gentil avec elle.

Madison mit du temps à se réveiller. Elle roula en travers du lit, allongea le bras et toucha un autre corps. L'espace d'un instant, elle se demanda où elle était, puis tout lui revint à la mémoire. Las Vegas. Jake. Et aujourd'hui, c'était son anniversaire.

Joyeux anniversaire, pensa-t-elle, amusée.

Mon Dieu ! Trente ans ! Elle se sentit soudain incroyablement vieille.

Jake dormait encore. Elle se redressa sur un coude et le regarda. Elle lui caressa le torse du bout des doigts, et découvrit une cicatrice sur son épaule droite. Elle ne l'avait jamais remarquée, mais leur semaine de passion à New York lui semblait maintenant très lointaine.

Elle était heureuse d'être de nouveau avec lui. La nuit qu'ils avaient passée ensemble avait comblé tous ses désirs. Il l'avait fait rire et l'avait serrée dans ses bras avec passion et tendresse. Et après avoir fait l'amour, elle s'était endormie dans ses bras le plus naturellement du monde. Qu'importait si ça ne durait pas. Ils étaient bien ensemble, et c'est ça qui comptait.

Il se mit à bouger en ouvrant les yeux.

— Eh, grommela-t-il en étouffant un bâillement. J'ai l'impression que je suis dans un lit étrange.

— Qu'est-ce qu'il a de si étrange ? demanda-t-elle.

Il se mit à sourire en s'étirant paresseusement.

— Je t'ai déjà dit que j'étais désolé pour Paris ?

— Arrête de t'excuser.

— Je suis pardonné alors ?

— Tu as quand même dû t'en apercevoir.

— Oui, c'est vrai.

— Parfait.

— Ecoute, voici ce que je te promets.

— Quoi ?

— De ne plus me comporter comme un imbécile.

— Tu sais, Jake, tu as le droit d'agir à ta guise, nous sommes libres l'un et l'autre.

— Je vois que j'ai affaire à une femme indépendante, dit-il en s'asseyant. Tu es sortie avec moi pour le sexe et maintenant c'est « adieu, marin ». C'est ça ?

— « Adieu, marin », dit-elle en riant. Où as-tu pêché cette expression ?

— Au détour d'une rencontre.

— Je sais, je sais, tu as roulé ta bosse.

— Au fait, lui dit-il en se penchant pour caresser son visage. Tu es très belle au réveil.

— Merci.

— Je vais te prendre en photo, dit-il en bondissant hors du lit.

— Arrête, Jake, je t'ai déjà dit que je détestais ça.

— Mais pourquoi ?

— Je suis affreuse sur les photos, dit-elle en plissant le nez.

— Impossible.

— Mais pourquoi es-tu si gentil avec moi ?

— C'est ton anniversaire, dit-il en mettant son pantalon.

— Comment le sais-tu ?

— Joyeux anniversaire !

— C'est ça, rappelle-moi que je suis vieille et décrépie, grommela-t-elle.

— Quel âge as-tu ? demanda-t-il en s'asseyant sur le bord du lit.

— Je ne te le dirai pas.

— Allez un peu de courage.

— Trente ans ! confessa-t-elle.

— Trente ans ! Mais tu es toute jeune.

— Pour toi, ce n'est rien, mais pour une femme c'est un tournant.

— On dirait que c'est la fin du monde. Madonna et Sharon Stone ont une quarantaine d'années et elles sont superbes. Alors pourquoi t'inquiètes-tu ?

— Comment tu connais leur âge ?

— *Newsweek* m'avait demandé de faire des photos pour un article sur les femmes de plus de quarante ans.

— Oui, bon, dit-elle en s'asseyant. Qu'est-ce que j'ai fait de ma vie jusqu'à présent ? Il y a ce livre que je suis en train d'écrire et que je n'arrive pas à finir.

— Tu y arriveras, lui dit-il d'un air encourageant.

— Non, dit-elle, certainement pas au rythme où ça va. Je suis toujours occupée à courir ici et là pour interviewer des gens dont je me fiche éperdument.

Elle s'arrêta un instant.

— On dirait Nathalie en train de se plaindre.

— Nathalie ?

— Elle en a marre d'interviewer des célébrités.

— Fais autre chose, quelque chose qui te plaît vraiment.

— Facile à dire. Mais il faut bien que je gagne ma vie.
— Tu te débrouilleras. Prends exemple sur moi.
— Je suis certaine que tu n'apprécies pas particulièrement de photographier Antonio Lopez. Mais tu le fais pour gagner de l'argent et faire ensuite ce qui te plaît.
— L'argent, j'en ai rien à foutre.
— On dit ça...
— Hum..., dit-il. A ce propos...
— Oui ? dit-elle en souriant.
Il se pencha vers elle et l'attrapa.
— Viens par ici, toi.
— Tu es insatiable, soupira-t-elle.
— Seulement quand je suis avec toi.

Joel déambulait, morose, dans le casino. Il avait passé une nuit blanche et était d'humeur massacrante. Tout d'abord, Leon, qui avait gagné une petite fortune au jeu, avait offert une liasse de billets à Carrie. Elle s'était alors mise à couiner comme une écolière excitée bien qu'elle soit déjà pleine aux as. Puis elle était partie rejoindre Eduardo, le laissant seul et désœuvré.

Sur ces entrefaites, il avait rencontré des vieux copains de New York qu'il avait accompagnés dans la boîte de strip-tease la plus réputée de la ville. Pendant deux heures, il avait payé pour que des filles aux seins siliconés et au sourire affecté dansent devant lui.

Des putes. C'était toutes des putes. Autrement, pourquoi auraient-elles fait ce métier-là ? Quand on le leur demandait, elles y allaient toutes de leur petit couplet larmoyant : il était toujours question d'un bébé à nourrir, d'une mère mourante ou autre mensonge misérabiliste du même genre. Mais pourquoi n'allaient-elles donc pas travailler dans un supermarché, ces garces ! En tout cas, il ne fallait pas compter sur lui pour les plaindre.

S'il donnait de gros pourboires, c'est qu'il n'avait pas vraiment le choix. Joel Blaine avait une réputation à tenir : il ne voulait pas passer pour un radin.

Après le club de strip-tease, il était reparti au casino et avait joué aux dés pendant trois heures, accusant de lourdes pertes. Il était ensuite rentré dans sa chambre, avait failli appeler une prostituée, puis s'était ravisé. Puis de retour au casino, il avait de nouveau perdu énormément d'argent.

Il était maintenant fatigué, dégoûté et avait besoin de prendre une douche. Il était en colère parce qu'il avait perdu une grosse somme d'argent et n'avait pas fermé l'œil de la nuit.

Il se dirigea vers la table où l'on jouait à la roulette, lança ses derniers jetons sur le numéro 35, et attendit le résultat. A son grand étonnement, c'est le 35 qui sortit.

Merde, c'est maintenant que j'ai de la chance, pensa-t-il en prenant l'argent.

Il se dirigea ensuite vers une cabine téléphonique pour appeler Carrie.

Il comprit tout de suite qu'il l'avait réveillée.

— Qu'est-ce qui se passe ? dit-elle, tout endormie.

— Tu es levée ?

Il entendit un long bâillement en guise de réponse.

— Pas vraiment.

— Dommage, on aurait pu prendre le petit déjeuner avec Scorsese.

— Qu'est-ce qui nous en empêche ?

— Il a rendez-vous. On s'arrangera pour le voir plus tard. Tu as passé une bonne soirée ?

Elle bâilla de nouveau.

— Pas mal.

— Carrie, on t'a déjà traitée de garce ?

— Non jamais, répondit-elle d'un ton acerbe. Et je n'aimerais pas que tu sois le premier, Joel.

— Marika est très remontée contre toi.

— Pourquoi ?

— Parce que mon vieux ne te quitte pas d'une semelle. Heureusement qu'on ne sort pas ensemble, sinon moi aussi je l'aurais mauvaise.

— C'est pas ma faute s'il me trouve irrésistible. La plupart des hommes le pensent.

— Si j'étais toi, j'éviterais de rencontrer le garde-chiourme de Leon.

— Oh, arrête, je suis morte de peur, dit-elle d'un ton sarcastique.

— Comment ?

— Rien, laisse tomber.

— Habille-toi et rejoins-moi pour le petit déjeuner.

— En quel honneur ?

— Pourquoi faut-il toujours batailler avec toi ?

— Je ne sais pas, Joel, mais tu as le don pour me mettre de mauvaise humeur.

— Il faut qu'on parle de ce rendez-vous avec Scorsese, parce que pour l'instant on ne peut pas dire que ta carrière cinématographique soit très brillante. Tu ne pourras pas toujours être mannequin, Carrie. Le cinéma, c'est ça l'avenir. Je te l'ai déjà dit. Rejoins-moi à la cafétéria dans une demi-heure.

— C'est incroyable comme tu peux être autoritaire.

— Ça fait partie de mon charme.

— Je ne vois vraiment pas de quoi tu veux parler.

Jamie ouvrit les yeux en grommelant, terrassée par une gueule de bois carabinée, ce qui pour elle était un état exceptionnel. Elle avait un horrible mal de crâne, un goût affreux dans la bouche et se sentait toute courbaturée.

Qu'est-ce que j'ai fait la nuit dernière ? pensa-t-elle. *J'espère que je ne me suis pas totalement ridiculisée.*

Et soudain tout lui revint à la mémoire. Il ne s'était rien passé parce que Kris avait une petite amie. Elle n'avait donc pas à rougir de son comportement de la veille.

Elle sortit de son lit et se dirigeait vers la salle de bains quand le téléphone sonna.

— Bonjour ? dit-elle d'une voix hésitante.

— Bonjour, ma chérie.

Elle reconnut tout de suite l'accent.

— Kris ?

— En personne.

— Heu… bonjour.

— Voilà, dit-il en allant droit au but. Amber est partie faire un tour à cheval et je me disais que tu aurais pu venir tout de suite.

— Tout de suite ?

— Non. Demain matin.

Il y eut un silence.

— Bien sûr tout de suite, ajouta-t-il.

— Mais pour quoi faire ?

— Pour prendre le petit déjeuner. Rien de tel qu'un petit déjeuner entre amis.

Lorsque l'avion atterrit, Dexter avait le bras tout endolori à cause de Rosarita, qui s'était accrochée à lui comme une sangsue. Il fallait bien avouer que l'atterrissage avait été un peu rude, mais les pensées agréables qui lui traversaient l'esprit l'avaient aidé à garder son calme. En fait, il n'avait pas arrêté de songer à Gem, imaginant toutes sortes de scénarios possibles pour se séparer de Rosarita.

Et s'il lui annonçait : « Tu as gagné. J'accepte de divorcer, mais c'est moi qui garde l'enfant » ?

Non, elle n'accepterait jamais de lui laisser le gosse.

Et s'il obtenait l'un des premiers rôles dans un film à gros budget, gagnait beaucoup d'argent et payait Rosarita pour qu'elle s'en aille ?

Non, ça ne marchait pas. Elle ne lui donnerait jamais l'enfant.

Et si elle accouchait et se faisait renverser par un camion quelques mois plus tard ?

Non, c'était impossible. Il n'aurait jamais cette chance.

Il ne pourrait jamais réaliser son rêve de vie en couple avec Gem s'il souhaitait garder l'enfant. Et il désirait par-dessus tout être père, car c'était la chose la plus importante qui lui soit jamais arrivée.

— Comment va notre bébé ? demanda-t-il à Rosarita alors qu'ils quittaient l'aéroport.

— Quoi ? dit-elle, agacée.

— Notre bébé, répéta-t-il en se demandant pourquoi elle était toujours d'aussi mauvaise humeur. Comment va le bébé ?

— Arrête tes conneries, s'exclama-t-elle. Tu as vraiment l'air stupide.

En tout cas, la maternité ne l'avait certainement pas rendue plus douce.

51

Martha s'extasia pendant tout le trajet jusqu'à l'hôtel. Rosarita était totalement exaspérée. Elle ne pouvait donc pas la fermer, cette vieille peau ?

Chas ouvrait la marche, Varoomba sur ses talons. Rosarita traînait derrière, embarrassée d'être vue en compagnie de l'amie de son père à l'allure aussi tapageuse.

Au bureau de la réception, Martha aperçut Leonardo DiCaprio entouré d'un groupe d'amis. Elle n'en croyait pas ses yeux.

— Mon Dieu ! dit-elle en poussant un cri. Regardez ! Regardez qui c'est : Leonardo DiCaprio ! Mes amies ne vont jamais me croire ! Tony Curtis, Leonardo DiCaprio ! Zut, j'ai oublié mon appareil photo !

Rosarita leva les yeux au ciel, même si elle devait bien admettre que c'était quand même impressionnant de voir Leonardo DiCaprio de près. Il était plus petit qu'elle ne l'avait imaginé et il avait l'air très jeune. Mais, malgré tout, c'était une grande star.

Elle prit le bras de Dexter. Dex était lui aussi une vedette, même s'il n'était pas très célèbre. Tout au moins, il était connu par ceux ou celles qui regardaient les séries télévisées de l'après-midi.

Elle attendit que Chas ait fini de parler avec le réceptionniste pour lui adresser la parole.

— Je suis madame Dexter Falcon, annonça-t-elle.
Le réceptionniste releva la tête.

— Que puis-je faire pour vous, Madame ? demanda-t-il poliment.

— Je voulais vous avertir que mon mari a réservé une chambre chez vous. Mon mari, Dexter Falcon, est une star de la télévision. Vous devriez peut-être en toucher un mot à votre service des relations publiques. Je sais que de nombreuses célébrités sont ici ce week-end pour assister au match de boxe. Et s'il y a des fêtes prévues pour les VIP, j'aimerais que les invitations soient déposées dans notre chambre.

Ravie de sa tirade, elle s'éloigna de la réception.

— Que faisais-tu ? demanda Dexter.

— Je m'assurais que l'on avait pris note de notre statut, répondit-elle avec un sourire satisfait.

— Quel statut ? murmura-t-il.

Joel attendait Carrie dans la cafétéria, une assiette d'œufs brouillés et de bacon posée devant lui. Il se demandait quand elle ferait son apparition. Cela faisait une heure qu'il poireautait ainsi. Il était à bout.

— C'est pas possible, Carrie, s'exclama-t-il à son arrivée. Je te croyais plus professionnelle que ça.

— Comment ? dit-elle, indifférente.

— C'est quoi ce retard, bordel ?

— Je suis vraiment en retard ? dit-elle en jetant un coup d'œil à sa montre.

— Au fait, c'était comment avec Gueule d'Ange, hier soir ?

— Satisfaisant, répliqua-t-elle en étudiant le menu.

— Nous sommes censés déjeuner avec le vieux et son cerbère. De quoi parliez-vous, Leon et toi, hier ? Il n'a pas arrêté de te murmurer des choses à l'oreille. Qu'avait-il de si intéressant à te dire ?

— C'est confidentiel, répliqua-t-elle.

— Tu te moques de moi ?

— Je ne crois pas que Leon apprécierait que je te répète ce qu'il m'a dit, dit Carrie pour mettre un point final aux questions de Joel. Bon, où est Scorsese ? Je m'attendais à le rencontrer ici.

— Je t'avais prévenue qu'il avait un rendez-vous. Mais je lui ai parlé de toi. Il a l'air intéressé.

— Je ne donne pas d'auditions.

— Qui parle d'auditions ? Je lui ai certifié que tu voulais faire une vraie carrière dans le cinéma, et non pas dans des films olé-olé.

— Il me connaît ?

— Il faudrait être un extraterrestre pour ne pas savoir qui tu es. On te voit partout dans les magazines.

Carrie, enchantée par cette remarque, esquissa un sourire satisfait.

— Quand dois-je le rencontrer ?

— Plus tard. A la fête qui aura lieu avant le match.

— Parfait, dit-elle.

— Que veux-tu faire aujourd'hui ? demanda Jake.

— Et toi ?

— J'ai pris suffisamment de photos d'Antonio et je n'ai donc pas besoin de retourner là-bas. Et toi, tu as recueilli assez d'infos ?

— Même plus qu'il ne m'en faut. Je pourrais écrire un livre avec toutes les idioties qu'il a proférées. Ce mec est un cauchemar ambulant : son pire ennemi, c'est lui-même.

— Bon, alors, qu'est-ce que tu as envie de faire ?

— Je ne suis pas difficile, tu sais.

— C'est ce que j'ai remarqué hier.

— Hé, dit-elle en lui jetant un oreiller. Pas de remarques sexistes.

— J'ai une idée, dit-il en souriant. Si on louait un bateau pour se promener sur le lac Mead ?

— Hum..., répondit-elle en s'étirant langoureusement. C'est une très bonne idée. Mais, laisse-moi d'abord passer un coup de fil à Nathalie et Jamie.

— Pourquoi, on est vraiment obligés de les emmener avec nous ?

— Mais non. Nathalie travaille et Jamie... j'espère qu'elle va prendre le premier avion pour New York et avoir une bonne discussion avec son mari.

— Tu crois qu'elle est prête à ça ?

— Oui, je pense.

— Elle est extrêmement belle.

— Tu veux me rendre jalouse, c'est ça ? demanda Madison, un peu vexée.

— Ce n'est pas ton genre. Tu es trop sûre de toi.

— Tu crois ?

— C'est l'impression que tu donnes, même si...

— Oui ?

— J'ai remarqué un côté vulnérable chez toi.

— Vraiment ?

— Oui, parfaitement.

Elle sourit, décrocha le combiné et appela Jamie. Pas de réponse.

— Est-ce que Mlle Nova est partie ? demanda-t-elle à la réception.

— Non, Madame, répondit le réceptionniste.

Elle appela ensuite Nathalie.

— Alors, que fais-tu aujourd'hui ? demanda Madison.

— J'ai rencontré un mec, dit Nathalie. Un acteur. En

fait… il n'est pas vraiment acteur, mais plutôt mannequin. Noir et superbe ! Exactement mon type. Nous avons fini la soirée dans la piscine à 1 heure du matin.

— Et qu'avez-vous fait dans la piscine ?
— Tout !

Il y eut un court silence.

— Quelle heure est-il ?
— 10 h 30.
— Zut ! Il faut que je me dépêche. J'ai rendez-vous avec mon réalisateur. Il faut qu'on décide qui seront les imbéciles que je vais devoir interviewer aujourd'hui. Quels sont tes plans ?
— Je suis avec Jake.

Nathalie gloussa.

— Bonne nouvelle.
— On va louer un bateau et se balader sur le lac Mead.
— Trèèès romantique.
— Sans aucun doute.
— Bon, on se rappelle plus tard. N'oublie pas qu'il y a une fête avant le combat ce soir.
— Quelle fête ?
— La fête pour les VIP. Un truc énorme. Je peux t'avoir une invitation.
— Non, merci.
— Hé, tu es à Las Vegas. Et on est ici pour faire la fête.
— Tu sais, il y a beaucoup d'autres choses intéressantes à faire.
— Bon à plus tard.
— D'accord.
— On va au lac Mead ? demanda Jake dès qu'elle raccrocha.

— Oui, dit-elle en sautant hors du lit. Je prends un jour de congé.

— Cette fois, j'emporte mon appareil photo, dit-il en se dirigeant vers la porte.

— Pour quoi faire ?

— Parce que je ne sors jamais sans lui. Et aujourd'hui, Miss Castelli, que vous le vouliez ou non, je vous mitraille.

Rosarita détestait leur chambre.

— C'est affreux ici, se plaignit-elle en faisant les cent pas. C'est beaucoup trop petit.

— On n'est là que pour deux nuits, fit remarquer Dexter, en ouvrant sa valise.

— Ce n'est pas ça le problème, dit-elle. Je veux voir la chambre de Chas. Je suis sûre que lui, il a une suite luxueuse ; et il a réservé cette chambre minable et minuscule pour nous. C'est inadmissible.

— Mais tu ne peux rien y faire, dit-il en suspendant son costume au portemanteau.

— C'est ce qu'on va voir, répondit-elle en décrochant le téléphone pour appeler le bureau des réservations. Madame Dexter Falcon à l'appareil, annonça-t-elle pompeusement. M. Falcon, la star de *Jours sombres*, devait être logé dans une suite. Il y a eu une erreur, apparemment. Pourriez-vous envoyer quelqu'un pour nous changer de chambre ?

— Tu ne vas pas t'en tirer comme ça, dit Dexter alors qu'elle raccrochait.

— Détrompe-toi. Qu'est-ce que j'ai à perdre ? Soit ils nous changent de chambre, soit ils ne le font pas, c'est tout.

— Je n'aime pas que tu te serves de mon nom.

— Ça sert à quoi d'être célèbre alors ?

— C'est embarrassant. Ils ne savent probablement même pas qui je suis.

— Je suis d'accord avec toi, Dex, c'est embarrassant. Mais, en fait, c'est toi qui m'embarrasses depuis le début de notre mariage.

Il la regarda, blessé et en colère. Si elle n'avait pas été enceinte, il aurait immédiatement demandé le divorce.

A présent dégrisée, Jamie ne se sentait plus aussi sûre d'elle-même. Pourtant elle s'habilla et prit un taxi pour se rendre à l'hôtel de Kris. Dans l'ascenseur qui l'amenait à sa suite, elle se remit à douter. Voulait-elle vraiment coucher avec une star de rock simplement pour se venger d'un mari qui la trompait ?

Oui. Pourquoi pas ? Il fallait qu'elle fasse quelque chose. Elle ne pouvait pas rester les bras croisés comme une pauvre cloche. Une fois sa mission accomplie, elle raconterait tout à Peter.

— Au fait, Peter, quand tu étais avec ton petit copain, j'ai baisé avec Kris Phoenix.

Il y avait une chose dont elle était sûre à propos de son mari : il était extrêmement jaloux.

Elle aurait aimé boire un verre pour se donner du courage. Draguer Kris Phoenix en étant ivre était une chose, le faire une fois sobre, était plus difficile. De plus, la gueule de bois n'améliorait rien.

Kris l'accueillit à la porte de sa suite en robe de chambre. Il avait les cheveux en bataille et il semblait plus âgé, en pleine lumière. Mais il avait toujours son air effronté et séduisant. Elle lui trouva un look très anglais.

— Je croyais que tu ne te levais pas avant midi, remarqua-t-elle.

— J'aime bien ton pull, dit-il en la faisant entrer. Tu es très sexy.

Elle portait un pull angora bleu clair qui mettait ses yeux en valeur.

Sur une table installée au centre du salon se trouvaient deux grosses cruches remplies de jus d'orange fraîchement pressé et une cafetière.

— Je ne peux rien avaler le matin, dit Kris en faisant la grimace.

— Où est Amber ? demanda-t-elle.

— Nous nous sommes un peu disputés hier soir. C'est pour ça qu'elle est partie faire du cheval.

— Pourquoi vous êtes-vous disputés ?

— Elle ne veut pas qu'on nous prenne en photo ensemble. Elle déteste la publicité et pourtant on ne peut pas s'en passer. Amber est jeune, elle ne comprend pas qu'il faut faire des concessions dans la vie. Tu vois ce que je veux dire ?

— Quel âge a-t-elle ? demanda Jamie, en se servant une tasse de café bien serré.

— Vingt-deux ans.

— J'en ai vingt-neuf, cela signifie-t-il que je suis trop vieille pour toi ?

Il lui sourit d'un air impudent.

— Toi, ma petite chérie, tu n'es trop vieille pour personne. Viens, approche.

— Je peux te demander quelque chose ? dit-elle en reculant.

— Vas-y.

— Qu'est-ce que tu as exactement sous ta robe de chambre ?

— Une belle érection, dit-il avec un clin d'œil grivois. Ça ne te plaît pas ?

52

Rosarita avait fait coup double : elle avait réussi à obtenir une suite et une invitation pour une fête VIP dans les appartements de Magiriano Leopard, le soir même à 6 heures. Elle brandissait, triomphante, la carte blanc et or. Cela payait d'avoir du culot.

— Regarde, disait-elle en agitant l'invitation sous le nez de Dexter. Nous sommes invités et on va y aller.

— Et les autres ?

— Ils ne sont pas invités, donc ils n'iront pas.

— Ce n'est pas juste, fit remarquer Dexter. Tu sais que ma mère adorerait nous accompagner.

— Dex, « le petit garçon à sa maman », se moqua-t-elle. Il faut grandir, tu sais. On n'est pas obligés d'être toujours ensemble. On les verra plus tard.

— On ne pourrait pas obtenir une invitation pour eux ? demanda-t-il, persuadé que Rosarita y arriverait en y mettant un peu de bonne volonté.

— Non, répondit-elle en pinçant les lèvres. C'est une fête pour VIP uniquement.

— C'est ton dernier mot ?

— Oui ! dit-elle d'un ton brusque. Je vais faire du shopping.

— Mais tu as déjà acheté un tas de choses hier, à Beverly Hills.

— C'est toi qui payes les factures ? demanda-t-elle, agressive. C'est ça le problème ?

— Non, mais je pensais qu'on pourrait aller faire un tour tous ensemble aujourd'hui.

— Très peu pour moi. Je vous retrouverai pour le déjeuner.

— Chas a réservé au Spago. Ma mère est tout excitée.

— Ta mère, un tube de dentifrice suffirait à la mettre dans tous ses états.

— Ne sois pas méchante, Rosarita. Tu étais si gentille, quand on s'est connus.

— C'était il y a longtemps, Dex.

— Ça ne fait même pas deux ans.

— Moi, j'ai l'impression que ça fait des siècles.

Il était inutile de discuter avec Rosarita. Elle avait toujours le dernier mot.

— Je vais faire un jogging, dit-il. On se retrouve au Spago au Cesar Palace à 13 heures. Tâche d'être à l'heure.

— Génial, murmura-t-elle.

A peine était-il parti, qu'elle se précipita dans la salle de bains. Elle s'empara de sa mallette et en sortit la bouteille de poison. Maintenant que le moment fatidique approchait, elle commençait à se sentir nerveuse. Et si le poison ne marchait pas ? Et si Dexter ne mourait pas et qu'elle soit obligée de rester avec lui jusqu'à la fin de ses jours ?

Elle ne le supporterait pas. Il fallait que ça marche et il n'y avait d'ailleurs aucune raison pour que son plan échoue.

Comment allait-elle s'y prendre ? Elle avait initialement pensé verser le poison dans son verre avant qu'ils ne descendent. Mais, dans ce cas, elle serait seule avec lui et il serait plus facile de l'accuser ultérieurement.

Non, le mieux serait d'agir à la fête VIP. Elle verserait

le poison lorsqu'ils seraient dans la foule et personne ne pourrait alors la soupçonner.

Mais comment procéder sans se faire voir ?

Rosarita n'était pas trop inquiète à ce sujet. Elle réussissait toujours à résoudre les problèmes les plus épineux.

Après une courte sieste, Chas se sentit frais et dispos pour aller jouer au casino.

— Allons-y, ordonna-t-il à Varoomba en lui tendant quelques billets de cent dollars. Achète-toi quelques jetons et amuse-toi. On va se faire un peu d'argent, ajouta-t-il.

— Tu as réservé une table pour le déjeuner ?

— Oui, oui, c'est fait.

— Tu te rappelles que tu as promis de rencontrer grand-mère ?

— J'ai rien promis du tout, grogna-t-il.

— Mais si, rappelle-toi.

— Et alors ?

— Eh bien, hum... peut-elle venir pour le déjeuner ?

— Le déjeuner ?

— Oui, comme ça elle ferait connaissance avec tout le monde. Je ne te demande pas grand-chose, Chas. Allez sois gentil, laisse-moi l'inviter.

— Oh, quelle poisse ! murmura-t-il en aparté.

Il détestait quand les femmes quémandaient des faveurs.

— C'est oui, alors ?

— C'est peut-être.

— Merci, mon cœur, dit-elle en l'enlaçant. Tu es mon gros ours en peluche adoré. Je t'aime tant !

Aimer ? C'était la première fois qu'elle prononçait ce mot. Chas se sentit soudain extrêmement nerveux. Il fallait qu'il s'assure que les affaires de Varoomba avaient bien été expédiées dans son futur appartement.

Ne jamais rien laisser au hasard, telle était sa devise.

Il faisait maintenant grand jour et Jamie avait repris ses esprits. Elle commençait à se demander si son idée était vraiment excellente. Mais, à présent, difficile de faire marche arrière.

Kris avait des mains habiles et expertes et il n'était que trop évident qu'il était nu sous sa robe de chambre. Elle essayait de ne pas regarder le tissu tendu par son érection.

Il l'embrassa en la renversant en arrière tout en lui caressant les cheveux. Puis il se mit à la peloter comme un écolier excité.

— Du calme, Kris, dit-elle, haletante en reculant. Tu vas trop vite.

— C'est vrai, ma chérie, murmura-t-il, mais on n'a pas beaucoup de temps. Alors, allons-y. C'est ce que tu voulais, non ?

— Je croyais que c'était toi, qui me courais après. Tu n'arrêtais pas de m'appeler à New York.

— Il appréciait pas trop, ton mec, hein ? dit Kris en rigolant. D'ailleurs, ça se passe comment entre vous ?

— Je l'ai surpris en train de me tromper, dit-elle d'une voix neutre.

— Ah, c'est pour ça que tu es ici ?

— Peut-être, mais aussi parce que je te trouve attirant.

— J'ai déjà entendu ça quelque part, répondit-il. C'est moi qui t'attire ou la star de rock riche et célèbre ?

— C'est toi, Kris. Je m'en fiche de ta célébrité. Ça n'a aucune importance pour moi.

— T'en es bien sûre ?
— Sûre et certaine.

Quelques minutes plus tard, il avait habilement défait son soutien-gorge. Un frisson d'excitation la parcourut, même si elle était encore indécise. C'était une chose de se vanter de vouloir baiser avec Kris Phoenix et une autre de franchir le pas.

Ses mains plongèrent sous son pull, effleurant ses seins nus.

Elle recula une fois encore.

Mais il s'approcha lui aussi une fois encore.

— J'ai quelque chose à te montrer, dit-il avec un regard concupiscent.

— Ah bon ?

— Oui, regarde.

Il ouvrit sa robe de chambre révélant une formidable érection.

— Oh... c'est... impressionnant, réussit-elle à articuler.

Tandis qu'elle prononçait ces paroles, la porte s'ouvrit et Amber pénétra dans la pièce.

53

— C'est génial ! dit Madison, allongée sur le pont du bateau qu'ils avaient loué.

Le visage offert au soleil, elle ne pensait à rien et n'avait rien d'autre à faire que de se détendre en compagnie de l'homme qu'elle aimait.

— Je dois dire que j'apprécie aussi, dit Jake.

Il n'avait pas arrêté de prendre des photos d'elle, mais elle l'avait à peine remarqué.

— Je me sens si détendue, dit-elle.

Elle savait pourtant que lorsque sa mission à Las Vegas serait terminée, il faudrait qu'elle revoie son père. Mais pour l'heure, elle jouissait de l'instant présent et de la présence de Jake.

— Où seras-tu placée ce soir ? Au premier rang ? demanda Jake.

— Je crois, oui. J'ai hâte de voir couler le sang à flot.

— C'est assez sinistre, ces matches de boxe.

— Je ne te le fais pas dire. La boxe est un sport vraiment archaïque. Deux types en train de se cogner comme des malades. Pourquoi ? Pour divertir les gens ? On se croirait revenu au temps des gladiateurs.

— Les choses ne changent pas, tu sais. Elles ne cessent de se reproduire.

— Je vois que j'ai affaire à un philosophe, murmura-t-elle.

— J'ai passé un moment extraordinaire la nuit dernière, dit-il en se penchant pour l'embrasser. Je me sens si bien avec toi.

— Moi aussi, tu sais.

— Ça veut donc dire qu'on va se voir plus souvent ?

— Ça dépend de toi, non ? dit-elle en ajoutant avec désinvolture : d'autres voyages à Paris en perspective ?

— Très drôle, dit-il en l'embrassant.

— Je suis sérieuse, Jake. C'est quoi, ta prochaine mission ?

— Aucune idée. Tu sais, tu avais raison l'autre soir, quand tu disais que j'étais un vagabond. Je n'ai pas de maison, je préfère vivre à l'hôtel.

— Mais où sont tes affaires ?

— Quelles affaires ? demanda-t-il.

— Les affaires que possèdent habituellement les gens normaux.

— Je ne possède pas grand-chose. Peut-être que je ne suis pas normal, après tout.

— Bon, dit-elle en s'étirant. Je vais peut-être aller à Los Angeles pendant quelques semaines après mon départ d'ici. Il faut que je sois plus claire vis-à-vis de mon père. Il me manque et en même temps je ne veux pas le voir. Je l'aime et je le déteste à la fois. Ça n'a aucun sens tout ça, hein ?

— Peut-être que si.

— Il faut que je découvre la vérité.

— Tu verras, tu finiras bien par tout savoir. Un peu de patience.

— Jake, dit-elle gravement. Tu n'as pas besoin de me suivre partout où je vais. On peut rester en contact et se voir de temps en temps, quand ça nous convient à tous les deux. Je ne suis pas du genre collante, tu sais.

— Ah ça c'est sûr ! Et crois-moi, je sais ce que c'est qu'une femme qui s'accroche.

— Vraiment ? dit-elle, amusée.

— J'ai connu d'autres femmes, tu sais.

— Non !

— Petite garce !

— Et cette blonde avec qui tu sortais ? Cette call-girl, qu'est-elle devenue ?

— Pourquoi en parles-tu ?

— Elle était très belle.

— Je te l'ai déjà dit : tu es très belle, elle était jolie.

— Tu es doué pour les compliments.

— Et toi, tu as les lèvres les plus désirables que j'ai jamais vues.

Se promener dans l'hôtel Magiriano à Las Vegas était pour Martha une expérience inoubliable. Elle avait déjà repéré un chanteur latino célèbre, trois stars de cinéma et Al King, l'un de ses favoris. Lorsqu'ils quittèrent le Magiriano pour se rendre à pied au restaurant Le Spago, elle était au comble de la félicité.

— Les copines du club de lecture ne vont jamais me croire, n'arrêtait-elle pas de répéter à la ronde. Elles étaient déjà vertes de jalousie en voyant Dexter dans *Jours sombres*. Mais alors, maintenant !

Elle prit Chas par le bras.

— Je vous suis tellement reconnaissante, Chas. Vous êtes un homme merveilleux et si généreux.

— C'est le moins que je puisse faire, répondit Chas, toujours aussi grand seigneur.

Varoomba marchait juste derrière eux. Elle portait un

haut rouge très moulant, qui découvrait généreusement sa voluptueuse poitrine. Matt n'en perdait pas une miette. Il avait passé la matinée à s'imaginer en train de suçoter les mamelons de Varoomba. Il mourait d'envie d'aller dans une boîte de strip-tease. Il savait que Las Vegas était célèbre pour ces spectacles où les danseuses s'asseyaient sur les genoux des clients de manière très suggestive. Mais il y avait peu de chance, il ne l'ignorait pas, pour qu'il réussisse à s'éclipser dans un club de ce genre. Il ne fallait pas compter sur Dexter pour l'y emmener. Quant à Chas, il avait déjà Varoomba, et ne serait donc pas intéressé.

Martha s'extasia pendant tout le trajet jusqu'au Cesar Palace.

— Les hôtels ici sont grandioses ! s'exclama-t-elle. Je n'ai jamais rien vu d'aussi somptueux.

Varoomba espérait que Renee serait à l'heure. Sa grand-mère n'était pas la reine de la ponctualité et, même si Varoomba l'avait appelée dès leur arrivée, il n'était pas certain qu'elle soit au rendez-vous.

— Rejoins-nous pour le déjeuner au Spago, avait dit Varoomba. Et ne sois pas en retard.

— Quelle barbe, s'était plainte Renee. Faut-il vraiment que j'y aille ?

— Oui, avait insisté Varoomba. Je te l'ai déjà dit, je crois que cette fois je suis bien tombée. Tu n'aimerais pas voir ta petite fille mariée avec un homme riche ?

— Tu as apporté l'argent ?

— Oui. Quelques centaines de dollars.

— C'est tout ? répondit Renee, mécontente. Quelle honte ! Tu gagnes pourtant une petite fortune à montrer tes gros nibards.

— C'est déjà mieux que rien, non ? fit Varoomba. Si je me marie avec ce type, tu en auras beaucoup plus.

— Bon, je te rejoins là-bas.

Alors qu'ils se dirigeaient vers le Spago, Varoomba se demanda si c'était une si bonne idée que d'avoir invité Renee. Cela faisait plusieurs années qu'elle ne l'avait pas vue. Et on ne pouvait pas dire qu'elle soit une grand-mère ordinaire. Malgré son âge, elle portait des tenues très osées et buvait plus souvent qu'à son tour.

Plus elle y pensait, plus Varoomba craignait d'avoir fait une énorme bourde.

Jamie était mortifiée, même si c'était Kris qui s'était fait surprendre dans le plus simple appareil. Quant à Amber, elle réagit avec calme et sang-froid.

— Bonjour, dit la jeune actrice, en pénétrant dans la pièce, comme si elle n'avait pas remarqué Kris en train de bander.

— Salut, fit Kris en refermant précipitamment sa robe de chambre. Alors quoi de neuf ?

— Mon cheval était trop capricieux, c'est pourquoi j'ai décidé de rentrer, expliqua Amber en se servant un jus d'orange.

— C'est ce que je constate.

Elle jeta un coup d'œil en direction de Jamie.

— J'espère que je ne vous dérange pas.

— Absolument pas, répondit Jamie nerveusement. Si vous voulez bien m'excuser, il faut que j'aille faire un tour dans la salle de bains.

Elle se précipita dans la salle de bains et remit en place son soutien-gorge. Quelle situation embarrassante ! Elle était venue jusqu'à Las Vegas pour coucher avec Kris Phoenix et ils s'étaient fait surprendre par sa petite amie. Tout ceci n'était qu'une mauvaise plaisanterie.

Elle se regarda dans le miroir, brossa ses cheveux, remit

un peu de rouge à lèvres et retourna en vitesse dans la chambre, souhaitant en sortir le plus vite possible.

— Bon... Kris... Je crois que nous avons réglé tous les problèmes, dit-elle en essayant d'être calme et détachée.

— Oui, ma chère. Tout est réglé.

— Bon, tu me rappelles de retour à New York ?

— Je n'y manquerai pas, dit-il, embarrassé.

— J'ai été ravie de vous revoir, Amber, fit Jamie.

— Moi aussi... heu... Jamie ? C'est bien ça ?

— Oui.

— Je n'oublierai pas votre nom cette fois, répondit Amber avec un vague sourire.

— Je n'en doute pas, dit Jamie. Ne vous dérangez pas, je sais où se trouve la sortie.

Elle prit l'ascenseur, complètement humiliée. Tout cela était la faute de Peter. Pourquoi n'était-il pas venu la voir pour tout lui avouer ? Pourquoi ne lui avait-il pas dit : « Tu sais, on ferait mieux de divorcer parce que je préfère les hommes. » Cela aurait été plus correct.

Mais non, Peter n'avait pas daigné lui dire la vérité et il avait fallu qu'elle le fasse suivre pour l'apprendre. Quel salaud !

Elle sortit son portable et essaya de joindre Madison à son hôtel. Pas de réponse. Elle essaya ensuite de contacter Nathalie. Même chose.

Il fallait qu'elle parle à Nathalie à propos du dîner d'anniversaire de Madison. Heureusement, Nat avait déjà commandé le gâteau.

Elle poussa un soupir et monta dans un taxi. Le chauffeur était bavard. Elle lui répondit du bout des lèvres, en espérant qu'il comprendrait. Mais ce fut peine perdue.

Elle était en train de payer sa course, lorsqu'elle aperçut Joel Blaine sortir de l'hôtel.

— Hé, dit-il en la voyant. Toujours pas de mari à l'horizon ?
— Je vous l'ai déjà dit, il est resté à New York.
— C'est quel genre d'homme, votre mari, pour vous laisser toute seule à Las Vegas ?
— C'est un imbécile.
— Oh... je vois qu'on est très en colère.
— Où est votre petite amie, Joel ? C'est bien Carrie Hanlon, n'est-ce pas ?
— Elle est pas très marrante. Vous savez, ces mannequins, elles n'ont pas grand-chose à raconter. Et où est votre amie Madison ?
— Je ne l'ai pas vue aujourd'hui.
— Elle est spéciale. Je l'aime bien.
— C'est vrai ?
— Oui, elle est intelligente.
— Vous devriez l'inviter à sortir avec vous.
— Vous croyez qu'elle accepterait ?
— Non, mais ça vaut toujours la peine d'essayer. Elle pense que vous êtes un play-boy.
— Et c'est quelque chose de répréhensible ?
— Madison n'aime pas les dragueurs en série.
— J'accepterais peut-être de changer pour une femme comme elle.
— Pour l'instant, vous êtes avec Carrie Hanlon.
— Ça vous dirait de jouer au black-jack ?
— Pourquoi pas ? accepta Jamie, avec un sourire las. Je n'ai rien d'autre à faire.

— Charlie ? cria Renee.
— Ren ? hurla Chas.
Ils tombèrent dans les bras l'un de l'autre en s'embrassant.

Varoomba les regarda, ébahie. Sa grand-mère et Chas se connaissaient. Comment cela était-il possible ?

— Ça fait combien de temps ? demanda Renee, en reculant pour mieux le voir.

— Beaucoup trop, dit Chas, rayonnant. Tu es resplendissante !

Et il avait raison. Renee était une grande femme aux formes généreuses. Autrefois danseuse, elle ressemblait énormément à Raquel Welch. A cinquante-deux ans, elle n'avait rien perdu de son charme et elle le savait.

— Mais bon sang ! Qu'est-ce que tu fabriques ici ?

— Eh bien, rien de spécial, dit Renee en lissant sa minijupe en skaï noir.

— Tu viens déjeuner avec nous ?

— C'est ce qui était prévu, non ?

— Hein ?

Elle s'esclaffa.

— Tu n'as donc pas encore compris, Chas ? Je suis la grand-mère de Varoomba.

54

Tous les regards étaient braqués sur Joel Blaine et Carrie Hanlon. C'était le genre de couple qui retenait l'attention. Entourés de plusieurs gardes du corps, ils se dirigeaient vers la limousine qui devait les conduire au Cesar Palace pour déjeuner. Carrie portait un tailleur rayé bleu pâle de coupe masculine et un gilet décolleté. Elle était éblouissante.

— Marty a promis de passer, l'informa Joel.
— Scorsese, c'est ça ?
— Absolument, bébé.

Même si Joel n'appréciait pas Carrie Hanlon, il adorait être vu en sa compagnie. Elle attirait tous les regards, comme une star de cinéma.

Il était une fois sorti avec une actrice célèbre et il en gardait un horrible souvenir. Il avait toujours pensé que les mannequins étaient les créatures les plus égocentriques qui soient, mais il s'était trompé. Les actrices étaient encore pires. Cette fille ne parlait que de son prochain film, de son partenaire, de son réalisateur et de tous les producteurs de la ville. Il se rendit vite compte que, si quelqu'un de plus important qu'elle entrait dans la pièce, elle s'en allait sur-le-champ. Elle ne supportait pas la concurrence.

Non, les actrices de cinéma n'étaient pas sa tasse de thé.

Il avait remarqué Amber Rowe qui rôdait dans le casino. Elle était vraiment trop maigre. Pas du tout son style. Mais il devait bien admettre que c'était une très bonne actrice.

Après le petit déjeuner avec Carrie, il avait passé la matinée à errer d'un casino à l'autre. Il avait des problèmes avec le Magiriano, à qui il devait de l'argent. Enormément d'argent.

Qu'est-ce que cela pouvait faire ? Il avait suffisamment de réserve sur sa ligne de crédit.

Il était finalement tombé sur Jamie Nova et avait fait quelques parties de black-jack avec elle. Elle ne connaissait visiblement rien au jeu. Il était néanmoins plein de prévenances avec elle parce qu'elle était une amie de Madison.

Leon avait convié un groupe d'amis pour le déjeuner. Un milliardaire bolivien avec une femme bien plus jeune que lui. Un jockey et sa majestueuse petite amie. Deux financiers et un magnat d'Internet.

Ils étaient assis à une place de choix, où était déposé un assortiment de plats.

Joel grignotait un morceau de pizza et envisageait de retourner à son club de strip-tease pour tuer le temps jusqu'au début du combat.

Pourquoi pas ? Il tomberait peut-être sur une stripteaseuse appétissante.

Rosarita aperçut Joel qui arrivait avec Carrie Hanlon. Elle n'en croyait pas ses yeux. Comment cela était-il possible ? Joel, à Las Vegas, avec la célèbre top model. Tout cela n'était sans doute qu'une mauvaise farce.

Elle se laissa glisser sur son siège, car elle ne voulait pas qu'il la voie avec Dexter et les autres.

Chas et la grand-mère de Varoomba étaient apparemment de vieilles connaissances et rattrapaient allègrement le temps perdu. Varoomba, livide, était assise à la table, ses gros seins à l'air, la bouche légèrement ouverte tandis qu'elle écoutait Chas et Renee parler du bon vieux temps.

— Hey, Charlie, tu te souviens de la fois où tu avais perdu ton pantalon à Atlanta ? dit Renee tout fort.

— Au champ de course ? répondit-il en riant.

— Ouais, et moi qui croyais que tu étais vraiment fort. Je ne savais pas qu'en fait, tu étais le roi des tricheurs.

— Et, fais gaffe, dit Chas en s'esclaffant. C'est pas mon genre de tricher, mets-toi bien ça dans ta petite cervelle.

— Ma petite cervelle ? cria Renee. Mieux vaut ça que d'avoir un petit engin comme quelqu'un que je connais bien.

— Arrête, dit Chas, toujours hilare. Pas devant ma fille.

— Mais c'est une grande fille maintenant, elle en a sûrement entendu d'autres, dit Renee. Pas vrai ?

Rosarita sursauta. Elle n'avait pas prêté attention à la conversation, trop occupée à espionner Joel.

— Pardon ? dit-elle.

— Ce n'est rien, ma chérie.

Renee se tourna vers Chas.

— C'est marrant, s'exclama-t-elle. Qui aurait pu penser qu'on se reverrait un jour ?

— T'as raison, c'est incroyable.

Varoomba ne savait que penser. En écoutant Chas et sa grand-mère, elle avait compris qu'ils étaient autrefois sortis ensemble et tout portait à croire qu'ils voulaient remettre ça. Elle n'avait jamais vu Chas aussi heureux et excité.

Renee avait toujours su s'y prendre avec les hommes et, en dépit de ses cinquante-deux ans, elle était encore très sexy. Elle avait malheureusement un faible pour l'alcool : Varoomba avait remarqué qu'elle buvait sec alors qu'il n'était qu'1 heure de l'après-midi.

C'est bien ma veine, pensa Varoomba. *Le seul mec avec qui j'avais peut-être une chance de me marier a le béguin pour ma grand-mère. C'est pas juste !*

Elle se tourna vers Matt, qui n'avait pas arrêté de loucher sur sa poitrine pendant tout le déjeuner.

— La vie, c'est dégueulasse, dit-elle avec un air morose.

— C'est vrai, répondit Matt.

— Parfois, je n'y comprends rien, dit-elle d'un ton lugubre.

— Je vois bien ce que vous voulez dire, acquiesça Matt, heureux qu'elle fasse attention à lui.

Martha lui donna un petit coup de pied discret sous la table.

— Arrête de l'encourager, lui murmura-t-elle.

— Qu'est-ce qui te prend ? répondit-il à voix basse.

— Ne te mêle pas des affaires de Chas. Tu n'as pas remarqué ce qui se passait ? Il vient de retrouver son ancien amour, qui est en fait la grand-mère de Varoomba. Et cette fille essaie de le rendre jaloux en faisant la conversation avec toi. Alors arrête tout de suite ton cinéma !

— Fous-moi la paix, murmura Matt, d'un air mauvais.

Pendant ce temps, Dexter était plongé dans ses pensées. Le matin même, après son jogging, il avait piqué une tête dans la piscine de l'hôtel et avait ensuite téléphoné à Gem.

Mauvaises nouvelles ! C'est un homme qui lui avait

répondu. Dexter était si bouleversé qu'il n'avait pas réussi à articuler un seul mot.

— Allô ? avait dit la voix masculine. Allô ? Qui est à l'appareil ?

Dexter, paniqué, avait prestement remis le combiné en place. Est-ce que Gem vivait avec quelqu'un ? Avait-elle un petit ami ? Un mari ? Bon Dieu ! Il n'avait même pas pris la peine de le lui demander. Mais maintenant qu'il y pensait, il aurait été étonnant qu'une fille comme elle soit seule.

Il fallait qu'il découvre la vérité. Il se leva de table sous prétexte d'aller aux toilettes. Il voulait lui téléphoner de nouveau. Il devait en avoir le cœur net.

— Je suis contente de te voir, dit Jamie en retrouvant Nathalie au Spago.

— Moi aussi, dit Nathalie. En plus, quand je ne déjeune pas, je suis incapable de travailler. Après, je n'arrête pas de penser à la bouffe.

— Sauf si tu parles à quelqu'un comme Brad Pitt, fit Jamie.

— Pas du tout. Il faut que je mange avant d'interviewer qui que ce soit.

Jamie se mit à rire et fit signe de la main à Joel qui se trouvait de l'autre côté du patio.

— C'est un imbécile, dit Nathalie.

— Je ne suis pas d'accord. Il est gentil, répondit Jamie. Il m'a appris à jouer au black-jack.

— Ah bon ? dit Nathalie. Et qu'as-tu fait d'autre ce matin ? Quelque chose d'inavouable ?

— Non, je n'ai pas mis ma menace à exécution, fit Jamie sombrement.

— Tu n'es donc pas allée voir Kris ?

— Eh bien... Il m'a appelée et je suis allée le voir. Mais au moment fatidique, Amber est entrée.

— Non! fit Nathalie en éclatant de rire. Tu veux dire que toi et Kris vous étiez en pleine action et que sa petite amie est arrivée?

Jamie hocha la tête.

— C'était très embarrassant.

— Hum... Je crois qu'il vaut mieux que tu oublies Kris Phoenix.

— Mais il faut que je fasse quelque chose avant de revoir Peter et de lui annoncer que tout est fini entre nous, fit Jamie en fronçant les sourcils. Je ne peux pas rester sans rien faire et lui dire à mon retour : « Au fait, j'ai découvert que tu baises avec un mec. Pas de problème. Divorçons. » Ce serait trop facile. Il faut qu'il en bave lui aussi. Tu ne comprends pas ça?

— Mais si, ma biche, dit Nathalie d'un ton réconfortant. Moi aussi, je suis pour la vengeance.

— Ce n'est pas une histoire de vengeance, fit Jamie, mais plutôt une question d'être à égalité.

— Non. C'est de la vengeance, dit Nathalie en prononçant le mot avec délectation. N'ayons pas peur des mots.

Varoomba quitta la table pour se rendre aux toilettes à l'étage. Tandis qu'elle marchait en ondulant des hanches, tous les hommes avaient les yeux braqués sur elle, y compris Joel.

Merde! pensa-t-il. *Voilà ma strip-teaseuse favorite — celle qui m'a posé un lapin l'autre jour. Mais que fait-elle donc à Las Vegas?*

— Excusez-moi, dit-il en se levant de table, bien décidé à obtenir une explication.

Alors qu'il se mettait à la suivre, il reconnut Dexter

Falcon, qui lui aussi montait à l'étage. Ils ne s'étaient jamais rencontrés, mais Joel le connaissait : c'était le mari de Rosarita, le stupide acteur de séries sentimentales.

Joel n'en revenait pas. Peut-être Dexter était-il avec la strip-teaseuse ? Il se ferait un plaisir de l'annoncer à Rosarita dès son retour à New York !

Il jeta un coup d'œil à la table que venait juste de quitter Dexter et, interloqué, il aperçut Rosarita, assise au milieu d'un groupe de gens.

Il détourna précipitamment les yeux tout en se demandant si elle l'avait remarqué.

Après coup, il se dit que cela n'avait pas d'importance. C'était avec Rosarita qu'il se sentait le plus heureux. En fait, il aurait bien aimé la voir tout de suite, car elle était plus sexy que toutes les top models avec qui il était déjà sorti.

Il continua à suivre Dexter et remarqua combien ce dernier était un grand, athlétique et bel homme, même s'il manquait de caractère.

Une fois arrivé en haut des escaliers, Dexter ne se dirigea pas vers les toilettes, mais vers la cabine téléphonique. Joel se tenait à distance, n'en perdant pas une miette. Intéressant, pensait-il.

Dexter composa un numéro et attendit. Joel alluma une cigarette avec un air détaché.

— Bonjour, dit Dexter. Gem. C'est moi, Dexter. Où étais-tu la nuit dernière ? J'ai téléphoné, mais il n'y a pas eu de réponse.

Il y eut un silence, pendant que la personne à l'autre bout du fil répondait. Puis Dexter poursuivit :

— J'ai appelé ce matin, et c'est un type qui a répondu. C'était qui ?

Il y eut un autre silence, et Joel entendit ensuite Dexter dire avec un soupir de soulagement :

— Ah, c'était ton frère.
Joel sut qu'il tenait quelque chose d'intéressant.
— Tu sais quoi ? poursuivit Dexter. Il faut qu'on se voie dès mon retour. J'ai des choses importantes à te dire.
Joel sourit intérieurement. Dexter avait une petite amie. Cela intéresserait sûrement Rosarita de le savoir.

55

— Je n'ai pas envie d'aller à cette fête ce soir, dit Madison alors qu'ils rentraient à l'hôtel.
— Quelle fête ? demanda Jake.
— Cette fête pour VIP. Nathalie veut qu'on y aille. J'aimerais mieux aller faire un tour dans la loge d'Antonio avant le match. Et je suis sûre que ça ne t'embêterait pas de prendre d'autres photos, si ?
— C'est une bonne idée, répondit Jake. Je n'aime pas les fêtes.
— Moi non plus.
— Mais ton amie a dit que nous allions tous dîner quelque part après le match.
— Quelle amie et c'est qui « nous » ?
— Nathalie. Elle a appelé quand tu étais sous la douche et nous a invités à dîner après le combat.
— Mais pourquoi ne m'as-tu rien dit ?
— J'ai oublié.
— Merci, Jake. On peut compter sur toi pour prendre les messages.
— C'est pour ça que tu m'as choisi ?
— Non, répondit-elle, taquine. C'est pour ton…
— Oui ?
— Corps de rêve.
— Je me demandais ce que tu allais dire.

— Vraiment ?

— Bon, ma chérie, c'est d'accord pour ce dîner ?

— J'aurais mieux aimé manger tranquillement à l'hôtel, dit-elle, songeuse. C'était merveilleux hier soir. Je n'imaginais pas qu'on pouvait faire des choses pareilles avec du caviar.

— Sans parler du champagne.

— Bon, ça marche pour le dîner ? insista Jake.

— Oui, mais il faut que je te prévienne. Nathalie adore fêter les anniversaires et je déteste ça. Alors pas de gâteau d'anniversaire. C'est clair ? Je compte sur toi.

— Je connais à peine Nathalie et je ne vois donc pas comment je pourrais la convaincre.

— Dis-lui que je déteste les gâteaux. C'est pas compliqué, si ?

— C'est ton anniversaire, ma chérie, tes désirs sont des ordres.

Pour la fête, Rosarita choisit ce qu'Escada avait de mieux à offrir. Elle avait longuement réfléchi à la tenue qu'elle porterait pour le match et la magnifique robe blanche et noire achetée sur Rodeo Drive lui sembla un choix idéal.

Elle avait pensé à Joel pendant tout l'après-midi. Il était probablement venu à Las Vegas pour voir le match. Mais pourquoi ne lui en avait-il rien dit ? Si elle l'avait su à l'avance, ils auraient pu prévoir une rencontre. Elle était sexuellement en manque, car depuis qu'il savait qu'elle était enceinte, Dexter ne lui faisait plus l'amour. Rosarita se sentait frustrée et elle détestait ça.

De toute façon, peu lui importait Dexter. Il était coincé et ce soir, il serait carrément raide mort.

***

Carrie était agacée par l'attitude de Leon, dont les promesses ne semblaient plus qu'un vague souvenir. Il ne lui avait plus reparlé de contrats, d'héritier, de mariage ni de fortune. Elle était extrêmement vexée. Pensait-il qu'il avait le droit de la traiter aussi cavalièrement ? Pensait-il qu'il pouvait lui faire des offres alléchantes et ensuite l'ignorer ? Il se trompait sur son compte. On ne se moquait pas de Carrie Hanlon.

Marika ne cessait de la regarder d'un air malveillant. L'animosité féminine était quelque chose à laquelle Carrie était habituée, notamment pour l'avoir expérimentée avec ses autres collègues top models.

Dès qu'elle essayait d'approcher Leon, Marika s'interposait.

Carrie était exaspérée. Cette femme était diabolique.

Carrie n'avait pas dit à Joel que rien ne s'était passé entre elle et Eduardo la veille. Cela ne le regardait pas. En fait, sa conversation avec Leon lui avait coupé ses envies. Elle ne pensait plus qu'aux promesses qu'il lui avait faites.

L'offre de Leon était plus affriolante que la perspective d'une nuit avec Eduardo.

Elle était bien décidée à coincer Leon ce soir et à lui demander pourquoi il la traitait avec tant de désinvolture. Il se trompait s'il croyait pouvoir se débarrasser d'elle de manière aussi cavalière.

Elle enfila une mini-robe verte Versace, très suggestive. Un rien l'habillait ; même l'habit le plus rudimentaire n'aurait pas nui à sa beauté.

— Comment oses-tu me traiter ainsi ? gémissait Varoomba.

— Qu'est-ce qui te prend de crier comme ça ? dit Chas avec irritation.

— Tu as invité grand-mère au match. Comment as-tu fait pour avoir un autre billet, d'abord ?

— Je me suis débrouillé, répondit Chas de manière laconique.

— C'est pas juste, gémit Varoomba, les yeux remplis de larmes.

— Qu'est-ce qui n'est pas juste ?

— Toi et grand-mère.

— Arrête de l'appeler grand-mère. C'est une vieille amie à moi et son nom, c'est Renee.

— Tu as baisé avec elle ? demanda Varoomba d'un air soupçonneux. Allez, avoue.

— Ça ne te regarde pas, grogna Chas.

— Si, justement, insista Varoomba. C'est ma grand-mère.

— J'en ai rien à foutre. Ce qui s'est passé entre nous il y a vingt ans, c'est pas ton affaire.

— Peut-être, dit Varoomba, vexée. Mais ce qui se passe entre vous aujourd'hui, ça me concerne.

— Tu crois ?

— Oui.

— Tu crois que tu as des droits sur moi ?

— On vit ensemble, non ?

— A ce propos, je voulais t'en parler.

— Parler de quoi ?

— J'ai loué un appartement pour toi.

— Pour moi ?

— Oui, tu auras un endroit à toi comme ça. J'ai fait mettre tes affaires là-bas pendant qu'on était partis. Ça ne me dit rien de vivre avec quelqu'un. Il faut que tu comprennes, mes filles, ça leur plaît pas.

— Tes filles, dit-elle d'un air méprisant. Mais elles sont grandes, maintenant.

— De toute façon, c'est comme ça et pas autrement. Je vais te donner un peu de fric et tu feras ce que tu voudras avec.

— C'est dégueulasse ! dit Varoomba avec indignation.

— C'est à prendre ou à laisser.

— Et tout ça, c'est de sa faute.

— De la faute à qui ?

— A grand-mère.

— Ne mêle pas Renee à nos histoires. Je te l'ai déjà dit, on est des vieux amis.

— T'es un salaud, Chas. Un vrai salaud.

— Merci, poupée. J'ai entendu pire que ça.

— Tu ne t'en tireras pas comme ça, avertit Varoomba. Tu me prends peut-être pour une strip-teaseuse qui n'a rien dans le citron, mais je me vengerai. Ça, tu peux me croire.

56

Seules les personnes munies d'invitations étaient acceptées à la fête privée organisée au Magiriano.

Rosarita remit sa carte à la fille qui contrôlait la liste des invités.

— Monsieur et Madame Falcon, annonça-t-elle avec grandiloquence.

— Bonsoir, monsieur Falcon, répondit la jeune fille en souriant à Dexter, ignorant Rosarita. J'adore votre show.

Dexter semblait plus célèbre ici qu'à New York. Et ils allaient une fois de plus entendre parler de lui lorsqu'il s'écroulerait, mort, dans un endroit quelconque de l'hôtel. Rosarita tapota son sac à main. La bouteille de poison était bien à sa place. Il ne lui restait plus qu'à en verser un peu dans le verre de son mari. Au revoir, Dexter, et bienvenue, Joel.

Mais elle était maintenant confrontée à un nouveau problème. Il fallait que Joel laisse tomber Carrie Hanlon.

Bien sûr, elle pourrait verser un peu de sa potion toxique dans le cocktail de Carrie.

Ha, ha! Très drôle! Mais elle n'était pas une tueuse en série.

De toute façon, Rosarita était convaincue que lorsqu'elle

annoncerait à Joel qu'il était père, il larguerait immédiatement Carrie Hanlon.

Il y avait déjà foule à la fête. Rosarita reconnut quelques visages célèbres et apprécia de se retrouver entourée par des stars. A l'avenir, elle et Joel passeraient leur temps à assister à des combats de boxe et à côtoyer des célébrités.

Elle repéra Bruce Willis, incroyablement sûr de lui, un sourire fat aux lèvres. Et George Clooney, toujours aussi sexy. Martha aurait été au paradis !

— Pourquoi tenais-tu tellement à venir ? demanda Dexter très mal à l'aise.

— Parce que, expliqua Rosarita patiemment. C'est bon pour ta carrière d'être vu et pris en photo en si bonne compagnie. Regarde là-bas. C'est Nick Angel. Et de ce côté, Al King en train de discuter avec Will Smith. Oh, j'étais amoureuse d'Al King quand j'étais jeune. On devrait essayer de se joindre à eux.

— Puisque tu le dis, répondit Dexter, qui n'aspirait qu'à une seule chose : être à New York en compagnie de Gem.

— Et quand je pense que tu as eu le culot de me dire que j'étais blasée, dit-elle d'un ton moqueur. Je crois que, ce soir, je peux te renvoyer la balle.

— Comment ? dit-il en fronçant les sourcils.

— Rien. Qu'est-ce que tu veux boire ?

— Je ne suis pas d'humeur à boire.

— Allez, Dex, nous sommes à Las Vegas, pour l'amour du ciel. Fais un petit effort.

— C'est ma mère qui aurait dû venir, grommela-t-il. J'aurais pu lui donner mon invitation.

— Ne sois pas ridicule, dit-elle d'un ton tranchant.

— Elle aurait été tellement contente.

— Et alors ?

— Tu n'es pas gentille, Rosarita. Tu aurais pu essayer de te procurer une autre invitation.

— Je n'aurais jamais réussi. C'est une fête privée. Nous avons même de la chance d'avoir été invités. Je n'arrive pas à croire que ça ait marché.

— C'est grâce à moi, à mon nom, que tu as obtenu ce que tu voulais.

— Pourquoi es-tu si désagréable avec moi ?

— Parce que…

— Parce que quoi ?

— Oh, laisse tomber.

Débarquer dans une fête en compagnie de Carrie était une expérience très agréable. Les quelques journalistes qui avaient été admis à la soirée semblèrent soudain pris de folie.

Joel adorait être au centre de l'attention. Certes, il était habitué à être photographié lors des premières et des spectacles d'ouverture à Broadway avec une magnifique top model à son bras ; mais Carrie était le mannequin le plus en vue cette année-là — et en réalité depuis bientôt dix ans. Carrie Hanlon les surpassait toutes, c'était la crème de la crème.

Il jeta un coup d'œil autour de lui à la recherche de Madison. Grâce à Jamie, il arriverait peut-être à se faire bien voir. Peu d'hommes auraient pensé à une autre femme en compagnie de Carrie Hanlon. Cela prouvait qu'il avait de la classe et du goût.

De l'autre côté de la salle, Marika était en train de passer un savon à son père. Dieu sait ce qu'elle lui racontait, mais Leon avait les lèvres qui tremblaient de colère.

Pourquoi son père se laissait-il traiter de la sorte ? Il ferait mieux de se trouver une petite amie digne de ce nom. Marika n'était même pas belle. C'était un dragon, et plutôt du genre effrayant.

Mais après tout, la vie privée de son père ne le concernait pas.

— Je te présente M. Nabab, dit Nathalie.
— Enchantée, répondit Jamie, l'esprit ailleurs, car juste avant de se rendre à la fête, Peter l'avait appelée.
— Mais qu'est-ce que tu fabriques, bon sang ? Tu es devenue complètement folle ? avait-il demandé.
— Comment m'as-tu trouvée ?
— Ça n'a aucune importance. Je t'ai retrouvée, un point c'est tout. Et je te conseille de revenir immédiatement à New York.
— Non, avait-elle répondu en lui tenant tête pour la première fois de sa vie.
— Comment ça non ?
— C'est fini entre nous, avait-elle annoncé en raccrochant, ignorant la sonnerie qui avait continué à retentir jusqu'à ce qu'elle quitte la pièce avec Nathalie.
— Vous êtes très belle, dit M. Nabab en dévisageant Jamie.
— Ne t'inquiète pas, il est gay, intervint Cole, le frère de Nathalie, qui tenait M. Nabab par le bras. Ne fais pas attention à ses compliments.

M. Nabab se mit à rire.

— Cole ! s'exclama Jamie, en attrapant un verre de champagne sur le plateau d'un serveur qui passait par là. Je ne t'ai pas revu depuis l'université. Madison a raison, tu es splendide.
— C'est ce qu'elle t'a dit ? demanda Cole, flatté.
— J'avais gardé le souvenir d'un ado qui jouait les

durs et qui n'arrêtait pas de taper de l'argent à sa sœur. Tu as bien changé.

Entraîneur sportif des célébrités d'Hollywood, Cole possédait un corps magnifique. Il était grand, musclé et séduisant.

— Comment vous êtes-vous rencontrés ? demanda Jamie en vidant son verre, pour en reprendre un autre aussi sec.

— Au centre d'entraînement, tout bêtement.

M. Nabab lui tapota gentiment le bras.

— Une histoire on ne peut plus classique, confirma M. Nabab.

— Au fait, où est Madison ? demanda Cole.

— Elle ne viendra pas à la fête. Il fallait qu'elle interviewe l'un des boxeurs.

— Quelle veinarde ! dit Cole.

— On a organisé un repas d'anniversaire pour elle plus tard dans la soirée. Vous viendrez, non ?

— Je ne raterai ça pour rien au monde, dit Cole. Je veux lui présenter M. Nabab.

— J'ai bien l'impression que ce surnom va me coller à la peau jusqu'à la fin de ma vie, dit l'ami de Cole avec bonhomie.

Plus âgé que Cole, il était néanmoins séduisant avec son crâne rasé et son sourire avenant.

— Oui, je crois que vous aurez du mal à vous en défaire. Je vous ai appelé comme ça au départ parce que je vous détestais. Maintenant, ce n'est plus le cas. En fait, je vous accepte même comme beau-frère.

— Puis-je vous rappeler que le mariage entre hommes est illégal ?

— Zut ! Vous devriez signer un document quelconque pour que le petit frère hérite de votre fortune si vous mourez.

— Vous êtes impayable, Nathalie.
— C'est juste, répondit-elle avec un large sourire. Et vous n'êtes pas le seul à le penser.

Les serveurs en cravate noire servaient du champagne Cristal dans des flûtes sur lesquelles le nom de l'hôtel et la date de la soirée étaient gravés en lettres d'or.

Rosarita prit deux verres sur un plateau d'argent et en donna un à Dex.

— On rapportera ces verres à la maison en souvenir, dit-elle. Bois ton champagne, Dex, pendant que je vais aux toilettes.

Elle avait mis au point un nouveau plan. Elle allait verser le poison dans son propre verre, et quand elle reviendrait elle ferait un échange de verre avec Dex. C'était parfait.

Une fois aux toilettes, elle s'enferma dans une cabine, sortit la bouteille de poison et en versa un peu dans sa flûte. Son cœur battait à tout rompre. Elle espérait que cela n'allait pas nuire au bébé. Le bébé de Joel — dont elle allait bientôt pouvoir lui parler.

Tenant son verre comme si c'était un trésor, elle retourna auprès de Dex.

Alors qu'elle se frayait un chemin à travers la foule, elle tomba nez à nez avec Joel. Aucun des deux ne fut surpris.

— Tu ne m'avais pas dit que tu viendrais à Las Vegas, dit-il en lui barrant le passage.

— Toi non plus, répondit-elle du tac au tac.

— Je suis venu avec le jet privé de mon père.

— Quelle coïncidence, moi aussi je suis avec mon père.

— On dirait que les familles sont de sortie, fit-il, mi-figue mi-raisin.

— Et qui accompagnait Carrie Hanlon ? ne put-elle s'empêcher de demander.

— Carrie traîne avec mon père. Elle est persuadée qu'il va lui faire signer un contrat en or.

— Un contrat ? Quel genre de contrat ?

— Un contrat pour la promotion de produits de beauté, mentit Joel. Mon père possède trois sociétés de cosmétiques. Tu connais ces top models, elles en veulent toujours plus.

— Je pensais que Carrie possédait déjà tout ce dont on pouvait rêver.

Il s'approcha d'elle.

— Qu'as-tu fait, toi, depuis que tu es arrivée ici ?

— Pas grand-chose, répondit-elle en se léchant les lèvres. Et toi ?

— Je n'ai pas baisé, si c'est ce que tu veux dire.

— Moi non plus, avoua-t-elle, avec un sourire.

— Et si on se retrouvait quelque part avant le combat ? suggéra-t-il. Je sais que tu es avec ton mari, mais je suis persuadé que tu sauras lui fausser compagnie...

Elle prit une profonde inspiration.

— Où veux-tu qu'on aille ?

— Près de la piscine, celle avec les jets d'eau.

— Il y a beaucoup de monde là-bas, non ?

Il se mit à rire.

— Ce sera désert, répondit-il en sirotant son verre. Mais, bien sûr, si tu trouves ça trop osé...

— Pas le moins du monde, répliqua-t-elle sur un ton de défi.

Elle faillit boire dans son verre et se rappela juste à temps qu'il contenait du poison.

— Dans quinze minutes, dit-il.

— Disons plutôt vingt.

Elle ne voulait pas qu'il la prenne pour une fille facile.

Un attroupement se produisit soudain, attirant leur attention.

— Que se passe-t-il ? s'écria Rosarita.

— Merde, c'est mon père, répondit Joel en posant son verre sur une table à proximité.

— Que lui est-il arrivé ?

— Il est allongé par terre. J'espère qu'il n'a pas une attaque.

Sans réfléchir, Rosarita plaça son verre près de celui de Joel et le suivit.

— Laissez-moi passer, dit Joel, qui se voyait déjà à la tête d'une immense fortune, alors qu'il jouait des coudes pour rejoindre son père.

Blaine n'avait pas l'air mort, simplement embarrassé.

— Ton père a trébuché, expliqua Marika. Ce n'est rien. Tout va bien.

Joel aida son père à se relever. Ce dernier le regarda d'un air furieux.

— Cette putain de chaise, dit Leon, ulcéré. Je vais intenter un procès à cet hôtel.

— Bonne idée, papa, tu as bien besoin d'argent, fit remarquer Joel, qui jubilait intérieurement de voir son père en colère et déconfit.

Rosarita recula. Où avait-elle mis sa flûte à champagne ? Elle se rappela alors qu'elle l'avait posée sur une table près du verre de Joel. Elle la récupéra et jeta un regard autour d'elle à la recherche de Dexter. Il fallait qu'elle passe à l'action et ensuite, elle serait libre pour Joel.

Elle se mit à transpirer, ce qui ne lui arrivait jamais. Elle avait les nerfs en pelote mais le jeu en valait la chandelle.

***

Pendant qu'un garde du corps s'occupait de Leon Blaine, furieux, Marika en profita pour coincer Carrie.

— Il faut que je vous dise quelque chose, ma chère, dit Marika d'un ton glacial. Il ne faut pas se fier aux apparences.

— Pardon ? fit Carrie en souriant de toutes ses dents à un photographe.

— Il ne faut pas se fier aux apparences, répéta Marika lentement. Et une femme intelligente comme vous devrait le savoir.

— Je ne vois pas du tout de quoi vous voulez parler, dit Carrie en rejetant sa magnifique chevelure.

— Je vous parle de Leon, dit Marika. Laissez tomber car vous n'obtiendrez rien d'autre de lui que des promesses.

— Je n'attends rien de lui. Je me débrouille très bien toute seule.

— Je sais. Mais on en veut toujours plus, non ?

— Quoi ? demanda Carrie avec grossièreté.

— Bien sûr, poursuivit Marika avec délectation, lorsque Leon a découvert qu'un jeune garçon de seize ans vous attendait dans votre suite, la nuit dernière, il a été déçu. C'est pitoyable de payer pour faire l'amour.

— Je ne vois absolument pas à quoi vous faites allusion, se défendit Carrie en pâlissant légèrement.

— Vraiment ? De toute façon, la seule chose que vous ayez à retenir, c'est ceci : laissez Leon tranquille.

— Et si je ne vous obéis pas ? demanda Carrie avec audace.

— Voyons... Eh bien, si vous ne m'écoutez pas, vous et votre jeune amant apparaîtrez en première page de tous les journaux à scandale. J'imagine déjà les gros titres :

« Incapable de se trouver un homme, Carrie Hanlon se rabat sur un jeune garçon. »

— Espèce de garce !

Marika la gratifia d'un sourire énigmatique.

— A bon entendeur, salut !

— Ça va, chéri ? demanda Rosarita tout en se demandant si Dex pouvait entendre les battements de son cœur, qui battait la chamade.

— On s'en va ? dit Dexter. J'ai promis à ma mère qu'on ne resterait pas trop longtemps.

— Oh, le petit garçon à sa maman, dit-elle d'un ton moqueur. Finis ton verre et on part. J'emporte les flûtes en souvenir.

— Je ne sais pas où est passée la mienne.

— Tiens, prends ça, dit-elle en lui mettant son verre dans la main.

— Merci, dit-il et il but d'un seul trait la flûte de champagne de Rosarita.

Tout se déroulait encore mieux qu'elle ne l'avait imaginé. Elle retira le verre vide de sa main.

— Je vais le rincer et ensuite on rejoint les autres, dit-elle.

— Ça vaut vraiment la peine d'emporter ce verre au match de boxe ?

— Ecoute, ça te semble peut-être stupide, mais pour moi c'est important, rétorqua-t-elle en se précipitant vers les toilettes.

Elle avait de la chance, car celles-ci étaient vides. Elle posa le verre sur le carrelage et le brisa avec son escarpin à talon aiguille. Elle ramassa ensuite les morceaux avec un Kleenex et les jeta dans la poubelle.

Elle avait du mal à respirer, mais elle triomphait intérieurement.

Elle l'avait fait! Elle avait finalement mis son plan à exécution.

Dans combien de temps le poison ferait-il son effet? Une heure? Deux heures? Il ne fallait pas qu'elle reste seule avec lui. Il valait mieux que Dex s'effondre au beau milieu d'une foule de gens. La salle bondée où allait avoir lieu le match de boxe était l'endroit idéal.

— On peut partir, maintenant? dit-il dès son retour.

— Oui, Dex. Rejoignons les autres pour aller au match.

— Il était temps.

— Tu te sens bien? demanda-t-elle. Tu as l'air un peu pâle.

— Je vais très bien, merci.

— Parfait.

Dans combien de temps le poison commencerait-il à agir? se demanda-t-elle de nouveau.

57

Une atmosphère électrique régnait dans le hall d'entrée de l'hôtel Magiriano et le casino grouillait de monde. Tandis que certains se rendaient au match, d'autres essayaient de se procurer des billets de dernière minute ; pendant ce temps un groupe de touristes regardait, fasciné, les célébrités fouler le tapis rouge en direction de la salle de combat.

Martha, qui marchait en compagnie de Matt, juste derrière Chas, Renee et Varoomba, regrettait de ne pas être parmi le groupe de fans. Eux au moins avaient une vue imprenable sur toute la salle.

Elle avait hâte de rentrer chez elle pour tout raconter à ses amies. Elle leur décrirait les gens riches, beaux et célèbres qu'elle avait croisés, les hordes de journalistes et de cameramen...

— Je croyais que Dexter et Rosarita devaient nous rejoindre, dit-elle en tapant timidement sur l'épaule de Chas alors qu'ils pénétraient dans l'immense enceinte.

— Ouais, ouais, ils nous retrouveront à l'intérieur, dit Chas. Ils ont des tickets de toute façon.

— J'aurais tellement aimé arriver au bras de Dexter, soupira Martha. On m'aurait peut-être prise en photo avec lui. On photographie souvent les stars en compagnie de leur mère.

— Ils le prendront peut-être en photo après le match, dit Chas d'un air distrait.

— Vous croyez ? demanda-t-elle, les yeux brillants.

— Ouais, c'est possible, répondit Chas.

Il n'avait d'yeux que pour Renee qui trottinait à ses côtés vêtue d'une minijupe en peau de serpent et d'une veste à épaulettes, les jambes gainées de cuissardes. Cette femme de plus de cinquante ans était sexy en diable. Varoomba, dans sa stupide robe rose, qui moulait ses énormes seins siliconés, ne faisait pas le poids à côté.

Chez Renee, tout était authentique. Chas pouvait s'en porter garant.

La loge d'Antonio était tellement bondée que Madison avait abandonné tout espoir de l'approcher. Cela lui était d'ailleurs égal car elle avait pris suffisamment de notes pour rédiger son futur article.

Quant à Jake, il se démenait pour photographier les stars de cinéma et les vedettes sportives venues serrer la main à Antonio et lui souhaiter bonne chance.

Au bout de vingt minutes, Madison en eut assez.

— On s'en va ? demanda-t-elle à Jake.

— Pas de problèmes, j'ai terminé, répondit-il.

— C'est complètement dingue ici, dit-elle tandis qu'ils se précipitaient au-dehors. Ne devrait-il pas rester seul pour se concentrer ?

— Sans doute. Apparemment, Bull Ali a interdit l'accès de sa loge, dit Jake. Seuls son manager, deux entraîneurs et son assistant sont autorisés à entrer. Il ne veut pas se disperser.

— Et si on pariait ? suggéra-t-elle, soudain grisée par l'ambiance.

— Tu fais des paris, maintenant ? répliqua-t-il d'un air sceptique.

— Habituellement non, et toi ?

— Moi non plus, mais puisque c'est ton anniversaire, on pourrait miser cinq cents dollars sur Antonio gagnant.

— Quels sont les pronostics ?

— Je n'en sais rien. Mais ta soudaine passion pour le jeu m'étonne.

— Ça ne m'intéresse pas vraiment. D'ailleurs tu peux parier sur qui tu veux.

Et c'était vrai, la compagnie de Jake suffisait à la combler.

— On pourrait manger un morceau avant le match, ou faire l'amour, dit-il avec un sourire. A toi de choisir ce qui te semble le plus excitant.

— Allons d'abord manger, répondit-elle en lui rendant son sourire.

— D'accord, fit-il en hochant la tête. Que dirais-tu d'un hamburger ? Je meurs de faim.

— Je croyais que tu étais végétarien, dit-elle d'un ton accusateur.

— Tu croyais ça, vraiment ?

— Oui, répondit-elle. J'imaginais que tu étais du genre à manger du tofu.

— Moi ? dit-il, interloqué.

— Oui, toi.

— Eh bien, tu es douée pour l'insulte.

— C'est un art que je maîtrise depuis mon plus jeune âge.

— J'adore les hamburgers, ça te va ? dit-il en lui saisissant la main. Alors on va s'en acheter un et puis direction le match, et puis... Oh, merde, dit-il en s'arrêtant brusquement.

— Que se passe-t-il ? demanda-t-elle inquiète.

— J'oubliais : on dîne avec tes amis.
— C'est une obligation ? s'enquit-elle.
Elle aurait préféré passer la nuit avec Jake.
— J'en ai bien peur.
— Ce n'est pas grave.
Elle s'interrompit un instant et ajouta :
— Tant qu'il n'y a pas de gâteau.

— J'ai oublié mon écharpe, dit Rosarita.
— Comment ? fit Dexter.
— Mon écharpe, répéta-t-elle, en guettant sur son visage des signes d'altération. J'ai dû l'oublier à la fête.
— Tu veux que j'aille la récupérer ? demanda Dexter d'un ton abrupt.
— Non, Dex, ne te donne pas cette peine. J'irai moi-même la chercher. Je dois retourner aux toilettes de toute façon.
L'amabilité de Rosarita le surprit.
— Bon, si tu insistes, dit-il.
— Oui. Donne-moi mon ticket. Je te rejoindrai à l'intérieur.
Il lui remit son ticket et elle s'en alla. Dès qu'elle fut certaine que Dexter était hors de vue, elle changea de direction, sortit discrètement de l'hôtel et se dirigea vers la piscine.
Elle la trouva sans peine. Joel avait raison : à cette heure, l'endroit était pratiquement désert. Seules quelques personnes déambulaient encore aux abords du bassin.
Elle sourit : Joel avait toujours de bonnes idées.

Après le départ de Rosarita, Dexter s'arrêta dans une cabine téléphonique. Il n'avait cessé de penser à Gem au cours des dernières vingt-quatre heures. Elle l'obsédait et il ne pouvait rien y faire.

Cette fois, ce fut elle qui lui répondit.

— Comment vas-tu ? dit-il en s'éclaircissant la voix.
— C'est encore toi ? s'exclama-t-elle en riant.
— Oui, c'est encore moi.
— Mais tu m'as appelée à midi, non ?
— Je sais. Je vais au match.

Il y eut un long silence.

— Gem, j'ai quelque chose à te dire.
— Je t'écoute.
— Ça peut peut-être attendre, dit-il nerveusement. Nous prenons l'avion demain matin.
— C'est qui « nous » ?

Il y eut de nouveau un long silence, puis il reprit :

— Eh bien, c'est justement pour ça que je t'appelais.
— Dexter, que se passe-t-il ?

Il adorait la manière dont elle prononçait son nom. Sa voix était si douce.

— Voilà : je suis marié, marmonna-t-il. Mais nous allons bientôt divorcer.
— Oh, je vois, chuchota-t-elle.
— Ecoute, on se connaît à peine, dit-il précipitamment, mais je sais que nous sommes faits l'un pour l'autre. Il faut que je quitte ma femme et que je commence une nouvelle vie avec toi. Ça semble absurde, je sais. On vient juste de se rencontrer ; mais je n'ai jamais connu quelqu'un comme toi. Tu es la fille dont j'ai toujours rêvé. Belle, à tous points de vue.
— Merci, murmura-t-elle. Personne ne m'avait jamais encore parlé comme ça.
— Je t'aime, avoua-t-il soudain, débordant de confiance en lui. Je veux être avec toi. A la fin du match, j'annoncerai à ma femme que je demande le divorce.

— Tu es sûr de ce que tu fais ? demanda-t-elle gentiment.

— Oui. J'arriverai peut-être même à prendre l'avion tard dans la soirée. Donc, si j'ai de la chance, on se verra bientôt.

— Oui, Dexter, dit-elle doucement. Bientôt.

Il raccrocha et se dirigea vers la salle de match, un large sourire illuminant son beau visage.

Alors qu'il s'apprêtait à rejoindre Rosarita, Joel fut accosté par deux hommes de main. Arrivés à sa hauteur, ils le prirent chacun par un bras et l'entraînèrent de force hors du casino.

— C'est quoi ce... ? fit Joel.

Il s'interrompit soudain : il venait de sentir contre son flanc gauche le contact froid d'un revolver.

Ils se dirigèrent vers une petite porte dissimulée derrière une rangée de machines à sous. Quand ils furent à l'extérieur, la touffeur de la nuit les enveloppa tel un nuage de vapeur.

— Où m'emmenez-vous ? demanda-t-il, à la fois furieux et effrayé — il était tellement terrorisé qu'il en avait mal au ventre.

— Ça te regarde pas, dit l'un des truands au nez cassé et au costume marron chiffonné.

— Vous savez qui je suis ? demanda Joel, persuadé qu'ils faisaient erreur sur la personne.

— Pour sûr qu'on sait, dit le deuxième truand, plus jeune et plus teigneux que l'autre, même si c'était Nez Cassé qui pressait le revolver contre ses côtes.

— C'est quoi le problème ? grommela Joel.

— Le problème, c'est que tu dois un million de dollars, dit Nez Cassé.

— Si vous me connaissez, vous savez que j'ai de quoi payer.

— T'as tout compris, répondit l'homme en ricanant. C'est pour ça que notre patron, il veut l'oseille ce soir.

— Mais il est fou, répondit Joel, furieux. Je ne transporte pas une telle somme sur moi.

— Débrouille-toi, dit le plus jeune. Apporte le fric à minuit, sinon t'es un homme mort.

Il attrapa Joel par le colback et lui assena un coup de poing en plein visage, suivi d'un crochet dans l'estomac qui l'envoya rouler sur le ciment. Et au cas où il n'aurait pas compris le message, Nez Cassé lui donna deux coups de pied dans l'entrejambe. Puis ils s'en allèrent.

Joel se remit debout en vacillant, le nez ruisselant de sang. Il crut qu'ils le lui avaient cassé.

— Merde ! grommela-t-il.

Son grognement se transforma en hurlement de rage :

— Merde ! Merde ! ET MERDE !

— Où est passée Rosarita ? demanda Chas, confortablement calé entre Varoomba et Renee.

— Elle arrive, répondit Dexter. Elle avait oublié son écharpe à la fête.

— Comment c'était, la fête ? demanda Martha d'un ton geignard. J'imagine que tu as vu plein de stars.

— Je n'ai pas fait attention.

— Dick ! dit-elle d'un ton de reproche.

— Dexter, rectifia-t-il en jetant un regard furieux à son étourdie de mère.

*
* *

— Excusez-moi, dit Madison qui se frayait un passage le long des sièges.

Elle passa devant Dexter, qu'elle ne reconnut qu'après coup.

— Bonsoir, lui dit-il.

— Ah ! Mais vous êtes le sympathique jogger que je rencontre régulièrement dans mon quartier, n'est-ce pas ? demanda-t-elle avec un sourire avenant.

— Lui-même. Et comment se porte votre magnifique chien ?

— Il doit être en train de se morfondre à l'heure qu'il est, dit-elle en rejoignant sa place.

Elle n'était pas placée au tout premier rang, mais suffisamment près du ring à son goût. Elle chercha Jake dans la foule et l'aperçut dans le coin réservé aux photographes.

Il la vit et lui fit signe de la main. Elle souffla un baiser dans sa direction et il lui cria : « Joyeux anniversaire. »

— Ça baigne entre vous, dit Nathalie qui était déjà arrivée. Vous ne vous quittez plus depuis deux jours.

— Arrête, OK ? dit Madison.

Elle se pencha pour embrasser Cole, qui s'empressa de lui présenter M. Nabab.

De la musique retentit soudain, annonçant en fanfare l'entrée des deux boxeurs.

Antonio apparut le premier, les bras levés comme s'il avait déjà remporté le titre, resplendissant dans une cape bleue et or et un short en satin de même couleur. Il portait des chaussons noirs et blancs et des socquettes à rayures argentées. Il sauta sur le ring, souple comme un fauve, ôta sa cape et fit le signe de la victoire. La foule, hystérique, acclama son favori.

Puis le champion s'avança, l'air grave, tout de blanc vêtu. Bull Ali Jackson, plus imposant qu'Antonio, était effrayant à voir avec sa peau d'ébène et son crâne rasé. Son regard farouche tenait les gens en respect.

La foule, impressionnée, commença à scander son nom :

— Bull Ali ! Bull Ali ! Bull Ali !

Son épouse, une belle femme à l'air serein, s'assit près du ring tout en égrenant un chapelet de perles et de diamants.

Les deux boxeurs étaient maintenant face à face sur le ring : le combat pouvait démarrer.

58

Le nez en sang, Joel parvint tant bien que mal à rejoindre son hôtel. Il était hors de lui. Comment avait-on osé le traiter de la sorte ? Lui, Joel Blaine, s'était fait battre comme un vulgaire client par deux malfrats sans foi ni loi.

Son père aurait pu acheter et vendre Las Vegas et on venait le menacer pour un misérable million de dollars. C'était inimaginable. C'était absurde. Ils n'avaient qu'à aller se faire foutre. Il allait quitter cette putain de ville et il n'y remettrait plus jamais les pieds. Ils pouvaient toujours courir pour avoir leur fric.

Il se rendit aux toilettes, un Kleenex sur le nez. Il s'aspergea le visage d'eau froide, puis se dirigea vers le hall d'entrée de l'hôtel.

Jamie avait décidé de ne pas assister au match de boxe. M. Nabab lui avait pourtant assuré qu'il pouvait lui obtenir un ticket.

— Ça ne m'intéresse pas, avait-elle dit. Je vous rejoindrai au dîner d'anniversaire.

— Evite la compagnie de Kris Phoenix, l'avertit Nathalie en agitant un doigt.

— Tu me prends pour une idiote ?

— Que vas-tu faire ? demanda Nathalie.

— Je vais jouer au black-jack. Joel m'a enseigné toutes les ficelles du jeu.

— Ecoute, tu ferais mieux de l'éviter aussi, celui-là. Bon, on se retrouve au restaurant ?

— Appelle-moi dans ma chambre quand le combat sera fini. Je n'ai pas envie de poireauter au restaurant.

— Tu peux compter sur moi.

Elle n'avait parlé à personne du coup de téléphone vindicatif de Peter. Comment osait-il exiger qu'elle rentre à New York ? Pensait-il vraiment pouvoir lui cacher sa liaison avec Brian ? Il l'avait apparemment sous-estimée. Pourtant, elle se débrouillait très bien sans lui et menait avec brio sa vie professionnelle.

Peter ne voulait tout simplement pas comprendre. Et de toute évidence, il la connaissait mal.

Elle était à présent assise à une table de black-jack à côté d'un gros homme rougeaud engoncé dans un costume à rayures. Tout en lui donnant des conseils, il lui payait généreusement des verres de champagne. Sa gueule de bois disparut bientôt et Jamie se sentit mieux.

Jouer était un moyen idéal pour tuer le temps.

Rosarita faisait les cent pas devant la piscine. Elle était ulcérée. Joel lui avait-il posé un lapin ? Il allait avoir de ses nouvelles s'il avait pris de telles libertés avec elle.

— Salut, chérie, l'interpella un ivrogne avec une moumoute posée de guingois sur le haut du crâne. Tu cherches de la compagnie ?

— Fichez-moi la paix, dit Rosarita d'un ton sec.

— Je viens juste de gagner deux cents dollars, et j'aimerais en faire bon usage, dit-il avec un clin d'œil lubrique. Tu vois ce que je veux dire, poupée ?

Rosarita, indignée qu'on puisse la prendre pour une prostituée, s'en alla en fulminant.

Le premier round démarra. Antonio, en mode attaque, prit les devants. Arrogant, sautillant sur la pointe des pieds, il frappait son adversaire de ses poings meurtriers.
Bull Ali encaissait les coups, imperturbable. Après tout, c'était lui le champion en titre.
La foule commença à s'agiter, lançant des cris d'encouragement.
L'ambiance était bonne et le match s'annonçait captivant.

— Tu vois, dit Madison. Je t'avais dit qu'il débordait de confiance en lui.
— Et en plus il est sexy, remarqua Nathalie en mangeant du pop-corn.
— Je suis conquis, dit Cole. Il a de beaux abdos.
— Arrête, dit M. Nabab, irrité. Abstiens-toi de ce genre de commentaires en ma présence.

— Joel ? dit Jamie en l'attrapant par le bras alors qu'il passait près de la table de black-jack où elle se trouvait. Il faut qu'on prenne le temps de parler un peu tous les deux.
— Comment ? fit Joel qui était tellement pressé de quitter les lieux qu'il faillit ne pas s'arrêter.
— Tu sais quoi ? dit Jamie en rassemblant ses jetons et en se levant de table.
— Quoi ? dit-il d'un ton abrupt tandis que l'homme au visage rougeaud lui lançait un regard foudroyant.

— J'ai gagné mille dollars. Tu es un excellent professeur.

— Vraiment ? répondit-il, pas le moins du monde intéressé.

— Mais, qu'est-ce qui t'est arrivé ? demanda-t-elle en le voyant. Tu es dans un état épouvantable.

— Heu… j'ai saigné du nez.

— Tu es livide. Comment se fait-il que tu ne sois pas au match ?

Etait-elle complètement stupide ?

— Parce que je saignais du nez, répéta-t-il.

— Tu as très mauvaise mine. Viens dans ma chambre, je vais m'occuper de toi.

— C'est gentil, Jamie, mais… heu…

Joel se tordit soudain de douleur.

— Bon d'accord, j'accepte.

— Bonne idée, dit-elle en le tenant par le bras. C'est le moins que je puisse faire : grâce à toi, j'ai gagné beaucoup d'argent.

— Ouais, grommela-t-il. Je n'aurais jamais cru que tu étais si douée.

— Merci, dit-elle avec un rire sarcastique, en le conduisant vers l'ascenseur.

Il réprima un grognement de douleur. Il avait l'impression d'avoir les testicules en bouillie.

— Et toi, pourquoi tu n'es pas allée voir le combat ?

— Trop violent pour moi, dit-elle en plissant le nez. Je ne supporte pas la vue du sang.

Les portes de l'ascenseur se refermèrent sur Jamie et Joel au moment même où Rosarita passait par là. Elle était ivre de rage. La prochaine fois qu'elle verrait Joel, elle lui ferait payer sa désinvolture. Non seulement il l'avait fait attendre mais en plus elle avait raté le début du match à cause de lui.

Quelle grossièreté ! Joel n'était qu'un rustre.

Tout en grommelant, elle traversa le casino et atteignit le tapis rouge qui menait à la salle de match. L'endroit était désert car tout le monde assistait au combat.

— Zut ! s'exclama-t-elle, toujours furieuse contre Joel.

Elle tomba sur un employé et lui tendit son ticket.

— Vous ne pouvez pas entrer maintenant, expliqua-t-il. Ils sont en plein milieu d'un round.

— C'est ce que je vois, dit-elle sèchement.

— Il faut attendre un peu.

— Je n'attendrai pas une seconde de plus, dit-elle, exaspérée. J'ai une place au premier rang. Veuillez m'y conduire immédiatement.

— Les gens détestent être dérangés pendant le combat, répondit l'employé, qui aurait mieux fait de se taire.

— Qu'ils aillent se faire foutre ! répondit-elle avec violence. Conduisez-moi tout de suite à ma place, autrement je vous ferai virer.

— Dis-moi la vérité, fit Jamie lorsqu'ils pénétrèrent dans sa chambre.

— Que veux-tu savoir ? demanda Joel en s'écroulant dans un fauteuil.

— Franchement, Joel, tu t'es fait drôlement tabasser. Ta veste est déchirée et tu es blanc comme un linge. Alors dis-moi, que t'est-il arrivé ?

— Oh, merde, j'en sais rien, grommela-t-il. Il y a deux mecs qui sont venus me réclamer de l'argent.

— Tu as des ennuis d'argent ? dit-elle, incrédule. Mais ton père est l'un des hommes les plus riches du monde.

— Ouais, eh bien, parlons-en. Tout cela n'a ni queue ni tête. C'est une sinistre plaisanterie.

— Je suis désolée, dit-elle doucement.

— Et moi donc.

— J'ai une idée, dit-elle. Nous allons commander une bouteille de champagne.

— Pour fêter quoi ? demanda-t-il d'un ton aigre. Je n'ai rien à fêter.

— Mes mille dollars, dit-elle avec un large sourire. Je me suis plutôt bien débrouillée pour une débutante, non ?

— J'imagine que oui, concéda-t-il.

— Il y a un type qui m'a donné des tuyaux, mais il n'était pas aussi bon que toi.

— Non ? fit-il soudain ragaillardi parce que, sauf erreur, Jamie était en train de le draguer.

— Oh, j'ai bu trop de champagne, soupira-t-elle en se jetant sur le lit. Je me sens un peu déphasée.

— Vraiment ? dit-il en la regardant de nouveau.

Pourquoi n'avait-il jamais pensé à Jamie Nova sous un angle sexuel ? Parce qu'elle était mariée et qu'il ne voulait pas avoir d'ennuis avec le mari ? Non, il en fallait plus pour dissuader Joel. Les maris, ce n'était pas son problème. Son aventure avec Rosarita en était d'ailleurs la preuve.

En réalité, il ne la trouvait pas sexy avec son air angélique à la Grace Kelly. Elle n'était pas son style. Elle devait être sexuellement correcte alors que lui n'aimait que les expériences troubles et extrêmes.

Néanmoins... il devait bien admettre qu'elle était très belle. Il ne pouvait détacher son regard de ses longues jambes fines.

S'était-elle aperçue que sa jupe relevée très haut révélait la chair appétissante de ses cuisses ? Jouait-elle les fausses ingénues ?

— Commande-nous du champagne, Joel, murmura-t-elle en bâillant. J'ai très soif.

Il n'avait pas le droit de laisser passer une occasion pareille.

— D'accord, dit-il en essayant d'oublier ses testicules douloureuses. Et toi, tu nous mets de la musique.

— De la musique ? fit-elle, amusée. Tu essaies de me mettre dans l'ambiance, Joel ?

— Qu'est-ce qui te fait croire ça ?

Elle roula sur le ventre.

— Je t'ai toujours trouvé très attirant, murmura-t-elle avec un air séducteur.

— C'est vrai ?

— Oui, dit-elle avec un petit rire. Tu m'as toujours fait fantasmer.

— C'est sérieux ?

Toute cette affaire s'engageait à merveille.

— Tu ne voudrais pas me parler un peu de ces fantasmes ?

— Eh bien…, dit-elle, en marquant une pause pour ménager son effet. Tu es différent. Tu es vibrant d'énergie. Peter est trop coincé, trop mou. On le croirait sorti d'une publicité Ralph Lauren.

— Ravi de l'apprendre, dit Joel en souriant.

Et soudain la douleur dans son bas-ventre lui sembla plus supportable.

Bull domina tout le deuxième round avec superbe. Il était plein de morgue et sûr de son fait.

Antonio ne s'attendait pas à ça. S'il avait eu l'avantage pendant le premier round, Bull était maintenant en train de l'écraser et il n'appréciait pas.

Il résistait du mieux qu'il pouvait mais Bull était visiblement décidé à faire de lui de la chair à pâté.

Cela faisait peine à voir.

* *

En passant devant Bruce Willis pour rejoindre sa place, Rosarita frôla les genoux de la star. Hmm, pensa-t-elle avec un sourire satisfait, je suis certaine qu'il a apprécié.

Elle rejoignit enfin Dexter, essoufflée, encore furieuse contre Joel.

— Où étais-tu passée ? demanda Dexter.

— Je te l'ai déjà dit : j'avais oublié mon écharpe, répliqua-t-elle en scrutant son visage.

Dexter semblait en pleine forme.

— Et je suis restée coincée dans les toilettes, ajouta-t-elle.

— Comment ça coincée dans les toilettes ?

— Oh, laisse tomber, ça n'a pas d'importance, répondit-elle, agacée.

Elle se détourna de Dex et regarda avec intérêt ce qui se passait sur le ring.

Deux hommes en sueur, à moitié nus, étaient en train de se battre jusqu'au sang.

C'était un spectacle magnifique. Elle n'avait pas à se plaindre.

59

Le serveur cubain était très séduisant malgré sa petite taille. Il leur livra le champagne dans un seau à glace assorti de deux flûtes.

— Voulez-vous que je débouche la bouteille ? demanda-t-il en jetant un regard furtif à Jamie.

— Ouais, dit Joel en fouillant dans sa poche pour lui donner un pourboire.

— Merci, fit Jamie en gloussant.

Le serveur était tellement mignon que si ça ne marchait pas avec Joel, elle pourrait toujours se rabattre sur lui.

Le troisième round était maintenant entamé et Antonio ne se décourageait pas.

Pourtant, ses coups restaient sans effet. Bull Ali était une montagne de muscles. Ce molosse, au corps dur comme de la brique, était en train de labourer le visage d'Antonio d'un crochet du droit dévastateur. Antonio, qui ne voulait pas qu'on lui amoche sa jolie frimousse, se protégeait du mieux qu'il pouvait.

A la fin du round, Antonio avait l'arcade sourcilière gauche ouverte et le visage inondé de sang.

***

— Tu as un nouveau message sur ton répondeur, fit Joel en montrant le signal lumineux qui clignotait.

— Verse-nous du champagne pendant que je l'écoute, dit Jamie qui se sentait délicieusement bien. Et ensuite tu te changeras, ajouta-t-elle. Appelle le valet de chambre pour qu'il nettoie ta veste.

— Je m'en occuperai en rentrant à mon hôtel.

— Tu n'as pas envie de te déshabiller ? lui dit-elle d'un ton taquin tout en le regardant de manière provocante.

Cette fille avait vraiment l'air d'en vouloir.

Le seul inconvénient, c'est qu'il se sentait atrocement mal. Ses testicules étaient toujours extrêmement douloureuses et les crampes d'estomac ne s'estompaient pas. C'était bien sa veine.

— Il faut que j'aille aux toilettes, marmonna-t-il.

— Ne te gêne pas, répondit-elle en écoutant le message laissé sur son portable.

La voix hargneuse de Peter résonna à ses oreilles. « Tu as perdu la tête ou quoi ? Je sais bien que tu voulais aller à l'anniversaire de Madison mais c'est stupide de ta part d'être partie à Las Vegas sans rien dire. Si je ne détestais pas tant cette ville, j'irais moi-même te chercher. Il faut qu'on se voie pour discuter. Ton attitude est inadmissible. Tu te comportes comme une enfant gâtée et égoïste. Il est temps de grandir, Jamie. Tu es une femme mariée maintenant. »

Elle reposa le combiné, outrée. Il l'avait tout simplement traitée de gamine stupide, gâtée et égoïste. Rien que ça.

Comment osait-il ?

Non seulement il la trompait, mais il avait en plus le culot de l'insulter. C'était insupportable !

— Joel, cria-t-elle, en bondissant hors du lit et en laissant glisser sa robe. Tu sors de là ? Je t'attends.

Antonio était dans de sales draps. Bull Ali dominait le quatrième round et cognait sans répit sur le visage du jeune boxeur dégoulinant de sang.

Mme Bull Ali approcha son chapelet de ses lèvres et l'embrassa avec ferveur en murmurant des « mercis ».

Pour elle, la victoire de Bull Ali ne faisait plus aucun doute.

— Si une seule goutte de sang tombe sur ma robe, je m'en vais sur-le-champ, s'exclama Rosarita d'une voix aiguë.

— C'est ça, va-t'en, répondit Dexter.

Elle se tourna vers lui en lui jetant un regard malveillant.

— Qu'est-ce que tu viens de dire ?

— Va-t'en. Dégage. Fais ce que tu veux.

Le poison commençait de toute évidence à faire son effet : Dexter ne lui avait encore jamais parlé sur ce ton.

— Pardon ? fit-elle en le fixant toujours d'un air courroucé.

La foule poussa un cri tandis que Bull Ali frappait de nouveau l'œil meurtri d'Antonio.

— Je t'ai dit de te barrer. En tout cas, moi c'est bien ce que j'ai l'intention de faire.

— Vraiment, dit Rosarita d'un ton ironique. Tu n'es pourtant pas en position de m'adresser des menaces.

Chas se pencha vers eux :

— Vous pourriez pas la fermer vous deux ? dit-il d'un

ton agressif. On peut pas regarder tranquillement le match, non ? Allez vous bouffer le nez ailleurs.

— C'est horrible, je ne veux pas voir ce massacre, dit Madison en se cachant les yeux.
— Il ne faut pas vous mettre dans tous vos états pour deux gros tas qui se défoulent, dit M. Nabab.
— Vous faites erreur, dit Nathalie. Si ces deux imbéciles se tapent dessus, c'est pour gagner du fric.
— Peu importe, je ne supporte pas cette violence. Antonio sera défiguré avant la fin du round. Il faut arrêter cette boucherie, s'indigna Madison.
— Tout le monde s'en fiche, des boxeurs ; ce qui compte c'est le public. Et il faut qu'il en ait pour son argent, dit M. Nabab.
— C'est vrai ? Eh bien, il serait temps de changer les règles du jeu.
— Plus facile à dire qu'à faire, dit Nathalie. Il y a tellement de fric en jeu. Ouah ! s'exclama-t-elle. Vous avez vu ça ?
Et tandis qu'Antonio s'écroulait sur le tapis, Madison eut soudain pitié de lui.

Joel n'était pas du genre à laisser passer une invitation pareille.
L'angélique Jamie avait retiré sa robe et était allongée en travers du lit en soutien-gorge blanc immaculé assorti d'une petite culotte très échancrée.
Joel fut déçu qu'elle ne porte pas de string.
Certains hommes se seraient damnés pour une fille comme elle — Jamie Nova, une pure beauté blonde. Mais lui, ça ne l'excitait pas plus que ça.

Il enleva sa veste déchirée, son polo à col roulé de soie noire, et enfin son pantalon. Jamie qui le regardait depuis le lit remarqua qu'il était très bien pourvu par la nature : il « était monté comme un étalon », pour reprendre l'une des mémorables formules de Nathalie.

Jamie attrapa la bouteille de champagne et en but quelques gorgées au goulot pour se donner du courage. Elle allait faire l'amour avec Joel pour se venger, et uniquement pour cette raison. Toutefois, cela ne l'empêcherait pas d'y prendre du plaisir.

Mais pour cela, il fallait qu'elle soit légèrement ivre.

C'était le cinquième round et Antonio encaissait les coups. Bull Ali lui assenait sans pitié son fameux crochet du droit et le sang qui giclait de l'arcade sourcilière d'Antonio commençait à lui brouiller la vue.

Le jeune boxeur essayait pourtant de rendre les coups en frappant sans discontinuer le corps du molosse.

Mais Bull Ali restait inébranlable. Il avait déjà envoyé Antonio au tapis et, la prochaine fois, il mettrait le paquet pour qu'Antonio ne bouge plus de là.

Joel constata avec horreur qu'il n'arrivait pas à bander. Cela ne lui était encore jamais arrivé. Bien sûr, il savait qu'un tel accident pouvait se produire, mais il n'avait pas imaginé que cela puisse le concerner.

Il était sur le point de faire l'amour à une jeune femme parfaitement délicieuse, mais son sexe restait désespérément mou.

Pour s'exciter, il se mit à penser à Rosarita en string léopard, le bout des seins à l'air.

571

Merde ! Il venait juste de se rappeler qu'il avait rendez-vous avec elle. Elle devait être folle de rage.

Elle se radoucirait peut-être en écoutant son histoire. Notamment, s'il brodait un peu : il était le roi de l'affabulation.

De toute façon, si elle ne voulait rien entendre, elle irait se faire voir. Ce n'étaient pas les filles qui manquaient, à New York. D'ailleurs, il était peut-être temps qu'il se trouve une nouvelle femme mariée.

Le souvenir de Rosarita ne parvint pas à résoudre son problème avec Jamie. En fait il n'arrivait pas à bander car ses testicules lui faisaient toujours horriblement mal, les crampes s'intensifiaient et il se sentait nauséeux. Ces salopards l'avaient drôlement amoché.

— Ça va ? demanda Jamie.

Joel ne semblait pas dans son assiette. Etait-ce donc sa faute s'il n'arrivait pas à bander ?

— Hein ? dit-il, étalé sur elle comme un poids mort. Je ne me sens pas bien.

— Oh ! dit-elle en gigotant pour se dégager. C'est... à cause de moi ?

— Non, chérie, lui assura-t-il. Tu es super. Mais je me sens atrocement mal. Ces salopards m'ont tapé dans l'estomac et je crois qu'ils n'y sont pas allés de main morte.

Elle se mit à quatre pattes.

— Je suis désolée, dit-elle, compatissante.

Et tout à coup elle éclata en sanglots.

C'était le bouquet ! Il allait devoir la consoler alors qu'il souffrait atrocement.

— Pourquoi pleures-tu ? bredouilla-t-il. Je ne supporte pas les nanas qui chialent.

— Je pense à Peter et à ce qui est arrivé, dit-elle en pleurnichant. Je voulais simplement me venger. J'ai essayé de le tromper avec Kris, mais sa petite amie nous a surpris. Et avec toi ça ne marche pas non plus : tu n'arrives même pas à bander. Il y a quelque chose qui cloche chez moi ? Est-ce que c'est pour ça que Peter est sorti avec un homme ?

Joel la regarda d'un air éberlué.

— Peter sort avec des mecs ?

— Oui. Pourquoi crois-tu que je suis ici ? gémit-elle. Je m'en vais.

Elle sauta hors du lit.

— Tu ferais mieux d'appeler un docteur, grogna Joel. Et en vitesse.

— Tu te sens vraiment mal ? demanda-t-elle en le regardant.

Elle avait une mine contrariée. C'était certainement sa faute à elle, s'il n'arrivait pas à faire l'amour.

— Je te jure, bébé, dit-il en respirant avec difficulté. Ce n'est pas ta faute. C'est à cause de ces salauds qui m'ont tabassé. Ah, j'ai mal.

Il roula sur le lit en fermant les yeux.

— Joel ? dit Jamie en lui secouant l'épaule. Réveille-toi. Mais qu'est-ce qui t'arrive ?

Il poussa un râle et ramena ses jambes contre sa poitrine. La respiration haletante, il laissa échapper un long cri étranglé. Puis ce fut le silence.

60

Au sixième round, Bull Ali dominait largement et le public le voyait déjà vainqueur. Tout le monde, sauf Antonio. Entre les rounds, il retrouvait ses entraîneurs, qui lui donnaient des conseils.

— Arrêtez de me dire ce que je dois faire, dit Antonio en crachant du sang dans un seau. Je vous ai écoutés et ça n'a rien donné. J'y retourne, mais cette fois c'est moi qui décide.

— T'emballe pas, Tonio, dit son manager. Reste calme, c'est ce que tu as de mieux à faire. Et s'il te met de nouveau au tapis, restes-y avant qu'il ne t'amoche complètement.

— Allez vous faire foutre, grommela Antonio. Je vais gagner. Vous allez voir.

Son œil gauche était maintenant presque totalement fermé. Mais il savait que s'il pouvait éviter les coups à cet endroit, il avait encore une chance de remporter le titre. Et puis, Bull Ali avait un point faible : il était trop arrogant.

Antonio encaissa encore une série de coups rapides. Mais soudain, il décocha un terrible crochet du gauche en plein dans la mâchoire de Bull Ali. Ce dernier qui ne s'y attendait pas faillit se retrouver au tapis.

La foule poussa un cri. Antonio reprenait le dessus.

Bull Ali se ressaisit, mais Antonio était survolté et semblait prêt à tout pour gagner.

Concentre-toi, se disait-il. *Ne fais pas attention à la douleur. C'est toi, Antonio Lopez alias La Panthère, qui sera le champion.*

Il se mit soudain à combattre avec férocité, léger et rapide, évitant avec souplesse les coups de Bull en direction de son œil. Tout en l'admirant, le public comprenait pourquoi on l'avait surnommé La Panthère. Prompt et agile, il ne s'avouait jamais vaincu.

Tout en tournant autour de son adversaire, il savait qu'il ne gagnerait jamais le match aux points. C'était trop tard. Sa seule chance, c'était de mettre Bull Ali K.O.

Rassemblant toute la force qui lui restait, il envoya deux crochets du gauche bien sentis dans la mâchoire de son adversaire.

Bull Ali s'effondra sur le tapis comme un poids mort devant le public atterré. Il ne se relevait pas.

L'arbitre commença à compter.

— Un… Deux… Trois…

— De-bout, de-bout, commença à scander la foule.

— Quatre… Cinq… Six…

— Debout, tas de graisse ! cria la femme de Bull Ali, hystérique.

— Sept… Huit… Neuf… Dix !

C'était le délire dans la salle.

Antonio Lopez alias La Panthère était le nouveau champion, exactement comme il l'avait prévu.

La foule quitta la salle, encore sous le choc de cette victoire inattendue et splendide.

— Je ne croyais pas qu'il s'en sortirait, dit Madison, alors qu'ils se dirigeaient vers la sortie.

— Moi si, dit Cole juste derrière elle. Il a des yeux de tueur.

— Arrête de lui lancer des fleurs, à ce boxeur, dit M. Nabab.

Il s'arrêta pour souffler un baiser à la blonde Pamela Anderson, moulée dans un fourreau écarlate.

— Il connaît tout le monde, confia Cole.

— Et toi tu es au courant de tous leurs petits secrets, dit Nathalie, émoustillée. Vous voulez savoir qui a des seins siliconés, qui a eu une liposuccion ou qui s'est fait agrandir la verge ? Demandez à Cole.

— C'est vrai ? demanda Madison, amusée. On pourrait écrire une histoire fascinante avec tous ces ragots. J'imagine déjà le titre : *Hollywood se fait relooker* ou bien *Lipo et compagnie au pays des stars*. Victor en redemanderait.

— Nous avons fait une émission sur la chirurgie esthétique des lèvres, dit Nathalie. Je voulais l'intituler « Qui embrasse le cul de qui ? » mais les imbéciles qui gèrent la programmation n'ont pas été sensibles à mon humour et ont refusé.

Jake rattrapa le petit groupe qui se frayait un chemin vers la sortie. Il s'approcha de Madison et la prit dans ses bras.

— Nous avons gagné notre pari, dit-il. Maintenant je peux t'offrir un cadeau.

— Vraiment ? répliqua-t-elle, tout heureuse de le revoir.

— Oui, et en plus nous allons faire la couverture du magazine. Je vois déjà la photo qui plaira à Victor.

— Je ferais mieux de l'appeler, dit Madison. Il doit déjà réclamer son article à cor et à cri.

— Où retrouve-t-on Jamie ? demanda Cole.

— Oh zut, il faut que je l'appelle. Elle doit être dans sa

chambre, dit Nathalie en sortant son téléphone portable. Je ne sais pas si c'est votre cas, mais moi, en tout cas, je meurs de faim.

— On a perdu, merde, grogna Chas, très mécontent. Cinq mille dollars.
— *Tu* as perdu, fit remarquer Renee avec un sourire resplendissant. Moi, se vanta-t-elle, je suis plus maligne. J'avais misé sur le gagnant.
— C'est vrai ?
— Tu aurais dû faire comme moi, chéri. Tu sais bien que je ne choisis jamais les perdants.
— Je sais, dit Chas en riant.
— Tu te souviens de cette fois aux courses…
— Quand tu m'avais supplié de parier sur…
— Le cheval dont les chances étaient estimées à vingt contre un.
— Et je t'ai dit que tu étais folle.
— Et je t'ai répondu que c'était toi qui ne comprenais rien à rien…
— Et…
— Bon, ça suffit, explosa Varoomba. J'en ai marre de vous entendre parler du bon vieux temps. Vous me rendez malade avec vos histoires.

— Qu'est-ce qui t'a pris tout à l'heure ? De quoi voulais-tu parler ? demanda Rosarita à Dexter alors qu'ils étaient entraînés vers la sortie par la foule.
— De nous, dit Dexter d'un air sombre.
— De nous ? répéta-t-elle.
Pourquoi tenait-il encore debout ? Ce poison était une vraie arnaque.

— Je te quitte, Rosarita.
— Tu quoi ? demanda-t-elle, incrédule.
— J'ai rencontré quelqu'un d'autre. Quelqu'un de gentil et d'honnête. Quelqu'un qui me rendra heureux.

Oh, c'était formidable ! Il la quittait. Avant ou après s'être effondré ?

— Tu es pitoyable, dit-elle d'un ton railleur. Tu aurais pu trouver mieux comme excuse.
— Je sais que tu n'as aucun respect pour moi, dit-il calmement, en vrai gentleman. Il vaut mieux que je m'en aille. Mais je te préviens, si je t'accorde ce divorce et si je ne demande rien en retour, tu dois me promettre que je pourrai voir notre bébé quand je le désirerai.
— Notre bébé, hein ? dit Rosarita, bouillante de rage. Notre bébé ? Désolée, Dex, mais qu'est-ce qui te fait croire que tu en es le père ?

Alors qu'elle prononçait ces paroles, ils arrivèrent près du quartier général des journalistes et des photographes. Martha se précipita sur son fils comme un noyé sur une bouée de sauvetage.

— Dickie, cria Martha joyeusement, pressentant que son heure de gloire était arrivée. Dis aux photographes de nous prendre en photo. Nous allons faire fureur !

— Elle veut nous voir, dit Nathalie.
— Qui veut nous voir ? demanda Madison.
— Jamie.
— Mais, tu lui as bien dit qu'on allait arriver d'une minute à l'autre ?
— Oui, mais elle m'a répondu qu'il fallait absolument qu'on passe d'abord la voir dans sa chambre. Seulement toi et moi.

— Toi et moi, hein ? répéta Madison, incrédule. Allez, Nathalie, tu me prends pour une idiote ou quoi ?

— Comment ? dit Nathalie.

— Mais oui, je sais bien ce que vous avez comploté. Jamie va nous ouvrir la porte et des invités nous accueilleront en criant « Joyeux anniversaire » ; tout est prévu : le gâteau surprise et le faux flic qui se met à faire un strip-tease. Je connais la chanson.

— Tu fais fausse route, Mads, dit Nathalie. Jamie veut qu'on aille la voir immédiatement. Toi et moi seulement.

— Je te jure que si tu m'as menti, tu entendras parler de moi, dit Madison, en fronçant les sourcils.

— Mais il n'y a pas de piège, je t'assure.

— Jake, dit Madison en se tournant vers lui. Tu es au courant de quelque chose ?

Jake leva les mains en signe de dénégation.

— Je suis totalement innocent.

— Sans blagues. Et moi je suis le pape ?

Madison s'interrompit un instant.

— Vous savez, je ne suis pas dupe.

— Appelle Jamie, proposa Nathalie.

— Bien sûr. Comme si elle allait me dire la vérité !

— Ecoute, je ne t'ai pas menti, insista Nathalie. Et Jamie a l'air trop bouleversé pour dire quoi que ce soit.

— Si elle se sent si mal, pourquoi veut-elle nous voir ?

— Probablement pour nous expliquer ce qui la met dans cet état-là, dit Nathalie patiemment. Tu connais Jamie, elle déteste les conflits. Peter l'a sans doute appelée et elle est en pleine crise.

— Bon, dit Jake. Voilà ce que je vous propose, les filles : vous allez chercher Jamie et vous nous rejoignez au restaurant.

— S'il te plaît, dit Madison avec humeur. Ne dis plus « les filles ».

— Que dois-je dire alors ?

— Les femmes. Nous, les femmes, nous irons chercher Jamie.

— Très bien. Allez-y, les femmes, et faites vite.

Madison grommela jusqu'à ce qu'elles arrivent à l'ascenseur.

— Je sais que tout ceci n'est qu'un piège et je déteste ça : les gâteaux d'anniversaire, les chansons et tout ce qui va avec. Et surtout maintenant que j'ai trente ans. Tu te rends compte, Nat ? Trente ans !

— Mon anniversaire a eu lieu il y a un mois, tu t'en souviens, non ? Alors je sais l'effet que ça fait. Je suis déjà une vieille bique qui fait un boulot de merde.

— Arrête. En réalité tu adores la célébrité. J'ai remarqué Jack Nicholson qui te faisait signe au match comme si vous étiez de vieux copains.

— Jack flirte avec tout le monde.

— C'est vrai ?

— Constamment. Ça fait partie de son charme ambigu.

Trois couples de Chinois les rejoignirent dans l'ascenseur qui les conduisait à l'étage.

— Je te le répète, prévint Madison alors qu'elles marchaient dans le couloir. Si j'aperçois un strip-teaseur, un gâteau ou quoi que ce soit de ce genre, je m'en vais sur-le-champ.

— Je te jure que je n'ai aucune idée de ce qui se trame, dit Nathalie en frappant à la porte de Jamie.

— Qui est-ce ? demanda Jamie.

— C'est nous, tes fidèles amies, répondit Nathalie.

Jamie entrouvrit la porte, en gardant la chaîne de sécurité en place.

— Salut, dit Nathalie. On peut entrer ? Ou vas-tu nous laisser camper dans le couloir ?

— Qu'est-ce qui se passe ? fit Madison. Et pourquoi es-tu en peignoir de bain ?

— C'est peut-être elle qui fait un strip-tease surprise, suggéra Nathalie en gloussant.

— Vous êtes seules ? dit Jamie nerveusement en jetant un coup d'œil par-dessus leurs épaules. Il n'y a personne d'autre avec vous ?

— Si. En fait, Kris Phoenix et sa petite amie se cachent derrière nous, dit Madison d'un ton sec. Il voulait faire une partouze ou quelque chose dans ce goût-là.

— Ce n'est pas drôle, dit Jamie dans tous ses états. Quelque chose d'affreux vient de se passer.

— Quoi ? dit Madison.

— Quand j'ouvrirai la porte, entrez vite et refermez-la aussitôt derrière vous, dit Jamie.

— Jamie, arrête de te comporter comme un témoin sous haute surveillance qui s'apprête à faire des révélations sur la mafia, dit Madison avec impatience. Est-ce que Peter est là ?

— Non, répondit Jamie en ouvrant timidement la porte.

Elles pénétrèrent dans la pièce. Joel Blaine était étalé sur le lit, entièrement nu, le visage enfoui dans les draps.

— Je le savais, dit Madison. Je le savais ! C'est encore une stupide blague d'anniversaire !

Jamie les regarda fixement, avec de grands yeux apeurés.

— Ce n'est pas une blague, murmura-t-elle. Joel est mort.

61

Antonio Lopez, alias « La Panthère », avait l'étoffe d'un champion. Il fut transporté à sa fête privée tel un roi, entouré d'un essaim de stars. Il était le vainqueur et il rayonnait de bonheur.

La coupure au-dessus de son œil avait été soignée et malgré son visage enflé, il avait toujours belle allure lorsqu'il débarqua comme une tornade dans la soirée organisée en son honneur. Tout le monde le félicitait et l'acclamait.

Son manager, heureux mais épuisé, dégoulinait de sueur. Il tentait tant bien que mal de refouler les fans, les parasites, les femmes hystériques et les journalistes.

— M. Leon Blaine veut te voir, lui murmura son manager. Tu sais qui c'est, Antonio ?

— Non, répondit-il avec un grand sourire. Une grosse pointure ?

— M. Blaine est l'un des hommes les plus riches du monde, expliqua son manager d'un ton respectueux. Et il est avec Carrie Hanlon.

— Ah ! s'exclama Antonio. Tu commences à m'intéresser. Est-ce que j'aurai le droit de la baiser en récompense ?

— Sois poli, le prévint son manager.

Parviendrait-il à maîtriser Tonio maintenant qu'il était champion ?

* *

— Mais que fait Joel ? demanda Carrie d'un ton irrité.

Elle n'appréciait pas d'être coincée en compagnie de Leon et de son cerbère.

— Qui sait ? dit Leon. Passez-moi l'expression, mais avec un crétin pareil, il faut s'attendre à tout.

— Ça ne vous inquiète pas qu'il ait raté le match ? demanda Carrie avec désinvolture.

— Je ne m'inquiète jamais à son propos, répondit Leon. Tant qu'il ne me coûte pas d'argent, il peut faire ce que bon lui semble.

Carrie parcourut la foule du regard pour voir si elle ne connaissait personne susceptible de la ramener à New York en jet privé. Elle ne supportait plus la compagnie de Leon et de Marika.

Mais où donc était passé Eduardo ? Maintenant qu'elle était d'humeur, elle aurait bien aimé le revoir. Faire l'amour avec un jeune garçon sexy était toujours un plaisir !

Elle aperçut Jack Nicholson en pleine discussion avec Oliver Stone de l'autre côté de la pièce. Elle les connaissait et, sans un mot d'adieu à l'attention de Leon et de Marika, elle se dirigea vers eux et se joignit à leur conversation.

— Cette fille n'a aucune classe, dit Marika tandis que Carrie s'éloignait.

Leon hocha la tête. Marika était une femme intelligente. Il avait de la chance d'être avec elle. Elle savait intervenir au bon moment pour lui éviter des situations embarrassantes.

* *

Dexter avait l'esprit en ébullition. Rosarita était encore pire qu'il ne l'avait imaginée. « Qu'est-ce qui te fait penser que tu es le père ? » Comment osait-elle lui dire ça ?

Il avait raison de la quitter. Elle lui avait pratiquement avoué que ce n'était pas son bébé.

Mais elle mentait peut-être. Rosarita était une menteuse invétérée. Il était bien placé pour le savoir.

Il allait lui accorder ce divorce qu'elle désirait si ardemment. Mais dès la naissance de l'enfant, il exigerait qu'un test sanguin soit effectué pour connaître l'identité du vrai père. Si elle pensait pouvoir garder l'enfant pour elle toute seule, elle se trompait lourdement.

Il repéra son père, qui traînait près d'une table où l'on jouait à la roulette.

— Ecoute, papa, je dois partir.
— Partir ? dit Matt en fronçant les sourcils.
— Je rentre à New York. Dis à Chas que je suis désolé.
— Rosarita t'accompagne ?
— Non.
— Mais nous partons tous demain. Tu ne peux donc pas attendre ?
— Non, j'ai quelque chose d'urgent à faire.

— Je vais appeler Jake, dit Madison.
— Ne fais pas ça, s'écria Jamie, paniquée.
— On ne peut tout de même pas rester les bras croisés sans rien faire.
— Mais qu'est-ce qui s'est passé ? demanda Nathalie en s'approchant du lit.
— C'était... c'était un accident, dit Jamie. Nous allions faire l'amour... et... il était sur moi... et il... n'arrivait pas à bander. Et alors... il a commencé à se sentir mal.

— Hum… c'est très embêtant tout ça.
— Oh! Mon Dieu! dit Jamie. Est-ce que je l'ai tué? Est-ce que je suis punie pour avoir trompé Peter?
— Ne sois pas si puritaine, dit Nathalie en lui ouvrant les bras. Viens ici, ma chérie. Tu n'as tué personne. Il est probablement mort d'une crise cardiaque.
— Non, c'est moi qui l'ai tué, gémit Jamie. Je le sais.
— Non, ce n'est pas vrai, insista Madison.
— Si!
— On ferait mieux d'appeler un médecin.
— Non, répondit Nathalie d'un ton brusque. Il faut d'abord qu'on réfléchisse à toute cette affaire avant d'appeler qui que ce soit.
— C'est vrai, et Jake pourrait nous être utile, dit Madison. Il trouvera peut-être une solution.
— Personne ne doit être au courant à part vous deux, intervint Jamie, qui paniquait de nouveau.
— D'accord, mais qu'est-ce qu'on fait maintenant? dit Madison, qui réfléchissait à voix haute.
— Je ne sais pas, dit Jamie en éclatant en sanglots, ce qui n'arrangeait rien.
— Mais es-tu certaine qu'il est mort au moins? demanda Nathalie en regardant le dos poilu de Joel.
Madison s'approcha du corps et lui prit le pouls.
— Il est bel et bien mort, confirma Madison.
— Mais qu'est-ce que tu fabriquais avec Joel Blaine? demanda Nathalie en se tournant vers Jamie. Je t'avais prévenue.
— Il était disponible, lui au moins, dit Jamie en larmes. Il fallait que je prenne ma revanche sur Peter.
— Qu'il aille se faire voir, ce Peter, s'exclama Nathalie d'un ton féroce. Tout ça, c'est la faute de ce salaud.
— J'ai une idée, dit Madison. Quand j'étais gosse, je

me rappelle que mon père venait très souvent à Las Vegas. Il descendait toujours dans cet hôtel. Il nous disait qu'il avait rendez-vous avec des investisseurs. Je ne sais pas s'il va pouvoir nous aider, mais étant donné qu'il connaît si bien Las Vegas, on devrait essayer.

— Essayer quoi ? demanda Nathalie.

— Eh bien, essayer d'étouffer toute cette affaire, dit Madison. Soyons réalistes. Tu as raison, Nathalie. Si on découvre Joel mort dans la chambre de Jamie, elle deviendra le suspect numéro un. Cela pourrait faire un énorme scandale. Michael aura peut-être une solution.

— Tu serais prête à appeler ton père pour m'aider ? demanda Jamie.

— Oui, et je ferais mieux de le faire tout de suite avant de changer d'avis.

— D'accord, dit Jamie faiblement.

— Prends mon téléphone portable, suggéra Nathalie. Comme ça il n'y aura pas de traces.

Madison prit une profonde inspiration et jeta un coup d'œil à sa montre. Il était 10 h 30 à New York. Cela faisait un moment qu'elle n'avait pas parlé à Michael. Elle avait décidé qu'elle ne le recontacterait que lorsqu'elle se sentirait assez forte pour lui faire face. Mais il s'agissait d'une urgence et elle n'avait pas le choix.

Elle composa son numéro, la gorge sèche.

— Oui ? répondit-il d'une voix grave.

— Michael ? dit-elle.

— Maddy, c'est toi ?

— Oui.

— Mon Dieu, quelle heure est-il ?

— Il est tard. Tu dormais ?

— Je regardais la télévision. J'ai dû m'assoupir.

Elle entendit un bâillement sonore à l'autre bout du fil.

— Que se passe-t-il ? s'enquit Michael.
— Je suis à Las Vegas.
— Qu'est-ce que tu fais là-bas ?
— Je suis venue pour mon travail, mais… quelque chose d'affreux est arrivé.
— Quoi ? dit-il soudain, alarmé.
— C'est… c'est mon amie Jamie. Elle est dans sa chambre au Magiriano et… elle était au lit avec ce type, Joel Blaine, le fils de Leon Blaine.
— Et ?
— On pense qu'il a dû avoir une attaque cardiaque, parce qu'il est mort dans son lit et nous ne savons pas que faire.
— C'est qui « nous » ?
— Jamie et Nathalie, mes amies de fac.
— Tu es en train de me dire que tu es avec tes amies dans une chambre d'hôtel avec un cadavre sur le lit ?
— C'est ça. Je t'ai appelé parce que tu es la seule personne qui puisse nous aider.
— Ouais, on pense à moi pour les sales besognes, remarqua Michael sèchement.
— Michael, je t'en supplie, ne nous laisse pas tomber. Jamie est désespérée.
— C'est quoi le numéro de la chambre ?
— 503.
— Ne bougez pas de là. Je vous envoie quelqu'un. Il sera là dans quinze minutes.
— C'est vrai ?
— Il s'appelle Vincent Castle. D'accord ? Vincent Castle. Il prendra soin de tout. Ça te va ?
— Oui, Michael, dit-elle.
Et elle raccrocha.
— Tout est arrangé, dit-elle en se tournant vers Nathalie et Jamie.

— Tu parles, dit Nathalie. Nous en sommes toujours au même point. Le corps est toujours là, que je sache.

— J'ai confiance en mon père.

— Apparemment tu as changé d'opinion à son sujet. La semaine dernière tu disais que tu ne voulais plus le voir.

— J'ai le droit de changer d'avis, non ?

— Certes.

— De toute façon, dit Madison, je crois qu'il vaut mieux que tu ailles au restaurant pour prévenir les autres. Dis-leur que Jamie est souffrante et qu'elle ne viendra pas. Il ne faut pas éveiller les soupçons.

— Quel cauchemar, gémit Nathalie.

— Je sais. Mais on va s'en sortir, dit Madison d'un ton rassurant.

— Félicitations ! s'écria Varoomba.

Elle fondit sur Antonio d'un air aguicheur.

— Vous avez été formidable pendant ce combat. J'ai adoré votre manière de bouger sur le ring.

— *Mamma mia !* roucoula Antonio en la dévisageant de la tête aux pieds. Ta manière de bouger n'est pas mal non plus, bébé.

— C'est ce qu'on dit, dit-elle avec un air de sainte-nitouche, les seins pointés en avant.

— Tu fais quoi dans la vie, ma belle ?

— Je suis danseuse professionnelle.

— Sans blaguer ? dit Antonio en lui faisant un clin d'œil entendu. Et que dirais-tu d'une petite séance en privé ? Plus tard dans la soirée ?

Varoomba jeta un coup d'œil à sa grand-mère et à Chas, qui riaient et plaisantaient, étroitement enlacés.

— C'est d'accord, champion, répondit-elle en flirtant outrageusement avec lui. J'en serai ravie.

— Je veux partir ce soir, dit Leon d'un ton abrupt. Avertis les pilotes et dis-leur de se tenir prêts à partir.
— Et Joel ? demanda Marika.
— Il n'aura qu'à prendre un vol régulier demain. Laisse-lui un message.
— Et son amie, Carrie ?
— Elle n'a qu'à se débrouiller toute seule, répondit-il sèchement.

Marika esquissa un petit sourire triomphant.
— Je m'occupe de tout, Leon. La limousine viendra nous chercher dans une demi-heure.

62

Lorsqu'on frappa à la porte, Jamie était prête à partir. Avec l'aide de Madison, elle avait fini par s'habiller et faire ses valises.

— Qui est-ce ? demanda Madison d'une voix tendue.

— Vincent Castle.

Elle regarda par l'œil-de-bœuf et aperçut un homme de haute taille. Elle ôta la chaîne et le laissa entrer.

Elle resta un instant interloquée : Vincent Castle était le sosie de Michael, en plus jeune. Il devait avoir environ trente-cinq ans et, avec ses cheveux noirs frisés, sa peau mate et ses yeux verts, il était extrêmement séduisant.

Madison le regarda fixement. Il la dévisagea avec le même étonnement.

— Alors comme ça, c'est vous, Madison, hein ? dit-il en pénétrant dans la chambre.

— Oui, répondit-elle en essayant de dissimuler son trouble.

— Et vous, c'est Jamie ?

Jamie hocha nerveusement la tête.

— Ecoutez-moi, Jamie, dit Vincent. Il y a quelqu'un qui vous attend dehors pour vous emmener à l'aéroport. Votre place est réservée. Vous allez donc rentrer à New

York et oublier tout ce qui s'est passé. N'en parlez à personne. C'est compris ?

Elle hocha de nouveau la tête.

— Et quand je dis personne, ajouta Vincent légèrement menaçant, je dis bien personne.

— Elle a compris, dit Madison en serrant Jamie dans ses bras. Tout va bien se passer. Tu n'auras qu'à aller directement chez moi et je t'appellerai demain.

Une fois Jamie partie, Madison montra à Vincent le corps étalé sur le lit.

— Ne me demandez pas comment c'est arrivé, soupira-t-elle, mais il est mort, ça je peux vous le garantir.

— Ils étaient en train de faire l'amour ? demanda Vincent en inspectant la chambre.

— Ils étaient sur le point de le faire, mais apparemment, il n'arrivait pas à… bander. Jamie m'a dit qu'il s'était fait tabasser par deux truands, sur le parking — à cause d'une dette de jeu, semble-t-il.

— Voici donc le fils de Leon Blaine.

— Jamie ne l'a pas tué, dit Madison toujours sous le choc de la ressemblance troublante entre Michael et Vincent. Il a dû avoir une attaque cardiaque.

— Vous comprenez bien qu'il ne faut pas que cette sale affaire s'ébruite. Ce ne serait pas bon pour la réputation de l'hôtel, expliqua Vincent en ramassant une bouteille de champagne à moitié vide. C'est la raison pour laquelle je m'occupe de cette affaire.

— Vous travaillez pour l'hôtel ? demanda-t-elle.

— Disons que je suis un investisseur, dit-il en jetant la bouteille à la poubelle.

— Ma remarque va peut-être vous paraître déplacée, mais vous ressemblez énormément à mon père.

— Je sais, dit-il, en attrapant les deux flûtes à champagne et en les jetant également à la poubelle.

— Ah bon ?

— Vous aussi, vous lui ressemblez, mais en version féminine.

— Comment le savez-vous ?

L'ombre d'un sourire flottant sur ses lèvres, Vincent s'exclama :

— Joyeux anniversaire, Madison.

— Et comment savez-vous que c'est mon anniversaire ?

— Madison, vous me faites marcher ? Vous êtes une fille intelligente et je suis sûr que vous avez compris le fin mot de l'histoire.

— Compris quoi ?

— Que nous sommes parents.

— Parents ? répéta-t-elle stupidement.

— Vous feriez mieux de vous asseoir. Je vais vous annoncer quelque chose qui risque de vous étonner.

— Mais où donc voulez-vous en venir ?

— Vous n'avez pas encore saisi ? Je suis votre frère.

— Je... je n'ai pas de frère, bégaya-t-elle.

— Eh bien maintenant, si.

Il y eut un long silence.

— Je suis votre demi-frère, celui dont Michael n'a jamais jugé utile de vous parler.

— Mais... c'est impossible, dit-elle, le souffle coupé.

Son père lui avait encore caché bien des choses. Elle ignorait vraiment tout de lui.

— On en parlera une autre fois, dit Vincent, concentré sur son travail. Pour l'instant il faut que je m'occupe de cet... heu... incident.

— Ce n'est pas un incident, rectifia-t-elle, furieuse. C'est une mort accidentelle. Et nous devrions peut-être appeler la police. Peut-être qu'il est mort à cause des coups qu'il a reçus.

— Peut-être, remarqua Vincent froidement. Mais personne ne souhaite que cette histoire s'ébruite. Donc, voilà ce que vous allez faire. Retournez en bas, profitez bien de votre soirée d'anniversaire et prenez l'avion demain. Oubliez ce que vous avez vu. Est-ce qu'on peut faire confiance à Jamie pour agir de même ?

— Vous m'annoncez que vous êtes mon demi-frère et vous croyez que je vais m'en tenir là ? demanda Madison, indignée.

— Et pourquoi pas ? répondit-il calmement.

Il se comportait de la même manière que Michael.

— Parce que vous n'en avez pas le droit, voilà pourquoi, dit-elle, dépitée. Vous me devez bien quelques explications, non ?

— Très bien, dit-il. Voici la version abrégée. Michael a connu ma mère avant Beth. Il ne voulait pas que Beth soit au courant de cette relation. Il nous a donc expédiés à Vegas, ma mère et moi, et il nous rendait visite tous les mois. Nous nous entendions très bien, mais il était interdit de parler de l'autre famille. Après le meurtre de Beth, les choses se sont gâtées. Et ensuite il y a eu Stella. Je ne sais pas pourquoi il a continué à dissimuler ses liens avec ma mère et moi puisque Beth n'était plus là. Mais il a toujours mené deux vies parallèles. C'était son secret. Il l'avait voulu ainsi. Satisfaite ?

— Non.

— Dommage.

— Et ce soir, quand il a appelé...

— Ce n'est pas lui qui m'a dit de tout vous raconter.

— Michael m'est chaque jour de plus en plus étranger, dit-elle avec raideur. Je ne sais absolument pas qui il est.

— Ouais, Michael... C'est un drôle de type, hein ?

Elle ne voulait pas entamer une conversation sur son père avec quelqu'un qu'elle ne connaissait pas — qu'il soit ou non son frère.

— Qu'allez-vous faire du corps de Joel ?

— Ne vous préoccupez pas de ça. Je vais m'en charger.

— Et comment suis-je censée en savoir plus sur ce demi-frère que je vois pour la première fois de ma vie ?

— Un jour on se retrouvera pour discuter de tout ça. Mais pour l'instant, j'ai un travail à terminer. Descendez faire la fête avec vos amis.

Elle hocha la tête avec lassitude.

— Bien, Vincent. Mais maintenant que je sais que tu existes, je veux en savoir plus et j'ai l'intention de découvrir toute la vérité.

— D'accord, j'ai bien compris, répondit-il très calmement.

Elle descendit l'escalier à toute allure, étourdie par toutes ces révélations. Quand elle arriva dans la salle de restaurant, Nathalie et le groupe d'invités se levèrent et commencèrent à chanter « Joyeux anniversaire » pendant qu'un serveur empressé apportait un énorme gâteau décoré de trente bougies.

Son regard croisa celui de Jake. Il était le seul homme honnête dans sa vie et ce dont elle avait le plus envie en ce moment même, c'était d'être avec lui. Elle se précipita dans ses bras.

Il la tint serrée contre lui et murmura :

— Joyeux anniversaire, ma chérie.

— Je t'avais pourtant dit que je ne voulais pas de gâteau, lui reprocha-t-elle.

— Ce n'est pas ma faute. Je ne suis qu'un spectateur

ici. Au fait, je ne t'ai pas acheté de cadeau, mais j'ai quelque chose à te dire.

— Quoi ? murmura-t-elle.

Il l'enlaça étroitement.

— Je crois que je t'aime.

— Tu crois que tu m'aimes ? dit-elle en levant les yeux vers lui. Tu crois que tu m'aimes. Mais ça veut dire quoi, exactement ?

— Très bien, disons tout simplement que je t'aime.

— C'est vrai ?

— Oui.

— Eh bien, c'est pas mal comme cadeau.

— Tu trouves ?

— Oui, ça me plaît.

— Vraiment ?

— Vraiment.

Quelle nuit ! C'était la soirée la plus étrange qu'elle ait jamais passée de sa vie.

— Et toi ?

— Moi ?

— Y a-t-il quelque chose que tu aimerais me dire ?

— Heu…

— Viens par ici, lui murmura-t-il.

Il l'embrassa avec passion jusqu'à ce qu'elle en ait le souffle coupé.

Avec lui, elle se sentait en sécurité.

Épilogue

Joel disparut dans la nuit. Leon Blaine crut que son fils avait été kidnappé et attendit pendant des semaines et des mois une demande de rançon de la part des ravisseurs. En vain.

Leon Blaine était perplexe et ne savait que penser de cette mystérieuse disparition. Une chose était sûre : il ne ressentait aucun chagrin.

Six semaines plus tard, Leon et Marika célébrèrent un mariage civil sur un yacht qui croisait au large de la Sardaigne.

Marika ne signa pas de contrat de mariage.

Carrie Hanlon retourna à New York, où elle fut très occupée à jouer la petite amie éplorée de Joel, le riche héritier mystérieusement disparu.

Tout en étant la top model la plus célèbre du monde, elle appréciait cette publicité inattendue.

Dans le même temps, on lui proposa deux rôles au cinéma, un prestigieux contrat pour la promotion de cosmétiques et elle reçut six cents demandes en mariage.

Elle ne rencontra jamais Martin Scorsese.

**
*

Varoomba mit le grappin sur Antonio. Il adorait les strip-teaseuses et elle était l'une des meilleures dans ce domaine.

Après plusieurs semaines sulfureuses en compagnie du champion, elle quitta New York et emménagea dans le manoir flambant neuf d'Antonio à Los Angeles.

La presse se les arrachait. Ils devinrent le couple le plus en vogue de la ville et aucun des deux ne s'en plaignit. Ils adoraient faire la une des journaux et des magazines.

Chas était fou de joie d'avoir retrouvé Renee. Elle n'était peut-être plus de première jeunesse, mais elle savait lui tenir tête et il appréciait son caractère bien trempé. Elle vendit sa société de téléphone rose à Vegas et en démarra une nouvelle à New York.

Chas lui apporta son soutien enthousiaste.

Dexter divorça sans attendre pour épouser Gem. Il obtint le rôle principal dans un film d'aventures à petit budget tourné en Sicile. Anne, son agent, lui avait conseillé d'accepter car elle souhaitait se débarrasser de lui au plus vite. Elle ignorait que cette production sans prétention allait devenir un film culte et Dexter Falcon la plus grande star de films d'action au monde.

La disparition mystérieuse de Joel faillit rendre folle Rosarita. Joel était-il mort à la place de Dexter ? Avait-il bu par mégarde la boisson empoisonnée ?

Mais dans ce cas, où était son corps ?

Elle craignait qu'un jour il ne réapparaisse pour l'accuser de tentative de meurtre.

Entre-temps, elle avait fait une fausse couche, un jour qu'elle se disputait pour un taxi avec un New-Yorkais mondain en manteau de vison noir, sous la pluie, en face de Bergdorf.

Elle avait décidément connu des jours meilleurs.

Jamie, qui se remettait difficilement de son aventure à Las Vegas, se réconcilia avec Peter pendant exactement six semaines. Quand elle le surprit en train de flirter ostensiblement avec un vendeur de chemises chez Barney, elle prit son courage à deux mains et le quitta pour toujours.

Elle essaya ensuite d'oublier son escapade à Las Vegas et arrêta définitivement de boire de l'alcool.

Nathalie démissionna de son célèbre show télévisé et décrocha un travail extrêmement lucratif à la radio. Elle y présentait une émission sincère, drôle et décapante, destinée aux femmes, qui rencontra un vif succès.

Madison prit des vacances et accompagna Jake en Inde et en Extrême-Orient. Ils passèrent ensemble un séjour merveilleux, loin de la vie trépidante de Las Vegas, New York ou Los Angeles.

Elle apporta son manuscrit avec elle et acheva presque son livre.

Lorsqu'ils rentrèrent à New York, Jake accepta une mission en Russie pour le journal *Newsweek* et Madison retourna travailler avec Victor.

Etait-elle heureuse ? Elle n'en savait rien.

Mais elle savait en revanche que bientôt, très bientôt, elle serait prête à enquêter sur le passé de son père. Et personne ne pourrait alors l'empêcher de découvrir la vérité.

D'ici là, elle avait un frère à Las Vegas, une tante à Miami et elle était bien décidée à mieux les connaître, que ça leur plaise ou non.

Madison était une battante et la vie poursuivait son cours. Que lui réservait l'avenir ? Elle l'ignorait. Elle savait seulement que, quoi qu'il arrive, elle saurait faire face.

A paraître le 1er janvier

Best-Sellers n°359 • thriller
La maison du passé - Amanda Stevens

Sarah DeLaune se remet d'un divorce douloureux lorsque son ex mari, l'inspecteur Sean Kelton, fait appel à ses connaissances de l'occultisme pour résoudre un crime rituel. La scène du meurtre lui rappelle confusément l'assassinat de sa sœur, épisode douloureux qu'elle a enfoui au plus profond d'elle-même depuis l'enfance. Pourtant, elle doit faire remonter les souvenirs à la surface, faute de quoi elle pourrait être la prochaine sur la liste du meurtrier…

Best-Sellers n°360 • suspense
Cette nuit-là - Sharon Sala

Jade Cochrane, arrachée à l'affection de son père dès sa petite enfance, a été élevée au sein d'une communauté hippie où elle a été livrée à la perversion de pédophiles. De retour au foyer, la jeune femme tente de tourner enfin la page. Mais elle en sait beaucoup trop au goût d'un de ses bourreaux…Commence alors une traque sans merci, car le tueur professionnel à ses trousses doit faire disparaître toute trace vivante des errances passées de son employeur.

Best-Sellers n°361 • thriller
La cinquième victime - M.J. Rose

Alors qu'un hiver glacial s'abat sur Manhattan, des meurtres particulièrement pervers sont commis sur des jeunes femmes adeptes de mises en scène sulfureuses sur Internet. Des meurtres à l'évidence imaginés par un cerveau fou, puisque les victimes meurent en direct, mystérieusement empoisonnées… Chargé de l'enquête, l'inspecteur Noah Jordain remonte une piste qui le conduit jusqu'au cabinet du Dr Morgan Snow, dont un patient – l'un des hommes les plus influents des Etats-Unis –, est suspect n°1…

Best-Sellers n°362 • roman
L'enfant sans mémoire - Charles Davis

Le jeune Charlie, 11 ans, passe une enfance heureuse à Sunnyside, petit village des Appalaches… jusqu'au jour où son père est assassiné.
Charlie a entendu le coup de feu, il a vu son père étendu sur le sol de la cuisine, inanimé, mais est incapable de se souvenir de ce qu'il s'est passé. Doit-il croire les rumeurs qui accusent sa mère du meurtre ? Doit-il, avec cette dernière, soutenir la thèse de l'accident ?
Tandis que le village aimé devient menaçant, et que le monde bienveillant des adultes vacille, Charlie tente de reconstituer la vérité sur le drame qui a fait basculer sa vie. Une quête qui l'amènera à percer les secrets et les mensonges de ceux qui l'entourent, ainsi qu'à découvrir sa véritable identité.

Best-Sellers n°364 • historique
Lady Flibuste - Brenda Joyce

Jamaïque et Londres, 1820

Fille d'un pirate et d'une lady, Amanda Carre n'a jamais connu sa mère. Dès sa naissance, son père l'a embarquée sur son bateau, et, dès lors, Amanda n'a eu d'autre horizon que celui de l'océan. Sauvage et passionnée, elle n'a peur de rien – jusqu'au jour où le destin la foudroie : son père a été arrêté et va être pendu ! Bouleversée, Amanda fait irruption, pistolet au poing, chez le gouverneur de Jamaïque au moment où le capitaine Cliff de Warenne se trouve dans le bureau de ce dernier. Devant Warenne stupéfait, Amanda menace le gouverneur de mort, puis, se ravisant, promet de se donner à lui s'il gracie son père…

BestSellers

Best-Sellers n°365 • *suspense*
Double trahison - Diana Palmer

La criminologue Josie Langley a toujours éveillé un instinct de protection quasi passionnel chez le sergent Marc Brannon, des Texas Ranger. Pourtant, le hasard a voulu qu'ils témoignent à deux reprises au tribunal dans des camps opposés… Deux ans plus tard, la jeune femme doit collaborer avec Marc Branonn, qui travaille désormais au FBI. Conscients de l'ampleur prise par l'affaire – la mafia locale et un ennemi dangereux, encore non identifié, sèment la mort impunément – ils ne peuvent pas laisser leurs contentieux personnels empiéter sur l'enquête. Même si le passé reste difficile à oublier…

Best-Sellers n°363 • *roman*
Emilie Richards

Vous retrouverez également ce mois-ci le dernier roman d'Emilie Richards (Best n° 363) qui se déroule, comme les autres livres de la série à laquelle il est relié, (*Un été en Virginie*, *L'écho du passé*, *La vallée des secrets*), dans la splendide vallée de Shenandoah, en Virginie. Un roman empreint d'émotion, où Eric Fortman, célèbre et charismatique journaliste, revient à Shenandoah pour y passer sa convalescence après un reportage où il a risqué sa vie. Là, il retrouve Gayle, son ex femme, et ses fils. Gayle lui propose de s'installer à *Daughters of the Stars*, l'auberge qu'elle dirige, pour tout un été…

Composé et édité par les
éditions Harlequin
Achevé d'imprimer en octobre 2008

BUSSIÈRE
GROUPE CPI

à Saint-Amand-Montrond (Cher)
Dépôt légal : novembre 2008
N° d'imprimeur : 81461 — N° d'éditeur : 13946

Imprimé en France